KB117088

칼

KNIFE

JO NESBØ

형사 해리 홀레 시리즈

요 네스뵈 장편소설 | 문희경 옮김

칼

비채

01 박쥐 🌑

오스트레일리아에서 노르웨이인 여성이 살해당한다. 해리는 사건 수사를 위해 파견되지만, 저항의 흔적도, 범행 패턴도, 목격자도 없다. 올림픽을 앞두고 모두가 사건을 덮기 바쁜 와중에 해리만이 사건의 심연을 들여다보고, 그를 비웃듯 살인이 이어진다. 함께 수사하던 동료 경찰마저 죽고, 미끼가 되기를 자청한 해리의 연인은 실종되는데……. 얼음의 나라를 떠나 태양의 나라에서, 반항하고 부딪히고 사랑을 잃으며 마침내 형사 해리가 태어난다.

02 바퀴벌레 🌒

오슬로로 돌아온 해리는 상처와 상실을 회복하지 못한 채 짓눌려 살아간다. 어느 날, 주태국노르웨이대사가 방콕 사창가에서 시체로 발견되고, 경찰은 단골 술집 '슈뢰데르'에 틀어박혀 있던 해리를 호출한다. 동생 쇠스의 사건을 재조사하는 조건으로 태국으로 향한 해리. 좌충우돌하며 수사에 매진하는 그는 다시 풋풋하고 건방지며 아직은 세상의 선의를 믿는, 진실을 손에 넣고 싶은 청년으로 돌아간 듯하다. 그러나 늘 그랬듯 진실로 가는 길은 피투성이이다.

03 레드브레스트

1944년, 나치와 레지스탕스가 대립하던 제2차 세계대전의 동부전선에서 청년들은 낙엽처럼 쓰러져갔다. 그리고 2000년의 오슬로. 어렵게 살아남은 참전용사들이 살해된다. 경위로 승진한 해리 홀레는 희귀한 라이플의 수상한 밀매에 주목한다. 가시를 삼킨 새의 전설과 해리 앞에 나타나는 노인들, 그리고 진홍가슴새로 불리던 남자……. 연이은 죽음은 무엇을 위한 복수일까. 알코올의존증에서 간신히 빠져나온 해리는 자기 자신과 노르웨이를 지킬 수 있을까. 해리는 모두가 알고 있지만 누구도 말하지 못한 슬픈 역사와 대면한다.

04 네메시스

오슬로에서 일어난 전대미문의 은행강도 사건. 모든 것은 치밀하게 계획되었고, 범인은 창구 직원을 총으로 쏜 후 머리카락 한 올 남기지 않고 사라진다. 해리는 여기에 주목한다. 1초가 급한 상황에서 돈을 챙긴 범인이 왜 불필요한 살인을 했을까. 한편, 해리는 옛 여자친구 안나를 만난다. 안나의 집에서 시간을 보낸 다음 날, 해리의 기억은 사라졌고 안나는 죽은 채로 발견된다. 설상가상으로 모든 단서는 해리를 범인으로 지목한다. 죽음과 복수를 꿈꾸는 죄와 벌의 무간지옥이 펼쳐지고, 해리는 한 사건의 용의자가 되어 다른 사건을 수사해야 한다.

05 데빌스 스타

한여름의 오슬로. 한낮의 열기 속에서 첫 살인사건이 발생한다. 손가락이 잘린 채 발견된 여성 희생자의 눈꺼풀 속에 별 모양의 붉은 다이아몬드가 들어 있다. 얼마 후 또 다른 실종자가 보고되고, 그녀의 잘린 손가락만이 역시 별 모양의 붉은 다이아몬드 반지와 함께 배달된다. 사건을 맡은 해리는 '어떻게'가 아니라 '왜'가 중요한 사건임을 직감한다. 그는 부패 경찰 볼레르와 파트너가 되어 이 희대의 사건을 해결해야 한다. 《레드브레스트》와 《네메시스》를 잇는 오슬로 삼부작 완결편.

06 리디머 🟤

크리스마스 시즌을 맞아 들뜬 오슬로. 구세군이 주최한 거리 콘서트에서 구세군 장교 한 명이 총을 맞는다. 용의자도, 뚜렷한 동기도, 흉기도 없는 사건. 해리의 수사는 난항을 거듭하고, 그러는 와중에도 구세군과 관계된 사람들이 연속적으로 살해당한다. 해리는 이 비극의 씨앗이 오래전에 잉태되었음을 깨닫는데……. 해리는 상처받은 끝에 스스로 고립을 택하지만, 운명은 더 잃을 게 없을 때조차 그에게 가혹하다.

07 스노우맨 💧

첫눈이 내리는 오슬로. 퇴근 한 엄마는 정원에 선 눈사람을 보고 감탄한다. 아이는 대답한다. "우린 눈사람 안 만들었어요. 그런데 눈사람이 왜 우리 집을 보고 있어요?" 그리고 그날 밤 엄마는 사라진다. 수사에 투입된 해리 홀레는 지난 11년 동안의 데이터를 모아 여자들이 연쇄적으로 실종되었음을 확인한다. 그때 정체불명의 '스노우맨'이 보낸 편지가 그에게 도착한다. "눈사람이 사라질 때 그는 누군가를 데려갈 것이다…… 누가 눈사람을 만들었을까?"

08 레오파드 ⚪

스노우맨 사건으로 손가락과 연인을 한꺼번에 잃은 해리. 경찰 일을 그만두고 홍콩의 뒷골목에서 집요하게 자신을 망가뜨리던 그에게 노르웨이의 형사 카야가 찾아온다. 연쇄살인범이 또다시 노르웨이를 충격에 빠뜨렸으며, 어디에서도 흉기는 발견되지 않았고, 사인은 그들 자신의 피로 인한 익사라는 것. 그리고 그의 아버지가 위독하다는 것. 해리는 결국 내키지 않는 발길로 오슬로로 향하지만 수사는 더디기만 하다. '스노우맨'은 해리에게 주변 인물부터 용의선상에 올려보라고 충고하고, 해리는 떨칠 수 없는 검고 우울한 그림자를 느낀다.

09 팬텀 🌑

손가락을 잃은 것으로도 모자라 얼굴 절반에 상처를 입은 해리. 아버지는 세상을 떠났고 연인 라켈과도 헤어졌다. 모든 것을 내려놓고 홍콩으로 떠난 해리를 돌아오게 한 것은 '올레그'였다. 그에게만 속마음을 털어놓던, 아들보다 더 가깝던 그 소년이 다른 소년을 죽인 혐의로 체포된 것. 그러나 해리는 이제 경찰이 아니다. 올레그의 아버지도 아니다. 오슬로는 그를 반기지 않고 사랑하던 사람들은 죽어버린 지금, 마지막 남은 소중한 것을 지키기 위해 해리는 가혹한 대가를 치른다.

10 폴리스 ⚫

오슬로 국립병원의 폐쇄된 병동. 경찰들의 밤샘 경호를 받으며 한 '환자'가 누워 있다. 깨어날 기미가 보이지 않는 혼수상태의 환자. 그리고 환자가 영원히 눈 뜨지 않기를 바라는 사람들. 한편, 경찰들을 노리는 새로운 연쇄살인범이 등장한다. 자신이 수사하던 미제사건 현장에서 참혹하게 죽어가는 경찰들. 오슬로는 마침내 해리 홀레를 그리워한다. 대체 해리는 어디에 있는 것일까?

11 목마름 🦷

마침내 오랜 연인 라켈과 결혼한 해리는 눈앞의 행복에 어리둥절하기만 하다. 한편, 수년 만에 일어난 강력사건으로 오슬로는 충격에 빠진다. 피를 잃고 죽어간 여자들, 그녀들의 목에서 발견된 짐승의 것 같은 잇자국. 범인이 희생자의 피를 마셨음이 알려지면서 시민들은 공포에 질리고, 경찰을 떠나 있던 해리 홀레가 사건에 투입된다. 피를 향한 범인의 목마름만큼이나 간절한 해리의 목마름. 그는 오슬로를 구하고 자신의 행복 또한 지켜낼 수 있을까?

HARRY HOLE

JO NESBØ

이 책에 직접 등장하거나 인물들의 입을 통해 등장하는 인물입니다. 이
목록에는 해리 홀레 시리즈 제11권《목마름》까지의 내용과 반전 일부가
드러나 있습니다.

———

해리 홀레 ⬤⬤⬤⬤⬤⬤⬤⬤⬤⬤⬤⬤⬤

오슬로 경찰청 강력반 형사. 최악의 연쇄살인 사건들을 해결하면서 오
슬로에서 가장 유능한 형사로 불렸다. 경찰 일에 환멸을 느껴 사직하
고 경찰대학에서 학생들을 가르치기도 했다. 여러 번 죽을 고비를 넘
기고 오랜 연인 라켈과 결혼했다.

라켈 페우케 ⬤⬤⬤⬤⬤⬤⬤⬤⬤⬤

국가인권위원회의 부책임자. 해리의 아내.《레드브레스트》에서 처음으
로 해리와 만났다.

올레그 페우케 ⬤⬤⬤⬤⬤⬤⬤⬤⬤⬤

라켈의 아들. 해리에게도 아들이나 다름없는 존재이다.《팬텀》에서 마
약에 찌든 모습으로 해리를 놀라게 했다. 경찰대학 졸업반을 앞두고
있다.

쇠스 홀레 🎈🎸🎙️🎤⭐🔫🎧

해리 홀레의 여동생. 다운증후군을 앓고 있다.

외위스테인 에이켈란 🎸⭐🔫🏂🍷🍷🎈🍷⚾🏀

어린 시절부터 해리의 오랜 친구. 택시기사였다가 해리가 운영하던 젤러시 바에서 일하고 있다.

트레스코 🎈🍷🎈⚾

본명은 아스비에른 트레쇼브. 외위스테인과 함께 해리의 오랜 친구이다.

미카엘 벨만 🍷🎈⚾⚾

법무부 장관. 크리포스(노르웨이 특별수사국)와 오륵크림(조직범죄 통합수사부서) 수장, 경찰청장을 거치며 영전을 거듭했다.

군나르 하겐 🏂🎈🍷🍷⚾⚾

경찰청장. 해리를 눈엣가시처럼 여기면서도 그를 돕는다.

카트리네 브라트 🎈🍷🍷⚾⚾

오슬로 경찰청 강력반 반장. '스노우맨'사건으로 오랫동안 정신병원에 있다가 경찰로 복귀했고, 다시 해리를 돕는다. 과학수사관 비에른 홀름과 결혼했다.

비에른 홀름 ⭐🏂🎈🍷🍷🎈🍷⚾🏀

과학수사관. 오랫동안 해리의 조력자였다. 카트리네 브라트의 남편.

망누스 스카레 ★⊗◑◐😁

오슬로 경찰청 소속 수사관. 해리를 좋아하지 않는다.

트룰스 베른트센 ◑◐◐😁

강력반 형사. 특유의 웃음소리 때문에 '비비스'라는 별명으로 불린다. 오랫동안 미카엘 벨만의 그림자처럼 더러운 일들을 처리해온 버너 (burner)였다.

카야 솔네스 ◐

적십자 보안 책임자. 과거 오슬로 경찰청 형사였으며,《레오파드》에서 해리와 매우 가까운 사이였다.

안데르스 뷜레르 😁

오슬로 경찰청 강력반 형사. 기자인 모나 도와 연인 사이이다.

올레 빈테르

크리포스의 수사팀장.

성민 라르센

크리포스의 수사관. 한국계 노르웨이인으로, 경찰대학에서 해리의 수업을 들었으며 최고 성적으로 졸업했다.

스톨레 에우네 ◐⊘◐★⊗◐◐😁

심리학자. 오랫동안 오슬로 경찰청의 심리학 자문을 담당했다.

잉그리드 에우네 ⚪⚫

스톨레 에우네 박사의 아내.

에우로라 에우네 ⚪⚫

스톨레 에우네 박사의 딸.

모나 도 ⚫

〈VG〉의 범죄전문기자. 안데르스 빌레르와 연인 사이이다.

요한 크론 주니어 ⚫⚫⚪⚫⚫

오슬로의 유명 변호사. 《레드브레스트》부터 여러 번 해리와 엮였다.

로아르 보르

국가인권위원회의 책임자. 라켈의 상사이다.

메메트 칼라크

젤러시 바를 운영하다가 해리에게 팔았다. 발렌틴을 목격한 후 경찰에 제보했고, 결국 발렌틴에게 살해당했다.

페테르 링달

젤러시 바의 현 주인. 해리에게서 바를 인수했다.

발렌틴 예르트센 ⬤ 🫥

노르웨이 최악의 성범죄자 중 한 명. 《목마름》에서 경찰과 대치 중 해리 홀레가 쏜 총에 맞아 사망했다.

스베인 핀네 🫥

일명 '약혼자'로 불리는 성범죄자. 해리 홀레에 의해 체포되었다가 최근 출소했다. 발렌틴 예르트센의 생물학적 아버지이다.

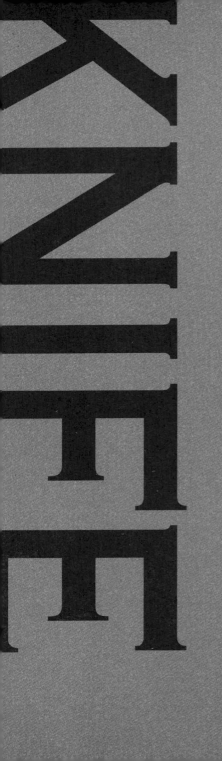

PART 1

1

너덜너덜한 드레스가 썩어가는 소나무 가지에 걸려 있었다. 노인은 드레스를 보면서 젊은 시절의 노래를, 빨랫줄에 널린 드레스에 관한 노래를 떠올렸다. 그런데 저건 그 시절의 노래처럼 산들거리는 남풍에 나부끼는 게 아니라 얼음이 녹은 차디찬 강물 속에서 부유하고 있었다. 강바닥은 완벽히 고요했고, 3월의 어느 오후 5시의 하늘은 일기예보에서 전하듯 청명했지만, 수면의 얼음과 수심 4미터를 뚫고 들어온 햇빛은 얼마 되지 않았다. 그래서 소나무와 드레스는 기괴하게 푸르께하고 어두컴컴한 물속에 잠겨 있었다. 여름 드레스고 흰색 물방울 문양이 찍힌 파란색 드레스였을 거라고 노인은 짐작했다. 애초에 색깔이 있었는지는 알 길이 없다. 나뭇가지 끝에 걸려서 얼마나 매달려 있었는지에 따라 다를 것이다. 드레스는 하염없이 흐르는 물살에 휩쓸렸다. 느릴 때는 빨래하듯 살살 어루만지고 빠를 때는 거칠게 잡아채는 물살이 서서히 그러나 확실하게 드레스를 갈가리 찢고 있었다. 노인은 어쩐지 드레스가 자신의 처지와 조금 닮았다고 생각했다. 그 드레스도 한때는 누

17

군가에게, 어린 소녀에게든 여인에게든, 다른 남자의 눈에든, 아이의 품에서든 어떤 의미였다. 하지만 지금은 노인처럼 길을 잃고 내팽개쳐지고 아무런 목적도 없고 덫에 걸리고 갇히고 목소리를 잃었다. 물살에 휩쓸려 마지막 한 조각까지 떨어져 나가 흔적도 없이 사라지는 건 시간문제였다.

"뭐 보세요?" 노인이 앉은 의자 뒤에서 누군가가 물었다. 노인은 근육통을 참고 겨우 고개를 돌려 위를 보았다. 처음 보는 손님이었다. 요새는 자주 깜박깜박하지만 시멘센 헌팅앤드피싱 매장에 다녀간 손님의 얼굴만큼은 절대로 잊지 않았다. 총이나 탄약을 사러 온 손님은 아니었다. 사실 조금만 단련하면 손님의 눈빛만 보고도 누가 초식동물인지 간파할 수 있었다. 살상 본능을 상실한 인류의 일부분, 다른 집단이 은밀히 공유하는 비밀을 모르는 사람들 말이다. 덩치 크고 뜨끈한 피를 가진 포유류에게 총알을 박는 것보다 더 생생히 살아 있는 기분을 느끼게 하는 건 없다는 비밀. 노인은 손님이 그들 앞 벽면의 대형 텔레비전 위와 아래 선반에 걸린 낚싯바늘이나 낚싯대를 사러 왔거나 반대편에 진열된 야생동물 카메라를 보러 왔다고 짐작했다.

"하글레부 강을 보시는 거예요." 알프가 대신 답했다. 노인의 사위인 알프가 그들 쪽으로 와 있었다. 알프는 일할 때 늘 입는 긴 가죽조끼에 손을 깊숙이 찔러 넣고 신발 뒤축에 체중을 싣고 서서 몸을 흔들고 있었다. "우리가 작년에 카메라 제조업체랑 저기다 수중카메라를 설치했거든요. 그래서 노라포센 폭포 근처의 연어 계단 바로 위의 상황이 24시간 실시간으로 나와서 연어가 언제 상류로 오는지 더 정확히 확인할 수 있어요."

"그게 언젠데요?"

"4월과 5월에도 조금 올라오긴 하지만 떼 지어 몰려오는 건 6월이나 돼야 해요. 송어가 연어보다 먼저 산란을 시작하고요."

손님은 노인에게 빙긋이 웃으며 물었다. "그럼 너무 일찍부터 지켜보시는 거 아니에요? 뭐라도 보셨어요?"

노인이 입을 벌렸다. 머릿속에는 말이 있었다. 말을 잊은 건 아니었다. 그런데 한 마디도 나오지 않았다. 노인은 다시 입을 다물었다.

"실어증이에요." 알프가 말했다.

"네?"

"뇌졸중으로, 말씀을 못하세요. 낚시 도구 보시게요?"

"야생동물 카메라요." 손님이 말했다.

"사냥을 하시나 봐요?"

"사냥요? 아뇨, 설마. 쇠르셰달렌에 있는 제 오두막 앞에 배설물이 있는데, 전에 못 보던 거라서요. 사진을 찍어 페이스북에 올려서 물어봤거든요. 산에 사는 사람들한테 바로 답이 왔는데, 곰이래요. 곰이라니! 지금 여기서, 노르웨이 수도 한복판에서 차로 20분, 걸어서 세 시간 반이면 나오는 숲속에서요."

"그거 굉장한데요."

"'굉장하다'는 게 어떤 의미냐에 따라 다르죠. 말했다시피 거기에 우리 오두막이 있다니까요. 가족이랑 가끔 놀러 가거든요. 누가 놈을 쏴 죽여주면 좋겠어요."

"저도 사냥하는 사람이라 무슨 말씀인지 잘 압니다. 사실 노르웨이에도 그리 멀지 않은 과거에 곰이 많이 살던 때가 있었지만 지난 200년간 곰이 사람을 공격해서 죽인 사고는 거의 없었어요."

열한 번, 노인이 속으로 말했다. 1800년 이후로 열한 명. 마지막은 1906년. 언어와 운동능력은 상실했어도 기억력은 여전했다. 정신도 아직 멀쩡했다. 거의. 가끔 조금 뒤죽박죽되는지, 사위랑 딸 메테가 저희끼리 눈짓을 주고받는 걸 보고 또 무슨 실수를 저질렀나 보다 짐작하긴 했지만. 노인이 처음 문을 열고 50년간 운영한 이 가게를 딸 내외한테 넘겨줄 때만 해도 노인은 큰 도움이 되었다. 하지만 지난번 뇌졸중을 일으킨 뒤로는 그냥 이렇게 나와서 앉아 있는 게 다다. 그렇게 끔찍한 것만은 아니었다. 올리비아가 죽은 뒤로는 어차피 남은 생에 거는 기대가 크지 않았다. 가족과 가까이서 사는 것만으로도 족했다. 매일 따뜻한 식사를 얻어먹고 가게 안 그의 지정석에 앉아 텔레비전을 보았다. 끝없이 흘러나오고 소리가 나지 않는 프로그램, 노인과 같은 속도로 움직이는 곳, 그나마 극적인 사건이라고는 산란하러 온 물고기들이 처음 강을 거슬러 올라오는 장면이었다.

"그렇다고 그런 사고가 또 일어나지 않을 거라는 말은 아닙니다." 알프의 목소리가 들렸다. 알프와 손님은 어느새 야생동물 카메라 선반 앞에 가 있었다. "아무리 테디베어처럼 생겼어도 육식동물은 모두 살상을 해요. 그러니 네, 카메라를 꼭 장만하셔야 합니다. 그래야 놈이 오두막 근처에 터를 잡았는지 그냥 지나가던 길이었는지 정확히 확인할 수 있죠. 마침 불곰이 동면에서 깨어나는 시기기도 하고, 놈들은 **굶주려** 있으니까요. 배설물을 발견한 곳이나 오두막 근처에 카메라를 설치해보세요."

"그런데 카메라는 저 조그만 새장 속에 넣어두는 건가요?"

"저 새장은, 그렇게 부르시니, 아무튼 곰이든 다른 짐승들이 가까이 접근할 때 카메라를 보호하는 장치예요. 그리고 이건 기능도 단순하고 가격도 적당한 카메라예요. 동물이든 사람이든 뭐든 열을 발산할 때 나오는 적외선을 포착하는 프레넬 렌즈가 내장되어 있어요. 적외선 수준이 기준치를 넘으면 카메라가 자동으로 녹화를 시작해요."

노인은 두 사람의 대화를 흘려듣다가 다른 뭔가에 정신이 팔렸다. 텔레비전 화면에서 벌어지는 상황에. 어떤 상황인지 몰라도 푸르스름한 어둠이 조금 밝게 어른거렸다.

"녹화 영상은 카메라에 내장된 메모리카드에 저장되고요. 컴퓨터로 영상을 재생할 수 있어요."

"거참 대단하네요."

"네, 다만 카메라에 녹화된 영상이 있는지는 직접 가서 확인하셔야 해요. 조금 더 비싼 모델을 사시면 카메라가 녹화를 시작할 때 문자 메시지를 보내주죠. 아니면 이 최고급 사양으로 하시면 메모리카드가 카메라에 내장되어 있지만 녹화 영상을 스마트폰이나 이메일로 바로 보내줘요. 오두막에 계시다가 한 번씩 가서 배터리만 교체하시면 되고요."

"곰이 한밤중에 오면요?"

"이 카메라에는 백색광뿐 아니라 자외선 LED도 있어요. 비가시광선이라 짐승들이 놀라서 도망치지 않아요."

빛. 노인은 지금 그걸 보았다. 상류에서 오른쪽을 비추는 빛줄기. 그 빛이 푸르께한 강물을 뚫고 드레스를 비쳤고, 순간 노인은 섬뜩하게도 소녀가 다시 살아나 신나게 춤을 추는 모습을 보았다.

"무슨 과학소설에 나오는 얘기 같네요!"

노인은 그 속으로 우주선이 들어오는 장면을 보면서 입을 벌렸다. 우주선이 빛을 발산하면서 강바닥에서 1미터 반쯤 되는 높이에 떠 있었다. 그리고 물살에 떠밀려 거대한 바위에 부딪히고는 느리게 제자리에서 돌았고, 앞쪽에서 나오는 불빛이 강바닥을 훑고 카메라 렌즈를 비추어 순간 노인의 눈을 멀게 했다. 그렇게 잠시 맴돌던 우주선이 소나무의 굵은 줄기에 걸려 멈췄다. 노인의 심장이 쿵쾅거렸다. 그것은 자동차였다. 실내등이 켜져 있고 차 안에 물이 거의 천장까지 들어찼다. 안에 누가 있었다. 그 사람은 운전석에 반은 앉고 반은 선 채로 절박하게 머리를 천장에 대고 숨을 쉬려는 것 같았다. 차가 걸린 썩은 나뭇가지 하나가 부러져 물살에 떠내려갔다.

"대낮만큼 선명하거나 또렷하지 않고 흑백으로 나와요. 그래도 렌즈가 가려지거나 물방울이 맺히지만 않는다면 확실히 곰을 볼 수는 있어요."

노인은 알프의 관심을 끌려고 바닥에 발을 굴렀다. 차 안의 남자가 숨을 크게 들이마시고 다시 물속으로 들어가려는 것 같았다. 짧게 깎은 까슬까슬한 머리카락이 물살에 흔들리고 두 뺨이 부풀었다. 남자가 두 손으로 카메라가 비추는 차창을 쳤지만 차 안에 물이 가득 차서 힘이 제대로 실리지 않았다. 노인은 두 손으로 팔걸이를 짚고 일어서려 했지만 근육이 말을 듣지 않았다. 남자의 한쪽 손 가운뎃손가락이 잿빛이었다. 남자는 주먹으로 차창을 치다 말고 머리로 들이받았다. 그러다 단념하는 듯 보였다. 나뭇가지가 하나 더 부러지고 물살이 차를 당겨 풀려나게 하려 했지만, 소나무는 아직 보내줄 준비가 되지 않은 듯했다. 노인은 차창 안쪽에 짓눌린, 고통으로 일그러진 남자의 얼굴을 보았다. 툭 불거진 푸른 눈. 한쪽 입가에서 귀까지 호를 그리며 이어진 간 색깔의 흉터. 노인은 의자에서 겨우 일어나 카메라 선반 쪽으로 휘청거리며 두 걸음을 떼었다.

"잠깐 실례할게요." 알프가 손님에게 조용히 말했다. "왜 그러세요, 아버님?"

노인이 뒤쪽의 화면을 가리켰다.

"진짜요?" 알프가 의심스러운 듯 물으면서 급히 노인을 지나쳐 텔레비전 앞으로 갔다. "물고기요?"

노인은 고개를 저으며 화면을 돌아보았다. 자동차. 사라졌다. 전부 아까와 똑같아 보였다. 강바닥, 죽은 소나무, 드레스, 얼음을 뚫고 들어온 초록 햇빛. 마치 아무 일도 일어나지 않은 것 같았다. 노인은 다시 바닥에 발을 구르고 화면을 가리켰다.

"이제 진정하세요, 아버님." 알프가 노인의 어깨를 다정하게 토닥였다. "산란하기에는 아직 한참 일러요." 그러고는 다시 손님이 있는 야생동물 카메라 쪽으로 돌아갔다.

노인은 그를 등지고 선 두 남자를 보았고, 절망과 분노를 느꼈다. 방금 본 장면을 어떻게 설명해야 하지? 의사 말이, 뇌졸중이 뇌좌반구의 앞쪽과 뒤쪽 모두에서 일어나면 말하는 능력만이 아니라 글이든 몸짓이든 전반적인 의사소통 능력을 상실한다고 했다. 노인은 비틀거리며 의자로 돌아가 다시 앉았다. 하염없이 흘러가는 애꿎은 강물만 바라보았다. 동요하지 않는. 단념하지 않는. 불변하는. 잠시 후 심장이 다시 평온하게 뛰는 것을 느꼈다. 또 모르지, 어쩌면 정말로 아무 일도 일어나지 않은 게 아닐까? 어쩌면 절대적 어둠으로 향하는 노년의 다음 단계를 얼핏 엿본 건지도. 아니면 다채로운 망상의 세계를 본 건지도. 노인은 다시 드레스를 보았다. 아까 자동차 전조등 불빛이 비치는 줄 알았을 때는 마치 올리비아가 그 드레스를 입고 춤추는 것 같았다. 그리고 자동차 앞 유리 안쪽에, 실내등이 켜진 차 안에서 언뜻 전에 어디선가 본 얼굴을 보왔다. 노인의 기억에 저장된 얼굴. 그가 아직 기억하는 얼굴들은 여기, 이 가게에서 본 얼굴들뿐이다. 여기서 두 번 그 남자를 본 적이 있다. 푸른 눈과 간 색깔의 흉터. 두 번 다 야생동물 카메라를 사러 왔다. 또 얼마 전에는 경찰이 그 남자에 관해 물으러 온 적도 있다. 노인은 남자 눈에서 그 표정을 보았다. 비밀을 안다고 말하는 표정. 자기는 초식동물이 아니라고 말하는 표정.

2

스베인 핀네는 여자에게 기대어 한 손으로 여자의 이마를 짚었다. 이마가 축축했다. 그를 올려다보는 두 눈이 고통으로 커졌다. 아니면 공포거나. 공포가 더 큰 이유일 거라고 핀네는 짐작했다.

"내가 무섭나?" 핀네가 속삭였다.

여자는 고개를 끄덕이고 침을 삼켰다. 핀네는 늘 그 여자가 아름답다고 생각했다. 그녀가 집에 들어가거나 나갈 때, 헬스장에 있을 때, 지하철에서 고작 몇 자리 떨어져 앉아 그녀가 그를 보게 한 순간. 그러니 그녀는 안다. 그런데 이 순간 그토록 무력하게, 그의 위력에 완벽히 굴복한 채 쓰러진 모습보다 아름다운 적은 없었다.

"약속하지. 금방 끝나, 자기야." 그가 속삭였다.

그녀는 침을 꿀꺽 삼켰다. 몹시 두려운 듯 보였다. 핀네는 입을 맞출지 잠깐 고민했다.

"배에 칼이 들어가면." 그가 속삭였다. "그럼 그걸로 끝나."

여자는 눈을 질끈 감았다. 반짝이는 눈물 두 방울이 속눈썹 새로 삐져나왔다.

스베인 핀네는 나직이 클클거렸다. "내가 올 줄 알았잖아. 내가 자기를 놔주지 않을 걸 알았잖아. 약속은 약속이니까."

핀네는 한 손가락으로 땀과 눈물로 뒤범벅된 여자의 뺨을 닦았다. 그 손에 새겨진 수리 날개 안에 아가리를 벌린 커다란 구멍을 통해 여자의 한쪽 눈이 보였다. 그 구멍은 어느 경찰이, 당시에는 청년이던 그 경찰이 총을 쏴서 만든 것이다. 스베인 핀네는 열여덟 건의 성폭행으로 20년 형을 받았다. 사실 핀네는 혐의 자체를 부인하지는 않았지만, 그 행위를 "성폭행"으로 기술하는 행태와 그와 같은 남자가 그 행위로 처벌받아야 한다는 개념 자체를 용인할 수 없었다. 판사와 배심원들은 노르웨이 법이 자연법의 상위에 있다고 믿는 것 같았다. 뭐, 그 작자들이 그렇게 믿는다면야.

여자의 한쪽 눈이 구멍 속에서 그를 쳐다보았다.

"준비됐나, 자기야?"

"그렇게 부르지 말아요." 그녀가 훌쩍이며 말했다. 요구라기보다는 애원하듯이. "그리고 칼 얘기는 그만……."

스베인 핀네는 한숨을 쉬었다. 사람들은 왜 그렇게 칼을 무서워할까? 칼은 인류 최초의 도구고 인간은 250만 년에 걸쳐 칼에 익숙해졌는데도, 여전히 어떤 인간들은 인류가 나무에서 내려올 수 있게 해준 이 고마운 도구의 미덕을 이해하지 못한다. 사냥, 집, 농사, 음식, 방어. 칼은 생명을 앗아갔지만 그만큼 새 생명을 창조했다. 하나를 얻으려면 다른 하나를 잃는 법. 이걸 이해하고 인류가 이뤄낸 결과와 그 기원을 수용한 자들만이 칼을 사랑할 수 있었다. 공포와 사랑. 역시나 동전의 양면이다.

핀네는 눈을 들었다. 그들 옆 벤치에 준비한 칼들을 보았다. 선택받을 준비가 된 칼들. 꼭 맞는 칼을 선택하는 것이 핵심이었다.

거기 그 칼들은 용도에 맞게 제작된, 최상품의 훌륭한 칼이었다. 물론 핀네가 칼에서 원하는 그 무엇인가가 결핍된 건 사실이었다. 개성. 영혼. 마법. 키 크고 헝클어진 짧은 머리의 그 청년 경찰이 다 망치기 전. 핀네는 근사한 칼 스물여섯 자루를 소장했다.

그중 최고는 단연 자바산 칼이었다. 길고 얇고 비대칭인 칼, 뱀처럼 휘어지고 칼자루가 달려 있었다. 순수하고 여성스러운 아름다움. 가장 잘 드는 칼은 아닐지 몰라도, 뱀과 미녀가 홀리는 것 같은 기운이 서린 칼이라 사람들로 하여금 명령에 복종하게 했다. 그에 반해 그의 소장품에서 가장 잘 드는 칼은 "람푸리"라는, 인도 마피아가 애호하는 칼이었다. 얼음으로 만든 것처럼 냉기를 내뿜고 매혹적일 만큼 못생긴 칼. 호랑이 발톱 모양의 이 "카람빗"은 아름다움과 효율성이 결합된 칼이었다. 하지만 다소 지나치다 싶게 계산적이라 마치 화장을 떡칠하고 몸에 꽉 끼고 가슴이 깊게 팬 드레스를 입은 창녀 같았다. 스베인 핀네는 그 칼을 좋아한 적이 없다. 그는 순수한 것들을 사랑했다. 처녀성. 그리고 관념적으로 단순한 것을 사랑했다. 칼 소장품에서 그가 좋아하는 칼처럼. 핀란드의 "푸코" 칼. 닳고 닳은 갈색 나무 칼자루에 어울리지 않게 짧게 휘고 끝이 뾰족한 칼날이 달린 칼. 핀네는 그 푸코 칼을 투르쿠에서 사서 이틀 뒤 헬싱키 외곽의 네스테 주유소에서 혼자 일하던 열여덟 살짜리 통통한 소녀에게 상황을 명확히 전달하는 용도로 사용했다. 그때도 그는 (성적 기대감이 솟구칠 때면 늘 그렇듯) 말을 조금 더듬었다. 통제력을 잃어서 더듬는 게 아니라 단순한 도파민 작용이었다. 그리고 여든이 다 된 지금도 성욕이 줄지 않았다고 확인해주는 신호였다. 그가 문으로 들어간 순간부터 (카운터를 지키던 그녀를 포착하고 그녀의 바지를 찢어 수태시키고 그녀의 신분증을 꺼내 말린이라는 이름과 주소를 확인한 후) 다시 밖으로 나오기까지, 정확히 2분 30초가 걸렸다. 2분 30초. 실제로 수태시키는 데만은 몇 초나 걸렸을까? 침팬지는 성교하는 데 평균 8초가 걸리고, 그 8초 동안은 암컷이든 수컷이든 양쪽 다 포식자가 득실거리는 세상에서 완전히 무방비 상태가 된다. (침팬지보다 천적이 적은) 고릴라가 쾌락을 즐기는 시간은 1분으로 늘어난다. 하지만 적의 땅에서 자제력이 있는 남자라면 더 큰 목적, 곧 자손 번식이라는 원대한 목적을 위해 쾌락을 희생해야 할 때가 많다. 따라서 은행 강도가 4분 이상 걸리면 안 되듯이 공공장소에서의 수태 행위는 2분 30초 이상 걸리면 안 되었다. 인류의 진화가 그가 옳다는 것을 입증할 것이다. 단지 시간문제였다.

하지만 지금 여기는 안전한 환경이었다. 게다가 수태에는 성공하지 못할 것이다. 수태시키고 싶지 않아서가 아니었다. 그는 원했다. 하지만 이번에 이 여자에게는 칼을 삽입할 것이다. 자식을 생산할 가망이 없는 여자에게 굳이 임신시키려고 힘 뺄 필요가 없다. 자제력이 있는 남자는 씨를 아낀다.

"나는 널 자기라고 불러도 돼, 우린 약혼한 사이니까." 핀네가 속삭였다.

여자는 충격으로 까매진 눈으로 그를 보았다. 눈알이 이미 빠져나간 것처럼 까맸다. 더는 차단할 빛이 없다는 듯이.

"그래, 우린 약혼한 사이지." 그가 나직이 낄낄거리며 두툼한 입술로 여자 입술을 눌렀다. 그러고는 자동적으로 플란넬 셔츠 소매로 그녀의 입술을 닦아 타액을 남기지 않으려 했다. "그리고 이건 내가 너한테 약속한 거야……." 그의 손이 여자의 가슴골을 지나 복부로 내려갔다.

3

해리는 잠에서 깼다. 뭔가가 잘못됐다. 그게 뭔지 기억하는 데 오래 걸리지 않을 것이다. 축복과도 같은 잠깐의 불확실한 순간이 지나면 현실이 얼굴에 펀치를 날릴 테니까. 그는 눈을 떴다가 이내 후회했다. 햇살이 얼룩덜룩 뿌연 창문을 비집고 들어와 작고 휑한 방을 훑고는 눈 안쪽의 고통스러운 지점을 찌르는 것 같았다. 그는 다시 눈꺼풀 안쪽의 어둠으로 피신했고, 꿈을 꾼 걸 알았다. 물론 라켈의 꿈. 전에도 수없이 꾼 꿈과 같은 장면으로 시작했다. 처음 만나고 얼마 지나지 않은, 오래전 그날 아침. 라켈이 그의 가슴에 머리를 얹고 누워 있고, 그는 사람들 말이 사실인지 확인하는 거냐고, 그에게 정말로 심장이 없는지 들어보는 거냐고 물었다. 라켈은 그가 사랑하는 특유의 웃음을 터트렸다. 라켈에게서 그 웃음을 끌어낼 수만 있다면 어떤 멍청한 짓도 할 수 있었다. 그녀는 고개를 들어 오스트리아인 어머니에게 물려받은 따스한 갈색 눈동자로 그를 쳐다보고 사람들 말이 맞는 것 같지만 그녀의 것을 주겠다고 답했다. 그녀는 심장을 주었다. 라켈의 심장은 아주 커서 그의 온몸으로 혈액을 펌프질해서 그를 녹여주고 다시 진짜 인간으로 만들어주었다. 그리고 남편으로 만들어주었다. 내성적이고 진지한 소년 올레그의 아버지로 만들어주었다. 그는 소년을 친아들처럼 사랑했다. 행복했다. 그리고 무서웠다. 다행히도 **무슨 일이** 일어날지 모른 채로, 불행히도 **무슨 일이** 일어날 것이고 그는 원래 이렇게 행복할 사람이 아니라는 걸 알았다. 라켈을 잃어버릴까 봐 무서웠다. 라켈이 없으면 살아갈 수 없는데 왜 지난밤 꿈에서는 그녀에게서 도망쳤을까?

그는 이유를 몰랐고, 아무것도 기억나지 않았다. 하지만 라켈은 심장 반쪽을 다시 돌려달라고 찾아와 이미 약해진 그의 심장박동을 듣고 그가 어디 있는지 알아내서 초인종을 울렸다.

그러다 결국 일격이 날아왔다. 현실이.

그가 이미 그녀를 잃어버린 현실.

그가 그녀에게서 도망쳐서가 아니라 그녀가 그를 내쫓아서.

해리는 거칠게 숨을 헐떡였다. 어떤 소리가 귀를 뚫고 들어왔고, 눈 안쪽만 욱신거리는 게 아니라 뇌 전체에서 격렬한 통증이 일어났다. 그리고 아까 깨기 직전에 꾸던 꿈을 유도한 것이 바로 그 소리라는 것을 깨달았다. 정말로 초인종이 울렸다. 어리석고 고통스럽고 억제할 수 없는 희망이 그의 머릿속을 헤집었다.

해리는 눈을 감은 채 한 손으로 소파베드 옆 바닥을 더듬으며 위스키를 찾았다. 손끝에 닿은 병이 뒤로 넘어갔다. 낡은 쪽모이세공 바닥에서 구르는 소리를 들어보니 빈 병이었다. 그는 겨우 눈을 떴다. 탐욕스러운 발톱처럼 마룻바닥 위로 매달려 있는 손을, 중지의 잿빛 티타늄 보철 손가락이 보였다. 손이 피투성이였다. 젠장. 그는 손가락 냄새를 맡으며 어제 밤늦게 무슨 일이 있었는지, 여자들이 엮여 있었는지 기억을 짜냈다. 이불을 젖히고 192센티미터의 호리호리한 벗은 몸을 위에서부터 훑어보았다. 술을 다시 입에 대고 몸에 상처가 생기기 시작한 지는 얼마 안 되었지만, 예상대로라면 근육이 한 주가 다르게 약해지고 이미 회백색인 피부가 백지처럼 허옇게 유령처럼 변해서 결국에는 완전히 소멸할 것이다. 물론 그러려고 마시는 것이기도 하고. 아닌가?

그는 겨우 몸을 일으켜 앉았다. 주위를 둘러보았다. 그가 사람다워지기 전에 살던 곳으로 되돌아왔다. 이번에는 한 층 아래로 떨어진 채로. 무슨 얄궂은 운명의 장난인지, 그가 젊은 경찰에게 빌려서 지내다가 계속 세 들어 살기로 한 40제곱미터의 방 두 칸짜리 아파트는 사실 그가 홀멘콜렌에 있는 라켈의 목조주택으로 들어가 살기 전에 살던 아파트의 바로 아래층이다. 여기로 들어오기 전에 이케아에서 소파베드를 샀다. 그리고 소파 뒤로 레코드판이 한가득 꽂힌 책장, 커피테이블, 아직 벽에 기대놓은 거울, 복도의 벽장이 가구의 전부다. 이렇게 단출하게 지내는 게 애초에 그의 의지가 부족해서인지, 아니면 이건 임시 거처이고 라켈이 고민을 마치면 다시 그를 불러줄 거라고 믿고 싶어서인지 확신이 서지 않았다.

그는 병이 날지 생각했다. 하긴, 그건 그에게 달려 있을 것이다. 2주쯤 지나자 몸이 독에 익숙해져서 내성이 생기는 것 같았다. 몸에서 독을 더 늘려달라고 요구했다. 그는 두 발 사이에 멈춘 빈 위스키병을 보았다. 피터 도슨 스페셜. 좋은 술은 아니었다. 짐빔이 좋았다. 게다가 짐빔은 각진 병이라 바닥에서 굴러다니지 않았다. 도슨은 싸구려 술로, 고정된 월급과 바닥난 통장으로 까다롭게 술을 고를 형편이 못 되는 목마른 알코올의존자를 위한 술이었다. 그는 시계를 보았다. 4시 십 분 전. 주류점이 문 닫기 전까지 두 시간

십 분이 남았다.

그는 숨을 깊이 들이마시고 일어섰다. 머리가 터질 것만 같았다. 몸이 휘청거리는 채로 겨우 버텼다. 거울에 비친 그를 보았다. 강바닥에서 먹이를 찾던 물고기가 낚싯줄에 너무 빨리 감겨 올라와 눈과 내장이 튀어나오려 하고, 너무 세게 감겨 올라온 탓에 낚싯바늘에 볼이 찢겨 왼쪽 입가에서 귀까지 낫 모양의 불그죽죽한 흉터가 생긴 몰골이었다. 이불 속에서는 속옷을 입은 줄 알았는데 속옷이 보이지 않았다. 바닥에 널려 있던 청바지를 꿰어 입고 현관으로 나갔다. 현관문에 달린 무늬 유리창에 검은 형체가 어른거렸다. 그녀다. 그녀가 돌아온 것이다. 지난번에 초인종이 울렸을 때도 그런 줄 알았다. 그때는 하프슬룬 전기회사에서 나왔다는 남자가 계량기를 현대식으로 교체하라고 했다. 그래야 고객이 전기 사용량을 시간별로, 와트 단위까지 정확히 측정해서 하루 중에 정확히 언제 스토브를 켜고 독서등을 끄는지 파악할 수 있다고 했다. 해리는 집에 스토브가 없고 설령 있다고 해도 그가 언제 스토브를 켜고 끄는지 알고 싶어할 사람이 없을 거라고 대꾸하면서 문을 닫았다.

하지만 지금 유리창에 어른거리는 형체는 여자였다. 그녀의 키, 그녀의 체격. 아래층 중앙 현관은 어떻게 들어왔지?

그는 문을 열었다.

두 사람이 있었다. 처음 보는 여자와 현관문 유리창까지 키가 닿지 않는 어린 소녀. 소녀가 내민 모금함을 보고서야 그들이 거리에서 건물 초인종을 눌렀고 다른 집에서 문을 열어준 걸 알았다.

"자선 모금 중인데요." 여자가 말했다. 둘 다 코트 위에 적십자 로고가 붙은 주황색 조끼를 입고 있었다.

"그런 건 가을에 하는 줄 알았는데요." 해리가 말했다.

여자와 소녀가 말없이 그를 보았다. 처음에는 그에게 사기꾼 취급을 당한 것 같아 적개심을 드러낸 줄 알았다. 그러다 조롱의 눈빛인 걸 알았다. 모르긴 몰라도 그가 반라인 데다가 오후 4시에 술냄새를 풀풀 풍겨서일 것이다. 그뿐 아니라 이미 전국에서 가가호호 자선 모금 방문을 받는다는 뉴스가 TV에 대대적으로 보도된 줄도 모르는 듯 보여서일 것이다.

해리는 수치심이 올라오는지 보았다. 아닌 게 아니라 그랬다. 약간은. 평소 술 마실 때 현금을 넣어두는 바지 주머니를 뒤졌다. 경험상 카드를 가지고 다니는 게 현명하지 않다는 걸 깨달아서였다.

그는 어린 소녀에게 미소 지었고, 소녀는 모금함 구멍에 지폐를 쑤셔 넣는 피 묻은 손을 휘둥그런 눈으로 쳐다보았다. 그는 돈이 사라지기 직전 얼핏 콧수염을 보았다. 에드바르 뭉크의 콧수염.

"젠장." 그는 손을 다시 주머니에 찔러 넣었다. 비어 있었다. 그의 은행 잔고처럼.

"왜요?" 여자가 말했다.

"이백짜리인 줄 알았어요. 그런데 뭉크를 넣어버렸네요. 천 크로네."

"아⋯⋯."

"혹시⋯⋯. 그게, 다시 꺼낼 수 있을까요?"

소녀와 여자는 말없이 그를 보았다. 소녀는 조심스럽게 상자를 조금 높이 들어 비닐로 밀봉되고 자선단체 로고가 아로새겨진 자리가 더 잘 보이게 해주었다.

"그렇군요." 해리가 중얼거렸다. "그럼 잔돈은요?"

여자는 농담인 줄 아는 듯 빙긋이 웃었고, 그도 그녀의 생각에 수긍하듯 미소 지었지만 머리로는 절박하게 해결책을 찾았다. 6시 전에 299크로네 90외레. 아니면 반병짜리 값으로 169.90.

"선생님께서 내신 돈이 필요한 분들께 간다는 데서 위안을 얻으세요." 여자가 이렇게 말하고는 소녀를 데리고 계단으로 향했다.

해리는 문을 닫고 주방으로 가서 손에 묻은 피를 닦았다. 손이 쓰라렸다. 다시 거실로 가서 둘러보다가 이불보에 피 묻은 손자국이 찍혀 있는 걸 보았다. 쭈그려 앉아 소파 밑에서 휴대전화를 꺼냈다. 문자는 없고 어젯밤에 온 부재중 전화 세 통만 찍혀 있었다. 한 통은 토텐 출신 과학수사관 비에른 홀름에게 온 것이고, 나머지 두 통은 법의학연구소의 알렉산드라에게서 온 것이다. 알렉산드라와는 최근 들어, 라켈에게 쫓겨난 이후로 부쩍 가까워졌고, 그가 아는 (기억하는) 한 생리 중이라며 관계를 거부하는 사람은 아니었다. 처음 잔 날 알렉산드라가 그를 집까지 태워주고 둘이 같이 그의 주머니에서 열쇠를 찾다가 끝내 못 찾았다. 하지만 그녀는 당황스러울 정도로 손쉽게 자물쇠를 따고는 그를 (그리고 그녀 자신을) 소파베드에 눕혔다. 다시 깨어났을 때 그녀는 가고 없었고 서비스를 제공해줘서 고맙다는 메모만 남아 있었다. 어쩌면 그녀의 피일 수도 있었다.

해리는 눈을 감고 정신을 모으려 했다. 지난 몇 주간의 일들과 시간순의 기억이 흐릿한 건 맞지만 어젯밤은 유독 공백이었다. 완전히 텅 비었다. 눈을 뜨고 아직 얼얼한 오른손을 내려다보았다. 세 군데 손마디에서 피가 나고 살갗이 벗겨지고 상처 옆에 피가 엉겨 붙어 있었다. 세 군데서나 피가 난 건 주먹을 한 번만 휘두른 게 아니라는 뜻이다. 바지에 묻은 피를 보았다. 손마디에서 나온 피라고 보기엔 양이 너무 많았다. 게다가 생리혈은 아니었다.

해리는 이불보를 벗기며 부재중 전화가 찍힌 비에른 홀름에게 전화를 걸었다. 신호가 가기 시작했다. 어디선가 행크 윌리엄스의 노래, 비에른이 자기 같은 과학수사관에 관한 노래라고 믿는 노래가 벨 소리로 울려 퍼질 것이다.

"좀 어때요?" 비에른이 쾌활한 토텐 억양으로 물었다.

"뭐가 어떠냐에 따라서." 해리가 욕실에 들어가며 말했다. "삼백 크로네 빌려줄 수 있나?"

"일요일이에요, 해리. 오늘은 주류점이 문을 닫아요."

"일요일?" 해리는 바지를 벗어서 이불보와 함께 이미 넘쳐나는 빨래 바구니에 쑤셔 넣었다. "젠장."

"다른 거 원하는 거 있어요?"

"자네가 나한테 전화했던데, 9시쯤."

"그런데 안 받으셨잖아요."

"응, 전화기가 어젯밤 소파 밑에 들어가 있었나 봐. 난 젤러시 바에 있었고."

"그럴 거 같았어요. 그래서 외위스테인한테 연락했더니 거기 계신다고 하더라고요."

"그래서?"

"그래서 제가 그리로 갔죠. 진짜 하나도 기억 안 나요?"

"젠장. 어떻게 된 거야?"

해리는 비에른이 내쉬는 한숨 소리를 들으며 약간 튀어나온 눈을 굴리는 표정과 플랫캡을 쓴 달덩이 같은 희멀건 얼굴과 경찰청에서 가장 숱 많고 가장 붉은 수염을 떠올렸다.

"뭘 알고 싶으신데요?"

"자네가 보기에 내가 꼭 알아야 하는 것까지만." 해리는 빨래 바구니에서 뭔가를 보았다. 팬티와 티셔츠 사이에 술병 주둥이가 튀어나와 있었다. 그걸 잡아 뺐다. 짐빔. 비어 있었다. 과연? 그는 뚜껑을 따서 입에 대고 고개를 젖혔다.

"그래요, 그럼 짧은 버전으로." 비에른이 말했다. "21시 15분에 젤러시 바에 갔을 때 선배는 많이 취해 있었어요. 22시 30분에 선배를 차에 태워서 집에 데려다줄 때까지 선배는 내내 같은 말만 되풀이했어요. 한 사람 얘기요. 누굴까요?"

해리는 대답하지 않고 머리를 젖힌 채 사시 눈으로 술병만 노려보며 병 속에서 한 방울이 굴러떨어지는 걸 보았다.

"라켈요." 비에른이 말을 이었다. "선배가 차에서 정신을 잃어서 제가 선배 집으로 끌고 올라갔어요. 그게 다예요."

해리는 그 방울의 속도로 보아 아직 여유가 있다고 판단하고 병에서 잠깐 입을 떼고 물었다. "흠. 그게 다야?"

"짧은 버전은요."

"우리가 싸웠나?"

"선배랑 **제가요**?"

"'제가요'에 힘이 들어간 걸 보니 누구랑 싸우긴 싸웠나 보네. 누군데?"

"젤러시 바의 새 주인이 좀 맞았을 수도 있어요."

"맞아? 깨보니까 손에서 세 군데나 피가 나고 바지에도 피가 묻었어."

"선배가 처음 날린 주먹이 그 사람 코를 쳐서 피가 많이 났어요. 그런데 다음 주먹은 그 사람이 몸을 수그려서 벽으로 날아갔고요. 두 번 이상. 아마도 벽에 선배 피가 묻어 있을 거예요."

"그럼 링달은 반격하지 않았고?"

"솔직히 말하면 선배 상태가 엉망이라 누굴 다치게 하는 게 불가능했어요. 외위스테인이랑 제가 말려서 그나마 선배가 더 다치지 않은 거예요."

"젠장. 이제 나 거기 못 가는 건가?"

"아, 링달이 한 대는 맞을 짓을 하긴 했어요. 〈White Ladder〉 앨범 전곡을 틀고는 또 틀려고 했거든요. 그래서 선배가 그 사람한테 바의 명성에 먹칠을 한다고 악을 썼어요. 선배랑 외위스테인이랑 라켈이 어떻게 쌓은 명성인 줄 아냐면서."

"그건 맞잖아! 그 바는 금광이었어, 비에른. 그 작자가 거저먹은 거고. 난 딱 한 가지만 요구했어. 온갖 허접한 것에 맞서서 좋은 음악만 틀어야 한다고."

"**선배**의 음악요?"

"우리의 음악이지, 비에른. 자네의, 나의, 외위스테인의, 메메트의……. 그래도…… 그래도 그 망할 데이비드 그레이는 안 돼!"

"그럼 구체적으로 얘기를 했어야죠……. 어어, 우리 집 꼬마가 울어요, 해리."

"아, 그래, 미안. 그리고 고마워. 어젯밤 일은 미안하고. 젠장, 내가 바보같이 말하는군. 일단 끊자. 카트리네한테 인사 전해줘."

"카트리네는 출근했어요."

전화가 끊겼다. 퍼뜩 뭔가가 스쳤다. 그게 뭔지 알아채지 못할 만큼 순식간이지만 느닷없이 심장이 거칠게 요동치고 숨이 가빴다.

해리는 아직 거꾸로 들고 있는 병을 보았다. 한 방울이 굴러떨어졌다. 바닥을 보았다. 갈색의 한 방울이 지저분한 흰색 타일 바닥에서 반짝였다.

그는 한숨을 쉬었다. 맨살로 바닥에 무릎을 꿇고 앉자 무릎에 타일 바닥의 차가운 기운이 닿았다. 그는 혀를 내밀어 숨을 깊이 들이마시고 몸을 숙여 바닥에 이마를 댔다. 기도하듯이.

해리는 필레스트레데 거리를 성큼성큼 걸어 내려갔다. 간밤에 살짝 덮인 눈 위에 닥터마틴 부츠가 시커먼 발자국을 남겼다. 낮게 걸린 봄날의 해가 이 도시의 오래된 5, 6층짜리 건물들 뒤로 넘어가기 전까지 눈을 녹이려고 마지막 힘을 쥐어짜고 있었다. 그는 부츠 밑바닥의 굵직한 홈에 박힌 조그만 돌 조각이 아스팔트에 리드미컬하게 긁히는 소리를 들으면서, 50년 가까이 전에 그가 태어난 오래된 국립병원의 높은 현대식 건물들을 지나쳤다. 블리츠 하우스의 전면을 장식한 최신 길거리 미술이 보였다. 이 건물은 한때 오슬로 펑크족들의 요새이던 허름한 무단 점거 건물로, 펑크족인 적도 없던 그도 청소년 시절에 어느 무명 밴드의 공연을 보러 이곳에 오곤 했다. 이어서 그가 한때 인사불성으로 취했던 렉스 펍 앞을 지났다. 예전에는 다른 이름이었다. 맥주가 더 쌌고, 기도들이 더 너그러웠고, 재즈를 좋아하는 인간들로 붐볐다. 하지만 그는 그들에게 속하지 않았다. 그렇다고 거리 반대편에 있는 오순절교회의 언어로 말하는 거듭난 영혼의 무리에 속한 것도 아니었다. 이어서 법원 청사가 나왔다. 그곳에서 그가 얼마나 많은 살인범을 기소했나? 많다. 그래도 충분하지 않았다. 그의 악몽에 나타나는 영혼들은 그가 잡아넣은 자들이 아니라 도망친 자들과 그자들의 희생자들이었다. 그래도 그가 이름을 날릴 만큼, 명성을 쌓을 만큼은 잡아넣었다. 좋든 싫든. 그가 경찰 동료 몇 사람의 죽음에 직간접적인 책임이 있다는 사실도 그 명성에 일조했다.

그는 그뢴란슬레이레에 이르렀다. 1970년대의 언젠가부터 단

일민족이던 오슬로가 다른 세계와 충돌한 거리, 아니면 다른 세계가 오슬로와 충돌한 것인지도. 아라비아 이름의 레스토랑, 파키스탄 카라치에서 수입한 채소와 향신료 가게들, 히잡을 쓰고 유모차를 끌고 일요일 산책을 나온 소말리아 여자들, 그녀들에게서 세 걸음 뒤에서 떠들썩하게 대화를 나누는 그녀들의 남자들. 그래도 오슬로에 아직 백인 노동계급이 살고 이 거리가 그들의 동네였던 시절부터 문을 연 펍도 몇 군데 보였다. 해리는 그뢴란 교회를 지나 공원 꼭대기에 서 있는 유리 궁전을 향해 계속 걸었다. 그 앞에 이르러 둥근 현창이 난 육중한 철문을 열기 전에 다시 돌아섰다. 오슬로 시내가 보였다. 추하면서도 아름다운. 차가우면서도 뜨거운. 그는 어느 날은 이 도시를 사랑했고, 어느 날은 이 도시를 혐오했다. 그래도 버릴 수는 없었다. 물론 잠시 거리를 두고 한동안 떨어져 지낼 수는 있었다. 하지만 영원히 버릴 수는 없었다. 그녀가 그를 버린 것처럼.

경찰청사 경비가 그를 들여보내주었고, 그는 엘리베이터 앞에서 기다리면서 재킷을 풀었다. 땀이 나기 시작했다. 그러다 진동이 일면서 앞에 있는 엘리베이터 문 하나가 열렸다. 어쨌든 오늘은 아니라는 생각에 다시 돌아서서 계단으로 7층까지 올라갔다.

"일요일에도 일해요?" 카트리네 브라트가 예고도 없이 사무실에 들어서는 해리를 보고 모니터에서 눈을 들었다.

"그건 내가 할 말 같은데." 해리가 책상 앞 의자에 무겁게 주저 앉았다.

둘이 눈을 마주쳤다.

해리는 눈을 감고 머리를 뒤로 기대고 긴 다리를 책상에 닿도록 쭉 뻗었다. 카트리네가 군나르 하겐한테 업무와 함께 물려받은 책상이다. 벽을 조금 밝게 칠하고 쪽모이세공 바닥에 윤을 내기는 했지만 그것 말고는 전임 강력반 반장의 사무실과 똑같았다. 카트리네 브라트는 이제 강력반의 신임 반장이자 한 아이의 엄마지만, 해리 눈에는 여전히 베르겐 경찰서에서 막 상경한 열정 넘치는 청년으로 보였다. 그때 카트리네는 계획과 무거운 감정의 짐과 검은 앞머리와 베르겐에는 여자가 없다는 주장을 무색하게 할 뿐 아니라 해리의 동료들이 조금 오래 쳐다보게 하는 몸매에 검은 재킷으로 무장하고 나타났다. 그녀가 오로지 해리에게만 관심을 가진 데는 평범하면서도 역설적인 이유가 있었다. 그의 나쁜 평판. 이미 남의 남자라는 사실. 게다가 그가 그녀를 동료 수사관 이상으로 보았다는 사실.

"내가 오해한 걸 수도 있지만." 해리가 하품을 하면서 말했다. "아까 통화하다가 들어보니, 자네 집에 사는 그 토텐 친구가 육아 휴직으로 신난 것 같던데."

"맞아요." 카트리네가 컴퓨터를 두드리며 말했다. "선배는 어떤데요? 선배도 신난 건지—."

"결혼 생활에서 휴가 낸 거?"

"강력반에 다시 와서 신났냐고 물어본 거예요."

해리는 한쪽 눈을 떴다. "말단으로 일하게 돼서?"

카트리네는 한숨을 쉬었다. "그나마 군나르랑 내가 얻어낼 수 있는 최선이었어요, 해리. 뭘 더 기대한 거예요?"

해리는 한쪽 눈을 감은 채 사무실을 빙 둘러보며 뭘 기대했는지 생각했다. 카트리네의 사무실에서 좀 더 여성스러운 손길이 느껴지기를? 그가 경찰을 그만두고 경찰대학에서 강의를 시작하고 라켈과 결혼해서 평화롭고 안정된 삶을 누리려고 애쓰기 전에 쓰던 널찍한 사무실이 다시 주어지기를? 물론 그럴 순 없었다. 그나마 카트리네가 군나르 하겐의 승인과 비에른의 도움으로 그야말로 시궁창에서 그를 끄집어내서 이렇게 오갈 곳을 마련해주고 라켈 말고 다른 생각할 거리를 던져주고 그가 술을 퍼마시다 죽지 않을 이유를 주었다. 사실 그가 사무실에 들어앉아 서류나 정리하면서 미제사건을 검토하는 업무를 맡기로 한 건 생각보다 더 밑바닥으로 추락했다는 뜻이다. 그는 경험상 여기서 조금 더 내려가는 것도 언제든지 가능하다는 걸 알았다. 그가 툴툴거리며 물었다.

"오백 크로네 빌려줄 수 있나?"

"뭐 하시는 거예요, 해리." 카트리네가 절망적인 표정으로 보았다. "그것 때문에 온 거예요? 어제 마실 만큼 마시지 않았어요?"

"그런 식으로 되는 게 아니야." 해리가 말했다. "비에른을 보내서 날 데려가게 한 게 자넨가?"

"아뇨."

"그럼 그 친구가 어떻게 날 찾았어?"

"선배가 밤마다 어디에 가 있는지 모르는 사람이 없어요. 최근에 팔아넘긴 바에서 어슬렁거리는 게 이상하다고들 생각하지만."

"전 주인한테 술을 팔지 못할 것도 없잖아."

"어제까지는 그랬겠죠. 비에른이 그러던데요? 그 바의 새 주인이 선배한테 마지막으로 한 말이, '평생 출입 금지'였다면서요."

"그랬대? 하나도 기억 안 나."

"기억나지 않으면 제가 좀 도와드릴게요. 우선 선배가 비에른한테 젤러시 바에서 나오는 음악이 문제라면서 경찰에 신고하게 도와달라고 했고, 라켈한테 전화해서 대신 설득해달라고도 했대요. 비에른 전화로. 선배 휴대전화는 집에 두고 나온 데다, 선배가 전화하면 라켈이 받지 않을 거라면서요."

"빌어먹을." 해리는 두 손으로 얼굴을 감싸고 관자놀이를 문질렀다.

"창피하라고 하는 말이 아니에요, 해리. 그래도 술을 마시면 본인이 어떻게 되는지 아시라고요."

"정말 고마워." 해리는 두 손을 포개서 배에 얹었다. 그의 앞 책상 모서리에 200크로네짜리 지폐가 있었다.

"취할 만큼의 액수는 아니에요." 카트리네가 말했다. "그래도 잠드는 데는 도움이 될 거예요. 선배한테는 그게 필요하니까요. 잠."

그는 카트리네를 보았다. 세월이 흐르면서 눈빛이 부드러워졌다. 이제는 세상에 복수하고 싶은, 울분에 찬 젊은 여자가 아니었다. 다른 사람들, 부서원들, 9개월 된 아들 덕분이리라. 물론 이런 조건에서 의식이 높아지고 온화해질 수도 있다. 1년 반 전에 뱀파이어 사건이 한창일 때 라켈이 병원에 있고 그가 끊은 술을 다시 입에 대기 시작했을 때 카트리네가 그를 집으로 데려간 적이 있다. 아주 깨끗했을 욕실에서 토하게 하고 비에른과 같이 자던 침대에서 몇 시간이고 아무 근심 없이 잠들게 해주었다.

"아니." 해리가 말했다. "나한테 잠은 필요 없어. 사건이 필요해."

"사건이 있잖아요."

"스베인 핀네 사건이 필요해."

카트리네가 한숨을 쉬었다. "선배가 말하는 그 살인사건들을 핀네 사건이라고 부르지 않아요. 그자가 한 짓이라고 볼 만한 근거가 없어요. 이미 말했듯이 그 사건에 필요한 인력은 다 채워졌어요."

"살인사건이 세 건이야. 미제사건이 세 건이라고. 그럼 자네와 나, 둘 다 아는 사실, 그러니까 스베인 핀네가 그 사건들에 책임이 있다는 사실을 실제로 입증할 사람이 필요하지 않다는 거야?"

"선배가 맡은 사건이 있잖아요. 일단 그것부터 해결하시고, 여기 일은 나한테 맡겨줘요."

"내가 맡은 건 사건도 아니야. 남편이 다 자백한 데다 살해 동기도, 법의학적 증거도 확보된 가정폭력 살인사건이잖아."

"그 남편이 갑자기 자백을 철회할 수도 있어요. 그러니 뼈대에 살을 더 많이 붙여놔야 해요."

"이런 건 뷜레르나 스카레 같은 후배들한테나 넘길 사건이야. 핀네는 성범죄자에 연쇄살인범이야. 그런 사건에 특수한 경험을 쌓은 수사관은 나 하나잖아."

"아뇨, 해리! 다 끝난 얘기예요."

"그런데 왜지?"

"왜냐고요? 본인을 보세요! 선배가 강력반을 이끄는 입장이라면 술 취하고 불안정한 수사관을 코펜하겐과 스톡홀름으로 보내겠어요? 자기네 도시에서 일어난 살인사건의 범인은 동일범이 **아니라고** 판단을 내린 사람들한테? 선배는 어디서나 연쇄살인범을 보잖아요. 뇌가 연쇄살인범을 보도록 특화되어 있으니까."

"그 말이 맞을 수도 있지만 이건 핀네가 맞아. 사건의 모든 특징이—"

"됐어요! 집착을 버려요, 해리."

"집착?"

"비에른이 그러던데요? 선배가 술 마시는 내내 핀네에 관해 횡설수설했다고. 그자가 선배를 잡기 전에 선배가 먼저 잡아야 한다면서."

"내가 **술 마시면서**? 말은 똑바로 해. 술 취해서라고. **술 취해서.**"

해리는 지폐로 손을 뻗어 바지 주머니에 넣었다. "일요일 잘 보내."

"어디 가요?"

"남은 하루를 제대로 관찰할 만한 곳."

"신발 바닥에 돌이 박혔나 봐요. 내 사무실 쪽 모이세공 마룻바닥에서 걸을 때는 발뒤꿈치를 들고 걸으세요."

해리는 빠른 걸음으로 그뢴란슬레이레를 따라 올림펜과 피갈레로 향했다. 그가 제일 가고 싶은 술집은 아니지만 제일 가까운 곳들이었다. 그뢴란의 도로에는 차가 많지 않아서 빨간불에 길을 건너면서 휴대전화를 확인할 수 있었다. 알렉산드라에게서 온 부재중 전화에 답해야 하나 고민하다가 안 하기로 했다. 용기가 나지 않았다. 통화 기록을 보니 전날 저녁 6시에서 8시 사이에 라켈한테 여섯 번 전화를 걸었다. 그는 몸서리를 쳤다. "통화가 거절됨"이라고 찍혀 있었다. 때로는 이런 기술적 용어가 필요 이상으로 정확할 수 있다.

길 건너 인도로 올라가려는데 갑자기 가슴에 통증이 일고 심장이 속도제어 스프링이 빠지기라도 한 것처럼 마구 뛰었다. "심장발작"이라는 단어가 머릿속에 떠오른 순간 통증이 사라졌다. 그보다 더 최악으로 세상을 하직하는 경우도 없으리라. 가슴통증. 무릎 아래 통증. 보도블록에 머리 부딪치기. 끝. 이 속도로 며칠 더 술을 마셨다가는 마냥 비현실적인 최후는 아닐 터였다. 해리는 계속 걸었다. 그러다 언뜻 보였다. 아까 오후에 잠깐 스치듯 보였을 때보다 더 많이 보였다. 그러나 깨고 나면 흩어지는 꿈처럼 다시 빠져나갔다.

해리는 올림펜 앞에 서서 안을 들여다보았다. 한때는 오슬로에서 가장 거친 바였지만 새로 단장한 그곳에 선뜻 들어가지지 않았다. 그 바의 새로운 손님들이 보였다. 힙스터와 말쑥하게 차려입은 연인들만이 아니라, 아이들을 데리고 나온 가족과 시간이 없어도 일요일 점심은 레스토랑에서 돈을 쓸 만큼 여유로운 사람들이 어우러져 있었다.

그는 머뭇거리며 주머니에 손을 넣었다. 200크로네짜리 지폐와 함께 뭔가가 잡혔다. 열쇠. 그의 집 열쇠가 아니라 가정폭력 살인사건 현장에서 나온 열쇠. 퇴옌의 보르그 가에 있는 현장. 종결된 사건이나 다름없는데 굳이 왜 그 열쇠를 달라고 했을까. 그나마 현장은 그만의 것이다. 그 사건에 배정된 다른 수사관인 트룰스 베른트센은 어차피 손가락 하나 까딱하지 않을 테니 온전히 그만의 현장이다. 트룰스 베른트센이 강력반에 들어온 건 특별히 공을 세워서가 아니라, 어릴 때 친구이자 한때는 경찰청장이었고 현재는 법무부 장관인 미카엘 벨만과의 관계 때문이다. 트룰스 베른트센은 쓸모라곤 없는 인물이고, 카트리네와 트룰스 사이에는 수사 업무에서 손을 떼고 커피나 내리고 다른 기본적인 사무만 본다는 암묵적 합의가 있었다. 그러니까 페이션스 카드 게임과 테트리스나 하면서 시간을 때운다는 뜻이다. 커피 맛은 조금도 나아지지 않았지만, 요새는 가끔 트룰스가 테트리스로 해리를 꺾을 때가 있었다. 둘 다 꽤 망가진 한 쌍으로, 개방형 사무실 한구석에 구겨져서 1.5미터 높이의 이동식 스크린을 사이에 두고 있었다.

해리는 다시 바 안을 들여다보았다. 창가 자리의 가족석 옆에 빈 부스석이 하나 남아 있었다. 가족석에 있는 꼬마가 그를 발견하고 손가락으로 가리키며 웃었다. 해리를 등지고 앉은 아빠가 돌아보았고, 해리는 자기도 모르게 한 발 뒤로 물러나 어둠으로 숨었다.

거기서 유리창에 비친 창백하고 핼쑥한 자신의 얼굴과 함께, 그 얼굴이 창문 안쪽에 있는 꼬마의 얼굴과 겹치는 장면을 보았다. 어떤 기억이 떠올랐다. 할아버지와 어린 그. 긴 여름방학, 룀스달렌의 가족 식사 자리. 그가 할아버지를 보고 웃었다. 부모님은 걱정스러운 표정이었다. 할아버지, 술 취한.

해리는 다시 열쇠를 만지작거렸다. 보르그 가. 걸어서 5분이나 6분 거리다.

그는 전화기를 꺼냈다. 통화 기록을 보았다. 전화를 걸었다. 오른손 손마디를 보며 기다렸다. 통증이 어느새 무뎌진 걸 보니 그렇게 세게 친 건 아닌 모양이다. 그런데도 데이비드 그레이 팬의 무고한 코가 버티지 못하고 피를 뿌렸으리라.

"그래, 해리?"

"그래, 해리라뇨?"

"저녁 먹는 중이야."

"알았어요. 빨리 끝낼게요. 저녁 다 드시고 저 좀 만나러 나오실 수 있어요?"

"아니."

"오답이에요. 다시."

"그래?"

"거의 맞았어요. 보르그 가 5번지. 도착하면 전화하세요. 내려가서 문 열어드릴게요."

해리의 오랜 친구이자 강력반의 살인사건 심리학 자문인 스톨레 에우네가 한숨을 길게 내쉬었다. "이거 술값이나 내달라고 술집으로 불러놓고 사실은 취하지 않은 그런 상황은 아니라는 건가?"

"제가 술값을 내라고 부른 적 있어요?" 해리가 카멜 담뱃갑을 꺼냈다.

"자네는 원래 돈도 잘 내고 자기가 뭘 했는지도 잘 기억했지. 그런데 술이 자네의 돈만이 아니라 기억력까지 먹어치우고 있어. 자네도 알잖아. 아냐?"

"네. 가정폭력 살인사건이에요. 칼이랑—."

"그래, 그래. 그 사건은 나도 봤어."

해리는 입술 사이로 담배를 꽂았다. "오실 거죠?"

다시 깊은 한숨 소리가 들렸다. "그래서 몇 시간 동안 술을 가까이하지 않는다면."

"알았어요." 해리는 통화를 마치고 휴대전화를 재킷 주머니에 넣었다. 담배에 불을 붙였다. 숨을 깊이 들이마셨다. 레스토랑의 닫힌 문을 등지고 섰다. 들어가서 맥주 한 잔을 마시고도 보르그 가에서 스톨레를 만날 시간은 충분했다. 안에서 음악이 흘러나왔다. 영원한 사랑을 선언하는, 오토튠으로 만진 노래. 그는 한 손을 들어 다가오는 차에 양해를 구하고 도로로 뛰어들었다.

보르그 가의 낡은 노동자 계급 아파트로 보이는 외관 안에는 환한 거실과 개방형 주방과 현대식 욕실과 중정이 내려다보이는 발코니까지 갖춘 신축 아파트가 감춰져 있었다. 해리는 퇴엔도 이제 곧 요란하게 치장할 거라는 조짐으로 받아들였다. 집세가 오르고 기존의 세입자들이 쫓겨나고 동네의 사회적 지위가 상향 조정될 것이다. 이민자들의 식료품점과 조그만 카페들이 헬스장과 힙스터 레스토랑에 밀려날 것이다.

스톨레 에우네는 다소 불편한 표정으로 해리가 빛바랜 쪽모이세공 마룻바닥 한가운데에 놓아둔, 갈빗살 모양의 허술한 등받이로 된 의자 두 개 중 하나에 앉았다. 해리는 스톨레가 불편해 보이는 건 의자와 그의 비대한 체격 사이의 격차 때문만이 아니라, 엘리베이터를 두고 마지못해 그를 따라 4층까지 계단으로 올라온 후 동그란 작은 안경알에 아직 뿌옇게 김이 서려서일 거라고 생각했다. 아니면 그들 사이에 검은색의 밀랍 봉인처럼 엉겨 붙은 피 웅덩이 때문인지도. 어릴 때 어느 여름방학에 할아버지는 해리에게 돈을 먹을 수 없다고 말했다. 해리는 방에 들어가 할아버지한테 받은 5크로네짜리 동전을 꺼내서 깨물었다. 이에 부딪힌 느낌과 금속성의 냄새와 들큼한 맛이 기억났다. 그가 자기 몸을 칼로 베고 피를 핥았을 때도 같은 맛이 났다. 훗날 그가 범죄 현장에서 맡은, 신선하지 않은 피에서 나던 냄새도 같았다. 그들이 지금 앉은 이 방의 냄새. 돈. 피 묻은 돈.

"칼이군." 스톨레 에우네는 누가 겨드랑이를 때리기라도 할까 봐 두려운 사람처럼 겨드랑이에 손을 끼우고 있었다. "칼이라는 개념에는 뭔가가 있어. 차가운 쇠붙이가 살을 뚫고 몸속으로 들어간다. 그 생각을 하면 식겁해. 요새 애들 말로."

해리는 대꾸하지 않았다. 그와 강력반이 스톨레를 살인사건 자문으로 부른 지는 오래되었지만, 그가 스무 살 많은 스톨레를 친구로 생각하기 시작한 게 언제인지는 알 수 없었다. 그래도 스톨레를 잘 알기에 그가 "식겁한다"는 말이 그들이 태어나기 전부터 쓰던 오래된 표현이란 걸 모른 척하는 게 가식인 건 알았다. 스톨레는 나이가 많고 보수적인 사람으로 보이고 싶어했다. 동년배들이 "적절해" 보이려고 안달하는 시대정신에 구애받지 않는 사람으로 보이고 싶어했다. 스톨레는 언젠가 언론 인터뷰에서 이렇게 말했다. "심리학과 종교는 한 가지 공통점이 있습니다. 둘 다 사람들에게 그들이 원하는 것을 준다는 점입니다. 저 바깥의 암흑에서, 아직 과학의 빛이 닿지 않은 곳에서, 심리학과 종교는 무한한 자유를 누립니다. 우리가 실제로 아는 것에만 매달려야 한다면 심리학자와 성직자는 모두 일자리를 잃을 겁니다."

"그러니까 여기가 남편이 아내를 찌른 자리군……. 몇 번이랬지?"

"열세 번요." 해리가 둘러보았다. 마주 보이는 벽에는 맨해튼의 스카이라인을 찍은 거대한 흑백사진이 걸려 있었다. 사진 한가운데에 크라이슬러 빌딩이 있었다. 이케아에서 산 액자일 것이다. 그게 뭐? 좋은 사진이다. 같은 사진을 수많은 사람이 소유한다는 점, 집에 온 손님 중에 몇이 그 사진이 좋은 사진이 아니라서가 아니라 이케아에서 샀다는 이유로 깔볼 수 있다는 점만 거슬리지 않는다면야 이런 액자를 걸어도 괜찮지 않나? 라켈이 토르비에른 뢰들란 작가의 작품 번호가 붙은 사진이라면 (할리우드에서 급커브를 도는 흰색 리무진 사진) 8만 크로네나 해도 마음에 들었을 거라고 말했을 때 해리는 같은 논리를 들이댄 적이 있다. 라켈은 그의 논리에 수긍했다. 그는 라켈을 위해 그 리무진 사진을 사줘서 기뻤다. 라켈이 그냥 동의하는 척한 걸 몰라서가 아니라 그도 내심 그게 훨씬 근사한 이미지라고 인정하지 않을 수 없어서였다.

"남편이 화가 났군." 스톨레가 셔츠 맨 위 단추를 풀었다. 평소 나비넥타이가 붙어 있는 자리였다. 그는 주로 진지함과 재미 사이에서 적절한 균형을 잡은 문양이 있는 넥타이를 골랐다. 파란색 유럽연합 깃발에 황금 별이 박힌 것처럼.

양옆의 어느 집에선가 아이 울음소리가 들렸다.

해리는 담뱃재를 털었다. "남편은 자기가 왜 아내를 죽였는지 자세히 기억나지 않는대요."

"억압된 기억이야. 내가 그 사람한테 최면을 걸게 해줘."

"그런 것도 하시는 줄 몰랐네요."

"최면? 내가 어떻게 결혼했게?"

"음, 여기선 그럴 필요까지는 없었어요. 법의학적 증거로는 아내가 거실을 가로질러 남편에게서 멀어졌고, 남편은 아내를 쫓아가 처음에는 등 뒤에서 찔렀어요. 칼날이 허리로 들어가 신장을 찔렀죠. 그래서 이웃집 사람들이 비명을 듣지 못한 거예요."

"어?"

"찔리면 고통이 극심한 부위라, 희생자가 순식간에 마비되어 비명조차 지르지 못하다가 이내 의식을 잃고 죽거든요. 군사 전문가들이 침묵의 살인이라면서 선호하는 방법이에요."

"그래? 뒤에서 몰래 다가가 한 손으로 입을 틀어막고 다른 손으로 목을 베는 옛날의 좋은 방법은 어떻게 됐는데?"

"구식이 됐죠. 게다가 그건 좋은 방법인 적이 없어요. 신체 협응력과 정밀도가 지나치게 많이 필요하거든요. 병사들이 적의 입을 틀어막다가 제 손을 얼마나 많이 베는지 상상도 못 하실 거예요."

스톨레는 얼굴을 찡그렸다. "이 집 남편이 전직 특공대원 같은 건 아니었나 보군?"

"남편이 저기서 아내를 찌른 건 순전히 우연이었을 수 있어요. 남편이 굳이 살인을 감추려고 의도한 흔적이 없거든요."

"의도라면? 그럼 충동적인 범행이 아니라 계획적이었다는 건가?"

해리는 천천히 고개를 끄덕였다. "이 집 딸은 조깅하러 나갔어요. 남편은 딸이 돌아오기 전에 경찰에 신고했고요. 경찰이 먼저 와서 집 앞에 진을 치고 딸을 막았어요. 딸이 집에 들어가 죽은 엄마를 보기 전."

"사려 깊군."

"다들 그래요. 남편이 속 깊은 사람이라고." 해리는 담뱃재를 더 털었다. 재가 말라붙은 피 웅덩이에 떨어졌다.

"재떨이를 가져와야 하는 거 아닌가, 해리?"

"과학수사과 조사는 다 끝났고, 모든 정황이 설명돼요."

"음, 아무리 그래도."

"동기는 안 물으시네요."

"그래. 동기는?"

"전형적이죠. 남편이 휴대전화 배터리가 다 되어 아내의 허락 없이 아내의 휴대전화를 썼어요. 그러다 의심스러운 문자를 발견하고 발신자를 확인했죠. 상대와 문자를 주고받은 게 6개월 전부터고 내용을 보니 틀림없이 둘이 애인 사이였어요."

"남편이 애인을 직접 만났나?"

"아뇨, 다만 보고서에는 남편이 아내의 휴대전화에서 문자 메시지를 찾아서 애인한테 연락했다고 나와요. 젊은 남자고 이십 대 중반으로 아내보다 스물다섯 살 어려요. 상대 남자는 둘 사이에 관계가 있었다고 확인해줬어요."

"또 내가 알아야 할 건?"

"남편은 고학력자고 안정된 직장에 돈 걱정이 없으며 경찰과 말썽을 일으킨 적도 없는 사람이에요. 가족, 친구, 직장 동료, 이웃까지 다들 남편을 자상하고 온화하고 착실한 사람이라고 말해요. 말씀하셨듯이 속 깊은 사람이고요. '가족을 위해 모든 걸 희생할 남자.' 보고서에 이렇게 적혀 있었어요." 해리는 담배를 세게 빨았다.

"자네는 이게 해결된 사건이 아니라고 보고 나한테 묻는 건가?"

해리는 코로 연기를 내뿜었다. "이건 단순한 사건이고, 증거도 모두 확보된 상태라, 여기서 수사를 망치는 건 불가능해요. 그래서 카트리네가 저한테 준 거고요. 트룰스 베른트센하고 저." 해리는 입꼬리를 올려서 미소 비슷한 표정을 지었다. 이 집은 부유했다. 그런데도 퇴옌에, 이 도시에서 저렴하고 이민자 인구가 많은 구역에서 살기로 하고 이케아에서 미술품을 샀다. 그냥 여기가 좋았는지도 모른다. 해리도 퇴옌을 좋아했다. 어쩌면 벽에 걸린 사진은 진품이고 현재는 가격이 상당할지도 모른다.

"그러니까 자네가 물어보는 건……."

"이해하고 싶어서요." 해리가 말했다.

"아내가 몰래 바람피운 사실을 안 남편이 아내를 왜 죽였는지 이해하고 싶다고?"

"보통 남편이 아내를 죽이는 경우는 자신에 대한 평판이 훼손됐다고 생각할 때거든요. 애인이란 사람을 심문한 보고서를 보니 두 사람 관계는 철저히 비밀에 부쳐졌고 어차피 슬슬 식어가는 사이였다고 해요."

"남편이 찌르기 전에 아내가 그런 사정을 말할 틈이 없었을 수도 있지 않나?"

"아내가 말했대요. 남편은 아내 말을 믿지 않았고 어차피 아내가 가족을 배신한 것으로 생각했다고 진술하고요."

"그렇지. 게다가 가족을 늘 최우선에 두는 남자라면 배신감이 더 컸겠지. 남자로서 치욕적인 일을 당한 거고 굴욕감이 깊으면 누구든 살인까지 저지를 수 있지."

"누구든?"

스톨레는 눈을 가늘게 뜨고 맨해튼 사진 옆 책장을 보았다. "소설이군."

"네, 저도 봤어요." 해리가 말했다. 스톨레는 살인자들은 책을 읽지 않거나 읽더라도 논픽션만 읽는다는 가설을 세운 사람이다.

"폴 마티우치라고 들어봤나?" 스톨레가 물었다.

"흠."

"심리학자이자 과학수사 자문으로, 폭력과 살인 전문이야. 그 사람은 살인자를 크게 여덟 가지 유형으로 분류해. 자네와 나는 앞의 일곱 가지에는 들어가지 않아. 그런데 마지막 여덟 번째에는 누구든 들어갈 수 있어. 그 사람은 그걸 '외상' 유형이라고 부르고. 우리도 우리의 정체성에 단순하지만 심각한 공격을 당하면 그에 대한 반발로 살인자가 될 수 있어. 우리는 그런 공격을 모욕으로, 그야말로 견딜 수 없는 차원으로 경험하거든. 그런 공격은 우리를 무력하고 무능하게 해서 만약 반격하지 않는다면 우리는 존재할 자격도 없는 무력한 상태가 되지. 물론 아내에게 배신당한다면 그렇게 느낄 만하지."

"그래도 **누구든**이라고요?"

"외상을 입은 유형의 살인자에게는 앞의 일곱 가지 유형처럼 어떤 규정된 성격이 없어. 이 마지막 유형에서, 아니, 이 유형에서만 디킨스나 발자크를 읽는 살인자를 만날 수 있지." 스톨레는 숨을 깊이 들이마시고 트위드재킷 소매를 잡아당겼다. "그래서 정말로 궁금한 게 뭔가, 해리?"

"정말로?"

"자네는 내가 아는 누구보다 살인자를 잘 알아. 굴욕감이니 살인자 유형이니 하는 게 새로운 얘기는 아니잖아."

해리는 어깨를 으쓱했다. "남한테 그런 얘기를 한 번 더 들어야 저도 확신이 설 것 같아서요."

"확신이 서지 않는 게 뭔데?"

해리는 고집스럽게 제멋대로 자란 짧은 머리를 긁적였다. 이제 금발 속에 흰머리 몇 가닥이 섞여 있었다. 라켈은 그가 고슴도치처럼 보이기 시작했다고 말했다. "잘 모르겠어요."

"그냥 자존심 때문인가, 해리."

"무슨 뜻이에요?"

"뻔한 거 아냐? 자네는 이미 해결된 사건을 받았어. 그래서 어떻해서든 이 사건에서 의심할 구석을 찾고 싶은 거야. 해리 홀레는 남들이 알아채지 못하는 걸 볼 수 있다고 증명할 만한 거."

"제가 정말 그렇다면요?" 해리는 타들어가는 담배 끝을 쳐다보았다. "제가 수사에 엄청난 재능을 타고나서 저 자신도 분석하지 못할 직감을 발휘한다면?"

"농담이길 바라네."

"아뇨. 심문 보고서를 읽었어요. 남편의 진술을 읽어보면 분명 외상을 크게 입은 사람처럼 보여요. 그런데 녹음한 걸 들어봤거든요." 해리는 정면을 빤히 보았다.

"그래서?"

"체념이라기보다는 겁먹은 사람처럼 들려요. 자백은 체념의 한 형태잖아요. 자백하고 나면 겁먹을 게 없어야죠."

"처벌이 남았잖아."

"남편은 이미 처벌받았어요. 굴욕감. 고통. 사랑하는 아내가 죽는 걸 봤고요. 교도소는 그냥 고립된 상태예요. 평온. 일상. 고요. 그 외에 다른 감정이 들 수가 없죠. 딸 때문인지도 몰라요. 딸에게 무슨 일이 생길지 걱정하는 거예요."

"지옥 불에 탈 거라는 두려움도 남았잖아."

"그 사람은 이미 거기에 있어요."

스톨레는 한숨을 쉬었다. "그러면 다시 묻지. 자네가 정말로 원하는 게 뭔가?"

"라켈한테 전화해서 절 다시 데려가달라고 말해주시면 좋겠어요."

스톨레 에우네의 눈이 휘둥그레졌다.

"**이건** 농담이에요." 해리가 말했다. "계속 가슴이 두근거렸어요. 불안감도 들고요. 아니, 딱히 그런 것이 아니라. 계속 꿈을 꿨어요. ……뭔가에 관한. 그게 정확히 뭔지는 모르겠는데 자꾸만 다시 돌아와요."

"이제야 좀 쉬운 질문이 나왔군." 스톨레가 말했다. "중독. 심리학은 확고한 사실을 근거로 삼기 어려운 학문이지만, 중독물질의 소비량과 정신 문제 사이의 상관관계는 심리학의 몇 안 되는 확고한 사실이야. 그런 상태가 얼마나 됐나?"

해리는 손목시계를 보았다. "두 시간 반요."

스톨레 에우네는 허탈하게 웃었다. "그러니까 나한테 말하고 싶었던 이유는 자가 치료로 돌아가기 전에 외부에서 의학적 도움을 구해봤다고 스스로 핑계를 대려고 그런 거군?"

"평소 꾸던 꿈이 아니에요." 해리가 말했다. "그 유령들이 아니에요."

"그 유령들은 밤에 찾아오니까?"

"네. 그리고 그들은 보통 숨지 않아요. 보면 누군지도 알아요. 범죄의 희생자들, 죽은 동료들, 살인자들. 그런데 이번엔 달랐어요."

"짐작 가는 거라도?"

해리는 고개를 저었다. "갇혀 있던 사람. 그를 보면 생각나는 사람이……." 해리는 몸을 앞으로 숙여서 피 웅덩이에 담배를 비벼 껐다.

"스베인 핀네. '약혼자'." 스톨레가 말했다.

해리는 한쪽 눈썹을 올리고 눈을 들었다. "왜 그렇게 생각하세요?"

"그자가 자네를 잡으러 나왔다고 생각할 게 뻔하잖아."

"카트리네하고 얘기하셨군요."

"카트리네가 자네 걱정을 많이 해. 자네를 진단해달라더군."

"그래서 동의하셨어요?"

"심리학자로서 자네와 필요한 만큼의 거리를 확보하지 못했다고 말했어. 그래도 피해망상은 알코올 남용의 한 증상일 수 있어."

"어쨌든 제가 그자를 집어넣었어요. 그자는 제 첫 사건이에요. 성폭행과 살인으로 20년 형을 받았고요."

"자네는 할 일을 했을 뿐이야. 핀네가 그걸 사적으로 받아들일 이유가 없어."

"그자는 성폭행을 자백하고 살인은 부정하면서 경찰이 증거를 심은 거라고 주장했어요. 재작년에 교도소로 그자를 만나러 가서 뱀파이어 사건을 해결하는 데 도움을 줄 수 있는지, 발렌틴 예르트센에 관해 아는 게 있는지 물었거든요. 거기서 나오기 전에 그자가 마지막으로 자기가 정확히 언제 석방되는지 말하더니 제 가족과 제가 안전한 것 같으냐고 물었어요."

"라켈도 이런 거 알았나?"

"네. 새해에 주방 창가의 나무가 우거진 자리에서 제가 부츠 자국을 발견하고 카메라를 설치했어요."

"그거야 누구든일 수 있어, 해리. 누가 길을 잃어서 들어갔을 수도 있고."

"사유지에? 대문을 지나서 빙판길이 된 가파른 진입로를 50미터나 올라와야 하는데요?"

"잠깐만, 자네는 크리스마스에 그 집에서 나오지 않았나?"

"대충." 해리는 연기를 내뿜었다.

"그런데 그 뒤로 다시 가서 나무가 우거진 곳까지 들어갔다고? 라켈도 그걸 알았나?"

"아뇨, 잠깐만요, 제가 스토커가 된 건 아니에요. 그때 라켈이 겁을 많이 먹은 상태여서 전 그냥 다 괜찮은지 확인하고 싶었을 뿐이에요. 가서 보니 괜찮은 게 아니었고요."

"그럼 라켈도 카메라에 관해선 몰랐단 거네?"

해리는 어깨를 으쓱했다.

"해리?"

"흠?"

"자네가 카메라를 설치한 게 핀네 때문인 건 맞나?"

"무슨 뜻이에요? 헤어진 아내가 딴 남자를 만나는지 캐내려고 그랬다는 건가요?"

"그런 건가?"

"아뇨." 해리는 딱 잘라 말했다. "라켈이 절 원하지 않는다면 누구든 만날 수 있어요."

"정말로 그렇게 생각하나?"

해리는 한숨을 쉬었다.

"좋아." 스톨레가 말했다. "핀네처럼 생긴 누군가가 갇혀 있는 모습을 본 것 같다고 했지?"

"아뇨. 그건 박사님이 한 말이고요. 핀네가 아니었어요."

"아니라고?"

"네, 그건…… 저였어요."

스톨레 에우네는 숱이 줄어가는 머리를 쓸어 넘겼다. "그리고 자네는 지금 진단을 원하고?"

"어서요. 불안증인가요?"

"자네의 뇌는 라켈이 자네를 필요로 할 이유를 찾는 것 같아. 이를테면 외부의 위협에서 라켈을 지켜주도록. 그런데 자네는 갇혀 있지 않아, 해리. 자네는 쫓겨났어. 그 사실을 받아들이고 넘어가야지."

"'받아들이는' 거 말고 다른 처방은 없을까요?"

"수면. 운동. 그리고 라켈 생각을 떨쳐내게 해줄 누군가를 만나려고 노력해보는 정도."

해리는 한쪽 입꼬리에 담배를 꽂고 주먹 쥔 손을 들어 엄지를 폈다. "수면. 밤마다 인사불성으로 마시고 있고. 완수." 그리고 검지를 들었다. "운동. 제가 운영하던 바에서 사람들하고 싸워요. 완수." 마지막으로 잿빛 티타늄 손가락을 들었다. "누굴 만나라. 여자들하고 자고 다녀요. 괜찮은 여자들, 난잡한 여자들, 자고 나서 몇 명하고는 의미 있는 대화도 나누고요. 완수."

스톨레는 해리를 보았다. 한숨을 길게 내쉬고 일어서서 트위드 재킷의 단추를 채웠다. "음, 그렇다면 괜찮겠구먼."

해리는 스톨레가 떠난 뒤에도 그대로 앉아 창밖을 내다보았다. 그리고 일어서서 방들을 둘러보았다. 부부 침실은 잘 정돈되어 있고 청결하고 침대도 단정하게 정리되어 있었다. 옷장도 열어봤다. 아내 옷이 커다란 옷장 네 칸을 차지한 데 비해 남편 옷은 한 곳에 몰려 있었다. 속 깊은 남편. 딸 방에는 더 밝은 색상 벽지에 직사각형들이 있었다. 사춘기에 붙인 포스터를 열아홉이 된 최근에야 떼어내고 남은 흔적 같았다. 벽에 작은 사진 한 장이 붙어 있었다. 리켄배커 전기기타를 목에 맨 청년의 사진이었다.

해리는 거울 옆 선반에 있는 소박한 음반 컬렉션을 보았다. Propagandhi. Into It. Over It. My Heart To Joy. Panic! at the Disco. 이모* 음반들.

그는 레코드플레이어를 켜고 그 안에 들어 있는 음반을 틀다가 초창기의 버즈와 유사하게 부드럽고 마음을 진정시키는 곡이 나와서 조금 놀랐다. 다만 로저 맥귄 스타일의 12줄 기타 연주에도 불구하고 훨씬 최근 앨범인 듯했다. 진공관 증폭기와 오래된 노이만 마이크를 아무리 많이 사용해도 어쩔 수 없다. 레트로 앨범은 아무도 속이지 못한다. 게다가 보컬의 노래에 노르웨이 억양이 뚜렷한 걸 보면 그가 1965년의 진 클라크와 데이비드 크로즈비보다는 1995년 빈티지풍 톰 요크와 라디오헤드를 더 많이 들은 사람인 걸 알 수 있었다. 레코드플레이어 옆에 엎어놓은 앨범 재킷을 보니 아니나 다를까 전부 노르웨이 이름들이었다. 해리는 시선을 옮기다 옷장 앞의 아디다스 운동화를 보았다. 그의 운동화와 같은 모델이었다. 2년 전에 새로 사려고 했지만 단종된 모델. 그는 심문 보고서를 떠올렸다. 아버지와 딸 모두 딸이 20시 15분에 아파트에서 나가 에케베르그의 조각 공원 꼭대기까지 뛰어갔다가 30분 후에 에

---

* Emo. 감정적 표현에 중점을 두는 록 음악의 한 형태.

케베르그 레스토랑을 지나 집으로 돌아왔다고 진술했다. 딸의 달리기 용품이 침대 위에 있었다. 경찰이 가여운 소녀를 집 안에 들여보내서 소녀가 옷을 갈아입고 옷 가방을 꾸리는 것을 지켜보는 장면이 눈앞에 그려졌다. 해리는 쭈그리고 앉아 운동화를 들어보았다. 가죽이 부드럽고 밑창이 깨끗하고 광택이 나는 게 몇 번 신지 않은 신발이었다. 열아홉 살. 아직 사용되지 않은 삶. 그의 운동화는 해졌다. 물론 다른 모델로 새로 살 수도 있었다. 하지만 그러고 싶지 않았다. 그것이 그가 앞으로도 원하는 유일한 디자인이었다. 유일한 디자인. 수선하면 되었다.

해리는 다시 거실로 나왔다. 바닥의 담뱃재를 닦았다. 휴대전화를 꺼내서 보았다. 메시지가 없었다. 주머니에 손을 넣었다. 이백 크로네.

4

"마지막 주문을 받습니다. 이제 문 닫아요."

해리는 그의 술을 바라보았다. 천천히 오래 마셨다. 평소 술병을 껴안는 건 그가 좋아하는 맛이라서가 아니고 술기운 때문이었다. "좋아하는"은 사실 적절한 표현이 아니다. **필요한**. 아니, **필요한** 것도 아니다. **있어야 했다. 없으면 살 수 없었다.** 심장의 절반이 박동을 멈추면 인공호흡을 해야 하듯이.

그 러닝화는 수선해야 했다.

그는 휴대전화를 다시 꺼냈다. 연락처에는 일곱 명밖에 없고 모두의 이름이 각기 다른 철자로 시작해서 성도 이름도 없이 그냥 이니셜 하나만으로 입력되어 있었다. 그는 R을 눌러 그녀의 프로필 사진을 보았다. 눈을 마주쳐달라고 말하는 온화한 갈색 눈길. 어루만져달라고 말하는 따스하고 발그레한 피부. 키스해달라고 말하는 붉은 입술. 지난 몇 달간 여자들의 옷을 벗기고 자면서 그녀들과 함께 있는 동안 라켈을 생각하지 않고 그녀들이 라켈이라고 상상하지 않은 적이 단 1초라도 있었나? 그가 그녀들과 자면서도 몰래 아내와 불륜을 저지르는 걸 그녀들은 알았을까? 심지어 그가 그렇게 털어놨던가? 그가 그토록 잔인했던가? 거의 확실히 그랬을 것이다. 반쪽짜리 심장은 하루하루 날이 갈수록 박동이 약해졌고, 그는 진정한 인간으로 살아본 짧은 삶에서 다시 원래대로 돌아왔으므로.

그는 휴대전화를 노려보았다.

오래전 홍콩에서 전화 부스 앞을 지나면서 날마다 하던 생각을 다시 했다. 그녀가 거기에 **있다는** 생각. 그 순간에 그녀와 올레그가 있다. 전화기 속에. 열두 자리 번호만 누르면 닿을 곳에.

하지만 그때도 라켈과 해리가 처음 만나고 오래 지난 뒤였다.

두 사람이 처음 만난 것은 15년 전이다. 해리는 차로 가파르고 구불구불한 길을 올라가 홀멘콜렌의 목조주택 앞에 도착했다. 차가 안도의 한숨을 내뱉는 듯했고, 집에서 여자가 나왔다. 해리가 신드레 페우케에 관해 묻는 동안 여자는 현관문을 잠그고 있었다. 그녀가 뒤돌아 그에게 가까이 다가와서야 얼마나 예쁜지 알았다. 갈색 머리, 갈색 눈동자 위로 야성적으로 튀어나온 눈썹, 높이 솟은 귀족적인 광대. 군더더기 없이 우아한 코트를 걸친 모습. 그녀는 외모로 짐작되는 목소리보다 더 깊은 목소리로 그분은 자기 아버지고 자기가 이 집을 물려받았으며 아버지는 이제 이 집에 살지 않는다고 말했다. 라켈 페우케는 자신감 있고 편안한 말투로 거의 연극적일 만큼 과장해서 또박또박 말했고, 그의 눈을 똑바로 바라보았다. 그녀는 발레리나처럼 꼿꼿하게 걸으며 그 자리를 떠났다. 그는 그녀를 불러서 차에 시동 거는 걸 도와달라고 했다. 그리고 그녀를 태워주었다. 그들이 같은 시기에 법을 공부한 걸 알았다. 같은 라가 로커스 콘서트에 갔던 것도 알았다. 그는 그녀의 웃음소리가 좋았다. 그녀의 목소리만큼 깊지 않고 졸졸 흐르는 시냇물처럼 밝고 경쾌한 웃음소리. 그녀는 마요르스투아로 가는 길이었다.

"이 차는 그렇게 멀리까지 절대 못 가요." 그가 말했다. 그녀도 그 말에 동의했다. 아직 일어나지 않은 일이 무엇인지, 실제로 일어날 수 없는 일이 무엇인지 이미 아는 사람들처럼. 그녀가 내리려 할 때 고장 난 조수석 문을 그가 밀어서 열어주어야 했고, 그러다 그녀의 향기를 맡았다. 만난 지 30분밖에 지나지 않았는데, 그는 도대체 무슨 일이 일어나고 있는 건지 의아했다. 그는 그녀에게 키스하고만 싶었다.

"또 뵙게 되겠죠." 그녀가 말했다.

"아마도." 그는 이렇게 대꾸하고 그녀가 발레리나 걸음으로 스포르베이스 가로 사라지는 것을 마냥 쳐다보았다.

다시 만난 건 경찰청 파티에서였다. 라켈 페우케는 국가정보국 외무부에서 일하고 있었다. 그녀는 빨간 드레스를 입었다. 두 사람은 함께 서서 웃으며 얘기를 나눴다. 그리고 더 얘기했다. 그는 유년기에 관해, 스스로 "다운증후군 기미"가 있다고 말하는 여동생 쇠스에 관해, 어릴 때 돌아가신 어머니에 관해, 아버지를 보살펴야 했던 시절에 관해 들려주었다. 라켈은 군대에서 러시아어를 공부한 것에 관해, 모스크바의 노르웨이 대사관에서 일하던 시절에 관해, 거기서 만나 함께 아들 올레그를 낳은 러시아 남자에 관해 말해주었다. 모스크바를 떠나면서 알코올 문제가 있던 남편을 떠나온 일에 관해서도 들려주었다. 해리는 자기도 알코올의존자였다면서 파티에서 콜라를 마시는 걸 보고 짐작했을지도 모르겠다고 말했다. 하지만 그날 밤 그를 취하게 하는 건 그녀의 웃음이라고, 낭랑하고 진실하고 해맑은 그 웃음이라고, 오로지 그 웃음소리를 들기 위해 기꺼이 그의 민낯을 드러내는 말들, 멍청한 말들을 하고 싶었던 거라고까지는 말하지 않았다. 그날 밤이 지나갈 무렵 두 사람은 함께 춤을 추었다. 해리가 **춤을 추었다.** 팬파이프로 연주되는 과장된 버전의 'Let It Be'에 맞춰서. 그것이 증거였다. 그가 무력하게 사랑에 빠졌다는 증거.

며칠이 지난 일요일에 올레그와 라켈과 셋이서 소풍을 갔다. 그러다 라켈의 손을 잡았다. 그러는 게 자연스러워서. 한참 후 라켈이 손을 뺐다. 올레그가 엄마의 새 친구와 테트리스 게임을 할 때 라켈이 음울하게 바라보는 눈길에서 해리는 그녀가 무슨 생각을 하는지 알았다. 그녀가 떠나온 사람과 비슷한 알코올의존자가 지금 그녀 집에서 그녀의 아들과 같이 앉아 있다는 생각. 그래서 해리는 그가 가치 있는 사람이라고 증명해야 한다는 걸 알았다.

그리고 증명해냈다. 또 모르지, 어쩌면 라켈과 올레그가 오히려 그가 술 마시다 죽지 않도록 구해준 건지도. 물론 그 뒤로 단번에 거침없이 개선 행진을 한 건 아니다. 그가 몇 차례 무너지기도 했고, 서로 잠시 거리를 두거나 헤어지기도 했지만, 그들은 늘 서로에게 돌아갈 길을 찾았다. 서로에게서 웃음을 발견했으므로. 사랑, 절대적 사랑. 평생 한 번이라도 그들만의 배타적인 사랑을 경험하면, 그리고 서로 주고받는 관계라면, 엄청난 행운으로 생각해야 하는 그런 사랑이었다. 지난 몇 년간 두 사람이 매일 아침 조화롭고 행복하게 눈을 떠서, 그는 무한히 강인해진 동시에 한없이 취약해져 삶을 빼앗길까 봐 두렵기까지 했다. 살얼음판을 걷는 것처럼 살금살금 다녀야 했다. 그런데 어쩌다가 결국 금이 가버린 걸까? 물론 그가 그렇게 생겨먹은 탓이다. 망할 해리 홀레라서. 아니, 외위스테인이 부르던 대로 그가 "파괴자"라서.

다시 그 길로 돌아갈 수 있을까? 차를 몰고 가파르고 구불구불하고 험한 길을 따라 라켈에게 가서 다시 그를 소개할 수 있을까? 그녀가 만난 적 없는 남자로 거듭날 수 있을까? 물론 노력할 수는 있다. 그래, 그럴 수 있다. 그리고 지금이 더없이 좋은 때다. 사실은 완벽한 때다. 두 가지 문제만 있었다. 우선 택시 탈 돈이 없었다. 하지만 그 문제는 간단히 해결되었다. 10분만 걸으면 집에 도착하고 뒷마당 주차장에 그의 세 번째 차인 포드 에스코트가 눈을 덮어쓴 채 주차되어 있으므로.

두 번째 문제는 내면의 목소리가 그게 참 형편없는 생각이라고 말한다는 거였다.

하지만 그 소리를 잠재울 수 있었다. 해리는 술을 털어 넣었다. 갑자기. 그는 벌떡 일어나 문으로 향했다.

"또 봐요, 친구!" 바텐더가 뒤에서 말했다.

10분 후 해리는 소피스 가의 뒷마당에 서서 의아한 표정으로 지하실 창문을 덮은 스노보드들 사이에 영원한 그림자 속에 주차된 차를 보았다. 생각만큼 눈에 완전히 파묻힌 건 아니라서 그냥 위로 올라가 열쇠를 가져와서 시동을 걸고 출발하면 되었다. 15분이면 그녀의 집에 도착할 수 있었다. 현관문을 열고 현관과 거실과 주방 기능을 하는, 1층을 거의 다 차지한 공간에 들어가면 되었다. 그녀가 창가 조리대 앞에 서서 테라스를 내다보고 있을 것이다. 그에게 쓴웃음을 지으며 주전자를 향해 고개를 까딱하고 아직도 에스프레소보다 인스턴트커피가 좋냐고 물을 것이다.

이런 생각에 숨이 막혔다. 다시 그 느낌이 들었다. 발톱으로 가슴을 쥐어뜯는 느낌.

해리는 달리고 있었다. 오슬로의 일요일, 자정이 지나면 거리를 독차지할 수 있었다. 해진 운동화의 발목 부분을 강력 테이프로 둘렀다. 심문 보고서에서 보르그 가의 딸이 조깅했다고 진술한 경로를 따라 달렸다. 비탈길의 조각 공원을 지나는, 가로등이 비추는 길을 따라 달렸다. 자산가 크리스티안 링네스가 오슬로 시에 기증한 조각 공원은 여자에게 경의를 표하는 작품이다. 완벽하게 고요해서 사방에서 들리는 소리라고는 그 자신의 숨소리와 운동화 밑에서 자잘한 돌 조각이 밟히는 소리뿐이었다. 그는 그 길을 따라 에케베르그슬레타 방향으로 차츰 평평하게 펼쳐지는 곳까지 올라갔다가 다시 내려왔다. 데미언 허스트의 '천사의 해부학', 라켈이 카레라 대리석이라고 알려준 하얀 돌로 만든 조각상 앞에 멈췄다. 우아하게 앉은 자세의 조각상을 보자 코펜하겐의 인어공주가 떠올랐지만, 라켈은 (평소처럼 그들이 보려는 것을 미리 공부하고 온 터라) 그 작품이 알프레드 부셰의 1920년 작 '리온넬'에서 영감을 얻어 제작한 작품이라고 일러주었다. 그럴 수도 있지만 허스트의 천사는 칼과 메스로 갈라서 내장과 근육과 뼈와 뇌가 겉으로 드러나 보인다는 점이 달랐다. 그것이 조각가가 보여주고 싶던 모습일까? 천사도 속은 인간과 같다고? 아니면 어떤 사람은 정말로 천사라고? 해리는 고개를 모로 기울였다. 두 번째 관점에는 동의할 수 있었다. 긴 세월 라켈과 그 모든 일을 겪으면서 그녀가 그를 해부한 만큼 그 역시 그녀를 해부했지만 오직 천사만 보았다. 천사와 인간, 완전히. 라켈의 용서하는 능력은, 특히 해리 같은 인간과 함께 살려면 선행되어야 할 그 능력은 거의 무한했다. 거의. 하지만 그가 그 한계에 닿은 듯했다. 아니, 그 한계를 넘었다.

해리는 손목시계를 보고 계속 달렸다. 속도를 높였다. 심장이 거칠게 뛰었다. 달리는 속도를 조금 더 높였다. 젖산이 분비되는 느낌이 들었다. 조금 더. 혈액이 온몸으로 퍼져나가는 사이 부질없는 생각에 매달렸다. 지난 며칠의 지독한 시간을 다리미로 다리자는 생각. 더러운 것을 씻어내자는 생각. 왜 달리기가 음주의 반대라고, 해독제라고 생각했을까? 달리기를 하면 그저 다른 유형의 충동이 올라올 뿐인데? 그래서 뭐? 어쨌든 더 괜찮은 충동이었다.

그는 숲에서 빠져나와 에케베르그 레스토랑 앞으로 나왔다. 한때는 모더니즘 양식의 건축물이었지만 허물어져가는 그 레스토랑은 해리와 외위스테인과 트레스코가 처음으로 맥주 맛을 본 곳이자, 열일곱 살 해리가 그때는 나이가 아주 많은 줄 알았지만 아마 삼십 대밖에 되지 않았을 여자에게 유혹을 받은 곳이다. 나이가 많았든 적었든 그 여자는 그를 노련하게 이끌어 복잡하지 않게 그 세계에 입문시켰고, 그가 유일한 상대는 아니었을 것이다. 가끔 그 레스토랑을 새롭게 단장한 투자자가 그 여자의 여러 상대 중 하나가 아니었을까, 고마운 마음에 그렇게 호의를 베풀어준 게 아닐까 하는 생각이 들었다. 이제는 그 여자가 어떻게 생겼는지 전혀 기억나지 않고 귓가에 달콤하게 속삭이던 목소리만 남았다. '그렇게 나쁘진 않아, 애. 너도 알게 될 거야. 네가 어떤 여자들을 행복하게 해줄 거라는 걸. 그리고 또 어떤 여자들을 불행하게 하고.'

한 여자에게 둘 다 안겨주기도 하지.

해리는 문 닫은 컴컴한 레스토랑의 계단에 섰다.

손으로 무릎을 짚고 고개를 푹 수그렸다. 목구멍에서 구역질이 올라오려 하고 헐떡거리는 숨소리가 들렸다. 스물까지 세면서 그녀의 이름을 되뇌었다. 라켈, 라켈. 몸을 펴고 일어나 발아래 도시를 내려다보았다. 오슬로, 가을의 도시. 봄날의 이 도시는 마지못해 깨어난 듯 보였다. 해리는 부러 도심을 보지 않고, 산등성이를, 그녀의 집을, 모든 불빛과 인간 군상의 과열된 활동에도 불구하고 사화산 분화구이자 차가운 돌이자 굳은 점토에 지나지 않는 이 도시의 먼 쪽을 보았다. 손목시계 타이머를 한 번 더 확인하고 다시 달렸다.

보르그 가로 돌아오는 길에는 도중에 멈추지 않았다.

보르그 가에 와서 타이머를 멈추고 숫자를 확인했다.

집으로 돌아가는 길에는 가볍게 조깅했다. 현관문을 열면서 운동화 밑창에 박힌 돌 조각이 나무 마룻바닥에 긁히는 소리를 듣고 카트리네가 발을 들고 걸으라고 한 말이 생각났다.

휴대전화로 스포티파이 플레이리스트를 더 틀었다. 생일에 올레그에게 선물 받은 소노스 플레이바에서 헬리콥터 소리가 흘러나왔다. 신기술 장치 덕에 뒤편 선반에 꽂힌 레코드 컬렉션은 그가 30년에 걸쳐 세월의 검증을 통과하지 못한 앨범을 솎아내면서 공들여 수집한 노력을 기리는 전사자 기념비로 전락했다. 'Carry Me Home'의 혼돈의 기타와 드럼 인트로가 스피커를 쾅쾅 울려대는 소리를 들으며 운동화 밑창에서 조각 공원의 돌 조각을 빼면서, 어떻게 열아홉 살짜리는 기꺼이 레코드판 시대의 과거로 돌아가는데 그는 미래로 나아가는 걸 내켜하지 않는지 생각했다. 그는 운동화를 내려놓고 플레이리스트에 없는 버즈를 검색했다. 1960년대와 1970년대 초반 음악은 비에른 홀름 취향이었고, 비에른이 그를 글렌 캠벨로 개종시키려 해봤지만 소용없었다. 그는 'Turn! Turn! Turn!'을 찾았고, 잠시 후 로저 맥귄의 리켄배커 기타가 방 안에 울렸다. 그런데 **그녀**는 개종했다. 그녀의 음악이 아닌데도 그 음악에 빠졌다. 기타와 여자들 사이에는 뭔가가 있다. 네 줄로도 충분한데 이 친구는 열두 줄로 연주했다.

해리는 그가 틀렸을 가능성을 생각해보았다. 그러나 목덜미의 솜털은 틀리는 법이 거의 없다. 그가 심문 보고서에서 레코드 제목 중 하나를 알아보았을 때 솜털이 쭈뼛 섰다. 그 제목을 리켄배커 기타를 든 남자 사진과 연결했다. 해리는 담뱃불을 붙이고 'Rainy Days Revisited'의 끝부분에 나오는 더블 기타 솔로를 들었다. 잠들기까지 얼마나 걸릴지 생각했다. 라켈이 전화에 회신을 줄지, 다시 확인하기 전까지 휴대전화를 안 보고 얼마나 버틸 수 있을지도.

5

"이 질문에 지난번에도 답한 거 압니다, 사라." 해리는 인형의 집과 약간 비슷한 분위기의 비좁은 심문실에서 건너편에 앉은 열아홉 살 소녀를 보았다. 트룰스 베른트센은 통제실에서 팔짱을 끼고 앉아 하품을 했다. 10시였다. 한 시간에 걸쳐 사건을 다시 돌아보는 사이 사라는 다소 초조해 보이기는 해도 그 이상의 감정은 드러내지 않았다. 해리가 보고서에 적힌 대로 엄마가 칼에 열세 군데나 찔린 상처에 관해 읽는 동안에도. "그래도 말했다시피 베른트센 경관과 내가 수사를 새로 맡아서 모든 정황을 최대한 명확히 알고 싶습니다. 아버지가 평소에도 식사 준비를 많이 도와주셨나요? 아버지가 가장 예리한 칼을 금방 찾아낸 것 같고 그 칼이 정확히 어디에, 어느 서랍에 있는지 알았던 것 같아서 물어보는 겁니다."

"아뇨, 아빠는 **도와주지** 않았어요." 사라는 이렇게 답했고, 이번에는 불쾌한 기색을 조금 더 드러냈다. "식사 준비는 아빠가 다 했어요. 도와준 사람은 저밖에 없었고요. 엄마는 늘 밖에 나가 있었어요."

"밖에?"

"친구들 만나러. 헬스장에. 엄마 말로는요."

"어머니 사진을 봤습니다. 건강을 잘 유지하신 걸로 보이더군요. 젊게 유지하신 걸로요."

"그랬을지도. 엄만 젊어서 죽었네요."

해리는 가만히 기다렸다. 그 대답이 그대로 허공에 맴돌게 놔두었다. 사라가 얼굴을 찡그렸다. 해리는 다른 사건들에서 그런 표정을 본 적이 있다. 남겨진 사람이 슬픔과 싸우면서, 슬픈 감정이 마치 회유하고 속여야 할 짜증스럽고 성가신 적인 양 붙잡고 씨름하는 표정. 상실을 대수롭지 않게 여기고 죽은 이의 위신을 깎아내리는 것도 한 방법이다. 하지만 이번에는 어쩐지 그런 경우가 아닌 것 같았다. 사라는 그 사건을 떨쳐내고 싶고 다른 계획이 있다고만 말했다. 그도 그럴 것이 열아홉 살이고 혼자 남겨지긴 했지만 적응할 수 있고 인생은 계속 이어질 테니까. 게다가 사건은 이미 해결되었다. 어쩌면 그래서 편안한 표정인지도 몰랐다. 진짜 속내가 나온 건지도. 아니면 감정 결핍이 나타난 건지도.

"어머니만큼 운동을 많이 하진 않나 봐요." 해리가 말했다. "달리기 말고요."

"저요?" 사라는 엷은 미소를 지으며 해리를 보았다. 그의 세대에서는 평균이라고 여겼을 몸매지만 자기 세대에서는 날씬한 축에 속하는 젊은 사람의 자신만만한 미소였다.

"운동화가 보이던데." 해리가 말했다. "많이 신지는 않았더군요. 새건 아니고. 2년 전에 단종된 모델이니까. 나도 같은 모델이 있어요."

사라가 어깨를 으쓱했다. "요즘에야 달리러 나갈 시간이 생겨서요.”

“네, 아버지가 12년간 교도소에 있을 테니 한동안 식사 준비를 돕지 않아도 되겠죠.”

해리는 그녀를 보고 그가 제대로 짚은 걸 알아챘다. 그녀가 입을 벌린 채 눈을 세게 깜빡거렸고, 검게 칠한 속눈썹이 흔들렸다.

“왜 거짓말을 해요?” 해리가 물었다.

“뭐…… 뭘요?”

“집에서 조각 공원 꼭대기까지 달려갔다가 에케베르그 레스토랑으로 내려와서 다시 집까지, 30분 만에 도착했다면서요. 어젯밤에 내가 같은 거리를 달려봤어요. 거의 45분이 걸렸는데, 내가 꽤 달리는 편이거든요. 당신이 집에 도착했을 때 당신을 제지한 경찰도 만나봤습니다. 당신이 땀을 흘리지도 않고 숨이 찬 걸로는 보이지 않았다더군요.”

사라는 작은 인형의 집의 책상 건너편에서 몸을 똑바로 펴고 앉아 녹음 중이라고 알리는 마이크의 빨간 불을 멍하니 쳐다보다 입을 열었다.

“그래요, 공원 꼭대기까지 간 건 아니에요.”

“그럼 어디까지?”

“메릴린 먼로 조각상까지요.”

“그럼 나처럼 돌 조각이 깔린 길로 달렸을 텐데. 난 집에 돌아와 운동화 밑창에 박힌 돌 조각을 빼내야 했어요. 모두 여덟 개. 그런데 당신 운동화는 아주 깨끗하더군요.”

돌이 여덟 개였는지, 세 개뿐이었는지는 알 길이 없다. 다만 정확히 말할수록 그의 추론에 반박할 여지가 없어 보일 것 같았다. 사라 얼굴을 보니 그 방법이 통한 것 같았다.

"당신은 아예 조깅하러 나가지 않았어요, 사라. 당신이 경찰에 말한 20시 15분에 아파트에서 나간 사이 당신 아버지는 경찰에 전화해서 자기가 당신 어머니를 살해했다고 말했어요. 당신은 아파트 주변에서 경찰이 올 때까지만 조깅하다가 천천히 달려서 집으로 돌아왔을 겁니다. 아버지가 시킨 대로. 맞습니까?"

사라는 대답하지 않고 눈만 깜빡거렸다. 해리는 그녀의 동공이 커지는 걸 보았다.

"당신 어머니의 애인을 만나봤습니다. 안드레아스. 예명은 봄봄. 그 사람은 열두 줄 기타를 치는 실력만큼 노래는 잘 못하는 것 같더군요."

"안드레아스는 노래해요……." 그녀 눈빛에서 분노가 사그라졌다. 그녀가 겨우 자신을 눌렀다.

"당신과 몇 번 만난 건 사실이고, 그러다 당신 어머니를 만났다고 하더군요." 해리는 수첩을 보았다. 수첩에 적힌 내용이 기억나지 않아서가 아니라 (사실 아무것도 적혀 있지 않았다) 강도를 조절해서 그녀에게 숨 쉴 틈을 주기 위해서였다.

"안드레아스와 저는 사랑에 빠졌어요." 사라 목소리가 희미하게 떨렸다.

"그 사람 얘길 들어보니 아니던데요. 그냥 두어 번……." 해리는 고개를 약간 뒤로 젖히고 수첩에 적혀 있지도 않은 내용을 읽었다. "소녀 팬하고 섹스를 한 거라고 하더군요."

사라가 움찔했다.

"그런데 당신이 자기를 가만두질 않았대요. 경험상 소녀 팬과 스토커는 경계가 모호하다면서. 그러니 현실을 잘 아는 나이 든 유부녀가 더 쉽다더군요. 약간의 흥분으로 일상에 생기를 불어넣고 흥을 살짝 돋우는 데는. 그 사람 표현입니다. 흥을 돋우는 방법."

해리는 눈을 들어 사라를 보았다.

"어머니 휴대전화를 빌려 쓴 건 당신이에요. 당신 아버지가 아니라. 그러다 어머니와 안드레아스가 불륜을 저지르는 걸 알았고."

해리는 양심의 가책이 일어나는지 자신을 돌아보았다. 변호사도 대동하지 않은 열아홉 살짜리 소녀, 어머니와 자기 건 줄 알았던 남자한테 배신당한 상사병 걸린 십 대 소녀를 밀어붙이면서.

"당신 아버지는 무턱대고 자신을 희생한 게 아닙니다, 사라. 그분은 똑똑하기도 했어요. 최고의 거짓말은 진실에 가까운 말이라는 걸 알았으니까요. 당신 아버지는 집에 들어가기 전에 동네 식료품점에서 저녁거리를 사고, 어머니의 휴대전화를 빌리다가 문자를 발견하고 어머니를 죽였다고 거짓말을 했어요. 진실은 당신 아버지가 식료품점에 있는 동안 당신이 문자를 발견했고, 그다음부터는 보고서에 적힌 내용에서 당신과 아버지의 역할만 바꾸면 주방에서 벌어진 상황에 상당히 근접하죠. 둘이 싸웠고 어머니가 당신에게 등을 돌려 나가려고 했어요. 당신은 칼이 어디 있는지 알았고, 나머지는 그냥 저절로 흘러갔어요. 당신 아버지가 집에 와서 집 안에서 벌어진 상황을 보고 당신과 둘이 같이 이런 계획을 세운 겁니다."

해리는 사라 눈에서 아무런 반응도 보지 못했다. 차분하고 강렬하고 시커먼 혐오만 보였다. 그 자신도 양심의 가책이 들지 않았다. 국가에서는 열아홉 살짜리들에게 총을 쥐여주고 살인하라고 명령한다. 그런데 여기 있는 열아홉 살짜리는 어머니를 죽이고 무고한 아버지가 대신 죄를 뒤집어쓰게 놔두려 했다. 사라는 해리의 악몽에 나타날 부류가 아니다.

"안드레아스는 날 사랑해요." 사라가 중얼거렸다. 입에 모래가 가득한 것 같은 목소리였다. "그런데 엄마가 그 사람을 유혹해서 빼앗아갔어요. 엄마는 그냥 내가 그 사람을 갖지 못하게 하려고 유혹한 거예요. 엄마를 증오해요. 난……." 금방이라도 울음을 터트릴 것 같았다. 해리는 숨을 죽였다. 이제 다 왔다. 경주는 이어졌고, 몇 마디만 더 녹음하면 되었다. 그런데 여기서 울면 지연될 테고 그사이 눈사태가 멈출 수도 있었다. 사라는 목소리를 높였다. "그 망할 여자가 싫어! 더 찔렀어야 했어. 그 여자가 그렇게 자랑스러워하던 그 잘난 낯짝을 더 찢어놓았어야 했어!"

"음." 해리는 의자에 기댔다. "어머니를 더 천천히 죽였으면 좋았겠다, 그런 뜻입니까?"

"네!"

살인 자백. 터치다운. 해리는 인형의 집 창문 너머를 흘깃 보다가 트룰스 베른트센이 정신이 번쩍 든 얼굴로 양손의 엄지를 치켜든 걸 보았다. 전혀 기쁘지 않았다. 몇 초 전의 흥분은 지친 슬픔과 실망에 가까운 감정에 자리를 내주었다. 낯선 감정은 아니었다. 앞서 흥분은 오랜 추적 끝에 사건이 해결될 거라는 기대가 쌓일 때, 범인을 체포하여 카타르시스가 느껴지는 클라이맥스에 도달할 거라는 기대가 있을 때, 상황을 변화시켜 세상을 조금 더 나은 곳으로 만들 수 있다는 희망이 남아 있을 때 자주 올라오는 감정이었다. 그리고 이어진 감정은 대개 사건을 해결한 후 며칠 혹은 몇 주씩 술병을 붙잡고 살면서 생기는 알코올과 얽힌 우울증이었다. 해리는 이런 상태가 연쇄살인범의 좌절감과 비슷할 거라고 생각했다. 살인을 저지르고도 만족감이 오래가지 않고 그저 시시한 결말처럼 느껴져서 다시 사냥에 뛰어드는 연쇄살인범처럼. 그래서 (아주 잠시나마) 지독한 실망감에 빠진 것인지도 모른다. 잠깐 책상 너머 사라의 자리에 앉은 것 같은 기분.

"우리가 아주 멋지게 해결했네요." 트룰스 베른트센이 7층 강력반으로 올라가는 엘리베이터 안에서 말했다.

"**우리**?" 해리가 건조하게 말했다.

"녹화 버튼은 내가 눌렀잖습니까?"

"그거라도 잘했으면 좋겠군. 녹화는 확인했나?"

"확인했냐고요?" 트룰스 베른트센이 무슨 뜻이냐는 듯 한쪽 눈썹을 올렸다. 그러고는 환하게 웃었다. "긴장 풀어요."

해리는 엘리베이터의 불 켜진 층의 숫자를 보던 시선을 내려서 베른트센을 보았다. 턱은 부실하고 이마는 툭 튀어나오고 꿀꿀거리면서 웃어대서 비비스라는 별명을 얻은 그가 부럽다는 생각이 문득 들었다. 물론 아무도 입 밖으로 비비스라고는 부르지 않았다. 다들 트룰스 베른트센의 수동 공격적인 분위기로 인해 결정적인 순간에 그에게 공격받고 싶지 않아서였을 것이다. 트룰스는 강력반에서 해리 홀레보다도 인기가 없는 인물이지만 바로 그 이유로 해리는 그가 부러웠다. 아무것도 신경 쓰지 않는 트룰스의 그 능력이 부러웠다. 하긴, 해리도 남들이 그를 어떻게 생각하든 관심도 없었다. 아니, 경찰의 사명에 대해 현실적으로든 도덕적으로든 모든 책임을 모른 척하는 건 트룰스의 능력이었다. 누구든 해리를 헐뜯을 수 있고 실제로 그러는 사람이 많은 건 알지만, 누구도 그가 진정한 경찰이라는 사실을 부정할 수는 없었다. 사실 그가 받은 몇 안 되는 축복이자 제일 큰 저주였다. 라켈에게 쫓겨난 이후의 삶처럼 사생활에서 악화일로를 걸으면서도 그의 내면의 경찰은 깨끗이 단념하지 않고 트룰스 베른트센처럼 무정부주의나 허무주의로 곤두박질치지 않았다. 그가 포기하지 않아줘서 고마워할 사람 하나 없겠지만 그런 건 상관없었다. 고맙다는 말을 듣고 싶은 것도 아니고 선행으로 구원받고 싶은 것도 아니었다. 사회에서 최악의 악질 범죄자를 쫓아다니는 지칠 줄 모르는, 거의 강박적인 추격전은 라켈을 만나기 전까지 그가 매일 아침 눈을 뜨는 이유였다. 그래서 무리 본능이든 다른 무엇이든 그에게 닻이 되어준 데 감사했다. 하지만 그의 일부는 완전한 파멸의 자유를 갈망하며 닻을 끊어버리고 거대한 파도에 휩쓸리거나 깊고 어두운 바다 밑바닥으로 사라지고 싶었다.

그들은 엘리베이터에서 내려 그들이 제대로 내렸다고 알려주는 빨간 페인트 벽의 복도를 따라 개별 사무실들을 지나서 개방형 공간으로 향했다.

"저기요, 홀레!" 망누스 스카레가 열린 문 안에서 불렀다. 얼마 전 경위로 승진해 예전에 해리가 쓰던 사무실을 차지한 터였다. "마녀가 찾아요."

"자네 와이프?" 해리는 이렇게 받아치면서도 망누스가 씩씩거리며 뭐라고 대꾸하려다 실패하는 꼴을 보기 위해 일부러 걸음을 늦추지는 않았다.

"잘했어요." 트룰스가 씩 웃었다. "망누스는 멍청이예요."

해리는 그에게 손을 내미는 뜻으로 한 말인지 어떤지 모르고 그냥 대꾸하지 않았다. 더는 무분별하게 친구를 만들 생각이 없었다.

해리는 잘 가라는 말도 없이 왼쪽으로 돌아 열린 문을 지나 강력반 반장 사무실에 들어섰다. 웬 남자가 등을 보인 채 카트리네 브라트의 책상에 기대서 있었지만, 반짝이는 정수리 아래로 빙 둘러서 이상하게 숱이 많은 흑발은 알아보기 어렵지 않았다.

"방해가 되지 않으면 좋겠지만, 날 찾았다며?"

카트리네 브라트가 눈을 들었고, 군나르 하겐 경찰청장이 뭘 하다가 들킨 사람처럼 돌아보았다. 그들은 말없이 해리를 보았다.

해리가 한쪽 눈썹을 올렸다. "뭔데? 벌써 들었나?"

카트리네와 군나르가 서로 눈빛을 주고받았다. 군나르가 어색하게 웃었다. "들었어?"

"무슨 말이에요?" 해리가 말했다. "카트리네한테 물은 건 저예요."

해리는 재빨리 머리를 굴려 좀 전에 심문을 끝내고 아버지를 풀어주자고 의논하기 위해 통화한 경찰 변호사가 곧바로 카트리네 브라트에게 알렸을 거라고 짐작했다. 그런데 청장은 여기서 뭐 하는 거지?

"그 딸한테 변호사를 부르라고 했는데 거절했어요." 해리가 말했다. "심문을 시작하기 전에도 거듭 제안했지만 역시나 거절했고요. 그 내용은 테이프에 다 들어 있어요. 아니, 테이프가 아니라 하드드라이브에."

두 사람 다 웃지 않았다. 해리는 뭔가가 잘못된 걸 직감했다. 심각하게 잘못됐다.

"그 아버지예요?" 해리가 물었다. "그 사람이…… 뭔 짓을 한 거예요?"

"아뇨." 카트리네가 말했다. "아버지가 아니에요, 해리."

해리의 뇌는 무의식중에 구체적인 정보를 감지했다. 군나르가 카트리네에게, 두 사람 중 해리와 더 가까운 사람에게 말하게 한 점. 카트리네가 굳이 그럴 필요가 없는데도 그의 이름을 부른 점.

충격을 누그러트리려고. 침묵이 이어지는 사이 가슴을 쥐어뜯는 느낌이 되살아났다. 텔레파시와 예지력을 썩 신뢰하지 않지만 앞으로 벌어질 상황에 관해 그동안 줄곧 가슴을 쥐어뜯는 느낌과 언뜻 스치던 장면들이 그에게 말해주려 한 것 같았다.

"라켈이에요." 카트리네가 말했다.

6

해리는 숨을 참았다. 언젠가 숨을 오래 참아서 죽을 수도 있다는 기사를 읽은 적이 있다. 그건 체내에 산소가 부족해서가 아니라 이산화탄소가 많아서 죽는 거라는 내용도 읽었다. 사람들은 보통 숨을 1분이나 1분 반 이상은 참을 수 없지만, 덴마크의 어느 프리다이버는 20분 이상 참았다는 내용도 읽었다.

그동안 행복했다. 하지만 행복은 헤로인과 같다. 한번 맛보면, 행복이란 게 있는 줄 알면 다시 행복해지지 않고서는 평범한 일상에서 온전히 행복하게 살지 못한다. 행복은 소박한 만족 이상의 무엇이므로. 행복은 자연스러운 상태가 아니다. 행복은 전율하는, 예외적인 상태다. 지속하지 않을 게 분명한, 초, 분, 날이다. 행복하지 않은 순간의 슬픔은 나중에, 행복에 이어서 오는 것이 아니라 동시에 온다. 행복한 순간에 이미 다시는 이렇게 행복할 수 없고 지금 가진 것이 사라질 거라는 지독한 진실을 통찰하기 때문에, 우리는 행복을 빼앗기는 고통과 상실의 슬픔을 미리부터 걱정하면서 우리가 느낄 수 있는 것을 인식하는 그 능력을 저주한다.

라켈은 늘 침대에서 신문을 보았다. 그가 좋아할 기사를 발견하면 읽어주기도 했다. 셸 아스킬센의 단편처럼. 그럴 때 그는 행복했다. 어느 저녁, 라켈이 어떤 문장을 읽어주었고, 그 문장이 그의 마음에 꽂혔다. 젊은 여자가 평생 등대에서 부모와 외롭게 살던 중 유부남인 크라프트가 나타나 그를 사랑한 이야기. 여자는 생각했다. '당신은 왜 나타나서 나를 이렇게 외롭게 하시나요?'

카트리네는 목청을 가다듬었지만 목소리가 잠겼다. "라켈이 발견됐어요, 해리."

그는 실종되지도 않은 사람이 어떻게 발견되냐고 묻고 싶었다. 하지만 그러려면 우선 숨을 마셔야 했다. 그는 숨을 쉬었다. "그게…… 그게 무슨 뜻이야?"

카트리네는 표정을 유지하려고 해봤지만 단념하고 손으로 입을 틀어막았다. 입이 일그러지고 찡그린 얼굴이 되었다.

군나르 하겐이 나섰다. "최악의 소식이야, 해리."

"아뇨." 해리는 자기 입에서 나오는 소리를 들었다. 화가 난 목소리. 애원하는 목소리. "아뇨."

"라켈이—."

"그만!" 해리는 방어하듯이 두 손을 들었다. "그만해요, 군나르. 잠깐만. 그냥 내가…… 그냥 잠깐만 기다려줘요."

군나르 하겐은 기다렸다. 카트리네는 두 손으로 얼굴을 감쌌다. 소리 없이 울었지만 어깨가 떨리는 걸 감추지는 못했다. 해리는 창문으로 시선을 돌렸다. 갈색 바다 같은 보츠 공원에 아직 회백색 눈의 섬들과 작은 대륙이 남아 있었다. 하지만 며칠 새 보츠 교도소로 이어진 라임 나무에 움이 트기 시작했다. 앞으로 한 달쯤 지나면 싹이 나고, 오슬로에는 하룻밤 새 봄의 공습을 받은 풍경이 펼쳐질 것이다. 그러나 한없이 무의미할 것이다. 그는 일생을 거의 혼자 살았다. 그래도 괜찮았다. 이제는 괜찮지가 않았다. 숨이 쉬어지지 않았다. 이산화탄소가 몸속에 가득 찼다. 그는 20분도 안 걸리기를 바랐다.

"좋아요. 말씀하세요."

"라켈이 죽었어, 해리."

7

해리는 휴대전화를 손에 들고 고민했다.

여덟 자리 숫자 너머.

홍콩의 청킹맨션에서 살던 시절보다 네 자리 적은 번호. 우중충한 고층 건물 네 동이 그들만의 작은 공동체를 이룬 청킹맨션에는 아프리카나 필리핀에서 온 이주노동자들을 위한 호스텔과 식당과 기도실과 양복점과 환전소와 산부인과와 장례식장이 모여 있었다. 그의 방은 C동 3층에 있었다. 낡은 매트리스와 재떨이 하나만 겨우 들어가는 4제곱미터의 콘크리트 방에서 에어컨 물이 초침처럼 뚝뚝 떨어지는 사이, 그는 며칠이 지나고 몇 주가 흘렀는지 모른 채로 아편굴에 갈 때만 겨우 문밖을 나섰다. 결국 강력반의 카야 솔네스가 찾아와 그를 노르웨이로 데려갔다. 그전에는 규칙적인 리듬에 빠져 지냈다. 매일 리위안에서 당면을 먹거나 네이션 로드와 멜든 로로 걸어가 아기 젖병에 담긴 아편 덩어리를 사고 다시 걸어서 청킹맨션으로 돌아와 엘리베이터 앞에서 기다리다 벽에 걸린 공중전화를 보았다.

그때는 모든 것에서 도망쳤다. 살인사건 수사에서 도망친 이유는 그 일이 그의 영혼을 좀먹고 있었기 때문이다. 그 자신이 가까운 사람을 모두 죽이는 파괴적인 힘이 되었기 때문이다. 누구보다 라켈과 올레그에게서 도망쳤다. 그들을 다치게 하고 싶지 않았다. 이미 준 상처 이상으로 더 다치게 하고 싶지 않았다.

날마다 엘리베이터를 기다리며 공중전화를 보았다. 바지 주머니 속 동전을 만지작거리면서.

열두 자리 번호, 그 너머로 그녀 목소리를 들을 수 있었다. 그녀와 올레그는 잘 지내고 있다고, 그는 혼자 다독였다.

하지만 전화하기 전에는 알 수 없었다.

그들의 삶은 혼돈 속에 놓여 있었고, 그가 떠난 뒤로 또 무슨 일이 일어났을 수도 있었다. 라켈과 올레그가 스노우맨의 여파로 막대한 혼돈 속으로 빨려 들어갔을 수도 있었다. 라켈은 강인한 사람이지만, 해리는 다른 여러 살인사건에서 생존자도 결국에는 희생자가 되는 것을 보았다.

그래도 그가 전화하지 않으면 그들은 계속 거기에 존재했다. 그의 머릿속에, 공중전화 속에, 세상 어딘가에. 그가 더 많이 알지 않으면, 아니면 더 나쁜 일을 알지 않으면, 그는 노르마르카에서 소풍을 즐기던 10월의 장면을 눈앞에 그릴 수 있었다. 그와 라켈과 올레그가 등산하러 간 곳. 어린 올레그가 신이 나서 뛰어다니며 떨어지는 낙엽을 잡으려 했다. 라켈이 따스하고 건조한 손으로 해리 손을 잡고 있었다. 라켈 목소리, 해리에게 왜 웃고 있냐고 물으면서 자기도 웃었고, 해리는 자기가 웃고 있던 걸 깨닫고 고개를 설레설레 흔들었다. 그래서 한 번도 공중전화를 건드리지 않았다. 열두 자리 번호를 누르지만 않으면 언제든 다시 그때로 돌아갈 수 있다고 상상할 수 있었으므로.

해리는 여덟 자리 중 마지막 번호를 눌렀다.

벨이 세 번 울리고 그가 받았다.

"해리?" 첫 번째 음절에는 놀라움과 기쁨이, 두 번째 음절에는 놀라움과 약간의 불안이 섞여 있었다. 올레그와 가끔 통화하기는 했지만 주로 저녁이고 평일 낮은 아니었다. 게다가 주로 실질적인 문제를 의논하기 위한 통화였다. 실질적인 문제로 통화할 때마저 어색할 때가 있었다. 올레그든 해리든 전화 통화를 썩 좋아하지 않아서 안부를 물으려고 전화할 때도 되도록 짧게 끝냈다. 올레그가 여자친구 헬가와 함께 북쪽으로, 핀마르크의 락셀브로 올라간 뒤에도 별로 나아지지 않았다. 올레그는 경찰대학 졸업 학년으로 올라가기 전에 그곳에서 1년간 실습하는 중이었다.

"올레그." 해리는 자신의 목소리가 잠기는 걸 들었다. 지금 그는 올레그에게 뜨거운 물을 끼얹으려 하고, 올레그는 평생 지워지지 않을 화상을 입을 것이다. 해리 자신이 그런 상처를 숱하게 입은 터라 잘 알았다.

"무슨 일 있어요?" 올레그가 물었다.

"네 엄마 일이야." 해리는 말을 끊었다. 더는 이을 수가 없어서.

"다시 합치기로 했어요?" 올레그가 희망 섞인 말투로 물었다.

해리는 눈을 감았다.

올레그는 엄마가 해리와 갈라서기로 했다는 소식에 무척 화를 냈다. 자세히 이유를 듣지 못해서 올레그의 분노는 해리보다 라켈에게 향했다. 해리가 누구라도 편을 들어줄 만큼 충분히 좋은 아빠였다고 자부할 수 있는 건 아니었다. 해리는 두 모자의 삶에 들어가면서 아버지로서나 기대어 울 수 있는 상대로서 적극적으로 나서지 않았다. 아이에게 아빠를 대신할 다른 누군가가 필요하지 않아 보였다. 해리에게도 아들이 필요하지 않았다. 문제는, 현실이 그렇다 해도, 해리가 이 진지하고 시무룩한 소년을 좋아하게 되었다는 것이다. 그 반대도 마찬가지였다. 라켈은 그들이 서로 닮아간다고 투덜대곤 했고, 어쩌면 그럴 만한 이유가 있었는지도 모른다. 얼마 후부터 아이가 피곤하거나 집중력이 떨어지면 둘이 동의한 "해리" 대신 "아빠"라는 말이 튀어나오곤 했다.

"아니." 해리가 말했다. "우린 합치지 않아. 올레그, 나쁜 소식이야."

침묵. 올레그가 숨을 참는 게 전해졌다. 해리는 뜨거운 물을 끼얹었다.

"엄마가 죽었다는 신고가 들어왔어, 올레그."

2초가 흘렀다.

"다시 말해줄래요?" 올레그가 말했다.

해리는 다시 말할 수 있을지 자신이 없었지만 다시 말했다.

"'죽었다'니 그게 무슨 말이에요?" 올레그가 물었다. 그의 목소리에서 절박한 쇳소리가 났다.

"오늘 아침에 집에서 발견됐어. 살해당한 것 같아."

"같다니요?"

"나도 방금 들었어. 수사팀은 거기에 가 있지만 난 막 전해 들었어."

"어떻게……?"

"나도 아직 몰라."

"하지만……."

올레그는 더는 말을 잇지 못했고, 해리는 "하지만" 다음에 이어질 말이 없는 걸 알았다. 그저 본능적인 반대, 자신을 버티려는 저항, 세상이 현실 그대로 흘러갈 수 있다는 가능성에 대한 부정일 뿐이었다. 25분 전 카트리네 브라트의 사무실에서 그 자신이 반복한 "하지만……"의 메아리였다.

해리는 올레그가 꾸역꾸역 눈물을 참는 동안 기다려주었다. 그리고 이어지는 다섯 가지 질문에 "나도 몰라, 올레그"라고만 되풀이했다.

해리는 올레그 목소리에서 딸꾹질 소리를 들으며 속으로 올레그가 우는 한 절대로 울지 않겠다고 다짐했다.

올레그가 질문할 게 떨어지자 침묵이 흘렀다.

"휴대전화를 켜둘게. 더 들어오는 소식이 있으면 바로 전화할게." 해리가 말했다. "거기 항공편이……?"

"1시에 트롬쇠에서 출발하는 비행기가 있어요." 올레그의 무겁고 힘겨운 숨소리가 전화기에서 울렸다.

"좋아."

"최대한 빨리 전화 주시는 거 맞죠?"

"그럴게."

"그리고, 아빠?"

"응?"

"그건 안 돼요……."

"응, 알아." 해리가 말했다. 올레그가 무슨 생각을 하는지를 어떻게 아는지는 몰랐다. 합리적인 생각은 아니지만 그냥…… 알았다. 그는 목청을 가다듬었다. "현장의 누구도 수사에 필요한 것 이상은 보지 못하게 하겠다고 약속하마. 알았지?"

"그래요."

"그래."

침묵.

해리는 뭐라고 위로할 말을 찾으려 했지만 어떤 말도 무의미하게 들렸다.

"전화하마." 그가 말했다.

"그래요."

그들은 전화를 끊었다.

8

해리는 천천히 걸어서 언덕 위 어두컴컴한 목조주택으로 향했다. 진입로에 서 있는 경찰차들의 빙글빙글 돌아가는 푸른 경광등 불빛이 그 집에 어른거렸다. 주황색과 흰색의 저지선 테이프가 대문 앞부터 쳐 있었다. 경찰들은 무슨 말을 건네야 할지, 어떻게 대해야 할지 모른 채 해리가 지나가는 것을 묵묵히 지켜보았다. 그는 마치 물속을 걷는 느낌이었다. 어서 깨어나고 싶은 꿈처럼. 아니, 깨어나지 않기를 바라는지도 몰랐다. 그래야 멍하니 감각과 소리가 사라진 채로 희부연 빛과 그 자신의 둔탁한 발소리만 남을 테니까. 약물을 주사한 느낌이었다.

계단을 세 칸 올라서자 라켈과 올레그와 함께 살던 집 안으로 열린 문이 보였다. 안에서 경찰 무전기의 지직거리는 소리, 비에른 홀름이 현장 요원들에게 지시하는 소리가 들렸다. 해리는 몇 번 떨리는 숨을 들이마셨다.

문턱을 넘어 감식반이 놓아둔 하얀 깃발들을 자동으로 피해 바깥 쪽으로 걸었다.

이건 수사야. 그는 속으로 말했다. 여긴 수사 현장이야. 난 지금 꿈꾸고 있지만 자면서도 수사할 수 있어. 제대로 해야 하고 계속 해나가야 해. 그러니 깨어나지 않을 거야. 깨지만 않으면 현실이 아니야. 그래서 해리는 제대로 했다. 태양을 정면으로 보지 않듯이 주방과 거실 사이 바닥에 쓰러져 있을 시신을 똑바로 보지 않았다. 태양은, 라켈이 아니라고 해도, 똑바로 보면 눈이 먼다. 시신이 있는 장면을 보면 아무리 노련한 살인사건 수사관이라 해도 감각에 영향을 받는다. 그런 장면은 사람마다 다소간 차이는 있겠지만 감각을 압도하고 감각을 무디게 해서 그보다 덜 과격한 인상, 가령 범죄 현장에서 들을 수 있는 세세한 모든 부분을 섬세하게 포착하지 못하게 한다. 일관되고 논리적인 서사를 구성하는 데 필요한 부분. 혹은 역전된 부분, 삐걱거리는 부분, 전체 그림에 어울리지 않는 부분.

해리는 그의 시선이 벽면을 배회하도록 놔두었다. 빨간 코트가 모자걸이 아래의 고리에 걸려 있었다. 그녀가 마지막에 입고 나갔다 온 코트를 걸어두는 자리다. 다음에 입을 계획이 없는 코트라면 옷장 속 다른 재킷들 사이에 걸어놓았을 것이다. 그는 코트를 얼굴에 대고 그녀의 향기를 맡고 싶은 충동을 애써 눌렀다. 숲 향기. 그녀가 어떤 향수를 쓰든 향기 교향곡의 저변에는 따스한 햇볕이 비추는 노르웨이 숲 향기가 깔려 있었다. 라켈이 그 코트를 입을 때 자주 두르던 빨간 실크 스카프는 보이지 않지만 검은 부츠는 코트 바로 아래 신발 선반에 서 있었다. 해리는 거실 쪽으로 눈을 돌렸지만 그쪽에는 달라진 게 없었다. 그가 두 달하고 열닷새하고 스무 시간 전에 이 집에서 나갔을 때 모습 그대로였다. 벽에 걸린 그림 하나도 삐뚜름하지 않고 러그도 모두 제자리에 있었다. 해리의 눈길이 이제 주방으로 향했다. 거기. 주방 조리대 위 피라미드 모양의 목제 칼꽂이에서 칼 하나가 사라졌다. 그의 눈길이 다시 빙 돌아서 시신으로 향했다.

순간 누군가의 손이 어깨에 닿았다.

"비에른." 해리가 돌아보지도 않고 말했다. 그의 시선이 계속 이동하며 범죄 현장을 사진 찍듯이 체계적으로 담았다.

"해리." 비에른이 말했다. "무슨 말씀을 드려야 할지 모르겠어요."

"내가 여기 있으면 안 된다고 말해야겠지." 해리가 말했다. "나는 여기 있을 자격이 안 되고 이건 내 사건이 아니고 일반 시민들처럼 정식으로 아내의 신원을 확인해달라는 요청을 받기 전에는 그냥 기다려야 아내를 볼 수 있다고 말해야겠지."

"그런 말 못 할 거 아시잖아요."

"자네가 안 하면 다른 사람이 하겠지." 해리는 피가 책장 선반을 가로질러 크누트 함순 소설집과 올레그가 잘 펼쳐 보던 낡은 백과사전의 책등에 뿌려진 것을 보았다. 올레그가 백과사전을 들여다볼 때 해리가 옆에서 그 백과사전이 출판된 후 달라진 내용과 그 이유를 설명해주곤 했다. "그냥 자네한테 듣는 게 나아." 이제야 해리는 비에른 홀름을 보았다. 비에른의 번들거리는 두 눈이 허연 얼굴에서 평소보다 더 불거진 듯 보였다. 비에른의 얼굴은 1970년대 엘비스풍의 선명한 붉은색의 짧은 구레나룻과 턱수염과 라스타파리안 비니를 대체한 새 모자로 된 액자 속에 들어 있는 것처럼 보였다.

"저한테 듣고 싶으시면 말할게요, 해리."

해리 시선이 과감히 태양 가까이 옮겨가 바닥의 피 웅덩이의 가장자리에 닿았다. 경계선으로 보아 웅덩이가 크다고 짐작할 수 있었다. 올레그에게는 "죽었다는 신고"가 들어왔다고 말했다. 직접 보기 전에는 믿지 못한다는 듯이. 해리는 목청을 가다듬었다. "처음 생각한 걸 말해봐."

"칼이요." 비에른이 말했다. "법의학 요원이 오는 중이긴 한데, 일단 제가 보기엔 세 번 공격했고 그 이상은 아닌 것 같아요. 한 번은 목 뒤로, 두개골 바로 아래예요. 그걸로 사망해서—."

"빠르고 고통이 없었다는 거지?" 해리가 말했다. "그렇게 말해줘서 고마워, 비에른."

비에른이 짧게 고개를 끄덕였다. 해리는 비에른이 그를 위해서만이 아니라 자기 자신을 위해서도 그렇게 말한 걸 알았다.

해리는 주방 조리대의 칼꽂이를 다시 보았다. 홍콩에서 사온 날카로운 토지로 칼 몇 자루가 꽂혀 있었다. 전통적인 산토쿠 양식의 토지로 칼에는 떡갈나무 재질의 칼자루가 달려 있지만, 이건 물소뿔 칼자루가 달려 있었다. 라켈은 이 칼들을 좋아했다. 그중에 제일 작은 칼로, 칼날이 10에서 15센티미터 사이이고 다용도로 쓰던 칼이 사라진 것 같았다.

"성폭행 흔적은 없어요." 비에른이 말했다. "옷은 손상 없이 그대로 입고 있어요."

해리 시선이 이제 태양에 닿았다.

잠에서 깨면 안 된다.

라켈이 그를 등지고 주방을 향해 웅크리고 누워 있었다. 잘 때보다 더 잔뜩 웅크린 자세였다. 등에 다른 상처나 자상이 보이지 않았고, 검은색 긴 머리칼이 목을 덮었다. 그의 머릿속에서 여러 목소리가 앞다퉈 아우성쳤다. 한 목소리는 라켈이 그가 레이캬비크

여행에서 사준 전통의상 카디건을 입고 있다고 외쳤다. 또 한 목소리는 라켈이 아니라고, 라켈일 리 없다고 소리를 질렀다. 세 번째 목소리는 언뜻 보기에 처음에는 정면에서 찔렸고 범인이 그녀와 문 사이에 서 있지 않은 걸로 봐서는 그녀가 도망치려 하지 않은 것 같다고 외쳤다. 그리고 네 번째 목소리는 그녀가 언제든 훌훌 털고 일어나 웃는 얼굴로 다가와 숨어 있는 카메라를 가리킬 거라고 외쳤다.

깜짝카메라.

해리는 누군가가 조용히 헛기침하는 소리를 듣고 돌아보았다.

문 앞에 거대한 직사각형 형태의 남자가 서 있었다. 머리는 화강암에 자를 대고 그려서 잘라낸 것처럼 보였다. 머리카락 없는 두상에 직선의 턱과 직선의 입과 직선의 코와 직선의 눈썹 아래 직선의 가느다란 눈이 있었다. 청바지와 스마트 재킷과 셔츠를 입고 넥타이는 매지 않았다. 잿빛 눈동자에는 아무런 표정이 없지만 목소리와 (이런 말을 하는 게 즐겁고 이 말을 할 기회를 고대한 것처럼) 질질 끄는 말투에서 눈빛으로 감추던 모든 속내가 드러났다.

"가족을 잃으신 건 유감입니다만 현장에서 나가달라고 부탁드려야 할 것 같습니다, 홀레."

해리는 크리포스의 수사팀장 올레 빈테르와 눈을 마주쳤다. 빈테르가 노르웨이어로는 안타까운 심정을 전할 길이 없다는 듯 영어를 직역한 표현을 쓴 걸 알았다. 유감의 뜻을 전하고 해리를 내쫓으려 하면서 마침표도 찍지 않고 간단히 쉼표만 찍은 것도 알았다. 해리는 대꾸하지 않고 다시 라켈을 돌아보았다.

"지금요, 홀레."

"흠. 제가 알기로, 크리포스의 임무는 오슬로지방경찰청을 지원하는 것이지, 명령하는 게 아니—."

"현재 크리포스는 희생자의 배우자를 현장에서 내보내는 일을 지원하고 있습니다. 프로답게 제 말대로 하시거나, 아니면 제가 경찰관 둘을 불러 여기서 나가시게 해드릴 수도 있습니다."

해리는 올레 빈테르라면 거침없이 경찰 두 명에게 해리를 경찰차로 데리고 나가게 해서 다른 경찰과 동네 사람들과 길가에 늘어서서 카메라에 최대한 담으려고 기다리는 독수리 같은 기자들의 구경거리로 만들 거라는 걸 알았다. 올레 빈테르는 해리보다 두 살 많고, 두 사람은 25년간 강력계 수사관으로 울타리를 사이에 두고 일했다. 해리는 오슬로지방경찰청 소속이고, 빈테르는 특별수사기관인 크리포스 소속이다. 크리포스는 살인사건 같은 심각한 형사사건에서 경찰을 지원하는 역할을 하고, 가끔은 우수한 인력과 경쟁력으로 수사 전체를 장악하기도 했다. 해리는 군나르 하겐 청장이 크리포스를 끌어들였나 보다고 짐작했다. 희생자의 배우자가 오슬로 경찰청 강력반 소속이라는 점에서 지극히 타당한 결정이었다. 하지만 이 나라 최대 규모의 두 수사기관이 암묵적인 경쟁관계라는 점에서 다소 민감한 결정이었다. 다만 올레 빈테르가 해리 홀레를 지나치게 과대평가된 인물이고 해리의 전설적인 위상은 실제 수사 성과보다는 그가 해결한 사건들의 선정성 때문이라고 평가한다는 점은 결코 암묵적이지 않았다. 올레 빈테르는 자신이 크리포스에서 모두가 인정하는 스타지만, 그 조직의 핵심 집단밖에서는 평가절하되었다고 믿었다. 게다가 그가 이룬 성과가 해리의 성과만큼 매체의 헤드라인을 장식하지 못한 이유는, 진지한 경찰 수사라는 게 본래 그런 것인 데 반해, 어쩌다 잠깐 정신이 깨서 영감을 얻는 알코올의존자에게는 늘 있는 일이기 때문이라고 생각했다.

해리는 카멜 담뱃갑을 꺼내 담배 한 개비를 입술 사이에 끼우고 라이터를 꺼냈다.

"갑니다, 빈테르."

해리는 빈테르를 지나치고 계단을 내려가 진입로로 나간 후 휘청거리는 몸을 가누어야 했다. 그는 멈춰 서서 담뱃불을 붙였지만 눈물이 앞을 가려 라이터도 담배도 보이지 않았다.

"자요."

해리는 비에른의 목소리를 듣고 얼른 눈을 몇 번 깜빡이고 비에른이 담배 앞에 내민 라이터 불꽃을 빨아들였다. 세게 빨았다. 기침을 하고 다시 빨았다.

"고맙네. 자네도 쫓겨났나?"

"아뇨, 제 업무는 오슬로 경찰청만큼 크리포스에도 쓸모가 있어요."

"자네 육아휴직 중이라고 하지 않았나?"

"카트리네가 전화했어요. 고 녀석은 지금쯤 강력반을 진두지휘하는 책상 뒤에서 엄마 무릎에 앉아 있을 거고요." 비에른 홀름의 일그러진 미소가 떠올랐다가 이내 사라졌다. "죄송해요, 해리, 횡설수설이네요."

"음." 해리가 내뿜는 담배 연기가 바람에 흩날렸다. "그럼 정원은 다 확인한 건가?"

수사 모드에 머물러 침착함을 잃지 말아야 한다.

"네." 비에른 홀름이 말했다. "토요일 밤에 서리가 내려서 자갈길이 더 단단해요. 누가 여길 왔거나 차가 왔더라도 증거가 많이 남지는 않았을 거예요."

"**토요일** 밤? 사건이 일어난 게 그때라는 거야?"

"라켈의 몸이 차가워요. 팔을 구부려보니 사후경직이 이미 풀리기 시작한 것 같고요."

"적어도 24시간은 지났다는 뜻이군."

"네. 과학수사 요원이 곧 올 거예요. 괜찮아요, 해리?"

해리는 구역질이 나려고 했지만 고개를 끄덕이고 쓴 담즙을 삼켰다. 버틸 것이다. 버틸 것이다. 계속 잠들어 있을 것이다.

"칼로 난 상처야, 어떤 칼인 것 같나?"

"작은 칼이나 중간 크기 칼일 거예요. 자상 부위에 멍이 없는 걸 보면 범인이 깊게 찌르지 않았거나 칼자루가 그만큼 길지 않은 종류예요."

"피. 깊이 들어갔어."

"네."

해리는 필터까지 타들어간 담배를 절박하게 빨았다. 버버리 재킷과 정장을 차려입은 키 큰 젊은 남자가 진입로에서 그들 쪽으로 올라오고 있었다.

"카트리네 말로는, 라켈 회사 사람이 신고했다던데." 해리가 말했다. "더 아는 거 있나?"

"라켈의 상사라는 것만 알아요." 비에른이 말했다. "라켈이 중요한 회의에 나타나지 않고, 연락이 닿지 않았대요. 그래서 무슨 문제가 생겼나 보다고 생각한 거고요."

"음. 직원이 회의에 나타나지 않는다고 경찰에 신고하는 게 흔한 일인가?"

"모르겠어요, 해리. 그 사람 말로는, 회의에 오지 않은 것도 그렇지만, 사전에 전화를 주지 않은 게 라켈답지 않았대요."

해리는 천천히 고개를 끄덕였다. 그들은 그 이상을 알았다. 라켈이 최근에 남편을 내쫓은 것도 알았다. 불안정하기로 악명 높은 남자를. 해리는 담배를 떨어트렸다. 돌 조각이 깔린 바닥을 뒤꿈치로 누르자 칙 하고 꺼졌다.

젊은 남자가 그들에게 다가와 있었다. 삼십 대의 마르고 꼿꼿한 몸에 아시아인 얼굴이었다. 슈트는 맞춤복으로 보이고 새하얀 셔츠는 다림질되어 있고 넥타이가 단정하게 내려와 있었다. 숱 많은 검은 머리를 짧게 잘랐는데, 일부러 고전적인 느낌을 내려고 그렇게 자른 게 아니라면 꽤 신중해 보일 수도 있는 스타일이었다. 크리포스의 수사관 성민 라르센에게서는 고가로 짐작되는 어떤 향이 희미하게 풍겼다. 크리포스에서 그는 니케이 지수로 불린다고 하지만 사실 (해리가 홍콩에서 몇 번 접한 적이 있는) 성민이라는 이름은 일본인이 아니라 한국인 이름이다. 성민은 해리가 경찰대학에서 강의를 시작한 첫해에 졸업했지만 해리는 여전히 범죄수사학 강의에 들어온 그 학생을 기억했다. 저런 흰색 셔츠와 차분한 분위기, 그리고 (아직 미숙한 강사였던) 해리가 느끼기에 어딘가 불안정해 보이던 쓴웃음, 경찰대학에서 역대 최고 성적일 법한 시험 성적 때문에 기억이 났다.

"유감입니다, 홀레." 성민 라르센이 말했다. "심심한 위로의 말씀을 전합니다." 그는 거의 해리만큼 키가 컸다.

"고맙네, 라르센." 해리는 성민이 들고 있는 수첩을 향해 고개를 까딱했다. "동네 사람들은 만나봤나?"

"네."

"흥미로운 거라도?" 해리가 주위를 둘러보았다. 부유층 주택가인 여기 홀멘콜렌에는 집들이 널찍널찍 떨어져 있다. 높은 산울타리와 길게 늘어선 전나무.

성민 라르센은 잠깐 오슬로 경찰청 사람과 공유해도 되는 정보인지 고민하는 듯했다. 해리가 희생자의 남편이라는 문제를 차치하고라도.

"옆집의 벤케 앙곤도라 쉬베르트센 씨는 토요일 밤에 이상한 소리를 듣거나 이상한 걸 보지 못했다고 합니다. 잘 때 창문을 열어놓는지 물으니 그랬다고 하고요. 익숙한 소리에는 잠이 깨지 않아 창문을 열어놓고 잔다고 합니다. 남편 차나 이웃집 차나 청소차 소리 같은 것에는 익숙하대요. 그리고 라켈 페우케의 집은 벽이 두꺼운 목재로 되어 있다고도 했습니다."

성민은 수첩을 보지도 않고 말했고, 해리는 그가 이런 자잘한 정보를 던지며 자신이 어떤 반응을 보이는지 떠보려 한다는 느낌을 받았다.

"음." 해리는 상대의 말을 들었다는 정도만 알리는 소리를 냈다.

"그러면 여기는 그분 집입니까?" 성민이 물었다. "수사관님 댁이 아니라?"

"개별 재산이야." 해리가 말했다. "내가 그러자고 했어. 돈 때문에 아내와 결혼했다는 소릴 듣고 싶지 않아서."

"부인이 부자셨습니까?"

"아니, 그냥 농담이야." 해리는 집을 향해 고개를 까딱했다. "어떤 정보든 상사한테 보고해야 할 거야, 라르센."

"빈테르가 여기 왔나요?"

"저 안이 춥긴 춥더군."*

---

* 빈테르(Winter)의 이름과 겨울을 뜻하는 노르웨이어(winter)는 동음이의어이다.

성민 라르센이 정중하게 웃었다. "공식적으로는 빈테르가 전략적 수사를 이끌지만 실질적으로는 제가 이 사건을 책임질 것 같습니다. 제가 수사관님과 같은 급은 아니지만 부인을 살해한 자가 누구든 최선을 다해 잡겠다고 약속드립니다."

"고맙네." 해리가 말했다. 한 마디 한 마디에서 젊은 수사관의 진심이 전해졌다. 같은 급이 아니라는 말은 빼고. 그는 성민이 경찰차를 지나 집으로 올라가는 것을 보았다.

"숨은 카메라." 해리가 말했다.

"에?" 비에른이 말했다.

"내가 저기 저 가운데 있는 전나무에 야생동물 카메라를 설치해놨어." 해리가 덤불과 나무들이 빽빽한 자리, 옆집과 면한 울타리 앞에 다듬어지지 않은 노르웨이의 숲 쪽으로 고개를 까딱했다. "빈테르한테 이 얘길 해야겠지."

"아뇨." 비에른이 단호히 말했다.

해리는 그를 보았다. 비에른이 그렇게 단호하게 말하는 건 잘 들어보지 못했다. 비에른 홀름은 어깨를 올렸다. "사건을 해결하는 데 도움이 되는 장면이 거기 들어 있다면 빈테르가 영광을 가로채게 해서는 안 되죠."

"그런가?"

"그래도 선배는 여기서 아무것도 건드려서는 안 돼요."

"내가 용의자라서군." 해리가 말했다.

비에른은 답하지 않았다.

"괜찮아." 해리가 말했다. "전남편은 항상 첫 번째 용의자니까."

"용의선상에서 배제되기 전까지는." 비에른이 말했다. "카메라에 뭐가 녹화됐든 제가 가서 가져올게요. 저 가운데에 있는 나무라고 했죠?"

"찾기가 쉽지는 않을 거야." 해리가 말했다. "나무줄기랑 같은 색깔의 양말에 넣어놨거든. 2.5미터 높이에."

비에른은 다정한 눈길로 해리를 보았다. 그러고는 펑퍼짐한 체격으로 놀랍도록 유연하면서도 아주 느린 걸음으로 수풀을 향해 걸었다. 해리의 전화가 울렸다. 앞의 네 자리를 보니 〈VG〉*에서 온 전화였다. 독수리들이 썩어가는 고기 냄새를 맡은 것이다. 게다가 그에게 직접 전화한 걸 보면 희생자의 이름을 알고 연락한다는 뜻이다. 그는 거절을 누르고 휴대전화를 다시 주머니에 넣었다.

비에른이 나무들 앞에 쭈그리고 앉아 있었다. 고개를 들고 해리를 그쪽으로 불렀다. "더 가까이는 오지 마세요." 비에른이 흰 라텍스 장갑을 꼈다. "누가 먼저 다녀갔는데요?"

"뭐가 어째……?" 해리가 속삭였다. 양말이 나무에서 벗겨져 너덜너덜하게 찢긴 채 바닥에 떨어져 있었다. 옆에 망가진 카메라가 널브러져 있었다. 누가 밟아서 박살 낸 것이다. 비에른이 그걸 집었다. "메모리카드가 없어요."

해리는 코로 거칠게 숨을 들이마셨다.

"양말에 숨겨놓은 카메라를 발견했다니 보통이 아닌데요." 비에른이 말했다. "여기 나무들 사이에서도 한참 서 있어야 보였을 텐데."

해리가 천천히 고개를 끄덕였다. "그런데……"라고 말하는데 그가 줄 수 있는 양 이상의 산소를 뇌에서 요구하는 느낌이 들었다. "그런데 범인이 카메라가 거기 있는 걸 알았다면."

---

* 노르웨이의 타블로이드 신문. 매체명인 베르덴스강(Verdens Gang)을 축약한 'VG'로 흔히 불린다.

"확실해요. 누구한테 말한 적 있어요?"

"아무한테도." 해리 목소리가 거칠어졌다. 처음에는 그게 뭔지 몰랐다. 가슴 속의 통증이 심해져 밖으로 빠져나오려는 것 같았다. 깨어나려는 건가? "아무한테도. 그리고 한밤중에 어두울 때 설치해서 아무도 날 보지 못했어. 어쨌든 사람은 아무도." 그러다 해리는 빠져나오려는 게 뭔지 알았다. 까마귀의 비명. 미치광이의 울부짖음. 웃음.

9

오후 2시 반, 문이 확 열리자 손님들이 무심히 눈을 들어 문 쪽을 보았다.

슈뢰데르 레스토랑.

"레스토랑"이란 명칭은 적절치 않다. 이 우중충한 카페에서 돼지 갈빗살과 돼지기름 같은 노르웨이 요리를 엄선해서 팔기는 해도 메인은 맥주와 와인이었다. 이 가게는 1950년대 중반부터 발데마르트라네스 가에 있었고 1990년대 중반부터 해리가 단골로 드나든 아지트였다. 그가 홀멘콜렌에 있는 라켈의 집으로 들어간 뒤로 몇 년간 공백기가 있었지만. 그래도 다시 돌아왔다.

그는 창가 자리의 벽에 붙여놓은 긴 의자에 털썩 앉았다.

그 긴 의자는 새것이었다. 그 밖의 인테리어는 지난 20년간 변함이 없고, 같은 테이블과 의자, 같은 스테인드글라스 천장, 오슬로를 그린 시구르 포스네스의 그림, 빨간 테이블보 위에 흰색 천을 마름모꼴로 접어놓은 것까지 똑같았다. 해리가 기억하는 이 가게의 가장 큰 변화는 2004년에 금연법이 시행되면서 담배 냄새를 없애려고 새로 페인트칠을 한 것이다. 예전과 같은 색으로. 그래도 담배 냄새는 완전히 빠지지 않았다.

해리는 휴대전화를 확인했지만 올레그에게서는 아직 회신이 오지 않았다. 비행기를 탄 모양이었다.

"정말 끔찍해요, 해리." 니나가 그의 앞에 놓인 반 리터짜리 잔 두 개를 치우면서 말했다. "방금 인터넷에서 봤어요." 그녀는 다른 손을 앞치마에 닦고 그를 내려다보았다. "좀 어때요?"

"좋진 않아, 고마워." 해리가 말했다. 독수리들이 라켈의 이름을 공개한 모양이었다. 사진도 어디서 갖다 썼겠지. 해리의 사진도 물론. 그자들의 자료실에는 그의 사진이 잔뜩 쌓여 있고, 심각하게 못 나온 사진도 있어서 라켈이 다음에는 포즈라도 잘 취해볼 수 없겠냐고 핀잔을 주었을 정도였다. 라켈은 어떻게 찍혀도 못 나온 사진이 없었다. 전혀. 단 한 번도 잘못 나온 적이 없다. 젠장.

"커피?"

"오늘은 맥주를 주문해야겠어, 니나."

"사정은 이해하는데 이제껏 당신한테 맥주를 서빙한 적이 없어요. 그게 몇 년이나 됐더라?"

"오래. 걱정해줘서 고마워. 그래도 지금 난 깨어나면 안 되거든."

"깨다니요?"

"오늘은 센 술 파는 데 가면 죽도록 마실 것 같아."

"여기선 맥주만 파니까 이리로 온 거죠?"

"그리고 여기서는 눈 감고도 집을 찾아갈 수 있으니까."

펑퍼짐하고 고집스러운 웨이트리스가 걱정되고 사려 깊은 표정으로 그를 바라보고 서 있었다. 그녀는 한숨을 길게 내쉬었다. "알았어요, 해리. 그래도 언제가 적당한지는 내가 결정해요."

"나한테 적당한 건 없어, 니나."

"알아요. 그래도 여기 온 건 믿을 만한 사람한테 주문하고 싶어서잖아요."

"아마도."

니나는 자리를 떠났다가 반 리터짜리 맥주잔을 가져와 그의 앞에 놓았다.

"천천히." 니나가 말했다. "천천히요."

반 리터짜리를 세 잔째 마실 때 문이 다시 확 열렸다.

손님들이 고개를 들었다가 다시 숙이지 않고 눈으로 긴 가죽 바지를 좇아 해리의 자리까지 왔다. 그녀가 앞에 앉았다.

"전화를 안 받아서요." 니나가 다가오자 카트리네가 오지 않아도 된다고 손짓했다.

"꺼놨어. 〈VG〉랑 인간들이 하도 전화를 해대서."

"말도 마요. 뱀파이어 사건 이후로 기자회견에 그렇게나 많이 몰려든 건 처음 봤어요. 그래서 청장님이 선배한테 추후 통보가 갈 때까지 정직이라는 결정을 내린 거고요."

"뭐? 내가 이번 사건에 관여하지 못하는 건 이해하는데 모든 업무에서 빠지라고? 정말이야? 언론이 살인사건에 득달같이 달려든다는 이유로?"

"선배가 무슨 사건을 맡든 다들 가만히 놔두지 않을 거예요. 지금 우린 그런 데다 힘 뺄 여유가 없고요."

"그리고?"

"그리고 뭐요?"

"계속해." 해리가 술잔을 입에 댔다.

"다른 건 없어요."

"아니, 있어. 정치. 어디 들어보지."

카트리네는 한숨을 길게 내쉬었다. "베룸하고 아스케르가 오슬로지방경찰청 관할로 편입된 뒤로 우리가 노르웨이 인구의 5분의 1을 담당하고 있어요. 2년 전 설문조사에는 인구의 86퍼센트가 우리를 신뢰하거나 매우 신뢰하는 걸로 나왔어요. 지금은 그 수치가 65로 떨어졌고요. 두 가지 각기 다른 불운한 사건 때문에. 그걸로 우리가 사랑하는 하겐 청장이 우리가 덜 사랑하는 미카엘 벨만 법무부 장관한테 불려 갔어요. 솔직히 말하면 현재 하겐 청장과 오슬로 경찰청 입장에서는 근무 중에 술에 취하는, 불안정한 경찰관의 인터뷰가 언론에 나와서 좋을 게 하나 없어요."

"편집증은 왜 빠트려. **편집증**에 걸린 불안정한 술주정뱅이지." 해리는 머리를 뒤로 젖히며 잔을 비웠다.

"제발요, 해리, 편집증은 이제 그만요. 크리포스의 빈테르를 만나봤는데, 스베인 핀네가 범인이라는 증거는 없어요."

"그럼 어떤 증거가 있는데?"

"없어요."

"죽은 여자가 쓰러져 있었어. 당연히 증거가 나와야지." 해리는 니나에게 한 잔 더 달라고 손짓했다.

"좋아요, 이건 법의학 연구실에서 들은 거예요." 카트리네가 말했다. "라켈은 목 뒤 자상으로 사망했어요. 칼날이 뇌에서 호흡을 조절하는 연수 부위, 척추 맨 윗부분과 두개골 사이에 있는 부위를 관통했어요. 즉사했을 거예요."

"비에른한테 나머지 두 군데에 관해서는 묻지 않았어." 해리가 말했다.

"나머지 두 군데라니, 무슨 말이에요?"

"자상."

그는 카트리네가 침을 삼키는 것을 보았다. 그에게 상처 주지 않으려는 걸 알 수 있었다.

"복부예요." 카트리네가 말했다.

"그럼 꼭 고통 없이 죽은 건 아니잖아?"

"해리……."

"계속해." 해리가 갈라진 목소리로 몸을 웅크리며 말했다. 그가 칼에 찔린 느낌이었다.

카트리네는 헛기침을 했다. "아시다시피 이번처럼 사망한 지 24시간이 지난 사건에서는 사망 시각을 정확히 추정하기가 어려워요. 그런데 들어봤을지 모르지만 법의학연구소와 범죄의학부에서 공동으로 개발한 기법이 하나 있어요. 여러 측정치를 통합해서 추정하는 새로운 기법이에요. 직장 온도, 안구 온도, 안내 유체의 하이포크산틴 수준, 뇌 온도……."

"뇌 온도?"

"네. 두개골이 뇌를 보호해서 뇌는 외부 요인의 영향을 덜 받아요. 바늘 같은 탐침을 코에 집어넣어 두개골 기저의 사상판에 삽입해서—."

"요새 의학용어를 많이 배웠나 보군."

카트리네가 말을 멈췄다.

"미안." 해리가 말했다. "난…… 난 그게 아니라……."

"괜찮아요." 카트리네가 말했다. "우연한 외부 요인이 두 가지 있었어요. 보니까 1층 온도가 일정하게 유지됐는데, 모든 라디에이터가 중앙의 온도조절장치로 제어되기 때문이에요. 그 온도가 비교적 낮아서……."

"라켈은 늘 털 스웨터를 입어. 머리를 차갑게 하는 게 좋다면서."
해리가 말했다.

"……몸속 장기가 거실 온도만큼 떨어지지 않았어요. 그래서 새로운 기법으로 추정한 사망 시각은 토요일 22시에서 3월 11일 일요일 02시 사이예요."

"범죄 현장 수사는 어때? 거기선 뭐가 나왔나?"

"수사관들이 처음 도착했을 때 현관문은 잠겨 있지 않았어요. 자동으로 잠기는 자물쇠가 아니니 범인은 그 문으로 나갔을 거예요. 무단침입 흔적이 없는 것으로 봐선 범인이 집에 들어갈 때는 현관문이 잠겨 있지 않았고……."

"라켈은 늘 그 문을 잠가놨어. 다른 문도 다. 그 집은 그야말로 요새야."

"……라켈이 범인을 안으로 들어오게 했든가."

"음." 해리는 돌아보며 다급히 니나를 찾았다.

"그 집이 요새인 건 맞아요. 비에른이 현장에 맨 처음 도착해 지하실부터 다락방까지 집 전체를 샅샅이 살펴봤는데 전부 안에서 잠겨 있고 창문에는 걸쇠가 걸려 있었대요. 어떻게 생각해요?"

"분명 증거가 더 있을 거야."

"그래요." 카트리네가 고개를 끄덕였다. "누군가가 증거를 없앴다는 증거는 남아 있어요. 어떤 증거를 없애야 하는지 **아는** 사람이에요."

"그래. 그리고 자네는 핀네가 그런 방법을 알 것으로 생각하지 않는 거지?"

"아, 저도 그렇게 생각해요. 핀네는 용의자가 맞고 언제까지나 그럴 거고요. 그래도 그렇게 발표할 수 없고, 아무 증거도 없이 직감으로 용의자를 특정할 수는 없어요."

"직감? 핀네는 나와 우리 가족을 협박했어. 그 얘기는 자네한테 했잖아."

카트리네는 말이 없었다.

해리는 그녀를 보았다. 천천히 고개를 끄덕였다. "정정하지. 살인사건 희생자에게 쫓겨난 남편의 **주장**이지."

카트리네는 테이블에 몸을 기댔다. "들어봐요. 선배를 용의선상에서 최대한 빨리 배제할수록 우리도 골칫거리가 줄어요. 당장은 크리포스가 주도하지만 우리가 공조하고 있으니 일단은 제가 그쪽에 선배에게서 의심을 거두는 문제부터 해결해달라고 압박할 수 있어요. 그다음에 언론에 공개할 수 있어요."

"언론에 공개해?"

"신문들이 대놓고 밝히지는 않지만 독자들은 멍청하지 않아요. 사람들 짐작이 틀리지 않은 것이, 실제로 이런 살인사건에서 남편이 범인일 확률이 약……."

"80퍼센트지." 해리는 큰소리로 천천히 말했다.

"죄송해요." 카트리네가 얼굴을 붉혔다. "우린 그쪽을 최대한 빨리 끊어야 해요."

"알았어." 해리가 웅얼거리면서 니나를 부를지 고민했다. "내가 오늘 좀 예민해."

카트리네는 테이블 너머로 손을 뻗어 그의 손 위에 포갰다. "어떤 기분일지 저로선 상상도 안 가요, 해리. 인생에서 가장 사랑하는 사람을 잃는다는 게 어떤 건지."

해리는 그녀 손을 보았다. "나도 그래. 그래서 그런 의혹이 결국 다 가라앉을 때까지 최대한 멀리 떨어져 있을 계획이야. 니나!"

"선배가 취하면 심문할 수 없으니 정신이 깰 때까지는 선배를 이 사건에서 배제하지도 못해요."

"그냥 맥주야. 날 다시 불러주면 몇 시간 안에 정신이 깰 거야. 그나저나 자네는 엄마 역할이 참 잘 맞아. 내가 얘기했나?"

카트리네가 피식 웃고 일어섰다. "다시 가봐야 해요. 크리포스에서 우리 심문실을 이용하겠다고 요청했어요. 몸조리 잘해요, 해리."

"최선을 다해보지. 가서 놈을 잡아."

"해리……."

"자네가 못 잡으면 내가 잡아. 니나!"

당뉘 옌센은 구세주의 묘지 묘비들 사이로 봄의 축축한 길을 따라갔다. 울레볼스베이엔의 도로공사 현장에서 나온 그을린 철근과 썩어가는 꽃과 젖은 흙냄새가 났다. 개똥 냄새도. 오슬로의 눈 녹은 직후의 봄에 으레 나는 냄새긴 하지만 대체 어떤 인간들인지 궁금했다. 인적이 드문 묘지에 들어와 보는 이 없는 곳에서 개똥을 그냥 싸지르고 도망치는 개 주인들 말이다. 당뉘는 엄마 묘지에 방문했다. 매주 월요일, 영어 교사로 일하는 가톨릭 학교에서 마지막 수업을 마치면 걸어서 3, 4분 거리인 이곳을 찾았다. 엄마가 보고 싶고, 엄마와 모든 것에 관해, 시시한 일들에 관해 나누던 소소한 대화가 그리웠다. 엄마는 당뉘의 삶에서 실질적이고 중요한 부분을 차지한 터라, 양로원에서 엄마가 돌아가셨다는 전화가 왔을 때 처음에는 믿기지 않았다. 시신을 보고도 그랬다. 시신이 밀랍 인형처럼, 가짜처럼 보였다. 뇌는 이해하지만 몸이 부정했다. 몸은 엄마가 죽는 모습을 직접 목격했어야만 인정할 수 있다고 우겼다. 요즘도 가끔 토르발 메위에르스 가 위쪽에 있는 그녀 집의 문을 두드리는 소리가 나고 엄마가 문 앞에 서 있는 장면이 마치 세상에서 가장 당연한 일처럼 느껴지는 꿈을 꾸곤 했다. 왜 안 돼? 머지않은 미래에 사람들을 화성으로 보내거나 죽은 사람에게 다시 생명을 불어넣는 것이 과학적으로 불가능하다고 누가 **확실히** 알 수 있지? 장례식에서 젊은 여자 사제가 죽음 문턱 너머에 무엇이 있는지는 아무도 모르고 우리가 아는 거라고는 한번 그 문턱을 넘으면 절대로 돌아오지 못한다는 사실뿐이라고 말했다. 당뉘는 그 말에 실망했다. 사람들의 교회라면서 교회의 실질적인 단 하나의 기능, 그러니까 우리가 사후에 어떻게 되는지에 관한 절대적이고 위안을 주는 대답을 내놓는 그 하나의 기능을 포기할 만큼 약해 빠져서가 아니었다. 사제가 그렇게 확신에 차서 내뱉은 "절대로"라는 말 때문이었다. 사람들에게는 희망이, 사랑하는 사람이 언젠가 죽음에서 살아올 거라는 확신이 필요한데, 어째서 그 희망을 빼앗으려 하는가? 사제의 신앙이 주장하는 것이 진실이라면 전에도 부활한 예가 있으니 그런 일이 또 일어날 수도 있지 않을까? 당뉘는 2년이 지나면 마흔이고 아직 결혼이나 약혼한 적이 없으며 자식도 없고 미크로네시아로 여행을 가본 적도 없고 에리트레아에서 보육원을 열겠다는 꿈을 이루지도 못했고 시집을 완성하지도 못했다. 그녀는 누구에게도 "절대로"라는 말을 두 번 다시 절대로 듣고 싶지 않았다.

당뉘는 공동묘지 끝의 울레볼스베이엔과 가까운 쪽으로 난 길로 올라가다가 어떤 남자의 뒷모습을 보았다. 아니, 그보다는 남자 등에 매달린 두툼하고 길게 땋은 검은 머리를 보았고, 그가 재킷도 없이 체크무늬 플란넬 셔츠만 입은 걸 보았다. 남자는 당뉘가 전에도 지나가다 본 적 있는 묘비 앞에 서 있었다. 지난번에는 겨울이라 묘비가 눈에 덮여 있었고, 당뉘는 묘지 주인이 누구든, 남자든 여자든 평생 누구에게도 사랑받지 못한 사람일 거라고 짐작했다.

당뉘는 쉽게 잊히는 외모다. 이제껏 사람들 눈에 띄지 않게 묵묵히 살아온 작고 마른 여자다. 올레볼스베이엔은 (아직 3시도 안 됐지만) 벌써 러시아워였다. 노르웨이의 노동시간이 지난 40년에 걸쳐 크게 줄어 다른 나라 사람들이 거슬려 하거나 감동할 수준까지 떨어진 탓이다. 당뉘는 그녀가 다가가는 소리를 남자가 들은 것 같아서 놀랐다. 그가 돌아보았을 때 노인이라서도 놀랐다. 거죽 같은 얼굴 피부에는 뼈에 새겨놓은 것 같은 깊고 날카로운 골이 패었다. 플란넬 셔츠 속 몸은 호리호리하고 근육이 잡혀 젊어 보였지만, 얼굴과 바늘로 찍은 것 같은 작디작은 동공과 그 주위의 누리끼리한 흰자위와 갈색 홍채가 일흔은 되어 보였다. 빨간 반다나를 아메리칸 인디언처럼 머리에 둘렀고, 두툼한 입술 주위로 콧수염이 나 있었다.

"안녕하십니까." 남자가 도로의 차 소리를 덮을 만큼 큰 소리로 말했다.

"이 묘지에서 사람을 만나니 참 좋네요." 당뉘가 빙긋 웃으면서 말했다. 여느 때는 낯선 사람과 말을 잘 섞는 편이 아니지만 오늘은 기분이 좋고 다소 들떠 있었다. 같은 영어 교사인 군나르라는 새로 온 교사가 같이 한잔하자고 제안해서다.

남자도 웃어주었다.

"아들 녀석 묘지예요." 그가 굵직하고 갈라진 목소리로 말했다.

"아이고, 그렇군요." 그녀는 묘비 앞 땅에 튀어나온 것이 꽃이 아니라 깃털인 걸 보았다.

"체로키 부족 사람들은 망자의 관에 수리 깃털을 놓았다더군요." 남자가 당뇌의 생각을 읽기라도 한 것처럼 말했다. "이건 그냥 수리가 아니라 독수리 깃털입니다."

"그래요? 그게 어디서 났는데요?"

"독수리 깃털 말입니까? 오슬로가 야생으로 둘러싸인 거 몰랐습니까?" 남자가 미소를 지었다.

"글쎄요, 꽤 문명화된 곳으로 보이는데요. 그래도 깃털은 좋은 생각이네요. 그 깃털이 아드님의 영혼을 천국으로 실어다줄 수도 있으니까요."

남자는 고개를 저었다. "야생이에요. 문명이 아니라. 내 아들은 경찰 손에 죽었어요. 아무리 깃털을 많이 가져다 놔도 천국으로 올라가지 못해요. 그래도 그 경찰이 갈 지옥만큼 불지옥으로 떨어지진 않겠죠." 그의 목소리에는 증오가 없고 슬픔만 묻어났다. 그 경찰이 안됐다는 듯이. "댁은 누굴 찾아오셨소?"

"엄마요." 당뇌가 아들의 묘석을 보면서 말했다. 발렌틴 예르트센. 어쩐지 낯익은 이름이었다.

"그럼 과부는 아니시군. 그쪽처럼 아, 아름다운 여자라면 일찍이 결혼해서 자녀도 뒀을 테죠?"

"고마워요. 하지만 둘 다 아니에요." 당뇌는 웃었다. 머릿속에 이미지를 떠올렸다. 밝은 금발 고수머리의 아이와 군나르의 자신만만한 미소. 그러자 미소가 더 환해졌다. "참 예쁘네요." 그녀는 묘비 앞 땅에 꽂힌 아름답고 예술적인 금속 물체를 보면서 말했다. "저건 뭘 의미하나요?"

남자가 그걸 뽑아서 그녀에게 내밀었다. 미끈한 뱀처럼 생긴 끝이 뾰족한 물건이었다. "죽음을 의미하죠. 그쪽 집안에는 과, 광기가 있습니까?"

"어……. 제가 알기론 없어요."

남자가 셔츠의 한쪽 소매를 올리자 손목시계가 드러났다.

"2시 15분이네요." 당뉘가 말했다.

남자는 적절치 않은 말이라는 듯 미소를 짓고는 시계 옆에 버튼을 누르고 고개를 들고 말했다. "2분 삼, 삼십 초."

시간을 재려는 건가?

그가 단 두 걸음에 성큼성큼 그녀의 코앞에 다가왔다. 그에게 모닥불 냄새가 났다.

그가 그녀의 머릿속을 들여다본 듯 말했다. "자기한테도 냄새가 나. 이쪽으로 걸어올 때 냄새가 났어." 그의 입술이 축축했고, 그가 말을 할 때마다 덫에 걸린 장어처럼 입술이 꿈틀거렸다. "배란기 군."

당뉘는 아까 멈춰 선 걸 후회했다. 하지만 계속 서 있었다. 그의 시선에 그 자리에 꽂힌 것처럼.

"반항만 하지 않으면 금방 끝나." 남자가 속삭였다.

그녀는 드디어 풀려난 것 같아서 뒤돌아 내달리려 했다. 하지만 짧은 재킷 속으로 손이 쓱 들어와 바지 벨트를 잡고 그녀를 뒤로 잡아챘다. 그녀는 외마디 비명을 지르며 휑한 묘지를 보았고, 곧바로 올레볼스베이엔에 면한 철책 앞 산울타리로 던져졌다(떠밀렸다). 억센 두 팔이 그녀 가슴을 감싸고 바이스로 죄듯이 꽉 끌어안았다. 그녀는 비명을 지르려고 간신히 숨을 깊이 들이마셨지만 상대는 바로 그 순간을 기다린 것 같았다. 그녀가 폐에서 공기를 내뱉으며 소리를 내기 시작하자 남자가 두 팔로 조금씩 더 꽉 끌어안아 폐에서 공기를 완전히 빼냈다. 그녀는 남자가 아직 한 손에 휘어진 금속 뱀을 잡고 있는 걸 보았다. 다른 손으로는 그녀 목을 꽉 졸랐다. 시야가 흐려지기 시작했다. 가슴을 감싼 팔이 갑자기 풀렸지만, 그녀는 몸이 무겁게 축 늘어졌다.

이건 현실이 아니야. 이런 생각이 드는 찰나 뒤에서 다른 한 손이 그녀의 허벅지 사이로 비집고 들어왔다. 허리 밴드 바로 아래 복부에 날카로운 것이 닿아 찢어지는 소리가 나면서 그 날카로운 물건이 앞쪽 벨트부터 뒤쪽 벨트 고리까지 바지를 쭉 찢었다. '이건 현실이 아니야. 대낮에 오슬로 한복판 묘지에서 이런 일이 일어날 리 없어. 어쨌든 나한테 일어나는 일이 아니야!'

그러다 목을 감싼 손이 풀렸다. 순간 머릿속에 엄마가 오래된 공기 주입 매트리스에 공기를 불어 넣을 때 나는 소리가 나면서 당뉘는 절박하게 오슬로의 봄 공기와 러시아워의 배기가스를 아픈 폐로 들이마시려 했다. 동시에 날카로운 뭔가가 목에 닿았다. 시야 아래쪽 가장자리로 휘어진 칼이 보이고, 귀에 바짝 대고 속삭이는 남자의 갈라진 목소리가 들렸다.

"첫 번째는 보아 뱀이었어. 이건 독사야. 조금만 물어도 넌 죽어. 그러니 꼼짝 말고 아무 소리도 내지 마. 옳지. 바로 그거야. 편, 편하게 서 있는 거지?"

당뉘 옌센은 눈물이 뺨을 타고 흐르는 걸 느꼈다.

"옳지, 옳지, 다 잘될 거야. 날 복받은 남자로 만들어주고 나랑 결혼하고 싶나?"

당뉘는 칼끝이 목을 더 세게 누르는 걸 느꼈다.

"그래?"

그녀는 조심스럽게 고개를 끄덕였다.

"그럼 우린 약혼한 거야, 자기야." 당뉘는 그의 입술이 목덜미에 닿는 걸 느꼈다. 바로 코앞에, 울타리와 철책 너머 인도에서 발소리가 들리고 두 사람이 지나가면서 활기찬 대화를 나누는 소리가 들렸다.

"그럼 이제 우리의 약혼을 완성해야지. 아까 내가 네 목을 누른 이 뱀이 주, 죽음을 상징한다고 말했지. 그런데 이건 생명을 상징해……."

당뉘는 그것을 느끼고 눈을 꾹 감았다.

"우리의 생명. 우리가 이제 창조할 생명……."

그는 거칠게 몸을 들이밀었고, 그녀는 이를 악물어 비명을 지르지 않으려 했다.

"내가 잃은 아들들을 대신해 세상에 다, 다섯 명을 더 내놓아야 해." 그는 그녀의 귓속에 쌕쌕거리면서 다시 몸을 들이밀었다. "넌 감히 우리가 함께 만든 것을 파괴하지 못해, 안 그래? 아이는 주님 작품이니까."

그는 세 번째로 들이밀었고 길게 신음하며 사정했다.

그는 칼을 내리고 그녀를 놓아주었다. 당뉘는 손에 힘을 풀고 가시나무 산울타리를 움켜잡은 손바닥에서 피가 나는 걸 보았다. 그래도 꼼짝하지 않고 그를 등지고 허리를 숙인 채 그대로 있었다.

"돌아서." 남자가 명령했다.

당뉘는 그러고 싶지 않았지만 시키는 대로 했다.

그는 그녀의 핸드백을 들고 고지서를 꺼냈다.

"당뉘 옌센." 그가 읽었다. "토르발 메위에르스 가. 좋은 동네지. 가끔 전화할게." 그는 그녀에게 핸드백을 돌려주고 머리를 모로 기울이고는 그녀를 보았다. "명심해, 이건 우리의 비밀이야, 당뉘. 이제부터 내가 널 지켜보면서 보호할 거야. 네 눈에는 절대로 보이지 않아도 항상 저 높은 곳에서 널 지켜보는 수리처럼. 무엇도 널 도울 수 없어. 난 누구도 잡지 못할 존재니까. 그래도 넌 무사할 거야. 우린 지금 약혼했고, 내 손길이 너한테 머무르니까."

그는 한 손을 들었고, 이제야 당뉘는 손등에 심한 흉터인 줄 알았던 것이 사실은 뻥 뚫린 구멍인 걸 보았다.

그는 떠났고, 당뉘 옌센은 철책 앞 지저분한 눈밭에 힘없이 주저앉아 소리 죽여 울었다. 흐르는 눈물 사이로 남자의 뒷모습과 땋은 머리가 보였다. 그는 유유히 묘지를 가로질러 북문으로 향했다. 삐소리와 진동음이 났고, 남자가 멈춰 서서 소매를 끌어 올려 시계를 눌렀다. 삐 소리가 멈추었다.

해리는 눈을 떴다. 그는 폭신한 어딘가에 누워서 천장을, 라켈이 한동안 모스크바 대사관에서 일하다가 귀국할 때 사 온, 작지만 아름다운 크리스털 샹들리에를 보았다. 아래에서 보니 크리스털이 S자 모양을 이루었다. 지금까지 그걸 본 적이 없었다.

여자 목소리가 그를 불렀다. 그는 옆으로 돌아누웠지만 아무도 보이지 않았다. "해리." 목소리가 다시 들렸다. 꿈을 꾸고 있었다. 아니, 이제 깨어난 건가? 눈을 떴다. 그는 아직 똑바로 앉아 있었다. 아직 슈뢰데르였다.

"해리?" 니나 목소리였다. "누가 찾아왔어요."

그는 고개를 들었다. 라켈의 걱정스러운 눈동자가 보였다. 그 얼굴에 라켈의 입과 은은하게 빛나는 피부가 있었다. 아버지의 매끄러운 러시아인 머리카락. 아니다, 아직 꿈이다.

"올레그." 해리가 잠긴 목소리로 부르고는 일어서서 의붓아들을 안아주려다 말았다. "이렇게 빨리 도착할 줄은 몰랐어."

"오슬로에는 한 시간 전에 도착했어요." 키 큰 청년이 카트리네가 앉았던 의자에 앉았다. 압정에라도 앉은 양 얼굴을 찡그렸다.

해리는 창밖을 내다보다가 밖이 어두워진 걸 보고 놀랐다.

"여긴 어떻게……."

"비에른 홀름한테 들었어요. 장의사한테 연락해서 내일 오전에 만나기로 했고요. 같이 가실래요?"

해리는 고개를 떨구었다. 신음이 나왔다. "아무렴, 같이 가야지, 올레그. 젠장, 네가 도착할 때 난 여기서 술이나 퍼마시고 있고, 이제는 내가 할 일을 네가 다 하는구나."

"죄송해요. 뭐라도 하는 게 나아서요. 꼭 처리해야 할 일들에 계속 신경을 쓰려고요. 집을 어떻게 할지도 생각해봤어요. 나중에……." 올레그는 말을 끊고 한 손을 얼굴 앞에 들고 엄지와 중지로 양쪽 관자놀이를 눌렀다. "독하죠? 엄마 몸은 아직 식지도 않았는데……." 올레그는 관자놀이를 문질렀다. 울대뼈가 오르내렸다.

"독한 게 아니야." 해리가 말했다. "네 뇌에서 고통을 피할 방법을 찾는 거뿐이야. 나는 나만의 방법을 찾았지만 그걸 권하진 않으마." 이 말과 함께 둘 사이에 놓인 빈 잔을 치웠다. "당장은 고통을 속일 수 있을지 몰라도 언젠가는 고통이 널 쫓아올 거야. 긴장이 조금 풀려서 경계를 늦출 때, 참호 밖으로 잠깐 고개를 내밀 때. 그때까지는 굳이 감정에 매몰되지 않아도 괜찮아."

"멍해요." 올레그가 말했다. "그냥 멍해요. 아까 종일 아무것도 먹지 않은 게 생각나서 칠리 핫도그를 샀거든요. 핫도그에 제일 센 머스터드소스를 뿌렸어요. 뭐라도 좀 느껴보려고요. 그런데 그거 알아요?"

"응." 해리가 말했다. "알아. 아무 느낌이 없지."

"아무 느낌도." 올레그가 눈을 깜빡이며 뭔가를 짜냈다.

"고통이 찾아올 거야." 해리가 말했다. "애써 찾아가지 않아도 돼. 어차피 널 찾아올 테니까. 너와 네 갑옷 사이의 모든 틈을 찾아낼 테니까."

"그게 아빠를 찾아냈나요?"

"난 아직 잠들어 있어." 해리가 말했다. "깨어나지 않으려고 발버둥 치는 중이야." 그가 자기 손을 보았다. 올레그의 고통을 가져올 수만 있다면 무슨 짓이든 할 수 있을 것 같았다. 무슨 말을 해줄 수 있을까? 진정 사랑하는 누군가를 처음 잃을 때만큼 고통스러운 순간도 없다고? 그게 사실인지조차 이제 모르겠다. 그는 헛기침을 했다.

"집은 현장 감식반이 조사를 마칠 때까지 폐쇄될 거다. 우리 집에 가 있을래?"

"헬가네 부모님 댁으로 갈게요."

"그래. 헬가는 어떠니?"

"안 좋죠. 엄마랑 친했으니까요."

해리는 고개를 끄덕였다. "어떻게 된 건지 얘기하고 싶니?"

올레그는 고개를 저었다. "비에른하고 한참 얘기했고, 그분이 우리가 아는 만큼 말해줬어요. 그리고 모르겠어요."

우리. 해리는 올레그가 실습에 들어간 지 몇 달 만에 경찰 조직을 가리키는 의미로 "우리"라는 대명사를 자연스럽게 쓰는 것을 알아챘다. 그로서는 경찰에 몸담은 지 25년이 지나도록 한 번도 써본 적이 없는 말이다. 하지만 경험상 그 말이 그의 생각보다 그의 존재에 훨씬 더 깊이 아로새겨진 걸 알았다. 그곳이 집이므로. 좋든 싫든. 다른 모든 것을 잃은 순간에는 대개 좋은 쪽이었다. 그는 올레그와 헬가가 서로를 꼭 붙잡아주기를 바랐다.

"내일 아침 일찍 조사받으러 나오라는 연락을 받았어요." 올레그가 말했다. "크리포스요."

"그렇군."

"그 사람들이 아빠에 관해 물어볼까요?"

"그들이 해야 할 일을 한다면 그렇겠지."

"전 뭐라고 말해요?"

해리는 어깨를 으쓱했다. "진실. 있는 그대로, 네가 본 그대로."

"알았어요." 올레그는 다시 눈을 감고 숨을 깊이 들이마셨다. "저도 맥주 한 잔 시켜주실래요?"

해리는 한숨을 쉬었다. "내가, 너도 알다시피 썩 남자답지는 않아도 약속을 함부로 깨지 않는 사람이야. 그래서 네 엄마하고도 약속을 많이 하지 않았고. 그래도 이거 하나는 약속했어. 네 아버지가 나와 똑같이 나쁜 유전자를 가지고 있었으니 너한테는 절대로, 결코 술을 사주지 않겠다고."

"그래도 엄마는 사줬어요."

"그 약속은 내 생각이었어, 올레그. 난 널 어디로도 끌어들이지 않을 거야."

올레그는 뒤를 돌아보고 손가락 하나를 들었다. 니나가 고개를 끄덕였다.

"얼마나 잠들어 있을 거예요?" 올레그가 물었다.

"가능한 한 오래."

맥주가 왔고, 올레그는 천천히 조금씩 나눠 마셨다. 마실 때마다 잔을 그들 사이에 놓았다. 그 잔이 그들이 공유하는 것인 양. 그들은 말이 없었다. 말할 필요가 없었다. 말을 할 수가 없었다. 하지만 그들의 소리 없는 흐느낌은 귀청이 찢어질 듯 요란했다.

잔이 다 비자 올레그가 휴대전화를 꺼냈다. "헬가네 오빠예요. 차로 절 데리러 앞에 와 있대요. 아빠도 집까지 모셔다드릴까요?"

해리는 고개를 저었다. "고맙지만 난 좀 걸어야겠다."

"장의사 주소는 문자로 남길게요."

"그래."

그들은 동시에 일어섰다. 해리는 올레그가 아직 192센티미터인 그보다 2센티미터 작은 걸 보았다. 그러다 경쟁은 이미 끝났고, 올레그는 다 자란 성인이라는 게 생각났다.

그들은 서로를 꼭 안아주었다. 서로의 어깨에 턱이 닿았다. 그리고 서로를 놓아주지 않았다.

"아빠?"

"음?"

"아빠가 전화해서 엄마 일이라고 했고, 제가 다시 합치기로 했냐고 물었잖아요……. 실은 그 이틀 전에 엄마한테 다시 한번 기회를 줄 수 없느냐고 물어서 그랬어요."

해리는 가슴에 뭔가가 걸리는 느낌을 받았다. "뭐?"

"엄마가 주말에 생각해보겠다고 했어요. 엄마도 그러고 싶어하는 것 같았어요. 엄마는 아빠를 다시 받아주고 싶어했어요."

해리는 눈을 감고 이를 악물었다. 근육이 터질 것 같았다. '당신은 왜 나한테 와서 날 이렇게 외롭게 한 거야?' 세상의 모든 술로도 이 고통을 막을 수는 없었다.

10

라켈은 그가 돌아오길 원했다.

그걸 알아서 좀 나은가, 아니면 오히려 더 나빠진 건가?

해리는 주머니를 뒤져서 휴대전화를 꺼내 전원을 끄려고 했다. 올레그에게서 장의사가 일 처리에 관해 문의한 두어 가지 질문이 문자로 와 있었다. 신문사에서 온 것일 부재중 전화가 세 통 찍혀 있고, 한 통은 법의학연구소의 알렉산드라로 보이는 전화였다. 조의를 표하려는 걸까? 아니면 섹스를 하고 싶은 걸까? 조의를 표하고 싶다면 문자를 보냈으면 되었다. 아니면 둘 다인가. 젊은 연구자인 그녀는 좋은 감정이든 나쁜 감정이든, 강렬한 감정에 흥분한다고 몇 번 말한 적이 있다. 격분, 기쁨, 증오, 고통. 그런데 애도는? 흠. 욕정과 수치심. 상중에 있는 사람과 섹스를 한다는 충격적이고 자극적인 생각. 이보다 더 나쁜 생각도 있겠지. 라켈이 시신으로 발견되고 몇 시간도 안 지나서 여기 앉아 알렉산드라의 성적 판타지가 무엇일지 상상하는 게 더 고약한 것이 아닐까? 대체 왜 전화한 거지?

해리는 전원 버튼을 길게 눌러 화면이 검게 바뀌는 걸 보고 휴대전화를 바지 주머니에 넣었다. 그러고는 비좁은 인형의 집의 책상에 놓인 마이크를 보았다. 조그만 빨간 불이 켜진 걸 보니 녹음 중이었다. 그는 건너편에 앉은 사람을 똑바로 보았다.

"시작할까요?"

성민 라르센은 고개를 끄덕였다. 그는 해리의 피코트가 걸린 고리 옆에 그의 버버리 재킷을 걸지 않고 하나 남은 의자 등받이에 걸쳐두었다.

성민은 헛기침을 하고 시작했다.

"3월 13일, 현재 15:50시, 오슬로 경찰청사 3번 심문실. 심문자는 크리포스의 성민 라르센 경위고, 심문 대상은 해리 홀레⋯⋯."

해리는 성민이 하는 말을 들었다. 말투가 또박또박하고 정확해서 예전 라디오 드라마에 나오는 인물 같았다. 성민은 시선을 고정한 채 앞에 놓인 수첩을 보지도 않고 해리의 신분증 번호와 주소를 읊었다. 평소에 존경하던 경찰관에게 깊은 인상을 남기려고 일부러 외웠을 수도 있다. 아니면 지적 우월성을 과시해서 상대를 조종하려고 하거나 거짓으로 진실을 감추는 건 꿈도 꾸지 못하도록 미리 제압하는, 그가 평소 쓰는 전략일 수도 있다. 물론 세 번째 가능성도 있다. 성민 라르센이 단지 기억력이 좋은 사람일 가능성.

"경찰이시니 본인의 권리를 잘 아시리라 봅니다." 성민이 말했다. "변호사가 배석하는 것을 거부하셨고요."

"내가 용의자인가?" 해리가 커튼 너머의 통제실 쪽을 보면서 물었다. 거기서 빈테르 경감이 팔짱을 끼고 앉아 그들을 지켜보고 있었다.

"이건 형식적인 절차입니다. 수사관님께 혐의를 두고 있지 않습니다." 성민이 말했다. 규정집의 문구를 그대로 읊었다. 이어서 심문 내용이 녹음된다고 알렸다. "돌아가신 라켈 페우케와의 관계를 말씀해주시겠습니까?"

"그 사람…… 그 사람은 내 아내**였어**."

"두 분은 헤어지셨습니까?"

"아니. 그게, 그렇군, 아내가 죽었으니."

성민 라르센은 눈을 들어 그를 시험하려고 한 말인지 묻듯이 쳐다보았다. "그럼 별거 중이 아니었습니까?"

"아니, 거기까지는 가지 않았어. 내가 집을 나오긴 했지."

"우리가 조사한 사람들 말로는 부인께서 헤어지기를 원하셨다고 하던데요. 헤어지려던 이유가 뭔가요?"

'아내는 내가 다시 돌아오길 원했어.' "의견 차이지. 그럼 이제 살인이 발생한 시각에 알리바이가 있는지 물어보는 단계로 넘어갈까?"

"많이 힘드신 건 이해합니다만……."

"자네가 뭘 이해하는지 말해줘서 고맙군, 라르센, 그리고 자네 짐작대로 힘든 건 맞지만 내가 이렇게 부탁하는 건 시간이 많지 않아서야."

"네? 지금 정직 중이라고 알고 있는데요."

"그렇지. 그런데 난 술을 많이 마셔야 해."

"그게 급한 일인가요?"

"그래."

"그래도 라켈 페우케가 살해당하기 전에 두 분이 어떤 관계였는지 알고 싶습니다. 의붓아드님인 올레그는 수사관님한테든 어머님에게든 두 분이 헤어지는 이유를 제대로 듣지 못했다고 하더군요.

다만 수사관님이 경찰대학에서 강의하면서 시간 날 때마다 최근 출소한 스베인 핀네를 쫓느라 바쁘셨던 게 두 분 관계에 그리 도움이 되지는 않았을 거라고 하더군요.”

“내가 ‘부탁’이라고 한 건 싫다는 말을 좋게 돌려서 한 거야.”

“그럼 고인과의 관계를 설명하기를 거부하시는 건가요?”

“내가 **거부**하는 건 자네한테 사적인 얘기를 시시콜콜 털어놓는 거고, 내가 **제안**하는 건 내 알리바이를 대고 우리 둘 다 시간을 절약하자는 거야. 자네와 빈테르 둘 다 범인을 찾는 데 집중할 수 있도록. 자네도 내 강의를 들어 알겠지만 살인사건은 처음 48시간 안에 해결하지 않으면 목격자의 기억과 물적 증거가 훼손되어 사건을 해결할 가능성이 절반으로 떨어져. 그럼 살인이 발생한 날 밤으로 돌아갈까, 라르센?”

성민은 해리의 이마를 보면서 볼펜 끝으로 책상을 톡톡 두드렸다. 그러고는 빈테르를 흘끔 보면서 이제 어느 쪽으로 갈지 힌트를 얻고 싶어하는 것 같았다. 계속 밀어붙일지, 해리가 하자는 대로 할지.

“좋습니다.” 성민이 말했다. “그렇게 하죠.”

“좋네.” 해리가 말했다. “그럼 말해보게.”

“네?”

“살인이 일어난 밤에 내가 어디 있었는지 말해보라고.”

성민 라르센은 미소 지었다. “**제가** 말하기를 원하시는 건가요?”

“날 심문하기 전에 사람들을 만나본 건 철저히 대비하기 위해서였겠지. 내가 자네 입장이어도 그랬을 거야, 라르센. 그래서 비에른 홀름을 만나봤고, 내가 그때 젤러시 바에 있었던 걸 알 거야. 그 친구가 그날 밤 그리로 날 찾아와 집에 데려가서 침대에 눕혔으니까.

난 엉망으로 취해서 아무 기억이 없고 그게 몇 시였는지도 몰라. 그러니 난 그 친구가 자네한테 말한 알리바이를 확인해주거나 반박할 처지가 못 돼. 하지만 운 좋게도 자네는 그 바의 주인을 만나고 비에른이 말한 내용을 확인해줄 증인을 더 만나봤을 거야. 게다가 난 아내가 사망한 시각을 모르니 결국 나한테 알리바이가 있는지 말해주는 건 자네 책임이야, 라르센."

성민은 볼펜을 몇 번 똑딱거리면서 해리를 뜯어보았다. 포커 선수가 칩을 만지작거리면서 던질지 말지 고민하듯이. "좋아요." 그는 펜을 내려놓았다. "그 시각에 범죄 현장 인근의 기지국을 확인했습니다. 수사관님 휴대전화에서 잡힌 신호는 없었고요."

"좋아. 그럼 난 혐의를 벗는군. 그런데 모든 휴대전화에서 30분마다 자동으로 가장 가까운 기지국으로 신호를 보내지 않나?"

성민은 대답하지 않았다.

"그러니 내가 휴대전화를 집에 두고 나갔거나, 살인 현장에 갔다가 30분 안에 돌아온 거야. 그러니 다시 묻겠네. 나한테 알리바이가 있는 건가?"

이번에는 성민도 어쩔 수 없었다. 통제실과 빈테르를 돌아보았다. 해리는 한쪽 시야의 가장자리에서 빈테르가 손으로 화강암 같은 머리통을 문지르고는 성민에게 살짝 고개를 끄덕이는 걸 얼핏 보았다.

"비에른 홀름은 10시 반에 수사관님과 함께 젤러시 바를 떠났다고 했고, 바 주인도 확인해줬습니다. 홀름은 수사관님을 아파트로 데려가 침대에 눕혔다고 했어요. 거기서 나오다가 굴레라는 이웃 주민을 만났고, 트램 운전수인 굴레는 교대근무를 마치고 퇴근하는 길이었어요. 그는 바로 아래층에 사는데, 그날 밤은 새벽 3시까지 깨어 있었고, 벽이 얇아서 만약 수사관님이 3시 전에 다시 밖으로 나갔다면 자기가 분명 들었을 거라고 하더군요."

"음. 그럼 부검의가 제안한 사망 시각은 언제지?"

성민은 수첩에서 확인할 게 있는 양 들춰보긴 했지만, 해리는 그가 모든 정보를 머릿속에 명확히 새겨놓았고 그저 상대에게 어디까지 말할지, 혹은 얼마나 말하고 싶은지 고민할 시간을 벌고 싶은 것으로 생각했다. 해리는 성민이 빈테르를 흘끔거리지 않고 혼자서 결정하는 걸 보았다.

"부검의는 시신의 온도와 실내 온도를 비교해서 사망 시각을 추정합니다. 시신이 옮겨지지 않았다는 전제에서. 그래도 희생자가 그 자리에 하루 하고도 반나절이나 쓰러져 있었다는 점에서 사망 시각을 특정하기는 어렵지만, 밤 10시에서 새벽 2시 사이일 가능성이 가장 높습니다."

"그러면 난 공식적으로 혐의를 벗은 거군?"

성민이 천천히 고개를 끄덕였다. 해리는 빈테르가 바깥에서 항의하듯이 자세를 고쳐 앉았고 성민이 그를 못 본 척하는 걸 보았다.

"음. 그럼 이제 자네는 내가 아내를 없애고 살인사건 수사관으로서 내가 용의선상에 오를 수밖에 없다는 점을 잘 알기에 청부 살인자를 고용해 알리바이 문제를 해결한 건 아닌지 의심하겠군. 그래서 내가 아직 여기 있는 거고?"

성민은 손으로 넥타이핀을 매만졌다. 넥타이핀에 브리티시 에어웨이 로고가 찍혀 있었다. "그런 건 아닙니다. 우리도 처음 48시간이 얼마나 중요한지 압니다. 그래서 이 절차를 마친 다음에 **수사관님**은 어떻게 생각하시는지 여쭙고 싶었습니다."

"내가?"

"이제 용의자가 아니십니다. 그래도 여전히……." 성민은 잠시 말을 끊었다가 과장된 어조로 그 이름을 말했다. "해리 홀레잖아요."

해리는 빈테르 쪽을 보았다. 그래서 이 젊은 수사관이 그들이 지금가지 알아낸 걸 말하게 놔둔 건가? 그들은 막혔다. 도움이 필요했다. 아니면 이건 성민 라르센 혼자 벌이는 일인가? 빈테르의 앉은 자세가 이상하게 뻣뻣해 보였다.

"그럼 그게 사실인가?" 해리가 물었다. "범인이 현장에 법의학적 증거를 단 한 점도 남기지 않았다는 게?"

해리는 성민의 무표정한 얼굴을 그렇다는 뜻으로 받아들였다.

"나도 어떻게 된 건지는 전혀 몰라." 해리가 말했다.

"비에른 홀름이 그러던데, 그 집 울타리 안에서 미확인 부츠 자국을 몇 점 발견하셨다면서요."

"그래. 그런데 그건 길 잃은 사람의 발자국일 수도 있어. 그런 일이 일어나니까."

"과연 그럴까요? 무단침입 흔적이 없는 데다, 과학수사과에서는 그분이…… 희생자가 발견된 곳에서 살해당한 거라고 확인해줬습니다. 그러니 범인은 초대받아 집 안으로 들어간 사람입니다. 희생자가 잘 알지도 못하는 남자를 집 안에 들였을까요?"

"음. 창문에 덧댄 철창을 봤나?"

"창문 열두 개 모두 철창이 덧대어 있었지만 지하실 창문 네 개에는 철창이 없었습니다." 성민이 거침없이 말했다.

"그냥 피해망상이라 그런 게 아니야. 어설프게 유명해진 살인사건 수사관과 결혼한 대가지."

성민은 수첩에 적었다. "그럼 범인이 희생자와 아는 사이라고 가정해보죠. 그렇게 상황을 재구성해보면 두 사람은 서로 마주 보고 서 있었습니다. 범인이 주방 쪽에 있고 희생자가 현관문 쪽에 있는 상태에서 범인이 희생자의 복부를 먼저 두 번 찔렀습니다."

해리는 숨을 깊이 들이마셨다. 복부. 라켈이 목덜미에 일격을 당하기 전에 고통을 받았다는 뜻이다. 그리고 목덜미의 일격이 끔찍한 고통을 끝낸 것이다.

"범인이 주방 가까이 서 있었던 걸 보면," 성민이 말을 이었다. "그 집의 더 내밀한 곳으로 들어갔다는, 그 집에서 편하게 머물렀다는 생각이 들어요. 동의하시나요?"

"그것도 한 가지 가능성이지. 또 하나는 범인이 칼꽂이에서 사라진 칼을 집으려고 아내를 둘러서 돌아간 것일 수도 있어."

"그걸 어떻게 아셨—."

"현장에서 자네 상사한테 쫓겨나기 전에 재빨리 봐뒀어."

성민은 고개를 살짝 옆으로 기울이고 해리를 보았다. 그를 감정하듯이. "그렇군요. 음, 주방이라는 점에서 세 번째 가능성을 생각해봤습니다. 여자일 가능성요."

"어?"

"흔한 건 아니지만 방금 보르그 가의 칼부림 사건에서 여자가 자백했다는 기사를 봤습니다. 그 집 딸이요. 그 뉴스 들었습니까?"

"아마도."

"여자들은 상대가 여자면 모르는 사람이라도 일단 의심을 풀고 집 안에 들여요. 게다가 어떤 연유에서인지 여자가 다른 여자의 주방으로 들어가는 장면을 상상하는 게 남자가 그러는 것보다 쉽고요. 네, 이건 좀 멀리 갔네요."

"동의해." 다만 해리는 앞의 가능성에 동의한다는 건지 뒤의 가능성에 동의한다는 건지, 아니면 둘 다인지 구체적으로 말하지 않았다. 아니면 전반적으로 동의하고, 그도 현장에서 같은 생각을 했다는 뜻인지.

"라켈 페우케를 해칠 동기를 가진 여자가 있을까요?" 성민이 물었다. "질투심이나 뭐 그런 걸로?"

해리는 고개를 저었다. 물론 실예 그라브셍 얘기를 꺼낼 수도 있지만 지금은 그럴 이유가 없었다. 몇 년 전 해리의 경찰대학 제자였던 실예는 그가 아는 여자 중 스토커에 가장 가까운 인물이다. 실예는 어느 밤에 해리의 연구실로 불쑥 찾아와 그를 유혹하려 했다. 해리가 거부하고 더 나가지 않았지만 실예는 그를 강간죄로 고소하려 했다. 하지만 그녀가 꾸민 정황에 구멍이 많아서 그녀를 변호하려던 요한 크론이 고소를 취하하도록 유도했고, 결국 실예가 경찰대학을 떠나는 선에서 마무리되었다. 그 후 실예가 집으로 라켈을 찾아오긴 했지만 해치거나 위협하려던 게 아니라 사과하기 위해서였다. 그래도 해리는 어제 실예에 관해 간단히 확인을 마쳤다. 어쩌면 그가 여자로서 자기를 원하지 않는다는 사실을 안 순간 실예의 눈에 서린 증오가 생각나서였을 것이다. 물적 증거가 없다는 건 범인이 증거를 확보하는 방법에 관해 상당한 지식을 가진 사람일 수 있어서이기도 했다. 혹은 모든 가능성을 배제하고 나서 최종 판결을 내리고 싶어서일 수도 있다. 최후 선고를 내리기 전에. 그리고 실예 그라브셍이 오슬로에서 1700킬로미터 떨어진 트롬쇠에서 보안 요원으로 일하고, 토요일 밤에는 근무 중이었다는 사실을 확인하는 데는 얼마 걸리지 않았다.

"칼로 돌아가죠." 해리에게 아무 대답이 나오지 않자 성민이 말했다. "칼꽂이에 꽂혀 있던 칼은 모두 일본제고 사라진 칼의 크기와 모양이 희생자의 자상과 일치합니다. 그 칼이 살인 흉기였다고 본다면 계획적 살인이라기보다 즉흥적 살인이라고 볼 수 있어요. 동의하시나요?"

"그것도 하나의 가능성이지. 또 하나는 범인이 집에 도착하기 전 이미 칼꽂이에 관해 알았을 수도 있어. 세 번째 가능성은 범인이 자기 칼을 썼지만 경찰에 혼동을 주면서 법의학적 증거도 없애려고 현장에서 다른 칼을 가져간 걸 수도 있고."

성민은 수첩에 더 적었다. 해리는 시계를 보고 헛기침을 했다.

"마지막으로요, 홀레. 라켈 페우케를 죽이고 싶어했을 만한 여자를 모른다고 하셨죠. 남자는 어떻습니까?"

해리는 천천히 고개를 저었다.

"스베인 핀네라는 자는요?"

해리는 어깨를 으쓱했다. "자네가 그자에게 물어야겠지."

"우린 그자가 어디에 있는지 모릅니다."

해리는 일어서서 벽에 건 피코트를 집었다. "길 가다가 만나면 자네가 찾더라고 전해주지, 라르센."

해리는 유리창을 돌아보고 손가락 두 개로 빈테르에게 경례를 올려붙였다. 빈테르가 씁쓸하게 웃으며 한 손가락으로 경례를 올렸다.

성민은 일어서서 해리에게 손을 내밀었다. "도와주셔서 고맙습니다, 홀레. 수사관님은 혼자 잘 헤쳐나가실 것 같네요."

"중요한 건 당신네도 그럴 수 있냐는 거지." 해리는 성민에게 짧은 미소를 짓고 더 짧게 악수한 뒤 떠났다.

엘리베이터 앞에서 버튼을 누르고 문 옆의 광택이 나는 금속판에 이마를 댔다.

'라켈은 네가 돌아오길 원했어.'

이걸 알아서 더 나은 걸까, 더 나쁜 걸까?

모든 무의미한 가정. 내가 어떻게 했더라면, 하는 모든 자책의 말. 하지만 다른 것도 있었다. 서로 사랑하는 사람들, 올드 시코 나무의 뿌리를 나눠 가진 사람들이 다시 만나는 곳이 있다고 믿는 사람들의 애처로운 희망. 그런 희망이 없다면 견딜 수 없기에.

엘리베이터 문이 열렸다. 비어 있었다. 폐소공포를 일으키는 비좁은 관이 그를 싣고 내려가겠다고 손짓하는 것만 같았다. 어디로 내려가지? 모든 것을 덮어버리는 암흑으로?

해리는 원래 엘리베이터를 잘 타지 않았고, 그것을 견딜 수가 없었다.

잠시 망설였다. 그리고 올라탔다.

11

해리는 화들짝 놀라며 깨어나 방 안을 응시했다. 그가 지른 비명의 메아리가 아직 벽 사이에서 울렸다. 시계를 보았다. 10시. 밤. 이전의 36시간을 맞춰보았다. 그렇게 오래 술을 퍼마시고 아무 일도 일어나지 않았는데도 구멍 하나 없이 얼추 시간표를 구성할 수 있었다. 평소에는 이렇게 할 수 있었다. 그런데 젤러시 바에서의 토요일 밤은 오랜 시간이 완전히 공백이었다. 어쩌면 알코올 남용의 장기적 효과가 마침내 그의 발목을 잡기 시작한 건지도 몰랐다.

해리는 소파에서 다리를 내리면서 이 시각에 비명을 지르게 한 게 무엇인지 떠올려보았다. 그러다 이내 기억을 더듬은 걸 후회했다. 그는 두 손으로 라켈의 얼굴을 잡았고, 충격을 받은 그녀의 눈이 쳐다보았다. 그가 아니라 그를 통과해서 어딘가를 보고 있었다. 그가 거기에 없는 것처럼. 라켈의 턱에 옅게 피가 묻어 있었다. 기침을 해서 입술에서 피거품이 터진 것처럼.

해리는 커피테이블 위 짐빔 병을 잡고 벌컥벌컥 들이켰다. 그 술도 더는 효과가 없는 것 같았다. 한 번 더 들이켰다. 그는 그녀의 얼굴을 보지 못했고 금요일 장례식 전에는 보고 싶지 않은데도 이상하게 꿈속에서는 그 얼굴이 생생했다.

테이블 위 술병 옆에 검게 꺼진 휴대전화가 보였다. 전날 아침 심문받기 직전에 꺼놓고 내내 꺼진 채였다. 다시 켜야 했다. 올레그가 전화했을 것이다. 정리할 일들이 있었다. 정신을 차려야 했다. 커피테이블 끝에서 짐빔의 코르크를 집었다. 냄새를 맡아보았다. 아무 냄새도 나지 않았다. 그는 코르크를 빈 벽에 던지고는 술병의 목을 조르듯이 움켜잡았다.

12

　오후 3시에 해리는 술 마시는 걸 멈추었다. 특별한 사건이 있었던 건 아니다. 어떤 특별한 결심이 서서 4시나 5시나 이후의 저녁 시간까지 술을 마시지 않은 것은 아니다. 더는 몸에서 받지 않았을 뿐이다. 그는 휴대전화를 켜고 부재중 전화와 문자 메시지를 무시하고 올레그에게 전화를 걸었다.

　"이제 수면으로 올라왔어요?"

　"더 가라앉는 걸 끝냈다는 게 정확하겠지." 해리가 말했다. "넌?"

　"계속 떠 있어요."

　"좋아. 나 좀 때려줄래? 그런 다음에 처리할 문제를 의논할까?"

　"좋아요. 준비됐어요?"

　"어서 해."

　당뉘 옌센은 시간을 확인했다. 이제 겨우 9시고, 막 메인 요리를 다 먹었다. 군나르가 대화를 거의 주도했지만 당뉘는 더는 버틸 수 없을 것 같았다. 당뉘가 두통이 있다고 하자 군나르는 고맙게도 세심하게 이해해주었다. 디저트를 생략했고, 군나르는 당뉘가 괜찮다는데도 집에 들어가는 걸 봐야겠다고 고집했다.

"오슬로가 안전한 건 나도 알아요. 그냥 걷고 싶어서요." 그가 말했다.

그는 기분 좋고 무해한 것들에 관해 이야기했고, 그녀는 속이 완전히 문드러졌는데도 열심히 듣고 적재적소에 웃어주려 했다. 하지만 링엔 영화관을 지나 토르발 메위에르스 가를 따라 그녀가 사는 건물로 올라가는 동안 다시 침묵이 흘렀다. 결국 그가 말했다.

"요 며칠 기분이 안 좋아 보여요. 내가 상관할 일은 아니지만 무슨 문제라도 있어요, 당뉘?"

당뉘는 그 말을 기다려온 걸 알았다. 그 말을 해주기를 희망했다. 누군가가 그렇게 물어봐주기를. 그 말로 그녀가 용기를 끌어낼 수 있기를. 그런 일을 당한 걸 말하지 않고 수치심과 무력감과 남들이 믿어주지 않을 거라는 두려움으로 입을 닫아버리는 다른 강간 피해자들과는 달리. 자기는 절대로 그렇게 대처하지 않을 줄 알았다. 그리고 그렇게 느끼지 않을 줄 알았다. 그런데 왜 이러는 걸까? 그날 묘지에서 집으로 돌아와 두 시간 동안 펑펑 울다가 경찰에 전화해서는 풍기 사범 단속반이든 어디든 강간 신고를 받아주는 부서로 연결되는 동안 갑자기 생각이 바뀌어 전화를 끊어서일까? 소파에서 잠들었다가 오밤중에 깨서 처음 든 생각은 강간이 그냥 꿈이 아닐까 하는 거였다. 그러자 거대한 안도감이 들었다. 다시 그 일이 기억날 때까지는. 그러다 문득 그게 나쁜 꿈이었을 수 있다는 생각이 들었다. 그런 거라면 계속 꿈으로 남을 수도 있겠다는, 아무에게도 말하지 않으면 그럴 수도 있겠다는 생각이 들었다.

"당뉘?"

그녀는 떨리는 숨을 들이마시고 겨우 입을 열었다. "아뇨, 아무일 없어요. 저 여기 살아요. 데려다줘서 고마워요, 군나르. 내일 봐요."

"기분이 좀 나아지면 좋겠어요."

"고마워요."

그는 그녀를 안아주면서 빨리 놔주지 않자 그녀가 움츠러드는 걸 느꼈다. 그녀는 D 계단으로 향하면서 가방에서 열쇠를 꺼냈다. 다시 고개를 들었을 때 누군가가 어둠 속에서 불쑥 나와 문 위의 전등이 비추는 빛 속에 서 있었다. 어깨가 떡 벌어지고 호리호리한 몸에 갈색 스웨이드 재킷을 걸치고 길고 검은 머리에 빨간색 반다나를 두른 남자. 그녀는 헉하고 숨을 내뱉으며 멈춰 섰다.

"겁먹지 마, 당뉘. 해치지 않아." 그의 두 눈이 주름진 얼굴 안에서 잉걸불처럼 타올랐다. "그냥 너랑 우리 아이를 확인하러 온 거야. 내가 약속은 꼭 지키는 사람이거든." 그의 목소리는 낮고 속삭이듯 작았지만 그녀에게 들리게 하려고 크게 말할 필요가 없었다. "너도 내 약속을 기억할 테니까, 안 그래? 우린 약혼했잖아, 당뉘. 죽음이 우릴 갈라놓을 때까지."

당뉘는 숨을 쉬려고 했지만 폐가 마비된 것만 같았다.

"우리의 결합을 확정 짓기 위해 하느님을 증인으로 모시고 제대로 다시 약속하자, 당뉘. 일요일 밤에 아무도 없을 때 비카에 있는 성당에서 만나. 9시? 나 혼자 제단에 서 있게 두지는 마." 그는 짧게 웃음을 터트렸다. "그때까지 잘 자. 너희 둘 다."

그는 옆으로 비켜서서 다시 어둠 속으로 들어갔고, 순간 당뉘는 계단 불빛에 눈이 멀었다. 빛을 가리려고 손을 들 때 그는 이미 사라졌다.

말없이 그 자리에 서 있는 사이 눈물이 뺨을 타고 흘렀다. 그녀는 손에 쥔 열쇠가 흔들리지 않을 때까지 바라보았다. 그리고 문을 열고 안으로 들어갔다.

13

고적운이 복센 교회 위 하늘에 크로셰 레이스처럼 걸려 있었다.

"삼가 조의를 표합니다." 미카엘 벨만이 진실한 어조로 열심히 연습한 표정을 지으며 말했다. 한때 젊은 경찰청장이었고 지금은 역시나 젊은 법무부 장관으로서 오른손으로 해리의 손을 잡아 악수하면서 왼손으로 마치 봉인하듯이 맞잡은 두 손을 덮었다. 진심 어린 애도의 뜻을 전하듯이. 아니면 거기 모인 사진기자들이 (교회 안에서는 사진 촬영이 금지되어 있으므로) 주어진 역할을 다하기 전에 해리가 손을 빼지 못하게 붙잡아두려는 듯이. 미카엘은 '법무부 장관이 시간을 내서 옛 경찰 동료의 배우자 장례식에 참석하다'라는 타이틀을 있는 대로 다 내고는 앞에 대기 중이던 검은 SUV 속으로 사라졌다. 해리가 용의자가 아닌 걸 확인하고 왔을 것이다.

해리와 올레그는 조의를 표하러 온 사람들과 연신 악수하면서 고개를 숙였다. 주로 라켈의 친구와 동료들이었다. 이웃도 몇 명 와 있었다. 라켈에게는 올레그 말고 가까운 친인척이 없지만 대형 교회 안에 반이 훌쩍 넘게 조문객이 들어찼다. 장의사는 장례식을 다음 주로 미루면 사람들이 일정을 조율해서 더 많이 참석할 수 있을 거라고 했다. 해리는 올레그가 장례식 이후의 모임을 따로 공지하지 않아서 다행이라고 생각했다. 둘 다 라켈의 동료들을 잘 모르는 데다 이웃들을 만나고 싶지도 않았다. 라켈에 대해 나눌 이야기는 올레그와 해리 그리고 라켈의 어린 시절 친구 두 사람이 다 나누었고, 그걸로 되었다. 사제도 찬송가와 기도문과 정해진 문구만으로 장례식을 마무리했다.

"젠장." 외위스테인 에이켈란, 해리의 어릴 때 친구 두 명 중 하나가 툴툴거렸다. 눈물이 그렁그렁한 눈으로 해리 어깨에 손을 얹고 조금 전까지 마신 술 냄새를 해리 얼굴에 내뿜었다. 저런 외모 때문에 누가 키스 리처즈*에 관한 농담을 할 때마다 외위스테인이 생각나는 것 같았다. '당신이 담배 한 개비 피울 때마다 하느님께서 당신에게 한 시간을 빼앗아…… 키스 리처즈에게 준다.' 해리는 외위스테인이 오래 고심한 끝에 입을 벌려 시커메진 잇몸을 드러내며 아까보다 좀 더 진중하게 같은 말을 내뱉는 것을 보았다. "젠장."

"고맙다." 해리가 말했다.

"트레스코는 못 왔다." 외위스테인이 해리를 놓아주지 않았다. "그게 말이야, 그 자식은 사람들이 모여 있으면…… 어, 두 명만 넘으면 공황발작을 일으켜서. 그래도 애도의 뜻을 전해달라면서 그러더라……." 외위스테인이 아침 해를 향해 눈을 가늘게 떴다. "젠장."

"슈뢰데르에서 몇 명 모일 거야."

* 롤링스톤스의 기타리스트.

"공짜냐?"

"세 병까지만."

"알았다."

"로아르 보르예요. 라켈의 상관이었습니다." 해리는 자기보다 15센티미터는 작은데도 자기만큼 커 보이는 남자의 청회색 눈을 보았다. 그 남자의 자세와 "상관"이라고 약간 구식 표현으로 자기를 소개한 점에서 군대 장교 같은 느낌이 들었다. 힘 있게 악수하고 안정적이고 똑바르게 눈을 마주치는데도 어딘가 모르게 화나 있고 상처받기 쉬워 보였다. 하지만 이런 상황이라 그럴 수도 있었다. "라켈은 최고의 동료이자 훌륭한 분이었습니다. 저희 국가인권위원회NHRI와 모든 동료에게, 특히나 저한테는 크나큰 손실이 아닐 수 없습니다. 제가 라켈과 가까이서 일했거든요."

"고맙습니다." 해리는 그의 말을 믿었다. 어쩌면 맞잡은 손이 따뜻해서였는지도 몰랐다. 인권을 위해 일하는 남자의 따뜻한 손. 해리는 로아르 보르가 근처에 있던 여자 둘 쪽으로 가는 모습을 보다가 그가 발 디딜 자리를 내려다보며 걷는 것을 알아챘다. 본능적으로 지뢰를 찾는 사람처럼. 그리고 두 여자 중 한 명이, 등지고 서 있는데도 어딘가 낯익었다. 로아르가 뭐라고 말하는데 목소리가 작은지 그 여자가 그에게 살짝 기울였고, 로아르가 그녀의 등에 살며시 한 손을 댔다.

조문이 모두 끝났다. 영구차가 관을 실어 떠났고, 몇 사람은 회의하러 이미 자리를 떴고, 나머지는 각자의 일상으로 돌아갔다. 트롤스 베른트센이 솔리테르 게임이나 하려고 사무실로 가려는지 혼자 버스를 타러 가는 모습이 보였다. 나머지 몇 사람이 교회 앞에 삼삼오오 모여 대화를 나누고 있었다. 군나르 하겐 경찰청장, 해리가 현재 사는 아파트를 빌려준 젊은 수사관 안데르스 뷜레르, 그리고 아기를 데려온 카트리네와 비에른이 있었다. 누군가는 장례식장에서 아기 울음소리가 나면 그래도 삶은 계속된다고 말해주는 것처럼 위안을 얻는 듯했다. 삶이 계속되기를 **원하는** 누군가는. 해리는 남아 있는 사람들에게 슈뢰데르에서 조촐하게 모이기로 했다고 알렸다. 크리스티안산에서 동거하는 남자와 와준 동생 쇠스는 해리와 올레그를 한 명씩 한참 꼭 안아주고는 자기네는 가봐야 한다고 말했다. 해리는 고개를 끄덕이고 아쉽지만 이해한다고 말했다. 오히려 안도감이 들었지만. 올레그를 제외하고 쇠스는 해리를 사람들 앞에서 울게 할 수 있는 유일한 사람이므로.

헬가가 해리와 올레그를 슈뢰데르까지 태워주었다. 니나가 테이블 여러 개를 길게 붙여 자리를 마련해두었다.

십여 명이 그 자리에 모였다. 해리가 커피 잔을 앞에 놓고 구부정하게 앉아 사람들 말소리를 들을 때 누군가가 그의 등에 손을 얹었다. 비에른이었다.

"장례식에서는 선물을 주지 않는다지만." 비에른이 해리에게 납작한 직사각형 꾸러미를 건넸다. "그래도 저 힘들 때 이게 도움이 돼서요."

"고마워, 비에른." 해리는 선물을 뒤집었다. 선물이 뭘지 짐작하는 건 어렵지 않았다. "그나저나 물어보려던 게 있어."

"네?"

"성민 라르센이 날 조사하면서 야생동물 카메라에 관해선 묻지 않더군. 자네가 그쪽 사람들한테 말하지 않았다는 건데."

"그 친구가 물어보지 않아서요. 그 카메라가 관련이 있다고 보신다면 선배가 말하는 게 맞는 것 같고요."

"음. 그런가?"

"선배가 얘기하지 않았다면 관련이 있을 리 없을 것 같네요."

"자네가 말하지 않은 건, 크리포스든 다른 누구든 끌어들이지 않고 나 혼자서 스베인 핀네를 추적하려고 계획하고 있다고 봤다는 뜻이겠지."

"그 말은 안 들은 걸로 할게요. 설령 들었다 해도 무슨 말을 하는 건지 하나도 모르겠어요."

"고맙네, 비에른. 하나 더. 로아르 보르라는 사람에 관해 아는 거 있나?"

"보르? 라켈이 일하던 단체의 책임자라는 것만 알아요. 인권과 관련된 기관이죠, 아마?"

"국가인권위원회."

"맞아요. 라켈이 출근하지 않아서 다들 걱정한다고 신고한 사람이 보르예요."

"음." 문이 홱 열렸고, 해리는 그쪽을 흘깃 보았다. 그러다 비에른한테 뭘 물어보려 했는지 잊어버렸다. 그녀였다. 아까 교회 앞에서 해리를 등지고 보르와 얘기하던 여자. 그녀가 입구에 서서 머뭇거리며 둘러보았다. 많이 변하지 않았다. 높이 솟은 광대, 튀어나온 새까만 눈썹과 그 아래 아이처럼 커다란 초록색 눈망울, 허니브라운색 머리카락, 도톰한 입술, 약간 큰 입.

그녀의 눈길이 드디어 해리를 발견하고는 얼굴이 환해졌다.

"카야!" 군나르 하겐이 부르는 소리가 들렸다. "와서 앉아!"

군나르가 의자를 빼주었다.

카야가 군나르에게 미소를 지으며 우선 해리에게 인사하고 가겠다고 눈짓을 보냈다. 그녀 손의 감촉은 기억 속 그대로 부드러웠다.

"심심한 위로를 전해요. 정말 아주 안타까워요, 해리."

목소리도.

"고마워. 여긴 올레그. 그리고 애 여자친구, 헬가. 여긴 카야 솔네스. 옛 동료야."

그들은 서로서로 악수를 했다.

"그럼 돌아왔군." 해리가 말했다.

"길게는 아니고요."

"음." 해리는 무슨 말을 할지 짜내려 했다. 아무 말도 생각나지 않았다.

카야는 깃털처럼 가볍게 그의 팔에 손을 댔다. "힘내요. 전 가서 군나르랑 다른 사람들을 만나볼게요."

해리는 고개를 끄덕이고 그녀가 긴 다리로 의자들 사이를 지나 테이블 반대편 끝으로 가는 걸 보았다.

올레그가 그에게 몸을 기울이며 물었다. "누군데요? 옛 동료인 거 말고."

"얘기가 길어."

"그래 보여요. 요약하면?"

해리는 커피를 한 모금 마셨다. "예전에 내가 네 엄마를 위해 떠나보낸 여자."

새벽 3시에 마지막 남은 세 사람 가운데 외위스테인이 일어서서 이별에 관한 밥 딜런의 노래 가사를 틀리게 인용하고 떠났다.

남은 두 사람이 해리 옆으로 의자를 끌고 왔다.

"출근 안 해요?" 카야가 물었다.

"내일도 안 해. 추후 통보가 있을 때까지 정직 상태야. 당신은?"

"전 적십자 대기 중이에요. 월급은 나오는데 일단은 본국에서 대기하면서 세계 어디선가 무슨 일이 터지기를 기다리는 거죠."

"일이야 터질 테니까?"

"일이야 터지죠. 가만 보면 강력반 일이랑 약간 비슷해요. 끔찍한 일이 터지기를 바라다시피 하면서 돌아다니는 거죠."

"음. 적십자. 강력반에서 조금 도약한 거군."

"그렇기도 하고 아니기도 해요. 전 안보 담당이에요. 마지막 파견지인 아프가니스탄에서 2년을 보냈어요."

"그럼 그 전에는?"

"그 전 2년도, 아프가니스탄요." 카야가 미소를 지으며 작고 뾰족한 이를 드러냈다. 그녀 얼굴을 흥미롭게 만드는 불완전한 특징이다.

"아프가니스탄이 뭐가 그렇게 좋은데?"

카야는 어깨를 으쓱했다. "우선 그쪽 문제가 워낙 심각해서 나 개인의 문제는 사소해 보여서 좋아요. 내가 어딘가에 쓰임이 있을 수 있다는 느낌도 좋고요. 거기서 만나서 같이 일하는 사람들을 좋아하게 되는 것도 좋아요."

"로아르 보르 같은 사람?"

"네. 그 사람이 아프가니스탄에 있었다고 얘기하던가요?"

"아니, 그냥 왠지 지뢰를 밟지 않으려고 하는 군인처럼 보여서. 특수부대에 있었나?"

카야는 생각에 잠긴 얼굴로 해리를 보았다. 초록색 홍채 중앙의 동공이 커졌다. 슈뢰데르의 불빛 아래서 에너지를 허비하지 않는 눈이었다.

"기밀인가?" 해리가 물었다.

카야는 다시 어깨를 으쓱했다. "네, 로아르는 특수작전부대의 중령이었어요. ISAF*가 제거할 탈레반 테러리스트 명단을 들고 카불로 파견된 부대 소속이었어요."

"음. 사무직? 아니면 지하디스트들을 직접 쏜 거야?"

"우리 둘 다 노르웨이 대사관 안보회의에 참석하긴 했지만 자세히는 듣지 못했어요. 내가 아는 건 로아르와 그 사람 여동생이 둘 다 베스트아그데르 주에서 사격 챔피언이었다는 거예요."

"그리고 그 사람이 테러리스트 명단을 다뤘고?"

"그럴 거예요. 둘이 꽤 비슷해요, 당신하고 보르. 둘 다 자기가 쫓는 자들을 잡을 때까지 포기를 모르죠."

"그 사람이 그 일을 잘했다면 왜 그걸 그만두고 인권 일을 시작한 거지?"

카야가 한쪽 눈썹을 올렸다. 로아르에게 왜 그렇게 관심이 많냐고 묻듯이. 그러다 해리에게 다른 화제가 필요하다고, 라켈과 그 자신과 현재 상황만 아니라면 무엇에 관해서든 얘기할 거리가 필요하다고 판단한 듯 보였다.

"ISAF가 '확고한 지원Resolute Force' 작전으로 대체됐거든요. 소위 평화유지군에서 비전투 작전으로 전환된 거죠. 그래서 더는 총격이 허용되지 않았어요. 그 사람 부인도 남편이 본국으로 돌아오기를 바랐고요. 혼자서 아이 둘을 키우는 게 힘들다면서요. 노르웨이의 야심 찬 장교라면 아프가니스탄에 한 번은 다녀와야 하는 게 정석인데, 로아르는 중도에 전출 요청을 해서 고위직으로 오르는 건

* International Security Assistance Force, 국제안보지원군.

145

요원해졌죠. 아마 그 사람한테 더는 즐거운 일이 아니었을 거예요. 지도자 경험이 있는 사람들은 다른 분야에서도 인기가 많기도 하고."

"그래도 사람 쏘는 일을 하다가 **인권**으로 옮긴다?"

"그 사람이 아프가니스탄에서 뭘 위해서 싸웠을 거 같아요?"

"음. 이상주의자에다 가정적인 사람이란 건가."

"로아르는 신심이 있는 사람이에요. 사랑하는 사람들을 위해 희생할 준비가 된 사람이고요. 당신이 그랬던 것처럼." 카야는 얼굴을 찡그렸다. 쓸쓸한 미소가 스쳤다. 카야는 코트 단추를 채웠다. "그건 존경할 만해요, 해리."

"음. 예전에 내가 뭔가를 희생했다고 생각하는 건가?"

"누구나 자신이 합리적이라고 생각하고 싶어하지만 언제나 마음이 강력히 이끄는 대로 따라가는 거 아닌가요?" 카야는 가방에서 명함을 꺼내 해리 앞에 놓았다. "나 아직 같은 집에 살아요. 얘기할 사람 필요하면 연락해요. 상실과 갈망에 관해서는 내가 좀 알잖아요."

해가 산마루를 넘어가면서 하늘을 주황빛으로 물들일 즈음 해리는 목조주택으로 들어갔다. 올레그가 락셀브로 돌아가면서 해리에게 열쇠를 주었다. 일주일에 한 번 부동산 중개인에게 집을 보여줄 수 있도록. 해리는 올레그에게 정말로 그 집을 팔고 싶은지, 실습이 끝나고 돌아와서 살 집이 있는 게 좋지 않을지 고민해보라고 했다. 헬가와 함께 지낼 곳. 올레그는 진지하게 생각해보겠다고 했지만 이미 마음을 굳힌 것 같았다.

감식반이 조사를 끝내고 떠나면서 현장을 깨끗이 정리해놓았다.

피 웅덩이는 사라졌지만 시신이 있던 자리를 분필로 표시한 자리는 아직 남아 있었다. 부동산 중개인이 분필 자국을 말끔히 지워야 집을 보여줄 수 있다는 말을 어떻게 돌려 말할지 전전긍긍하는 모습이 떠올랐다.

해리는 주방 창가로 가서 하늘 색이 옅어지다가 빛이 완전히 사라지는 것을 바라보았다. 어둠이 사위를 덮었다. 그는 28시간 동안 술에 취하지 않았고, 라켈은 141시간 이상 죽은 채였다.

그는 거실로 가서 분필 자국 위에 섰다. 무릎을 꿇었다. 손끝으로 거친 나무 바닥을 쓸어보았다. 바닥에 누워 윤곽선 안으로 들어가 똑같이 태아처럼 웅크린 자세로 하얀 선에서 벗어나지 않으려 했다. 결국 울음이 터졌다. 처음에는 눈물이 나지 않고 가슴 속에서 거친 흐느낌이 올라오다가 흐느낌이 점점 커지면서 그의 좁은 목구멍을 비집고 터져 나와 결국 그 소리가 거실을 가득 메우고 살아 있으려고 몸부림치는 남자의 울부짖음이 되었다. 울다 말고 등을 대고 누워 호흡을 가다듬었다. 그러자 눈물이 나왔다. 눈물을 헤치며 꿈속처럼 헤엄치는 것 같았다. 그러다 바로 위에 매달린 크리스털 샹들리에를 보았다. 샹들리에가 S자 모양이었다.

14

뤼데르 사겐스 가에서 새들이 흥겹게 지저귀고 있었다.

아침 9시라 아직은 하루를 망칠 일이 생기지 않아서이리라. 태양이 빛나고 있었고, 일기예보에서 따스할 거라고 예보한 주말이 완벽하게 시작되는 것처럼 보이기 때문이리라. 혹은 뤼데르 사겐스 가의 새들이 세상 어디의 새들보다 행복해서일지도 모른다. 세계에서 가장 행복한 국가들 통계에서 자주 최고를 찍는 이 나라 안에서도 어느 베르겐 출신 교사의 이름을 딴, 딱히 인상적일 것 없는 이 거리가 유독 높은 점수를 기록하기 때문인지도 몰랐다. 해발 470미터의 행복, 돈 걱정에서만 자유로운 게 아니라 지나친 물질주의에서도 자유로운 동네, 견실하면서 요란하지 않은 마을, 널찍하면서도 지나치게 세심하게 손질하지 않은 정원. 정원에는 아이들 장난감이 널려 있고 이 동네 사람들이 중시하는 가치를 한눈에 보여주는 장식품이 있다. 보헤미안이면서 신형 아우디를 소유한 사람들. 번쩍거리는 모델이 아닌 신형 아우디가 서 있는 차고에는 잘 건조된 목재로 제작된, 오래되고 묵직하고 유쾌하게 실용적이지 않은 정원 가구가 가득했다. 뤼데르 사겐스 가는 이 나라에서 가장 비싼 거리 중 하나일지 몰라도, 사실 이 거리의 이상적인 주민은 할머니에게 집을 물려받은 예술가인 듯했다. 어느 쪽이든 주민들은 대체로 선량한 사회민주주의자들이자, 지속 가능한 발전을 믿으며 오래된 건축양식의 주택 여기저기에 튀어나온 지나치게 큰 목재 들보만큼이나 공고한 가치관을 가진 사람들이었다.

해리가 대문을 열자 삐걱거리는 소리가 과거의 메아리처럼 울렸다. 모든 것이 예전과 같아 보였다. 현관으로 올라가는 계단에서 나는 삐걱거리는 소리도 그대로였다. 초인종 옆에 명패가 없었다. 46 사이즈*의 남자 신발. 카야 솔네스가 강도나 반갑지 않은 손님을 물리치려고 문 앞에 내놓은 것이다.

카야가 문을 열어주고는 햇빛에 탈색된 머리카락을 쓸어 넘기고 팔짱을 꼈다.

몸집에 비해 커 보이는 울 카디건과 다 해진 펠트 슬리퍼까지 여전했다.

"해리." 카야가 말했다.

"우리 집에서 걸어갈 수 있는 거리이기에 전화하는 대신 들러보자고 생각했지."

"네?" 카야가 한쪽으로 고개를 갸웃했다.

"내가 처음으로 당신 집 초인종을 처음 눌렀을 때 했던 말이야."

"어떻게 그걸 다 기억해요?"

그때 무슨 말을 할지 오래 고민하고 연습했거든. 해리는 속으로 말하며 미소를 지었다. "코끼리 같은 기억력이라서. 들어가도 돼?"

* 295밀리미터.

해리는 카야의 눈빛에서 망설임을 읽었고 집에 누가 와 있을지 모른다는 생각을 못 했다는 데 생각이 미쳤다. 파트너. 연인. 혹은 그가 문턱을 넘으면 안 될 만한 누군가.

"방해가 안 된다면, 물론."

"어, 아뇨, 그냥······ 그냥 좀 놀랐어요."

"다음에 다시 와도 되고."

"아뇨, 아네요, 어, 언제든 오시라고 했잖아요." 카야가 옆으로 비켜섰다.

카야는 해리 앞 커피테이블에 뜨거운 차를 놓고 소파 위에 긴 다리를 포개고 앉았다. 해리는 엎어놓은 책을 보았다. 샬럿 브론테의 《제인 에어》. 젊은 여자가 음울하고 고독한 남자와 사랑에 빠지고, 여자는 남자가 아내와 별거 중인 줄 알지만 사실 남자의 아내는 다락방에 갇혀 있는 줄거리가 기억났다.

"경찰에서 내가 이 사건을 수사하지 못하게 막았어." 해리가 말했다. "용의선상에서 빠졌는데도."

"이런 사건은 원래 그렇게 하잖아요, 아닌가요?"

"아내가 살해당한 수사관을 위한 절차가 따로 있는지 몰랐네. 그리고 난 누가 한 짓인지 알아."

"안다고요?"

"거의 확신해."

"증거는?"

"육감."

"당신과 일해본 다른 사람들처럼 나도 당신의 육감을 매우 존중해요, 해리. 하지만 당신 아내 사건인데 과연 그 육감을 믿을 수 있을까요?"

"육감만은 아니야. 다른 가능성을 전부 배제하고 남은 가능성이야."

"전부?" 카야는 차를 마시지 않고 찻잔을 들고만 있었다. 손을 데우려고 차를 탄 듯이. "내 멘토였던 해리라는 사람이, 다른 가능성은 언제나 존재하고 추론에 기초한 결론이 부당하게 좋은 명성을 얻었다고 말씀하신 기억이 나는 거 같은데요."

"라켈에게는 이 작자 말고 앙심을 품을 사람이 없어. 사실 라켈의 적이 아니고 내 적이었지만. 그자 이름은 스베인 핀네. 약혼자라고도 해."

"그게 누군데요?"

"강간 살해범. 그자가 약혼자라고 불리는 건, 피해자들을 임신시키고 아이를 출산하면 그 여자들을 죽여서야. 내가 젊은 수사관일 때 그자를 잡으려고 밤낮으로 헤매고 다녔어. 처음 쫓던 범인이야. 마침내 그자에게 수갑을 채우고는 기뻐서 웃었지." 해리는 자기 손을 내려다보았다. "누군가를 체포하고 행복했던 건 아마 그때가 마지막이었을 거야."

"어? 왜요?"

해리의 시선이 아름답고 오래된 꽃무늬 벽지에서 배회했다.

"몇 가지 이유가 있겠지. 내 자의식의 폭이 넓지 않기도 하고. 그래도 한 가지 이유는 핀네가 형기를 마치고 나오자마자 열아홉 살짜리 소녀를 성폭행하고 아기를 지우면 죽이겠다고 협박해서였어. 그 소녀는 결국 낙태했어. 일주일 뒤 린네루의 산길에서 엎드린 채 발견됐고. 주위에 피가 낭자해서 죽은 줄로만 알았어. 그런데 소녀의 몸을 돌리다가 소리를, 아기가 '엄마'를 부르는 소리를 들었어.

소녀를 병원에 데려갔고, 살아났어. 그런데 그건 소녀가 말한 게 아니었어. 핀네가 소녀의 몸을 가르고 배터리로 작동하는 말하는 인형을 집어넣고 다시 꿰맨 거야."

카야는 거칠게 숨을 쉬었다. "죄송해요. 요새 운동을 안 해서."

해리는 고개를 끄덕였다. "그래서 내가 그자를 다시 잡았어. 함정을 파놓고 기다렸고, 그자는 바지를 내린 채로 잡혔어. 말 그대로 바지를 내린 채로. 사진도 있어. 플래시가 터져서 조금 과하게 노출된 사진. 그때 수모를 당한 거랑 별개로, 약혼자 스베인 핀네가 칠십몇 년 살면서 이십 년이나 철창신세를 진 데는, 개인적으로 내 탓이 커. 그중에는 그자가 저지르지 않았다고 주장하는 살인사건도 있고. 그러니 동기는 나왔어. 이게 내 육감의 근거야. 테라스에 나가서 담배 한 개비 피울까?"

그들은 외투를 들고 헐벗은 사과나무가 빼곡한 정원이 내다보이는 지붕 덮인 널찍한 테라스로 나가 앉았다. 해리는 뤼데르 사겐스가의 옆집 2층의 창문을 보았다. 불 켜진 창이 하나도 없었다.

"옆집 말이야." 해리가 담뱃갑을 꺼내며 말했다. "자네를 지켜보는 거 이제 그만뒀나?"

"그레게르는 2년 전에 아흔이 됐어요. 작년에 죽었고요." 카야가 한숨을 쉬었다.

"그럼 이젠 자네 혼자 지내야 하는 거야?"

카야가 어깨를 으쓱했다. 그 동작에 리듬이 있었다. 춤처럼. "누가 늘 지켜봐주는 느낌이 들어요."

"종교라도 생긴 건가?"

"아뇨. 담배 있어요?"

해리는 그녀를 보았다. 그녀는 두 손을 엉덩이에 깔고 앉아 있었다. 추위를 잘 타서 그러던 게 생각났다.

"몇 년 전에 바로 여기 이렇게 앉아 있던 거 기억나? 7년 됐나? 8년?"

"네. 기억나요." 카야가 한 손을 엉덩이 밑에서 뺐다. 검지와 중지 사이에 담배를 끼우고 해리에게 불을 붙이게 했다. 숨을 들이마셨다가 회색 연기를 내뿜었다. 담배 피우는 동작이 지난번처럼 어설펐다.

해리는 추억의 달콤한 뒷맛을 음미했다. 그때 그들은 영화 〈가자, 항해자여〉에 나오는 모든 흡연 장면에 관해, 물질 일원론과 자유의지와 존 판테와 작은 물건들을 훔치는 행위의 쾌락에 관해 이야기했다. 그러다 잠시나마 고통을 잊은 그 순간에 대해 벌을 받듯이, 그녀의 이름을 듣자 깜짝 놀랐고 다시 칼로 비틀어 쑤시는 듯한 고통을 느꼈다.

"라켈한테는 그 핀네라는 자 말고는 적이 없다고, 확신에 차서 말했잖아요, 해리. 라켈의 삶을 속속들이 다 안다고 어떻게 그렇게 자신해요? 같은 집에 살고 한 침대에서 자고 모든 걸 공유해도 서로 비밀을 다 아는 건 아니에요."

해리는 헛기침을 했다. "난 라켈을 알았어, 카야. 라켈도 날 알았고. 우린 서로를 알았어. 우리에게 비밀 같은 건 없—." 그는 자신의 목소리가 떨리는 걸 듣고 말을 끊었다.

"그거 대단해요, 해리. 그런데 왜 날 찾아온 건지 모르겠어요. 위로를 받으러? 아니면 일 때문에?"

"일 때문에."

"좋아요." 카야가 나무 테이블 가장자리에 담배를 걸쳐놓았다. "그럼 다른 가능성을 말할게요. 그냥 예를 들자고요. 라켈이 다른 남자를 만났을 수도 있어요. 라켈이 당신을 배신했을 거라고 상상하는 게 불가능할지 몰라도, 내가 장담하는데 여자들은 남자들보다 훨씬 잘 숨겨요. 특히 이유가 충분할 때는. 아니, 정확히 말하면 남자들이 여자들보다 불륜을 잘 못 숨기죠."

해리는 눈을 감았다. "그건 너무—."

"일반화. 뭐 맞아요. 그럼 다르게 말해볼까요? 여자들은 남자들과 다른 이유로 바람을 피워요. 어쩌면 라켈은 당신한테서 벗어나야 한다고 생각했지만, 촉매가, 그러니까 밀어붙일 계기가 필요했는지도 몰라요. 잠깐의 외도 같은. 그 짧은 외도로 목적을 달성하고 나서 마침내 당신한테서 벗어났을 때 새로운 남자와도 끝낸 거죠. 그러면, 네, 맞아요! 여자한테 빠졌다가 굴욕을 당해서 살해 동기가 생긴 남자가 나오죠."

"좋아." 해리가 말했다. "그런데 방금 그 얘기를 정말로 믿는 거야?"

"아뇨, 다만 다른 가능성이 있을 수 있다는 걸 보여주잖아요. 물론 당신이 핀네한테 뒤집어씌우려는 그 동기는 믿지 않아요."

"안 믿어?"

"그자가 라켈을 살해한 이유가 단지 당신이 경찰로서 해야 할 일을 했기 때문이란 거잖아요? 그자가 당신을 미워하고 당신한테 위협을 가한 거고요, 좋아요. 그런데 사실 핀네 같은 자들은 욕정으로 움직여요. 복수가 아니라. 게다가 내가 교도소에 보낸 자들한테 협박받은 적이 단 한 번도 없어요. 아무리 큰소리치는 자라고 해도요. 값싼 협박을 남발하는 거랑 실제로 위험을 감수하면서 살인을 저지르는 건 전혀 달라요. 내 생각엔 핀네가 12년을 저당 잡힐, 어쩌면 여생을 교도소에서 썩어야 할 위험을 감수하려면 더 강력한 동기가 필요해 보여요."

해리는 화가 난 듯 담배를 세게 빨았다. 그의 몸 섬유질 하나하나가 카야 말에 반박해서 싸우는 느낌이 들어서 화가 났다. 카야 말이 맞는 걸 알아서 화가 났다. "그렇게 강력한 동기가 되려면 어떤 복수여야 한다는 건데?"

카야는 이번에도 춤을 추듯이, 어린아이처럼 어깨를 으쓱했다. "모르죠. 사적인 일. 그자가 당신한테 한 짓에 어울리는 일."

"내가 그렇게 했어. 그자에게서 자유를, 그자가 사랑하는 삶을 빼앗았어. 그래서 내가 가장 사랑하는 무언가를 그자가 앗아간 거고."

"라켈." 카야는 아랫입술을 내밀고 고개를 끄덕였다. "당신이 고통 속에 살게 하려고."

"맞아." 해리는 담배가 필터까지 타들어간 걸 보았다. "자네도 알잖아, 카야. 그래서 내가 여길 찾아온 거고."

"무슨 소리예요?"

"나 지금 멀쩡하지 않은 거 알 거야." 해리는 애써 미소를 짜내려 했다. "난 지금 감정에만 치우쳐 결론부터 내놓고 원하는 답만 구하려 하는 최악의 수사관이 됐어. 그래서 자네가 필요해, 카야."

"무슨 말인지 모르겠어요."

"난 정직 중이고 경찰에 있는 누구와도 일하면 안 돼. 그런데 수사관에게는 의견을 나눌 상대가 있어야 하지. 의견에 반박해줄 사람. 새로운 의견을 내줄 사람. 당신은 살인사건 수사관이었고, 지금은 할 일도 없잖아."

"아뇨, 아뇨, 해리."

"끝까지 들어줘, 카야." 해리가 몸을 앞으로 숙였다. "당신이 나한테 빚진 거 없는 거 알고, 그때 내가 당신을 떠난 것도 알아. 그때 내 마음도 아파서 그랬다고 둘러댈 수도 있지만, 내 마음이 아팠다고 당신 마음도 아프게 해야 하는 건 아니지. 난 내가 무슨 짓을 하는지 알았고, 또 같은 짓을 하게 될 거야. 그래야 했으니까, 라켈을 사랑했으니까. 무리한 부탁인 건 알아. 그런데 나도 어쩔 수 없어. 미쳐버릴 것 같아, 카야. 뭐든 해야 하고, 내가 할 수 있는 건 수사하는 것밖에 없어. 술 퍼마시는 거랑. 그래야 한다면 마시다 죽을 수도 있어."

해리는 카야가 다시 움찔하는 걸 보았다.

"그냥 사실대로 말하는 거야." 해리가 말했다. "지금 답하지 않아도 되고, 그냥 생각해봐달라고 부탁하는 거야. 내 번호는 알잖아. 오늘은 그냥 갈게."

해리가 일어섰다.

그는 부츠를 신고 밖으로 나갔다. 숨스 가로 내려와 노라바켄과 파게르보르그 교회 앞을 지나서 카운터 주위로 손님이 잔뜩 둘러앉은 술집 두 곳을 무사히 지나친 후, 한때는 관중이 북적거렸지만 지금은 교도소처럼 보이는 비슬레트 경기장 입구를 보고 눈을 들어 무의미하게 청명한 하늘을 쳐다보다가 햇빛 속에서 얼핏 S자가 반짝이는 걸 보면서 길을 건넜다. 트램이 끼익하고 요란하게 정차하는 소리가 나고, 그가 마룻바닥에서 일어나다가 신발 한 짝이 피에 미끄러질 때 내지른 비명이 메아리로 울렸다.

트룰스 베른트센은 컴퓨터 앞에 앉아서 미국 드라마 〈더 실드〉의 첫 시즌의 세 번째 에피소드를 보았다. 전 시리즈를 이미 두 번이나 보고 새로 시작했다. 텔레비전 드라마는 포르노 영화와 같다.

역시나 고전이 최고다. 트룰스야말로 이 드라마의 주인공인 '빅 맥키'였다. 아니, 완전히 똑같다는 건 아니고, 주인공 빅은 트룰스 베른트센이 닮고 싶은 인물이었다. 뼛속까지 부패했지만 모든 것을 올바르게 만드는 도덕률을 가진 사람. 그게 아주 멋졌다. 지독히 **나쁠** 수도 있지만 결국 어떻게 보느냐의 문제다. 어느 각도에서 보느냐. 나치와 공산주의자들도 저마다의 전쟁영화를 찍어서 국민들에게 그들을 응원하게 유도했다. 무엇도 전적으로 진실이 아니고, 무엇도 전적으로 거짓이 아니라는 거다. 관점. 관점이 전부다. 관점.

전화가 울렸다.

불안했다.

강력반이라면 주말에도 인력을 배치해야 한다고 고집한 사람은 하겐 청장이다. 당직 경관 한 명하고 같이 근무해야 하지만 트룰스에게 꼭 맞는 자리였다. 그는 기꺼이 동료들과 교대해주었다. 어차피 주말에 나와서 할 일도 별로 없고, 올가을에 파타야로 여행을 가려면 돈과 시간을 벌어둬야 했다. 게다가 전화는 모두 당직 경관이 처리하므로 트룰스가 할 일은 전혀 없었다. 사실 주말에 강력반에 누가 나와 있는지 그쪽에서 아는지는 모르겠지만 일부러 알릴 생각은 없었다.

그래서 이 전화가 불안했다. 전화기 화면에는 당직 경관이라고 떴다.

벨 소리가 다섯 번 울린 후 트룰스는 나직이 욕을 하고 〈더 실드〉의 볼륨을 줄인 뒤 수화기를 들었다.

"네?" 그는 이 긍정의 한 마디에 애써 거절의 뜻을 담으려 했다.

"당직 경관인데요. 여기 어떤 여자분이 지원을 필요로 하십니다. 성폭행과 관련해서 성폭행범들 사진을 보고 싶으시대요."

"그건 풍기 사범 단속반 소관이잖아요."

"강력반에도 같은 사진이 있잖아요. 풍기 사범 단속반에는 주말에 사람이 안 나와요."

"그럼 월요일에 다시 오시라고 하는 게 낫겠네요."

"아직 얼굴을 기억할 때 사진을 확인하고 싶으시대요. 주말에 일하러 나온 거 아닌가요?"

"알았어요." 트룰스 베른트센이 툴툴거렸다. "올라오시라고 해요, 그럼."

"여기 일이 좀 바쁘니 그쪽이 내려와서 데려가시면 어떨지요?"

"나도 바빠요." 트룰스는 저쪽의 대답을 기다렸지만 말이 없었다. "알았어요. 내려가요." 트룰스는 한숨을 내쉬었다.

"좋아요. 그리고 잘 들어요. 풍기 사범 단속반이라고 부르지 않은 지 한참 됐습니다. 요즘은 성범죄 단속반이라고 해요."

"잘나셨네요." 트룰스는 거의 들리지 않게 중얼거리고 전화를 끊었다. '일시 중지'를 눌러 컴퓨터 화면을 그가 좋아하는 장면, 빅이 경찰 동료 테리의 왼쪽 눈 바로 밑에 총알을 박아서 제거하는 장면 바로 앞에서 중지시켰다.

"그러니까 부인이 당하신 게 아니라 직접 목격하신 성폭행이란 거죠?" 트룰스 베른트센이 의자 하나를 책상으로 끌어오면서 말했다. "성폭행은 확실해요?"

"아뇨." 여자가 말했다. 여자는 자기를 당뉘 엔센이라고 소개했다. "그래도 여기 기록실에 저장된 성폭행범 사진을 보면 확실히 알 것 같아서요."

트룰스는 프랑켄슈타인의 괴물처럼 툭 불거진 이마를 긁적였다.

"그래서 범인을 알아보기 전에는 신고하고 싶지 않다는 거고요?"

"그래요."

"우리가 보통은 그렇게 처리하지 않습니다." 트룰스가 말했다. "그래도 일단 10분 정도 슬라이드 쇼로 사진을 보여드릴 테니 당직 경관한테 내려가서 신고하고 자초지종을 설명하는 걸로 합시다. 여기도 일이 많거든요. 됐습니까?"

"좋아요."

"시작합시다. 강간범의 추정 나이는?"

딱 3분 만에 당뉘 옌센은 화면에 뜬 사진 한 장을 가리켰다.

"저게 누구예요?" 트룰스는 여자가 떨리는 목소리를 애써 누르는 걸 알아챘다.

"그 유명한 스베인 핀네요." 트룰스가 말했다. "부인께서 본 사람이 저자인가요?"

"저 사람이 무슨 짓을 했는데요?"

"저자가 무슨 짓을 하지 **않았는지** 물어야죠. 어디 봅시다."

트룰스가 자판을 두드리고 엔터키를 누르자 전과기록이 상세히 떴다.

당뉘 옌센의 시선이 화면을 훑어 내려가고 그 괴물이 메마른 경찰 용어로 구체화되는 사이 그녀 얼굴에 공포가 번졌다.

"저 사람이 임신시킨 여자들을 죽였군요." 여자가 중얼거렸다.

"신체 훼손과 살인이에요." 트룰스가 정정했다. "현재는 형기를 마치고 출소했지만, 우리가 누구보다 신고받고 싶은 자가 하나 있다면 바로 저 핀네라는 작자예요."

"저기…… 저 사람을 확실히 잡을 수 있나요, 그럼?"

"아, 구속영장을 발부받으면 잡죠." 트룰스가 말했다. "물론 성폭행 재판에서 유죄판결을 받아내는 건 전혀 다른 문제고. 그런 사건은 항상 당사자의 증언이 엇갈리니까 저자를 다시 풀어줘야 할 수도 있어요. 그래도 부인 같은 목격자가 계시면 이 대 일로 싸우는 셈이죠. 운도 조금 따라준다면야."

당뉘 옌셴은 몇 번 침을 삼켰다.

트룰스는 하품을 하고 시계를 보았다. "이제 사진을 보셨으니 아래층 당직자한테 내려가서 신고서를 작성하시죠, 네?"

"네." 여자는 화면을 응시하며 대꾸했다. "네, 그럼요."

15

해리는 소파에 앉아 벽을 쳐다보았다. 불을 켜지 않았다. 어둠이 내려와 사방의 윤곽과 색깔을 서서히 지우면서 서늘한 천처럼 그의 이마를 덮었다. 어둠이 그마저 지워주면 좋겠다는 생각이 들었다. 가만 생각해보면 삶은 그렇게 복잡할 필요가 없다. 사실상 더 클래시의 질문으로 귀결된다. 'Should I stay or should I go(머물러야 할까, 떠나야 할까)?' 술을 마실까? 마시지 말까? 물에 빠져 죽고 싶었다. 그냥 사라지고 싶었다. 하지만 그럴 수가 없었다. 아직은 아니었다.

해리는 비에른이 준 선물을 뜯었다. 짐작대로 레코드 앨범이었다. 〈Road to Ruin〉. 외위스테인이 라몬즈의 유일하게 정말로 괜찮은 작품이라고 단언한 세 장의 앨범 가운데 (그러면서 루 리드가 라몬즈의 음악을 '개똥' 같다고 한 말을 꺼내곤 했다) 해리가 가지고 있지 **않은** 유일한 앨범을 비에른이 사준 것이다. 뒤편 선반에, 더레인메이커스의 첫 앨범과 랭크앤드파일의 데뷔 앨범 사이에 〈Ramones〉와 그가 아끼는 〈Rocket to Russia〉가 둘 다 꽂혀 있었다.

해리는 〈Road to Ruin〉 앨범의 검은 레코드판을 꺼내 턴테이블에 올렸다.

그가 아는 트랙을 찾아서 바늘을 'I Wanna Be Sedated' 곡의 시작 지점에 올렸다.

기타 리프가 거실을 가득 채웠다. 데뷔 앨범보다 묵직해진 주류의 소리였다. 미니멀한 기타 솔로는 괜찮았지만 이어지는 전조는 애매했다. 어딘가 모르게 스테이터스 쿠오가 가장 어리석었던 시절의 부기*처럼 들렸다. 그래도 뽐내듯 자신만만한 연주였다. 마치 자동차 도둑들이 차창을 내리고 대로에서 유유히 달리듯이 연주자가 비치보이스의 어깨 위에 당당히 서 있는 것처럼 연주하는, 그가 좋아하는 'Rockaway Beach'라는 곡처럼 자신만만했다.

해리가 사실은 'I Wanna Be Sedated'를 좋아하는지 아닌지, 바에 갈지 말지를 고민하는 사이 커피테이블에 놓인 휴대전화 불빛으로 거실이 환해졌다.

그는 휴대전화 화면을 흘깃 보았다. 한숨을 쉬었다. 받을지 말지 고민했다.

"여보세요, 알렉산드라."

"여보세요, 해리. 계속 연락했어요. 음성 메일 멘트 좀 바꿔요."

"그래?"

"멘트에 본인 이름도 말하지 않잖아요. '꼭 필요하면 메시지를 남기세요.' 무슨 경고라도 하는 것처럼 고작 몇 마디 나오고는 삐 소리로 넘어가잖아요."

* 강하고 빠른 리듬의 블루스.

"용도에 딱 맞는 거 같은데."

"여러 번 전화했어요."

"봤어. 그런데 나 지금…… 그럴 기분이 아니라서."

"들었어요." 알렉산드라는 한숨을 길게 내쉬었고, 일순간에 고통이 짙게 밴 연민의 목소리로 바뀌었다. "정말 끔찍한 일이에요."

"그래."

잠시 침묵이 이어졌다. 막과 막 사이에 전환을 나타내는 무음의 간주곡처럼. 알렉산드라가 다시 입을 열었을 때는 특유의 깊고 장난스러운 목소리도, 고통스럽고 동정 어린 목소리도 아니었다. 전문가의 목소리였다.

"당신한테 줄 걸 찾았어요."

해리는 손으로 얼굴을 쓸어내렸다. "응, 듣고 있어."

처음 알렉산드라 스투르드자에게 혹시나 하는 희망을 걸고 연락했다가 딱히 얻을 게 없다고 판단한 지 한참 되었다. 6개월도 더전에 국립병원의 법의학연구소에 찾아가 실험실에서 나오던, 굳은얼굴에 마맛자국이 있고 눈빛이 밝고 거의 눈치채지 못할 만큼 외국어 억양이 살짝 섞인 젊은 여자를 만났다. 그녀는 그를 연구실로데려갔다. 그녀가 흰색 실험복을 거는 사이 해리는 자기를 도와줄수 있는지, 비공개로 스베인 핀네의 DNA를 과거의 살인과 성폭행사건들과 비교해줄 수 있는지 물었다.

"그러니까, 해리 홀레, 새치기하게 해달라는 건가요?"

2014년에 의회에서 살인과 성폭행의 공소시효를 폐지한 뒤로과거의 미제사건에 새로운 DNA 분석기술을 적용해달라는 주문이폭주했고, 대기 시간이 급격히 늘어난 터였다.

해리는 자신의 요청을 다른 표현으로 수정할까 하다가 그녀의 눈빛을 보고 의미가 없다고 판단했다. "그래요."

"재밌네요. 대신 뭘 주실 건데요?"

"대신? 흠. 뭘 원하는데요?"

"해리 홀레와 맥주 한 잔부터 시작하죠."

알렉산드라 스투르드자는 실험복 속에 근육이 단단한 몸매를 드러내는 검은 옷을 입고 있었는데, 고양이와 스포츠카가 떠오르는 몸이었다. 하지만 해리는 사실 차에 관심을 가져본 적이 없고 개를 좋아하는 쪽이었다.

"그거라면 맥주 한 잔 사드리죠. 그런데 난 안 마셔요. 결혼도 했고."

"두고 보죠." 그녀가 허스키하게 웃었다. 평소 잘 웃는 사람 같긴 했지만 이상하게도 나이를 가늠하기가 어려웠다. 그보다 열 살에서 스무 살 아래의 어디쯤 같았다. 그녀가 고개를 갸웃하고 그를 보았다. "내일 8시에 리볼버에서 만나요. 거기서 내가 당신을 위해 뭘 가져갈지 보시죠, 네?"

그녀는 많은 걸 가져오지 않았다. 그때도 그랬고, 그 후로도 마찬가지였다. 가끔 맥주 한 잔 마실 정도가 다였다. 그래도 그는 직업적 거리를 유지하면서 짧고 명료한 만남이 되도록 주의했다. 그러다 라켈이 그를 내쫓고 둑이 무너지면서 모두 쓸려 내려갔고 직업적 거리를 지킨다는 원칙마저 무너졌다.

해리는 벽이 더 짙은 회색으로 바뀐 걸 보았다.

"딱 일치하는 사건은 없었어요." 알렉산드라가 전화선 너머에서 말했다.

해리는 하품을 했다. 늘 같은 말이었다.

"그러다가 스베인 핀네의 DNA 파일을 데이터베이스에 있는 다

른 자료와 비교할 수도 있겠다는 생각이 들었어요. 그리고 살인자
와 일부 일치하는 결과를 발견했어요."

"그게 무슨 뜻이야?"

"스베인 핀네가 해당 살인죄로 유죄판결을 받은 게 아니라면 살
인범의 아버지일 수는 있다는 뜻이죠."

"아, 젠장." 해리는 서서히 뭔가가 떠올랐다. 어떤 예감. "그 살인
범 이름이 뭐지?"

"발렌틴 예르트센."

섬뜩한 전율이 해리의 등골을 타고 내려갔다. 발렌틴 예르트센.
해리가 환경보다 유전을 더 믿어서가 아니라 스베인 핀네의 씨앗,
그자의 유전자가 노르웨이 범죄사상 가장 악질적인 살인범 아들을
만들었다는 사실에는 어떤 논리가 있었다.

"생각만큼 많이 놀라지는 않으시네요." 알렉산드라가 말했다.

"나도 의외야. 생각만큼 놀라지 않아서." 해리가 목덜미를 주무
르며 말했다.

"도움이 됐어요?"

"응." 해리가 말했다. "응, 큰 도움이 됐어. 고마워, 알렉산드라."

"이젠 어떻게 할 거예요?"

"음. 좋은 질문이군."

"우리 집으로 올래요?"

"말했듯이, 사실 그럴 기분이 아니―."

"아무것도 안 해도 돼요. 그냥 우리 둘 다 잠시 누군가를 옆에 눕
히는 거죠. 나 어디 사는지 기억하죠?"

해리는 눈을 감았다. 둑이 무너진 후 수많은 침대와 출입문과 마
당이 있었고 늘 술에 취해 있던 탓에 상대의 얼굴과 이름과 주소가

흐릿했다. 지금은 발렌틴 예르트센의 이미지가 다른 모든 기억을 막았다.

"뭐예요, 해리? 아무리 취했었어도 기억하는 **척이라도** 해줄 수 있는 거 아니에요?"

"그뤼네르뢰카." 해리가 말했다. "세일둑스 가."

"똑똑하셔라. 이따 한 시간 후?"

전화를 끊고 카야 솔네스에게 전화하면서 어떤 생각이 퍼뜩 스쳤다. 아무리 취했어도 세일둑스 가를 기억해낸 걸 보니…… 그는 항상 뭔가를 기억했고 그의 기억이 **완전히** 공백이 된 적은 없었다. 그날 밤 젤러시 바에서의 기억이 사라진 건 오랜 알코올 남용의 후유증이 아니라, 어쩌면 떠올리고 **싶지** 않은 어떤 기억 때문인지도 모른다.

"안녕하세요. 카야의 음성 메일입니다."

"당신이 물어본 동기를 알아냈어." 해리가 삐 소리 후 말했다. "그자의 이름은 발렌틴 예르트센, 알아보니 그자는 스베인 핀네의 아들이야. 발렌틴 예르트센은 죽었어. 살해당했어. 나한테."

16

알렉산드라 스투르드자는 길게 신음하며 머리 위로 두 팔을 뻗어 매트리스 양 끝의 황동 프레임에 닿도록 기지개를 켰다. 옆으로 돌아누워 허벅지 사이에 껴 있던 이불을 밀치고 커다란 하얀색 베개를 머리에 받쳤다. 짙은 색 눈동자가 굳은 얼굴에서 사라질 만큼 활짝 웃었다.

"와줘서 기뻐요." 알렉산드라가 해리 가슴에 한 손을 얹었다.

"음." 해리는 똑바로 누워 천장 전등에서 내려오는 환한 빛을 보았다. 알렉산드라가 긴 실크 가운 차림으로 문을 열어주고 그의 손을 잡고 곧장 침실로 데려온 터였다.

"죄책감이 들어요?" 그녀가 물었다.

"늘." 해리가 말했다.

"여기 온 거."

"별로. 지표의 범위 안에 딱 들어가."

"뭐에 대한 지표?"

"내가 나쁜 남자라는 지표."

167

"벌써 죄책감이 들 바에는 그냥 옷이나 벗는 게 낫겠어요."

"발렌틴 예르트센이 스베인 핀네의 아들이라는 데는 의심의 여지가 없는 거지?" 해리는 깍지 낀 손으로 뒤통수를 받쳤다.

"없어요."

"거참, 부조리한 사건의 연속이군. 생각해봐. 발렌틴 예르트센은 강간의 산물일지 몰라."

"누군 아닌가?" 그녀는 그의 허벅지에 사타구니를 대고 비볐다.

"발렌틴 예르트센이 교도소에서 치과 진료를 받다가 치과의사를 강간한 거 알아? 강간한 다음에 치과의사가 신고 온 나일론 스타킹을 머리에 씌우고 불을 붙였어."

"그만, 해리, 난 당신을 원해요. 옆에 서랍에 콘돔이 있어요."

"고맙지만 사양할게."

"싫어요? 아이를 또 원하지는 않을 거 아니에요?"

"콘돔 얘기가 아니야." 해리는 그의 벨트를 풀기 시작한 그녀의 두 손에 한 손을 얹었다.

"대체 왜 이래요?" 그녀가 쏘아붙였다. "섹스하고 싶지 않다면 뭘 하려는 거예요?"

"좋은 질문이군."

"왜 싫은데요?"

"테스토스테론 수준이 떨어져서 그런가."

알렉산드라는 화가 나서 씩씩거리며 침대에 등을 대고 옆으로 굴렀다. "그 여자는 그냥 당신의 전 부인이 아니에요, 해리, 그 여자는 죽었어요. 그 사실을 언제 받아들일 건데요?"

"닷새 동안 독신으로 지내는 게 지나치다는 거야?"

그녀는 그를 보았다. "재밌네요. 당신은 잘 견디는 게 아니라, 잘 견디는 척하는 거 아닌가요?"

"그런 척하면 반은 된 거야." 해리는 이렇게 말하고 엉덩이를 들어 주머니에서 담배를 꺼냈다. "웃는 근육을 단련하면 결국 기분이 좋아진다는 연구도 있잖아. 울고 싶으면 웃는 거야. 난 잘게. 이 방은 흡연 규정이 어떻게 되지?"

"다 허용돼요. 다만 내 앞에서 담배를 피울 때는 담뱃갑에 적힌 문구부터 읽어야 해요. 여보게 친구, 담배는 목숨을 앗아가네."

"음. 그 '친구'라는 부분이 괜찮네."

"우리의 어떤 행동이 우리 자신만이 아니라 우리를 아끼는 모두에게 영향을 미친다는 사실을 일깨워주죠."

"알았어. 그럼 암에 걸릴 위험과 더 큰 죄책감을 무릅쓰면서 난 일단 담뱃불을 붙일게." 해리는 담배를 빨고 천장 전등을 향해 연기를 내뿜었다. "전등을 좋아하는군."

"티미쇼아라에서 자랐어요."

"어?"

"유럽에서 전기 가로등이 맨 처음 놓인 도시. 그쪽으로는 뉴욕만 우리랑 견줄 수 있어요."

"그래서 전등을 좋아하는 건가?"

"꼭 그런 건 아니고, 그냥 당신이 재미난 사실을 좋아하니까."

"내가?"

"네. 핀네가 아들을 얻으려고 강간했다는 사실 같은 거."

"그건 그냥 재밌는 사실이 아니지."

"왜요?"

해리는 담배를 한 모금 빨았지만 아무 맛도 나지 않았다. "그 아들이 핀네에게 강력한 복수 동기니까. 내가 살인사건을 몇 건 수사하면서 그 아들을 추적했어. 결국 그자를 총으로 쐈어."

"당신은……."

"발렌틴 예르트센은 총이 없으면서도 총을 집는 척하면서 내가 자기를 쏘도록 도발했어. 불행히도 내가 유일한 목격자고, 내 사팀에서는 내가 세 발을 쏜 게 문제라고 봤어. 그래도 결국 난 혐의를 벗었어. 그 사람들 표현을 빌리자면, 내 행위가 정당방위가 아니라고 입증할 수도 없었거든."

"핀네가 그런 걸 다 알아냈다? 그래서 복수하려고 당신 전 부인을 살해했다는 거예요?"

해리는 천천히 고개를 끄덕였다. "눈에는 눈, 이에는 이."

"논리적으로 따지면 올레그를 살해했어야죠."

해리는 한쪽 눈썹을 올렸다. "그 애 이름을 알아?"

"술 취해서 그 이름을 여러 번 말했어요, 해리. 전 부인과 그 친구에 관해 아주 많이요."

"올레그는 내 친아들이 아니야. 라켈이 첫 결혼에서 얻은 아이야."

"그 얘기도 이미 했어요. 그런데 그건 그냥 생물학적인 거 아니에요?"

해리는 고개를 저었다. "스베인 핀네한테는 아니야. 그자는 발렌틴 예르트센이란 자를 좋아한 게 아니야. 발렌틴을 거의 알지도 못했어. 그자가 발렌틴을 사랑한 건 단지 자기 유전자를 물려받아서야. 핀네를 움직이는 힘은 자기 씨를 뿌려서 아이들의 아버지가 되는 거였어. 그자에게는 생물학이 전부야. 이게 그자가 영생을 얻는 방법이거든."

"역겨워요."

"그런가?" 해리는 담배를 보았다. 폐암이 그를 죽이려고 줄을 선 후보 중 하나가 아닐까 생각하면서. "우리는 우리가 생각하고 싶은 것보다 더 많이 생물학으로 엮여 있는지도 몰라. 어쩌면 누구나 혈통 우월주의자와 인종 차별주의자와 민족주의자로 타고나서 나만의 가족을 위해 세계를 지배하려는 본능적인 욕구를 가졌는지도 모르지. 그러다 그런 욕구를 무시하는 법을 조금씩 배워가는 거고. 대다수는, 결국."

"우리는 여전히 생물학적 의미에서 우리가 어디서 왔는지 알고 싶어해요. 지난 20년간 법의학연구소에서 DNA 검사로 생부가 누군지 혹은 자기 자식이 맞는지 알아보려고 의뢰한 사람 수가 300퍼센트나 증가한 거 알아요?"

"재밌는 사실."

"우리 정체성이 유전과 얼마나 연결되어 있는지 말해주죠."

"그렇게 생각해?"

"네." 그녀는 침대 옆 협탁에 놓인 와인 잔을 들었다. "아니라면 나도 여기 없었을 거예요."

"나랑 같이 침대에?"

"노르웨이에. 아버지를 찾으러 여기까지 온 거예요. 엄마는 아버지 얘기해주길 싫어했어요. 내가 아버지에 관해 아는 거라곤 노르웨이 사람이라는 것뿐이었어요. 엄마가 돌아가시고 바로 항공권을 끊어 아버지를 찾으러 온 거예요. 첫해에는 세 가지 일을 전전했어요. 내가 아는 건 아버지가 지적인 사람일 거라는 거였어요. 엄마는 그럭저럭 평균 수준인데 난 루마니아에서 항상 최고 성적이었고, 노르웨이어를 유창하게 말하기까지 6개월밖에 안 걸렸어요. 그런데 결국 아버지는 못 찾았어요. 그래서 장학금으로 NTNU*에서 화학을 전공하고 법의학연구소에 들어와 DNA 분석을 하는 거예요."

"계속 알아볼 수 있는 곳이군."

"네."

"그래서?"

"그분을 찾았어요."

"정말? 운이 따라줬나 보군. 내가 알기론 친자확인소송으로 확보한 DNA 프로파일은 1년 안에 삭제한다던데."

"친자확인소송에서는, 맞아요."

해리도 알아챘다. "아버지를 경찰 데이터베이스에서 찾았군. 전과가 있나?"

"네."

"음. 무슨 죄를—."

해리의 바지 주머니 속에서 진동이 울렸다. 전화번호를 보았다. 통화를 눌렀다.

"여보세요, 카야. 내 메시지 받았나?"

"네." 그녀 음성이 그의 귀에 부드럽게 닿았다.

"그리고?"

"그리고 나도 동의해요. 당신이 핀네의 동기를 찾아낸 것 같아요."

"그래서 날 도와주겠다는 뜻이야?"

"모르겠어요." 잠시 침묵 속에서 한쪽 귀에는 카야의 숨소리가,

* 노르웨이 과학기술대학.

다른 귀에는 알렉산드라의 숨소리가 닿았다. "어째 누워 있는 목소린데요, 해리. 집이에요?"

"아뇨, 이분은 지금 알렉산드라의 집에 있어요." 알렉산드라 목소리가 해리 귀를 뚫고 들어왔다.

"방금 누구예요?" 카야가 물었다.

"어……." 해리가 말했다. "……알렉산드라."

"그럼 방해하고 싶지 않네요. 잘 자요."

"방해하는 거 아냐……."

카야는 이미 전화를 끊었다.

해리는 휴대전화를 보았다. 다시 주머니에 넣었다. 담배를 협탁위의 정육면체 전등에 대고 끄고는 침대 밖으로 다리를 내렸다.

"어디 가시게요?"

"집에." 해리는 이렇게 말하고 몸을 숙여 그녀의 이마에 입을 맞추었다.

해리는 서쪽으로 빠른 걸음으로 걸으며 머릿속으로 이런저런 문제를 풀었다.

휴대전화를 꺼내 비에른 홀름에게 전화했다.

"해리?"

"핀네야."

"애가 깰 거 같아요, 해리. 내일 해도 될까요?"

"스베인 핀네가 발렌틴 예르트센의 아버지야."

"아, 젠장."

"동기는 피의 복수. 확실해. 핀네에 대한 경보를 발령하고, 그자의 주소가 확보되면 수색영장을 발부받아야 해. 그 칼만 찾으면 끝나는 사건인데…….”

“듣고 있어요, 해리. 그런데 게르트가 이제 막 잠든 데다 저도 좀 쉬어야 해서요. 그런 조건으로 수색영장을 받을 수 있을지도 모르겠고요. 더 구체적인 걸 달라고 할 거예요.”

“하지만 이건 피의 복수야, 비에른. 인간의 본성이야. 누가 게르트를 죽인다면 자네도 똑같이 갚아주고 싶지 않겠어?”

“그런 질문이 어디 있어요?”

“생각해봐.”

“아, 모르겠어요, 해리.”

“모른다고?”

“내일요. 됐죠?”

“알았어.” 해리는 눈을 꼭 감고 혼자 조용히 욕을 했다. “내가 바보짓을 하는 거라면 미안해, 비에른. 그냥 견딜 수가 없―.”

“괜찮아요, 해리. 내일 얘기해요. 지금은 정직 중이시니 이 사건에 관해 얘기한 건 아무한테도 말하지 않는 게 좋겠어요.”

“물론. 일단 좀 자, 친구.”

해리는 눈을 뜨고 전화기를 다시 주머니에 넣었다. 토요일 밤. 저 앞에 술 취한 여자가 벽에 머리를 붙이고 울고 있었다. 그 뒤에서 남자가 고개를 수그리고 서 있었다. 위로하듯이 한 손을 여자 등에 대고 있었다. “그 자식이 딴 여자들하고 자고 다녀!” 여자가 울었다. “나한테는 관심도 없어! 아무도 나한테 관심이 없어!”

“난 있어.” 남자가 조용히 말했다.

“너, 응, 그래.” 여자가 코웃음을 치고는 계속 흐느꼈다. 해리는 그들을 지나치면서 남자 눈을 보았다.

토요일 밤. 거리의 이편으로 100미터 앞에 바가 하나 있었다. 길을 건너 바를 피해 가야 할지도 몰랐다. 도로에는 차가 많지 않고 택시만 몇 대 돌아다녔다. 아니, 택시가 많았다. 택시들이 검은 벽을 이뤄 도로를 건너지 못하게 했다. 빌어먹을.

트룰스 베른트센은 〈더 실드〉의 일곱 번째이자 마지막 시즌을 보고 있었다. 포르노 사이트나 잠깐 둘러보려다가 그러지 않기로 했다. IT 부서가 직원들이 인터넷에서 어디를 서핑하는지 기록하고 있었다. 요새도 "서핑"이라고 하나? 트룰스는 다시 시계를 보았다. 집은 인터넷이 더 느리고, 어쨌든 이젠 잘 시간이었다. 그는 재 킷을 걸치고 지퍼를 잠갔다. 그런데 어쩐지 찜찜했다. 왜인지는 몰 랐다. 온종일 쓸모 있는 일은 하나도 하지 않은 채 납세자의 돈으로 살았고, 대차대조표의 상황이 다시 그에게 우호적이라는 점을 확실히 알고 잠들 수 있는 요즘이었기 때문이다.

트룰스 베른트센은 전화기를 보았다.

어리석은 행동이기는 해도 찜찜한 마음을 풀어주기만 한다면 괜 찮았다.

"당직 경관입니다."

"트룰스 베른트센입니다. 아까 이리로 올라온 여자분이요, 그쪽 으로 내려가면서 스베인 핀네를 신고했습니까?"

"그분은 다시 안 오셨는데요."

"그냥 갔다고요?"

"그랬을걸요."

트룰스 베른트센은 전화를 끊었다. 잠시 고민했다. 다시 전화기를 톡톡 두드렸다. 기다렸다.

"해리입니다."

트룰스는 주변의 음악 소리와 시끌벅적하게 웅성거리는 소리 너머로 해리 목소리를 겨우 알아들었다.

"무슨 파티라도 하십니까?"

"바야."

"거기선 모터헤드를 다 틀어주네요." 트룰스가 말했다.

"이 바는 그거 하나 좋게 봐줄 만하군. 원하는 게 뭔가?"

"스베인 핀네. 그자를 주시하고 있었잖아요."

"그런데?"

트룰스는 낮에 찾아온 여자에 관해 말했다.

"음. 그 여자 이름과 전화번호를 받아났나?"

"당뉘 뭐라던데. 옌센일 거예요. 당직 경관한테 자세한 정보를 받아났는지 확인할 순 있지만 받아났을 거 같지는 않네요."

"왜지?"

"그 여자는 자기가 여기 온 걸 핀네가 알까 봐 겁먹은 거 같았거든요."

"그렇군. 난 지금 당직 경관한테 전화할 수 없어. 정직 중이라. 대신해줄 수 있나?"

"퇴근하던 길인데요."

트룰스는 전화기 너머의 침묵을 들었다. 모터헤드의 보컬 레미가 'Killed by Death'를 부르고 있었다.

"알았어요." 트룰스가 투덜거리며 말했다.

"하나 더. 경찰 신분증이 당분간 차단돼서 경찰서에도 들어갈 수 없어. 내 책상 맨 아래 서랍에서 근무용 총을 꺼내서 20분 후에 올림펜 앞에서 만날 수 있나?"

"당신 총요? 그게 왜 필요한데요?"

"세상의 악마들에게서 나를 지키려고."

"서랍이 잠겨 있잖아요."

"열쇠 복제한 거 가지고 있잖아."

"네? 왜 그렇게 생각해요?"

"거기 있는 물건 건드린 거 알아. 마약반에서 압류한 해시시 덩어리도 넣어뒀더군. 봉지를 보니 알겠던데. 마약반에서 그걸 찾을 때 **당신** 서랍에서는 발견하지 못하게 하려고."

트룰스는 아무 말도 하지 않았다.

"그럼?"

"15분요." 트룰스가 툴툴거렸다. "시간 딱 맞춰요. 거기서 얼어 죽고 싶진 않으니."

카야 솔네스는 거실에서 팔짱을 끼고 서서 창밖을 내다보았다. 얼어붙을 듯 추웠다. 늘 추웠다. 카불처럼 기온이 영하 5도에서 영상 30도를 한참 넘게 오르내리는 곳에서는 6월이든 12월이든 밤이 되면 추위에 떨면서 아침이 밝기만을, 사막의 태양이 다시 몸을 데워주기만을 기다리는 수밖에 없었다. 그녀의 오빠도 그랬다. 언젠가 오빠한테 그들 남매가 냉혈 인간으로 태어난 것 같은지, 파충류처럼 스스로 체온을 조절하지 못하고 외부의 열이 있어야 몸이 굳어 얼어 죽는 걸 막을 수 있는 것 같은지 물은 적이 있다. 오랫동안 그녀는 정말 그런 것 같다고 생각했다. 스스로 조절하는 게 아니라고. 무력하게 주변 환경에 의존한다고. 남들에게 의존한다고.

그녀는 창밖의 어둠을 응시했다. 그녀 시선이 미끄러지듯 정원 울타리를 훑었다.

그가 저기 어딘가에 서 있을까?

177

그걸 알 수는 없었다. 칠흑 같은 어둠이 깔려 있고, 그런 남자는 자기를 숨기는 법을 완벽히 알았다.

카야는 으슬으슬 떨면서도 무섭진 않았다. 이제는 다른 사람이 필요하지 않은 걸 알기 때문이다. 스스로 삶을 꾸려갈 수 있었다.

그 여자 목소리가 떠올랐다.

'아뇨, 이분은 지금 알렉산드라의 집에 있어요.'

그녀 자신의 삶을. 다른 사람들의 삶도.

17

당뉘 옌센은 갑자기 멈췄다. 여느 일요일처럼 아케르셀바 강변을 산책하려고 집을 나섰다. 오리들에게 먹이를 주려고. 아이들과 개들을 데리고 나온 가족들에게 미소를 지어주려고. 설강화를 찾아보려고. 무엇이건 생각을 멈추게 해줄 것을 찾아 나왔다. 밤새 머릿속에 생각이 꽉 찼고, 지금은 그냥 다 잊어버리고만 싶었다.

하지만 그가 내버려두지 않을 것이다. 그녀는 아파트 입구에 서 있는 형체를 보았다. 그가 땅에 발을 구르고 있었다. 몸을 데우려는 듯이. 오래 기다린 듯이. 그녀는 다시 집으로 들어가려다가 그가 아닌 걸 알았다. 이 남자는 스베인 핀네보다 키가 컸다.

당뉘는 그쪽으로 갔다.

긴 머리도 아니고 지저분한 금발이었다. 그녀가 좀 더 가까이 다가갔다.

"당뉘 옌센?" 남자가 말했다.

"네?"

"해리 홀레입니다. 오슬로 경찰이에요."

남자는 갈아서 내뱉듯이 말했다.

"왜 그러시는데요?"

"어제 성폭행 사건을 신고하러 오셨다면서요."

"생각이 바뀌었어요."

"그러신 것 같군요. 겁이 나는군요."

당뉘는 그를 보았다. 면도도 하지 않고 눈에 핏발이 잔뜩 서 있고 얼굴 한쪽 면에 간 색깔의 흉터가 출입 금지 표지판처럼 길게 나 있었다. 하지만 그 얼굴에는 스베인 핀네만큼 잔혹한 분위기가 있는 동시에 잔혹성을 누그러트리는 뭔가가, 잘생겨 보이게까지 하는 뭔가가 있었다.

"제가요?" 그녀가 물었다.

"네. 제가 찾아온 건 당신에게 도움을 받아 당신을 성폭행한 자를 잡기 위해섭니다."

당뉘는 움찔했다. "저를요? 잘못 아셨어요, 홀레 씨. 성폭행을 당한 사람은 제가 아니에요. 실은 그게 성폭행이었는지도 모르겠어요."

해리는 대꾸하지 않았다. 그저 그녀의 눈을 보았다. 그녀를 뚫어질 듯 쳐다보았다.

"그자가 당신을 임신시키려고 했어요." 해리가 말했다. "그자는 당신이 자기 아이를 갖길 원하니까 당신을 지켜보고 있어요. 그랬나요?"

당뉘는 눈을 두 번 깜빡였다. "그걸 어떻게……."

"그자가 원래 하는 짓이에요. 낙태하면 어떻게 될 거라고 협박했죠?"

당뉘 옌센은 침을 삼켰다. 그에게 가달라고 말하려 했지만 자신이 머뭇거리는 걸 깨달았다. 그가 핀네를 잡으려 한다는 말은 믿을 수 있어도 그자를 잡을 방법이 있어 보이진 않았다. 하지만 이 경찰에게는 남들한테 없는 뭔가가 있었다. 결연함. 그에게는 결단력이 있었다. 성직자와도 조금 비슷해 보인다고 당뉘는 생각했다. 성직자들이 진실이라고 말하는 것을 그들 스스로 절실하게 믿기에 우리도 그들을 신뢰하는 것처럼.

당뉘는 주방의 작은 접이식 식탁에 놓인 컵에 커피를 따랐다.

키 큰 경찰은 조리대와 식탁 사이 의자에 몸을 구겨 넣었다. "그러니까 핀네가 오늘 밤 비카에 있는 성당으로 자기를 만나러 오라고 했다는 거죠? 9시에?" 그는 그녀가 말하는 동안 끼어들지 않고 메모도 하지 않고 오로지 핏발 선 눈을 그녀에게 고정한 채 모든 말을 듣고 있다는, 마음속 눈으로 그녀가 보는 장면 그대로 보고 있다는, 그녀 머릿속에 끊임없이 재생되는 짧은 공포영화를 프레임 단위로 보고 있다는 느낌을 전했다.

"네." 그녀가 말했다.

"좋아요. 그럼, 거기서 그자를 잡을 수 있겠네요. 그자에게 질문하세요."

"수사관님한테는 증거가 없잖아요."

"네. 증거가 없으면 풀어줘야 하고, 그자가 자기를 경찰에 신고한 사람이 당신인 걸 알면……."

"……그럼 전 지금보다 더 위험해지겠죠."

해리가 고개를 끄덕였다.

"그래서 신고하지 못했어요." 당뉘가 말했다. "곰한테 총을 쏘는 격이잖아요? 첫 발에 쓰러트리지 못하면 저쪽이 공격하기 전에 다시 총알을 장전할 시간이 없으니까요. 그렇다면 애초에 첫 발을 쏘지 않는 게 낫죠."

"음. 아무리 큰 곰이라도 한 발 제대로 조준해서 쏘면 잡을 수 있습니다."

"그런데 어떻게요?"

해리는 한 손으로 커피 잔을 감쌌다. "몇 가지 방법이 있습니다. 하나는 당신을 미끼로 쓰는 겁니다. 마이크를 숨겨서요. 그자에게 강간에 관해 털어놓도록 유도하는 겁니다."

그는 식탁을 내려다보고 있었다.

"계속하세요." 그녀가 말했다.

그는 고개를 들었다. 홍채의 파란 부분의 색이 흐릿해 보였다. "그자에게 시키는 대로 하지 않으면 어떻게 되는지 물어보세요. 그러면 그게 협박이 됩니다. 협박이 있고 그자가 강간을 간접적으로 확인해주는 대화가 있으면 그자를 유죄로 집어넣을 증거가 테이프에 담기는 겁니다."

"아직도 테이프를 쓰나요?"

해리는 커피를 입에 댔다.

"죄송해요." 당뉘가 말했다. "전 그냥 너무……."

"당연해요." 해리가 말했다. "싫다고 하셔도 전적으로 이해합니다."

"방법이 몇 가지 있다고 하셨죠?"

"네." 해리는 더 말하지 않고 커피만 홀짝였다.

"그런데요?"

해리는 어깨를 으쓱했다. "성당이 여러 면에서 완벽해요. 주변 소음도 없고, 양질의 녹음 상태를 확보하는 데 방해될 게 없어요.

게다가 공공장소라 그자가 당신을 공격할 수 없으니……"

"지난번에도 공공장소였어요."

"……그리고 우리가 거기서 상황을 지켜볼 수 있습니다."

당뇌는 그를 보았다. 그의 눈빛에서 뭔가를 알아챘다. 이제 그게 뭔지 알았다. 그녀 자신의 눈에서 보고 거울에 흠집이 생긴 줄 알았던 것과 같은 것. 결함. 깨진 것. 그의 목소리 때문에 그녀는 왠지 모르게 불안정한 목소리로 숙제를 하지 못한 이유를 둘러대는 학생의 심정이 되었다. 그녀는 스토브로 가서 커피 주전자를 내려놓고 창밖을 내다보았다. 저 아래에 일요일의 산책을 나온 사람들이 보였지만 그자는 보이지 않았다. 그녀를 둘러싼 세상이 부자연스럽게 목가적으로 꾸며놓은 곳처럼 보였다. 전에는 이렇게 생각해본 적이 없다. 세상이 원래 그런 줄 알았다.

그녀는 다시 돌아와 의자에 앉았다.

"제가 이 일을 하면 그자가 다시는 제 앞에 나타나지 않을 거라는 확신이 있어야 해요."

"네, 이해합니다. 그리고 장담합니다. 스베인 핀네를 절대로 만나지 않을 겁니다. 다시는. 됐나요?"

'절대로'. 당뇌는 이 말이 진실이 아닌 걸 알았다. 그 여자 사제가 구원을 말할 때 한 말이 사실이 아닌 걸 알았을 때처럼. 그냥 위로의 뜻으로 하는 말이다. 그래도 효과는 있었다. "절대로"와 "구원"의 진실을 간파한다고 해도 실제로 이런 말은 심장의 문을 여는 비밀번호고 심장은 믿고 싶은 것을 믿는다. 당뇌는 이미 호흡이 한결 편안해진 걸 느꼈다. 눈을 반쯤 감았다. 그렇게 눈을 뜨고 그를 보자 창문으로 새어 드는 햇살이 그의 머리에 후광을 드리웠고, 더는 경찰 눈에서 흠집이 보이지 않고 그의 목소리에서 거짓의 음이 들리지 않았다.

"좋아요." 그녀가 말했다. "어떻게 하면 되나요?"

헤리는 카야 솔네스의 집 앞 거리에 서서 그녀의 번호로 세 번째 전화를 걸었다. 역시나 같은 멘트만 흘러나왔다. '지금 거신 번호는 결번이거나……'

그는 삐걱거리는 연철 대문을 열고 들어갔다.

미친 짓이다. 당연히 미친 짓이다. 하지만 달리 뭘 할 수 있을까?

그는 초인종을 눌렀다. 기다렸다. 다시 눌렀다.

현관문의 커다란 구멍에 눈을 대고 안을 들여다보니 그녀의 코트가 벽에 걸려 있었다. 장례식에 입고 온 코트였다. 기다란 검은 부츠가 그 아래 신발장에 서 있었다.

그는 집을 빙 돌면서 살폈다. 북향의 그늘에서 말라 죽어 납작하게 누운 풀밭에는 아직 눈이 조금 쌓여 있었다.

예전에 침실이던 방 창문을 올려다봤지만 침대를 다른 방으로 옮긴 것 같았다. 그는 허리를 숙여 눈 뭉치를 만들 만큼 눈을 모으다가 그것을 보았다. 눈밭에 찍힌 발자국. 부츠 자국. 머릿속으로 신속히 데이터베이스를 검색했다. 찾던 결과가 나왔다. 홀멘콜렌의 집 앞 눈밭에 찍혀 있던 부츠 자국.

그는 재킷 안으로 손을 집어넣었다. 전혀 다른 발자국일 수도 있었다. 그는 헤클러운트코흐 P30L의 총자루를 움켜잡고 몸을 숙이고 긴 걸음으로 소리 없이 현관 계단으로 다가갔다. 총 잡은 위치를 바꾸어 총열을 잡고 현관문 구멍의 유리를 깨트리려다가 먼저 문을 열어보았다.

문이 열렸다.

안으로 들어갔다. 가만히 귀를 기울였다. 정적. 냄새를 맡아보았다. 옅은 (카야의) 향수 냄새만 났다. 코트 옆 고리에 걸린 스카프에서 나는 것이리라.

그는 총을 앞으로 내밀고 복도를 따라 들어갔다.

주방 문이 열려 있었고, 커피머신 버튼에 빨간 불이 켜져 있었다. 해리는 총자루를 더 꽉 움켜잡고 방아쇠에 손가락을 댔다. 안으로 더 깊숙이 들어갔다. 거실 문이 살짝 열려 있었다. 윙윙거리는 소리. 파리처럼. 해리는 발로 가만히 문을 밀고 총은 계속 앞에 들고 있었다.

그녀가 바닥에 누워 있었다. 눈을 감은 채 몸에 비해 너무 큰 울카디건을 입고 가슴 위로 팔짱을 낀 채. 몸과 창백한 얼굴이 창문으로 새어 드는 햇빛을 받고 있었다.

해리는 신음 소리와 함께 폐에서 공기를 뱉어냈다. 총을 내리고 쭈그려 앉았다. 엄지와 검지로 그녀의 해진 슬리퍼를 잡고 그녀의 커다란 엄지발가락을 꼬집었다.

카야가 깜짝 놀라 비명을 지르며 헤드폰을 벗었다. "뭐 하는 짓이에요, 해리!"

"미안, 계속 전화했어." 그는 그녀 옆의 러그에 주저앉았다. "도움이 필요해."

카야는 눈을 감고 한 손을 가슴에 얹었다. 아직 숨이 가쁜 듯했다. "그 얘긴 끝났잖아요."

아까 헤드폰에서 새어 나오던 윙윙거리는 소리가 이제는 익히 아는 높은 볼륨의 하드록 소리로 선명하게 들렸다.

"나한테 전화한 건 내가 당신을 설득해서 '예스'라고 말하게 해주기를 바라서였잖아." 그는 이렇게 말하면서 담배를 꺼냈다.

"난 설득당하는 부류가 아니에요, 해리."

그는 헤드폰을 향해 고개를 끄덕였다. "그런데 딥 퍼플을 듣도록 설득당했군."

그녀 볼이 살짝 붉어진 건가? "그냥 당신이 이 사람들이 '의도치 않게 우스꽝스럽긴 해도 괜찮은' 범주 안에서는 최고의 그룹이라고 해서."

"음." 해리는 불을 붙이지 않은 담배를 입에 물었다. "이 계획도 같은 범주에 들어간다는 점에서 흥미를 끌 거라고 기대하고—."

"해리……."

"그리고 명심해. 내가 악명 높은 성폭행범을 철창에 가두는 걸 도와주면 이 도시의 모든 여자를 도와주는 거나 마찬가지라는 거. 엄마를 살해한 범인을 처벌받게 하는 거니까 올레그를 도와주는 셈이기도 하고. 내가—."

"그만해요, 해리."

"……내가 비난받아 마땅한 상황에서 날 꺼내주는 셈이고."

그녀는 검은 눈썹 한쪽을 올렸다. "네?"

"스베인 핀네의 성폭행 피해자를 미끼로 쓰려고 설득했어. 그자를 현행범으로 체포하려고. 순진한 여자한테 마이크를 채우고 그자의 말을 녹음해달라면서 이게 현직 경찰 작전이라고 믿게 했어. 실은 정직당한 경찰이 독단적으로 주도하는 작전인데. 그 경찰의 옛 동료가 공범이고. 당신 말이야."

카야는 그를 노려보았다. "농담이죠?"

"아니." 해리가 말했다. "스베인 핀네를 잡아넣고 싶은 마음에는 도덕적 경계가 없어."

"딱 내가 하려던 말이에요."

"당신이 필요해, 카야. 같이 해줄 건가?"

"아니, 내가 왜 해요? 이거 완전히 미친 짓이에요."

"범인이 누군지 알면서도 규칙을 따라야 한다는 이유만으로 아무것도 하지 못한 적이 얼마나 많았지? 참, 당신은 이제 경찰도 아니니까 규칙을 따를 필요도 없어."

"하지만 당신은 따라야 해요. 아무리 정직 중이어도. 자리만 위험한 게 아니라 자유를 잃을 수도 있어요. 이러다가 교도소에 들어갈 거라고요."

"난 아무것도 잃지 않아, 카야. 잃을 게 없거든."

"잠은요? 이 여자를 어떤 위험에 빠트리는지 알죠?"

"잠도 상관없어. 당뉘 옌센은 이 일이 경찰 규정을 따르지 않는 거 알아. 날 꿰뚫어 봤어."

"그 여자가 그렇게 말했어요?"

"아니. 그냥 이대로 두는 거지. 그래야 그 여자가 나중에 적법한 경찰 작전인 줄 알았다고 주장할 수 있으니 어떤 위험에도 처하지 않을 수 있어. 그 여자도 나만큼이나 절박하게 스베인 핀네가 제거되는 걸 봐야 해."

카야는 옆으로 굴러서 엎드린 채로 팔꿈치를 짚어 몸을 일으켰다. 카디건 소매가 그녀의 길고 가느다란 아래팔로 스르르 내려왔다. "**제거되다니**. 정확히 무슨 뜻이에요?"

해리는 어깨를 올렸다. "게임에서 빠지는 거지. 삭제되는 거."

"어디에서 삭제한다는⋯⋯?"

"거리에서. 사람들의 일상에서."

"교도소에 집어넣는 건가요, 그럼?"

해리는 그녀를 보면서 불붙지 않은 담배를 빨았다. 고개를 끄덕였다. "이를테면."

카야는 고개를 저었다. "내가 그럴 수 있을지 모르겠어요, 해리. 당신은…… 달라요. 원래부터 선을 넘는 사람인 건 알았지만 이건 당신답지 않아요. 이건 **우리**가 아니에요. 이건……." 그녀는 고개를 저었다.

"그냥 말해." 해리가 말했다.

"이건 증오예요. 이건 증오와 슬픔이 지독하게 뒤섞인 거예요."

"그 말이 맞아." 해리가 말했다. 그는 입에서 담배를 빼서 담뱃갑에 도로 넣었다. "그리고 내가 틀렸어. 난 아직 모든 것을 잃지 **않았어**. 내겐 증오가 남았어."

그는 일어나 거실을 나서면서, 윙윙거리는 소리에서 이언 길런이 찌르는 듯한 비브라토로 악을 쓰는 소리를 들었다. '너를 괴롭힐 거야, 그리고 넌…….' 이 말이 끝나지 않은 사이 리치 블랙모어의 기타가 나오다가 다시 길런이 말을 맺었다. '불길 속으로…….' 해리는 카야의 집에서 나와 계단을 내려와서 눈부신 햇빛 속으로 나왔다.

피아 보르가 딸 방을 노크했다.

기다렸다. 대답이 없었다.

방문을 밀었다.

그가 등진 채 침대에 앉아 있었다. 아직 군복 차림이었다. 침대에 권총과 칼집에 든 단도와 그의 NVG, 그러니까 야간투시경이 놓여 있었다.

"그만해." 그녀가 말했다. "내 말 들어, 로아르? 계속 이럴 순 없어."

그가 그녀를 돌아보았다.

핏발 선 눈과 수척한 얼굴을 보니 울고 있던 듯했다. 잠도 자지 않은 것 같았다.

"어젯밤엔 어디 갔었어? 로아르? 나한테는 말해줄 수 있잖아."

그녀의 남편, 아니 한때 남편이던 남자가 다시 창문으로 고개를 돌렸다. 피아 보르는 한숨을 쉬었다. 어디에 다녀왔는지 한 번도 말한 적은 없지만 신발 바닥의 진흙을 보면 숲에 다녀온 것 같았다. 들판에. 혹은 쓰레기장에.

그녀는 침대 맞은편에 앉았다. 그녀에게는 거리가 필요했다. 낯선 사람에게서 유지하고 싶은 거리.

"뭘 한 거야?" 그녀가 물었다. "무슨 짓을 한 거야, 로아르?"

그녀는 겁먹은 채 그에게서 나올 대답을 기다렸다. 5초가 지나도 그가 답하지 않자 일어서서 황급히 방에서 나왔다. 가슴을 쓸어내리며. 그가 무슨 짓을 저질렀든 그녀는 무고했다. 그녀는 세 번 물었다. 누군들 그 이상 무엇을 요구할 수 있을까?

18

당뉘는 성당 출입문 위에 달린 전등 불빛으로 시계를 보았다. 9시. 핀네가 나타나지 않으면 어쩌지? 드람멘스베이엔과 뭉케담스베이엔의 차 소리가 들렸지만, 슬로츠 공원으로 이어진 좁은 길에는 차도 사람도 보이지 않았다. 아케르 브뤼게 쪽에도, 피오르 쪽에도 아무도 없었다. 태풍의 눈, 도시의 사각지대. 성당은 두 개의 사무실 건물 사이에 끼어 있었고, 그곳이 하느님의 집이라는 것을 거의 알 수 없었다. 건물이 위로 좁아지는 구조고 첨탑이 있기는 하지만 전면에 십자가도 없고, 예수나 마리아도, 라틴어 문구도 없었다. 견고한 (넓고 높고 잠기지 않은) 나무 문에 새겨진 조각이 그나마 종교적인 곳이겠거니 짐작하게 해주지만, 당뉘가 알기로 그 문은 유대교 회당이든 모스크든 그 밖의 소규모 신자들을 거느린 사원이든 어디에나 어울렸다. 하지만 더 가까이 가서 보면 문옆에 유리문이 달린 캐비닛이 있고 거기에 붙은 포스터로 일요일인 오늘 이른 아침부터 미사가 있었던 것을 알 수 있었다. 노르웨이어, 영어, 폴란드어, 베트남어로. 마지막 (폴란드어) 미사는 불과

30분 전에 끝났다. 소음이 끊이지 않았지만 이 거리는 늘 고요했다. 그녀는 얼마나 혼자 있는 걸까? 당뇌는 해리 홀레에게 그녀를 지켜볼 경찰을 몇 명이나 배치했는지, 그중에 누군가는 여기 밖에 나와 있는지, 아니면 모두가 성당 안에 들어가 있는지 구체적으로 묻지 않았다. 알고 싶지 않았다. 그러면 본심이 흘러나올 것만 같았다. 그녀는 희망 섞인 눈길로 길 건너 건물들의 창문과 출입문을 보았다. 하지만 절망적인 마음도 올라왔다. 마음 깊은 곳에서 홀레 혼자일 거라고 직감했다. 그와 그녀. 이게 바로 홀레가 그 표정으로 하려던 말이었다. 그가 떠난 뒤 그녀는 인터넷에 들어가 언젠가 신문에서 읽었다고 생각한 내용을 확인해주는 기사를 찾아냈다. 해리 홀레가 그 유명한 경찰이고 최근에 살해된 여자의 남편이라는 사실을. 칼로 살해된 여자. 그래서 그 눈빛이 그랬던 거다. 뭔가가 깨져버린 듯한, 금이 간 거울 같은 눈빛이었다. 하지만 이제는 너무 늦었다. 그녀가 스스로 시동을 걸었고, 스스로 멈출 수도 있었다. 하지만 그럴 수가 없었다. 사실 그녀도 홀레만큼이나 그녀 자신에게 거짓말을 하지 않았다고 볼 수는 없었다. 그의 총을 보았다.

그녀는 몹시 추웠다. 옷을 더 껴입고 나왔어야 했다. 다시 시계를 보았다.

"날 기다리는 건가?"

심장이 멎는 것 같았다.

어떻게 아무런 기척도 없이 이렇게 바짝 다가왔지?

그녀는 고개를 끄덕였다.

"혼자 왔나?"

당뇌는 다시 고개를 끄덕였다.

"정말? 우리의 결혼 서약을 축하하러 온 사람이 없어?"

당뉘는 입을 열어서 말을 해보려고 했지만 아무 말도 나오지 않았다.

스베인 핀네는 씩 웃었다. 두툼하고 축축한 입술이 누런 이에 붙어 말려 올라갔다. "숨을 쉬어야지, 자기야. 우리 애가 산소 부족으로 뇌 손상을 입으면 안 되잖아?"

당뉘는 그의 말대로 했다. 숨을 쉬었다. "얘기 좀 해요." 그녀가 떨리는 목소리로 말했다. "임신한 거 같아요."

"그야 당연하지."

당뉘는 그가 팔을 들자 흠칫 물러나고 싶은 것을 겨우 참았다. 순간 그의 손에 뚫린 구멍으로 성당 문 위의 전등 불빛이 보였고, 그가 그 뜨겁고 메마른 손을 그녀의 뺨에 댔다. 그녀는 숨을 쉬어야 한다는 것을 기억하고 마른침을 삼켰다. "중요한 얘기가 있어요. 안으로 들어갈까요?"

"안으로?"

"성당 안으로요. 여긴 추워요."

"그러지. 어차피 우린 결혼할 거니까. 허비할 시간이 없어." 그는 그녀의 목덜미를 손으로 쓸었다. 그녀는 브래지어 양쪽 컵 사이에, 얇은 스웨터 속에 소형 마이크를 테이프로 붙여놓았다. 홀레는 양질의 녹음 상태를 위해서는 그자를 성당 안으로 유인해야 한다고 했다. 그래야 도시 소음이 차단되고, 그녀도 녹음을 위해 코트를 벗을 핑계를 댈 수 있으며, 핀네를 기소하기 위한 증거가 충분히 확보되자마자 당장 그를 체포할 수 있다고 했다.

"그럼 들어갈까요?" 당뉘가 말하면서 그의 손에서 몸을 뺐다. 그녀는 코트 주머니에 손을 넣고 눈에 띌 정도로 덜덜 떨었다.

192

핀네는 꿈쩍도 하지 않았다. 눈을 감고 머리를 뒤로 젖히고 코를 킁킁댔다. "무슨 냄새가 나는데."

"냄새?"

그는 눈을 뜨고 그녀를 다시 보았다.

"슬픔의 냄새가 나, 당뇌. 절망. 고통."

이제 그녀는 일부러 몸이 떨리는 척할 필요가 없었다.

"지난번하고는 냄새가 달라." 그가 말했다. "누가 찾아왔었나?"

"찾아오다뇨?" 그녀는 웃으려고 했지만 기침밖에 나오지 않았다. "누가요?"

"나야 모르지. 왠지 익숙한 냄새야. 내 기억을 더듬어보면……." 그는 손가락을 턱 밑에 댔다. 얼굴을 찡그렸다. 그녀를 뜯어보았다. "당뇌, 설마 너…… 설마…… 그런 거야, 당뇌?"

"제가 뭘요?" 당뇌는 엄습하는 공포를 애써 떨쳐냈다.

그는 슬프게 고개를 저었다. "성경을 읽나? 씨앗을 뿌리는 사람의 우화를 알아? 그분의 씨는 말이야. 약속이지. 씨앗이 뿌리를 내리지 않으면 사탄이 와서 먹어치워. 사탄은 믿음을 앗아가. 우리 아이를 빼앗아가, 당뇌. 나는 씨앗을 뿌리는 사람이야. 그래서 내 질문은, 사탄을 만났나?"

당뇌는 마른침을 삼키고 고개를 움직이면서 자기가 고개를 끄덕이는지 가로젓는지도 몰랐다.

스베인 핀네는 한숨을 쉬었다. "너랑 나, 우린 소중한 사랑의 순간에 함께 아이를 잉태했어. 지금 넌 그걸 후회할 수도, 아이를 원하지 않을 수도 있겠지. 하지만 그 아이가 진정한 사랑의 아이라는 걸 알기에 잔혹하게 살해할 수 없으니 대신 그걸 없애게 해줄 뭔가를 찾는 거야." 그는 큰 소리로 말했고, 부드러운 입술이 한 마디 한 마디를 똑똑히 내뱉었다. 무대에 선 배우 같다고, 그녀는 생각했다. 대사가 맨 뒷줄까지 잘 들리도록 성량과 발음을 조절했다. "넌 네 양심에 거짓말을 하고 있어, 당뉘. 넌 너 자신에게 그런 일이 일어나지 않았고 넌 그 아기를 원하지 않았고 그 사람이 강요한 거라고 말하지. 이런 얘길 경찰이 믿게 할 수 있다고 너 자신에게 말하지. 그 남자, 그 사탄이 너한테 내가 다른 강간 사건으로 복역했다고 말해줬으니까."

"틀렸어요." 당뉘는 떨리는 목소리를 숨기려고 애쓰지도 않았다. "안으로 들어가지 않을래요?" 이제는 애원하는 소리로 들렸다.

핀네는 고개를 모로 기울였다. 먹잇감을 공격하기 전에 지켜보는 새처럼. 거의 사색에 잠긴 표정으로, 먹잇감을 살려둘지 말지를 아직 결정하지 못한 듯이. "결혼 서약은 진지한 거야, 당뉘. 난 네가 가볍게 시작하거나 경솔하게 처신하길 원치 않아. 그런데 넌 어째…… 확신이 없어 보여. 우리 조금 기다려야 할까?"

"그 얘기를 해볼까요? 안에서?"

"난 확신이 서지 않을 때면 언제나," 핀네가 말했다. "내 아버지가 결정하게 해."

"당신 아버지?"

"그래. 운명." 그는 바지 주머니를 뒤지더니 엄지와 검지로 뭔가를 꺼냈다. 청회색 금속. 주사위였다.

"그게 당신 아버지라고요?"

"운명은 모두의 아버지야, 당뉘. 한 개나 두 개가 나오면 우린 오늘 결혼하는 거야. 세 개나 네 개가 나오면 다른 날을 기약하는 거고. 다섯 개나 여섯 개가 나오면……." 그는 몸을 앞으로 숙여서 그녀 귀에 대고 속삭였다. "그건 네가 날 배신했다는 뜻이니까 지금 여기서 네 목구멍을 갈라야 한다는 뜻이지. 넌 군말 없이 복종하면서 희생양처럼 거기 서서 그냥 지켜보는 거야. 손 내밀어."

핀네는 다시 몸을 똑바로 세웠다. 당뉘는 그를 쳐다보았다. 그의 눈에는 감정이 전혀 없었다. 적어도 그녀에게는 아무런 감정도 보이지 않았다. 분노도, 동정도, 흥분도, 초조함도, 재미도, 증오도, 사랑도. 보이는 거라고는 오로지 의지뿐이었다. 그의 의지. 이성도 논리도 필요치 않은, 최면을 걸고 명령하는 힘. 그녀는 비명을 지르고 싶었다. 도망치고 싶었다. 대신 손을 내밀었다.

핀네는 두 손을 오므려 주사위를 흔들었다. 그러고는 재빨리 밑에 있던 손을 뒤집어 당뉘의 손바닥에 올렸다. 당뉘는 그의 뜨겁고 메마른 맨살이 손에 닿자 몸서리를 쳤다.

그는 손을 뺐다. 그녀의 손을 보았다. 입이 옆으로 길게 늘어지며 그는 환한 미소를 지었다.

당뉘는 다시 숨이 쉬어지지 않았다. 손을 뒤로 뺐다. 주사위에 검은 점 세 개가 찍혀 있었다.

"곧 보자고, 자기야." 그는 이렇게 말하고 고개를 들었다. "내 약속은 일단 보류야."

당뉘는 자기도 모르게 하늘을 보았다. 도시 불빛이 하늘의 구름을 노랗게 물들였다. 다시 고개를 내렸을 때 핀네는 없었다. 길 건너 아치길에서 소리가 들렸다.

그녀는 뒤에 있는 문을 살짝 밀어서 열고 안으로 들어갔다. 마지막 미사의 오르간 선율이 널찍한 신도석에 아직 머물러 있는 것만 같았다. 그녀는 뒷벽에 붙어 있는 두 개의 고해실 중 한 곳으로 들어가 앉았다. 커튼을 걸었다.

"그 사람은 떠났어요." 그녀가 말했다.

"어디로요?" 창살 너머의 목소리가 말했다.

"몰라요. 너무 늦었어요, 어차피."

"냄새요?" 해리의 이 말이 성당 안에 울렸다. 그는 신도석 뒷줄에 그들 둘만 앉아 있는 걸 알면서도 목소리를 낮췄다. "그자가 냄새가 난다고 했다고요? 그리고 주사위를 던졌다고요?"

당뉘는 고개를 끄덕이고 그들 사이에 꺼내 놓은 녹음기를 가리켰다. "거기 들어 있어요."

"그것 말고는 그자가 아무것도 털어놓지 않았고요?"

"네. 그냥 자기가 씨앗을 뿌리는 사람이라고만 했어요. 직접 들어보세요."

해리는 욕이 나오려는 걸 꾹 참고 긴 의자의 등받이에 거칠게 기댔다. 의자 전체가 잠시 흔들렸다.

"우리 이제 뭘 하죠?" 당뉘가 말했다.

해리는 얼굴을 문질렀다. 핀네가 어떻게 알아챘지? 그와 당뉘 외에 그 작전을 아는 사람은 카야와 트룰스밖에 없었다. 혹시 당뉘의 얼굴과 몸짓에서 읽어낸 걸까? 물론 가능했다. 공포는 증폭기 기능을 하므로. 어느 쪽이든 그들이 이제 뭘 할 거냐는 건 좋은 질문이었다.

"전 그자가 죽는 걸 꼭 봐야 해요." 당뉘가 말했다.

해리는 고개를 끄덕였다. "핀네는 늙었고, 많은 일이 일어날 수 있어요. 그자가 죽으면 알려드릴게요."

당뉘는 고개를 저었다. "이해를 못 하시네요. 전 그자가 죽는 **순간을** 꼭 봐야 해요. 안 그러면 제 몸은 그자가 사라진 사실을 인정하지 못할 테고, 그자는 계속 제 꿈에 나타날 거예요. 엄마처럼."

한 음절의 윙 소리가 문자 메시지를 알렸고, 당뉘는 주머니에서 반짝이는 은색 휴대전화를 꺼냈다.

문득 그가 라켈의 주검을 본 뒤로 라켈이 꿈에 나타나지 않는다는 생각이 들었다. 아직은, 적어도 그가 깨어 있을 때의 기억으로는. 왜지? 그런데 라켈 얼굴을, 생명이 빠져나간 채 죽어 있는 얼굴을 보는 꿈을 꾸었다. 그러다 그가 원했다는, 라켈이 꿈속에 나타나 주기를 원한다는 생각이 들었다. 죽음의 가면과 그녀 입에서 스멀스멀 기어 나오는 구더기가 이렇게 아무것도 없는 차갑고 공허한 상태보다는 나을 것 같았다.

"오, 맙소사……." 당뉘가 속삭였다.

그녀의 얼굴이 휴대전화 불빛으로 환해졌다. 입이 벌어지고 눈이 커졌다.

휴대전화가 덜커덕 소리를 내며 화면을 위로 향한 채 바닥에 떨어졌다. 해리는 몸을 숙였다. 동영상이 재생을 멈추었고, 마지막 화면에 빨간색 숫자에 불이 들어온 손목시계가 잡혔다. 해리는 재생 버튼을 눌렀고, 영상이 다시 시작되었다. 소리가 없고 화질이 선명하지 않고 카메라가 흔들렸지만, 하얀 배의 벌어진 상처에서 피가 솟구치는 장면을 클로즈업한 화면이 똑똑히 보였다. 회색 시곗줄이 감긴, 털이 무성한 손이 화면에 잡혔다. 아주 순식간에 벌어졌다. 손이 벌어진 복부의 상처 속으로 사라지고 이어서 시계 화면이 잡히고 시계가 켜지고 불이 들어오는 사이 피가 더 뿜어져 나왔다. 카메라가 시계를 줌인하고 영상이 멈췄다. 그렇게 영상이 끝났다. 해리는 구역질을 삼켰다.

"그게…… 그게 뭐예요?" 당뉘가 말을 더듬었다.

"모르겠어요." 해리는 마지막 시계 이미지를 보았다. "모르겠어요."

"전 못하겠어요⋯⋯." 당뉘가 말했다. "그 사람이 저도 죽일 거예요. 수사관님 혼자서는 그 사람을 막지 못해요. 수사관님은 혼자시니까, 아닌가요?"

"네. 저 혼자예요."

"그럼 전 다른 데 가서 도움을 구해야 해요. 저 자신을 생각해야 해요."

"그렇게 하세요." 해리가 말했다. 그는 정지된 화면에서 눈을 떼지 못했다. 화질이 심하게 떨어져 배든 손이든 누구 것인지 알 길이 없었다. 하지만 시계는 선명했다. 시각도. 날짜도.

03:00. 라켈이 살해당한 날 밤.

19

창문으로 새어 드는 햇빛에 카트리네 브라트의 책상 위 하얀 서류가 환하게 빛났다.

"당뉘 옌센이 진술에서 선배가 자기한테 스베인 핀네를 속여서 함정으로 끌어들이자고 했다던데요." 카트리네가 말했다.

그녀는 눈을 들어 긴 다리를 보았다. 긴 다리가 책상 앞에서 시작해서 그 앞 의자에 눕다시피 앉아 있는 남자에게로 이어졌다. 그의 형형한 푸른 눈은 검은 테이프로 한쪽 다리를 감은 레이밴 선글라스에 감춰졌다. 그는 술을 마셨다. 옷가지와 몸에서 나는, 아말감과 노인들의 집과 상한 블랙베리가 연상되는 찌든 알코올 냄새 때문만이 아니었다. 그의 입에서 나는 산뜻하고 청결하고 신선한 알코올 냄새로도 알 수 있었다. 한마디로 앞에 앉은 남자는 회복 중인 동시에 다시 술을 입에 댄 알코올의존자였다.

"그 말이 맞아요, 해리?"

"응." 그가 답했고, 입을 가리지도 않고 기침했다. 카트리네는 햇살 속에서 그가 앉은 의자 팔걸이에 비말이 떨어지는 걸 보았다.

"영상 보낸 사람을 찾았나?"

"네." 카트리네가 말했다. "증거인멸 작업을 하는 버너의 휴대전화예요. 지금은 죽어서 추적이 불가능한 사람이고요."

"스베인 핀네. 놈이 보낸 거야. 놈이 영상을 찍었고, 배 속에 손을 집어넣은 것도 놈이야."

"구멍 뚫린 손을 넣지 않은 게 한이네요. 그랬으면 확실히 알 수 있었을 텐데."

"그놈이야. 시계에 찍힌 시각과 날짜를 봤지?"

"네. 물론 날짜가 살인이 일어난 밤과 같은 날짜인 게 의심스러운 건 맞아요. 하지만 시각은 법의학연구소에서 라켈이 사망했다고 추정하는 시간대보다 한 시간 늦어요."

"그 말에서 핵심은 '추정하는'이야." 해리가 말했다. "그 사람들이 정확히 알 수 없다는 건 자네도 나만큼 잘 알잖아."

"화면 속 배가 라켈의 배인 건 알아볼 수 있어요?"

"이봐, 화질이 선명하지 않고 흔들리는 카메라로 찍은 영상이야."

"그럼 누구든 될 수 있겠네요. 핀네가 인터넷에서 찾아서 당뉘 옌센을 협박하려고 보낸 영상일 수도 있고요."

"그렇다고 치자, 그럼." 해리가 이렇게 말하고 팔걸이를 잡고 일어서려 했다.

"앉아요!" 카트리네가 소리쳤다.

해리는 다시 주저앉았다.

카트리네는 한숨을 길게 내쉬었다. "당뉘는 지금 경찰 보호를 받고 있어요."

"24시간 내내?"

"네."

"좋아. 다른 건?"

"네. 방금 법의학연구소에서 연락이 왔는데, 발렌틴 예르트센이 스베인 핀네의 생물학적 아들이 맞아요. 선배는 이미 알고 있지만."

카트리네는 반응을 기다렸지만 파란 미러 선글라스에 비친 그녀 말고는 아무것도 보이지 않았다.

"그래서요." 카트리네가 다시 입을 열었다. "선배는 스베인 핀네가 선배한테 복수하려고 라켈을 죽인 거라고 판단했어요. 경찰 수사 규정을 깡그리 무시하고 다른 사람을, 그것도 성폭행 피해자를 위험에 빠트리면서까지 선배가 사적으로 추구하는 목표를 달성하려고 했어요. 이건 단순히 공무수행 중에 발생한 심각한 위법행위가 아니에요, 해리. 이건 범죄예요."

카트리네가 말을 끊었다. 저 인간은 지금 저 빌어먹을 선글라스 안에서 뭘 보는 거지? 나인가? 내 뒤 벽에 붙은 그림인가? 아니면 자기 부츠인가?

"선배는 정직 중이에요. 선배를 해고하는 거 말고 가능한 조치가 별로 없어요. 아니면 신고하거나. 그래서 유죄를 받으면 역시나 해고될 테고. 알아들어요?"

"응."

"그래요?"

"응, 그렇게 복잡하진 않아. 이제 가도 되나?"

"아뇨! 당뉘 옌센이 경찰 보호를 요청할 때 제가 뭐라고 했는지 알아요? 보호는 받겠지만 담당자들도 사람인지라 그들이 보호하는 대상이 단지 그들의 동료가 열정이 넘친다는 이유로 불만을 접수한 사실을 알면 보호하려는 열정이 금방 식을 수도 있다고 말했어요. 제가 그 여자한테요, 해리, 무고한 피해자를 압박했다고요. 선배 때문에! 무슨 할 말 있어요?"

해리는 천천히 고개를 끄덕였다. "음. 무슨 말. 나 이제 가도 되나?"

"**가요?**" 카트리네는 두 손을 위로 던졌다. "정말요? 그거밖에 할 말이 없어요?"

"아니, 할 말을 하기 전에 일어서는 게 좋을 거 같아서."

카트리네는 신음 소리를 냈다. 책상에 팔꿈치를 대고 두 손을 맞대고 그 위에 이마를 댔다. "알았어요. **가요.**"

해리는 눈을 감았다. 등을 기댄 두꺼운 자작나무 줄기와 얼굴에 닿는 따가운 봄 햇살이 느껴졌다. 앞에는 단순한 갈색 나무 십자가가 있었다. 십자가에는 라켈의 이름이 새겨져 있었다. 다른 건 없었다. 날짜조차 없었다. 장례식장에서 일하던 여자는 그걸 "임시 묘비"라고 했다. 정식 묘비가 마련되기 전까지 세워두는 거라고 했지만 해리는 그만의 해석을 넣지 않을 수 없었다. 라켈이 그를 기다리고 있어서 임시인 거라고.

"난 아직 잠들어 있어." 해리가 말했다. "그래도 괜찮으면 좋겠어. 잠이 깨면 그대로 무너져서 놈을 못 잡을 것 같거든. 놈을 꼭 잡을 거야, 맹세해. 당신이 〈살아 있는 시체들의 밤〉에서 살을 물어뜯는 좀비들을 보고 얼마나 무서워했는지 기억나? 음……." 해리는 위스키가 든 술통을 들었다. "이제 내가 그들이 됐어."

해리는 한 모금을 벌컥 들이켰다. 이미 진정되어 알코올이 더는 진정 효과를 주지 않는 것 같아서였다. 그는 나무줄기를 따라 미끄러져 내려가 나무에 기대앉았고 엉덩이와 허벅지 밑에 쌓인 눈이 닿았다.

"그나저나 당신은 내가 돌아오길 원했다면서……. 그거 올드 시 코였나? 대답하지 않아도 돼."

그는 술통을 입으로 가져갔다. 그리고 입에서 뗐다. 눈을 떴다.

"외로워. 당신을 만나기 전에 나는 늘 혼자였어도 외로운 적이 없었어. 외로움은 새롭고, 외로움은…… 흥미로워. 우리가 함께일 때 당신이 모든 진공 상태를 채워준 건 아니지만 떠나면서는 커다 란 아가리를 벌린 구멍을 남겼어. 사랑은 상실의 과정이라고 하더 군. 어떻게 생각해?"

그는 다시 눈을 감았다. 귀를 기울였다.

눈꺼풀에 닿는 햇빛이 점점 약해지고 기온이 떨어졌다. 구름이 해를 가렸나 생각하고 온기가 다시 나오기를 기다리다가 잠이 들 었다. 그러다 무언가로 인해 뻣뻣해졌다. 숨을 참았다. 누군가의 숨 소리가 들렸다. 구름이 아니었다. 누군가가, 혹은 무언가가 앞에 서 있었다. 사방이 눈밭인데도 누가 오는 소리를 듣지 못한 것이다. 그는 눈을 떴다.

햇빛이 그의 앞에 선 실루엣 주위로 후광처럼 번졌다.

해리는 오른손으로 재킷 안쪽을 더듬었다.

"계속 찾아다녔어요." 실루엣이 나직이 말했다.

해리는 손을 멈추었다.

"날 찾았군." 해리가 말했다. "이제 어쩌지?"

실루엣이 옆으로 비켜섰고, 해리는 잠시 햇빛에 눈이 부셨다.

"이제 우리 집으로 가요." 카야 솔네스가 말했다.

"고마워, 그런데 그게 꼭 필요할까?" 해리가 인상을 찌푸리며 카야가 건넨 사발에 든 차향을 맡으면서 물었다.

"나도 몰라요." 카야가 미소 지었다. "샤워는 어때요?"

"그다지."

"거기에서 45분이나 있었잖아요."

"내가?" 해리는 소파에 등을 기대고 두 손으로 사발을 감쌌다. "미안해."

"괜찮아요. 옷은 맞아요?"

해리는 바지와 스웨터를 내려다보았다.

"오빠가 당신보다 조금 작았을 텐데." 그녀가 다시 미소 지었다.

"그럼 날 도와주기로 마음을 바꾼 건가?" 해리는 차를 맛보았다. 쌉쌀한 맛이 어릴 때 감기에 걸리면 마시던 로즈힙 차가 생각났다. 그 맛을 참을 수 없었지만, 엄마는 면역계를 보강해준다면서 그 차 한 잔에 오렌지 마흔 개 이상의 비타민 C가 들어 있다고 했다. 어쩌면 그때 과잉 섭취해서 감기에 잘 걸리지 않는 건지도 모른다. 그래서 오렌지를 절대로 먹지 않는 건지도.

"그래요, **당신**을 돕고 싶어요." 카야는 이렇게 말하면서 맞은편 의자에 앉았다. "그렇다고 수사를 돕겠다는 건 아니에요."

"뭐?"

"저기요, 지금 당신은 전형적인 PTSD 증상을 두루 보이는 거 알아요?"

해리는 그녀를 가만히 쳐다보았다.

"외상후스트레스장애." 카야가 말했다.

"그게 뭔지는 나도 알아."

"좋아요. 그런데 어떤 증상이 있는지는 알아요?"

해리는 어깨를 으쓱했다. "외상 경험을 반복해서 다시 체험하지. 꿈, 회상. 제한된 정서 반응. 한마디로 좀비가 되는 거야. 좀비처럼, 신경안정제를 먹은 아웃사이더처럼 **느껴져서** 단조롭고 꼭 필요한 수준 이상으로 살려는 욕구가 없는 상태가 되지. 세상이 비현실적으로 느껴지고, 시간에 대한 감각이 변해. 방어기제로 외상 경험을 해체해서 특정 사실만 기억하고 전부 따로 떼어놔서 전체 경험과 맥락은 암흑 속에 남아."

카야는 고개를 끄덕였다. "과잉 활동도 있잖아요. 불안, 우울. 과민성과 공격성. 수면 장애. 그런데 어떻게 그렇게 잘 알아요?"

"우리 강력반에 상주하는 심리학자하고 심도 있는 대화를 나눴거든."

"스톨레 에우네? 그분은 당신이 PTSD 증상을 보이는 게 **아니라고** 생각하시는군요?"

"음, 그분도 그쪽을 완전히 배제한 건 아니야. 다만 내가 사춘기 때부터 이런 증상을 보였거든. 게다가 내가 다르게 느낀 적이 없으니 어쩌면 그냥 타고난 성격일 수도 있대. 아니면 내가 어렸을 때, 어머니가 돌아가셨을 때 시작됐거나. 애도가 PTSD와 혼동되기 쉬우니까."

카야는 거칠게 고개를 저었다. "나도 알 만큼 알아요, 해리. 애도가 뭔지도 알고. 당신을 보면 아프가니스탄에서 PTSD가 완전히 발현된 채 떠난 병사들이 생각나요. 일부는 의병제대하고, 일부는 스스로 목숨을 끊었죠. 그런데 최악이 뭔지 알아요? 다시 돌아온 사람들. 심리학자들의 레이더를 교묘히 피해서 그들 자신과 전우들에게 위험한 불발탄이 되어 돌아온 사람들요."

"전쟁터엔 가본 적 없어. 난 그저 소중한 사람을 잃었을 뿐이야."

"당신은 전쟁터에 나갔어요, 해리. 거기서 너무 오래 있었어요. 당신은 의무로 사람을 죽여야 했던 몇 안 되는 경찰이에요. 우리가 아프가니스탄에서 배운 게 하나 있다면 사람을 죽이는 것이 개인에게 어떤 영향을 미치는가 하는 거예요."

"난 살인이 개인에게 어떤 영향을 미치지 **않는지** 봐왔어. 아무 일 아니라는 듯이 털고 일어나는 자들. 아니면 그저 다음 기회를 노리는 자들."

"물론 그 말이 맞아요. 사람을 죽이는 행위에 저마다 전혀 다르게 반응한다는 의미에서는. 하지만 그럭저럭 정상인 사람들에게는 죽여야 하는 이유도 중요해요. RAND*의 연구에서는 아프가니스탄이나 이라크로 파견된 미군 병사 중 적어도 20 혹은 30퍼센트 이상이 PTSD를 보이는 것으로 나타났어요. 베트남의 미군 병사도 마찬가지고. 그런데 제2차 세계대전에 참전한 연합군 병사는 이 수치가 절반으로 떨어져요. 심리학자들은 그 이유를 베트남과 이라크와 아프가니스탄에서는 병사들이 그들이 치르는 전쟁을 **이해하지** 못했기 때문이라고 봐요. 반면에 제2차 세계대전에서는 누구나 히틀러와 싸워야 하는 이유를 납득했죠. 베트남과 이라크와 아프가니스탄의 병사들은 고국으로 돌아올 때 시가행진도 없었고, 그들을 의심의 눈으로 쳐다보는 사회와 대면해야 했어요. 더욱이 그들의 행위를 어떤 정당한 서사에 끼워넣을 수가 없었어요. 그러니 이스라엘을 위해 살인하는 게 더 수월한 거죠. 실제로 거기서는 PTSD 발병률이 8퍼센트로 떨어져요. 그곳의 폭력이 조금이라도 덜 끔찍해서가 아니라, 병사들이 적들에게 둘러싸인 작은 나라

---

* Research ANd Development, 비영리 국제 정책 싱크 탱크.

를 지킨다고 스스로에게 당당하게 말할 수 있고 국민들에게도 폭넓은 지지를 받기 때문이죠. 그래서 살인에 대한 단순하고 윤리적으로 정당한 이유가 생기는 거예요. 그들의 행위가 꼭 필요하고 의미 있는 일이라는 거죠."

"음. 그러니까 내가 정신적 외상을 입었다는 건데, 나도 필요에 의해서 사람을 죽인 거야. 그래, 그들이 매일 밤 날 찾아오긴 하지만 지금도 난 주저 없이 방아쇠를 당겨. 매번."

"당신은 PTSD에 걸린 8퍼센트예요. 자기 행동에 정당성을 부여할 조건이 충분한데도 스스로 정당성을 부여하지 못하는 사람들이요. 무의식중에, 그러면서 적극적으로 자신에게 책임을 지울 방법을 찾는 사람들. 지금도 책임을 떠안으려 하는—."

"좋아, 그 얘길 해보지, 그럼." 해리가 말을 잘랐다.

"……라켈의 죽음에도."

거실에 침묵이 내려앉았다. 해리는 허공을 응시했다. 연신 눈을 깜빡였다.

카야가 마른침을 삼켰다. "죄송해요, 그러려던 게 아니에요. 적어도 이런 식으로 말을 꺼내려던 건 아니에요."

"그 말이 맞아." 해리가 말했다. "책임을 떠안으려 한다는 말은 빼고. 내 잘못이야, 그건 사실이야. 내가 스베인 핀네의 아들을 죽이지 않았다면……."

"해야 할 일을 한 거죠."

"……라켈은 아직 살아 있을 거야."

"PTSD 전문가를 몇 명 알아요. 당신은 도움을 받아야 해요, 해리."

"그래. 핀네를 잡기 위한 도움."

"그건 당신한테 제일 중요한 문제가 아니에요."

"아니, 맞아."

카야는 한숨을 쉬었다. "그자의 아들은 얼마나 찾아 헤맨 끝에 찾은 거예요?"

"그게 뭐가 중요해? 내가 그자를 찾았어."

"아무도 핀네를 잡지 않아요. 그자는 그냥 유령 같은 거예요."

해리는 고개를 들었다.

"제가 강력반 풍기 사범 단속반에서 일했잖아요." 카야가 말했다. "스베인 핀네에 관한 보고서를 읽었어요. 그 보고서가 요강에 있었거든요."

"유령." 해리가 말했다.

"네?"

"그게 우리 모두가 찾는 거야." 그는 일어섰다. "따뜻한 물 고마워. 제보도."

"제보?"

노인은 물살에 흔들리며 떠 있는 파란 드레스를 보고 있었다. 인생은 하루살이의 춤과 같다. 테스토스테론과 향수가 진동하는 방에서 음악에 맞춰 발을 옮기며 거기서 제일 예쁜 여자가 내 여자라는 생각에 미소를 짓는다. 그 여자에게 춤을 신청하지만 여자가 거절하면서 어깨 너머로 다른 남자를, 내가 아닌 남자를 흘긋거린다. 그러면 찢어지는 가슴을 수습하고 기대치를 조정해서 두 번째로 예쁜 여자에게 춤을 신청한다. 그다음에 세 번째로 예쁜 여자에게. 승낙을 받아낼 때까지. 운 좋게 함께 춤을 잘 추면 그 여자에게 다음 춤도 신청한다. 그다음도. 그러다 저녁이 지나고 그녀에게 영원히 함께하고 싶은지 묻는다.

"그래요, 내 사랑, 하지만 우린 하루살이예요." 여자는 이 말을 남기고 죽는다.

그러고는 밤이, 진짜 밤이 찾아오고, 남은 거라곤 기억밖에, 유혹하듯이 흔들리는 파란 드레스밖에, 하루를 넘기지 않고 그녀를 뒤따라가겠다는 약속밖에 없다. 파란 드레스만이 언젠가 다시 춤추기를 꿈꾸게 해준다.

"야생동물 카메라를 보려고요."

카운터 건너편에서 묵직하고 갈라진 목소리가 들렸다.

노인이 뒤를 돌아보았다. 키 큰 남자였다. 어깨가 벌어졌지만 호리호리했다.

"종류가 몇 가지 있는데……." 알프가 말했다.

"압니다, 얼마 전에 여기서 한 대 사갔어요. 이번에는 좋은 걸로 사려고요. 누가 나타나면 휴대전화로 바로 메시지를 보내주는 모델로. 몰래 숨길 수 있는 것으로."

"알았습니다. 그런 기능이 있는 걸로 보여드릴게요."

노인의 사위는 야생동물 카메라 선반으로 갔고, 키 큰 남자는 돌아서다 노인과 눈이 마주쳤다. 노인은 그 얼굴을 기억했다. 전에도 가게에서 본 사람이라서만이 아니라, 초식동물인지 육식동물인지 파악하기 어려워서였다. 그런데 이상하게도 이번에는 헷갈리지 않았다. 육식동물이었다. 그런데 외모가 어쩐지 낯익었다. 노인은 눈을 부릅떴다. 알프가 돌아왔고, 키 큰 남자는 다시 카운터 쪽으로 돌아섰다.

"이 카메라는 렌즈 앞에 동작이 감지되면 영상을 찍으면서 곧바로 설정해둔 전화번호로 이미지를 전송하는데요……."

"고맙습니다. 그걸로 할게요."

키 큰 남자가 가게를 떠날 때 노인은 텔레비전 화면을 돌아보았다. 언젠가는 모든 파란 드레스가 갈가리 찢겨서 떠내려가고 기억은 사라질 것이다. 노인은 날마다 거울 속의 눈에서 상실과 체념의 흉터를 보았다. 키 큰 남자의 표정에도 그것이 보였다. 상실. 그러나 체념은 아니었다. 아직은.

해리는 부츠 밑창에 돌 조각이 저벅거리는 소리를 들으며 늙으면 이럴 거라고, 묘지에서 점점 더 오래 머무를 거라고 생각했다. 영원히 잠들 곳에서 미래의 이웃들을 알아가면서. 그는 검은색 작은 묘비 앞에 멈추었다. 쭈그리고 앉아 눈밭에 구멍을 파고 흰 수선화 화병을 놓았다. 화병 주위로 눈을 모아서 세웠다. 그러고는 뒤로 물러나 괜찮아 보이는지 살폈다. 눈을 들어 줄줄이 늘어선 묘비들을 보았다. 살던 집에서 가장 가까운 묘지에 묻혀야 한다는 규정이 있다면 해리는 결국 여기 어딘가에 묻힐 것이다. 복센 묘지에 잠든 라켈 옆이 아니라. 여기서 그의 아파트까지는 7분이 (빠른 걸음으로는 3분 반) 걸리지만 이번에는 서두르지 않았다. 무덤은 20년간 그대로 둔다. 20년이 지나면 같은 자리에, 이미 묻힌 관과 함께 새 관을 묻을 수 있다. 그러니 운명이 그토록 원한다면 그들은 죽음으로 다시 결합할 수 **있다**. 한기가 몸을 훑고 지나갔고, 그는 코트 속에서 몸을 떨었다. 시계를 보았다. 급히 출구로 걸음을 옮겼다.

"어떻게 지내?"

"괜찮아요." 올레그가 말했다.

"괜찮아?"

"좋았다 나빴다."

"음." 해리는 전화기를 귀에 꼭 붙였다. 마치 그들 사이의 거리를 줄이려는 듯이, 저녁의 어둠 속에서 브루스 스프링스틴이 'Stray Bullet'을 부르는 소피스 가의 아파트와 2000킬로미터 북쪽으로 공군기지와 포르상에르 피오르가 내려다보이는 올레그가 사는 집 사이의 거리를 좁히려는 듯이. "조심하라고 말해주려고 전화했어."

"조심해요?"

해리는 스베인 핀네에 관해 말했다. "내가 아들을 죽인 걸로 핀네가 복수에 나서면 너도 위험해질 수 있다는 뜻이니까."

"제가 오슬로로 갈게요." 올레그가 단호히 말했다.

"안 돼!"

"안 돼요? 그자가 엄마를 죽였다면 제가 여기 앉아서―."

"뭣보다 강력반에서 네가 수사 현장 근처에 얼쩡거리게 놔두지 않을 거야. 피고 측 변호인이 네가, 희생자의 아들이 가담한 사건을 두고 뭐라고 할지 생각해봐. 그리고 그자가 네가 아니라 네 엄마를 고른 건 네가 그자의 활동 영역에서 한참 벗어나 있어서였을 거야."

"저 가요."

"들어봐! 그자가 널 쫓는다고 해도 두 가지 이유에서 넌 계속 거기에 있어야 해. 그자가 차로 2000킬로미터나 운전해서 올라가지는 못할 테니 비행기를 타겠지. 넌 그 작은 공항에 그자 사진을 뿌려놓을 수 있고, 스베인 핀네는 작은 동네에서 눈에 띄지 않기 힘든 부류야. 네가 거기에 있을수록 우리도 그자를 잡을 가능성이 커지는 거야. 알겠니?"

"그래도―."

"두 번째 이유. 그자가 거기 도착했을 때 네가 거기에 없다고 생각해봐. 그러면 헬가가 있는 집으로 가서 헬가를 찾겠지."

침묵. 스프링스틴과 피아노 선율만 들렸다.

올레그가 헛기침을 했다. "그럼 무슨 일이 있으면 꼭 알려주셔야 해요."

"알려줄게. 됐지?"

전화를 끊은 후 해리는 그대로 앉아서 커피테이블에 내려놓은 전화기를 응시했다. 브루스 스프링스틴이 다른 트랙을 부르고 있고, 아직 〈The River〉 앨범의 'The Man Who Got Away'까지는 가지 않았다.

말도 안 돼. 이번엔 안 돼.

휴대전화가 테이블에 싸늘하게 죽은 듯 놓여 있었다.

11시 반이 되자 더는 가만히 앉아 있을 수 없었다.

부츠를 신고 휴대전화를 들고 현관으로 나갔다. 차 열쇠가 평소 두는 서랍장 위에 없어서 바지와 재킷 주머니를 다 뒤지다가 결국 빨래 바구니에 던져놓은 피 묻은 청바지에서 찾았다. 포드 에스코트가 주차된 곳으로 내려가 차에 타서 좌석을 조정하고 열쇠를 돌려 시동을 걸고 자동으로 라디오에 손을 뻗다가 생각을 바꿨다. 채널이 항상 스톤 하드 FM에 맞춰져 있는데, 이 채널에서는 하루 24시간 뇌사 상태의 고통마저 무감각하게 하는 하드록만 나오기 때문이다. 지금 그에게는 고통을 무감각하게 할 음악이 필요하지 않았다. 고통이 필요했다. 그래서 결국 정적 속에서 오슬로 도심의 나른한 거리를 가로지르며 셰만스콜렌을 지나 노르스트란까지 감아 올라가는 언덕으로 올라갔다. 언덕에 올라가 갓길에 차를 대고 조수석 사물함에서 손전등을 꺼내 차에서 내려서 오슬로 피오르를 내려다보았다. 달빛 아래 황동처럼 번들거리는 검은 바다가 남쪽으로, 덴마크로, 대양으로 펼쳐져 있었다. 그는 트렁크를 열고 쇠지렛대를 꺼냈다. 잠시 그대로 서서 그것을 보았다. 어딘가 석연치 않은 구석이, 딱히 뭐라 할 수 없는 뭔가가 있었지만 망막에 떠다니는 부유물처럼 너무나 작아서 이내 잊혔다. 그는 가짜 손가락을 깨물려다가 이가 티타늄에 닿자 몸서리쳤다. 그래도 어쩔 수 없이 그것이 머릿속에서 스르르 빠져나가는 꿈처럼 사라져버렸다.

그는 눈밭을 헤치고 산자락으로, 오래된 벙커로 향했다. 그와 외위스테인과 트레스코가 그 벙커에서 술이나 진탕 퍼마시는 동안 다른 또래들은 졸업과 국경일과 하지 축제와 별별 빌어먹을 일들을 기념했다.

이 도시의 어느 신문에 연재 기사가 실린 후 시의회에서 벙커에 자물쇠를 채우기로 결정했다. 그 전에는 벙커가 마약중독자와 매춘부의 소굴인 줄 몰라서도 아니고 신문에 사진이 실리지 않아서도 아니었다. 젊은이들이 흉터가 잔뜩 난 팔에 헤로인을 주사하고 난잡하게 입은 외국인 여자들이 더러운 매트리스에 널브러져 있는 사진들. 다만 이번에 시의회가 특단의 조치를 취한 것은 한 장의 사진 때문이었다. 딱히 잔혹한 사진은 아니다. 어떤 청년이 매트리스에 앉아 있고 옆에는 마약 도구가 놓여 있었다. 청년은 강아지 같은 눈망울로 카메라를 응시하고 있었다. 충격을 던진 지점은 그 청년이 노르웨이의 평범한 젊은이로 보인다는 점이었다. 파란 눈에 전통적인 스웨터와 짧고 단정한 머리. 부활절에 가족 별장에서 찍었다고 해도 믿을 법한 사진이었다. 이튿날 시의회는 벙커의 모든 문에 자물쇠를 채우고는 무단출입을 경고하고 정기적으로 순찰한다고 알리는 표지판을 세웠다. 해리는 공허한 협박인 걸 알았다.

경찰청장에게는 실제로 무단침입과 도난 사건이 발생해도 사건을 조사할 자금과 인력이 부족한 형편이었다.

해리는 문틈에 쇠 지렛대를 끼웠다.

체중을 다 싣고서야 자물쇠가 뜯겼다.

그는 안으로 들어갔다. 정적을 깨는 소리라고는 안쪽 깊숙이 어두운 곳에서 물이 뚝뚝 떨어지며 메아리치는 소리뿐이었다. 마치 잠수함에서 나오는 수중 음파탐지기의 파동처럼 울렸다. 트레스코는 인터넷에서 수중 음파탐지기의 파동을 담은 사운드트랙을 내려받아서 루프에 넣고 자장가로 듣는다고 했다. 물속에 있는 느낌이 들어서 차분해진다고 했다.

해리는 악취 구덩이에서 세 가지 성분을 식별해냈다. 소변, 휘발유, 젖은 콘크리트. 그는 손전등을 켜고 안으로 더 들어갔다. 손전등 불빛에 인근 공원에서 몰래 가져온 것 같은 나무 벤치가 보이고, 축축하고 곰팡이가 슬어 시커메진 매트리스가 보였다. 피오르 쪽으로 가로로 길게 난 화재 구멍에는 판자가 덧대어 있었다.

(예상대로) 완벽한 공간이었다.

이제 어쩔 수 없었다.

손전등을 껐다.

눈을 감았다. 그 감정을 미리 체험하고 싶었다.

그는 눈앞에 그려보려 했지만 이미지들이 떠오르지 않았다.

왜 안 되지? 증오를 집어넣어야 하는지도 몰랐다.

라켈을 떠올렸다. 돌바닥에 쓰러진 라켈. 그녀 위에 스베인 핀네. 증오 집어넣기.

그러자 떠올랐다.

해리는 어둠을 향해 비명을 내지르고 눈을 떴다.

뭐가 어떻게 된 거지? 왜 그 자신이 피 칠갑한 이미지로 머릿속에 저장된 거지?

스베인 핀네는 나뭇가지 부러지는 소리에 잠에서 깼다.

퍼뜩 정신을 차리며 어둠 속을, 2인용 텐트의 천장을 보았다.

그들이 찾아온 건가? 여기, 도시 건물에서 한참 떨어지고 개들도 뚫고 들어오기 힘든 황량한 구역의 빽빽한 소나무 숲으로?

그는 귀를 기울였다. 무슨 소린지 알아내려 했다. 콧방귀 소리. 인간의 것이 아닌. 숲속 바닥을 울리는 묵직한 발소리. 묵직해서 땅에서 약간의 진동마저 전해졌다. 덩치 큰 짐승. 엘크일지도. 어릴 때는 자주 텐트를 메고 깊은 숲으로 들어가 마리달렌이나 쇠르셰달렌에서 캠핑을 했다. 오슬로의 숲은 광활해서 말썽 많고 사회에 적응하지 못하고, 사람들이 피하거나 따돌리고 싶어하는 이 청년에게 자유와 은신처를 제공했다. 사람들은 두려운 것이 있을 때 종종 그렇게 반응했다. 스베인 핀네는 그들이 어떻게 아는지 이해가 가지 않았다. 그래서 결국 사람들에게 숨겼다. 그가 어떤 사람인지 극소수에게만 드러냈다. 그리고 그 사람들이 겁먹는 게 이해가 갔다. 그로서는 두 시간만 걸으면 닿는 도시보다 여기 이 숲속에서 짐승들과 지내는 게 집처럼 편했다. 오슬로의 문턱인 이곳에는 도시 사람들이 생각하는 것보다 짐승이 많았다. 사슴, 토끼, 소나무담비. 물론 여우도. 이 짐승들은 인간의 쓰레기로 잘 산다. 가끔 붉은사슴도 보였다. 달빛이 비치는 어느 밤에는 호수 건너편에서 스라소니가 슬그머니 지나가는 것도 보았다. 새들도 보았다. 물수리. 올빼미와 북방올빼미. 어릴 때 자주 보이던 참매와 새매는 이제 잘 보이지 않았다. 그의 머리 위 나무들 사이를 독수리 한 마리가 날아다녔다.

엘크가 더 가까이 다가왔다. 이제 나뭇가지를 부러트리지 않았다. 엘크는 원래 나뭇가지를 부러트린다. 텐트에 주둥이를 박고 킁킁거리며 위아래로 훑었다. 먹이를 찾아 킁킁거리는 주둥이. 한밤중에. 엘크가 아니다.

핀네는 침낭 속에서 옆으로 굴러 손전등을 집고 주둥이를 비추었다. 그것이 사라지고 밖에서 묵직하게 킁킁거리는 소리가 들렸다. 그러다 주둥이가 다시 다가와 텐트를 거칠게 밀어붙였고, 핀네는 손전등을 얼른 켰다가 끄면서 이번에는 그것이 무엇인지 볼 수 있었다. 큼직한 대가리와 턱 윤곽이 보였다. 발톱으로 텐트를 찢는 소리가 났다. 핀네는 재빨리 밑 깔개 옆에 항상 놔두는 칼을 집어 텐트 지퍼를 내리고 텐트에서 굴러 나가면서 짐승에게 등을 보이지 않으려 했다. 산비탈의 커다란 바위 앞쪽으로 눈이 쌓이지 않은 몇 제곱미터의 땅에 텐트를 친 터였다. 눈 녹은 물이 바위에서 갈라져 텐트 양옆으로 흘렀다. 그가 비탈에서 알몸으로 굴렀다. 잔가지와 돌에 살이 찔려도 아프지 않았고, 곰이 쫓아오면서 덤불을 스치는 소리만 들렸다. 곰은 그가 도망치는 걸 알아챘고, 곰의 사냥 본능이 깨어났다. 핀네는 누구도 이런 데서는 곰보다 빨리 달릴 수 없다는 걸 알았다. 달릴 생각도 없었다. 그렇다고 곰을 만나면 좋은 전략이라고 흔히들 말하는 대로 죽은 척 땅에 엎드려 있을 생각도 없었다. 동면에서 깨어난 곰은 굶주림으로 절박한 상태고 시체라도 먹어 치울 기세이므로. 멍청이들. 핀네는 비탈 밑자락까지 굴러 내려와 일어서서 굵은 나무줄기에 등을 딱 붙이고 몸을 꼿꼿이 세웠다. 손전등을 켜고 소리가 다가오는 쪽을 비추었다.

불빛이 눈을 비추자 짐승이 우뚝 멈췄다. 눈이 부신 짐승은 뒷다리로 일어서서 앞발을 허공에 허우적댔다. 불곰이었다. 키가 2미터 쯤 되었다. 핀네는 더 클지도 모르겠다고 생각하면서 이로 칼집을 물고 푸코 칼을 뺐다. 할아버지 말로는 오슬로 인근의 숲에서 마지막으로 잡힌 (1882년에 산림 감시원 셸소스에 의해 옵쿠벤 아래 그뢴볼리아의 쓰러진 나무 옆에서 잡힌) 곰은 키가 거의 2미터 반이나 되었다고 했다.

곰이 다시 네 발로 섰다. 살가죽이 흐물흐물 출렁였다. 곰이 거칠게 숨을 몰아쉬고 고개를 양옆으로 흔들며 아직 마음을 정하지 못한 듯 숲과 불빛을 번갈아 보았다.

핀네는 칼을 앞으로 내밀었다. "먹이를 얻고 싶지 않아, 불곰 양반? 왜, 오늘 밤은 조금 힘에 부치나?"

곰은 화난 듯 으르렁거렸고, 핀네는 웃음소리가 그들 위쪽 암벽에 부딪혀 메아리치도록 큰 소리로 웃었다. "우리 할아버지는 1882년에 네놈 할아버지를 먹어 치운 사람이야. 양념을 아무리 많이 쳐도 맛이 고약했다더군. 그래도 난 널 한 입 물어뜯는 상상을 할 수 있어. 불곰 양반, 어서 덤벼! 덤비라고, 이 멍청한 자식아!"

핀네가 한 발 다가가자 곰이 엉거주춤 물러나면서 몸을 좌우로 흔들었다. 곰은 혼란에 빠진 듯, 주눅이 든 듯 보였다.

"네 기분이 어떤지 내가 잘 알지." 핀네가 말했다. "오랫동안 갇혔다가 밖으로 나와보니 빛은 너무 많고 먹을 건 너무 적어. 게다가 철저히 혼자야. 넌 추방당한 게 아니야. 넌 애초에 그들과 다르고 넌 무리 동물이 아니고 그들을 쫓아낸 건 너야." 핀네는 한 발 더 다가갔다. "그렇다고 외롭지 않다는 건 아니지. 안 그래? 씨를 뿌려, 불곰 양반, 너 같은 족속, 너를 이해하는 족속을 생산하라고. 제 아비를 공경하는 법을 아는 자들! 하! 하! 꺼져, 쇠르셰달렌에는 암컷이 없어. 꺼져, 여긴 내 구역이야, 이 한심하고 굶주린 자식아! 여기서 나올 건 외로움밖에 없어."

곰은 앞발로 땅을 꾹 누르며 다시 일어서려는 듯 보였지만 일어서지 못했다.

핀네는 이제 알았다. 곰은 늙었다. 병들었을 수도 있다. 핀네는 헷갈릴 수 없는 냄새를 맡았다. 공포의 냄새. 앞에 있는 한참 작은 두 발 동물 때문에 겁먹은 게 아니라, 그 동물이 같은 냄새를 발산하지 않아서였다. 그 두 발 동물은 두려움을 몰랐다. 미쳤다. 무슨 짓이든 할 수 있었다.

"음, 불곰 양반?"

곰은 으르렁거리며 누런 이빨을 드러냈다.

그러다 돌아서서 조용히 걸으며 어둠 속으로 사라졌다.

스베인 핀네는 그대로 서서 나뭇가지가 툭툭 부러지는 소리가 점점 더 멀어지는 걸 들었다.

곰은 다시 올 것이다. 배가 더 고플 때나 먹이를 먹고 이 구역을 지배할 만큼 힘이 생겼다고 느낄 때. 내일은 더 접근하기 힘든 곳, 곰이 접근하지 못하게 막아줄 벽이 있는 곳을 찾아야 했다. 하지만 우선 도시로 가서 덫을 사와야 했다. 묘지에도 가봐야 했다. 그의 무리에게로.

카트리네는 잠을 이루지 못했다. 아들은 창가에 있는 아기 침대에서 잠들었고, 그걸로 됐다.

그녀는 옆으로 돌아누워 비에른의 허연 얼굴을 정면으로 보았다. 그는 눈을 감았지만 코를 골지 않았다. 그도 잠들지 않았다는 뜻이다. 그녀는 그의 얼굴을 가만히 들여다보았다. 얇고 불그스름한 눈꺼풀에 실핏줄이 보이고 눈썹은 흐릿하고 살결이 희었다. 얼굴이 마치 불 켜진 전구를 삼킨 것처럼 보였다. 부풀어 오르고 속에서 불을 밝히는 것처럼. 그들이 같이 살기로 했을 때 놀라는 사람이 많았다. 아무도 대놓고 묻지 못했지만 그녀는 사람들 얼굴에서 질문을 읽었다. 어쩌다가 아름답고 부족할 거 없이 잘 사는 여자가 매력도 평균 이하로 떨어지고 돈도 없는 남자를 택했을까? 사법위원회의 어느 여자 하원의원은 "중요한 지위의 여성들"을 위한 인맥 관리 칵테일파티에서 그녀를 한쪽으로 데려가 지위가 낮은 남자 동료와 결혼한 걸 대단하다고 생각한다고 말했다. 카트리네는 비에른이 잠자리에서 끝내준다고 하고 그 여성 정치인에게 그녀보다 지위도 높고 돈도 잘 버는 남편을 만난 게 부끄럽냐면서 다음에는 지위가 낮은 남자를 고를 가능성이 얼마나 되느냐고 받아쳤다. 카트리네는 그 여자의 남편이 누군지 전혀 몰랐지만 표정으로 봐서는 얼추 맞힌 모양이었다. 애초에 카트리네는 그런 "영향력 있는 여자들" 모임을 싫어했다. 취지에 동의하지 않아서도 아니고, 진정한 평등을 위해 싸우는 것이 가치 있다고 믿지 않아서도 아니었다. 다만 그런 식으로 강요된 자매애의 연대와 감정에 호소하는 수사법에는 동조할 수 없었다. 가끔은 그녀들에게 닥치고 그냥 평등한 기회와 동일노동 동일임금 같은 구호나 외치라고 말하고 싶었다. 물론 변화는 오래전에 일어났어야 맞다. 직접적인 성희롱 문제만이 아니라 간접적으로 은근히 행해지는 남자들의 성적 통제 전략에도 변화가 일어났어야 했다. 그렇다고 이런 문제에만 치중하느라 진정한 평등에 대한 논의를 소홀히 해서는 안 된다. 여자들이 연봉보다 상처받은 감정에만 매몰되면 다시 자신에게 해를 입힐 뿐이다. 높은 연봉과 탄탄한 경제력만이 여자들을 취약한 처지로 내몰리지 않게 해줄 것이므로.

그녀가 잠자리에서 가장 취약한 사람이었다면 다르게 생각했을지도 몰랐다. 그녀가 비에른을 찾을 때는 가장 약해졌을 때, 가장 상처받기 쉬울 때, 무조건적 사랑을 퍼줄 누군가가 필요할 때였다. 약간 투실투실하지만 착하고 귀여운 이 과학수사관은 그에게 주어진 복이 믿기지 않는 듯 그녀를 여왕처럼 떠받들고 자기를 한없이 낮추었다. 그녀는 비에른의 그런 태도를 함부로 이용하지 않겠다고 다짐했다. 많은 사람이 (여자든 남자든) 단지 배우자가 허용한다는 이유로 괴물로 변해가는 예를 숱하게 봐왔다. 그녀는 노력했다. 진실로 노력했다.

전에도 시험에 든 적이 있지만 이번에 진정한 시험(제3의 존재, 아기)이 등장하자 하루를 버텨낼 수 있게 해주는 생존 본능만 남고 남편에 대한 배려는 포기해야 했다.

제3의 존재. 남편보다 더 사랑하는 존재.

하지만 카트리네에게는 전에도 제3의 누군가가 늘 함께 있었다.

한 번. 딱 한 번 이렇게, 바로 이 침대에서, 그와, 제3의 존재와 나란히 누운 적이 있다. 그의 숨결에만 귀를 기울였다. 그러는 사이 가을 폭풍우에 창문이 덜커덕거리고 벽이 삐거덕거리고 그녀의 세상이 무너졌다. 그는 다른 누군가의 것이고 그녀는 그저 잠시 빌렸을 뿐이지만, 그것이 그녀에게 주어진 전부라면 그만큼이라도 갖고 싶었다. 그 뒤로 그날의 광기 어린 발작을 후회했던가? 그렇다. 그래, 물론 후회했다. 그때가 그녀 삶에서 가장 행복한 순간이었을까? 아니다. 절망적이고 무감각한 순간이었다. 그러면 그 모든 일을 피할 수 있었을까? 절대로 아니다.

"무슨 생각해?" 비에른이 속삭였다.

그 얘기를 하면 어떻게 될까? 남편한테 다 털어놓으면 어떻게 될까?

"사건." 그녀가 말했다.

"어?"

"어떻게 당신네 사람들이 아무것도 찾아내지 못할 수 있지?"

"말했다시피 범인이 뒤를 깨끗이 치웠다니까. 진짜 그 사건을 생각하는 거야? 아니면…… 다른 거?"

카트리네는 어둠 속에서 그의 눈빛은 볼 수 없지만 목소리로 알아들었다. 그는 늘 그녀에게 제3의 존재가 있는 걸 알았다. 예전에 그녀가 그 존재에 관해 고민을 털어놓은 상대가 비에른이었다. 그때는 그냥 친구였고, 경찰청에 새로 들어온 그녀가 해리를 향해 무력하고 어리석은 열병을 앓을 때였다. 아주 오래전 일이다. 하지만 그날 밤 일을 말한 적은 없다.

"홀멘콜렌에 사는 어느 부부가 살인이 일어난 밤에 차를 타고 귀가하고 있었어." 카트리네가 말했다. "그 부부는 성인 남자가 자정이 되기 15분 전에 홀멘콜베이엔으로 걸어 내려오는 걸 봤고."

"사망 추정 시각인 22:00와 02:00 사이에 들어맞는군." 비에른이 말했다.

"홀멘콜렌에서는 술 마시지 않은 성인은 차로 다녀. 버스는 끊긴 뒤였어. 홀멘콜렌 전철역의 보안 카메라를 확인했어. 트램이 자정이 되기 25분 전에 도착했지만 내린 사람은 여자 한 명이었어. 그렇게 야심한 시각에 보행자가 뭘 하고 있었을까? 그 남자가 시내의 바에서 집으로 걸어가는 길이었다면 언덕을 올라갔을 테고, 시내로 돌아가는 길이었다면 전철역으로 향했을 거야, 안 그래? 일부러 보안 카메라를 피하려던 게 아니라면."

"남자가 밖에서 건는다. 그럴 가능성은 적지 않아? 그 사람들이 인상착의를 말해줬어?"

"그냥 평범하대. 평균 키에, 스물다섯에서 예순 사이고, 인종은 알 수 없지만 약간 짙은 피부색."

"그럼 당신이 이 얘기에 집착하는 건……."

"……그나마 유일하게 가치 있는 단서니까."

"그럼 옆집 사람들한테는 쓸모 있는 단서를 얻지 못한 거야?"

"쉬베르트센 부인? 그 여자 침실은 집 뒤편에 있고, 창문이 열려 있었어. 그런데 밤새 아기처럼 잤대."

이 말에 대꾸라도 하듯 아기 침대에서 칭얼대는 소리가 들렸다. 그들은 서로를 쳐다보며 웃음을 터트릴 뻔했다.

카트리네는 그들 둘에게서 돌아누워 귀를 베개에 꾹 눌렀지만 두 번 더 칭얼거리는 소리가 새어 들어왔다. 그리고 평소처럼 사이렌이 울리기 전 잠시 칭얼거림이 멈췄다. 이어서 비에른이 침대에서 내려가는 사이 매트리스가 흔들렸다.

카트리네는 아기를 생각하지 않았다. 해리를 생각하지 않았다. 사건도 생각하지 않았다. 잠에 관해 생각했다. 포유류의 깊은 수면, 뇌 양쪽 반구가 다 꺼지는 종류의 수면.

카야는 손으로 투박하고 단단한 총자루를 쓸었다. 거실에서 소음이 날 만한 모든 장치를 끄고 정적에만 귀를 기울였다. 그가 바깥에 있었다. 전에도 그의 소리를 들은 적이 있다. 총은 카불에서 할라 사건 이후 구한 것이다.

할라와 카야의 숙소에는 스물세 명이 지냈고, 그중 여자가 아홉 명이었다. 대다수가 적신월사와 적십자에서 일하지만 몇 사람은 평화유지군 소속 민간인 직원이었다. 할라는 남다른 배경을 가진 평범하지 않은 사람이었지만, 사실 그녀가 그 건물에 살던 다른 사람들과 다른 점은 외국인이 아니라 아프간 사람이라는 거였다. 그 건물은 카불의 세레나 호텔과 아프간 대통령 궁에서 멀지 않은 위치에 있었다. 탈레반이 세레나 호텔을 공격한 후 카불에서 완벽하게 안전한 곳은 없다는 사실이 드러났지만, 모든 게 상대적이므로 그들은 그저 근처에 경비병들이 있고 높은 철책에 둘러싸여서 보호받는다고 느꼈다. 오후가 되면 할라와 카야는 평지붕에 올라가 스트란드 시장에서 1달러나 2달러에 산 연을 날리곤 했다. 카야는 그것이 그저 베스트셀러 소설*에 나오는 낭만적인 클리셰라고 생각했다. 카불 하늘의 연은 이 도시가 탈레반 정권에서 해방되었다는 상징이었다. 탈레반이 1990년대에 연날리기가 기도에 쓸 시간과 관심을 빼앗는다는 이유로 금지한 터였다. 하지만 요즘은 주말에 수백, 수천의 연이 하늘에 떠다녔다. 할라 말로는, 연 색깔이 탈레반 이전보다 더 화려해진 건 새 잉크가 시장에 나와서라고 했다. 할라는 연을 날릴 때 어떻게 협조해야 하는지 알았다. 한 명은 연을 조종하고 다른 한 명은 줄을 잘 지켜봐야 했다. 그래야 유리 조각을 묻힌 줄로 우리 줄이나 연을 자르려고 달려들며 연싸움을 걸어오는 연들을 피할 수 있다고 했다. 서양이 아프가니스탄에 주둔하기로 자원한 상황과 상당히 유사했고, 어차피 게임이었다. 연을 잃으면 다른 연을 띄웠다. 하늘에 떠 있는 연보다 더 아름다운 것은 연을 바라보는 할라의 아름다운 눈빛이었다.

자정이 지날 무렵 사이렌 소리가 들리고 거실 창문으로 경찰의

---

* 할레드 호세이니의 《연을 쫓는 아이》.

푸른 경광등 불빛이 새어 들었다. 카야는 할라가 귀가하지 않아 걱정하던 터라 급히 옷을 걸치고 밖으로 나갔다. 경찰차들이 골목에 서 있었다. 경찰 저지선도 없이 구경꾼들이 모여 있었다. 주로 구찌와 아르마니 짝퉁 가죽 재킷을 입은 아프가니스탄 청년들이었다. 사실 그렇게 늦은 밤에 길에 나와 있는 사람은 거의 그들이었다. 카야가 강력반 수사관으로 목격한 범죄 현장이 얼마나 많았던가? 그럼에도 여전히 그날 밤의 악몽에 시달리다 깨곤 했다. 할라의 샬와르 카미즈*가 칼로 길게 찢겨서 맨살이 드러나고 목이 부러진 듯 머리가 불가능한 각도로 꺾여 있고 목의 자상이 크게 벌어져 그 속에 분홍색의 말라버린 속살이 드러났다. 카야는 시신 옆에 쪼그리고 앉았다. 모래파리가 상처 부위에서 마치 램프에서 나오는 악령처럼 우글우글 기어 나왔다. 카야는 할라를 향해 두 팔을 휘저었다.

부검에서는 할라가 살해당하기 직전에 성교가 있었고 신체적 증거로 보아 자발적이었을 가능성을 배제할 수 없다고 나왔지만, 모두가 (모든 정황이나 할라가 하자라족의 엄격한 규율을 따르는 젊은 독신 여자였다는 점에서) 성폭행이라고 추정했다. 경찰은 범인 혹은 범인 일당을 끝내 찾지 못했다. 다들 카불 거리에서 성폭행당할 위험은 사제폭탄으로 테러를 당할 위험에 비하면 미미한 수준이라고 했다. 탈레반 정권이 무너진 후 성폭행 수치가 올라가긴 했지만, 경찰은 이번 사건의 배후에 탈레반이 있고 아프간 여자가 ISAF와 "확고한 지원"과 그 밖의 서양 단체에서 일하면 어떤 꼴을 당하는지 본때를 보여주려고 저지른 사건이라는 가설을 세웠다. 그럼

---

* 긴 원피스 같은 상의와 바지로 된 이슬람 전통 복장.

에도 카불의 이 성폭행 살인사건은 그 건물에 사는 외국인 여자들을 겁먹게 했다. 카야는 여자들에게 총 쏘는 법을 가르쳤다. 그 총은 (누구 하나가 해가 떨어진 이후에 밖에 나가야 할 때마다 바통처럼 넘겨받으면서) 그녀들을 하나의 팀으로 연결해주었다. 연의 팀.

카야는 총의 무게감을 느껴보았다. 경찰 시절에는 장전된 총을 잡으면 매번 공포와 안전이 혼재된 묘한 감정이 차올랐다. 그에 비해 아프가니스탄에서 그 총은 필수품 같았다. 그러니까 반드시 몸에 지니고 다녀야 할 물건이었다. 칼처럼. 카야에게 칼 쓰는 법을 가르쳐준 사람은 안톤이었다. 그녀에게 적십자에서도 (적어도 그의 적십자에서는) 필요하면 살인을 해서라도 스스로 목숨을 지켜야 한다고 가르쳐준 사람. 안톤을 처음 만났을 때 그 세련되고 명랑한 키 큰 금발의 스위스 남자가 (잘생긴 것과는 거리가 먼 그 사람이) 자기와는 어울리지 않는다고 생각했다. 그녀가 틀렸다. 그리고 맞기도 했다. 하지만 할라가 살해당한 사건에서 그녀는 틀리지 않고 맞기만 했다.

배후는 탈레반이 아니었다.

누군지 아는데 증거가 없었다.

카야는 총자루를 움켜잡았다. 가만히 귀를 기울였다. 숨을 쉬었다. 기다렸다. 감각이 없었다. 그게 아주 이상했다. 심장은 공황발작을 일으킬 것처럼 마구 뛰었지만 완전히 무심했다. 죽는 게 무서웠지만 딱히 사는 데에도 관심이 없었다. 그럼에도 본국으로 돌아오는 길에 에스토니아의 탈린에 들러 심리치료사에게 점검을 받았다. 그리고 레이더를 피해 수면 아래로 깊이 들어갔다.

20

해리는 잠에서 깼고, 모든 것이 그대로였다. 잠시 후 기억이 되살아나고 악몽이 아닌 걸 깨달았고, 주먹이 배를 강타했다. 그는 옆으로 돌아누워 테이블에 놓인 사진을 보았다. 라켈과 올레그와 함께 셋이 웃으면서 가을 낙엽에 둘러싸인 바위에 앉아 있는 사진. 그날 소풍은 라켈이 신경 써서 준비했고, 해리도 결국엔 즐기게 된 것 같았다. 그때 찍은 사진이었다. 처음에는 이런 생각도 들었다. 이것이 앞으로 계속 나빠지기만 할 하루의 시작이라면 이런 날을 얼마나 더 견딜 수 있을까? 이 질문의 답을 찾다가 알람 시계 소리를 듣고 아직 꿈결인 걸 알았다. 사진 옆에 놓인 휴대전화가 벌새가 퍼덕거리듯 조용히 진동했다. 그는 휴대전화를 집었다.

문자 메시지에 사진이 첨부되었다.

심장이 더 빠르게 요동쳤다.

그는 손가락으로 화면을 두 번 톡톡 쳤다. 이제 심장이 멎을 것 같았다.

"약혼자" 스베인 핀네가 고개를 수그리고 카메라를 향한 채 카메라의 약간 위쪽을 쳐다보고 있었다. 그의 머리 위로 하늘이 불그스름하게 밝았다.

해리는 침대에서 벌떡 일어나 바닥에 널브러진 바지를 집어 다리를 집어넣었다. 티셔츠를 집어 들고 문으로 향하면서 코트를 걸치고 부츠를 꿰신고 계단으로 뛰어 내려갔다. 손을 주머니에 넣어 간밤에 넣어둔 것이 아직 그대로 있는지 확인했다. 차 열쇠, 수갑, 헤클러운트코흐 권총.

그는 문밖으로 뛰쳐나가 쌀쌀한 아침 공기를 들이마시고 진입로 끝에 서 있는 포드 에스코트에 뛰어들었다. 뛰어가면 3분 30초. 하지만 2부를 위해서는 차가 필요했다. 시동이 걸리지 않자 시동모터를 향해 나직이 욕을 뱉었다. 다음번 자동차 정기 점검에서 사망 판정을 받을 차였다. 그는 차 열쇠를 다시 돌리고 액셀러레이터를 밟았다. '됐다!' 이른 새벽에 인적 없는 스텐스베르그 가의 축축한 자갈길을 미끄러져 올라갔다. 사람들이 묘지 앞에 얼마나 서 있었을까? 올레볼스베이엔의 이제 막 시작된 러시아워를 뚫고 구세주의 묘지 북문 바로 앞 아케르스바켄의 인도에 차를 세웠다. 차 문을 잠그지 않고 대시보드 위에 경찰 배지가 잘 보이게 올려두었다.

그는 달리다가 문 앞에서 멈췄다. 그가 서 있는 곳, 비탈진 공동묘지의 꼭대기에서 무덤 앞에 홀로 서 있는 누군가의 형체가 보였다. 그 형체는 머리를 숙이고 있고, 뒤통수에는 아메리칸 인디언처럼 길고 굵직하게 땋은 머리가 매달려 있었다.

해리는 코트 주머니에서 총자루를 잡고는 걸음을 옮겼다. 빠르지도 않고, 느리지도 않게. 남자의 등에서 3미터 떨어진 곳에 멈춰 섰다.

"원하는 게 뭔가?"

남자 목소리에 해리는 몸을 떨었다. 스베인 핀네의 걸걸하게 울려 퍼지는 목소리를 마지막으로 들은 것은 일라 교도소의 감방 안이었다. 당시 해리는 지금은 앞에 있는 무덤 속에 잠든 자를 잡으려고 그에게 도움을 구하러 갔다. 그때는 발렌틴 예르트센이 스베인 핀네의 아들인 줄 상상하지 못했다. 돌이켜보면 당연히 의심했어야 한다는 생각을 지울 수 없었다. 그토록 병적이고 폭력적인 환상이 어떤 식으로든 같은 뿌리에서 나왔을 거라고 알아챘어야 했다.

"스베인 핀네." 해리는 자기 목소리가 떨리는 걸 들었다. "당신은 체포됐어."

핀네의 웃음소리는 들리지 않고 그의 어깨만 들썩였다. "자네는 나만 보면 그 소리를 하는 것 같군, 홀레."

"손을 등 뒤로 가져가."

핀네는 한숨을 길게 내쉬었다. 태연하게 손을 뒤로 가져갔다. 그러면 자세가 더 편해지는 듯이.

"수갑을 채울 거야. 어리석은 짓을 생각하기 전에 내가 당신의 척추 아래를 겨누고 있다는 걸 알아둬."

"내 **척추** 아래를 겨누고 있다고, 홀레?" 핀네는 고개를 돌리고 씩 웃었다. 그 갈색 눈. 두툼하고 축축한 입술. 해리는 코로 숨을 들이마셨다. 추웠다. 지금은 계속 추워야 했다. 그녀를 생각하면 안 된다. 어떻게 할지만 생각하고 다른 건 생각해서는 안 된다. 단순하고 현실적인 문제만 생각해야 한다.

"내가 죽는 거보다 마비되는 걸 더 겁낼까 봐?"

해리는 떨지 않으려고 숨을 깊이 들이마셨다. "죽기 전에 자백해야 하니까."

"내 아들한테 들었던 것처럼? 다 듣고 그 앨 쏜 건가?"

"그자를 쏴야 했던 건 그자가 체포되기를 거부해서야."

해리는 스베인 핀네의 손바닥 구멍을 보았다. 햇빛이 통과하는 걸 볼 수 있는 토르가텐 산의 구멍 같았다. 해리가 경찰 초년병일 때 핀네를 체포하다가 총을 쏴서 생긴 구멍이었다. 하지만 해리의 관심을 끈 건 다른 손이었다. 그 손의 손목에 회색 시곗줄이 감겨 있었다. 해리는 총을 내리지 않은 채 남은 손으로 핀네의 손목을 잡아 뒤집었다. 시계를 눌렀다. 시각과 날짜를 표시하는 빨간 숫자가 켜졌다.

철컥하고 수갑 채우는 소리가 텅 빈 묘지에 축축한 키스 소리처럼 울렸다.

해리는 차 열쇠를 반시계 방향으로 돌렸고, 시동이 꺼졌다.

"아름다운 아침이군." 핀네가 포드 에스코트의 앞 유리 너머 피오르를 내려다보면서 말했다. "그런데 우린 왜 경찰청에 있지 않지?"

"당신한테 선택권을 줄까 해." 해리가 말했다. "지금 여기서 나한테 자백하고 같이 이 차를 타고 경찰청으로 내려가 아침을 먹고 따뜻한 감방에 들어갈 수 있어. 아니면 그걸 거부할 수도 있지. 당신이랑 나랑 조금 걸어서 전쟁 때의 벙커로 들어가는 거야."

"하! 자네가 마음에 들어, 홀레. 진심이야. 인간적으로는 싫지만 그 성격이 마음에 들어." 핀네는 입술에 침을 발랐다. "자백, 해야지, 물론. 그 여잔—"

"녹음을 켤 테니 기다려." 해리는 코트 주머니에서 휴대전화를 꺼냈다.

"……기꺼이 동참했어." 핀네는 어깨를 으쓱했다. "나보다 더 즐겼을지도 모르겠단 생각이 들어."

해리는 마른침을 삼켰다. 잠시 눈을 감았다. "배에 칼이 꽂히는 걸 **즐겼다고?**"

"칼?" 핀네는 해리를 돌아보았다. "난 그 여자를 철책 앞에서, 아까 자네가 날 체포한 자리 바로 뒤에서 가졌어. 물론 묘지에서 섹스하는 게 법에 저촉되는 건 알지만 그 여자가 더 하겠다고 한 걸 보면 벌금은 그 여자가 내는 게 합당하다고 생각해. 그 여자가 정말로 신고한 거야? 불경한 행동을 뒤늦게 후회한 건가. 그래, 그럴 수도 있지. 그 여자가 자기가 하는 말을 믿지 않는다면야. 수치심이 사람을 비뚤어지게 할 수 있지. 그게 말이야, 교도소에서 나한테 네이선슨의 수치심 나침반인가 뭔가를 얘기하던 심리학자가 있었어. 내가 죽였다고 자네가 우기던 그 소녀를 내가 정말로 죽이고 나서 수치심에 못 이겨 그런 일이 일어난 사실 자체를 부정하는 식으로 수치심에서 도망친다는 거야. 그게 지금 벌어지는 일이야. 당뉘는 묘지에서의 일을 즐긴 게 수치스러워서 기억에서 그 일을 강간으로 바꿔버린 거야. 어디서 많이 듣던 소리 아닌가, 홀레?"

해리는 대꾸하려다가 속에서 욕지기가 올라오는 걸 느꼈다. 수치심. 억압.

핀네가 몸을 앞으로 숙이자 수갑에서 철커덩 소리가 났다. "어느 쪽이든 강간 사건이란 게 그렇잖아. 각자 말이 엇갈리고, 목격자나 법의학적 증거도 없고. 난 빠져나갈 거야, 홀레. 이런 일이 원래 그렇지 않나? 자네가 날 강간으로 교도소에 집어넣으려면 나한테서 자백을 받아내는 수밖에 없잖아? 미안하네, 홀레. 그래도 말했다시피 공공장소에서 그 짓을 한 건 자백하지. 그러니 뭐라도 하나 걸고넘어질 수 있는 거지. 아직도 아침밥 주는 건가?"

"내가 뭐 틀린 말이라도 했나?" 핀네가 웃으면서 질척이는 눈밭에서 비틀거리며 걸었다. 그는 무릎으로 넘어졌고, 해리가 그를 일으켜 세워 벙커로 떠밀고 갔다.

해리는 나무 벤치 앞에 쪼그리고 앉았다. 바닥에는 스베인 핀네의 몸을 뒤져서 나온 물건들이 놓여 있었다. 청회색 금속 주사위. 100크로네짜리 지폐 두 장이 있지만 버스나 트램 승차권은 없었다. 칼집에 든 칼 한 자루. 칼은 갈색 나무 자루가 달리고 날이 짧은 종류였다. 날카로웠다. 저게 살인 흉기였을까? 피는 묻어 있지 않았다. 해리는 눈을 들었다. 포구 구멍 덮은 판자를 떼서 벙커 안으로 빛이 들어오게 해놓았다. 가끔 조깅하는 사람들이 벙커 바로 앞 산책로를 오가기는 하지만 눈이 다 녹기 전에는 아무도 없을 것이다. 스베인 핀네의 비명은 아무도 듣지 못할 것이다.
"좋은 칼이야." 해리가 말했다.
"내가 칼을 수집하거든." 핀네가 말했다. "자네가 나한테서 빼앗아간 게 스물여섯 자루야, 기억나나? 결국 돌려받지 못했지." 아침 햇살이 낮게 비치며 스베인 핀네의 얼굴과 근육질의 상체에서 부서졌다. 죄수들이 비좁은 체육관에서 연신 역기를 들어 생긴 우락부락한 근육이 아니라 강단 있고 건강한 몸이었다. 발레 무용수의 몸 같다고 해리는 생각했다. 이기 팝의 몸이나. 군더더기 없는 몸. 핀네는 수갑 찬 손이 등받이에 묶인 채 벤치에 앉아 있었다. 해리는 그의 신발도 벗겼지만 바지는 그냥 두었다.
"그 칼들은 기억나." 해리가 말했다. "저 주사위는 뭐지?"

231

"살다가 골치 아픈 결정을 내릴 때 쓰려고."

"루크 라인하트." 해리가 말했다. "《다이스맨》이라도 읽었나 보지?"

"책 같은 건 안 읽어, 홀레. 그래도 주사위는 가져도 돼. 자네한테 주는 선물이야. 뭘 해야 할지 모를 때는 운명이 결정하게 놔둬. 해방감이 엄청날 거야, 장담해."

"그러니까 직접 결정하는 것보다 운명이 더 큰 해방감을 준다는 거야?"

"물론이지. 누굴 죽이고 싶은데 혼자서는 못 한다고 생각해봐. 그럼 도움이 필요하겠지. 운명의 도움. 주사위가 죽이는 걸로 나오면 그 결정은 운명이 책임지는 거야. 그러면 자네와 자네의 자유의지는 **해방되는** 거지. 알았나? 그냥 주사위를 던지기만 하면 돼."

해리는 녹음이 되는지 확인하고 휴대전화를 벤치에 내려놓았다. 숨을 깊이 들이마셨다. "라켈 페우케를 살해하기 전에도 주사위를 던졌나?"

"라켈 페우케가 누군데?"

"내 아내." 해리가 말했다. "살인은 열흘 전 홀멘콜렌의 우리 집 주방에서 일어났어." 해리는 핀네의 눈에서 뭔가가 춤추기 시작하는 걸 보았다.

"심심한 위로를 전하네."

"닥치고 말해."

"또 뭘?" 핀네는 따분한 듯 한숨을 내쉬었다. "차 배터리를 가져와서 내 고환을 지지려고?"

"차 배터리로 사람을 고문한단 얘기는 거짓 신화야." 해리가 말했다. "그만한 전력이 안 돼."

"자넨 그걸 어떻게 알지?"

"어젯밤에 인터넷에서 고문 방법을 검색했거든." 해리는 이렇게 말하고 날카로운 칼끝을 엄지로 쓸었다. "보니까 사람들을 자백하게 하는 건 고통이 아니라 고통에 대한 **공포**더군. 그래도 공포는 근거가 탄탄해야겠지. 그러니 고문자는 그의 상상력이 닿는 데까지 고통을 가할 거라는 믿음을 상대에게 줘야 해. 내가 지금 가진 게 하나 있다면, 핀네, 바로 그 상상력이야."

스베인 핀네는 두툼한 입술에 침을 발랐다. "그렇군. 자세한 얘기를 듣고 싶나?"

"전부."

"내가 자네한테 말해줄 자세한 얘기 하나는 내가 하지 않았다는 거야."

해리는 칼자루 쥔 주먹을 움켜쥐고 핀네를 가격했다. 손마디에 상대의 코 연골이 부러지는 감각이 전해지고 상대를 가격한 충격파가 그대로 남아 있고 손등에 뜨거운 피가 흘렀다. 핀네 눈에 고통의 눈물이 차오르고 입술이 벌어졌다. 그가 크고 누런 이를 드러내며 히죽거렸다. "다들 살인을 해, 홀레." 그의 사제 같은 말투가 이제는 콧소리가 더 섞인 다른 말투가 되었다. "자네, 자네 동료들, 자네 이웃. 그런데 난 아니야. 난 새 생명을 창조하고 자네가 파괴한 것을 보수해. 난 세상을 나 자신으로, 좋은 걸 원하는 사람들로 채워나가." 그는 고개를 옆으로 기울였다. "난 사람들이 왜 제 것이 아닌 걸 키우려고 안달하는지 이해가 안 가. 자네와 자네의 그 사생아 아들처럼. 올레그, 그 친구 이름 맞지? 자네 정자가 너무 부실해서 그런가, 홀레? 아니면 라켈이 자네 아이를 낳고 싶어할 만큼 섹스를 충분히 해주지 않은 거야?"

해리는 다시 가격했다. 같은 자리를 때렸다. 핀네의 코가 부러지는 소리가 그의 머릿속에서만 들리는 건지 생각했다. 핀네가 고개를 젖히고 천장을 향해 웃었다. "더!"

해리는 콘크리트 벽에 등을 기대고 바닥에 앉아 자신의 깊은 호흡 소리와 벤치에서 나는 쌕쌕거리는 숨소리를 들었다. 그는 핀네의 티셔츠로 손을 감쌌지만 통증이 심한 걸 보니 손마디 살갗이 찢어진 모양이었다. 얼마나 그러고 있었을까? 얼마나 걸릴까? 고문 관련 웹사이트에서 보니 누구도, 단 한 사람도 장기간 고문을 버티지 못하고 고문자가 원하는 말을, 혹은 고문자가 원한다고 **생각하는** 말을 해준다고 했다. 스베인 핀네는 같은 말만 되풀이했다. **더.** 그리고 요구하는 걸 얻었다.

"칼." 더는 핀네의 목소리로 들리지 않는 목소리가 나왔다. 해리가 다시 고개를 들었을 때 핀네는 알아보지 못할 지경이었다. 얼굴이 부풀어 눈이 떠지지 않았고, 피가 흘러 마치 붉은 수염이 흘러내리는 것처럼 보였다. "사람들은 칼을 써."

"칼?" 해리는 중얼거리며 되물었다.

"사람들은 석기시대부터 서로에게 칼을 꽂았어, 홀레. 칼에 대한 공포가 인간의 유전자에 깊이 박혀 있어. 뭔가가 살갗을 뚫고 몸속으로 들어와 우리 안에 든 것을, 우리 자신을 파괴할 수 있다는 생각 말이야. 사람들한테 칼을 보여줘봐. 그럼 뭐든 해달라는 대로 해줄 거야."

"당신이 원하는 걸 해주는 사람이 누구야?"

핀네는 헛기침을 하고 그들 사이의 바닥에 시뻘건 침을 뱉었다. "전부. 여자들. 남자들. 자네. 나. 르완다에서 투치족들한테는 마체

테에 잘리지 않고 차라리 총에 맞아 죽기 위해 총알 살 기회가 주어졌어. 그런데 그거 아나? 그들은 기꺼이 돈을 냈어."

"좋아, 나한테 칼이 있어." 해리가 그들 사이의 바닥에 놓인 칼을 향해 고갯짓을 했다.

"그래서 어디를 찌를 생각인가?"

"네놈이 내 아내를 찌른 곳과 같은 자리를 찌를까 하는데. 배."

"허세가 서툴러, 홀레. 내 배를 찌르면 난 말을 못 하게 되고 그러면 자네가 자백을 받아내기도 전에 난 피 흘리다 죽겠지."

해리는 대답하지 않았다.

"실은, 잠깐만." 핀네는 피 묻은 머리를 똑바로 들었다. "혹시 그런 거야? 고문에 관해 다 조사해놓고 이렇게 아무런 효과도 없이 주먹질을 하는 건 자네 마음 깊은 곳에선 사실 자백을 원하지 않는 거 아니야?" 핀네가 코를 벌름거리며 공기를 마셨다. "그래, 그거군. 내가 자백하기를 원하지 않는군. 그래야 날 죽일 명분이 생기니까. 사실 자네는 날 죽이기 위한 정당성이 필요해. 살인의 조건이 필요한 거지. 그래야 자네 스스로 노력했다고 말할 수 있고, 이게 원하던 결과는 아니었다고 변명할 수 있을 테니까. 자네 스스로 살인을 즐기는 자들과는 다르다고 말할 수 있도록." 핀네의 웃음소리가 그르렁거리는 기침으로 변했다. "그래, 내가 거짓말을 했어. 난 살인자야. 나도 그래. 사람을 죽이는 맛이 끝내주잖아, 안 그래, 홀레? 아기가 세상에 나오는 걸 보면서 그게 자네 창조물인 걸 아는 것, 그 기분을 압도하는 건 오직 한 가지밖에 없어. 누군가를 세상에서 제거하는 것. 생명을 멈추게 하고 운명을 자처하고 누군가의 주사위가 되는 것. 한마디로 신이 되는 거지, 홀레. 원하면 얼마든지 부정할 수 있어. 그런데 바로 지금 자네가 느끼는 감정일 거야. 기분 좋지, 안 그래?"

해리는 일어섰다.

"이 처형식을 망쳐서 미안하네만, 홀레, 그래도 내가 지금 선언하지. 내 탓이로소이다. 내가 자네 아내, 라켈 페우케를 죽였어."

해리는 몸이 얼어붙었다. 핀네가 눈을 들어 천장을 보았다.

"칼로." 핀네가 중얼거렸다. "지금 자네가 든 그 칼은 아니야. 그여자가 죽을 때 비명을 질렀어. 비명을 지르면서 자네 이름을 부르더군. 해리이이, 해리이이이이⋯⋯."

해리는 다른 종류의 분노가 치미는 것을 느꼈다. 차가운 종류, 그를 차분하게 가라앉히는 종류. 그리고 광기. 올라올까 봐 두려워하던 것, 치밀어 올라서 그를 지배하게 놔두면 절대로 안 되는 것.

"왜지?" 해리가 물었다. 순간 말투가 차분해졌다. 호흡이 정상으로 돌아왔다.

"왜냐고?"

"동기가 뭐지?"

"뻔한 거 아냐? 지금 자네랑 같은 거야, 홀레. 복수. 우린 그야말로 철천지원수 아닌가. 자네가 내 아들을 죽였고, 난 자네 아내를 죽인 거지. 그게 우리가 하는 일이고, 그게 우리를 한낱 짐승과 구별해주지. 우리는 **복수**를 해. 합리적이야. 그런데 우린 그게 합당한지 따질 것도 없이 그저 기분이 좋다는 것만 알아. 지금 자네 기분이 그렇지 않나, 홀레? 자네는 자네의 고통을 다른 누군가의 고통으로 만드는 거야. 자네의 고통에 책임이 있다고 스스로 정당화할수 있는 누군가."

"입증해."

"뭘 입증해?"

"당신이 라켈을 죽였다는 거. 직접 죽이지 않았으면 살인이나 현장에 관해 알 수 없는 증거를 대봐."

"'해리에게(Til Harri)'. 'i'가 있는 해리."

해리는 눈을 깜빡였다.

"'올레그로부터'." 핀네가 계속 말을 이었다. "찬장과 커피머신 사이, 벽에 걸린 빵도마에 그렇게 찍혀 있더군."

정적 속에서 뚝뚝 물방울 떨어지는 소리만 메트로놈처럼 울렸다.

"이게 내 자백이야." 핀네가 기침을 하고 다시 침을 뱉었다. "이제 자네한테 두 가지 선택지가 생기지. 나를 체포해서 노르웨이 법으로 유죄판결을 받아내든가. 이건 경찰들이 하는 거고. 아니면 우리 살인자들의 방식으로 할 수도 있겠지."

해리는 고개를 끄덕였다. 다시 쭈그리고 앉았다. 주사위를 집었다. 두 손을 오므리고 흔들다가 콘크리트 바닥에 던졌다. 그러고는 생각에 잠겨 주사위를 보았다. 주사위를 주머니에 넣고 칼자루를 꽉 쥐고 일어섰다. 판자 사이로 새어 든 햇살에 칼날이 번쩍였다. 그는 핀네 뒤로 가서 왼팔로 이마를 감싸고 핀네의 머리를 그의 가슴으로 당겼다.

"홀레?" 목소리가 이제 조금 높아졌다. "홀레, 그만……." 핀네가 수갑 찬 손을 홱 움직였고, 해리는 그의 몸이 떨리는 걸 느꼈다.

죽음의 문턱에서 마침내 드러나는 고뇌의 기미.

해리는 숨을 내쉬고 코트 주머니에 칼을 집어넣었다. 아직 핀네의 머리를 단단히 붙잡은 채로 바지 주머니에서 휴지를 꺼내 핀네의 얼굴을 닦았다. 코와 입과 턱에서 피를 닦아냈다. 핀네는 코를 훌쩍이며 욕을 했지만 몸부림치진 않았다. 해리는 휴지를 두 장 빼서 핀네의 콧구멍에 끼웠다. 휴지를 다시 주머니에 넣고는 벤치를 돌아 결과물을 보았다. 핀네는 400미터 달리기를 마친 사람처럼 숨을 헐떡거렸다. 해리가 핀네의 티셔츠를 주먹에 감고 때려서 터진 부위는 없고 그저 부풀어 오르고 코피가 흘렀다.

해리는 밖으로 나가 티셔츠에 눈을 퍼 담아 다시 안으로 들어와 핀네 얼굴에 댔다.

"나를 멀쩡해 보이게 만들어서 아무 일도 없던 걸로 하려고?" 핀네가 말했다. 이미 진정된 상태였다.

"그러기에는 늦은 것 같군." 해리가 말했다. "그래도 피해 정도에 따라 나한테 처벌이 올 테니 그냥 피해 대책이라고 해두지. 당신은 내가 당신을 때리게 하려고 날 도발한 거야."

"내가, 내가 그런 거야?"

"물론. 물적 증거를 확보하고 싶었겠지. 당신 변호사한테 당신이 경찰한테 심문받으면서 폭행당한 걸 입증하고 싶었으니까. 어떤 판사도 경찰이 불법적 수단으로 확보한 증거를 제출하도록 허락하지 않을 테니까. 그래서 자백한 거야. 자백해서 일단 여기서 벗어나면 훗날 대가를 치르지 않을 줄 안 거지."

"아마도. 그래도 날 죽일 생각은 없나 보군."

"없다고?"

"죽일 거였으면 벌써 죽였겠지. 내가 틀렸는지도 몰라, 자네한테는 애초에 그게 없는지도 모르지."

"내가 어떻게 해야 했다는 거지?"

"자네도 말했듯이 이제 늦었어, 얼음찜질로 될 일이 아니야. 난 결국 풀려날 거야."

해리는 벤치에서 휴대전화를 집었다. 녹음을 끄고 비에른 홀름에게 전화를 걸었다.

"여보세요?"

"나 해리야. 스베인 핀네를 잡았어. 방금 자기가 라켈을 살해했다고 자백했고 다 녹음했어."

해리는 이어지는 침묵 속에서 아기 울음소리를 들었다.

"정말요?" 비에른이 천천히 말했다.

"그래. 자네가 와서 체포해주면 좋겠어."

"네? 이미 체포했다면서요?"

"체포한 건 아니야." 해리는 핀네를 보면서 말했다. "난 정직 중이잖아. 지금 난 다른 민간인을 본인의 의사에 거슬러 잡아둔 민간인일 뿐이야. 핀네가 언제든 고발할 수 있지만 내 아내를 살해했다는 사실을 고려해서 난 관대한 처분을 받겠지. 지금 중요한 건 저 자가 경찰한테 제대로 체포돼서 심문받는 거야."

"알았어요. 어디예요?"

"셰만스콜렌 위에 있는 독일군 벙커. 핀네는 수갑을 차고 벤치에 앉아 있고."

"알았어요. 선배는요?"

"음."

"아니에요, 해리."

"뭐가 아니야?"

"이따 또 어느 바에서 선배를 끌고 나오고 싶지 않아요."

"이메일로 음성파일 보낼게."

모나 도는 주간의 사무실 문 앞에서 섰다. 주간이 통화하는 중이었다.

"라켈 페우케 살인사건에서 누군가가 체포됐대요." 모나가 크게 말했다.

"이만 끊겠습니다." 주간이 이렇게 말하고 상대의 대답도 기다리지 않고 전화를 끊고는 눈을 들었다. "기사는 쓰고 있지, 모나?"

"벌써 다 썼죠." 모나가 말했다.

"내보내! 누가 먼저 올린 건 아니지?"

"5분 전에 공지가 왔는데, 기자회견이 4시에 열린대요. 제가 여쭤보려던 건 용의자 이름을 넣을지 말지예요."

"용의자 이름도 공개됐나?"

"당연히 아니죠."

"그럼 자네는 어떻게 알았는데?"

"저야 여기서 최고의 기자니까요."

"5분 만에?"

"그러니까, **최고**죠."

"그래서 이름이 뭔데?"

"스베인 핀네. 과거에 폭행과 강간으로 유죄판결을 받은 적이 있고 전과가 전염병 연대기만큼이나 길어요. 이름을 내보낼까요?"

주간은 손으로 숱 없는 머리를 쓸어 넘겼다. "흠. 난감하군."

모나도 이러지도 저러지도 못하는 상황이란 걸 알았다. 노르웨이 언론의 윤리 규약 4.7항에 따라 언론사는 형사사건에서, 특히 수사 초반에는 이름을 공개하는 문제를 민감하게 다루기로 합의한 터였다. 신분을 밝히려면 공익적 목적에서 정당성을 얻어야 했다. 사실 모나가 소속된 〈VG〉가 여자들에게 부적절한 문자를 보낸 교수의 이름을 공개한 적이 있다. 그 교수의 행동에 문제가 있다는 데는 누구나 동의하지만 위법행위는 아니라는 점에서 대중이 굳이 그 교수의 이름을 알아야 **한다고** 주장하기는 어려웠다. 하지만 핀네라면 국민이 누구를 경계해야 하는지 알아야 한다는 설명으로 이름을 공개하는 데 정당성을 얻을 수 있었다. 그런데 핀네가 이미 구금된 상황이라면 윤리 규약에서 "심각하고 반복적인 범죄행위로 무고한 사람에게 범죄가 가해질 위험이 임박한" 상황이 적용될 수 있을까?

"이름은 넣지 마." 주간이 말했다. "그자의 전과를 넣고 〈VG〉는 그자가 누군지 안다고만 밝혀. 그럼 언론연합 특종상은 따놓은 셈이야."

"저도 그렇게 썼어요. 그냥 바로 올리면 돼요. 게다가 라켈의 새로운, 전에는 공개된 적 없는 사진도 확보했고요."

"끝내주는군."

주간의 말이 틀리지 않았다. 그 살인사건에 언론보도가 집중되고 일주일 반이나 지나는 동안 매일 똑같은 사진이 실려서 식상한 터였다.

"그래도 표제 밑에 남편, 그 경찰 사진을 넣을 수도 있어."

모나가 눈을 깜빡였다. "해리 홀레요? '라켈 살인사건의 용의자 체포되다' 바로 밑에? 그러면 혼동을 주지 않을까요?"

주간은 어깨를 으쓱했다. "기사만 읽으면 바로 알 텐데 뭐."

모나는 천천히 고개를 끄덕였다. 해리 홀레의 낯익고 투박한 매력의 얼굴이 그런 표제 밑에 실려서 오는 충격파는 확실히 라켈의 새로운 사진보다 클릭 수를 더 많이 유도할 터였다. 게다가 독자들은 표면상으로 의도치 않은 오해를 불러일으킨 점을 용서할 것이다. 언론이 늘 하는 짓이니까. 정색하고 속고 싶은 사람은 없어도 즐거운 방식으로 호도되는 데는 아무도 반대하지 않는다. 그런데 모나는 왜 이 직업의 이런 면을 그렇게 혐오할까? 나머지는 다 사랑하면서도.

"모나?"

"그렇게 할게요." 모나는 이렇게 말하고는 주간실 문틀에서 몸을 뗐다. "일이 커지겠네요."

21

카트리네 브라트는 하품을 참으며 청장실의 테이블 주위에 모인 세 사람에게 들키지 않으려 했다. 어제는 라켈 사건의 용의자 체포에 관한 기자회견이 끝난 후 긴 하루를 보냈다. 집으로 돌아가 침대에 들어가서도 아기 때문에 밤새 잠을 설쳤다.

오늘은 대장정이 되지 않을 수도 있었다. 아직 스베인 핀네의 이름이 언론에 나오지 않아서 잠시나마 진공 상태가 생겼다. 모든 것이 (일시적으로나마) 평온한 태풍의 눈 속에 있었다. 그래도 아직 이른 아침이라 오늘 하루가 어떻게 될 거라고 장담하기는 일렀다.

"촉박하게 뵙자고 했는데도 이렇게 시간을 내주셔서 감사합니다." 요한 크론이 말했다.

"괜찮습니다." 군나르 하겐 경찰청장이 고개를 까딱했다.

"좋습니다. 그럼 본론으로 들어가겠습니다."

여유로운 자의 단골 문구군, '본론으로 들어가겠습니다'라니. 카트리네는 속으로 생각했다. 요한 크론은 세상의 관심을 즐기는 듯 보여도 어차피 앞뒤 꽉 막힌 책상물림이었다. 요즘 잘나가는 피고 측 변호인이고 쉰이 다 된 나이에도 여전히 소년 같은 인상이며, 과거에는 따돌림을 당했다 해도 지금은 어엿한 전문가로서 높은 명성과 새로운 자신감을 갑옷처럼 껴입었다. 카트리네는 어느 잡지에 실린 그의 인터뷰에서 왕따 경험에 관해 읽은 적이 있다. 카트리네가 어릴 때 당한 것처럼 학교에서 쉬는 시간마다 얻어터지는 유형의 따돌림은 아니었다. 그저 가볍게 놀림을 당하고 생일 파티와 놀이에 초대받지 못한 수준으로, 요새 유명인들이 어릴 때 따돌림당한 경험을 고백하면 솔직하다고 박수받는 종류의 가벼운 경험이었다. 요한은 인터뷰에서 그런 경험을 털어놓는 이유는 같은 고통을 당하는 똑똑한 아이들을 위로하기 위해서라고 말했다. 카트리네는 잘나가는 변호사의 정의 실현 욕구가 공감 능력 결핍과 균형을 이루는 게 이상하다고 생각했다.

맞다. 카트리네는 자기가 그에게 부당하게 구는 걸 알았다. 그들은 (지금처럼) 테이블을 사이에 두고 마주 앉는 입장이고, 요한이 하는 일은 피해자에게 공감하는 것이 아니다. 피고 측 변호인이라면 피해자에 대한 연민은 넣어두고 의뢰인에게 무엇이 최선인지에 집중하는 능력을 장착하는 것이 사법제도의 전제 조건이다. 요한 개인이 성공하기 위한 전제 조건이기도 하다. 그래서 그가 거슬린 걸 수도 있다. 게다가 요한을 상대로 숱하게 패한 사실도 한몫했다.

요한은 왼손에 찬 파텍 필립 시계를 흘긋 보면서, 심플하지만 고가의 에르메스 정장을 입고 법대를 최고 성적으로 졸업했을 옆자리의 젊은 여자에게 오른손을 내밀었다. 카트리네는 어제 회의에서 구해낸 말라붙은 데니시 페이스트리가 오늘도 고스란히 남으리란 걸 알았다.

젊은 여자는 신중히 연습한 동작처럼 간호사가 외과의에게 메스를 건네듯 요한 손에 노란색 서류철을 놓았다.

"이번 사건이 언론의 관심을 끄는 것 같은데요." 요한이 운을 뗐다. "그게 여러분한테도, 또 제 의뢰인한테도 좋을 건 없습니다."

당신한테는 좋겠지. 카트리네는 속으로 말하면서 손님들과 청장에게 커피를 따라줘야 하나 고민했다.

"그러니 가능한 한 빠른 시간에 합의하는 것이 모두를 위해 좋겠죠." 요한은 서류철을 펼쳤지만 보지는 않았다. 그가 정확한 기억력의 소유자로, 법대 파티에서 다른 학생들에게 1에서 3760 사이에서 아무 숫자나 고르게 하고는 노르웨이 법전의 해당 페이지 내용을 줄줄 외우는 묘기를 부리곤 했다는 말이 사실인지 떠도는 소문인지 알 수는 없었다. 공붓벌레들 파티. 카트리네가 학창 시절에 초대받은 유일한 파티이기도 했다. 그녀가 예쁘기는 하지만 가죽옷을 입고 펑크족 머리를 한 아웃사이더여서였다. 그녀는 펑크족과도 어울리지 않았고 올바르고 단정한 차림의 모범생들과도 어울리지 않았다. 그래서 자기 신발코나 내려다보는 무리가 그녀를 따스하게 초대해준 것이다. 하지만 그녀는 거절했다. '예쁜 여자가 매력적이지만 사회생활을 잘 못하는 공붓벌레들과 어울려 지내는' 진부한 역할을 맡아줄 생각은 없었다. 카트리네 브라트에게는 감당해야 할 문제가 많았다. **넘치게** 많았다. 각종 정신과 진단을 받은 상태기도 했다. 그래도 어떻게든 견뎌냈다.

"제 의뢰인이 라켈 페우케 살인사건 용의자로 체포되면서 세 건의 성폭행 혐의가 드러났습니다." 요한이 말했다. "그중 하나는 헤로인 중독자가 제기한 사건입니다. 그 사람은 과거에 성폭행 피해자로 두 번이나 보상을 받았지만, 근거가 부실해서 두 사건 모두 유죄판결이 나지 않았습니다. 두 번째 사건에서는 제가 알기로 오늘 고소를 취하하겠다는 요청이 들어왔습니다. 세 번째로, 당뉘 엔센은 법의학적 증거가 없는 한 사건이 성립하지 않는 데다, 의뢰인 말로는 전적으로 합의에 의한 성교였다고 합니다. 아무리 전과가 있어도 성생활을 누릴 권리는 있지 않을까요? 경찰이나 사후에 죄책감에 시달리는 여자에게 항상 표적이 되어야 하는 건 아닙니다."

카트리네는 요한 옆에 앉은 젊은 여자가 어떤 반응을 보이는지 보려고 했지만 아무런 반응도 없었다.

"경찰 인력이 이런 애매한 성폭행 사건으로 얼마나 소진되는지 잘 압니다. 이번이 그중 세 가지 사례죠." 요한은 허공에 보이지 않는 대본이라도 걸려 있는 것처럼 한 점에 집중하면서 말을 이었다. "사회의 이해를 변호하는 게 제 일은 아니지만 이번에는 양쪽의 이해가 맞아떨어진다고 봅니다. 제 의뢰인은 살인을 자백할 의향이 있다고 명확히 밝혔습니다. 대신 성폭행 혐의를 받지 않는다는 조건에서요. 그런데 이건 살인사건 수사고 제가 알기로 경찰이 확보한 거라고는," (요한은 자기가 하려는 말이 진실인지 확인해야 한다는 듯이 서류를 내려다보았다.) "빵도마, 고문에 의한 자백, 필름으로 찍힌 듯한, 누구라고도 볼 수 있는 동영상뿐입니다." 요한은 의아한 표정으로 눈을 들었다.

군나르 하겐은 카트리네를 보았다.

카트리네가 헛기침을 했다. "커피?"

"아뇨, 괜찮습니다." 요한은 한쪽 눈썹을 검지로 조심스럽게 긁적였다. "아울러 의뢰인은 우리가 합의할 수 있다는 가정하에, 해리 홀레 수사관에 대해 불법 구금과 신체 폭행에 대한 고소를 취하할 생각도 하고 있습니다."

"수사관이라는 직함은 현재 상황에서는 적절치 않군요." 군나르가 투덜거리듯 말했다. "해리 홀레는 한 시민으로서 행동했습니다. 우리 수사관이 근무 중에 노르웨이 법을 어긴다면 제가 직접 신고할 겁니다."

"아무렴요." 요한이 말했다. "우리는 경찰 조직 전체를 걸고넘어질 생각은 전혀 없습니다. 단지 부적절해 보인다는 뜻으로 말씀드린 겁니다."

"그렇다면 노르웨이 경찰이 지금 제안하시는 흥정에 가담하는 것이 관행이 아닌 것도 아시겠군요. 감형 협상도요, 물론. 그래도 성폭행 혐의를 무마하는 건……."

"반대하실 수도 있다고 생각합니다. 다만 다시 말씀드리지만 의뢰인은 일흔을 훌쩍 넘긴 데다 유죄판결을 받으면 교도소에서 사망할 가능성이 높습니다. 솔직히 이런 상황에서 의뢰인이 살인으로 들어가나 성폭행으로 들어가나 무슨 큰 차이가 있는지 모르겠네요. 그러니 누구에게도 도움이 못 되는 원칙을 고수하느니 차라리 의뢰인을 성폭행으로 고소한 분들께 어느 쪽을 선호하는지 여쭤보면 어떨까요? 스베인 핀네가 12년 동안 감방에 들어가 있다가 죽는 쪽을 원하는지, 4년 안에 다시 거리에서 그와 마주치기를 원하는지요. 성폭행 피해자 보상에 관해서라면 제 의뢰인과 피해 호소인들이 법적 절차 밖에서 적절히 합의할 수 있도록 도와드리겠습니다."

요한은 서류철을 여자 변호사에게 돌려주었고, 카트리네는 그녀가 두려움과 치정이 혼재한 표정으로 요한을 흘끔거리는 걸 보았다. 카트리네는 두 사람이 법률회사의 짙은 색 가죽 가구를 근무 시간 이후에도 사용한다고 거의 확신했다.

"고맙습니다." 군나르가 일어서서 테이블 너머로 손을 내밀었다. "조만간 연락드리죠."

카트리네는 일어서서 요한의 의외로 축축하고 부드러운 손을 잡았다. "그쪽 의뢰인은 어떻게 받아들이고 있나요?"

요한은 그녀를 진지하게 바라보았다. "당연히 무척 힘들어하십니다."

카트리네는 그러면 안 되는 줄 알면서도 불쑥 내뱉었다. "혹시 페이스트리 하나 싸다 줘서 용기를 북돋워드리면 어떨까요? 어차피 버릴 거라서요."

요한은 그녀를 잠시 쳐다보고는 경찰청장을 돌아보았다. "음, 오늘 중으로 연락해주시면 좋겠습니다."

카트리네는 요한에게 붙어 있던 여자가 너무 딱 달라붙는 스커트를 입어서 요한이 한 걸음 디딜 때 세 걸음으로 총총거리며 청장실에서 나가는 것을 보았다. 카트리네는 그들이 경찰청사를 나설 즈음 7층 창문에서 페이스트리를 던지면 어떨까 잠깐 고민했다.

"그래?" 군나르 하겐이 손님들이 나가고 문이 닫히자 말했다.

"왜 피고 측 변호인들은 항상 저 혼자 정의를 수호하는 척할까요?"

군나르가 툴툴거리며 말했다. "그 사람들은 경찰에 꼭 필요한 견제 세력이야, 카트리네. 게다가 객관성이 자네 강점인 적이 없잖아. 자제력도 마찬가지고."

"자제력?"

"용기를 북돋워줘?"

카트리네가 어깨를 으쓱했다. "저 사람 제안은 어떻게 보세요?"

군나르는 턱을 문질렀다. "문제가 많지. 그래도 라켈 페우케 사건에 대한 압박이 날로 커지고 있으니, 우리가 핀네의 유죄판결을 받아내지 못하면 10년짜리 패배가 될 거야. 반대로 성폭행범이 지난 몇 년간 자유의 몸으로 돌아다녔다는 기사가 쏟아져 나오는 중인데, 우리가 세 사건을 취하한다면…… 자넨 어떻게 생각해, 카트리네?"

"저 사람은 싫지만 제안은 설득력이 있어요. 실용적으로 생각하면 큰 그림을 봐야 할 것 같아요. 일단 제가 핀네를 신고한 여자들을 만나볼게요."

"좋아." 군나르가 주저하듯이 목청을 가다듬었다. "객관성 말인데……"

"네?"

"자네 태도 말이야, 해리도 함께 풀려난다는 점에서 어떤 식으로든 영향을 받지 않을까?"

"네?"

"둘이 가까이서 같이 일했고 또……"

"또요?"

"나도 눈이 달렸어, 카트리네."

카트리네는 창가로 가서, 경찰청에서 시작해 마침내 눈이 총퇴각한 보츠 공원을 지나 그뢴란슬레이레의 느릿느릿 흘러가는 차량으로 이어진 길을 보았다.

"후회할 일을 해본 적 있어요, 군나르? 정말로 후회할 일이요."

"흠. 우리 아직 일 얘기 하는 건가?"

"꼭 그렇진 않아요."

"나한테 하고 싶은 말이 있나?"

카트리네는 누구에게든 털어놓으면 얼마나 해방감이 들지 생각

해보았다. **누군가**가 안다는 것. 카트리네는 부담, 비밀이 시간이 흐
르면 견디기 수월해질 줄 알았다. 하지만 오히려 날이 갈수록 더
무거워지는 것 같았다.

"전 그 사람 이해해요." 카트리네가 나직이 말했다.

"크론?"

"아뇨, 스베인 핀네. 자백하고 싶어하는 거 이해가 가요."

22

당뉘 옌센은 차가운 책상에 손바닥을 얹고 앞에 있는 학생 책상에 앉은 검은 머리의 경찰을 보았다. 창밖 놀이터에서 아이들이 웃고 떠드는 소리가 들렸다. "쉬운 결정이 아니란 거 알아요." 경찰이 말했다. 여자 경찰은 오슬로 경찰청 강력반 반장 카트리네 브라트라고 자기를 소개했다.

"결정이 이미 내려졌다는 소리로 들리네요." 당뉘가 말했다.

"물론 선생님께 고소를 취하하라고 강요할 수는 없어요." 카트리네가 말했다.

"그런데 그렇게 하고 계시네요." 당뉘가 말했다. "그자가 살인죄로 기소당한 사건의 책임을 저한테 떠넘기고 계세요."

카트리네는 책상으로 시선을 내렸다.

"노르웨이 교육제도의 주요 목표가 뭔지 아세요?" 당뉘가 말했다. "학생들에게 책임 있는 시민이 되라고 가르치는 거예요. 책임인 만큼 특권이라고요. 스베인 핀네가 평생 교도소에 갇힐 수 있다면야 당연히 고소를 취하해야죠."

"성폭행 피해자 보상 문제는……."

"돈 같은 걸 원하는 게 아니에요. 그냥 다 잊어버리고 싶어요."
당뉘는 손목시계를 보았다. 다음 수업까지 4분 남았다. 그녀는 행복했다. 정말로 행복했다. 교편을 잡은 지 10년이 되었는데도 여전히, 여전히 어린아이들이 더 나은 미래를 맞는 데 도움이 되리라 믿는 가치를 가르칠 수 있어서 행복하고도 행복했다. 그것이 비교적 직접적인 방식으로 의미 있는 일로 느껴졌다. 그것이 기본적으로 그녀가 원하는 전부였다. 그것 그리고 잊어버리는 것. "그자가 유죄판결을 받게 해준다고 약속할 수 있어요?"

"약속해요." 카트리네가 대답하고 일어섰다.

"해리 홀레." 당뉘가 말했다. "그 사람은 어떻게 되나요?"

"모르겠어요. 다만 핀네의 변호사가 납치에 대한 기소를 취하하길 바랄 뿐이죠."

"바라다니요?"

"그 사람이 한 일은 명백히 불법이고 경찰로서 해야 할 일이 아니었어요." 카트리네가 말했다. "그래도 자기를 희생해서 핀네를 잡아들인 거지만."

"그 사람이 저를 희생해서 자신의 사적인 복수를 시도한 것처럼?"

"말씀드렸다시피 이번 일에서 해리 홀레의 행동을 옹호할 수 없지만 사실 그 사람이 없었다면 스베인 핀네는 계속 당신과 다른 여자들을 공격하고 다녔을 수도 있어요."

당뉘는 천천히 고개를 끄덕였다.

"이제 전 가서 심문을 준비해야 해요. 저희를 돕기로 해주셔서 고맙습니다. 약속해요. 후회하지 않게 해드릴게요."

25

"아뇨, 전혀 방해되지 않습니다, 미시즈 브라트." 요한 크론은 귀와 어깨 사이에 휴대전화를 꽂고 셔츠 버튼을 잠그면서 말했다. "그럼 고소 사건 세 건을 전부 취하하시는 건가요?"

"변호사님과 핀네는 언제 심문받을 준비가 됩니까?"

요한 크론은 카트리네가 베르겐 억양으로 'r'을 굴리며 말하는 소리가 좋았다. 카트리네는 사투리 억양이 강하진 않지만 미미하게 흔적이 남아 있었다. 그는 카트리네 브라트가 마음에 들었다. 예쁘고 똑똑하고 살짝 튕기는 맛이 있었다. 손가락에 결혼반지를 꼈다고 달라질 건 없었다. 그 자신이 산증인이다. 게다가 그녀의 그 예민한 말투에 오히려 흥분되었다. 마약중독자가 마약상에게 돈을 건네고 약봉지를 기다리면서 느끼는 예민함. 요한은 창가로 가서 블라인드 틈새에 엄지와 검지를 넣고 벌려서 법률회사 사무실이 있는 7층에서 로센크란츠 가를 내려다보았다. 이제 막 3시가 지났을 뿐인데 오슬로는 벌써 러시아워였다. 법조계에서 일하지 않는 사람들에게는. 요한은 가끔 노르웨이에서 석유가 바닥나고 사람들이 다시 진짜 세계의 요구에 직면해야 하는 순간이 오면 어떻게 될지 궁금했다. 그의 내면의 낙관주의자는 다 괜찮을 거라고, 사람들이 생각보다 빨리 새로운 상황에 적응할 거라고, 단적으로 전쟁 중인 나라들을 보면 알 수 있다고 말했다. 반면에 내면의 현실주의자는 혁신과 진보적 사고의 전통이 없는 국가라면 곧장 미끄러운 비탈길로 굴러떨어져 노르웨이가 출발한 지점으로 돌아갈 거라고 말했다. 유럽 경제의 밑바닥으로.

"두 시간 안에 갈 수 있습니다." 요한이 말했다.

"좋아요." 카트리네가 말했다.

"이따 뵙죠, 미시즈 브라트."

요한은 통화를 마치고 전화기를 어디에 놔야 할지 모른 채 잠시 그대로 서 있었다.

"자요." 체스터필드 소파 옆 어둠 속에서 목소리가 들렸다. 그는 그녀에게 다가가 바지를 건네받았다.

"뭐래요?"

"저쪽이 미끼를 물었어." 요한이 바지에 얼룩이 없나 확인하고 입었다.

"미끼요? 그럼 그 사람들이 걸려든 거예요?"

"나한테 묻지 마, 난 일단 의뢰인의 지시를 따르는 거뿐이야."

"그래도 낚아채는 거라고 생각하시죠?"

요한은 어깨를 으쓱하면서 신발을 찾아 두리번거렸다. "다 자기 식대로 남들을 보는 거겠지."

그는 '퀘르쿠스 벨루티나'라는 검은색 참나무로 제작된, 아버지에게 물려받은 견고한 책상 앞에 앉아 단축번호를 눌렀다.

"모나 도입니다." 〈VG〉의 범죄 전문기자의 활기찬 목소리가 스피커에서 흘러나와 지직거리며 사무실 안에 울렸다.

"안녕하세요, 미스 도. 요한 크론입니다. 늘 먼저 전화를 주시는데, 이번엔 제 쪽에서 먼저 대책을 강구할까 합니다. 그쪽 신문에 기삿거리가 될 만한 얘기가 있어서요."

"스베인 핀네에 관한 건가요?"

"네. 방금 오슬로 경찰에 확인했는데요, 경찰이 살인사건 기소로 혼란스러운 와중에 터져 나온 근거 없는 성폭행 혐의에 대한 수사를 취하하기로 했다네요."

"그럼 기사에 변호사님의 말씀을 인용해도 될까요?"

"이 일에 대한 소문을 확인하려는 용도라면 절 밝히셔도 됩니다. 그래서 그동안 저한테 전화하셨듯이."

침묵.

"알겠는데요, 이런 건 기사로 내보낼 수 없어요, 크론."

"그럼 제가 이렇게 먼저 밝히는 이유는 소문을 선제적으로 차단하기 위해서라고 해두죠. 기자님이 소문을 들었는지 여부는 상관없고요."

다시 침묵.

"좋아요." 모나가 말했다. "자세히 말씀해주실 수 있는지―."

"아뇨!" 요한이 말을 잘랐다. "오늘 저녁에 더 들으실 수 있습니다. 오늘 5시 전에는 일단 아무것도 기사화하지 말아주세요."

"패를 내놓으시는 거군요. 제가 이걸 단독보도로 내려면―."

"이건 다 그쪽 겁니다. 나중에 얘기하죠."

"마지막으로 하나만 더요. 제 번호는 어떻게 아셨어요? 아무 데서나 구할 수 있는 건 아닐 텐데요."

"말씀드렸다시피 전에 제 휴대전화로 전화하실 때 번호가 떴습니다."

"그럼 제 번호를 저장하신 거네요?"

"네, 그랬을 겁니다." 그는 전화를 끊고 가죽 소파를 돌아보았다. "알리세, 자기야, 블라우스 다시 입어줄래? 우리 할 일이 좀 있거든."

비에른 홀름은 그뤼네르뢰카의 젤러시 바 앞에 있었다. 문을 열 때 흘러나오는 음악을 보니 이 바에서는 그를 찾을 수 있겠다는 생각이 들었다. 유모차를 뒤에 끌고 거의 텅 빈 바 안으로 들어갔다. 중간 크기의 영국식 펍인 이 가게에는 기다란 바 자리가 있고 소박한 나무 테이블이 늘어서 있고 벽을 따라 부스석이 있었다. 아직 5시밖에 되지 않았고, 저녁 시간이 되면 좀 더 북적거릴 것이다. 외위스테인 에이켈란과 해리가 이 바를 운영하던 짧은 기간에 두 사람은 희귀한 무언가를 이뤘다. 손님들이 사운드 시스템에서 흘러나오는 음악을 들으러 이 바를 찾기 시작한 것이다. 멋진 DJ는 없고 문 앞 주간 리스트에 붙여놓은 그날의 테마에 따라 선정한 곡들이 연이어 흘러나올 뿐이었다. 비에른은 컨트리의 밤과 엘비스의 밤에 자문해줄 수 있었다. (가장 기억에 남는 건) "미국에서 M으로 시작하는 아티스트와 밴드가 만든 40년 이상 된 곡"의 플레이리스트를 구성했을 때다.

해리는 카운터 앞에서 고개를 숙이고 비에른을 등진 채 앉아 있었다. 카운터 안쪽에서 외위스테인 에이켈란이 반 리터 잔을 새로 온 손님에게 건넸다. 징조가 좋지 않았다. 그래도 해리가 똑바로 앉아 있기는 했다.

"미성년자 출입 금지예요, 친구!" 외위스테인이 음악 소리 너머로 외쳤다. 음악은 'Good Time Charlie's Got The Blues'라는, 1970년대 초, 대니 오키프의 유일한 진짜 히트곡이었다. 전형적인 해리 음악은 아니지만 해리가 젤러시 바에서 먼지를 털고 틀어놓는 전형적인 곡이었다.

"어른하고 같이 와도요?" 비에른이 유모차를 부스석 옆에 세우며 물었다.

"언제부터 어른이었어요, 비에른?" 외위스테인이 술잔을 내려놓으며 말했다.

비에른이 씩 웃었다. "첫애를 보고 그 애가 한없이 무력하다는 걸 안 순간 어른이 되는 거예요. 그리고 어른의 도움이 엄청 필요하겠구나 하고 깨달을 때요. 이 양반처럼." 비에른은 해리 어깨에 손을 얹었다. 그러다 해리가 고개를 수그리고 휴대전화를 보고 있는 걸 알았다.

"〈VG〉에서 뽑은 헤드라인 봤나?" 해리는 앞에 놓인 잔을 들었다. 커피군. 비에른이 잔을 확인했다.

"네. 선배 사진을 썼던데요."

"그런 건 상관없어. 그 작자들이 뭐라고 써놨나 보고." 해리는 비에른이 읽을 수 있게 휴대전화를 들어주었다.

"우리가 거래했다고 써놨네요." 비에른이 말했다. "살인과 성폭행을 맞바꿨다고. 그래요, 흔한 일은 아니지만 실제로 일어나는 일이기는 하죠."

"그래도 보통 이런 일이 신문에 나진 않지." 해리가 말했다. "나더라도 곰이 총에 맞은 뒤는 아니고."

"그럼 곰이 총에 맞지 않았다는 거예요?"

"악마와 거래하려면 악마가 왜 좋은 거래라고 여기는지 잘 따져

봐야 해."

"의심이 지나치신 건 아니고요?"

"난 그냥 경찰의 공식 심문에서 자백을 받아내기를 바라는 거야. 그런데 내가 벙커에서 녹음한 걸 크론 같은 변호사가 날려버릴 거야."

"이제 언론에도 공개됐으니 그자도 자백해야 할 거예요. 안 그러면 우리가 성폭행으로 기소할 테니까. 카트리네가 지금 그자를 심문하고 있어요."

"음." 해리는 전화기를 톡톡 두드리고 귀에 댔다. "올레그한테 업데이트해줘야 해서. 그런데 자네는 여기서 뭐 하나?"

"전…… 어…… 카트리네한테 선배가 괜찮은지 확인하겠다고 약속했거든요. 집에도, 슈뢰데르에도 안 계셔서. 그런데 지난번 일 이후로 이 바에서 평생 출입 금지를 당하신 줄 알았는데……."

"그랬지, 그런데 그 멍청한 자식이 이따 저녁까지 출근하지 않는대서." 해리는 유모차를 향해 고개를 까딱했다. "봐도 돼?"

"쟤가 사람들을 알아보고 깨요."

"알았어." 해리는 휴대전화를 내렸다. "통화 중이군. 다음 주 목요일 플레이리스트에 넣을 만한 곡 있나?"

"테마는?"

"오리지널보다 더 나은 커버곡."

"조 코커의 'A Little—'."

"그건 이미 들어갔어. 프랜시스 앤드 더 라이츠 버전의 'Can't Tell Me Nothing'은 어때?"

"칸예 웨스트? 어디 아파요, 해리?"

"알았어. 그럼 행크 윌리엄스의 곡으로는?"

"머리가 어떻게 됐어요? 행크 곡은 행크보다 더 잘하는 사람이 **없어요**."

"벡 버전의 'Your Cheatin' Heart'는 어때?"

"저한테 한 대 맞고 싶으시죠?"

해리와 외위스테인이 웃었고, 비에른은 두 사람이 장난치는 걸 깨달았다.

해리는 비에른 어깨에 팔을 둘렀다. "자네가 그리워. 조만간 우리 둘이서 진짜로 섬뜩한 살인사건을 같이 해결할 수 없을까?"

비에른이 고개를 끄덕이며 해리의 웃는 얼굴을 보고 놀랐다. 부자연스럽도록 강렬하게 빛나는 눈을. 정말로 머리가 어떻게 된 건가? 슬픔이 결국 그를 궁지로 내몬 건지도. 그러다 해리의 미소가 갑자기 10월 아침의 얼음처럼 부서지고, 시커멓고 깊고 절박한 고통이 다시 떠오르는 걸 보았다. 그냥 행복을 맛만 보고 싶어한 것처럼. 곧바로 다시 뱉어낸 것처럼.

"그래요." 비에른이 조용히 말했다. "당연히 그럴 수 있죠."

카트리네는 마이크 위에 녹음 중임을 표시하는 빨간 불을 보았다. 눈을 들면 "약혼자" 스베인 핀네와 눈이 마주칠 걸 알았다. 눈을 들고 싶지 않았다. 그녀가 핀네 눈빛에 영향을 받을까 봐서가 아니라 상대가 영향을 받을까 싶어서였다. 여자에 대한 핀네의 왜곡된 태도를 고려해서 남자 수사관을 들여보낼지 논의한 터였다. 하지만 과거 핀네의 심문 녹취록을 보니 여자 심문자에게 더 솔직히 털어놓는 경향이 있었다. 카트리네는 당시 심문이 눈을 맞추고 진행됐는지 알 수 없었다.

카트리네는 도발적으로 보이지 않으면서 상대가 쳐다볼까 봐 겁낸다는 인상을 풍기지 않을 정도의 블라우스를 입었다. 녹음 담당 수사관이 있는 통제실을 흘끔 보았다. 녹음 담당 수사관과 함께 수사팀의 망누스 스카레와 요한 크론이 거기에 있었다. 요한은 핀네가 카트리네와 단둘이 얘기하고 싶다고 요청할 때 심문실에서 나가기를 꺼리는 눈치였다.

카트리네는 녹음 담당 수사관에게 고개를 까딱했고, 그 수사관도 까딱해주었다. 카트리네는 사건 번호, 그녀의 이름과 상대의 이름, 장소, 날짜, 시각을 읊었다. 오디오테이프 시대의 유물이지만 심문이 공식적으로 시작되었음을 알리는 절차였다.

"네." 핀네가 엷은 미소를 띠고 과장되게 또박또박 답했다. 카트리네가 그의 권리를 알고 있는지, 심문 과정이 녹음되는 걸 아는지 물은 터였다.

"3월 10일 저녁과 3월 11일 새벽부터 시작합시다." 카트리네가 말했다. "이제부터 살인이 일어난 밤을 뜻합니다. 무슨 일이 일어났습니까?"

"약을 몇 알 먹었어요." 핀네가 말했다.

카트리네가 고개를 숙이고 메모를 적었다.

"발륨, 스테솔리드. 혹은 로힙놀. 이것저것 조금씩일 겁니다."

어릴 때 소트라에서 그녀의 할아버지가 트랙터를 타고 자갈길로 나가던 소리가 연상되는 목소리였다.

"그래서 저로서는 상황이 다소 명확하지 않을 수 있습니다." 핀네가 말했다.

카트리네는 메모를 적다가 말았다. '명확하지 않아?' 목구멍 안쪽에서 금속성의 맛, 돌연한 공포의 맛이 올라왔다. '이 인간이 자백을 철회할 계획이었나?'

"아니면 내가 성적으로 흥분하면 항상 약간 혼란에 빠지는 탓일 수도 있고요."

카트리네가 눈을 들었다. 스베인 핀네가 그녀의 시선을 사로잡았다. 드릴로 뚫듯이 뭔가가 머리를 뚫는 느낌이었다.

핀네가 입술에 침을 발랐다. 미소를 지었다. 목소리를 내리깔았다. "그래도 중요한 순간은 기억나요. 다 그러려고 하는 일이 아니겠습니까? 죽고 나서 고독한 순간에 곱씹을 추억거리를 만들기 위해?"

카트리네는 그가 그녀를 위해 그림을 그려주듯이 오른손을 위아래로 움직이는 걸 보고는 다시 수첩으로 시선을 내렸다.

망누스 스카레는 핀네에게 수갑을 채우자고 우겼지만 카트리네가 반대했다. 그자가 자기를 두려워한다고 생각하면 그에게 심리적으로 유리한 입장을 넘겨주는 셈이라고 말했다. 그가 그들을 데리고 놀도록 자극할 수 있다면서. 과연 심문을 시작한 지 1분 만에 그가 그러고 있었다.

카트리네는 앞에 놓인 서류철을 획 넘겼다. "기억력이 그렇게 좋다니, 그럼 여기 이 세 건의 성폭행 사건 파일에 관해 말해줄 수 있겠네요. 목격자 진술도 있으니 기억을 되살리는 데 도움이 될 수도 있고요."

"내가 졌네요." 핀네가 말했다. 카트리네는 고개를 들지 않고도 그가 아직 웃고 있는 걸 알았다. "말했다시피 난 중요한 일들은 세세하게 기억해요."

"어디 들어보죠."

"그날 밤 9시경에 도착했어요. 그 여자는 복통을 일으키고 다소 창백했어요."

"잠깐. 어떻게 들어갔습니까?"

"문이 열려 있어서 그냥 들어갔어요. 여자가 비명을 지르고 또 질렀어요. 엄청 겁먹었더군요. 그래서 내가 여자를 자, 잡았어요."

"목을 졸랐습니까? 아니면 여자 팔을 옆구리에 붙이고 잡았습니까?"

"기억이 안 나요."

카트리네는 진행이 너무 빠르고, 더 자세히 들어야 하는 걸 알았지만, 핀네가 변덕을 부리기 전에 자백을 받아내는 것이 급선무였다. "그다음은요?"

"여자가 몹시 고통스러워했어요. 피가 쏟아져 나왔어요. 내가 카, 칼로……."

"당신 칼?"

"아뇨, 더 날카로운 칼로, 칼꽂이에 있던 거."

"희생자의 몸 어느 부위에 그걸 썼습니까?"

"여, 여기."

"피심문자가 본인의 배를 가리킵니다." 카트리네가 녹음기에 말했다.

"그 여자 배꼽이요." 핀네는 어린아이 같은 목소리로 꾸며서 말했다. "그 여자 배꼽."

"여자의 배꼽." 카트리네가 그의 말을 받으며 구역질을 삼켰다. 승리의 감정을 삼켰다. 자백을 받아냈다. 나머지는 있으면 더 좋은 것이다.

"라켈 페우케를 묘사할 수 있습니까? 주방도?"

"라켈? 아름답죠. 당신, 카, 카트리네처럼. 당신네 둘은 많이 닮았어요."

"라켈이 뭘 입고 있었나요?"

"기억이 안 나요. 당신네 둘이 얼마나 닮았는지 누가 얘기해준 적 없습니까? 자, 자매처럼 닮았는데."

"주방을 묘사해봐요."

"교도소요. 창문의 철창살. 그 사람들이 뭔가를 무서워하는 것처럼." 핀네가 웃었다. "오늘은 그만할까요, 카트리네?"

"뭐요?"

"하, 할 일이 있어요."

카트리네는 극도의 공포가 조금 올라오는 걸 느꼈다. "이제 막 시작했는데요."

"두통 때문에요. 힘드네요. 이렇게 정신적으로 힘든 기억을 돌아본다는 게. 이해해주실 수 있을 겁니다."

"그냥 말해요—."

"사실은 물어본 게 아니에요, 자기야. 더는 못 해요. 더 하고 싶으면 오늘 밤 내 감방으로 찾아와요. 그때는 하, 한가하니까."

"당뉘 엔센이 받은 영상. 당신이 보낸 겁니까? 희생자의 영상이에요?"

"네." 핀네가 일어섰다.

카트리네는 시야의 가장자리로 망누스가 벌써 들어오려는 걸 보았다. 그녀는 통제실 유리창을 향해 손을 들었다. 그녀는 질문이 담긴 서류철을 내려다보았다. 생각을 모으려 했다. 더 밀어붙일 수도 있었다. 그러면 요한 크론이 불필요하게 강압적인 심문 과정을 평계로 자백을 무효로 만들 위험이 있었다. 이미 확보한 증거로 어떻게 해볼 수 있었다. 기소하는 데는 충분한 수준 이상이었다. 나중에 재판이 열리기 전 증거를 더 구체적으로 확보하면 되었다. 그녀는 비에른이 첫 기념일에 선물한 손목시계를 보았다.

"심문은 17시 31분에 종결되었습니다." 그녀가 말했다.

눈을 들자 벌건 얼굴의 군나르 하겐이 통제실로 들어와 요한 크론과 대화를 나누는 게 보였다. 망누스가 심문실로 들어와 핀네에게 수갑을 채우고 유치장으로 데려갔다. 카트리네는 요한이 어깨를 으쓱이며 뭐라고 말하고, 군나르의 얼굴이 더 벌겋게 달아오르는 걸 보았다.

"또 봅시다, 미시즈 브라트."

이 말이 귀 가까이에서 들려서 그 말과 함께 미세한 침방울이 날아온 것만 같았다. 핀네와 망누스가 심문실에서 나갔다. 요한이 그들을 따라가는 게 보였다.

카트리네는 휴지로 얼굴을 닦고 군나르에게 갔다.

"크론이 〈VG〉에 우리의 거래에 관해 알렸대. 거기 웹사이트에 기사가 올라갔고."

"그럼 저 사람은 뭐라고 변명해요?"

"양쪽 당사자 중 어느 한쪽도 비밀을 지키자고 서약하지 않았대. 그러더니 합의할 생각이 있느냐고 묻더군. 낮에는 꺼내지 않은 거. 그자는 그런 합의는 피하는 쪽을 선호해서겠지."

"위선적인 인간. 그냥 자기 힘을 과시하려는 거예요."

"그러기를 바라자고."

"무슨 뜻이에요?"

"크론은 영리하고 악랄한 변호사야. 그런데 그자보다 더 악랄한 자가 있어."

카트리네는 군나르를 보았다. 아랫입술을 물었다. "그 사람 의뢰인 말인가요?"

군나르는 고개를 끄덕였고, 둘 다 뒤돌아서 열린 문으로 복도를 보았다. 핀네와 망누스와 크론이 엘리베이터 앞에서 기다리고 있었다.

"바쁠 때 전화하시는 법이 **없네요**, 크론." 모나 도가 이어폰을 다시 끼우며 헬스장 벽 거울에 비친 자신을 보았다. "제가 변호사님께 계속 연락드린 것도 아셨을 텐데요. 노르웨이의 다른 모든 기자처럼요, 아마도."

"그런 것 같네요, 네. 본론부터 말씀드리죠. 우리가 곧 자백에 관한 보도 자료를 배포하고 2주 전에 찍힌 핀네의 사진도 첨부할까 합니다."

"좋아요, 우리한테 있는 사진은 10년은 된 것 같아요."

"20년이죠, 실은. 핀네는 이런 사적인 사진을 싣는 조건으로 이것을 머리기사로 올려달라는군요."

"네?"

"이유는 묻지 마세요. 그냥 그 사람이 그렇게 해달라는 겁니다."

"제가 그런 걸 약속할 수 있는 입장이 아닌 거, 아시잖아요."

"물론 청렴한 기자시라는 건 익히 압니다만, 이런 사진이 얼마나 가치 있는지도 잘 아시리라 믿습니다."

모나는 고개를 갸웃하고 거울 속 자기 몸을 찬찬히 뜯어보았다. 바벨을 들 때 차는 넓은 벨트로 인해 워낙에도 펭귄 같은 체형이 (펭귄이 연상되는 이유는 특유의 뒤뚱거리는 걸음걸이 때문이고, 그렇게 걷는 이유는 태어나면서 생긴 골반 기형 때문이다) 잠시나마 모래시계처럼 보였다. 가끔은 이런 무용한 웨이트트레이닝 외에는 별다른 용도가 없는 이 벨트야말로 그녀가 그 많은 시간을 무의미한 웨이트

트레이닝에 쓰는 진짜 이유가 아닌가 하는 의심이 들곤 했다. 사실 일에서 개인적으로 인정받는 것이, 언론인으로서 사회를 감시하고 언론 자유를 수호하고 기자다운 호기심을 발휘하고 해마다 언론상을 시상하면서 늘어놓는 온갖 헛소리보다 모나를 움직이는 더 중요한 동력인 것처럼. 이런 중요한 가치들을 믿지 않아서가 아니라 이런 건 부차적이고, 그보다는 스포트라이트를 받고 기사 아래 찍힌 기자 이름을 보고 자기 자신과의 승부를 겨루는 것이 그녀에겐 최우선이었다. 그러고 보면 핀네가 연쇄 성폭행범과 살인자로라도 신문에 더 큰 사진을 싣고 싶어하는 건 유별난 수준 이상도 이하도 아니었다. 어쨌든 평생 해온 일이므로 이왕이면 유명한 살인자가 되고 싶어하는 것도 이해는 갔다. 사람이 사랑받을 수 없다면 공포의 대상이라도 되고 싶어한다는 건 주지의 사실이다.

"그건 가설적 딜레마인데요." 모나가 말했다. "대신 사진의 화질이 좋으면 알맞은 크기로 확대할 겁니다. 뭣보다 다른 신문사에 보내기 한 시간 전에 우리한테 주신다면요, 됐나요?"

로아르 보르는 블레이저 R8 프로페셔널이라는 라이플을 창틀에 올려서 스바로브스키 X5i 조준기로 보았다. 그의 집은 스메스타 교차로 바로 아래를 지나가는 3번 외곽 순환도로 서쪽의 산비탈에 있어서 지하실 창문으로 고속도로 건너편의 주택가도 보이고 스메스타담멘이라고, 1800년대에 이 도시의 부르주아 주민들에게 얼음을 공급하려고 만든 수심이 얕은 작은 인공 호수도 내다보였다.

뷰파인더의 빨간 점이 수면에서 바람에 떠밀리듯 유유히 떠다니는 커다란 하얀 백조를 찾아 멈추었다. 400에서 500미터 정도, 거의 0.5킬로미터가 떨어져 있어서 연합군의 미국 동맹군이 "최대

표적 거리"로 명명한 지점에서 한참 벗어났다. 이제 빨간 점을 백조 머리에 놓았다. 조준기를 내려서 빨간 점이 백조 머리 바로 위의 수면에 떨어지게 했다. 그는 호흡에 집중했다. 방아쇠를 더 세게 잡았다. 레나의 새파란 신병도 탄환이 아무리 빨라도 중력의 영향으로 호를 그리며 날아가므로 표적이 멀리 있을수록 표적보다 높이 겨냥해야 하는 건 알았다. 표적이 지평선보다 높은 위치에 있으면 탄환이 "오르막"을 올라가야 하므로 더 높이 겨냥해야 한다는 것도 알았다. 하지만 표적이 발포자보다 낮은 위치에 있어도 평지보다 높게 (낮은 게 아니라) 겨냥해야 한다고 하면 대체로 이의를 제기했다.

로아르 보르는 나무를 보고 바람이 없는 걸 알았다. 기온은 약 10도였다. 백조는 초속 약 1미터로 헤엄치고 있었다. 그는 탄환이 그것의 작은 머리통을 터트리는 장면을 상상했다. 목에 힘이 빠져서 새하얀 몸통 위에서 뱀처럼 허물어지는 장면. 특수부대 저격수로서도 쉽지 않은 총격이다. 하지만 로아르 보르 자신과 동료들이 그에게 기대할 수 있는 난이도였다. 그는 폐에서 공기를 다 빼내고 조준기를 다리 옆의 작은 섬으로 옮겼다. 거기에는 암컷과 새끼들이 있었다. 그는 섬을 죽 훑어본 다음 호수의 나머지 부분도 살펴봤지만, 아무것도 보이지 않았다. 그는 한숨을 쉬고 라이플을 벽에 기대놓고 직직거리며 열심히 돌아가는 프린터 쪽으로 갔다. 프린터에서 A4 용지 끝부분이 나오고 있었다. 그는 ⟨VG⟩ 웹사이트에 사진이 올라오자마자 스크린숏을 찍었고, 지금 그의 앞에서 거의 완성되어가는 얼굴을 보았다. 크고 펑퍼짐한 코. 비웃는 표정의 두툼한 입술. 머리는 올백으로 넘겨 뒤에서 바짝 모아 땋은 듯했다. 그래서 스베인 핀네의 눈이 그렇게 가늘어지고 적대적인 인상을 풍기는 것 같았다.

프린터가 남은 인쇄지를 쥐어짜면서 마지막 신음을 토해냈다. 이 끔찍한 작자를 빨리 뱉어내려는 듯이. 오만하고 자신만만해 보이는 태도로 자기가 라켈 페우케를 살해했다고 이제 막 자백한 남자. 아프가니스탄에서 폭발한 모든 폭발물을 자기네가 터트렸다고 주장하거나, 적어도 성공한 테러를 자기네가 저질렀다고 밝히는 탈레반처럼. 책임을 **인정했다**. 아프가니스탄의 부대들이 기회만 생기면 살인의 공적을 훔치듯이. 어찌 보면 묘지 도굴범과 비슷하다. 로아르는 병사들이 어수선한 교전을 치르고 나서 서로 자기가 사살했다고 우기지만, 상관이 나중에 (부대 전사자들의 헬멧 카메라에 찍힌 영상을 확인한 후) 전사자에 의한 살인이라고 밝혀내는 경우를 보았다.

로아르 보르는 프린터에서 용지를 뽑아 넓찍하고 탁 트인 지하실의 반대편 끝으로 갔다. 총알이 박힌 철제 상자 앞에 걸린 여러 개의 표적 중 하나에 인쇄한 사진을 붙였다. 그러고는 원래 자리로 돌아갔다. 거리는 10.5미터다. 방음유리 세 겹을 끼운 창문을 닫고 방음 귀마개를 착용했다. 컴퓨터 옆에 놓인 하이 스탠더드 HD 22 권총을 들어 긴급한 상황인 양 순식간에 표적을 조준하고 발사했다. 한 발. 두 발. 세 발.

로아르는 귀마개를 빼고 소음기를 집어 하이 스탠더드 HD 22의 총열에 끼우기 시작했다. 소음기를 달면 총의 균형감이 달라져 두 가지 총으로 훈련하는 느낌이 들었다.

지하실 계단에서 발소리가 들렸다.

"젠장." 그가 투덜대면서 눈을 감았다.

다시 눈을 뜨자 피아의 창백하고 긴장하고 화난 얼굴이 보였다.

"당신 때문에 무서워 죽는 줄 알았잖아! 집에 나 혼잔 줄 알았지!"

"미안해, 피아, 나도 그런 줄 알았어."

"아무리 그래도, 로아르! 집 안에서는 총 쏘지 않겠다고 약속했잖아! 장 보고 와서 혼자 조용히 볼일을 보다가……. 그나저나 회사는 왜 안 갔어? 옷은 왜 다 벗고 그래? 얼굴에 그건 또 뭐고?"

로아르 보르는 고개를 숙였다. 아, 맞다, 벗고 있었군. 그는 손가락 하나로 얼굴을 쓸었다. 손끝을 보았다. 특수부대용 검은색 위장 크림.

그는 권총을 책상에 내려놓고 키보드의 아무 키나 눌렀다.

"재택근무야."

저녁 8시, 강력반에 좋은 일이 있을 때나 나쁜 일이 있을 때 자주 가는 바에 수사팀이 모였다. 망누스가 사건 종결을 자축하는 자리를 갖자고 제안했고, 카트리네는 그 제안에 반대할 핑계를 찾지 못했다. 그녀가 왜 그들과 같이 있는지에 대한 그럴듯한 설명도 찾지 못했다. 승리를 자축하는 건 강력반 전통이었다. 그렇게 하나의 팀이 된다고 믿었다. 사실 강력반 반장으로서 핀네에게 자백을 받아냈으니 저스티스로 가자고 그녀가 먼저 얘기를 꺼냈어야 했다. 그들이 크리포스의 코앞에서 사건의 해결책을 낚아챘다고 해서 승리의 달콤함이 줄어드는 건 아니었다. 그래서 빈테르와 반 시간이나 통화했고, 그는 크리포스가 이 사건의 주무 부서이므로 핀네의 심문은 자기네가 맡아야 한다고 주장했다. 하지만 카트리네가 이 사건은 오슬로지방경찰청 소관인 세 건의 성폭행 사건과 관련된 사건이므로 경찰청에서만 사건을 처리할 수 있다고 설득하자 결국 빈테르도 마지못해 수긍했다. 경찰 조직 전체의 성공을 거스르면서까지 고집을 부리기는 어려웠으리라.

그런데 왜 이렇게 꺼림칙하지? 모든 것이 딱딱 맞아떨어졌는데도 아직 뭔가가, 해리가 교향악단의 잘못된 음정 하나라고 부르던 뭔가가 걸렸다. 들리기는 하는데 어디서 나는 소리인지 딱 짚어낼 수 없는 뭔가.

"주무세요, 보스?"

카트리네가 흠칫 놀라며 테이블에 둘러앉은 동료들이 들어 올린 술잔들을 향해 맥주잔을 들었다.

모두가 한자리에 모였다. 전화를 받지 않은 해리만 빼고. 그녀 생각에 대답이라도 하듯 휴대전화가 진동해서 급히 꺼냈다. 화면에 비에른이라고 떠 있었다. 문득 불순한 생각이 스쳤다. 전화 온 걸 못 본 척할 수도 있겠다는 생각. 자백 관련 보도가 나간 후 부재중 전화가 물밀듯 걸려와서 그의 이름을 미처 보지 못했다고, 나중에 (진지하게) 설명하면 되지 않을까 하는 생각. 그러다 물론 그녀의 어설픈 모성 본능이 발동했다. 자리에서 일어나 시끌벅적한 사람들에게서 벗어나 화장실 쪽으로 가서 응답을 눌렀다.

"무슨 일 있어?"

"아니, 아무것도." 비에른이 말했다. "애는 자. 그냥……."

"그냥 뭐?"

"얼마나 늦는지 물어보려고."

"때가 되면 들어가지. 그냥 일어날 순 없잖아."

"알지, 그럼 안 되지. 알았어. 거기 또 누구 있어?"

"누구? 이번 사건 수사한 사람들이지, 물론."

"그 사람들만? 다른…… 외부인은?"

카트리네가 몸을 곧추세웠다. 비에른은 착하고 신중한 남자다. 게다가 매력도 있고 조용하지만 견고한 자존감이 엿보여서 누구에게나 호감을 사는 사람이다. 그런데도 그가 입 밖에 꺼낸 적은 없지만 한때 강력반 남자 절반(과 여자 몇)이 적어도 그들의 상관이 되기 전에는 눈독을 들이던 매력적인 여자를 자기가 도대체 어떻게 차지했는지 속으로 자주 자문하는 건 카트리네도 알았다. 그가 이런 마음을 밖으로 꺼낸 적이 없는 이유 중 하나는 자신감이 떨어지고 허구한 날 질투심에 빠져 사는 배우자만큼 성적 매력이 떨어지는 사람도 없다는 걸 알기 때문이다. 더욱이 사귄 지 18개월이 되기도 전에 그녀에게 차여서 잠시 떨어져 지내다 다시 합칠 때도 그는 이런 속내를 용케 숨겼다. 하지만 가면을 오래 쓰는 건 쉽지 않았다. 지난 몇 달간 그녀는 그들 사이에 뭔가가 달라진 걸 눈치 챘다. 어쩌면 비에른이 아기하고 집에만 있어서일지도, 어쩌면 단순히 수면 부족 때문일지도 몰랐다. 아니면 지난 6개월간 그녀가 많은 일을 감당하느라 다소 과민해진 탓에 이런 생각이 드는 건지도 몰랐다.

"우리 팀만 있어." 그녀가 말했다. "10시 전에는 들어갈게."

"더 있어도 돼, 그냥 확인하고 싶었어."

"10시 전에 가." 그녀가 다시 말하고 문 쪽을 보았다. 다른 손님들 사이에서 두리번거리는 키 큰 남자가 보였다.

그녀는 전화를 끊었다.

그는 아무렇지 않은 척했지만 몸에서 긴장이 보이고 눈빛에서 쫓기는 표정이 보였다. 그가 그녀를 발견했고, 순간 그의 어깨가 편안하게 내려갔다.

"해리!" 그녀가 불렀다. "왔군요." 그녀가 그를 안아주었다. 잠깐의 포옹에서 친숙하면서도 낯선 냄새를 맡았다. 새삼 해리 홀레의 가장 좋은 점은 좋은 냄새가 나는 거라는 생각이 들었다. 향수 냄새도 아니고, 초원이나 숲의 상쾌한 냄새도 아니었다. 퀴퀴한 술 냄새가 나기도 하고 땀 냄새가 훅 끼치기도 했다. 그런데도 설명하기 힘든 **좋은** 냄새가 났다. **그**의 냄새. 이런 생각을 한다고 죄책감을 느껴야 하는 건 아니지 않나?

망누스 스카레가 그들에게 다가와 살짝 풀린 눈으로 만면에 행복한 미소를 지었다. "맥주, 해리? 핀네를 잡아들인 분이시니. 와! 하!"

"그냥 콜라." 해리는 어깨로 망누스의 손을 슬쩍 뿌리쳤다.

망누스는 카운터로 갔다.

"그럼 술은 다시 끊었군요." 카트리네가 말했다.

해리는 고개를 끄덕였다. "당분간은."

"그자가 왜 자백했을까요?"

"핀네?"

"물론 자백해서 감형을 받으려는 거겠죠. 게다가 자기가 보낸 동영상이 있으니, 우리가 확실한 반박 증거를 확보한 걸 알았고. 또 성폭행으로 기소당하고 싶지 않았겠죠. 그런데 정말 이게 **다**일까요?"

"무슨 뜻이야?"

"그게 누구나 원하는 것, 우리가 **필요하다**고 여기는 것, 그러니까 우리의 죄를 자백하기 위한 거라는 생각 안 들어요?"

해리는 그녀를 보았다. 입술에 침을 발랐다. "아니."

카트리네는 말쑥한 재킷에 파란색 셔츠를 입고 테이블로 몸을 수그린 남자를 보았다. 누군가가 그에게 그녀와 해리 쪽을 가리켰다. 그 남자가 고개를 끄덕이며 그들에게 다가왔다.

"기자 경보가 울리는데요." 카트리네가 한숨을 쉬었다.

"욘 모르텐 멜후스입니다." 남자가 말했다. "저녁 내내 연락드렸습니다, 브라트."

카트리네는 남자를 좀 더 유심히 보았다. 기자들은 보통 이렇게 정중하지 않았다.

"그러다 경찰청에 계신 다른 분과 연락이 닿아서 전화한 이유를 말씀드리고 여기 계실 거라는 말을 듣고 왔습니다."

경찰청에는 낯선 사람 전화에 카트리네가 어디 있는지 말해줄 사람이 없었다.

"저는 울레볼 병원 외과의입니다. 전화드린 이유는 얼마 전에 벌어진 다소 극적인 상황 때문입니다. 분만 중에 합병증이 생겨서 응급 제왕절개 수술을 했는데요. 산모와 아기 아빠라는 남자가 있었어요. 산모가 아빠라고 확인해줬고요. 처음에는 그 남자가 도움이 될 것 같았어요. 산모가 제왕절개를 해야 한다는 말에 겁에 질렸고, 남자가 산모 옆에 앉아서 이마를 쓰다듬어주면서 위로하고 금방 다 끝날 거라고 안심시켜줬거든요. 사실이 그렇고요. 보통 아기를 꺼내는 데 5분도 안 걸리거든요. 그런데 이 일이 생각난 건 옆에서 남자가 한 말 때문이에요. '당신 배에 칼이 들어가는 거야. 그럼 다 끝나'라고요. 틀린 말은 아니지만 단어 선택이 이상해서요. 그때는 남자가 이 말을 하고 바로 산모에게 입을 맞춰서 더 깊이 생각하진 않았어요. 그런데 더 이상한 건 남자가 산모한테 입을 맞추고는 산모의 입술을 닦아주는 거예요. 게다가 제왕절개 수술을 하는 동안 남자가 그 장면을 녹화했어요. 제일 이상한 건 남자가 갑자기 산모한테 다가와 아기를 직접 꺼내려고 했다는 거예요. 우리가 말리려고 하는데 남자가 절개한 부위에 손을 쓱 집어넣었어요."

카트리네가 인상을 찌푸렸다.

"젠장." 해리가 나직이 말했다. "젠장, 젠장."

카트리네는 그를 보았다. 뭔가가 서서히 떠오르긴 했지만, 그보다 혼란스러웠다.

"우리는 남자를 겨우 끌어내고 수술을 계속했어요." 멜후스가 말했다. "다행히 산모한테 감염증이 생기지는 않았고요."

"스베인 핀네. 스베인 핀네네요."

멜후스가 해리를 보고 천천히 고개를 끄덕였다. "우리한테는 다른 이름을 댔습니다."

"그랬겠죠." 해리가 말했다. "그런데 〈VG〉에서 오늘 오후에 내보낸 그자의 사진을 보셨겠죠."

"네, 그 남자가 제가 말한 남자인 건 확실합니다. 특히 배경 벽의 그림을 보고 확실히 알았습니다. 그 사진은 우리 산부인과 대기실에서 찍은 겁니다."

"그 일을 왜 이렇게 늦게 신고하신 건가요? 그리고 왜 직접 절 찾아오신 거죠?" 카트리네가 물었다.

멜후스는 잠시 어리둥절한 표정을 지었다. "신고하는 게 아닌데요."

"아니에요?"

"아닙니다. 출산 합병증이라는 정신적, 신체적 스트레스 상황에서 예상 밖의 행동을 하는 게 이상한 일은 아니거든요. 게다가 남자가 산모를 해치려 한다는 인상은 주지 않았어요. 그냥 아기한테만 집중했어요. 그 남자도 진정되고 수술도 잘 끝났고요. 말씀드린

대로. 남자가 탯줄까지 잘랐으니까요."

"칼로." 해리가 말했다.

"맞습니다."

카트리네가 인상을 찌푸렸다. "뭐예요, 해리? 선배는 알아챘고 저는 아직 감도 잡지 못한 게 뭐예요?"

"날짜와 시각." 해리는 이렇게 답하고 멜후스를 보면서 말했다. "살인사건 기사를 읽고 스베인 핀네에게 알리바이가 있다고 알리려고 찾아오신 거군요. 그자는 그날 밤 산부인과에 있었으니까요."

"히포크라테스 선서로 보면 우린 지금 모호한 영역에 있습니다. 그래서 직접 뵙고 말씀드리고 싶었습니다, 브라트." 멜후스는 나쁜 소식을 전하는 훈련을 받은 직업인 특유의 동정 어린 표정으로 카트리네를 보았다. "산파를 만났는데, 그 남자는 산모가 입원한 21시 30분경부터 분만이 끝난 이튿날 새벽 5시까지 같이 있었다더군요."

카트리네는 한 손으로 얼굴을 덮었다.

테이블에서는 즐거운 웃음소리가 들리고 맥주잔 부딪치는 소리가 이어졌다. 누군가가 방금 재미난 농담이라도 던진 모양이었다.

PART 2

　자정 직전에 〈VG〉는 경찰이 "약혼자" 스베인 핀네를 석방했다는 뉴스를 내보냈다.

　요한 크론은 같은 신문에 그의 의뢰인은 자백을 바꾸지 않았지만 경찰이 자체적으로 그 자백이 라켈 페우케 사건과는 관련이 없고 다른 사건, 그러니까 분만 중인 산모와 아기에게 피해를 줬을 수도 있는 사건과 관련이 있다는 결론에 이르렀다고 밝혔다. 증인도 있고 증거 영상도 있지만 해당 사건에 대한 신고는 접수되지 않았다고 말했다. 그래도 그의 의뢰인은 자백하고 약속을 지켰다면서, 만약 경찰이 약속을 지키지 않고 모호하고 근거 없는 성폭행 혐의에 대한 기소를 취하하지 않는다면 응분의 대가를 치를 거라고 경고했다.

　해리의 심장이 요란한 박동을 멈추지 않았다.

　그는 물이 발목까지 찬 채로 서서 숨을 헐떡였다. 그는 달렸다. 이 도시의 모든 거리를 하나도 남김없이 달리고 여기서 힘을 다 잃었다.

그래서 심장이 통제 불능이 된 건 아니었다. 저스티스에서 나올 때부터 시작되었다. 몸이 마비될 것처럼 한기가 다리를 타고 올라와 무릎을 지나 사타구니로 올라왔다.

해리는 오페라하우스 앞 광장에 서 있었다. 발아래 하얀 대리석이 빙산이 녹듯이 비스듬히 피오르로 빠져들면서 곧 들이닥칠 재앙을 경고했다.

비에른 홀름은 잠에서 깼다. 침대에 누운 그대로 귀를 기울였다.

아기 때문이 아니었다. 카트리네 때문도 아니었다. 카트리네는 침대로 들어와 아무 말도 하고 싶지 않은 듯 등지고 누워 있었다. 그는 눈을 떴다. 하얀 침실 천장에 희미한 빛이 어른거렸다. 그는 침대 옆 협탁에 손을 뻗어 휴대전화 화면으로 발신자가 누군지 보았다. 망설였다. 조용히 침대에서 빠져나와 복도로 나갔다. 응답을 눌렀다.

"오밤중이에요." 그가 속삭였다.

"고마워, 그런지 아닌지 확신이 안 섰거든." 해리가 건조하게 말했다.

"별말씀을요. 주무세요."

"끊지 마. 라켈의 사건 파일에 접근이 안 돼. 내 접근 코드가 차단됐나 봐."

"그런 건 카트리네랑 얘기하셔야죠."

"카트리네는 상관이고, 규정대로 해야 하는 거, 자네도 나도 알잖아. 그런데 내가 자네 코드를 알아. 비밀번호는 짐작이 가고. 자네가 나한테 **줄** 수는 없겠지. 그럼 규정을 위반하는 거니까."

침묵.

"그런데요?" 비에른이 한숨을 쉬었다.

"그래도 자네는 늘 나한테 단서를 줄 수 있었지."

"해리……."

"그게 필요해, 비에른. 빌어먹을 절박하게 필요해. 핀네가 아니라면 다른 누군가일 테니까. 어서, 카트리네한테도 필요해. 자네 부서도 크리포스도 아무것도 가지고 있지 않으니까."

"그럼 왜 선배예요?"

"이유는 알잖아."

"제가요?"

"장님 세상에서 나만이 애꾸눈이니까."

다시 침묵.

"글자 두 개, 숫자 네 개요." 비에른이 말했다. "꼭 선택해야 한다면 그 사람처럼 죽고 싶어요. 차에서, 새해가 시작된 순간에."

그는 전화를 끊었다.

25

"폴 마티우치 교수에 따르면 살인범은 대개 여덟 가지 유형 중 하나야." 해리가 말했다. "하나, 만성적으로 공격적인 유형. 충동 조절 능력이 심각하게 떨어지는 부류로, 쉽게 좌절하고 권위를 거부하고 폭력이 합당한 대응이라고 확신하고 마음속 깊이 내재한 분노를 표출할 방법을 찾는 걸 즐기는 사람들. 분노가 올라오는 게 겉으로 드러나는 부류지."

해리는 담배를 입술 사이에 끼웠다.

"둘, 적개심을 통제하는 유형. 화를 잘 안 내고 정서적으로 경직되고 정중하고 진지해 보이는 사람들. 이들은 규칙을 준수하고 자신을 정의의 수호자로 생각해. 이들은 착해서 남들한테 이용당할 수도 있어. 끓는 압력솥 같아서 폭발하기 전에는 안에서 뭔가가 끓고 있는 줄도 몰라. 이웃들이 늘 좋은 사람처럼 보였다고 말하는 그런 부류야."

해리는 라이터를 켜고 담배에 대고 연기를 빨았다.

"셋, 억울한 유형. 남들이 자기를 업신여기고 자기는 정당한 대

접을 받지 못하고 있고 자기가 성공하지 못한 건 다 남들 탓이라고 여기는 사람들. 이들은 앙심을 품고, 특히 자기를 비판하거나 질책한 사람들에게 적의를 느끼지. 이들은 자신을 피해자라고 여기고 심리적으로 무력하다고 생각해. 이들이 폭력에 의지하는 이유는 폭력성을 통제할 다른 방법을 찾지 못해서고 폭력은 주로 이들이 원한을 품은 사람들을 향하지. 넷, 외상을 입은 유형."

해리는 입과 코로 담배를 내뿜었다.

"이들에게 살인은 자존감에 결정적인 공격을 당했을 때 단 한 번 나오는 대응이야. 지독히 모욕적이고 견딜 수 없는 공격이라 내면의 힘에 대한 감각을 완전히 상실해. 외상을 입은 이들이 자존감이나 남성성을 지키려면 반드시 살인이 일어나야 해. 사실 이런 정황을 인지한다면 이런 유형의 살인은 예견하는 동시에 사전에 막을 수도 있어."

해리는 검지와 중지의 두 번째 손마디 사이에 담배를 끼우고 서 있었다. 그의 그림자가 황토와 회색 자갈로 둘러싸인 반쯤 말라붙은 작은 웅덩이에 비쳤다.

"그리고 나머지 유형들이 있어. 다섯, 강박적이고 미성숙한 자아도취 유형. 여섯, 정신 이상의 경계선에 있는 피해망상과 질투가 심한 유형. 일곱, 정신 이상의 경계선을 한참 넘은 유형."

해리는 담배를 다시 입에 물고 눈을 들었다. 눈으로 목조주택을 훑었다. 범죄 현장. 아침 해가 유리창에 반사되어 반짝거렸다. 그 집은 달라진 건 전혀 없고 버려진 정도만 달라졌다. 내부는 똑같았다. 빛바랜 느낌. 마치 정적이 벽과 커튼에서 색을 빨아들이고 사진에서 얼굴들을 빼내고 책에서 기억을 뽑아낸 것처럼 보였다. 지난번에 못 본 건 아무것도 보이지 않고, 지난번에 생각하지 못한 건 아무것도 생각나지 않은 채로, 그들은 어젯밤에 도달한 지점으로 돌아왔다. 까맣게 타버린 건물과 호텔의 잔해와 함께 출발점으로 돌아왔다.

"그럼 여덟 번째는요?" 카야가 코트를 여미고 자갈밭에 발을 굴렀다.

"마티우치 교수는 그걸 '그냥 평범하게 나쁘고 화가 난' 유형이라고 불렀어. 앞의 일곱 가지 유형이 조합된 형태."

"당신이 찾는 살인범이 어느 미국인 심리학자가 만든 여덟 가지 유형 중 하나에 속한다고 보는 거고요?"

"음."

"그리고 스베인 핀네는 무고하고요?"

"아니. 그래도 라켈의 살인에 대해서는, 그래."

해리는 카멜 담배를 깊이 빨았다. 아주 깊이 빨아서 목구멍에 뜨거운 연기가 닿는 느낌이 들었다. 이상하게 핀네의 자백이 거짓이라는 사실이 충격적이지 않았다. 벙커에 함께 있을 때부터 어딘가 아귀가 안 맞는 느낌이 들었다. 핀네가 그런 상황에서 다소 지나치게 행복해하는 느낌. 핀네는 일부러 폭력을 도발해서 살인이든 성폭행이든 그가 자백한 말이 법정에서 채택되지 못하게 만들었다. 라켈이 살해당한 밤에 자기가 산부인과에 있었다는 걸 처음부터 안 걸까? 그 영상이 오해를 살 수 있다는 걸 안 걸까? 아니면 나중에서야, 경찰청에서 심문을 받기 전에, 이런 얄궂은 운명을, 이 상황이 희비극으로 설정된 걸 알아챈 걸까? 해리는 주방 창문 쪽을 보았다. 작년 4월에 라켈과 함께 정원을 청소하면서 낙엽과 나뭇가지를 모아둔 자리였다. 그때는 핀네가 출소한 직후고, 그가 해리의 가족을 찾아오겠다고 은근히 협박한 때다. 핀네가 어느 밤이든 그 풀숲에 서 있었다면 주방 창문의 창살을 통해 벽에 걸린 빵도마를 보았을 것이고, 시력이 좋다면 거기 찍힌 글씨까지 봤을 수도 있다. 핀네는 그 집이 철옹성인 걸 알았을 수도 있다. 그리고 머릿속으로 계획을 세웠을 수도 있다.

거짓 자백으로 성폭행 혐의를 벗기로 한 계획의 배후에 요한 크론이 있을 것 같지는 않았다. 요한은 그런 속임수로 단기간에 성과를 올려봐야 (아무리 교묘한 조작에 일가견이 있는 피고 측 변호인이라도) 변호사의 진정한 무기인 신뢰성에 흠집이 나는 데 비하면 사소한 성과라는 사실을 누구보다 잘 아는 사람이었다.

"당신이 말하는 살인범 유형이란 게 선명하게 구분되지 않는 건 알죠?" 카야가 물었다. 그녀는 뒤돌아서 시내를 내려다보고 있었다. "살다 보면 누구나 어느 시점에는 그런 유형 중 하나에 들어가잖아요."

"음. 그런데 과연 누구나 계획적이고 냉혈한인 살인자 유형에도 들어갈까?"

"왜 물어요? 답을 알면서?"

"그냥 남의 입으로 듣고 싶어서."

카야는 어깨를 으쓱했다. "살인은 그저 맥락의 문제예요. 자신을 이 도시의 존경받는 처형자, 조국의 영웅적 병사나 경찰이라고 여긴다면야 사람 하나 죽이는 건 아무것도 아니잖아요. 혹은 정의의 이름으로 정당하게 복수하는 사람이라고 여긴다면."

"고마워."

"별말씀을. 경찰대학에서 당신 강의에서 들은 거예요. 그럼 누가 라켈을 죽였을까요? 아무런 맥락도 없이 여덟 가지 중 한 유형의 성격 특질을 가진 사람이 살해한 걸까요? 아니면 평범한 사람이 그만의 어떤 이유로 살해한 걸까요?"

"글쎄, 미친 인간한테도 맥락은 필요할 거야. 분노가 폭발한 상태에서도 자신이 정당하게 행동하는 거라는 확신을 주는 순간이 있지. 광기는 우리가 원하는 대답을 스스로 해주는 외로운 대화야. 그리고 누구나 혼자서 이런 대화를 나눈 적이 있어."

"우리도?"

"난 그런 적 있어." 해리는 진입로를 내다보았다. 시커멓고 육중한 전나무들이 보초병처럼 진입로 양옆을 지키고 서 있었다. "그래도 그 질문에 답하자면, 난 용의자를 좁혀가는 과정이 여기서 출발한다고 봐. 그래서 당신한테 현장을 보여주려고 한 거고. 깨끗이 청소가 끝난 상태야. 그래도 살인은 지저분하고 감정적이야. 마치 훈련받은 동시에 훈련받지 않은 살인자와 대면하는 것과 같아. 혹은 훈련은 받았어도 성적 좌절이나 개인적 증오에 의한 살인에서 전형적으로 나타나듯이 정서적으로 균형을 잃은 상태거나."

"그럼 성적으로 공격한 증거는 없으니 증오만 남는다는 결론에 이르네요?"

"그래. 그래서 스베인 핀네가 완벽한 용의자로 보였던 거야. 폭력을 행사하는 데 거리낌이 없고 아들의 죽음을 복수하고 싶은 자."

"그랬다면 **당신**을 죽였어야 맞잖아요?"

"사랑하는 사람을 잃고 난 삶은 죽느니보다 못하다는 걸 스베인 핀네가 아는 줄 알았어. 그런데 내가 틀린 것 같아."

"엉뚱한 사람을 잡았다고 해서 동기까지 잘못 짐작한 건 아니죠."

"음. 라켈을 증오할 사람을 찾는 건 어렵지만 날 증오할 사람을 찾는 건 쉽다는 건가?"

"그냥 그렇다는 거예요." 카야가 말했다.

"좋아. 거기서부터 시작할 수 있겠지."

"혹시나 수사팀은 우리가 모르는 뭔가를 확보했을 수도 있어요."

해리는 고개를 저었다. "어젯밤에 수사팀 파일을 확인했는데, 그쪽이 확보한 건 산발적으로 흩어진 사소한 정보뿐이야. 심문에서도 증거에서도 확실한 게 없어."

"수사 파일에 접근 권한이 없지 않아요?"

"그 권한을 가진 사람의 접근 코드를 알아. IT팀에서 그 사람한테 가슴둘레 치수를 코드로 줘서 그 사람이 화를 낸 적이 있거든. BH100. 비밀번호는 내가 그냥 알아냈고."

"그 사람 생일요?"

"거의. HW1953."

"그게 뭔데요?"

"행크 윌리엄스가 새해 첫날에 차에서 시신으로 발견된 해야."

"그러니까 대중없이 떠오른 생각만 있는 거네요. 따뜻한 데로 들어가서 생각할까요?"

"그러지." 해리는 마지막 한 모금을 빨려고 했다.

"잠깐." 카야가 손을 내밀었다. "나도……?"

해리는 그녀를 바라보다가 담배를 건넸다. 그가 보는 것은 사실이 아니었다. 눈물이 앞을 가려 누구보다도 잘 보지 못했지만, 지금은 잠시 눈물을 짜냈다. 다시 만난 후 처음으로 카야 솔네스를 제대로 **보았다**. 담배 때문이었다. 기억이 되살아났다. 홍콩으로 그를 데리러 온 젊은 경관. 오슬로 경찰들이 잡지 못한 연쇄살인범을 잡아달라며 그를 본국으로 데려가려고 찾아왔었다. 그녀는 청킹 맨션에서, 약에 취한 상태와 무관심 사이의 어딘가에서 매트리스에 널브러져 있던 그를 찾아냈다. 도움이 절실한 쪽이 어느 쪽인지 분간이 가지 않았다. 오슬로 경찰인지 해리인지. 그런데 지금 여기에 그녀가 다시 왔다. 카야 솔네스, 뾰족하고 삐뚤빼뚤한 치아를 최대한 드러내 완벽한 얼굴을 망치면서 아름다움을 부정하는 여자. 크고 텅 빈 집에서 함께 보낸 아침과 둘이 함께 나눠 피운 담배가 기억났다. 라켈은 첫 모금을 원했고, 카야는 늘 마지막 모금을 원했다.

이후 그는 두 사람을 모두 떠나 다시 홍콩으로 도피했다. 하지만 둘 중 한 사람을 위해 다시 돌아왔다. 라켈을 위해.

해리는 카야의 라즈베리색 입술이 누런 갈색 필터를 물고 담배를 빨 때 입술에 살짝 힘이 들어가는 모습을 보았다. 카야는 물웅덩이와 자갈밭 사이의 축축한 흙바닥에 꽁초를 버리고 발로 밟고서 차로 향했다. 해리는 그녀를 따라가려다 멈칫했다.

그의 시선이 짓뭉개진 꽁초에 꽂혔다.

그는 패턴 인식에 관해 생각했다. 인간의 뇌에서 패턴을 인식하는 능력이 인간을 다른 동물들과 구별해주고, 항상 반복되는 패턴을 찾는 타고난 성향에 의해 지능이 발달하고 문명화가 이루어졌다고 한다. 그는 족적에서 패턴을 인식했다. 수사팀 자료의 "범죄현장 사진" 파일에 들어 있던 사진에서. 그 사진에 적힌 짤막한 설명에는 인터폴 데이터베이스에서 신발 바닥의 패턴과 일치하는 족적을 발견하지 못했다고 적혀 있었다.

해리는 목청을 가다듬었다.

"카야?"

그는 차로 향하던 그녀의 등이 뻣뻣해지는 것을 보았다. 이유는 모르지만 그의 목소리에서 그 자신도 듣지 못한 뭔가를 직감한 듯 했다. 그녀가 그를 돌아보았다. 그녀 입술이 안으로 말리고 뾰족한 치아가 드러났다.

26

"보병들이 다 검은 머리예요." 커피테이블 한쪽 끝의 낮은 안락의자에 앉은 다부지고 건장해 보이는 남자가 말했다. 엘란 마드센의 의자는 로아르 보르의 의자와 정면으로 마주 보지 않고 90도 각도로 놓여 있었다. 그래야 환자들이 상담하면서 마드센을 볼지 말지 스스로 결정할 수 있었다. 상대를 보지 않고 말하면 고해실에서 말할 때와 같은 효과가 나타났다. 한마디로 환자에게 독백하는 느낌을 주는 것이다. 상대의 몸짓과 표정을 보지 않으면 말하는 내용의 문턱이 낮아진다. 마드센은 상담실에 소파를 들여놓을까 고민한 적이 있다. 그러면 지나치게 상투적으로, 진부한 장면처럼 보일 테지만.

마드센은 노트를 흘긋 보았다. 그래도 노트는 두기로 했다. "자세히 설명해주시겠습니까?"

"검은 머리를 자세히요?" 로아르 보르는 미소를 지었다. 미소가 그의 청회색 눈에 닿자 그의 눈에 고인, 그냥 거기 맺혀 있는 조용하고 건조한 눈물로 인해 그 미소가 더 부각되었다. 구름 가장자리에서 햇살이 더 밝게 빛나듯이. "그들은 머리색이 검고, 200미터 밖에서도 머리통에 총알을 박아 넣는 재주가 있어요. 하지만 검문소에 다다를 때 그들을 알아보는 방법은 그들이 머리가 검고 친절하다는 겁니다. 겁먹고 친절해요. 이게 그들의 일이에요. 훈련받은 대로 적에게 총을 쏘는 일이 아니라, 군에 입대하고 지옥 훈련을 거쳐 특수부대에 들어갈 때는 생각지도 못한 일을 해야 하죠. 작년 한 해에만 자살폭탄테러로 두 번이나 폭파당한 검문소에서, 오가는 시민들에게 웃으면서 친절하게 대하는 일. 이걸 마음을 얻는 일이라고 해요."

"그래서 뭐라도 얻었나요?"

"아뇨." 로아르가 말했다.

외상후스트레스장애 전문 심리치료사인 엘란 마드센은 닥터 아프가니스탄, 다시 말해 전쟁으로 초토화된 그 땅에 다녀온 후 고통에 시달리는 사람들이 소문을 듣고 찾는 심리학자다. 마드센은 환자들이 말하는 생활과 감정에 관해 잘 알면서도 경험상 그냥 백지상태로 들어주는 편이 낫다고 판단했다. 환자들이 스스로 원하는 범위 안에서 사소하고 단순한 일들에 관해 구체적으로 말하게 해야 했다. 어느 하나도 당연하게 넘겨서는 안 된다. 환자들에게 그를 위해 **전체** 그림을 그려줘야 한다고 상기시켜야 했다. 환자들이 문제 지점이 어디인지 항상 자각하는 것은 아니다. 환자 자신은 사소하고 중요하지 않다고 여기는 지점, 대수롭지 않게 넘겼을 지점, 환자의 무의식이 조용하고 은밀하게 어찌어찌 헤쳐나가는 지점이 바로 환자를 괴롭히는 지점이다. 하지만 아직은 준비 단계였다.

"그래서 마음을 얻지 못했나요?" 마드센이 물었다.

"아프가니스탄에서는 ISAF가 왜 거기 들어와 있는지 제대로 이해하는 사람이 없었어요. ISAF에 소속된 사람들도 다 아는 건 아니었어요. 다만 ISAF가 순전히 그 나라에 민주주의와 행복을 가져다주려고 그곳에 주둔한다고 믿는 사람은 없었어요. 민주주의라는 개념도 없고 민주주의가 대변하는 가치에 관심도 없는 나라예요. 아프간 사람들은 우리가 식수와 보급품과 지뢰 제거를 도와주는 한에서 우리가 듣고 싶어할 거라고 짐작하는 말을 해줄 뿐이에요. 그 외에는 지옥문이 열리는 겁니다. 탈레반에 동조하는 사람들 얘기만이 아닙니다."

"그럼 왜 가셨나요?"

"군에서 출세하고 싶으면 ISAF에 들어가야 해요."

"그럼 출세하고 싶었나요?"

"다른 길은 없어요. 멈추면 죽어요. 군에서는 출세하려는 노력을 중단할 수 있다고 생각하는 사람을 위해 느리고 고통스럽고 굴욕적인 죽음을 마련해놓죠."

"카불에 관해 얘기해주실래요?"

"카불." 로아르는 자세를 고쳐 앉았다. "떠돌이들."

"떠돌이들요?"

"그놈들이 어디에나 있어요. 떠돌이 개들."

"그러니까 정말로 개를 말하는 건지, 아니면⋯⋯."

로아르는 고개를 저으며 미소 지었다. 이번에는 그의 눈에 햇살이 빛나지 않았다. "아프가니스탄에는 스승이 많아도 너무 많아요. 개들은 쓰레기를 뒤지며 살고요. 쓰레기도 많아요. 도시에 매연이 심해요. 그리고 태워요. 거기 사람들은 난방을 위해 뭐든 태워요. 쓰레기, 석유, 나무. 카불에는 눈이 내려요. 눈이 오면 도시가 더 우

중충해 보였어요. 뭐, 괜찮은 건물도 몇 개 있기는 했어요. 대통령
궁이요. 또 세레나 호텔은 물론 오성급이고요. 바부르 공원도 좋아
요. 그런데 카불에서 차로 다녀보면 가장 많이 보이는 건 작고 허
름한, 1층이나 2층 건물과 각종 물건을 파는 가게들이에요. 아니
면 가장 우울한 시대의 러시아식 건물이거나." 로아르는 고개를 저
었다. "소련군 침공 이전의 카불 사진을 본 적이 있어요. 그 사람들
말이 맞더군요. 카불은 한때 정말로 아름다웠어요."

"당신이 그곳에서 지낼 때는 아니었다는 거죠?"

"우리는 사실 카불이 아니라 카불 외곽의 텐트에서 지냈어요. 집
처럼 꽤 그럴듯한 텐트였어요. 그래도 사무실은 보통 건물에 있었
죠. 텐트에는 에어컨이 없고 선풍기만 있었어요. 어차피 자주 켜
지는 않았어요. 밤에는 추워지거든요. 낮에는 한없이 뜨거워서 밖
에서 돌아다니는 게 불가능했어요. 이라크의 바스라에서 습도가
50일 때만큼 최악은 아니어도 카불의 여름도 지옥 같았어요."

"그런데도 거길 다시 가신 건……." 마드센은 수첩을 보았다.
"세 차례나? 12개월씩?"

"12개월 한 번, 6개월 두 번요."

"당신도, 가족들도 전쟁 지역으로 들어가는 게 얼마나 위험한지
아셨을 텐데요. 정신 건강 면에서도 그렇고, 가족들과의 관계 면에
서도 그렇고요."

"그런 얘기는 들었어요, 맞아요. 아프가니스탄에서 얻는 거라고
는 너덜너덜해진 신경줄과 이혼이고, 알코올의존증을 용케 피해서
은퇴하기 직전 대령으로 승진하는 거라고요."

"하지만……."

"전 말뚝이 뽑혔죠. 그전에는 군에서 지원을 많이 받았습니다.

군사학교에서 장교 훈련을 받았어요. 사실 사람들한테 그들이 선택받았다는 느낌만 심어주면 그 사람들은 무슨 짓이든 기꺼이 해요. 1960년대에 깡통을 입혀서 달에 보내는 건 사실 자살 임무였고, 다들 그걸 알았어요. NASA에서는 최고의 조종사들만 우주비행사 프로그램에 지원하도록 요구했어요. 조종사가 (민간인이든 군인이든) 무비 스타나 축구선수 같은 위상에 올랐던 시대에 전도유망한 조종사들만 원한 겁니다. 겁도 없고 스릴을 즐기는 어린 조종사가 아니라 경험도 많고 안정감이 있는 조종사들을 요구했죠. 어떤 위험이 걸려 있는지 충분히 인지하고 그런 위험을 추구하는 욕구가 없는 사람들. 결혼해서 막 아이를 하나둘씩 낳은 조종사들. 한마디로 잃을 게 많은 사람들요. 그중 몇이나 공개적으로 자살을 감행하라는 국가의 요구를 거절했을까요?"

"그래서 가신 건가요?"

로아르는 어깨를 올렸다. "개인적 야망과 이상주의가 결합한 거겠죠. 다만 어떤 비율로 결합했는지는 기억이 나지 않네요."

"다시 고국으로 돌아오면서 가장 기억에 남는 건 뭔가요?"

로아르는 씁쓸하게 웃었다. "아내가 매번 저를 재교육해줘야 하는 거요. 우유를 사 오라고 할 때 '알았습니다'라고 말하지 않아도 된다고 일일이 지적해줘야 했어요. 옷을 제대로 갖춰 입어야 한다는 것도요. 더워서 야전 군복 외에는 아무것도 입지 않고 몇 년씩 살다 보면 정장이…… 옥죄는 것처럼 느껴지거든요. 그리고 사회적 상황에서는 여자들과 악수를 해야 한다는 것도요. 히잡을 쓴 여자들하고도."

"살인 얘기를 해볼까요?"

로아르는 넥타이를 세게 잡아당기고 시계를 보았다. 천천히 깊게 숨을 들이마셨다. "그럴까요?"

"아직 시간이 있습니다."

로아르는 잠시 눈을 감았다. 그리고 다시 떴다. "살인은 복합적이에요. 지극히 단순하기도 하고. 특수부대 같은 정예군을 선발할 때는 신체적, 정신적 기준만 충족해야 하는 게 아니에요. 살인까지 할 수 있는 사람이어야 해요. 그래서 살인으로부터 충분히 거리를 유지할 수 있는 사람들을 선발해요. 레인저스 같은 특수부대 요원 선발에 관한 영화나 TV 드라마를 보신 적이 있을 거예요. 주로 스트레스 관리, 그러니까 먹지도 자지도 못하고 과제를 해결하고 정서적, 신체적 스트레스 상황에서 군인답게 행동하는 능력에 관한 내용이죠. 저도 일반 사병일 때는 살인에 대해, 한 개인이 생명을 빼앗고 다루는 능력에 대해 그렇게 주목하지 않았어요. 요새는 이런 부분에 대해 더 많이 알려졌어요. 살인을 할 사람들은 자기 자신을 잘 이해해야 한다는 것도 알아요. 자신의 감정에 놀라면 안 되니까요. 같은 종의 구성원을 죽이는 게 자연스럽지 않은 행위라는 건 사실이 아니에요. 실은 완벽하게 자연스러운 행동이에요. 자연에서는 일상적으로 일어나는 일이죠. 물론 대다수 사람은 거부감을 느껴요. 진화 관점에서는 논리적이기도 하고요. 하지만 환경이 요구하면 꺼리는 마음을 극복할 수 있어요. 사실 살인을 할 수 있는 건 건강하다는 증거죠. 자기 조절 능력을 입증해주니까요. 특수부대에서 제 부하들의 공통점이 하나 있다면 살인을 극단적으로 편하게 받아들인다는 겁니다. 하지만 누가 그 친구들을 사이코패스라고 비난한다면 제가 나서서 한 대 때려줄 겁니다."

"그냥 때리기만요?" 마드센이 쓴웃음을 지으며 물었다.

로아르는 대답하지 않았다.

"본인의 문제를 보다 직접적으로 말씀해주시면 좋겠네요." 마드센이 말했다. "본인의 살인에 관해서요. 여기 기록을 보니까 지난번에는 본인을 괴물이라고 하셨어요. 그런데 그쪽으로 더 깊이 들어가고 싶지 않으신가 보군요."

로아르가 고개를 끄덕였다.

"걱정하시는 건 압니다. 다만 철저한 비밀 유지 서약에 관해 거듭 약속드릴 뿐입니다."

로아르는 손바닥으로 이마를 쓸었다. "알아요. 다만 회의에 늦지 않게 가려면 시간이 빠듯할 거 같아서요."

마드센은 고개를 끄덕였다. 순전히 전문가다운 관심에서 문제의 진앙지가 어디인지를 알아내는 과정을 벗어나 환자의 사연 자체에 호기심을 느낀 적은 거의 없었다. 하지만 이 사례는 달랐다. 그는 얼굴에 실망감이 드러나지 않았기를 바랐다. "음, 그럼 이만 끝내죠. 그 얘기를 하고 싶지 않으시다면……."

"그 얘기를 하고 **싶어요**. 전……." 로아르는 말을 하려다가 말았다. 그러고는 재킷 단추를 채웠다. "누군가에게는 **말해야 해요**. 다만……."

마드센은 기다렸지만 로아르는 더는 말을 잇지 않았다.

"그럼 월요일 같은 시간에 뵐까요?" 마드센이 물었다.

그래, 역시 소파를 들여놔야 했어. 어쩌면 고해실도.

"진한 커피가 마음에 들었으면 좋겠어." 해리가 주전자로 컵에 물을 따르면서 거실을 향해 큰 소리로 외쳤다.

"레코드가 몇 장이나 돼요?" 카야가 물었다.

"천오백 장쯤." 컵 손잡이에 손가락을 끼우자 손마디가 뜨거웠다. 단 세 걸음에 거실로 갔다. 카야가 소파에서 무릎을 꿇고 레코드 컬렉션을 훑어보고 있었다. "쯤?"

해리는 한쪽 입꼬리를 올리며 미소 비슷한 것을 지었다. "천오백삼십여섯 장."

"게다가 여느 신경증 걸린 남자들처럼 앨범을 아티스트 이름의 알파벳순으로 정리한 것 같기는 한데, 그나마 아티스트마다 발매일순으로 정리하지는 않았네요."

"응." 해리는 컵 두 개를 테이블 위 컴퓨터 옆에 놓고 손가락을 후후 불었다.

"그냥 내가 구매한 순으로 정리했어. 아티스트별로 가장 최근에 산 앨범을 맨 왼쪽에 꽂는 거야."

카야가 웃었다. "당신들은 미쳤어."

"아마도. 비에른은 나만 미쳤다고 하던데. **다들** 발매일순으로 정리한다면서." 해리는 소파에 앉았고, 카야는 그의 옆으로 다가앉아서 커피를 한 모금 홀짝였다.

"음."

"동결 건조 커피인데 병을 새로 딴 거야." 해리가 말했다.

"이 맛이 얼마나 좋은지 잊고 있었네요." 그녀가 웃었다.

"뭐? 내가 타준 뒤로 누가 이렇게 타준 적 없어?"

"사실 여자를 다룰 줄 아는 남자는 당신밖에 없어요, 해리."

"그건 잊지 말아줘." 해리는 이렇게 말하고 모니터를 가리켰다. "이건 라켈의 집 앞 눈밭에 찍혀 있던 족적 사진이야. 같은 건지 알겠어?"

"네." 카야는 자기 부츠를 들었다. "그런데 사진 속 족적은 사이즈가 더 크지 않나요?"

"43이나 44일 거야." 해리가 말했다.

"제 건 38이에요. 카불의 중고 상점에서 샀어요. 거기 있던 제일 작은 사이즈로."

"그럼 그건 소련 점령기에 나온 소련군 군화인가?"

"네."

"30년은 넘었다는 거네."

"대단하지 않아요? 카불의 어느 노르웨이 중령이 자주 한 말이 있어요. 이런 부츠 회사들이 소련을 책임졌다면 소련이 해체되는 일은 없었을 거라고."

"보르 중령 얘기야?"

"네."

"그 사람도 이런 부츠를 신었다는 건가?"

"잘 기억은 안 나는데 인기 많은 모델이었어요. 저렴하기도 했고요. 왜 물어요?"

"로아르 보르의 전화번호가 라켈의 통화 기록에 많이 떠 있어서 경찰이 살인이 일어난 밤에 대한 그 사람 알리바이를 확인했거든."

"그래서요?"

"그 사람 아내 말로는 저녁부터 밤새 집에 있었대. 보르의 통화 기록을 보니 라켈이 한 번 전화하면 그 사람은 세 번꼴로 한 것 같더군. 그런 걸 스토킹이라고 볼 수 없을지는 몰라도, 보통은 부하 직원이 상관 전화에 더 자주 회신하지 않나?"

"모르겠어요. 그럼 보르가 라켈에게 보인 관심이 직업적인 것 이상이었을 거라는 뜻이에요?"

"어떻게 생각해?"

카야는 턱을 문질렀다. 해리는 왠지 모르게 남성적인 행동, 꺼칠

한 수염을 만지는 행동이라는 생각이 들었다.

"보르는 양심적인 상관이에요." 카야가 말했다. "그래서 가끔은 다소 지나치게 참견하고 다그치긴 해요. 그 사람이 먼저 전화하고 회신이 오기도 전에 세 번씩 전화하는 거 상상은 가요."

"새벽 1시에?"

카야가 얼굴을 찡그렸다. "반박하길 바라는 거예요, 아님……."

"이상적으로는."

"라켈은 NHRI의 부책임자였어요. 제가 맞게 아는 거죠?"

"기술책임자. 그래, 맞아."

"그럼 라켈이 무슨 일을 했어요?"

"UN 조약 기구를 위한 보고서. 강연. 정치인 자문."

"그럼 NHRI 사람들은 남들의 근무 시간과 마감 시간에 적응해야 해요. UN 본부는 우리보다 여섯 시간 늦어요. 그러니 상관이 조금 늦은 시각에 전화해도 그리 놀랄 일은 아니에요."

"어디지……. 보르의 집 주소가 어떻게 되지?"

"스메스타 어딘가예요. 어릴 때부터 살던 집인 것 같아요."

"음."

"무슨 생각 해요?"

"이런저런."

"어서요."

해리는 목덜미를 주물렀다. "나 지금 정직 중이라 누구한테 전화해서 심문하거나 수색영장을 청구하거나, 뭐든 크리포스나 강력반의 관심을 끌 행동을 해서는 안 돼. 그래도 그 사람들 눈에 띄지 않는 사각지대를 조금 파볼 수는 있어."

"가령?"

"이건 가설이야. 보르가 라켈을 죽였어. 곧장 집으로 돌아갔고, 가는 길에 살인 흉기를 없앴어. 그럼 아까 우리가 홀멘콜렌에서 여기로 올 때 지나온 길로 갔을 거야. 홀멘콜베이엔과 스메스타 사이의 어딘가에 칼을 버린다면 어디를 고를까?"

"홀멘담멘 호수가 그 길에서 돌 던지면 닿을 거리에 있잖아요."

"좋아." 해리가 말했다. "그런데 사건 파일을 보니까 거기는 이미 수색했어. 평균수심이 3미터밖에 안 돼서 벌써 발견됐을 거야."

"그럼 다른 데는요?"

그는 눈을 감고 뒤에 꽂힌 앨범들에 머리를 기대고 그가 무수히 오가던 길을 머릿속에 그렸다. 홀멘콜렌에서 스메스타까지. 작은 물건 하나 없앨 곳은 무수히 많았다. 주로 정원이었다. 스타숀스베이엔 바로 앞 덤불도 가능성이 있었다. 멀리서 금속성의 끼익하는 트램 소리와 바로 집 앞을 지나는 트램의 애처로운 비명이 들렸다. 순간 그것이 스쳤다. 초록색, 이번에는. 죽음의 악취가 진동하면서.

"쓰레기," 그가 말했다. "쓰레기통."

"쓰레기통?"

"스타숀스베이엔 바로 아래 주유소."

카야가 웃었다. "그건 천 가지 가능성 중 하나예요. 그런데 어째 확신하는 것 같네요."

"확실해. 나라면 어떻게 했을지 생각하면서 처음 든 생각이야."

"괜찮아요?"

"무슨 뜻이야?"

"엄청 창백해요."

"철분 부족이야." 해리는 일어섰다.

"쓰레기통이 가득 차면 대여 업체에서 수거해요." 짙은 색 피부의 안경 낀 여자가 말했다.

"그럼 마지막으로 수거해 간 게 언제입니까?" 해리가 주유소 바로 옆에 있는 커다란 회색 쓰레기통을 보면서 말했다. (관리자라고 자기를 소개한) 여자가 그건 주유소에서 사용하는 것이고 주로 포장을 버리는 용도라면서 누가 거기다 자기 쓰레기를 버리는 걸 본 적이 없다고 했다. 쓰레기통 한쪽에 철제로 된 입구가 열려 있었다. 여자가 빨간 버튼을 눌러 그 입구에서 쓰레기가 압축되어 짓눌린 채 통 안으로 밀려 들어가는 걸 보여주었다. 카야는 몇 미터 떨어져 회색 철제 쓰레기통에 찍혀 있는 업체 이름과 전화번호를 메모했다.

"마지막으로 교체된 게 한 달 전쯤이었을 거예요." 관리자가 말했다.

"경찰이 쓰레기통을 열어서 안을 확인했습니까?"

"그쪽은 경찰이 아니에요?"

"이런 큰 수사에는 왼손이 하는 일을 오른손이 모르게 해야죠. 그럼 쓰레기통을 열어서 잠깐 내부를 볼 수 있을까요?"

"모르겠어요. 윗분한테 연락해봐야 해서요."

"그쪽이 상관이신 줄 알았어요."

"전 이 주유소의 관리자라고 했지, 그게 꼭—."

"알았어요." 카야가 미소를 지었다. "윗분한테 전화해주시면 무척 고맙겠습니다."

여자는 그들을 남겨두고 빨간색과 노란색 건물 안으로 사라졌다. 해리와 카야는 거기 서서 인조잔디 경기장을 내려다보았다. 남자아이 둘이서 유튜브에서 봤을, 네이마르의 최신 기술을 연습하고 있었다.

잠시 후 카야는 손목시계를 보았다. "안에 가서 어떻게 됐나 물어볼까요?"

"아니." 해리가 말했다.

"왜요?"

"칼은 컨테이너에 없어."

"그래도 아까는……."

"내가 틀렸어."

"그건 또 어떻게 확신해요?"

"저기 봐." 해리가 가리켰다. "보안 카메라. 저것 때문에 아무도 여기다 뭘 버리지 않는 거야. 게다가 범죄 현장에 교묘히 숨겨둔 야생동물 카메라를 없앨 정신이 있는 범인이라면 살인 흉기를 없애겠다고 카메라가 설치된 주유소로 오지는 않겠지."

해리는 축구 경기장으로 걸음을 옮겼다.

"어디 가요?" 카야가 뒤에서 물었다.

해리는 대꾸하지 않았다. 딱히 해줄 말이 없어서였다. 주유소 뒤쪽으로 돌아가자 입구 위에 레디 스포츠클럽 로고가 있는 건물이 보였다. 건물 옆에 초록색 플라스틱 쓰레기통 여섯 개가 있었다. 보안 카메라의 촬영 범위를 벗어난 자리에. 해리는 제일 큰 통의 뚜껑을 열었고, 음식물 썩는 고약한 냄새가 훅 끼쳤다.

그는 쓰레기통 바닥 뒤편에 달린 바퀴 쪽으로 통을 기울여 마당으로 밀고 나왔다. 그러고는 통을 넘어뜨려서 안에 든 내용물을 바닥에 쏟았다.

"냄새 한번 지독하네요." 카야가 그를 따라가며 말했다.

"그게 좋아."

"좋아요?"

"비운 지 한참 됐다는 거니까." 해리는 쭈그리고 앉아서 쓰레기를 뒤지기 시작했다. "다른 통을 살펴볼래?"

"제 업무 요강에 쓰레기통 뒤지는 건 없었는데요."

"보수가 그렇게 짠 걸 보면 언젠가 쓰레기 뒤질 날도 오겠거니 했어야지."

"보수가 아예 없는데요." 카야가 제일 작은 쓰레기통을 넘어트리며 말했다.

"내 말이. 그건 이거만큼 냄새가 지독하지 않네."

"누구도 당신이 아랫사람들한테 동기부여를 못한다고는 말 못하겠어요." 카야가 쭈그리고 앉았고, 해리는 카야가 경찰대학에서 배운 대로 왼쪽 상단부터 시작하는 것을 보았다.

어떤 남자가 계단으로 나와서 레디라고 적힌 간판 아래 서 있었다. 레디 로고가 찍힌 청바지를 입고 있었다. "여기서 뭣들 하시는 겁니까?"

해리는 남자에게 다가가 경찰 신분증을 보여주었다. "혹시 3월 10일 저녁에 여기서 누군가를 본 사람이 있는지 아십니까?"

남자는 신분증을 들여다보고는 입을 반쯤 벌리고 다시 해리를 보았다. "해리 홀레시군요."

"맞습니다."

"정말 그 슈퍼 경찰 맞아요?"

"다 믿지는 마십―."

"그런데 우리 집 쓰레기를 뒤지고 계시네요."

"실망하셨다면 미안합니다."

"해리……." 카야가 불렀다.

해리는 돌아보았다. 카야가 엄지와 검지로 뭔가를 집고 있었다. 조그만 검은색 플라스틱으로 보였다. "그게 뭐야?" 해리가 눈을 가늘게 뜨고 물었다. 그사이 그의 심장이 빠르게 뛰었다.

"잘은 모르겠는데 왜 그거 있잖아요……."

메모리카드. 해리는 생각했다. 야생동물 카메라에 넣는 종류.

햇빛이 뤼데르 사겐스 가의 집 주방을 비췄다. 카야가 거기 서서 싸구려 카메라처럼 보이는 물건의 틈새에서 메모리카드를 끄집어냈다. 카야 말로는 2009년에 거금을 들여서 산 캐논 G9이고 시간의 검증을 제대로 거친 물건이라고 했다. 카야는 쓰레기통에서 발견한 메모리카드를 카메라의 틈새에 끼우고는 케이블로 맥북에 연결한 다음 사진 폴더를 클릭했다. 섬네일이 주르륵 떴다. 그중 몇 장은 다양한 광도로 볕이 든 라켈의 집을 찍은 사진이었다. 그리고 몇 장은 어둠 속에서 찍은 사진으로, 주방 창문에서 나오는 불빛만 보였다.

"나왔어요." 카야가 이렇게 말하고는 쉭쉭거리며 두 번째 컵에 커피를 뽑는 에스프레소 머신으로 갔다. 해리는 그를 혼자 두려고 자리를 비켜준 거라고 짐작했다.

섬네일에 날짜가 있었다.

끝에서 두 번째 섬네일에 '3월 10일', 마지막 섬네일에 '3월 11일'. 살인이 일어난 밤이다.

그는 숨을 깊이 들이마셨다. 뭘 보고 싶었던 걸까? 뭘 볼까 봐 두려운 걸까? 뭘 보기를 바라는 걸까?

뇌가 공격받는 말벌의 벌집처럼 느껴져서 일단 끝까지 보는 게 좋을 것 같았다.

3월 10일 섬네일을 재생했다.

작은 섬네일 네 개가 떴고, 섬네일마다 시각이 표시되어 있었다.

살인이 일어난 밤 자정이 되기 전에 카메라가 네 번 켜졌다는 뜻이다.

첫 번째 섬네일을 클릭했다. 20:02:10라는 제목이 붙어 있었다.

어둠. 주방 창문 커튼 뒤의 불빛. 누군가, 혹은 무언가가 어둠 속에서 움직여 녹화가 시작된 것이다. 젠장, 카메라 매장 점원 말대로 흐릿함 방지 기술이 더해진 비싼 카메라를 샀어야 했다. 아니면 빛 반사 방지 기술이나. 어느 쪽이든 한밤중에도 카메라 앞에 무엇이 있었는지 알 수 있게 해주는 기술. 갑자기 계단이 환해지면서 현관문이 열렸고, 문간에 라켈일 수밖에 없는 형체가 서 있었다. 라켈은 잠시 서 있다가 방문자를 집 안으로 들였고, 그들이 안으로 들어가고 문이 닫혔다.

해리는 코로 거칠게 숨을 내쉬었다.

길게 느껴지는 몇 초가 흐르고 화면이 정지했다.

다음 영상은 20:29:25에 시작되었다. 해리는 영상을 클릭했다. 현관문은 열려 있지만 거실과 주방 불을 껐거나 조도를 낮춰서 누구인지 알아보기 힘들었다. 누군가가 현관에서 밖으로 나와 문을 닫고 계단을 내려가 어둠 속으로 사라졌다. 하지만 이건 저녁 8시 반으로, 과학수사과에서 제시한 시간대보다 한 시간 반 전에 일어난 일이다. 다음 영상이 중요했다.

해리는 손바닥에 땀이 나는 걸 느끼며 23:21:09라는 제목이 붙은 세 번째 섬네일을 클릭했다.

차 한 대가 진입로로 황급히 들어왔다. 전조등 불빛이 벽을 훑다가 계단 바로 앞을 비추다 꺼졌다. 해리는 화면을 노려보면서 눈이 어둠에 익기를 기다렸지만 소용이 없었다.

화면 속 시계에서 몇 초가 흘렀지만 아무 일도 일어나지 않았다. 어두운 차 안에 있는 운전자는 누군가를 기다리는 건가? 아니다, 녹화가 중단되지 않은 걸 보면 카메라 센서가 아직 움직임을 감지하고 있다는 뜻이다. 그러다 드디어 누군가가 드러났다. 현관의 흐린 불빛이 계단에 떨어지는 사이 현관문이 열리고 구부정한 형체의 누군가가 안으로 들어갔다. 문이 닫히고 화면이 다시 어두워졌다. 몇 초가 지나서 정지했다.

해리는 자정 전에 녹화된 마지막 영상을 클릭했다. 23:38:21.

어둠.

아무것도 없었다.

카메라의 PIR 센서에서 뭘 감지한 거지? 움직이고 적어도 맥박이 있는 피사체. 주변과 온도가 다른 무언가.

30초 후 영상이 정지했다.

누가 라켈의 집 앞에서 진입로를 가로질러 지나간 걸 수도 있다. 아니면 새나 고양이나 개였을 수도 있다. 해리는 얼굴을 거칠게 문질렀다. 렌즈보다 훨씬 민감한 센서가 달린 야생동물 카메라를 사야 하는 이유가 이런 거야? 매장 점원이 해리에게 카메라에 돈을 더 써야 한다면서 비슷한 말을 했던 기억이 어렴풋이 떠올랐다. 그때는 술값을 대고 지내는 집을 유지하는 것도 버거워지기 시작한 시점이다.

"뭐가 좀 나왔어요?" 카야가 컵을 해리 앞에 놓았다.

"나오긴 했는데 충분치 않아." 해리는 3월 11일 섬네일을 클릭했다. 영상 한 개. 02:23:12.

"행운을 빌자." 그는 이렇게 말하고 재생을 눌렀다.

현관문이 열리고 현관 안에서 흘러나오는 흐릿한 회색 불빛에 겨우 알아볼 정도의 형체가 보였다. 그 형체는 잠시 거기 서서 휘청이는 듯했다. 그러다 현관문이 닫히고 사위가 다시 캄캄해졌다.

"놈이 떠나는 거야." 해리가 말했다.

빛.

차의 전조등이 켜졌다. 후미등도 빨갛게 켜졌다. 후진 등이 켜졌다. 그러다 모두 다시 꺼지고 사방이 어두워졌다.

"시동을 다시 껐어요." 카야가 말했다. "무슨 일일까요?"

"모르겠어." 해리는 화면 가까이 몸을 기울였다. "누가 오고 있어, 보여?"

"아뇨."

화면이 덜컹 흔들렸고, 집의 윤곽이 일그러졌다. 다시 덜컹 흔들리고 더 많이 일그러졌다. 영상이 멈추었다.

"뭐였어요?"

"놈이 카메라를 뺀 거야." 해리가 말했다.

"놈이 차에서 카메라로 다가갔으면 보였을 거 아니에요?"

"옆으로 돌아서 카메라로 간 거야." 해리가 말했다. "놈이 멀리서 왼쪽으로 다가오는 게 보였어."

"왜 둘러서 갔을까요? 어차피 영상을 없앨 거면서?"

"눈 쌓인 데를 피하려 한 거야. 다시 가면서 발자국 지우는 수고를 덜려고."

카야는 천천히 고개를 끄덕였다. "카메라가 있는 걸 알았다면 분명 사전에 신중히 답사를 했다는 거잖아요."

"그래. 거의 군대식으로 정밀하게 범행을 실행에 옮겼어."

"거의?"

"먼저 차에 탔고 카메라를 잊을 뻔했잖아."

"계획한 게 아니라는 뜻이에요?"

"아니." 해리는 컵을 입으로 가져갔다. "전부 계획한 거야. 마지막 사소한 부분 하나까지. 그자가 차에 타고 내릴 때 실내등이 켜지지 않게 해둔 것처럼. 이웃이 차 소리를 듣고 누군지 보려고 내다볼까 봐 미리 꺼둔 거지."

"그래도 차는 보였을 텐데요."

"놈의 차인지 의심스러워. 자기 차면 더 멀리 세워놨을 테니까. 실은 현장에 차를 갖다 놓고 **싫어한** 것처럼 보이기까지 해."

"혹시 모를 목격자가 경찰을 엉뚱한 방향으로 유도하도록?"

"음." 해리는 커피를 삼키고 얼굴을 찡그렸다.

"동결 건조 커피가 없어서 죄송해요." 카야가 말했다. "그래서 결론이 뭐예요? 완벽하게 실행한 건가요? 아닌가요?"

"나도 몰라." 해리가 뒤로 기대면서 바지 주머니에서 담배를 꺼냈다. "카메라를 잊을 뻔한 건 나머지 정황에 들어맞지 않아. 문 앞에서 휘청이는 것 같았어. 봤어? 밖으로 나온 사람이 앞서 들어간 사람과 동일인이 아닌 것 같아. 게다가 안에서 두 시간 반 동안 뭘 했을까?"

"무슨 생각 해요?"

"저 사람은 취한 것 같아. 약에든, 술에든. 로아르 보르가 약을 하나?"

카야는 고개를 저으며 해리 뒤편의 벽에 눈을 고정했다.

"아니라는 뜻인가?" 해리가 물었다.

"저도 모른다는 뜻이에요."

"그래도 가능성을 배제하진 않는다는 거지?"

"아프가니스탄에 세 차례 파견된 특수부대 장교가 약을 할 가능성을 배제하냐고요? 당연히 아니죠."

"음. 메모리카드를 뺄 수 있나? 비에른한테 줘서 과학수사과에서 뭘 더 찾아낼 수 있을지 보려고."

"그럼요." 카야는 카메라를 집었다. "칼은 어떻게 생각해요? 왜 메모리카드와 같은 장소에 버리지 않았을까요?"

해리는 남은 커피를 들여다보았다. "현장을 보면 범인은 경찰이 어떤 식으로 수사하는지 알았던 것 같아. 경찰이 현장에서 살인 흉기가 될 물건을 수색하는 방식을 알았고, 현장에서 1킬로미터도 안 되는 곳의 쓰레기통에서 칼을 찾을 가능성이 크다는 걸 알았을 수 있어."

"그럼 메모리카드는……."

"……버려도 됐겠지. 우리가 그걸 찾을 거라고는 생각지도 못했을 테니까. 라켈이 정원에 야생동물 카메라를 숨겨놨을 줄 누가 알았겠어?"

"그럼 칼은 어디 있을까요?"

"몰라. 다만 범인 집에 있을 거 같아."

"왜요?" 카야는 카메라 화면을 보면서 물었다. "칼이 거기서 발견되면 유죄가 확실해지는데."

"자기가 용의자라고 생각하지 않는 거야. 칼은 썩지도 않고 녹지도 않으니, **절대로** 발견되지 않을 곳에 숨겨야 하거든. 우리가 뭔가를 숨기기 좋은 장소로 맨 처음 떠올리는 곳은 바로 우리가 사는 곳이야. 가까이 두면 자신의 운명을 스스로 통제한다는 느낌도 드니까."

"그래도 범인이 현장에 있던 칼을 사용하고 지문을 지웠다면 사

309

실 그 칼이 그자에게 연결되는 유일한 길은 그자의 집에서 발견되는 것뿐이에요. 나라면 절대로 집에 숨기지 않았을 거예요."

해리는 고개를 끄덕였다. "그 말이 맞아. 말했다시피 나도 몰라, 그냥 추측이야. 그냥……." 그는 적절한 말을 찾으려 했다.

"육감?"

"그래. 아니." 그는 손끝으로 관자놀이를 눌렀다. "나도 몰라. 어릴 때 LSD를 하기 전에 자주 듣던 경고 기억나? 플래시백이 나타날 수도 있다고, 훗날 아무런 예고도 없이 플래시백이 나타날 수 있다던 말."

카야는 카메라에서 눈을 들었다. "LSD를 해본 적도 없고 같이 하자는 제안을 들은 적도 없어서요."

"똑똑한 친구였군. 난 덜 똑똑한 애였거든. 이런 플래시백이 촉발될 수 있다는 사람들도 있어. 스트레스, 과음, 외상 같은 걸로. 가끔은 플래시백이 실제로 새롭게 나타나기도 하는데, LSD가 화합물이라 코카인처럼 체내에서 분해되지 않아서 오래전에 흡입한 LSD가 몸에 남아 있다가 다시 활성화되는 거라는 거야."

"그럼 지금 당신이 예전에 흡입한 LSD 환각을 지금 다시 체험하는 건지 의문인 거예요?"

해리는 어깨를 으쓱했다. "LSD는 의식을 고양시켜. 뇌가 최고 수준으로 돌아가서 우주적 통찰 수준으로 정보를 해석하게 해줘. 내가 왜 초록색 쓰레기통을 조사해야 한다고 생각했는지를 설명해주는 유일한 해석이야. 그러니까 내 말은 이 작은 플라스틱 조각을 현장에서 1킬로미터 떨어진, 애초에 들여다보기에 이상한 장소에서 **우연히** 발견할 수는 없다는 거야. 안 그래?"

"아마도." 카야는 계속 카메라 화면을 보았다.

"좋아. 그런데 역시나 우주적 통찰이 나한테 로아르 보르는 우리가 찾는 자가 아니라고 말하고 있어, 카야."

"내 우주적 통찰은 당신이 틀렸다고 말한다면요?"

해리는 어깨를 으쓱했다. "난 LSD를 해본 사람이야. 당신은 아니고."

"그래도 난 3월 10일 이전 녹화 영상도 다 본 사람이에요. 당신은 아니고."

카야는 카메라를 돌려서 해리 앞으로 화면을 들었다.

"이건 살인사건이 일어나기 일주일 전 영상이에요." 카야가 말했다. "이 사람이 카메라 뒤에서 다가온 거 같아요. 그래서 영상이 시작될 때는 등밖에 안 보여요. 카메라 바로 앞에서 멈추기는 하는데 안타깝게도 뒤돌아 있어서 얼굴을 보여주지 않네요. 두 시간 뒤에 떠날 때도."

해리는 지붕 바로 위에 커다란 달이 걸려 있는 것을 보았다. 달빛에 비친 실루엣으로 라이플의 총신이 자세히 보이고 카메라와 집 사이에 서 있는 사람이 어깨에 걸친 개머리판 부속품이 보였다.

"내가 제대로 본 거라면요," 카야가 말했다. 해리는 이미 카야가 제대로 본 걸 알았다. "저건 콜트 캐나다 C8이에요. 표준 라이플이 아니에요. 조심스럽게 말해서."

"보르?"

"특수부대가 아프가니스탄에서 쓰던 라이플인 건 맞아요."

"절 어떤 곤경에 빠트린 건지 아세요?" 당뉘 엔셴이 물었다. 코트도 벗지 않고 카트리네 브라트의 책상 앞 의자에 똑바로 앉아 핸드백을 끌어안고 있었다. "스베인 핀네는 혐의를 다 벗고 두 발로 걸어 나갔고, 이젠 숨어 다닐 필요도 없어졌어요. 자기를 성폭행으로 신고한 사람이 저란 것도 알고요.”

문밖으로 카리 베알의 근육질 체격이 보였다. 카리는 당뉘 옌센을 보호하기 위해 교대근무 중인 세 명의 경관 중 하나다.

“당뉘—.” 카트리네가 입을 열었다.

“옌센입니다.” 당뉘가 말을 잘랐다. “**미스** 옌센이에요.” 그러고는 두 손으로 얼굴을 감싸고 울음을 터트렸다. “이제 그자는 자유의 몸이 됐어요. 당신들이 평생 절 보호할 순 없잖아요. **그자는**…… 그자는 절 감시할 거예요. 마치…… 마치 농부가 새끼 밴 암소를 지켜보듯이!”

당뉘가 울다가 딸꾹질하며 흐느끼자 카트리네는 어쩔 줄 몰랐다. 가서 위로해야 하나? 울게 놔둬야 하나? 아무것도 하지 말자. 울음이 잦아들게 두자. 울음이 그칠 때까지.

카트리네는 헛기침을 했다. “핀네를 성폭행으로 재기소할 가능성을 알아보고는 있어요. 철창에 가두려고요.”

“그렇게 못할걸요. 그자한테는 그 변호사가 있잖아요. 그 변호사가 당신네보다 더 똑똑해요. 딱 봐도 알 수 있어요!”

“그 사람은 더 똑똑할 수는 있어도 잘못된 편에 서 있어요.”

“그럼 당신네는 옳은 편에 서 있나요? 해리 홀레 편?”

카트리네는 대꾸하지 않았다.

“당신이 날 찾아와 고소하지 말자고 했잖아요.” 당뉘가 말했다.

카트리네는 책상 서랍을 열고 당뉘에게 휴지 한 장을 건넸다. “마음을 바꿀지 말지는 본인한테 달린 것 같아요, 미스 옌센. 홀레가 경찰 근무 중이라고 속이고 당신을 위험에 빠트린 일에 대해 정식으로 고소장을 접수하시면, 홀레는 당신이 만족할 만큼 해고도 되고 응분의 책임도 질 거예요."

카트리네는 당뉘 옌센의 표정을 보고 의도보다 말이 더 날카롭게 나간 걸 알았다.

"당신은 몰라요, 브라트." 당뉘가 눈가에 번진 화장을 닦았다. "이게 어떤 건지 몰라요. 원치 않는 아이를 갖는다는 게……."

"진료를 보시도록 연결해드릴 수도 있고—."

"내 얘기 마저 들어요!"

카트리네는 입을 다물었다.

"죄송해요." 당뉘가 속삭였다. "그냥 몹시 지쳤어요. 당신은 모른다고 말하려던 거예요. 어떤 느낌인지……." 그녀는 떨리는 숨을 깊이 들이마셨다. "……그런데도 아기를 원한다는 게."

사무실 안에 침묵이 내려앉고 바깥 복도에서 분주히 오가는 발소리만 들렸다. 발소리가 어제보다 더 빨라졌다. 지친 발걸음들.

"제가 모른다고요?" 카트리네가 말했다.

"네?"

"아니에요. 물론 당신이 어떤 기분인지 알 순 없어요. 그런데요, 저도 당신만큼 핀네를 잡고 싶어요. 꼭 잡을 거예요. 그자가 그딴 거래로 우릴 속였어도 우리는 멈추지 않아요. 약속해요."

"지난번에도 어떤 경찰한테 그런 약속을 받았네요. 해리 홀레한테."

"이건 **제가** 약속하는 거예요. 이 사무실에서. 이 건물에서. 이 도시에서."

당뉘 옌센은 휴지를 책상에 놓고 일어섰다.

"고마워요."

당뉘가 떠난 후, 불현듯 고맙다는 그 한마디가 그렇게 많은 말을 하면서도 그렇게 적은 말을 하는 걸 본 적이 없다는 생각이 들었다. 아주 많은 체념. 아주 적은 희망.

해리는 카운터에 놓아둔 메모리카드를 노려보았다.

"뭐가 보이냐?" 외위스테인 에이켈란이 물었다. 외위스테인이 켄드릭 라마의 〈To Pimp a Butterfly〉를 틀어놓았다. 그의 말로는 힙합에 대한 편견을 깨고픈 늙다리 남자들에게 문턱이 가장 낮은 음반이라고 했다.

"야간 녹화 영상이야." 해리가 말했다.

"너 지금 카세트를 귀에 대고 소리가 들린다고 말한 세인트 토머스처럼 말한다. 그 다큐멘터리 봤냐?"

"아니. 좋아?"

"음악이 좋아. 흥미로운 장면과 인터뷰도 몇 개 있고. 너무 길긴 해. 자료 화면이 많아서 집중이 잘 안 돼."

"이것도 그래." 해리가 메모리카드를 뒤집었다.

"방향성이 중요해."

해리는 천천히 고개를 끄덕였다.

"난 식기세척기의 식기를 정리해야 해." 외위스테인은 이렇게 말하고 바의 안쪽 방으로 사라졌다.

해리는 눈을 감았다. 음악. 참고 문헌. 기억. 프린스. 마빈 게이. 칙 코리아. 레코드판, 바늘이 긁히는 소리, 홀멘콜베이엔의 집에서 라켈이 소파에 누워 졸린 듯 미소를 짓고 그가 속삭인다. "들어봐, 이 비트는……."

아마 라켈은 그가 들어갈 때 소파에 누워 있었을 것이다.

그가 누구지?

한 명이 아니었을 수도 있다. 녹화 영상으로는 그것도 판독되지 않았다.

하지만 첫 번째 사람, 걸어서 8시에 도착해서 30분 후에 떠난 사람은 남자라고 해리는 거의 확신했다. 그 사람은 예상치 못한 방문자였다. 라켈이 현관문을 열고 바로 들여보내주지 않고 2, 3초간 그대로 서 있었다. 남자가 들어가도 되냐고 물었을 것이고, 라켈은 주저 없이 들여보내줬을 것이다. 그러니 잘 아는 사람이었다. 얼마나 잘? 30분이 채 안 되는 시간 만에 다시 나올 만큼 잘 알았을 것이다. 그의 방문이 살인과는 관계가 없을 수도 있지만 문득 이런 질문이 스쳤다. 남자와 여자가 30분이 조금 안 되는 시간에 뭘 할 수 있을까? 그가 떠날 때 주방과 거실 조명이 왜 어두워졌을까? 젠장, 지금은 생각이 그쪽으로 흐르게 놔둘 여유가 없었다. 그래서 급히 생각을 이어갔다.

세 시간 뒤에 도착한 차.

계단 바로 앞에 섰다. 왜지? 집까지 걸어가는 거리가 짧을수록 사람들 눈에 띌 가능성이 줄어서다. 맞다, 그러면 차의 자동 실내등이 꺼져 있던 사실과 맞아떨어진다.

하지만 그러기엔 차가 도착한 시각과 현관문이 열린 시각의 간격이 다소 지나치게 길다.

운전자가 차에서 뭔가를 찾고 있었을 것이다.

장갑이나. 지문을 지울 만한 천이나. 혹은 라켈을 위협할 총에 안전장치가 채워져 있는지 확인했을 수도 있다. 총으로 죽이려 한 건 아니었을 것이다. 탄도학 분석으로 총 소유주의 신원을 밝힐 수 있으므로. 그자는 현장에 있는 칼을 쓰려고 했다. 완벽한 칼, 범인은 주방 카운터의 칼꽂이에서 그 칼을 찾을 수 있는 걸 알았다.

아니면 현장에서 즉흥적으로 집어 든 걸까? 현장의 칼은 우연이었을까?

이런 생각이 스친 건 계단 앞에 세워둔 차 안에서 오래 머무른 게 다소 조심성이 없어 보였기 때문이다. 라켈이 자다 깨서 불안해했을 수도 있고, 이웃들이 창밖으로 내다봤을 수도 있다. 현관문을 열고 안에서 새어 나온 불빛에 이상하게 구부정한 형체가 안으로 사라지는 것이 보였는데, 그게 뭘까? 뭔가에 취한 사람일까? 그래야 차를 어설프게 세워놓고 한참 걸려서 현관까지 간 점과 맞아떨어지지만, 차의 실내등이나 말끔히 치워진 범행 현장과는 맞지 않았다.

계획과 중독과 우연의 결합이라고?

문제의 인물은 자정 직전부터 새벽 2시 반 정도까지 세 시간 가까이 집 안에 머물렀다. 과학수사과의 사망 추정 시각으로 보면 범인은 살인을 저지르고 현장에 오래 머물렀고 시간을 들여 현장을 깨끗이 치웠다.

그날 앞서 초저녁에 왔던 사람과 동일인이 나중에 차를 타고 다시 온 걸까?

아니다.

영상 화질이 좋지 않아서 선명하게 보이는 것이 없지만 그 형체에는 뭔가가 있다. 안으로 들어갈 때의 구부정한 사람은 더 넓어 보였다. 하지만 옷을 갈아입었거나 그림자가 진 탓일 수도 있다.

02:23에 밖으로 나온 사람은 문간에 2초쯤 서 있다가 휘청거리는 듯 보였다. 다친 걸까? 취한 걸까? 일시적인 어지럼증인가?

그는 차에 탔고 차의 전조등과 후미등이 켜졌다가 다시 꺼졌다. 그는 뒤로 돌아서 야생동물 카메라 쪽으로 갔다. 영상은 거기서 끝났다.

해리는 메모리카드를 문질렀다. 지니가 튀어나오기를 바라면서.

생각이 잘못되었다. 다 틀렸다! 젠장, 젠장.

휴식이 필요했다. 그리고 필요했다……. 커피가. 맛이 강한 터키식 커피. 해리는 카운터 너머로 손을 뻗어 메메트가 남기고 간 터키식 커피포트 '체즈베'를 찾다가 외위스테인이 음악을 바꿔 튼 걸 알았다. 여전히 힙합이기는 해도 재즈와 난해한 베이스라인이 빠졌다.

"이건 뭐야, 외위스테인?"

"칸예 웨스트, 'So Appalled'." 외위스테인이 안쪽 방에서 큰 소리로 답했다.

"손발 다 들었다. 제발, 꺼줘."

"좋은 곡이야, 해리! 시간을 줘. 우리 귀를 진부하게 놔두면 안 돼."

"왜 안 되는데? 지난 세기의 내가 듣지 않은 앨범이 수두룩해. 그것만 들어도 남은 평생을 살아갈 수 있어." 해리는 침을 삼켰다. 무거운 문제에서 잠시나마 벗어나 서로 속을 훤히 들여다보는 사람과 3그램짜리 탁구공을 튕기듯이 깃털처럼 가볍고 무의미한 대화를 나누니 한결 위안이 되었다.

"넌 더 노력해야 해." 외위스테인이 이도 없는 입으로 활짝 웃으면서 안쪽 방에서 나왔다. 하나 남은 앞니는 프라하에서 잃어버렸다. 이가 그냥 빠졌다. 공항 화장실에서 이가 빠진 걸 알고 바에 전화해서 갈색에 가까운 누런 이를 우편으로 받았다 해도 딱히 할 수 있는 게 없었다. 외위스테인은 별로 신경 쓰는 것 같지도 않았다.

"이 곡은 힙합 팬들이 나이 먹으면 들을 고전이야, 해리. 이건 단지 형식 문제가 아니라, **내용**이 중요해."

해리는 메모리카드를 조명을 향해 들었다. 천천히 고개를 끄덕였다. "네 말이 맞아, 외위스테인."

"내가 모르는 게 뭐냐?"

"내가 여태 잘못 생각하고 있었어. 형식에, 살인이 일어난 방식에만 집착했어. 학생들한테 늘 강조하던 걸 내가 미처 못 본 거야. **왜**. 동기. 내용."

뒤에서 문이 열렸다.

"아, 젠장." 외위스테인이 나직이 중얼거렸다.

해리는 눈을 들어 앞에 있는 거울을 보았다. 남자 한 명이 다가오고 있었다. 땅딸막한 남자가 가벼운 걸음으로 고개를 흔들며 검은색 기름진 앞머리 아래서 히죽거렸다. 골프선수나 축구선수가 관중석으로 공을 높이 날릴 때 짓는 웃음, 다 망쳐서 할 수 있는 거라고는 웃는 것밖에 없다는 식의 웃음이었다.

"홀레." 고음의 당황스러울 정도로 친근한 목소리였다.

"링달." 고음이 아닌, 당황스러울 정도로 친근하지 않은 목소리.

해리는 외위스테인이 부르르 떠는 걸 보았다. 실내 온도가 0도로 뚝 떨어지기라도 한 듯이.

"그래, 내 바에서 뭐 하십니까, 홀레?" 링달이 파란색 카탈리나 재킷을 벗어 카운터 안쪽 방의 문 뒤에 있는 고리에 걸 때 주머니에서 열쇠와 동전이 쨍그랑거리는 소리가 났다.

"음." 해리가 말했다. "'유산이 어떻게 관리되고 있는지 보는' 중이라면 흡족한 답이 될는지?"

"흡족한 답은 '여기서 당장 꺼지는' 것밖에 없습니다."

해리는 메모리카드를 주머니에 넣고 스툴에서 일어섰다. "기대한 만큼 심하게 다친 것 같진 않군요, 링달."

링달은 셔츠 소매를 걷어 올리고 있었다. "다쳐요?"

"평생 출입 금지를 당하려면 코 정도는 부러졌어야 맞는데. 하긴 어차피 코에 뼈도 없지 않습니까?"

링달은 진심으로 해리가 재미있다는 듯이 웃음을 터트렸다. "당신이 첫 주먹을 제대로 맞힌 건 내가 미처 예상하지 못해서였어요, 홀레. 코피가 조금 나긴 했어도 부러질 정도는 아니었다고. 다음 주먹은 허공을 갈랐어요. 그 끝에 벽이 있었고." 링달은 카운터 뒤의 수도꼭지를 틀어 물잔을 채웠다. 술도 안 마시는 사람이 술집을 운영하는 게 아이러니였다. 아닐 수도 있고. "그래도 용기는 가상해요, 홀레. 다음에 노르웨이 유도 챔피언한테 덤빌 때는 좀 덜 취했을 때 하는 게 좋을 거요."

"그럼 됐고요." 해리가 말했다.

"뭐요?"

"혹시 유도계에는 음악 취향 좀 괜찮은 사람 없습니까?"

링달이 한숨을 쉬었고, 외위스테인이 눈썹을 올렸고, 해리는 이번엔 파울볼을 날린 걸 알았다.

"이만 꺼져드릴게요." 해리는 이렇게 말하고 일어섰다.

"홀레."

해리는 가다 말고 돌아보았다.

"라켈 일은 유감입니다." 링달은 건배를 하듯 왼손으로 물잔을 들었다. "참 멋진 분이었어요. 여길 계속 맡아줄 시간이 없다고 해서 안타까웠어요."

"계속이라니?"

"아, 얘기 안 하시던가요? 내가 라켈한테 당신이 그만둔 뒤에도

여기 일을 계속 맡아주십사 부탁했거든요. 흠, 이제 더 얘기할 것
도 없지만. 이제 당신 여기 와도 돼요. 선곡 문제는 여기 외위스테
인의 말을 들어주기로 약속할게요. 사실 매출이 약간 떨어지긴 했
어요. 물론 이게 다른 이유가……." (그는 적절한 말을 골랐다.) "음악
정책이 느슨해진 탓만은 아니겠지만."

해리는 고개를 끄덕이고 문을 열었다.

문밖에 서서 둘러보았다.

그뤼네르뢰카. 스케이트보드가 바닥에 긁히는 소리. 서른보다는
마흔에 가까운 남자가 컨버스를 신고 플란넬 바지를 입고 스케이
트보드를 타고 있었다. 디자인 스튜디오나 의상실이나 힙스터 햄
버거 가게 옷일 것이다. 올레그의 여자친구 헬가가 "어디서나 파
는 흔한 맛대가리 없는 음식에 똑같은 포장인데도 감자튀김에 트
러플을 쳐서 가격을 세 배나 받고도 여전히 잘 나간다"고 한 햄버
거 가게.

오슬로. 인상적이고 헝클어진 수염이 (구약성서의 예언자처럼) 넥
타이와 미끈한 정장 위에 매달려 있고 버버리 코트를 풀어 헤친 젊
은 남자. 금융계? 역설? 아니면 그냥 혼란?

노르웨이. 라이크라 슈트 차림의 커플이 스키와 스틱을 들고 작
은 가방에 천 크로네는 하는 스키 왁스와 에너지 드링크와 단백질
바를 넣고 가볍게 뛰면서 노르마르카의 가장 높은 그늘에 마지막
남은 눈밭을 찾아가는 길이다.

해리는 휴대전화를 꺼내 비에른의 번호를 눌렀다.

"해리?"

"야생동물 카메라의 메모리카드를 찾았어."

침묵.

"비에른?"

"잠깐만요, 사람들 없는 데로 나와야 해서요. 대박이네요! 뭐가 있어요?"

"많진 않아, 유감스럽게도. 이걸 분석할 수 있는지 물어보려고. 화면이 어둡기는 한데 자네는 나보다 영상에서 더 많은 걸 알아내는 기술이 있잖아. 실루엣과 기준점들, 문틀 높이, 이런 건 알 수 있어. 3D 전문가라면 꽤 찾아낼 수 있을 것 같아서." 해리는 턱을 문질렀다. 어디가 가려운데 그게 어딘지 몰랐다.

"해보죠." 비에른이 말했다. "외부 전문가한테 의뢰하면 돼요. 그런데 이걸 은밀히 진행하고 싶어하시는 것 같은데요?"

"이쪽 방향을 수사하는 데 방해받지 않을 수 있다면, 맞아."

"영상 사본은 떴어요?"

"아니, 그냥 메모리카드에 들어 있어."

"좋아요. 봉투에 담아서 슈뢰데르에 갖다 두면 제가 이따가 찾아갈게요."

"고마워, 비에른." 해리는 전화를 끊었다. 라켈의 R을 눌렀다. 나머지 연락처는 올레그의 O, 외위스테인의 Ø, 카트리네의 K, 비에른의 B, 쇠스의 S, 스톨레 에우네의 A였다. 이게 다였다. 해리에게는 이런 식으로도 충분했다. 라켈이 스톨레한테 해리가 새로운 사람들을 만나는 데 마음을 닫지 않았다고 말했다 해도. 이니셜이 겹치지만 않으면 괜찮았다.

해리는 라켈 직장으로 라켈의 내선이 아닌 다른 내선 번호를 눌렀다.

"로아르 보르 씨 부탁합니다." 안내 직원이 전화를 받자 그가 말했다.

"보르 씨는 오늘 안 계신 것 같은데요."

"어디 계십니까? 언제 들어오실까요?"

"그건 여기서 모릅니다. 그래도 휴대전화 번호는 있습니다."

해리는 번호를 받아쓰고 전화번호부 앱에 번호를 넣었다. 주소와 전화번호가 스메스타와 후세뷔 사이의 어딘가로 떴다. 손목시계를 보았다. 1시 반. 그는 그 번호로 전화를 걸었다.

"네?" 세 번째 벨 소리에 여자 목소리가 나왔다.

"죄송합니다. 잘못 걸었습니다." 해리는 전화를 끊고 비르켈룬덴 꼭대기에 있는 트램 정류장 쪽으로 걸어갔다. 그는 위쪽 팔을 문질렀다. 거기도 가려운 자리가 아니었다. 스메스타행 지하철에 올라타서야 가려운 데가 머릿속일 수 있겠다는 생각이 들었다. 그 가려움은 링달의 아마도 선의일 법한, 계산된 태도에서 시작된 걸 알았다. 그렇게 거슬리고 너그러운 선행을 받으니 그냥 출입 금지를 당하는 게 낫다는 생각도 들었다. 그리고 그가 유도를 얕잡아 봤을 수도 있다는 생각이 들었다.

노란 집의 문을 열어준 여자는 이 도시 서쪽의 상류층 동네에 사는, 서른에서 쉰 사이의 여자들 특유의 활기찬 에너지를 발산했다. 그들이 추구하는 이상적인 에너지 수준이 그런지, 아니면 그들의 진정한 에너지 수준인지는 판단하기 어렵지만, 해리는 그들이 특히 공공장소에서 아이 둘과 사냥개와 남편을 자연스러우면서도 요란하게 통솔하는 모습에는 그들의 지위와 관련된 뭔가가 있다고 짐작했다.

"피아 보르?"

"무슨 일이시죠?" 그녀가 어리둥절하면서도 다소 오만하기도 하고 정중하기도 한 태도로 당당한 미소를 지으며 물었다. 작은 키에 화장기 없고 주름살 있는 얼굴로 봐서는 마흔보다는 쉰에 가까워 보였다. 그래도 십 대처럼 날씬했다. 헬스장에 오래 머물고 야외 활동을 많이 하는 사람일 거라고 해리는 짐작했다.

"경찰입니다." 해리가 신분증을 내밀었다.

"알죠, 해리 홀레시잖아요." 그녀는 신분증을 보지도 않고 말했다. "신문에서 얼굴을 봤어요. 라켈 페우케의 남편이시죠. 삼가 고인의 명복을 빕니다."

"고맙습니다."

"로아르를 만나러 오셨군요? 그이는 집에 없어요."

"언제……."

"저녁에 들어올 거예요. 번호를 남겨주시면 연락드리라고 전할게요."

"음. 혹시 잠깐 얘기를 나눌 수 있을까요, 보르 부인?"

"저요? 무슨 일로?"

"오래는 걸리지 않을 겁니다. 몇 가지 확인할 게 있어서요." 해리는 그녀 뒤편의 신발장을 살폈다. "들어가도 될까요?"

해리는 그녀가 머뭇거리는 걸 알았다. 그리고 신발장 맨 아래 칸에서 그가 찾던 걸 발견했다. 검은 소련군 군화 한 켤레.

"지금은 시간이 마땅치 않아서요, 제가 뭘 하려던 중이라……."

"기다리겠습니다."

피아 보르는 얼른 미소를 지었다. 아름다운 것까지는 아니고 귀여운 정도라고 해리는 판단했다. 외위스테인이라면 토요타라고 불렀을 것이다. 남자들이 십 대 시절에 일순위로 꼽지는 않지만 세월이 흘러도 최선의 상태를 유지하는 상대라는 의미에서.

그녀는 손목시계를 보았다. "약국에 뭘 좀 사러 가야 해서요. 걸으면서 얘기할 순 있어요. 괜찮으시겠어요?"

그녀는 옷걸이에 걸린 코트를 꺼내고는 계단으로 나와 문을 닫았다. 잠금장치가 라켈의 집처럼 자동으로 잠기는 방식이 아니지만 피아는 굳이 열쇠를 꺼내려 하지 않았다. 안전한 동네. 이상한 남자들이 집에 침입하지 않는 동네.

그들은 차고를 지나 대문을 나와서 도로로 내려갔다. 테슬라의 첫 모델들이 직장에서의 짧은 일과를 마치고 윙윙거리며 집으로 돌아오고 있었다.

해리는 담배를 물고 불은 붙이지 않았다. "수면제를 사시려고요?"

"네?"

해리는 어깨를 으쓱했다. "불면증이시군요. 우리 수사관한테 남편분이 3월 10일과 11일 밤에 밤새 집에 있었다고 말씀하셨더군요. 그걸 확실히 알려면 잠을 잘 못 주무셔야 하니까요."

"아……. 네, 수면제요."

"음. 저도 아내와 헤어지고 수면제를 먹어야 했어요. 불면증은 정신을 갉아먹죠. 어떤 약을 드세요?"

"어……. 이모반하고 소마드릴요." 피아의 걸음이 빨라졌다.

해리는 보폭을 늘리며 담배에 라이터를 댔지만 불이 붙지 않았다. "저랑 같네요. 두 달째 복용 중입니다. 부인은요?"

"저도 비슷해요."

해리는 라이터를 다시 주머니에 넣었다. "왜 거짓말을 하시죠, 피아?"

"무슨 말씀인지?"

"이모반과 소마드릴은 센 약이에요. 두 달이나 복용하면 중독됩니다. 중독되면 **매일** 밤 먹어야 하고요. 효과가 있으니까요. 그러니 그날 밤 약을 드셨다면 거의 혼수상태라서 남편이 뭘 하는지 알지 못해요. 그런데 부인은 진정제에 중독된 사람으로는 보이지 않는군요. 다소 지나치다 싶게 에너지가 넘치고, 역시 지나칠 정도로 두뇌 회전이 빠른 분이에요."

피아 보르는 걸음을 늦추었다.

"물론 제 말이 틀린 걸 간단히 입증하실 수 있습니다." 해리가 말했다. "처방전만 보여주시면 됩니다."

피아는 걸음을 멈추었다. 딱 달라붙는 청바지 뒷주머니에 손을 넣었다. 파란색 접힌 종이를 꺼냈다.

"보이세요?" 피아는 살짝 떨리는 목소리로 말하고는 종이를 들어 가리켰다. "소-마-드릴."

"그렇네요." 해리는 그녀가 어찌해보기도 전에 종이를 잡아챘다. "더 자세히 보니 보르를 위한 처방전인 것도 보이네요. 로아르 보르. 남편분이 자신에게 필요한 약이 얼마나 센 건지는 말하지 않았나 보군요."

해리는 처방전을 돌려주었다.

"부인께 말하지 않은 게 더 있겠죠, 피아?"

"전……"

"남편분이 그날 밤 집에 계셨습니까?"

그녀는 침을 삼켰다. 얼굴에 핏기가 가시고 넘치던 활력도 가라앉았다. 해리는 그녀 나이를 5년 정도 조정했다.

"아뇨." 그녀가 속삭였다. "집에 없었어요."

그들은 약국을 그냥 지나치고 스메스타담멘 호수로 내려가 동쪽 비탈에 있는 벤치에 앉았다. 버드나무 한 그루가 겨우 자랄 만한 작은 섬이 내려다보였다.

　"봄." 피아가 입을 열었다. "봄만 아니면 돼요. 여름엔 여기가 온통 푸르러요. 모든 게 미친 듯이 자라요. 벌레도 많고. 물고기도, 개구리도. 생명이 넘쳐요. 나무에서 잎이 나고 버드나무가 바람결에 흔들리며 춤을 추고 시끄럽게 바스락거려서 고속도로의 차 소리마저 덮어버리죠." 그녀가 씁쓸하게 웃었다. "그리고 오슬로의 가을은⋯⋯."

　"세계 최고의 가을이죠." 해리가 담뱃불을 붙이며 말했다.

　"그나마 겨울이 봄보다는 나아요." 피아가 말했다. "예전에는 그랬어요. 추워지고 얼음이 단단히 얼 거라고 기대할 수 있었죠. 우리 부부는 애들 데리고 스케이트 타러 여기 자주 왔어요. 애들이 좋아했죠."

　"몇이나⋯⋯."

　"둘이요. 딸 하나 아들 하나. 스물여덟하고 스물다섯. 유네는 베르겐에서 해양생물학자로 있고, 구스타브는 미국에서 공부해요."

　"일찍 낳으셨군요."

　그녀가 씁쓸하게 웃었다. "로아르가 스물셋, 제가 스물한 살일 때 유네를 낳았어요. 전국의 군기지를 떠도는 부부는 부모가 빨리 되는 편이에요. 그래야 아내들한테 할 일이 생기니까요. 장교 부인에게는 두 가지 선택지가 주어져요. 스스로 길들여져서 암소가 되는 것. 그러니까 우리를 지키고 서서 송아지를 낳고 우유를 먹이고 되새김질하는 거요."

　"그럼 두 번째 선택지는요?"

"장교의 아내가 되지 않는 거요."

"그래도 일 번을 선택하셨네요?"

"그러네요."

"음. 그날 밤에 대해 왜 거짓말을 하셨나요?"

"심문을 피하려고요. 주목받는 걸 피하려고. 로아르가 살인사건 수사의 심문에 불려 가면 그이의 평판에 얼마나 큰 흠집이 생길지 상상이 가죠? 그이한테는 그런 일이 일어나면 안 돼요. 제 생각에는."

"남편분이 그러면 안 되는 이유가 있습니까?"

그녀는 어깨를 으쓱했다. "누군들 원하겠어요? 더욱이 우리 동네에서는 안 되죠."

"그럼 보르 씨는 어디 있었나요?"

"저도 몰라요. 밖에."

"밖에?"

"그이는 잠을 못 자요."

"소마드릴."

"이라크에서 돌아오면서 더 심해졌어요. 그때는 불면증으로 로힙놀을 처방받았어요. 두 주 만에 그 약에 중독돼서 일시적 의식 상실도 왔고요. 그래서 지금은 약을 먹지 않으려고 해요. 야전 군복을 입고 정찰하러 나가야 한다고 해요. 감시해야 한다고. 망을 봐야 한다고요. 그이 말로는 그냥 여기저기 야간 정찰병처럼 눈에 띄지 않게 돌아다닌다고 해요. 외상후스트레스장애가 있는 사람들이 항상 두려움에 시달리듯이 그이도 전형적인 모습을 보이는 것 같아요. 대개는 집에 돌아와서 두어 시간 눈을 붙이고 출근해요."

"이런 걸 직장에는 잘 숨기시는군요?"

"누구나 보고 싶은 것만 보죠. 사실 로아르는 언제나 남들에게 보여주고 싶은 모습을 잘 보여주는 재주가 있어요. 그이는 사람들이 신뢰하는 부류예요."

"부인도요?"

그녀는 한숨을 쉬었다. "남편은 나쁜 사람이 아니에요. 가끔은 좋은 사람도 무너져요."

"보르 씨가 야간 순찰을 나갈 때 총을 가지고 나갔습니까?"

"모르겠어요. 그이는 제가 잠든 뒤에 나가요."

"남편분이 살인이 일어난 밤에 어디 계셨는지 아시나요?"

"실은 경찰한테 그 질문을 받고 제가 그이한테 물어봤어요. 유네가 어릴 때 쓰던 방에서 잤대요."

"부인은 그 말을 믿지 않으시는군요."

"왜 그렇게 말씀하세요?"

"믿었다면 경찰에 남편분이 다른 방에서 잤다고 말했을 테니까요. 거짓말을 하신 건 뭔가 있을까 봐 걱정이 들어서였겠죠. 보르 씨에게 진실보다 더 강력한 알리바이가 필요한 뭔가가 있을까 봐."

"정말로 제 남편을 의심하시는 건 아니죠, 홀레?"

해리는 그들을 향해 헤엄쳐 오는 백조 한 쌍을 보았다. 그는 고속도로 너머 언덕에서 번쩍하는 불빛을 보았다. 어느 집 창문이 열렸으리라.

"외상후라면 어떤 외상인가요?" 해리가 물었다.

그녀는 한숨을 쉬었다. "모르겠어요. 복합적인 거예요. 유년기에 겪은 험난한 일들. 이라크. 아프가니스탄. 그런데 마지막 파견지에서 돌아와 저한테 군대를 떠나겠다고 했을 때 무슨 일이 있었구나 했어요. 그이가 달라졌거든요. 말이 더 없어졌고요. 제가 한참 캐물어서 결국 아프가니스탄에서 누굴 죽였다는 소리를 들었어요. 물론 그 사람들이 거기 가서 하는 일이 그런 거지만, 그이는 많이 힘들어했고 그 일에 대해서는 좀처럼 입을 열지 않았어요. 그나마 일상은 유지할 수 있었죠."

"그럼 지금은 아닌가요?"

그녀는 조난당한 사람의 눈으로 해리를 보았다. 그리고 그녀가 왜 해리 같은 낯선 사람에게 이렇게 쉽게 털어놓는지 알았다. '우리 동네에서는 안 되죠.' 그녀는 이런 순간을 간절히 갈망했다. 이제껏 이 얘기를 할 사람이 없었던 것이다.

"라켈 페우케가…… 수사관님 부인이 돌아가신 뒤로 그이가 완전히 무너졌어요. 그이가…… 그이가 일상생활을 제대로 유지하지 못해요."

다시 빛이 번쩍했다. 순간 로아르 보르의 집이 있는 언덕 근처에서 나오는 빛이라는 생각이 들었다. 해리는 몸이 뻣뻣해졌다. 시야 가장자리로 뭔가가, 그들 사이 하얀 벤치 등받이에 뭔가가, 빨간 벌레 같은 것이 소리 없이 흔들리며 잽싸게 움직이다 사라지는 걸 보았다. 3월의 여기에는 벌레가 없다.

해리는 순간 몸을 앞으로 숙이고 발뒤꿈치로 바닥을 찍고는 벤치 등받이를 힘껏 밀쳤다. 피아 보르가 비명을 지르는 사이 벤치가 넘어가고 그들도 뒤로 넘어갔다. 해리는 두 팔로 그녀를 감싸고 함께 등받이에서 빠져나오면서 벤치 뒤편의 얕은 웅덩이로 그녀를 밀쳤다. 그러고는 진흙탕에서 뱀처럼 기면서 피아를 끌었다. 그러다 멈추고 눈을 들어 언덕을 보았다. 그들과 번쩍하는 불빛 사이에 버드나무가 있었다. 오솔길에서 더 멀리 떨어져 있는 후드티 입은 남자가 로트와일러를 산책시키다가 멈춰 섰고, 끼어들지 말지 고민하는 듯 보였다.

"경찰입니다!" 해리가 외쳤다. "돌아와요! 저격수가 있어요!"

해리는 노부인이 돌아보다가 황급히 멀어지는 걸 봤다. 하지만 로트와일러를 데리고 나온 남자는 꼼짝도 하지 않았다.

피아는 빠져나가려 했지만 해리가 가냘픈 여자 위에 체중을 다 실어서 그냥 얼굴을 마주 보고 있을 수밖에 없었다.

"남편분이 집에 들어오신 거 같은데요." 그는 이렇게 말하고 전화기를 꺼냈다. "그래서 아까 절 집에 들여보내주시지 않았군요. 나올 때 문도 잠그지 않은 거고." 그는 어떤 번호로 전화를 걸었다.

"아니에요!" 피아가 큰 소리로 말했다.

"긴급 통제 센터입니다." 전화기 너머에서 음성이 흘러나왔다.

"해리 홀레 수사관입니다. 신고하려고요. 무장한 남자가—."

누가 그의 손에서 휴대전화를 빼앗았다. "그이가 그냥 라이플 조준기를 망원경 삼아 보는 거예요." 피아 보르가 전화기를 귀에 댔다. "죄송합니다, 잘못 걸었어요." 그녀는 전화를 끊고 휴대전화를 해리에게 돌려주었다. "전에 저한테 전화하실 때 이렇게 말했죠?"

해리는 움직이지 않았다.

"꽤 무거우시네요, 홀레, 혹시……."

"제가 지금 일어서면 머리에 총알이 박히지 않으리라는 걸 어떻게 압니까?"

"우리가 벤치에 앉았을 때부터 수사관님 이마에 빨간 점이 있었어요."

해리는 그녀를 보았다. 차가운 진흙탕에 손을 짚고 몸을 일으켜 두 발로 일어섰다. 눈을 가늘게 뜨고 언덕 쪽을 보았다. 피아를 일으켜주려고 돌아봤지만 이미 일어나 있었다. 청바지와 재킷이 시커메졌고 진흙이 뚝뚝 떨어졌다. 해리는 카멜 담뱃갑에서 휘어진 담배를 뽑았다. "보르 씨가 이제 사라질까요?"

"그럴 거 같아요." 그녀가 한숨을 쉬었다. "그이는 정신 상태가 온전치 않고 지금은 몹시 초조한 상태라는 점을 이해해주셔야 해요."

"보르 씨가 어디로 갈까요?"

"모르겠어요."

"경찰 업무 방해로 기소당할 수 있는 거 아시죠, 보르 부인?"

"저요? 아님, 제 남편이요?" 그녀는 허벅지를 쓸어내리면서 물었다. "아니면 수사관님이요?"

"네?"

"부인의 살인사건을 직접 수사해서는 안 되잖아요, 홀레. 여긴 사설탐정처럼 찾아오신 거고요. 아니면 **해적** 수사관이라고 해야 하나요?"

해리는 담배의 휘어진 끝부분을 떼어내고 남은 동강에 불을 붙였다. 그는 자신의 지저분한 옷을 내려다보았다. 코트에서 단추가 뜯겨 나간 자리가 찢어졌다. "보르 씨가 돌아오면 연락해주시겠습니까?"

피아는 호수를 향해 고개를 끄덕였다. "저거 조심하세요, 남자들을 좋아하지 않거든요."

해리는 돌아보다가 백조 한 마리가 그들에게 다가오는 것을 보았다.

다시 돌아보았을 때 피아 보르는 이미 비탈을 오르고 있었다.

"**해적** 수사관요?"

"응." 해리는 카야를 위해 비엘센할렌의 문을 잡아주었다.

그 건물은 평범한 건물들에 둘러싸여 있었다. 카야 말로는 1층에 대형 슈퍼마켓이 있고 그 위에 셀소스 탁구클럽이 있다고 했다.

"요새도 엘리베이터라는 개념에는 관심이 없나 봐요?" 카야가 힘겹게 해리를 따라 계단을 올라가며 물었다.

"개념이 아니라 규모가 문제야." 해리가 말했다. "이 헌병대 장교에 관해서는 어떻게 알아냈어?"

"카불에는 노르웨이인이 그렇게 많지 않았어요. 현재 거기 있는 사람들 거의 모두한테 연락해봤어요. 그나마 뭔가 말해줄 만한 사람은 글렌네밖에 없고요."

로비 접수대의 여자가 그들에게 어딜 방문하는지 물었다. 딱딱한 바닥을 울리는 신발 소리와 탁구공 튕기는 소리가 먼저 들렸고, 모퉁이를 돌자 널찍하게 트인 공간이 나왔다. 그곳에 몇 사람이, 주로 남자들이 초록색 탁구대 양쪽에서 춤추듯이 움직이며 몸을 구부리고 흔들었다.

카야가 그중 한 사람 쪽으로 향했다.

남자 둘이 네트 양쪽에서 대각선으로 서서 포핸드로 동일한 궤도를 그리며 톱스핀*으로 공을 주고받고 있었다. 거의 움직이지 않은 채 똑같은 동작을 반복하면서 팔은 구부리고 손목 스냅만으로 공을 치면서 한쪽 발을 단단히 디뎠다. 공이 아주 빠르게 오가서 두 남자 사이에 하얀 곡선이 이어진 것처럼 보였다. 두 남자는 정체된 컴퓨터 게임처럼 이 결투에 갇혀버린 듯 보였다.

그러다 한 사람이 공을 너무 멀리 치는 바람에 공이 튕겨서 옆

* 공이 날아가는 방향으로 회전하도록 공의 윗부분을 강하게 비틀 듯 치는 것.

탁구대 사이의 바닥으로 떨어졌다.

"젠장." 방금 공을 친 남자가 말했다. 사십 대나 오십 대의 건장한 남자로, 짧게 자른 은회색 머리에 검은 머리띠를 두르고 있었다.

"자네는 스핀을 읽지 않아." 그가 공을 가지러 간 사이 상대 남자가 말했다.

"에른." 카야가 불렀다.

"카야!" 머리띠를 두른 남자가 환하게 웃으며 말했다. "여기 땀에 젖은 군인 나가십니다." 둘은 서로 포옹했다.

카야는 그를 해리에게 소개했다.

"시간 내주셔서 고맙습니다." 해리가 말했다.

"이런 젊은 여인을 만나는데 거절할 사람은 없죠." 에른 글렌네가 눈가에 미소를 띤 채로 대꾸하면서도 도발적으로 느껴질 만큼 해리의 손을 꽉 잡았다. "그래도 이렇게 지원군을 데려올 줄 알았으면……."

카야와 글렌네가 웃었다.

"커피나 마십시다." 글렌네가 탁구채를 탁구대에 놓으며 말했다.

"파트너는 어쩌고?" 카야가 물었다.

"트레이너야, 돈 주고 산." 그가 앞장섰다. "코닐리랑 이번 가을에 주바에서 한판 붙기로 했거든. 연습을 해놔야 해."

"미국인 동료 얘기예요." 카야가 해리에게 설명했다. "카불에 있을 때 둘이 밤낮 쉬지 않고 탁구 시합을 했거든요."

"같이 갈래?" 글렌네가 물었다. "자기네 기관에서 거기다 자리 하나 마련할 수 있을 텐데."

"남수단에?" 카야가 물었다. "거긴 지금 어때?"

"여전하지. 내전, 기근, 딩카족, 누에르족, 식인 풍습, 윤간, 아프가니스탄에 있는 무기를 다 합친 것보다 많은 무기."

"생각해볼게." 카야가 말했다. 해리는 그녀의 표정에서 농담이 아닌 걸 알았다.

그들은 구내식당 같은 카페테리아에서 커피를 사서 비엘센 발세묄레와 아케르셀바 강이 보이는 지저분한 창가 자리에 앉았다. 에른 글렌네는 해리와 카야가 질문할 틈도 주지 않고 말문을 열었다.

"두 분을 만나겠다고 한 건 카불에서 로아르 보르와 사이가 틀어져서예요. 강간당한 후 살해당한 여자가 있었어요. 그 여자는 로아르의 전담 통역사였고요. 하자라족 여자요. 하자라족은 대부분 가난하고 순박하고 교육받지 못한 소작농이에요. 그런데 이 젊은 여자는, 그러니까 헬라는—."

"할라야," 카야가 고쳐주었다. "달무리라는 뜻이야."

"……별다른 도움 없이 독학으로 영어와 프랑스어를 익혔어요. 노르웨이어도 공부하던 중이었고요. 언어 능력이 뛰어난 거죠. 그 여자가 연합체와 각종 원조 단체에서 일하던 여자들과 같이 거주하던 집 바로 앞에서 발견됐어요. 자기도 거기 살았잖아, 카야."

카야가 고개를 끄덕였다.

"다들 탈레반이나 그 여자 마을 사람의 소행이라고 생각했어요. 이슬람교 수니파에게는 명예가 중대한 문제고, 하자라족에게는 훨씬 더 중요하거든요. 그 여자가 우리 같은 이교도들과 일하면서 남자들하고도 어울리고 옷도 서양인처럼 입고 다니는 것만으로 누군가는 본때를 보여주고 싶어했을 수 있어요."

"명예 살인은 들어봤습니다." 해리가 말했다. "그런데 명예 강간이란 건가요?"

글렌네가 어깨를 으쓱했다. "하나가 다른 하나로 이어졌을 수 있죠. 하지만 누가 알겠어요? 그런데 로아르가 그 사건을 우리가 수사하지 못하게 막았어요."

"그래요?"

"그 여자 시신은 우리가 안전을 책임져야 하는 건물 바로 앞에서 발견됐어요. 사실상 우리의 관할구역이었어요. 그런데도 로아르는 아프간 현지 경찰에 수사권을 넘겼어요. 제가 반박하니까 로아르가 그러더군요. 헌병대는, 그러니까 저하고 다른 한 사람은 자기 휘하에 있고 이 나라에 주둔한 노르웨이 부대의 안보를 책임져야 하고 그게 다라고 했어요. 아프간 경찰에는 우리에겐 당연한 인력과 과학수사 수단이 없는 걸 뻔히 알면서도. 거기서는 지문 분석이 최신 기술이고 DNA 검사는 딴 세상 얘기였어요."

"로아르는 정치적 의미를 고려해야 했어." 카야가 말했다. "이미 그 나라에 서양 군대가 지나치게 통제한다는 악감정이 널리 퍼져 있는 데다 할라는 아프간 사람이었어."

"그 여자는 **하자라족**이었어." 글렌네가 열을 내면서 말했다. "그 여자가 파슈툰족이었다면 우선으로 다뤘을 거예요. 그런데 로아르는 이 사건을 우선에 두지 않았어요. 그래요, 부검도 하고 플루니 뭔가 하는 걸 검출하긴 했어요. 남자들이 강간하고 싶을 때 여자의 음료에 타는 약물―."

"플루니트라제팜." 카야가 말했다. "로힙놀이라고도 하고."

"맞아. 그런데 아프간 사람이 여자를 강간하기 전에 약 먹이는 데 돈을 쓸 거 같아?"

"음."

"아니, 말도 안 되는 소리죠. 외국인이에요!" 글렌네가 손으로 탁자를 내리쳤다. "그 사건이 해결됐을까요? 당연히 아니죠."

"그럼 혹시……." 해리가 커피를 한 모금 마셨다. 질문을 돌려 말할 방법이 있는지 찾으려다가 생각을 바꾸고 눈을 들어 에른 글렌네를 마주 보았다. "……로아르 보르가 살인의 배후고, 그를 체포할 가능성이 가장 낮은 조직에 수사권을 넘겼을 수도 있다고 생각하시는 건가요? 그래서 우리를 만나기로 하셨고요?"

글렌네는 눈을 깜빡이고 입을 벌렸다. 하지만 아무 말도 하지 않았다.

"저기, 에른." 카야가 말했다. "로아르가 아내한테 아프가니스탄에서 누굴 죽였다고 말했대. 그리고 얀이랑 얘기해봤는데……."

"얀?"

"특수부대의 캠프 교관. 키 크고 금발이고……."

"아, 그 친구. 그 친구도 자기한테 빠져 있었지!"

"아무튼." 카야는 눈을 깔았다. 해리는 카야가 재미있어하는 글렌네에게 원하는 걸 주려고 부끄러운 척하는 건 아닌가 생각했다. "얀 말로는 확인된 것이든 그냥 주장이든 로아르에 대한 살인 혐의 기록이 없었대. 지휘관이라 최전방에 많이 나간 건 아니지만 과거에 최전방에 나갔을 때도 로아르가 살인한 적은 없다는 거야."

"알아." 글렌네가 말했다. "공식적으로는 특수부대가 바스라에 주둔하지 않았지만 로아르는 미군과 함께 훈련받으려고 바스라에 있었어. 소문에는 로아르가 여러 전투를 접하긴 했지만 계속 동정을 지켰대. 아프가니스탄에서는 전투에 가장 근접한 사건이 보게 병장이 탈레반에 잡혀갔을 때였어."

"그래, 그거." 카야가 말했다.

"그게 뭔데?" 해리가 물었다.

글렌네가 어깨를 으쓱했다. "로아르와 보게 병장이 차로 장거리를 이동하다가 보게가 큰 일을 보려고 사막에 차를 세웠어요. 보게가 바위 뒤로 갔는데 20분이 지나도 나오지 않고 불러도 대답이 없어서 로아르가 찾아보려고 차에서 내렸다고 보고했어요. 솔직히 내 짐작엔 꿈쩍도 안 했을 거예요."

"왜 그렇게 생각하시는데요?"

"사막에서는 일어날 수 있는 상황이 그렇게 많지 않거든요. 탈레반 농부 한둘이 조잡한 라이플과 칼을 들고 바위 뒤에 앉아서 로아르가 차에서 내려 찾으러 오길 기다리고 있었어요. 로아르도 분명 알았을 거고요. 안전하게 방탄차에 들어앉아 그와 바위 사이의 시야를 확보했어요. 그가 거짓말하는 걸 입증할 목격자가 없었으니까. 그래서 차 문을 모두 잠그고 본부로 전화한 거예요. 본부에서 거기까지 차로 다섯 시간 거리라는 말을 들었어요. 이틀 후 아프간 부대가 포장도로에서 핏자국을 발견했는데, 북쪽으로 몇 킬로미터, 그러니까 몇 시간 거리까지 핏자국이 있었대요. 탈레반이 포로를 고문하고 차 뒤에 매달아 끌고 다니기도 하거든요. 거기서 더 북쪽으로 마을 외곽의 도로가에 머리통 하나가 땅에 박힌 막대에 꽂혀 있었어요. 얼굴은 도로 면에 긁혀서 다 떨어져 나갔지만 파리에서 실시한 DNA 분석에서는 당연히 보게 병장으로 확인됐어요."

"음." 해리는 커피 잔을 만지작거렸다. "보르 씨가 그렇게 했을 거라 생각하는 건 당신이었어도 그랬을 것 같아서인가요, 글렌네?"

글렌네는 어깨를 으쓱했다. "저 그렇게 착각이 심한 사람은 아니에요. 우린 인간이고 누구나 저항이 가장 적은 방법을 택하죠. 그래도 제가 당한 건 아니니까."

"그래서요?"

"그래서 전 남들을 판단할 때 저 자신을 판단할 때처럼 해요. 로아르도 그랬겠죠. 부하를 잃는다는 건 무척 힘든 일이에요. 로아르는 그 일이 있은 뒤 사람이 달라졌어요."

"그러면 보르 씨가 통역사를 강간하고 살해했지만 그를 무너트린 건 탈레반이 그 병장을 잡아 간 사건이라는 건가요?"

글렌네는 다시 어깨를 으쓱했다. "말했다시피 제가 수사할 수 없었기 때문에 제가 말한 건 전부 가설입니다."

"그럼 그중 최고의 가설은 뭔가요?"

"사실 성폭행 사건은 성적 동기에 의한 살인으로 보이게 하려는 위장일 뿐이었어요. 경찰이 다른 보통의 용의자와 변태들 중에서 범인을 찾게 하려고요. 카불에는 그런 사건이 상당히 적죠."

"뭘 덮기 위해서일까요?"

"로아르의 진짜 프로젝트. 누군가를 죽이는 일."

"누굴?"

"로아르는 살인에 관한 한 문제가 있었어요. 이미 아시겠지만. 특수부대에 있다면 이건 아주 심각한 문제예요."

"그래요? 그 사람들이 **그렇게나** 피에 목말라하는지는 몰랐는데요."

"그렇지 않아요. 다만…… 뭐라고 해야 할까요?" 글렌네는 고개를 저었다. "특수부대의 구닥다리들, 낙하산 훈련을 받은 작자들은 장기간 적진에서, 인내와 체력이 중요한 가치인 환경에서 정보를 수집한 경력 덕에 선발된 사람들이에요. 그들은 육군의 장거리 달리기 선수 같은 사람들이겠죠? 로아르에게 딱 어울리는 곳이죠. 자, 핵심은 도시에서의 테러 방지 활동이에요. 그거 알아요? 새로운 특수부대는 아이스하키 선수들 같아요. 무슨 말인지 아시겠어요? 그리고 새로운 환경에서 소문이 돌았어요. 로아르가……." 글 렌네는 인상을 구겼다. 혀끝에 맴도는 단어의 맛이 마음에 들지 않 는 것처럼.

"겁쟁이라고요?" 해리가 물었다.

"불구라고요. 얼마나 수치스럽겠어요. 지휘관인데 아직 첫경험 을 못해봤으니. 기회가 없어서는 아니에요. 특수부대에도 살인해 야 하는 상황에 놓여본 적 없는 부대원들이 있어요. 그보다는 중요 한 순간에 서질 않는 게 문제였죠. 무슨 말인지 아시겠어요?"

해리가 고개를 끄덕였다.

"로아르는 노련한 사람이라 첫 번째 살인이 가장 어려운 걸 알 았어요." 글렌네가 말을 이었다. "일단 피를 보면 그다음엔 쉬워지 는 것도 알았어요. 한결 쉬워지죠. 그래서 처음에 쉬운 상대를 고 른 거예요. 저항하지 못하고 그를 신뢰하고 아무것도 의심하지 않 을 여자. 미움받는 하자라족, 수니파 이슬람교 국가에 사는 시아파, 많은 사람이 살해 동기를 가질 상대. 그리고 그 맛을 봤을 겁니다. 살인은 아주 특별한 느낌이죠. 섹스보다 나은."

"그런가요?"

"그렇다고들 하더군요. 특수부대 사람들한테 물어보세요. 솔직 히 답해달라고 해보세요."

해리와 글렌네가 잠깐 눈을 마주친 후 글렌네가 카야를 돌아보 았다. "이건 다 내 생각이야. 그래도 로아르가 와이프한테 자기가 헬라를 죽였다고 털어놨다면—"

"할라."

"……그럼 내가 확실히 도와주지." 글렌네가 남은 커피를 마셨 다. "코널리는 절대 안 쉬어. 이제 연습하러 가봐야겠어."

"그래서요?" 카야가 해리와 밖으로 나와 길에 서서 물었다. "글렌네를 어떻게 생각해요?"

"저 친구는 스핀을 읽지 않아서 너무 길게 치는 것 같아."

"재밌네요."

"은유적으로. 공의 궤도를 보고 과도하게 결론을 끌어내면서 상대가 방금 어떻게 쳤는지는 분석하지 않아."

"지금 탁구 용어 쓰면서 탁구를 잘 안다고 잘난 척하는 거예요?"

해리는 어깨를 올렸다. "열 살 때부터 외위스테인네 지하실에서 쳤어. 그 친구랑 나랑 트레스코. 그리고 킹 크림슨. 솔직히 열여섯 살이 되도록 우린 여자보다는 스크루볼과 프로그 록*을 더 잘 알았어. 우린……." 해리는 갑자기 말을 끊고 얼굴을 찡그렸다.

"뭐요?" 카야가 물었다.

"그냥 주절거리는 거야. 그냥……." 그는 눈을 감았다. "깨어나지 않으려고 주절거리는 거야."

"깨어나?"

해리는 숨을 깊이 들이마셨다. "난 지금 잠들어 있어. 잠들어 있는 한, 꿈속에 계속 머물 수 있는 한, 그자를 계속 찾아다닐 수 있으니까. 그런데 가끔 그게 나한테서 빠져나가려고 해. 자는 데 집중해야 해. 깨어나면……."

"뭐요?"

"그럼 그게 진실인 걸 알게 돼. 그럼 난 죽어."

해리는 가만히 귀를 기울였다. 징 박힌 타이어가 포장도로를 긁는 소리. 아케르셀바 강의 작은 폭포 소리.

---

* 재즈 및 다른 장르의 음악적 요소를 포함하는 록 음악.

"내 심리치료사가 자각몽이라고 말하는 현상 같은 건가요?" 그는 카야의 말을 들었다. "모든 것을 통제할 수 있는 꿈. 그래서 거기에 머무르려고 뭐든 다 하는 거죠."

해리는 고개를 저었다. "난 아무것도 통제하지 못해. 라켈을 죽인 자를 찾고 싶을 뿐이야. 그러면 깨어날 거야. 그리고 죽을 거야."

"제대로 잠을 청해보면 어때요?" 그녀 목소리가 다정했다. "좀 쉬시는 게 좋을 거 같아요, 해리."

해리는 다시 눈을 떴다. 카야는 손을 들어 그의 어깨에 얹으려다가 그의 눈빛을 보고는 그냥 그녀 얼굴에 흘러내린 머리카락을 쓸어 넘겼다.

그가 헛기침을 했다. "부동산 등기부에서 뭘 찾았다며?"

카야가 두 번 눈을 깜빡였다.

"네." 카야가 말했다. "오두막 한 채가 로아르 보르의 이름으로 등록되어 있어요. 에게달에. 구글 지도로는 한 시간 사십오 분 거리예요."

"좋아. 비에른이 운전할 수 있는지 물어볼게."

"카트리네한테도 알려서 그 사람에 대한 경보를 발령하라고 하지 않아도 돼요?"

"뭐로? 그 사람 아내가 남편이 그날 밤 딸이 쓰던 방에서 잠든 걸 직접 본 건 아니라서?"

"그 여자는 우리가 가진 게 충분하다고 생각하지 않는데, 당신은 왜 그렇게 생각해요?"

해리는 코트 단추를 채우고 휴대전화를 꺼냈다. "나한테는 이 나라 누구보다도 살인자를 많이 잡아낸 육감이 있으니까."

그는 놀라서 쳐다보는 카야의 시선을 느끼면서 비에른에게 전화를 걸었다.

"운전할 수 있어요." 비에른이 잠깐 생각해보고 말했다.

"고마워."

"하나 더요. 그 메모리카드요……."

"응?"

"봉투에 선배 이름을 적어서 외부 3D 전문가 프레운한테 보냈거든요. 제가 직접 통화하진 않았는데, 선배 이메일로 그 사람 연락처를 보냈으니까 직접 통화해보세요."

"알아들었어. 이 일에 자네 이름을 끼워넣지 않는 게 좋겠지."

"전 할 줄 아는 게 이 일밖에 없어요, 해리."

"알아들었다니까."

"지금 잘리면 애랑 모든 게……."

"그만해, 비에른, 자네가 미안해할 일이 아니야. 내가 미안해해야지, 자네를 이런 곤란한 일에 끌어들였으니."

침묵. 방금 한 말에도 불구하고 휴대전화를 통해 비에른의 죄책감이 전해지는 것 같았다.

"데리러 갈게요." 비에른이 말했다.

펠라 경위는 선풍기를 등에 대고 앉아 있는데도 셔츠가 몸에 달라붙어 있었다. 그는 더위를 싫어하고 카불을 싫어하고 방공호 사무실을 싫어했다. 그중에서도 허구한 날 들어야 하는 거짓말이 제일 싫었다. 지금 앞에 앉은 무기력하고 글도 모르고 아편에 중독된 하자라족 사람처럼.

"당신이 지금 불려 온 건 심문 중에 살인범 이름을 댈 수 있다고 주장해서잖아." 펠라가 말했다. "외국인이라며."

"절 보호해주신다면요." 남자가 말했다.

펠라는 앞에 웅크려 앉은 남자를 보았다. 하자라족 남자가 양손으로 만지작거리는 낡은 모자는 아프가니스탄의 전통 모자 '파콜'은 아니지만 그의 지저분한 머리를 감춰주는 정도는 되었다. 땀을 삐질삐질 흘리는 이 무지렁이 시아파 노상강도는 사형을 면하고 장기 징역형만 받아도 다행이라고 생각할 터였다. 느리고 고통스러운 죽음, 딱 그랬다. 펠라라면 조금도 망설이지 않고 교수형으로 빠르게 죽는 편을 택했을 것이다.

펠라는 손수건으로 이마를 닦았다. "그거야 당신이 나한테 무슨 말을 하느냐에 달렸지. 어서 말해."

"그 사람이 죽었다니까요……." 하자라족 남자는 떨리는 목소리로 말했다. "그 사람은 누가 본 줄 몰랐겠지만 제가 봤어요. 이 눈으로 똑똑히 봤어요. 맹세해요. 알라신께서 증인이에요."

"외국인 군인이라고?"

"예. 하지만 이건 전투 중에 일어난 일이 아니에요. 살인이에요. 살인, 더 생각할 것도 없이."

"그렇군. 그럼 외국인 군인이 누구지?"

"노르웨이인 지휘관요. 그 사람을 알아요. 그 사람이 우리 마을에 와서 자기네가 어떻게 우리를 도울 건지 말하고, 우리는 민주주의와 일자리와…… 평범한 모든 것을 얻을 거라고 말한 적이 있거든요."

펠라는 간절히 고대하던 짜릿한 흥분을 맛보았다. "요나센 소령 말인가?"

"아뇨, 그런 이름이 아니었어요. 보 중령이에요."

"보르 말인가?"

"네, 네, 맞아요."

"그 사람이 아프간 남자를 살해하는 걸 봤다고?"

"아뇨, 그게 아니에요."

"그럼 뭔데?"

펠라는 남자의 말을 들으면서 흥분과 흥미가 가시는 느낌이 들었다. 첫째, 보르 중령은 본국으로 돌아갔고, 그를 다시 인도받을 가능성은 거의 없다. 둘째, 게임에서 빠져나간 지휘관은 카불의 정치 게임, 그러니까 펠라가 다른 것을 다 합친 것보다 더 혐오하는 게임에서 그렇게 가치 있는 체스 말이 아니다. 셋째, 사건의 피해자도 여기 이 아편중독자의 주장을 조사하는 데 인력을 들일 만큼 가치 있는 인물이 아니다. 그리고 네 번째가 있었다. 이건 거짓말이다. 물론 거짓말이다. 다들 저 살길을 찾게 마련이다. 앞에 앉은 남자가 살인에 관해 말하는 내용이 구체적일수록, 그 얘기가 그들이 이미 확인한 얄팍한 사실과 맞아떨어진다는 확신이 들수록, 이 작자는 사실 직접 저지른 살인을 진술하고 있다는 확신이 커졌다. 말도 안 되는 가설. 펠라는 그가 부릴 수 있는 얼마 안 되는 인력을 이런 가설을 검증하는 데 쓰고 싶은 생각이 전혀 없었다. 아편중독이나 살인, 어느 쪽이든 한 사람을 두 번 목매달 수는 없으므로.

27

"더 빨리는 못 가나?" 해리는 눈이 녹은 진창길과 열심히 움직이는 와이퍼 너머의 어둠을 내다보았다.

"예, 이 차는 두뇌를 교체할 수도 없는데 그나마 도로에서 이탈하지 않는 게 어디예요." 비에른은 평소처럼 좌석을 최대한 뒤로 젖혀, 앉았다기보다는 눕다시피 하고 운전했다. "구식 안전벨트에 에어백도 없는 차잖아요."

트럭 한 대가 287번 고속도로 반대편 차선에서 커브를 돌아오면서 아슬아슬하게 붙어 지나가서 비에른의 1970 볼보 아마존이 흔들렸다.

"에어백은 내 차도 있는데." 해리는 운전석의 비에른을 지나 낮은 중앙분리대와 10킬로미터를 달려오는 내내 도로 옆으로 흐르는, 아직은 얼어붙은 강을 내다보았다. 무릎에 놓인 휴대전화 GPS에 따르면 하글레부 강이었다. 조수석 차창 밖으로는 눈 덮인 가파른 계곡의 한쪽 사면과 시커먼 전나무 숲이 보였다. 정면으로는 포장도로가 전조등 불빛을 삼키면서 구불구불하고 좁고 예측할 수 있게 이어지며 산속으로, 더 빽빽한 야생의 숲으로 뻗어 있었다. 이 지역에 불곰이 산다는 기사를 본 적이 있다.

양옆으로 깎아지른 계곡으로 들어가자, 라디오의 목소리가 (곡과 곡 사이에 '전국 방송' P10 컨트리 채널이라고 알리는 멘트가 나왔다) 잡음에 섞이거나 끊기면서 신용을 완전히 잃었다.

해리는 라디오를 껐다.

비에른이 다시 켰다. 다이얼을 맞추었다. 지직거리며 종말론적으로 텅 빈 우주의 느낌.

"DAB*가 라디오 스타를 죽였어." 해리가 말했다.

"전혀요." 비에른이 말했다. "이 지역 방송국이 있어요." 날카로운 스틸기타 소리가 잡음을 뚫고 튀어나왔다. "찾았다!" 그가 씩 웃었다. "라디오 할링달. 노르웨이 최고의 컨트리 채널."

"요새도 컨트리 음악 없이는 운전을 못 하는 거야?"

"왜 그러세요, 운전하고 컨트리 음악은 진과 토닉인데." 비에른이 말했다. "여기서 매주 토요일에 라디오 빙고를 해요. 그냥 한번 들어보세요!"

스틸기타 소리가 서서히 멀어지고, 진행자가 빙고 카드를 준비할 시간이라고, 특히 2주 전에 최초로 우승자 다섯 명이 모두 살아남은 플로에서는 어서 준비하라고 알렸다. 이어서 스틸기타가 최대 볼륨으로 다시 나왔다.

"소리 좀 줄여줄래?" 해리가 휴대전화 화면을 보면서 말했다.

"선배도 컨트리를 조금은 견딜 수 있어요. 제가 라몬즈 앨범을 드린 건 그 앨범이 위장한 컨트리 음악이라서예요. 'I Wanted

---

* Digital Audio Broadcasting. 디지털 오디오 방송.

Everything'과 'Don't Come Close'는 꼭 들어보세요."

"카야 전화야."

비에른이 라디오를 껐고, 해리는 휴대전화를 귀에 댔다. "안녕, 카야."

"안녕! 어디예요?"

"에게달."

"에게달 어디요?"

해리는 밖을 내다보았다. "산기슭 근처 어디."

"어딘지 몰라요?"

"몰라."

"알았어요. 로아르 보르에 관해 구체적인 건 찾지 못했어요. 전 과도 없고, 제가 연락한 사람 중 누구도 보르가 살인을 저질렀을 수 있다는 말은 하지 않았어요. 오히려 다들 그 사람이 무척 사려 깊은 사람이라고 하더라고요. 자기 자식이나 부대에 관한 일이라 면 과잉보호를 할 만큼. NHRI 직원하고도 통화해봤는데 똑같이 말 하더라고요."

"잠깐. 그 사람들하고 어떻게 그런 얘기를 했어?"

"적십자 잡지에 실을 기사를 쓰려 한다고 했어요. 로아르 보르의 아프가니스탄 시절에 관해 실제보다 좋게 포장하는 프로필 기사로 요."

"그럼 거짓말을 한 거야?"

"꼭 그런 건 아니고. 그런 기사를 쓸 수도 있죠. 적십자에는 아직 그런 기사에 관심이 있는지 문의하진 않았지만."

"역시 똑똑해. 그래서?"

"NHRI 직원한테 로아르 보르가 라켈 페우케의 살인을 어떻게 받아들이는지 물었거든요. 그 직원 말로는 많이 상심하고 지쳐 보였대요. 지난 며칠간 휴가를 내고 오늘은 병가를 냈대요. 로아르와 라켈이 어떤 사이였냐고 물으니까 로아르가 라켈을 지나치게 지켜봤대요."

"지나치게 지켜봐? 로아르가 라켈을 보살폈다는 뜻이야?"

"모르겠어요. 그 직원 말은 그래요."

"로아르에 대해 '구체적인' 건 알아내지 못했다며? 그럼 구체적이지 않은 뭔가는 알아냈다는 건가?"

"네. 말했듯이 로아르는 전과가 없지만 아카이브에서 그 사람 이름을 검색해보니 오래전 사건이 하나 나왔어요. 마르가레트 보르가 1988년에 경찰을 찾아왔는데, 열일곱 살인 딸 비안카가 성폭행을 당해서였어요. 엄마는 딸이 성폭행 피해자의 전형적인 행동을 하고 복부와 손에 자상이 있다고 주장했어요. 경찰이 비안카를 조사했는데, 비안카는 성폭행을 부인하고 자상은 자기가 직접 낸 거라고 말했고요. 보고서에 따르면 근친상간이 의심되고 비안카의 아버지와 당시 이십 대인 로아르 보르가 용의선상에 올랐어요. 나중에 아버지와 비안카가 잠시 정신과에 입원했고요. 그런데 무슨 일이 일어났는지, 무슨 일이 일어나긴 한 건지는 끝내 밝혀지지 않았어요. 비안카 보르를 검색하니까 그로부터 5년 후 시그달 경찰서의 보고서가 나왔어요. 비안카 보르가 20미터 높이의 노라포센 폭포 아래 바위에서 시신으로 발견됐어요. 보르 집안의 오두막이 강을 따라 4킬로미터 위에 있었고요."

"시그달. 우리가 가는 오두막이 그 오두막인가?"

"그럴걸요. 부검에서는 익사로 나왔어요. 경찰은 비안카가 사고로 강에 떨어졌을 수도 있지만 스스로 목숨을 끊었을 가능성이 높다고 결론을 내렸고요."

"왜?"

"목격자가 있어요. 비안카가 오두막에서 강까지 파란색 드레스
만 입고 맨발로 눈밭을 뛰어갔대요. 오두막에서 강까지는 몇백 미
터 거리예요. 시신이 발견됐을 때는 알몸이었어요. 정신과 의사도
비안카가 그 전에 자살 성향을 보였다고 확인해줬고요. 그 의사 전
화번호를 찾아서 자동응답기에 음성을 남겨놨어요."

"알았어."

"아직 에게달이에요?"

"그런 거 같아."

비에른이 라디오를 다시 켰다. 진행자가 단조로운 음성으로 숫
자를 읽고 다시 한번 한 자 한 자 읽어주는 소리와 징 박힌 타이어
가 포장도로에 닿는 소리가 섞였다. 숲과 어둠이 더 짙어지고, 계
곡 양옆이 더 가팔라졌다.

보르는 가장 굵고 가장 낮게 내려온 나뭇가지에 라이플을 얹고
망원 조준기를 들여다보았다. 빨간 점이 나무 벽에서 어지러이 움
직이다가 창문을 찾았다. 창문 안은 어두웠지만 남자가 나가는 게
보였다. 모든 것을 망치기 전에 멈추게 해야 할 남자가 올 것이다.
보르는 알았다. 단지 시간문제다. 로아르 보르에게 남은 건 시간뿐
이다.

"이 언덕 위야." 해리는 이렇게 말하면서 카야가 휴대전화로 보
내준 좌표에 표시된 눈물방울 모양의 빨간색 기호를 보았다. 비에
른은 갓길에 차를 세우고 시동을 끄고 전조등도 껐다. 해리는 몸을

숙여 앞 유리 밖을 내다보았다. 부슬비가 뿌리기 시작했다. 시커먼 산비탈 어디에도 불빛 하나 없었다. "사람이 별로 살지 않나 보군."

"원주민들에게 선물할 구슬을 좀 가져가야겠어요." 비에른이 조수석 사물함에서 손전등과 근무용 권총을 꺼냈다.

"나 혼자 올라갈까 해." 해리가 말했다.

"저 어두운 거 무서워하는데, 저 혼자 여기다 두시게요?"

"전에 내가 말한 레이저 조준기 얘기 기억나?" 해리는 이마에 검지를 댔다. "난 아직 스메스타담멘 호수에서 그 일 이후로 누군가의 표적이야. 이건 내가 벌인 일이고, 자네는 육아휴직 중이야."

"영화에서 여자가 주인공에게 위험한 일에 끼워달라고 졸라대는 장면 본 적 있죠?"

"응······."

"전 그런 장면 나오면 빨리 돌려요. 누가 이길지 아니까. 그럼 갈까요?"

28

"이 집 맞아요?" 비에른이 물었다.

"GPS로는 맞는데." 해리는 코트로 휴대전화를 가리고 있었다. 소낙눈이 내린 후 흩뿌리기 시작한 비를 막기 위해서기도 하고, 혹시라도 집 안에서 로아르가 내다볼 경우 휴대전화 불빛으로 위치를 노출하지 않기 위해서기도 했다. 로아르가 정말로 오두막에 있는 거라면 저렇게 실내가 어둡다는 건 그가 정확히 뭘 하고 있는지 짐작하게 했다.

해리는 눈을 가늘게 떴다. 길이 하나 나 있는데 일부는 맨땅이고 눈이 덮인 곳에도 갈색 발자국이 있는 것으로 보아 최근까지도 누가 다녀간 듯했다. 이 오두막을 찾는 데는 15분도 걸리지 않았다. 눈이 쌓인 곳에서 빛이 반사되기는 해도 여전히 사방이 어두워서 오두막이 무슨 색인지 보이지 않았다. 해리는 빨간색에 돈을 걸었다. 비가 와서 그들이 다가가는 소리가 묻히기는 했지만 이제는 빗소리에 오두막에서 나는 소리마저 묻혔다.

"내가 들어갈게. 자네는 여기서 기다려." 해리가 말했다.

"저 어떻게 하면 돼요? 과학수사과에만 오래 있다 보니."

"나 말고 다른 사람이 총 쏘는 걸 보면 쏴버려." 해리는 물이 뚝뚝 떨어지는 낮은 나뭇가지 아래에서 나와 오두막을 향해 성큼성큼 걸었다. 무력 저항이 발생할 것으로 보이는 경우에 집 안으로 들어가는 방법에 관한 규정이 있다. 해리는 그중 몇 가지를 숙지했다. 로아르 보르도 그런 규정에 관해 알고 있을 것이다. 그러니 길게 고민할 이유가 없었다. 해리는 계단을 올라가 손잡이를 잡고 열어보았다. 잠겨 있었다. 옆으로 비켜서서 문을 두 번 두드렸다.

"경찰이다!"

해리는 벽에 바짝 기대 가만히 귀를 기울였다. 줄기차게 떨어지는 빗소리만 요란했다. 어디선가 잔가지 부러지는 소리가 났다. 그는 어둠 속을 노려봤지만 단단한 검은 벽이 막아선 것처럼 보였다. 다섯까지 세고 총자루로 문 옆 유리창을 쳤다. 유리가 깨졌다. 그 안으로 손을 집어넣어 창문 걸쇠를 풀었다. 창틀이 팽창해서 꽉 잡고 힘껏 당겨야 했다. 창문을 통해 안으로 넘어갔다. 새로 팬 자작나무 땔감과 재의 매캐한 냄새가 훅 끼쳤다. 손전등을 켰지만 불빛이 표적이 될 수도 있어서 손전등을 몸에서 떼고 멀찍이 들었다. 손전등으로 오두막 안을 빙 둘러서 비추면서 문 옆의 전등 스위치를 찾았다. 스위치를 켜자 천장의 전등이 들어왔다. 그는 급히 창문과 창문 사이의 벽에 등을 대고 섰다. 왼쪽에서 오른쪽으로, 범죄 현장을 조사하듯 실내를 찬찬히 둘러보았다. 그가 있는 곳은 거실이었다. 거기서 침실 두 개의 문이 보이고, 방 안에는 이층 침대가 있었다. 욕실은 없었다. 싱크대 딸린 조리대가 보이고 거실 한쪽 끝에 라디오가 있었다. 개방형 벽난로. 노르웨이 오두막에 흔히 있는 페인트칠한 소나무 궤짝이 보이고, 기관단총과 자동소총이 벽에 기대져 있었다. 크로셰 테이블보가 덮인 테이블에는 촛대와 스포츠잡지, 번쩍이는 사냥칼 두 자루, 얏지 게임*이 놓여 있었다. A4 용지가 벽면 여기저기에 핀으로 꽂혀 있었다. 그러다 벽난로 옆에서 라켈을 보고는 숨이 멎는 듯했다. 사진 속 라켈은 창살이 쳐진 창문 안에 서 있었다. 홀멘콜베이엔 집의 주방 창문. 분명 야생동물 카메라 바로 앞에서 찍은 사진이었다.

해리는 어떻게든 계속 둘러보려 했다.

식탁에 여자들 사진이 더 있고 그중 몇 장 아래에 신문 스크랩이 있었다. 뒤편의 벽을 돌아보자 사진이 몇 장 더 있었다. 남자들 사진. 십여 명 정도의 사진이 세 열로 꽂혀 있고, 어떤 순위인지는 몰라도 사진에 번호가 매겨져 있었다. 그중 세 사람은 단번에 알아봤다. 1번은 안톤 블릭스, 10년 전 성폭행과 이중 살인 몇 건으로 유죄판결을 받은 자였다. 2번은 스베인 핀네. 한참 아래 6번은 발렌틴 예르트센. 다른 몇몇도 알 것 같았다. 유명한 강력범들로, 적어도 한 명은 사망했고 두 명은 아직 교도소에 있었다. 그가 알기로는. 거실 반대편 벽에 신문 스크랩이 붙어 있고 굵은 글씨체의 표제가 겨우 보였다. **'공원에서 강간당하다.'** 다른 스크랩은 너무 작았다.

그리로 더 다가가면 외부에서 표적이 될 것 같았다. 하지만 전등을 끄고 손전등만 비추면 되었다. 그는 스위치를 찾으려고 눈을 돌렸지만 라켈이 시야에 걸렸다.

라켈의 얼굴은 보이지 않았지만 창문 안쪽에 서 있는 모습에는 분명 뭔가가 있었다. 고개를 들고 귀를 쫑긋 세운 사슴 같았다. 위

* 주사위로 하는 보드게임.

험의 냄새를 감지한 것처럼. 그래서 그토록 외로워 보이는지 몰랐다. 라켈이 날 기다리고 있었어, 해리는 생각했다. 내가 라켈을 기다린 것처럼. 우리 둘, 서로를 기다리고 있었다.

그러다 문득 그가 거실로, 불빛 속으로 나와 있어서 누구에게든 노출된 걸 알았다. 뭐 하는 거지? 그냥 그대로 눈을 감았다.

그리고 기다렸다.

로아르 보르는 환하게 불 밝힌 실내에 있는 누군가의 등에 십자 모양의 조준점을 맞췄다. 그러고는 조준기의 스위치를 껐다. 피아와 홀레가 스메스타담멘 호숫가 벤치에 앉아 있을 때 그의 정체를 노출시킨 그 레이저 조준기. 빗방울이 그의 위에 있는 나무에 후드득 떨어지고는 그의 모자챙에서 떨어졌다. 그는 기다렸다.

아무 일도 없었다.

해리는 눈을 떴다. 다시 숨을 쉬었다.

그리고 신문 스크랩을 읽었다.

몇 장은 누렇게 색이 바랬고, 몇 개는 2년밖에 되지 않은 신문 기사였다. 성폭행 기사. 이름은 없고, 나이와 위치와 사건 개요만 있었다. 외스틀란데트의 오슬로. 스타방에르에서 한 건. 로아르가 사진을 어떻게 구했는지는 알 수 없지만 틀림없이 성폭행 희생자의 사진이었다. 그러면 남자들 사진은 뭐지? 노르웨이 최악의 (혹은 최고의) 성폭행범 10위 같은 건가? 로아르 보르가 선망하고 한번 붙어보고 싶은 상대들?

해리는 잠긴 문을 열었다. "비에른! 여긴 이상 무!"

그러다 문 옆에 핀으로 꽂혀 있는 사진을 보았다. 쨍한 햇살에 가늘게 뜬 초록색 눈, 허니브라운색의 머리카락을 쓸어 넘기는 손, 적십자 로고가 찍힌 흰색 조끼, 사막 풍경, 카야가 뾰족한 이를 드러내며 웃고 있었다.

해리는 아래를 보았다. 로아르의 집 현관에서 본 것과 똑같은 군화가 있었다.

사막의 바위들. 탈레반이 방탄차에서 두 번째 표적이 나오길 기다리고 있다.

"안 돼, 비에른! 안 돼!"

"카야 솔네스." 벽난로 옆 검은 석판에 놓인 휴대전화에서 과장되게 들릴 만큼 굵은 목소리가 나왔다.

"오슬로 경찰청 경관입니다." 카야가 큰 소리로 대꾸하며 냉장고에서 먹을 걸 찾아보았지만 소득이 없었다.

"저희가 어떻게 도와드릴까요, 솔네스 경관님?"

"연쇄 폭행범을 찾고 있는데요," 카야는 사과주스를 따르면서 그걸로라도 혈당이 조금 올라가기를 바랐다. 시간을 확인했다. 지난번에 집에 다녀간 뒤로 비베스 가에 느긋한 분위기의 레스토랑이 새로 생겼다. "정신과 의사로서 비밀 유지 서약을 지켜야 하시는 건 잘 알지만, 그거야 환자가 살아 있을 때 얘기고, 이렇게 사망한 환자에 관해서라면……."

"동일한 규정이 적용됩니다."

"……그 환자가 성폭행을 당했다는 의심이 간다면요? 게다가 그 범인이 다른 사람들을 성폭행하지 못하게 막아야 한다면요?"

휴대전화 너머에 침묵이 흘렀다.

"고민이 끝나면 말씀해주세요, 런던 선생님." 카야는 세계에서 가장 큰 도시 중 하나와 같은 상대의 이름에서 왜 고독한 분위기가 풍기는지 몰랐다. 그녀는 휴대전화 스피커를 끄고 휴대전화와 주스 잔을 들고 거실로 돌아갔다.

"그럼 물어보세요. 어떻게 할지 생각해보죠." 런던이 말했다.

"고맙습니다. 비안카 보르라는 환자를 기억하시나요?"

"그럼요." 그 환자가 어떻게 됐는지도 다 안다는 투였다.

"그 환자를 상담하실 때 혹시 성폭행을 당했다고 보셨나요?"

"모르겠네요."

"그래요. 그 환자가 어떤 행동을, 그러니까 뭔가를 드러내는—"

"정신과 환자들의 행동은 온갖 사연을 드러낼 수 있습니다. 저는 그중 성폭행도 배제하지 않겠습니다. 폭행도요. 다른 정신적 외상도요, 물론. 하지만 모두 추측일 뿐입니다."

"그 환자의 아버지도 정신과 문제로 입원했더군요. 환자가 아버지에 관해 말한 적이 있나요?"

"정신과 의사가 환자를 상담할 때는 거의 언제나 부모와의 관계를 다루지만 특별히 기억나는 건 없습니다."

"좋아요." 카야가 키보드의 키를 하나 누르자 컴퓨터 화면이 켜졌다. 정지된 이미지에는 라켈의 집에서 나오는 누군가의 실루엣이 보였다. "그 환자의 오빠, 로아르는요?"

다시 긴 침묵. 카야는 주스를 한 모금 마시고 정원을 보았다.

"지금 우리가 아직 잡히지 않은 연쇄 폭행범에 관해 얘기하는 거 맞습니까?"

"네." 카야가 말했다.

"비안카가 우리 병원에 입원했을 때 자면서 어떤 이름을 반복해서 부르는 걸 간호사가 들었다더군요. 방금 말씀하신 그 이름이요."

"비안카가 아버지가 아니라 오빠한테 성폭행당했을 가능성도 있다고 보시나요?"

"말씀드렸다시피, 솔네스 경관님, 전 배제하지 않―."

"선생님도 그런 의심을 하신 거죠?"

카야는 상대의 숨소리를 해석하려고 귀를 기울였지만 들리는 소리라고는 창밖의 빗소리뿐이었다.

"비안카가 해준 말이 있기는 합니다. 우선 비안카는 정신증을 보였고, 정신증 환자들은 별별 소리를 다 한다는 점을 일러둬야겠군요."

"비안카가 뭐라고 했는데요?"

"오빠가 가족 별장에서 그녀를 낙태시켰다고요."

카야는 몸서리를 쳤다.

"당연한 말이지만, 꼭 그런 일이 일어났다고 볼 수 있는 건 아닙니다." 그가 말했다. "하지만 그 환자가 병실의 침대 머리맡에 붙여둔 그림이 생각납니다. 거대한 수리가 작은 소년을 덮치는 그림이었어요. 수리의 부리에서 R-O-A-R이라는 글자가 나왔고요."

"영어로 으르렁거리는 소리요?"

"그때는 그렇게 해석하기로 했어요, 네."

"그런데 이제 와 보면요?"

카야는 상대가 전화기 속에서 한숨을 길게 내쉬는 소리를 들었다. "보통 환자가 자살하면 담당 의사는 자기가 전부 잘못 해석했다고, 자신의 행동과 생각이 전부 다 틀렸다고 자책해요. 비안카가 사망한 즈음에 우리는 사실 환자가 나아지는 줄로만 알았어요. 그래서 예전 환자 기록을 펼쳐보면서 제가 뭘 잘못 이해했는지, 어디서부터 잘못됐는지 찾아봤어요. 두 곳에서, 정신증으로 횡설수설

하는 줄로만 알고 놓친 부분에서, 환자가 저한테 그랬더군요. 그들
이 오빠를 죽였다고."

"'그들'이 누군데요?"

"그녀 자신과 오빠."

"그게 무슨 말이에요? 로아르가 그 자신을 죽이는 데 가담했다
고요?"

로아르 보르는 라이플의 개머리판을 아래로 내리고 총열은 그대
로 나뭇가지에 걸쳐놓았다.

조준기 안으로 들어온 사람은 불 켜진 창문에서 벗어났다.

로아르는 주변의 어둠의 소리를 들었다.

비. 비 젖은 포장도로에 타이어 닿는 소리가 멀지 않은 곳에서
들렸다. 볼보일 거라고 짐작했다. 여기 뤼데르 사겐스 가 사람들
은 볼보를 좋아했다. 폭스바겐도. 폭스바겐 에스테이트. 고가의 모
델들. 그가 거주하는 스메스타에서는 아우디와 BMW를 더 좋아했
다. 이 동네 정원은 그가 사는 동네처럼 강박적으로 깔끔하게 다듬
지는 않았지만 사실 겉으로 보기에 편안해 보인다고 해서 수고나
계획이 덜 들어간 건 아니었다. 수풀이 제멋대로 자란 카야의 정원
은 예외였지만. 여기는 무정부 상태였다. 카야의 입장에서 변호하
자면 지난 몇 년간 집에 머문 기간이 얼마 되지 않았다. 로아르로
서는 불만이 없었다. 웃자란 관목과 나무들 덕에 카불보다 위장하
는 데 유리했다. 카불에서는 차고 지붕이나 불에 탄 차량 뒤에 숨
은 적도 있다. 그의 위치가 노출되기는 하지만 여자들이 사는 호스
텔이 잘 보이는 유일한 자리였다. 거기서 몇 시간이고 라이플 조준
기를 통해 카야 솔네스를 지켜본 터라, 카야가 더 중요한 일이 없

었다면 정원이 마구 웃자라게 놔둘 사람이 아닌 걸 알았다. 중요한 일이 있었다. 사람들은 누가 보고 있는 줄 모를 때 별별 특이한 행동을 한다. 로아르 보르는 카야 솔네스에 관해 남들이 모르는 몇 가지를 안다. 스바로브스키 라이플 조준기를 통해 카야가 시야를 가리지 않을 때 책상 위 컴퓨터 모니터에 뜬 글자를 쉽게 읽을 수 있었다. 카야가 방큼 키를 눌러 화면을 켰다. 화면에 이미지가 떴다. 야간에 찍힌 것이고, 창문 하나에 불이 켜진 집이었다.

로아르는 이내 화면 속 집이 라켈의 집인 걸 알아보았다.

그는 조준기를 조절해서 컴퓨터 화면에 초점을 맞추었다. 사진이 아니라 영상이었다. 분명 그가 그 집 앞에서 자주 서 있던 자리에서 찍은 영상이었다. 저게 뭐지? 이어서 라켈의 집 현관문이 열리고 누군가의 형체가 입구에 서 있었다. 보르는 숨을 참으며 라이플을 완벽하게 고정하고 화면 아래 날짜와 시각을 읽었다.

살인이 일어난 밤에 찍힌 영상이었다.

로아르 보르는 폐에서 공기를 내뱉고 라이플을 나무줄기에 기대 놓았다.

저 화면만으로 누군지 알 수 있을까?

그는 왼손을 엉덩이로 가져갔다. **카람빗** 칼이 꽂힌 자리로.

생각하자. 생각하고, 그다음에 행동하자.

손끝으로 차갑고 울퉁불퉁한 칼날을 쓸어내렸다. 위아래로. 위아래로.

"조심해." 해리가 경고했다.

"또 뭔데요?" 비에른이 물었다. 해리는 아까 오두막에서 소리쳐서 하는 말인지 미처 깨닫지 못했다. 아까는 아무 일도 없었다.

"빗길에 살얼음이 끼려고 해."

"그러네요." 비에른은 브레이크를 가만히 밟으며 앞에 보이는 다리 위로 들어섰다.

비는 그쳤지만 얼음이 얇게 덮인 도로가 반짝거렸다. 강을 건너자 다시 직선 도로가 나왔고, 비에른은 속도를 높였다. 도로표지판. 오슬로 85킬로미터. 차량이 많지 않았고, 길이 조금 마르면 한 시간 남짓이면 시내에 들어갈 수 있을 것 같았다.

"정말로 경보를 발령하지 않으시게요?" 비에른이 물었다.

"음." 해리는 눈을 감았다. 로아르 보르는 최근에 오두막에 머물렀고, 나무 바구니에 든 신문은 엿새가 지난 것이었다. 현재 보르는 그곳에 없었다. 오두막 문 앞 눈 쌓인 자리에 발자국이 없었다. 음식물도 없었다. 테이블에 놓인 커피 잔에는 말라붙은 커피 찌꺼기에 곰팡이가 피었다. 문 옆에 있는 군화가 젖지 않은 걸 보면 그런 군화를 몇 켤레 더 가지고 있을 것이다. "그 3D 전문가, 프레운이랑 통화했어. 이름은 시구르더군."

비에른이 웃었다. "카트리네가 스웨이드의 보컬 이름을 따서 우리 애 이름을 짓자고 했어요. 브레트요. 브레트 브라트. 그래서 프레운이 뭐래요?"

"메모리카드를 살펴보겠대. 주말에는 답을 줄 수 있을 것 같다고 하고. 내가 그 안에 뭐가 들었는지 대충 말해주긴 했는데, 애초에 빛이 부족한 게 문제라면 자기가 할 수 있는 게 많지 않다더군. 그래도 홀멘콜베이엔 집의 현관문 높이와 계단 개수를 측정해서 그 인물의 키를 근사치로 알아낼 수는 있을 거래. 내가 수색영장도 없이 오두막에 무단침입해서 발견한 증거를 토대로 로아르를 체포해야 한다고 주장하면 자네 입장이 곤란해질 거야, 비에른. 그러니 현관 앞에 서 있던 사람의 키가 로아르의 키와 일치한다는 증거를 내미는 편이 더 그럴듯할 거야. 게다가 그것 말고는 영상 속 이미지와 연결할 방법이 없어. 내가 크리포스에 전화해서 로아르가 범행 현장에 있었다고 밝힐 수 있는 사진을 확보했다면서 그자의 오두막을 수색하라고 언질을 줄게. 그 사람들이 유리창이 깨진 걸 보긴 하겠지만 그거야 아무라도 깼을 수 있으니까."

해리는 앞으로 곧게 뻗은 도로 끝에서 파란 불빛이 깜빡이는 걸 보았다. 그들은 안전 삼각대를 지났다. 비에른은 속도를 늦추었다.

연결식 트럭이 그들과 같은 차선의 도로변에 서 있었다. 강 쪽의 반대편 차선에 중앙분리대 옆으로 사고 차량이 있었다. 한때는 자동차였지만 지금은 구겨진 깡통 같았다.

교통경찰이 그들에게 지나가라고 수신호를 보냈다.

"잠깐만." 해리는 창문 손잡이를 돌려 차창을 내렸다. "저 차에 오슬로 번호판이 붙어 있어."

얼굴은 불도그 같고 과하게 부풀린 상체에 지나치게 짧은 목과 팔이 붙어 있는 경찰 옆에 비에른이 차를 세웠다.

"무슨 일입니까?" 해리가 신분증을 내밀며 물었다.

경찰은 신분증을 보고 고개를 끄덕였다. "트럭 운전사를 조사하고 있으니 곧 알 수 있겠죠. 그냥 길이 미끄러워서 발생한 사고일 수도 있고요."

"그러기에는 길이 너무 일직선이지 않나요?"

"그렇죠." 경찰이 전문가다운 진지한 표정으로 말했다. "심할 때는 한 달에 한 번꼴로 사고가 나요. 우리는 이 구역을 그린 마일이라고 부릅니다. 왜 있잖아요, 미국에서 사형선고받은 사람이 전기의자로 걸어가는 마지막 구간요."

"음. 우리는 지금 오슬로에 사는 사람을 찾고 있는데, 저 차 운전자가 누군지 알고 싶습니다."

경찰은 숨을 깊이 들이마셨다. "솔직히 말해서 1300킬로그램짜리 차가 시속 80이나 90킬로미터로 50톤에 육박하는 트럭에 정면으로 돌진하면 안전벨트나 에어백은 거의 무용지물이죠. 제 남동생이 저 차를 운전했다고 해도 운전자가 누군지 말씀드리지 못했을 겁니다. 여동생도 마찬가지죠. 그래도 차량이 스테인 한센이란 사람으로 등록되어 있으니 일단은 그 사람일 거라고 보는 거죠."

"고맙습니다." 해리는 이렇게 말하고 차창을 올렸다.

그들은 말없이 달렸다.

"어쩐 안도하시는 것 같네요." 비에른이 한참 지나서 말했다.

"내가?" 해리가 놀라서 물었다.

"저런 건 너무 쉽다고 생각하시는 거죠? 로아르가 저런 식으로 빠져나가는 거요."

"차 사고로 죽는 거?"

"그러니까 세상에 선배를 남겨두고 혼자서 날마다 고통에 시달리게 하는 거요. 그러면 공정하지 않잖아요? 그자도 똑같이 고통받기를 바라시잖아요."

해리는 창밖을 내다보았다. 구름 사이로 달빛이 내려와 언 강을 은빛으로 물들였다.

비에른이 라디오를 켰다.

하이웨이 맨.

해리는 잠시 음악을 듣다가 휴대전화를 꺼내 카야에게 전화했다.

받지 않았다.

이상했다.

다시 걸었다.

음성 메일로 넘어갈 때까지 계속 기다렸다. 그녀의 목소리. 라켈의 목소리에 대한 기억. 삐 소리. 해리가 헛기침을 했다. "나야. 전화 줘."

또 헤드폰을 끼고 시끄러운 음악을 듣고 있을 수도 있었다.

와이퍼가 차 앞 유리를 닦았다. 닦고 또 닦았다. 새로 시작하기, 3초마다 빈 페이지. 끝없이 죄를 사하기.

투톤 장르*의 요들과 밴조가 어우러진 곡이 라디오에서 흘러나왔다.

* 1970년대 말과 1980년대 초 영국의 대중음악 장르.

29

2년 반 전

로아르 보르는 이마의 땀을 닦으며 사막 위 하늘을 보았다.

태양도 녹아서 보이지 않는 것 같았다. 태양이 녹아서 희부연 푸른 하늘에 금빛 동전이 어룽어룽 떠 있는 것 같았다. 그 아래로 독수리가 날개를 3미터로 쫙 펼치며 금빛 동전에 검은 십자가를 새겼다.

로아르는 다시 주위를 둘러보았다. 사방에 그들 둘밖에 없었다. 둘만 있고 아무것도 없었다. 광활하게 펼쳐진 삭막한 사막과 비탈진 언덕과 사막 위로 노출된 암석들만 보였다. 보호구를 더 갖추지 않고 그들 둘만 차를 몰고 사막으로 나온 것은 물론 안전 수칙 위반이었다. 하지만 로아르는 보고서에 할라의 고향 마을에 예의를 갖추기 위해, 아프간 사람들의 마음에 호소하기 위해서라고 적을 생각이었다. 말하자면 할라의 상관이 할라보다 보호 장비를 더 갖추지 않고 직접 시신을 싣고 온 모습을 보여주는 게 낫다고 판단했다고 보고할 것이다.

로아르는 한 달만 지나면 본국으로 돌아갈 예정이었다. 아프가니스탄에서 세 번째이자 마지막 파견 임무를 마치고 돌아가는 것이다. 그는 집에 가고 싶고 항상 돌아가기를 갈망했지만 막상 돌아가려니 기쁘지는 않았다. 어차피 2, 3주 정도만 지나면 다시 여기로 오고 싶을 걸 알았다.

하지만 앞으로는 해외로 파견되지 않을 것이다. 오슬로에 신설된 국가인권위원회, 곧 NHRI의 의장직에 지원해서 임명되었다. NHRI는 의회 소속이면서도 독립적인 기관으로 운영되었다. 인권 문제를 조사해서 의회에 정보와 자문을 제공하는 역할을 하기로 되어 있지만, 그 밖에는 이 기관의 구체적인 소관이 정해지지 않았다. 그만큼 로아르와 직원 열여덟 명이 이 기관이 추구하려는 목적을 스스로 결정할 수 있다는 뜻이기도 했다. 여러 가지로 총만 들지 않았을 뿐이지, 아프가니스탄에서 하던 일의 연장선에 있었다. 그래서 그는 의장직을 맡기로 했다. 어차피 장군이 되지는 못할 것이다. 사실 이런 자리는 군이 그에게 경의를 표하면서도 은연중에 현실을 자각하도록 유도하는 방식이었다. 그가 선택받은 소수가 아니라는 현실을. 하지만 그가 아프가니스탄을 떠나야 하는 이유는 다른 데 있었다.

그는 마음의 눈으로 땅에 쓰러진 할라를 보았다. 할라는 평소 서양식 옷을 입고 히잡을 간소하게 둘렀지만 그날 밤에는 전통의상인 푸른색 샬와르 카미즈를 입었고 옷자락이 허리께로 올라와 있었다. 로아르는 맨살이 드러난 엉덩이와 배, 서서히 핏기가 가시는 피부를 떠올렸다. 그토록 한없이 아름다운 눈에서 생명이 꺼져가는 모습도 떠올렸다. 할라는 죽어서도 비안카와 닮았다. 할라가 통역사라고 자기를 소개한 순간 그는 비안카가 할라의 눈으로 내다보고 죽음의 강에서 살아 돌아와 다시 그와 함께 있는 걸 알았다. 그런데 할라는 그 사실을 모르는 것 같았고, 그건 설명할 수 있는 문제가 아니었다. 하지만 이제 할라마저 떠났다.

그래도 비안카와 닮은 또 다른 누군가가 있었다. 적십자의 보안 책임자. 카야 솔네스. 비안카는 이제 거기에 살고 있지 않을까? 카야 안에? 아니면 다른 누군가 안에. 그는 계속 눈을 부릅떠야 했다.

"그러지 마세요." 남자가 도로변에 서 있는 랜드로버 뒤에서 땅에 무릎을 꿇으며 애걸했다. 그의 옅은 색 얼룩무늬 군복 가슴께에 줄 세 개짜리 병장 계급장이 붙어 있고, 왼팔에는 특수부대를 상징하는 날개 달린 단검이 새겨진 배지가 붙어 있었다. 남자는 두 손을 깍지 끼고 있었다. 전쟁포로들에게 사용하는 케이블 타이로 손목이 묶여 있어서였다. 케이블 타이에서 랜드로버 뒤의 고리까지 5미터 길이의 체인이 연결되어 있었다.

"제발 보내주세요, 보르. 돈이 있어요. 유산이에요. 절 보내주시면 입 닫을게요. 무슨 일이 있었는지 아무도 모르게요. 영원히."

"그래, 무슨 일이 있었지?" 로아르가 콜트 캐나다 C8 총열을 병장 이마에 대고 물었다.

병장은 침을 삼켰다. "아프간 여자. 하자라족. 당신과 그 여자가 가까운 사이인 건 다들 알지만 아무도 떠들지 않으면 금방 잊힐 거예요."

"네가 본 걸 말하지 말았어야지, 보게. 그래서 널 죽일 수밖에 없는 거야. 넌 잊지 않을 테니까. 내가 잊지 않을 테니까."

"이백만. 이백만 크로네예요, 보르. 아니, 이백오십만. 현찰로, 노르웨이로 돌아가서요."

로아르 보르는 랜드로버로 걸어갔다.

"안 돼! 안 돼!" 병장이 비명을 질렀다. "당신은 살인자가 아니시 잖아요, 보르!"

로아르는 차에 올라타 시동을 걸고 차를 몰았다. 병장 발에 걸린 체인이 홱 당겨지고 병장이 뒤에서 뛰기 시작할 때도 로아르의 내 면에서 저항이 느껴지지 않았다.

로아르는 속도를 늦추었다. 그리고 체인이 느슨해지려 할 때마 다 속도를 높였다. 병장이 기도하듯이 두 손을 내밀고 휘청거리며 뛰어오는 게 보였다.

40도. 그냥 걷기만 해도 금방 탈수증에 걸릴 수 있었다. 두 발로 제대로 서지 못하고 쓰러질 수도 있었다. 도로에서 마차를 모는 농 부가 그들 쪽으로 다가오고 있었다. 농부가 지나칠 때 병장이 소리 를 지르며 도움을 청했지만 농부는 터번 쓴 머리를 숙인 채 고삐만 보았다. 외국인들. 탈레반. 그들의 전쟁이지, 그의 전쟁이 아니었 다. 그의 전쟁은 가뭄과의 전쟁, 기근과의 전쟁, 끝도 없는 일상의 요구와 고통과의 싸움이었다.

로아르는 몸을 앞으로 숙여서 앞 유리 너머로 하늘을 보았다.

독수리가 그들을 쫓아오고 있었다.

누구의 기도도 받아들여지지 않았다. 누구의 기도도.

"저 진짜 기다리지 말아요?" 비에른이 물었다.

"집으로 가, 다들 기다리잖아." 해리는 차창 밖으로 카야의 집을 내다보았다. 거실 조명이 켜져 있었다.

해리는 차에서 내려 그동안 못 피운 담배에 불을 붙였다.

"애들 키우는 집의 새로운 규칙이에요." 비에른이 차에서 이렇

게 변명한 터였다. "카트리네가 어디서든 담배 냄새 나는 걸 싫어
해요."

"음. 엄마가 되면 권력을 잡잖아, 안 그래?"

비에른이 어깨를 으쓱했다. "전 잘 모르겠네요. 원래 카트리네가
잡고 있어서."

해리는 담배를 네 모금 빨았다. 그러고는 담뱃불을 끄고 꽁초를
다시 주머니에 넣었다. 대문을 열자 삐걱거리는 소리가 났다. 쇠막
대에서 물이 떨어졌다. 이 동네에도 비가 온 것이다.

그는 현관으로 올라가 초인종을 눌렀다. 기다렸다.

10초간 기척이 없어서 손잡이를 돌려보았다. 문이 잠겨 있지 않
았다. 지난번처럼. 그는 데자뷔를 느끼며 안으로 들어가 주방까지
갔다. 조리대에 충전 중인 휴대전화가 놓여 있었다. 그래서 전화를
받지 않은 모양이었다. 아마도. 그는 거실 문을 열었다.

비어 있었다.

카야의 이름을 부르려는 순간, 그의 뇌에서 뒤쪽의 소리를, 마룻
바닥이 삐걱거리는 소리를 감지했다. 10억분의 1초 사이에 그의
뇌에서는 카야가 위에서 내려오거나 화장실에서 나오는 소리이므
로 긴장할 필요가 없다고 추론했다.

그러다 누군가가 팔로 그의 목을 조르고 천으로 입과 코를 눌렀
다. 해리의 뇌는 이제 위험을 인식하고 천에 막혀 공기가 완전히
차단되기 전에 숨을 깊이 들이마시라고 자동으로 명령을 내렸다.
그러다 인지과정이 느려지면서 천 조각의 정확한 용도를 알렸지만
때는 이미 늦었다.

30

해리는 주위를 둘러보았다. 무도회장이었다. 오케스트라가 느린 왈츠를 연주했다. 그녀가 보였다. 그녀가 크리스털 샹들리에 아래 새하얀 테이블보가 덮인 테이블 앞에 앉아 있었다. 디너재킷을 입은 남자 둘이 양옆에 서서 서로 관심을 끌려고 했다. 하지만 그녀의 시선은 오직 그에게만, 해리에게만 꽂혀 있었다. 그들이 그에게 서두르라고 말하고 있었다. 그녀는 블랙 드레스를 입었다. 블랙 드레스 몇 벌 중에서 그녀가 진정한 블랙 드레스라고 말한 옷이다. 해리는 자기 몸을 내려다보았다. 한 벌밖에 없는 정장을, 세례식 겸 결혼식 겸 장례식에 입는 정장을 입고 있었다. 그는 한 발 한 발 내디디며 테이블들을 지나치지만 그 공간 안에 물이 가득 찬 것처럼 몸짓이 굼떴다. 그가 물살을 헤치고 앞으로 나아가는 바람에 수면에 파도가 일었는지, S자 모양의 샹들리에가 왈츠곡에 맞춰 흔들렸다. 그가 그녀의 자리로 가서 뭐라고 말하고 테이블에서 손을 떼려는 순간 그의 발이 바닥에서 들려 떠오르기 시작했다. 그녀가 그에게 손을 뻗었지만 그는 이미 멀어졌고, 그녀가 일어나 그에게 손을 뻗어봐도 그녀는 그 자리에 머물고 그는 높이 더 높이 떠올랐다. 그러다 물이 붉게 변했다. 시뻘겋게 변해서 그녀가 흐릿하게 사라졌고, 물이 붉고 따뜻해지고 머릿속 압력도 커졌다. 처음에는 몰랐는데 숨도 잘 쉬어지지 않았다. 그는 허우적대기 시작했다. 수면으로 올라가야 했다.

"안녕하십니까, 해리."

해리는 눈을 떴다. 빛이 칼처럼 눈을 찔러서 다시 감아야 했다.

"트리클로로메탄. 클로로포름이라고 더 많이들 알고 있어요. 뭐, 옛날 말이긴 하지만 그 말이 더 잘 통하긴 해요. 우리 E14에서는 그걸로 사람을 납치했어요."

해리는 눈을 살짝 떴다. 전등 불빛이 그의 얼굴에 내리꽂혔다.

"물어볼 게 많을 겁니다." 전등 불빛 뒤 어둠 속에서 목소리가 들렸다. "'어떻게 된 거지?', '여긴 어디지?', '저 작자는 누구지?' 같은 거."

장례식에서 몇 마디 나눴을 뿐이지만 아직 그 목소리와 'r' 발음을 약간 굴리는 말투가 기억났다. "우선 제일 궁금할 질문에 답할게요, 해리. 저자가 나한테서 원하는 게 뭐지?"

"보르." 해리가 갈라진 목소리로 말했다. "카야는 어딨습니까?"

"그건 걱정하지 마세요, 해리."

음향으로 보아 널찍한 방이었다. 나무일 수도 있었다. 그렇다면 지하는 아니었다. 하지만 사용하지 않는 공간인 듯 냉골이었다. 아무런 특색이 없는 냄새였다. 회의장이나 개방형 사무실처럼. 정말로 그런 모양이었다. 팔은 의자 팔걸이에 테이프로 감겨 있고, 발은 사무용 의자의 바퀴 달린 다리에 감겨 있었다. 페인트나 건축자재 냄새는 나지 않았다. 그런데 의자 앞과 쪽모이세공 마룻바닥을 덮은 투명한 비닐에 비친 빛이 보였다.

"카야도 당신이 죽인 겁니까, 보르?"

"카야도?"

"라켈처럼. 당신 오두막에 있는 사진 속 여자들처럼."

전등 불빛 뒤에서 그의 발소리가 들렸다.

"고백할 게 있어요, 해리. 살인한 적이 있어요. 나도 내가 그럴 수 있는지 몰랐어요. 착각이었더군요." 발소리가 멈췄다. "그리고 다들 알다시피 처음이 어렵지……."

해리는 머리를 젖히고 천장을 보았다. 목판 하나가 떨어져 나갔고, 잘린 전선 한 다발이 튀어나와 있었다. IT 용품 같았다.

"특수부대의 부하가, 보게라는 자가 내 통역사 할라의 살인사건에 대해 뭔가 안다는 소문을 들었어요. 내가 직접 확인해서 그자가 아는 게 뭔지 알아냈어요. 그리고 그자를 죽여야 한다는 것도 알았어요."

해리는 기침을 했다. "그자가 당신 뒤를 밟았군. 그래서 죽인 거군요. 지금은 날 죽이려 하고. 당신 고해성사 따위는 듣고 싶지 않아요, 보르, 그러니 어서 처형해요."

"절 오해하시네요, 해리."

"모두가 당신을 오해한다면, 보르, 그건 당신이 이상한 건지 자신에게 물어야 한다는 뜻입니다. 어서 해, 이 한심한 자식아, 난 끝났어."

"뭐가 그리 급해요?"

"여기보다 거기가 나을지도 모르니까. 더 유쾌한 일행을 만날 수 있을지도 모르고."

"날 오해하시네요, 해리. 설명할게요."

"아니!" 해리는 의자를 거칠게 잡아당겼지만 테이프에 감겨서 꼼짝도 못 했다.

"들어봐요, 제발. 난 라켈을 죽이지 않았어요."

"당신이 라켈을 죽인 거 알아, 보르. 그 얘긴 듣고 싶지 않고 그 따위 변명은 집어치—."

순간 로아르의 얼굴이 공포영화처럼 아래에서 조명을 비춘 모습으로 불쑥 나타나 말을 끊었다. 잠시 후 그 불빛은 그들 사이의 테이블에 있던 휴대전화 불빛이고, 전화가 울리기 시작한 걸 알았다.

로아르가 전화기를 보았다. "당신 전화네요, 해리. 카야 솔네스."

로아르는 화면을 톡 치고 통화를 누르고 해리 귀에 대주었다.

"해리?" 카야 목소리였다.

해리는 헛기침을 했다. "어디…… 어디야?"

"방금 집에 들어왔어요. 아까 당신한테 부재중 전화가 온 거 보기는 했는데 뭘 좀 먹어야 해서 근처에 새로 생긴 레스토랑에 잠깐 다녀왔어요. 휴대전화는 충전하려고 집에 두고요. 그런데 여기 왔었어요?"

"여기?"

"컴퓨터가 책상에서 거실 테이블로 옮겨져 있어서요. 제발 당신이 한 거라고 말해줘요. 아님, 걱정되니까."

해리는 전등 불빛을 쳐다보았다.

"해리? 어디예요? 목소리가 어째—."

"내가 그랬어." 해리가 말했다. "걱정하지 마. 저기, 나 지금 뭘 좀 하는 중이거든. 나중에 전화할게, 응?"

"그래요." 카야는 의심스럽다는 투로 대꾸했다.

로아르는 통화 종료를 누르고 휴대전화를 테이블에 놓았다. "왜 위험을 알리지 않았습니까?"

"내가 그러면 당신이 그냥 놔뒀겠어요?"

"날 믿어서 그런 거 같은데요, 해리."

"날 의자에 묶어놓은 거. 굳이 이럴 필요는 없을 것 같군요."

로아르는 다시 불빛으로 나왔다. 넓적한 칼날이 달린 큰 칼을 쥐고 있었다. 해리는 침을 삼키려 했지만 입이 바짝 말랐다. 로아르는 칼을 해리에게 가까이 가져왔다. 의자의 오른쪽 팔걸이 밑으로. 그러고는 잘랐다. 왼쪽 팔걸이에도 똑같이 했다. 해리는 팔을 들어 칼을 받았다.

"해리, 당신을 묶은 건 내 얘기를 다 듣기도 전에 날 공격할까 봐 그런 거예요." 해리가 발목에 감긴 테이프를 끊는 동안 로아르가 말을 이었다. "라켈이 말해줬거든요. 두 건의 살인사건 수사로 당신과 라켈 사이에 무슨 문제가 생겼는지. 풀려난 자들 때문에 생긴 문제요. 그래서 두 사람을 지켜봤어요."

"우리를?"

"주로 라켈. 내내 지켜봤습니다. 카불에서 할라가 성폭행을 당하고 살해당한 뒤로 카야를 지켜본 것처럼. 지금은 오슬로에서."

"그런 걸 편집증이라고 부르는 건 압니까?"

"네."

"음." 해리는 몸을 똑바로 펴고 앉아 아래팔을 주물렀다. 칼은 계속 들고 있었다. "말해봐요."

"어디서부터 시작할까요?"

"그 병장부터."

"그러죠. 특수부대원은 누구도 그렇게 바보는 아니에요. 입대 기준이 엄격하니까요. 그런데 보게 병장은 말하자면 뇌 용량보다 테스토스테론이 더 많은 군인이었어요. 할라가 죽고 며칠간 다들 할라 얘기를 할 때였어요. 할라가 노르웨이를 좋아했을 거라고, 할라 몸에 노르웨이어 문신이 있는 걸 보면 확실하다고 떠들고 다니는 사람이 있다는 말을 들었어요. 그래서 소문을 조사하다가 보게 병장이 바에서 술을 마시고 그렇게 말한 걸 알아냈어요. 할라는 항상 몸을 감싸고 다녔고, 그 문신은 심장 바로 위에 있었어요. 할라가 보게와 어울렸을 리도 없었죠. 할라가 문신을 비밀로 하기로 한 걸 알아요. 헤나 문신은 많이들 하지만 영구적인 문신은 이슬람교도들이 '피부의 죄'로 여기거든요."

"음. 그런데 그 문신이 당신한테는 비밀이 아니었네요?"

"네. 문신을 새겨준 타투이스트 말고는 그 문신에 관해 아는 사람은 나밖에 없었어요. 할라가 문신을 새기기 전에 철자가 맞는지, 혹시라도 자기가 미처 모르는 이중의 다른 의미가 있는지 나한테 물어봤거든요."

"그 단어가 뭐였습니까?"

로아르는 쓸쓸하게 미소를 지었다. "'친구'. 할라는 언어에 열정이 넘치던 친구라, 이 단어의 스펠링을 바꾸면 다른 의미가 되는지, 다른 함의가 생기는지 알고 싶었던 거예요."

"보게 병장이 할라의 시신을 발견했거나 부검한 사람들한테서 문신 얘기를 전해 들었을 수도 있잖아요."

"바로 그겁니다." 로아르가 말했다. "자상 두 개가……." 로아르는 말을 끊고 몸서리치며 숨을 깊이 들이마셨다. "열여섯 군데의 자상 중 두 개가 문신을 관통하는 바람에 원래 그 자리에 새겨진 단어를 몰랐다면 판독이 불가능했거든요."

"그 여자를 강간하고 칼로 찌르기 전에 문신을 본 사람이 아니면 모른다."

"네."

"알았어요. 그래도 그게 꼭 증거가 되지는 않아요, 보르."

"맞습니다. 그래서 국제군 면제 규정에 따라 보게는 노르웨이로 송환됐을 테고, 여기서는 그럭저럭 괜찮은 변호사만 돼도 그자를 풀어줬을 겁니다."

"그래서 당신이 직접 재판관과 배심원을 자처한 건가요?"

로아르 보르는 고개를 끄덕였다. "할라는 내 통역사였어요. 내 책임. 보게 병장도 마찬가지였어요. 내 책임. 할라의 부모한테 연락해서 내가 딸의 유해를 데리고 직접 마을로 가겠다고 알렸습니다. 카불에서 차로 다섯 시간 거리였어요. 거의 다 황량한 사막이었죠. 보게한테 운전을 시켰어요. 두 시간쯤 달린 후 차를 세우라고 하고는, 그자 머리에 총을 대고 자백을 받아냈어요. 그리고 그자를 랜드로버에 묶고 차를 몰았습니다. 교수척장분지형이죠."

"교수척장분지형?"

"끌고 다니면서 사지를 찢어 죽이는 형벌. 1283년에서 1870년 사이에 영국에서 대역죄인한테 가하던 형벌이에요. 죄수가 죽기 직전까지 목을 매달고 배를 갈라 장기를 꺼내고 아직 죄수가 살아서 지켜보는 동안 장기를 태우는 겁니다. 머리를 자르기 전에요. 그런데 교수대까지 가는 길에 죄수를 말에 매달아 끌고 다녔어요. 그나마 교도소에서 교수대까지 거리가 멀면 운 좋게 끌려가다가 죽을 수도 있었고, 말에 매달린 죄수가 뛰지도 걷지도 못할 지경에 이르면 가슴팍이 땅에 닿은 채로 질질 끌려갔어요. 살이 땅에 긁혀서 한 겹 한 겹 떨어져 나갔어요. 느리고도 지극히 고통스러운 죽음인 겁니다."

해리는 땅에서 발견되었다던 긴 핏자국을 떠올렸다.

"할라의 가족은 딸의 시신을 집으로 데려다준 걸 무척 고마워했어요." 로아르가 말했다. "그리고 딸을 살해한 자의 시신을 가져다준 것도요. 아니, 시신의 잔해. 아름다운 장례식이었습니다."

"그럼 병장의 시신은?"

"그분들이 그걸 어떻게 했는지는 나도 모릅니다. 교수척장분지형은 영국의 것일 겁니다. 그런데 참수형은 세계적인 것이었는지, 그자의 머리가 마을 어귀에 막대에 걸려 있더군요."

"당신은 부대로 복귀하면서 병장이 실종됐다고 보고했군요?"

"네."

"음. 왜 이 여자들을 보살피려는 거죠?"

침묵. 로아르가 테이블 끄트머리에 걸터앉았고, 해리는 그의 얼굴에서 표정을 읽어내려 했다.

"여동생이 하나 있었어요." 그가 단조롭게 말했다. "비안카. 내 여동생요. 그 애가 열일곱 살에 강간을 당했어요. 그날 저녁에 내가 그 애를 보살펴야 했는데 영화관에 가서 〈다이 하드〉를 보고 싶었어요. 18세 등급이었어요. 몇 년이 지난 후에야 동생이 바로 그날 밤 강간당했다고 털어놨어요. 내가 브루스 윌리스를 보는 동안."

"동생은 왜 그때 바로 말하지 않았을까요?"

로아르는 숨을 깊이 들이마셨다. "강간범이 오빠를, 날 죽이겠다고 협박했대요. 동생이 한 마디라도 입 밖에 내면. 동생은 자기한테 오빠가 있는 줄 범인이 어떻게 아는지 몰랐고요."

"그 강간범이 어떻게 생겼는데요?"

"범인을 제대로 보지 못했대요. 어두워서. 그러다 그 사건을 마음에서 차단해버린 겁니다. 수단으로 파견됐을 때 같은 경우를 봤어요. 끔찍한 경험을 한 병사들이 그냥 망각해버리는 겁니다. 이튿날 눈을 뜨면 진심으로 자기네가 그곳에 있었고 무언가를 보았다는 사실 자체를 완전히 부정했어요. 어떤 사람들한테는 억압이 꽤 효과적이에요. 그런데 누군가에게는 훗날 나쁜 기억이 플래시백으로 튀어나와요. 악몽으로. 비안카의 경우에는 모든 기억이 생생히 되살아난 거 같아요. 그 애가 감당하지 못할 만큼. 그 무서운 기억으로 그 애는 무너졌어요."

"당신은 그게 당신 탓이라고 생각하는군요?"

"내 탓이 맞아요."

"당신도 마음이 다친 거 아시죠, 보르?"

"물론. 당신은 아닌가요?"

"카야의 집에서는 뭘 하고 있었습니까?"

"카야가 모니터에 영상을 띄워놓은 걸 봤어요. 살인이 일어난 밤에 어떤 남자가 라켈의 집에서 나오는 영상. 그래서 카야가 집을 비울 때 몰래 들어가서 영상을 가까이서 확인했어요."

"뭘 알아냈습니까?"

"아무것도. 화질이 좋지 않더군요. 그러다 문 여는 소리를 들은 겁니다. 거실에서 나와서 주방으로 들어갔어요."

"그래서 복도에서 내 등 뒤에서 다가온 거군요. 그럼 클로로포름은 그냥 우연히 구한 건가요?"

"클로로포름은 항상 가지고 다녀요."

"왜죠?"

"누구든 내 여인들 집에 침입하려고 하면 지금 당신이 앉아 있는 그 의자에 앉게 됩니다."

"그리고?"

"대가를 치르게 해주죠."

"나한테 이런 얘기를 털어놓는 이유는 뭔가요, 보르?"

로아르는 손뼉을 쳤다. "솔직히 처음에는 당신이 라켈을 살해한 줄 알았어요, 해리."

"네?"

"쫓겨난 남편. 흔한 스토리잖아요, 안 그래요? 처음에는 그렇게 의심하잖아요. 그러다 장례식에서 당신 눈빛을 보고 알았어요. 결백과 후회가 혼재된 눈빛. 증오와 욕정으로 살인을 저지른 후 그걸 후회하는 사람의 눈빛. 후회하는 만큼 기억을 억압하는 사람. 그래야만 살 수 있고, 진실을 감당하기 힘들어서. 같은 눈빛을 보게 병장한테서도 봤어요. 그자는 할라한테 한 짓을 겨우 억압했다가 내가 사실을 들이대니까 그제야 다시 기억하는 것 같았어요. 그러다 당신한테는 알리바이가 있는 걸 확인하고 당신 눈빛에서 본 죄책감이 내가 느끼는 것과 같은 종류라는 걸 알았어요. 그 일을 막지 못한 죄책감에서 나온 눈빛이라는 걸. 당신한테 이런 얘기를 하는 이유는……." 로아르는 테이블에서 일어나 어둠 속으로 사라지며 말을 이었다. "당신도 나랑 같은 걸 원한다는 생각이 들어서입니다. 당신도 그자들이 처벌당하는 걸 보고 싶잖아요. 그들은 우리가 사랑하는 사람을 빼앗아갔어요. 교도소에 들어가는 걸로는 안 되죠. 쉽게 죽는 것도 안 되고."

형광등이 몇 번 깜빡거리다 불이 들어왔다.

역시나 사무실이었다. 아니, 원래 사무실이던 곳이다. 책상 예닐곱 개, 컴퓨터가 놓였던 자리의 옅은 자국, 휴지통, 잡다한 사무용품, 프린터 한 대. 여기저기 흩어진 물건들은 그곳이 급하게 버려진 사무실이라고 말해주었다. 하얀 나무 벽에는 왕의 사진이 걸려 있었다. 자연히 군과 연관된 곳이었다는 생각이 들었다.

"갈까요?" 로아르가 물었다.

해리가 일어섰다. 머리가 핑 도는 채로 약간 휘청거리며 나무 문으로 걸었다. 로아르가 문 앞에 기다리고 서서 해리의 휴대전화와 권총과 라이터를 내밀었다.

"당신은 어디 있었습니까?" 해리가 물으며 휴대전화와 라이터를 치우고 권총을 들고 무게를 가늠했다. "라켈이 살해당한 날 밤. 집에는 없었으니⋯⋯."

"주말이었잖아요, 오두막에 갔어요." 로아르가 말했다. "에게달에 있는 오두막. 혼자, 아쉽게도."

"거기서 뭘 했는데요?"

"네? 뭘 했냐고요? 총기를 닦았어요. 난로를 피우고. 생각하고. 라디오를 들었어요."

"음. 라디오 할링달?"

"네, 거기는 그 채널밖에 안 나오니까."

"그날 밤 그 채널에서 라디오 빙고를 했어요."

"맞아요. 할링달을 자주 들으시나 봐요?"

"아뇨. 특별히 기억나는 건?"

로아르는 한쪽 눈썹을 올렸다. "빙고에 대해서요?"

"그래요."

로아르는 고개를 저었다.

"아무것도?" 해리는 다시 총의 무게를 가늠하며 말했다. 탄창에서 총알을 빼지 않았다고 판단했다.

"네. 이거 심문인가요?"

"잘 생각해봐요."

로아르가 인상을 찌푸렸다. "우승자들이 다 같은 지역 출신이었던가요? 올이던가. 아니면 폴로던가."

"빙고." 해리는 조용히 말하고 총을 코트 주머니에 넣었다. "방금 내 용의자 명단에서 빠졌어요."

로아르 보르는 해리를 보았다. "난 아까 그 집에서 당신을 쥐도 새도 모르게 죽일 수 있었어요. 그런데 고작 '라디오 빙고'가 날 용의선상에서 빼준 건가요?"

해리는 어깨를 으쓱했다. "담배가 필요해요."

그들이 삐걱대는 낡은 나무 계단을 내려가 어두운 바깥으로 나오자 어딘가에서 시계 종이 울리기 시작했다.

"빌어먹을." 해리는 찬 공기를 들이마셨다. 앞에 펼쳐진 광장에서 사람들이 분주히 레스토랑이나 바로 향했고, 건물들의 옥상 너머로 시청이 보였다. "시내 한복판이었네."

해리는 시청 종소리로 크라프트베르크와 돌리 파튼의 곡이 나오는 걸 들은 적이 있고, 올레그가 마인크래프트 게임의 음악이 종소리로 나오는 걸 듣고 좋아한 적도 있다. 하지만 지금은 그냥 흔한 선율이 흐르고 있었다. 에드바르 그리그의 'Watchman's Song'. 자정이라는 뜻이다.

해리는 뒤를 돌아보았다. 그들이 방금 나온 건물은 아케르스후스 요새의 문 바로 안쪽에 있는 막사처럼 생긴, 목재로 지은 건물이었다.

"MI6*이나 랭글리**하고는 다르죠." 로아르가 말했다. "그래도 실

* 영국 비밀 정보국. 주로 해외 첩보 업무를 담당한다.
** 워싱턴 D.C. 교외에 있는 CIA 본부 소재지.

제로 E14의 본부로 쓰던 건물이에요."

"E14?" 해리는 바지 주머니에서 담뱃갑을 꺼냈다.

"전에 잠깐 있던 노르웨이 첩보기관."

"어렴풋이 기억나는 것도 같군요."

"1995년에 출범해서 몇 년간 제임스 본드식으로 활동하던 중 내부에서 권력 다툼이 일어나고 활동 방식을 두고 정치적 공방이 일어나서 2006년에 문을 닫았어요. 그 후 이 건물은 비어 있고요."

"그런데 아직 열쇠를 가지고 계시네요?"

"E14의 마지막 몇 해 동안 여기서 일했거든요. 열쇠를 돌려달란 사람이 없어서요."

"음. 전직 스파이라. 그래서 클로로포름을 가지고 다닌 거군요."

로아르는 쓸쓸하게 웃었다. "아, 그보다 더 재밌는 일들을 했어요."

"그랬겠죠." 해리는 시청 시계탑을 향해 고개를 까딱했다.

"저녁 시간을 망쳐서 미안합니다." 로아르가 말했다. "오늘 밤이 가기 전에 담배 한 개비 빌릴 수 있을까요?"

"난 젊은 장교일 때 채용됐어요." 로아르가 하늘로 담배 연기를 내뿜으며 말했다. 두 사람은 오슬로 피오르 쪽을 향한 대포 뒤쪽 성벽에서 벤치를 찾아 앉아 있었다. "E14에는 군인만 있는 건 아니었어요. 외교관, 웨이터, 목수, 경찰, 수학자들도 있었어요. 미끼로 쓸 미인들도."

"무슨 스파이 영화 같군요." 해리는 담배를 빨았다.

"스파이 영화 맞아요."

"임무가 어떤 거였습니까?"

"노르웨이가 주둔할 수도 있는 지역에서 정보를 수집하는 일이에요. 발칸 지역, 중동 지역, 수단, 아프가니스탄. 우리 조직엔 자유가 많았어요. 미국의 정보망이나 NATO와는 별개로 활동했거든요. 한동안은 우리가 감당할 수 있을 줄 알았어요. 끈끈한 동지애, 강력한 충성심. 그리고 다소 지나친 자유. 그렇게 폐쇄적인 환경에서는 결국 행동의 허용치를 제멋대로 정하게 돼요. 우리는 돈 주고 여자들을 사서 정보원들과 성관계를 맺게 했어요. 미등록 하이 스탠더드 HD 22 권총도 구비했고요."

해리는 고개를 끄덕였다. 로아르의 오두막에서 본 권총. 가볍고 소음기 성능이 좋아서 CIA 요원들이 선호하는 총이었다. 소련군이 프랜시스 게리 파워스라고, 1960년에 소련 영공에서 격추되어 추락한 U2 정찰기 조종사에게서 발견한 총이기도 했다.

"일련번호가 없으면 그 총으로 누굴 제거해도 우리는 추적당하지 않아요."

"당신도 그 모든 일을 했습니까?"

"매춘부를 사거나 사람을 제거하는 건 빼고요. 내가 한 최악은……." 로아르는 생각에 잠겨 턱을 문질렀다. "아니, 최악이라고 **느낀** 건…… 처음으로 의도를 가지고 누군가에게 접근해서 신뢰를 얻은 다음 그 사람을 배신한 거예요. 입단 시험 중에 오슬로에서 트론헤임까지 주머니에 십 크로네만 가지고 최대한 빨리 가야하는 과제가 있었어요. 핵심은 실제 상황에서 필요한 사회적 기술과 상상력을 갖추었는지 증명해 보이는 데 있었죠. 난 중앙역에서 친절해 보이는 여자한테 가서 돈을 줄 테니 휴대전화 좀 빌려달라고 했어요. 트론헤임의 병원에 시한부 환자로 입원한 여동생한테 전화해야 한다면서요. 방금 가방과 지갑과 열차표와 휴대전화까지

도둑맞은 걸 여동생한테 알려야 한다고요. 실제로는 다른 요원에게 전화해서 눈물을 짜냈어요. 통화를 끝내고 보니 여자도 울고 있었고, 내가 열차표 살 돈을 빌려달라고 말하려는데 여자가 먼저 태워다 주겠다면서 기차역 옆 주차장에 차가 있다고 하더군요. 여자는 최대한 빨리 차를 몰았어요. 가는 길에 우리는 모든 것에 관해, 서로의 가장 내밀한 비밀까지 털어놓았어요. 낯선 사람들끼리나 나눌 수 있는 얘기 있잖아요. 내 비밀은 학습한 거짓말이었어요. 스파이가 될 사람에게는 좋은 훈련이었죠. 우리는 네 시간 후 도브레에 도착했어요. 둘이서 함께 해가 고원으로 넘어가는 광경을 구경했어요. 그리고 키스했어요. 눈물 젖은 미소를 지으며 서로에게 사랑한다고 고백했어요. 두 시간 후 자정이 되기 직전에 여자가 병원 중앙 출입구 앞에 날 내려줬어요. 나는 여자에게 차를 주차하는 동안 동생이 어디 있는지 찾아보겠다고 말했어요. 접수처에서 기다리겠다고 했죠. 그러고는 곧장 접수처로 가서 반대편 문으로 빠져나가 올라브 트뤼그바손 동상이 있는 곳까지 전력을 다해 뛰었어요. 거기서 E14의 채용 팀장이 스톱워치를 들고 기다리고 있었거든요. 내가 1등으로 도착했고 그날 밤의 주인공으로 칭찬받았어요."

"씁쓸한 뒷맛은 없었나요?"

"그땐 없었어요. 뒤늦게 오더군요. 특수부대에서도 마찬가지였어요. 보통 사람은 평생 겪지 않을 유형의 중압감에 시달려요. 그렇게 세월이 흐르면 보통 사람의 규칙이 나한테는 적용되지 않는다는 자만이 들기 시작하죠. E14에서는 사람의 마음을 조종하는 작업부터 시작해요. 이용하는 거죠. 법의 경계를 살짝씩 넘나들면서. 그러다 결국 삶과 죽음에 관한 도덕적 질문으로 끝났어요."

"그러면 사실은 그런 일을 하는 사람들에게도 보통 사람의 규칙이 적용된다는 건가요?"

"이론상으로는……." 로아르는 손가락으로 허벅지를 두드렸다. "당연해요. 그런데 여기서는……." 그는 이마를 톡톡 쳤다. "이 위에서는 그들을 보호하려면 규칙을 좀 어겨야 하는 걸 알아요. 여기서 우리를 감시하니까요, 항상. 그리고 고독하게 감시해요. 우리 감시자들에게는 우리밖에 없으니까. 누구도 우리한테 고마워하지 않아요. 사람들은 우리가 그들을 지켜봐주는 줄도 모르니까요."

"법은—."

"한계가 있어요. 법대로 하면 아프간 여자를 강간하고 살해한 노르웨이 군인은 본국으로 송환되어 하자라족에겐 오성급 호텔 같은 교도소 감방에서 짧게 복역했겠죠. 나는 그자가 응분의 대가를 치르게 했어요, 해리. 할라와 유가족이 마땅히 요구해야 할 대가요. 아프가니스탄에서 자행된 범죄에 아프간의 형벌을 내린 겁니다."

"그래서 지금은 라켈을 죽인 자를 쫓는군요. 그런데 동일한 원칙을 따른다면 노르웨이에서 자행된 범죄는 노르웨이 법에 따라 처벌받아야죠. 이 나라에는 사형제도가 없어요."

"노르웨이에는 없어도 나한테는 있어요, 해리. 당신한테도."

"나도?"

"난 당신이 이 나라의 대다수 사람처럼 인도적 처벌과 새로운 출발을 진심으로 믿는다는 걸 의심하지 않아요. 하지만 당신도 인간이에요, 해리. 사랑하는 사람을 잃은 사람. 내가 사랑하는 사람이기도 하고."

해리가 담배를 세게 빨았다.

"아니." 로아르가 말했다. "그런 뜻이 아니에요. 라켈은 내 여동생이었어요. 할라처럼. 그녀들은 모두 비안카였어요. 난 모두를 잃었어요."

"그래서 어떻게 하고 싶은데요, 보르?"

"당신을 돕고 싶어요, 해리. 그자를 찾으면 내가 도울게요."

"어떻게 돕겠다는 겁니까?"

로아르는 담배를 들었다. "사람을 죽이는 건 흡연과 같아요. 기침을 하면 피우기 싫어지고 다시는 피울 수 없을 것만 같아요. 솔직히 난 특수부대 사람들이 적을 죽이는 게 궁극의 흥분을 준다고 한 말을 믿어본 적이 없어요. 라켈을 살해한 자가 체포당한 후 살해된다면 의심할 것도 없을 겁니다."

"내가 사형선고를 내리고 당신은 처형자가 되겠다?"

"아, 심판은 내려졌어요, 해리. 증오가 우리를 불사르고 있어요. 우린 그걸 알면서도 불타고 있고 불길을 잡기에는 이미 늦었어요." 로아르는 꽁초를 바닥에 던졌다. "집까지 태워드릴까요?"

"좀 걸으려고요." 해리가 말했다. "클로로포름 냄새도 빼야 하고. 두 가지만 묻겠습니다. 당신 아내와 내가 스메스타담멘 호숫가에 앉아 있을 때 당신이 우리를 레이저 조준기로 겨냥했잖아요. 왜죠? 그리고 우리가 그쪽으로 갈지는 어떻게 알았습니까?"

로아르는 미소를 지었다. "몰랐어요. 가끔 그렇게 지하실에서 망을 보곤 해요. 밍크가 호수에 사는 백조 두 마리의 새끼들을 잡아가지 못하게 하려고요. 그런데 두 사람이 나타난 겁니다."

"음."

"두 번째 질문은?"

"아까 저녁에는 어떻게 날 차에서 끌어내서 저 많은 계단을 끌고 올라간 겁니까?"

"그냥 쓰러진 사람을 끌고 갈 때처럼요. 배낭 메듯이. 그게 제일 쉽죠."

해리는 고개를 끄덕였다. "그런 것 같군요."

로아르는 일어섰다. "이제 날 잡을 방법을 아시네요."

해리는 시청을 지나 스토르팅스 가에서 길을 건너 국립극장 앞에 섰다. 그러다 문을 열어놓은 시끌벅적한 바 세 군데를 별로 어렵지 않게 지나온 걸 깨달았다. 올레그한테서 메시지가 왔다.

'새로운 건? 머리는 수면 위로 내밀고 있는 거죠?'

해리는 카야와 먼저 통화한 후 올레그에게 전화하기로 했다. 카야가 첫 벨 소리에 전화를 받았다.

"해리?" 걱정 어린 목소리였다.

"로아르랑 얘기했어."

"무슨 일이 생긴 줄 **알았다니까!**"

"그자는 결백해."

"정말요?" 카야가 옆으로 돌아눕는지 전화기에 이불 긁히는 소리가 들렸다. "그게 무슨 뜻이에요?"

"다시 원점으로 돌아왔다는 뜻이지. 당신한테는 내일 아침에 자세히 보고할게, 응?"

"해리?"

"응."

"걱정했어요."

"그런 것 같네."

"그리고 나 지금 좀 외로워요."

침묵.

"해리?"

"음."

"그럴 필요 없어요."

"알아."

그는 전화를 끊었다. 올레그의 O를 톡 건드렸다. 통화를 누르려다 망설였다. 대신 메시지 기호를 누르고 '내일 전화할게'라고 입력했다.

31

해리는 옷을 거의 다 입은 채 이불 위에 누워 있었다. 닥터마틴 부츠가 침대 옆 바닥에 세워져 있고, 코트는 의자에 걸려 있었다. 카야는 이불에 들어가 있었지만 그의 옆에 바짝 붙어서 그의 팔을 베고 있었다.

"당신은 느낌이 똑같아." 그녀가 그의 스웨터 위로 손을 쓸었다. "그렇게 긴 시간이 흘렀어도 변한 게 없어요. 공평하지 않아."

"나도 겨드랑이 냄새가 나기 시작했어." 그가 말했다.

그녀는 그의 겨드랑이에 얼굴을 박고 킁킁거렸다. "거짓말, 좋은 냄새가 나, 해리 냄새."

"거긴 왼쪽이고. 여기 오른쪽은 변했어. 나이를 먹어서 그런가 봐."

카야가 나직이 웃었다. "노인들은 고약한 냄새가 난다는 거, 거짓 신념이라는 연구가 있는 거 알아요? 일본의 한 연구에서는 방향 성분인 2-노넨알이 사십 세 이상인 사람들한테서만 검출되지만, 블라인드 테스트에서는 나이 든 사람들의 땀 냄새가 삼십 대보다 더 좋은 것으로 나타났어요."

"젠장." 해리가 말했다. "방금 내 오른쪽에서 고약한 냄새가 난다는 걸 이론으로 피해갔네."

카야가 웃었다. 그가 갈망하던 나긋한 웃음. **그녀의** 웃음.

"그럼 말해줘요." 카야가 말했다. "당신과 로아르."

해리는 담배를 허락받고 처음부터 이야기를 풀었다. 로아르의 오두막과 로아르가 지금 그들이 누워 있는 방의 아래층에서 어떻게 그를 제압했는지 들려주었다. 원래는 E14 소유였던 빈 건물과 로아르와 나눈 대화에 관해서도 들려주었다. 대화 내용을 상세히 들려주면서도 마지막 대목은 빼놓았다. 처형을 집행하겠다는 제안.

이상하게도 카야는 로아르가 부하를 처형한 사연에도 크게 놀라지 않는 눈치였다. 그가 카불과 여기 오슬로에서 그녀를 지켜보고 있었다는 말에도.

"누군가가 당신 모르게 당신을 지켜보고 있었다는 말을 들으면 조금 놀랄 줄 알았는데."

카야는 고개를 저으며 그의 담배를 가져갔다. "직접 본 적은 없어도 가끔 그런 느낌이 들긴 했어요. 사실 로아르는 자기가 여동생을 잃은 것처럼 나도 오빠를 잃은 걸 알고부터 날 여동생처럼 대했어요. 그냥 사소한 것들요. 내가 일 때문에 안전지대 밖으로 나갈 때면 항상 남보다 조금 더 지원해주는 느낌이 들었어요. 그냥 모른 척했어요. 누가 날 지켜보는 데 익숙하기도 하고."

"그래?"

"그래요." 그녀는 담배를 다시 그의 입술에 물렸다. "바스라에 있을 때는요, 적십자 사람들이 묵는 호텔 인근에 주로 다국적군 소속 영국인들이 있었어요. 영국인들은 달라요, 알다시피. 미국인들은 거침없이 일하고, 누굴 잡으러 나갈 때면 거리를 휩쓸면서 '뱀의 절차'를 말해요. 거침없이 직진하면서 그야말로 도중에 벽이 나오면 다 부수고 지나가요. 그런 방법이 더 빠르기도 하고 공포감을 조성하니까 우습게 봐서는 안 된다는 입장이죠. 그에 비해 영국인들은……." 그녀는 손가락으로 그의 가슴을 쓸었다. "그들은 몰래 벽을 타고 다니면서 눈에 띄지 않아요. 8시 이후에는 통행금지가 있지만 가끔 호텔 옥상에 있는 바에서 밖으로 나갔거든요. 영국인들은 보이지 않아도 내 옆에 있는 남자 몸에 빨간 점 두 개가 박힌 게 보였어요. 상대도 나한테서 같은 걸 봤고요. 영국인들이 자기네가 거기서 지켜보고 있다고 알리는 은밀한 메시지처럼. 어서 안으로 들어가라고 경고하는 메시지. 그래서 더 안전하게 느껴졌어요."

"음." 해리는 담배를 한 모금 빨았다. "그 남자는 누구였어?"

"누구요?"

"빨간 점이 찍힌 남자."

카야가 미소를 지었다. 눈은 슬펐다. "안톤. ICRC 소속이었어요. 흔히들 잘 모르지만 적십자는 두 가지예요. 우선 IFRC라고, UN의 명령을 받아 일하는 일반 의료 인력이 있어요. 그리고 ICRC라고, 주로 스위스인으로 구성되고 제네바에 있는 UN 건물 밖에 본부를 둔 단체가 있어요. 적십자의 해병대나 특수부대 격이죠. 이들에 대해서는 많이 알려지지 않았지만 어디서나 제일 먼저 들어가고 맨 마지막에 나오는 사람들이에요. 이들은 UN이 안전 문제로 못 하는 일들을 도맡아 해요. 한밤중에 돌아다니면서 시체 수를 헤아리는 일을 하는 데가 ICRC예요. ICRC 사람들은 겉으로 드러나지 않지만 비싼 셔츠를 입고 우리보다 조금 우월하다는 느낌을 물씬 풍기는 분위기로 알아볼 수 있어요."

"실제로도 그래?"

카야는 숨을 깊이 들이마셨다. "네. 그래도 그만큼 지뢰 파편에 죽기도 쉬워요."

"음. 그 사람을 사랑했나?"

"질투해요?"

"아니."

"난 질투했어요."

"라켈?"

"그 여자를 미워했어요."

"라켈은 잘못한 게 없어."

"그래서일 거예요." 카야는 웃었다. "그 여자 때문에 당신이 날 떠났으니까. 그 이유만큼 여자가 누굴 미워하는 이유도 없어요, 해리."

"난 당신을 떠나지 **않았어**, 카야. 당신하고 난 잠시 서로의 상처를 위로해준 거지. 그리고 오슬로를 떠났을 때는 두 사람 모두에게서 도망친 거야."

"그래도 그 여자를 사랑한다고 했잖아요. 두 번째로 오슬로로 돌아왔을 때는 그 여자 때문이었고, 내가 아니라."

"올레그 때문이었어. 그 애한테 문제가 있었거든. 그래도 맞아, 난 항상 라켈을 사랑했어."

"라켈이 당신을 원하지 않을 때도?"

"라켈이 날 원하지 않을 때는 더더욱. 원래 그런 거잖아, 아닌가?"

카야는 네 손가락을 움츠렸다.

"사랑은 복잡해요." 그녀가 몸을 웅크리며 그에게 더 가까이 다가가 그의 가슴에 머리를 얹었다.

"사랑은 모든 것의 뿌리야." 해리가 말했다. "좋기도 하고 나쁘기도 한. 선하기도 하고 악하기도 한."

카야가 그를 쳐다보았다. "무슨 생각 해요?"

"내가 무슨 생각을 해?"

"네."

해리는 고개를 저었다. "그냥 뿌리에 관한 이야기."

"어서. 이제 당신이 말할 차례예요."

"좋아. 올드 시코라고 들어봤어?"

"그게 뭐예요?"

"소나뭇과 나무인데. 언젠가 라켈이랑 올레그랑 나랑 자동차 여행으로 스웨덴의 풀루피엘레트에 간 적이 있어. 올레그가 학교에서 올드 시코라는, 세상에서 제일 오래된 나무가 거기 있다고 배웠거든. 만 살 가까이 된 나무야. 가는 길에 차에서 라켈이 그 나무는 인류가 처음 농경을 시작하고 브리튼 섬이 아직 유럽 대륙에 붙어 있던 때부터 있던 나무라고 말해줬어. 그 산에 도착해서 올드 시코가 바람에 휜 작고 볼품없는 전나무인 걸 보고 우린 실망했지. 산림관리원 말로는 그 나무 자체는 몇백 년밖에 안 된 거고 여러 그루 중 하나고, 그 나무들이 나온 뿌리계가 만 년이 된 거라더군. 올레그는 슬퍼했어. 반 아이들한테 세계에서 가장 나이 많은 나무를 봤다고 자랑하고 싶어서 들떠 있었거든. 물론 우린 그 볼품없는 나무의 뿌리는 보지 못했어. 그래서 내가 올레그한테 그랬어. 선생님께 가서 뿌리는 나무가 아니고 세계에서 가장 오래된 것으로 알려진 나무는 캘리포니아 화이트 산맥에 있는 오천 년 된 나무라고 말하라고. 그러니까 올레그는 다시 기분이 좋아져서 내내 뛰어다니더군. 어서 집으로 돌아가 반 친구들한테 으스대고 싶었던 거지. 그날 밤 잠자리에 들 때 라켈이 내 옆에 붙어서 날 사랑한다면서 우리의 사랑이 그 뿌리계와 같다고 했어. 나무는 썩기도 하고 벼락을 맞을 수도 있고, 우리는 싸울 수도 있고, 내가 술에 취할 수도 있지. 하지만 아무도, 우리도, 어느 누구도, 땅속에 묻힌 부분을 건드리지 못한다고. 그건 언제까지나 거기에 있을 거고 항상 새로운 나무가 뻗어 나와 자랄 거라고."

그들은 어둠 속에 말없이 누워 있었다.

"심장박동이 잘 들리지 않아요." 카야가 말했다.

"그녀의 절반." 해리가 말했다. "절반이 사라졌으니 이것도 멈춰야지."

카야가 갑자기 그의 위로 올라갔다.

"당신의 오른쪽 겨드랑이 냄새를 맡고 싶어."

해리는 그렇게 하게 두었다. 그녀는 그의 위로 올라가 그의 뺨에 뺨을 댔고, 해리는 그녀의 색 바랜 잠옷과 옷을 통해 전해지는 따스한 체온을 느꼈다.

"청바지 벗어요, 그래야 거기 냄새를 맡을 수 있지." 카야가 그의 귀에 속삭였다.

"카야……."

"그러지 말아요, 해리. 당신에겐 그게 필요해요. 나한테도 필요하고. 당신이 말했듯이. 위로." 카야는 몸을 움직여 손 넣을 공간을 만들었다.

해리는 그 손을 잡았다. "너무 일러, 카야."

"하면서 그 여자 생각해. 진심이야. 그냥 해요. 라켈을 생각해."

해리는 침을 삼켰다.

그녀의 손을 놓아주었다. 눈을 감았다.

정장을 입고 휴대전화를 주머니에 넣은 채 뜨거운 욕조에 들어가는 느낌이었다. 완전히 잘못되었고, 완전히 근사한 느낌.

그녀가 입을 맞추었다. 그는 다시 눈을 뜨고 그녀의 눈을 똑바로 바라보았다. 순간 그들은 서로를 경계하는 것 같았다. 숲속에서 마주쳐 상대가 친구인지 적인지 파악해야 하는 두 마리 짐승처럼. 그리고 그가 그녀에게 입을 맞추었다. 그녀는 그의 옷을 벗기고 자기 옷도 벗고 그의 위에 올라탔다. 그의 성기를 잡았다. 손을 움직이지 않고 그냥 움켜잡았다. 발기하면서 피가 고동치는 느낌에, 그가 느끼는 그 느낌에 매료된 건지도 몰랐다. 그리고 (더는 힘들이지 않고도) 그녀는 그를 그녀 안으로 이끌었다.

그들은 서로의 리듬을 찾아 기억했다. 천천히 묵직하게. 해리는 시계 라디오의 가느다란 붉은 불빛 속에서 위에서 몸을 흔드는 그녀를 보았다. 그리고 상징이나 기호 모양의 목걸이라고 생각한 것을 손으로 쓰다듬었다. 사실은 S자에 점 두 개를 찍은 것 같은 문신이었고, 왠지 모르게 자신의 차 안에 있던 프레드 플린트스톤이 생각났다. 카야의 신음이 점점 커졌다. 카야는 속도를 높이려 했지만 해리가 그렇게 놔두지 않고 그녀를 잡았다. 그녀는 화가 나서 비명을 지르면서도 그가 춤을 이끌게 해주었다. 그는 눈을 감고 라켈을 떠올리려 했다. 알렉산드라가 떠올랐다. 카트리네가 떠올랐다. 라켈은 보이지 않았다. 그러다 카야 몸이 뻣뻣해지면서 신음이 멈추었다. 그는 눈을 뜨고 라디오의 붉은 빛이 그녀 얼굴과 상체에 흐르는 걸 보았다. 그녀 눈은 벽을 응시했고, 입은 소리 없는 비명을 지르는 것처럼 벌어졌고, 뾰족한 젖은 치아가 반짝거렸다.

그리고 그의 절반의 심장이 박동했다.

32

"잘 잤어요?" 카야가 뜨거운 김이 나는 커피 잔 두 개 중 한 개를 해리에게 건네고 침대에 누워 있는 그의 옆으로 스르르 들어왔다. 열린 창문 앞에서 가볍게 흔들리는 커튼 틈새로 희미한 햇살이 새어 들었다. 아침 공기가 아직 차가웠고, 카야는 얼음장 같은 발을 그의 다리 사이로 집어넣으며 행복하게 몸을 떨었다.

해리는 생각에 잠겼다. 그래, 젠장, 정말 잘 잤다. 악몽이 전혀 기억나지 않았다. 참을 수 없던 금단증상도 사라졌다. 갑자기 공황발작을 일으킬 것 같은 환각도 그런 기미조차 없었다.

"그런 것 같군." 해리는 일어나 앉아 커피를 한 모금 마셨다. "당신은?"

"세상모르고 잤어요. 당신이 옆에 있다는 생각만으로도 잠이 잘 와요. 지난번에도 그랬어요, 물론."

해리는 허공을 응시하며 고개를 끄덕였다. "어때, 한 번 더 가볼까? 새로운 페이지를 여는 거야." 그는 돌아보다가 카야의 놀란 얼굴을 보고 그녀가 오해한 걸 알았다. "좋아, 우린 아직 용의자들을 줄 세우지 못했어." 그가 얼른 덧붙였다. "그래, 어디서부터 시작할까?"

그녀의 얼굴이 굳었고, 말하지는 않았지만 '당신은 한 침대에서 같이 깨고도 라켈을 단 5분도 떠나지 못하는군요'라고 말하는 것 같았다.

카야가 애써 감정을 추스르고 헛기침을 했다. "저기, 라켈이 로아르한테 당신이 하는 일 때문에 협박받는 얘기를 털어놓은 적이 있대요. 그런데 집 안에서 벌어진 살인의 경우 열에 아홉은 범인이 희생자와 아는 사이잖아요. 그러니 라켈이 아는 사람이에요. 당신을 아는 사람이든가."

"첫 번째 명단은 길어. 두 번째는 엄청 짧고."

"라켈이 어떤 남자들을 알았는데요? 로아르랑 직장 동료 말고."

"내 동료들을 알았어. 그리고…… 아냐."

"뭔데요?"

"내가 젤러시 바를 운영할 때 라켈이 도와줬거든. 링달이라고, 그 바를 인수한 남자는 라켈이 계속 바 일을 도와주기를 바랐어. 라켈은 싫다고 했고, 그게 살해 동기가 되긴 어렵지."

"범인이 여자일 수 있다고 추정해도 될까요?"

"15퍼센트의 확률이야."

"통계적으로는 그렇죠, 그래도 생각해봐요. 질투심?"

해리는 고개를 저었다.

방 안에서 전화기 진동음이 들렸다. 카야는 그녀 쪽 침대 너머로 몸을 내밀어 해리의 주머니에서 휴대전화를 꺼내 화면을 보고 응답을 눌렀다.

"이분 지금 좀 바빠요, 카야랑 침대에 있어서요. 그러니 짧게 말씀하세요."

카야는 체념한 표정의 해리에게 휴대전화를 건넸다. 그는 화면
을 보았다.

"응?"

"내 알 바는 아니지만 카야가 누구예요?" 알렉산드라가 냉랭하
게 물었다.

"나도 가끔 그 질문을 고민해." 해리는 카야가 침대에서 미끄러
져 내려가 잠옷을 벗고 욕실로 들어가는 것을 보았다. "무슨 일이
야?"

"**무슨 일이야?**" 알렉산드라가 그의 말을 따라 했다. "우리가 수사
팀으로 보낸 마지막 DNA 보고서에 관해 알려드려야 할 것 같아서
요."

"어?"

"그런데 솔직히 지금은 잘 모르겠어요."

"내가 카야의 침대에 있어서?"

"**인정하시네요!**" 알렉산드라가 소리쳤다.

"'인정'은 틀린 말이지만, 맞아. 화가 난다면 미안해. 하지만 난
당신한테 그저 음란 전화 상대였을 테니 금방 털고 일어날 거야."

"이제 그런 전화 안 해요, 아저씨."

"좋아, 그걸 감수하면서 살아볼게."

"그래도 좀 슬픈 척이라도 해줄 수는 있잖아요."

"저기, 알렉산드라. 지난 몇 달간 난 슬프기만 했어. 지금은 이런
장난 치고 싶은 기분이 아니야. 보고서 얘기 해줄 거야, 안 해줄 거
야?"

침묵. 욕실에서 샤워기 소리가 들렸다.

알렉산드라가 한숨을 쉬었다. "현장에서 나온 물건에서 DNA가 검출될 만한 거라면 전부 분석했는데요, 경찰 데이터베이스에 올라간 경관들과 일치하는 결과가 많았어요. 당신이랑 올레그랑 수사팀 경관들요."

"그 사람들이 정말 현장을 오염시킨 거야?"

"많이는 아니에요. 그런데 이번에 증거를 찾으려고 면밀하게 조사했거든요. 지하실을 포함한 집 전체를요. 결과가 너무 많이 나와서 현장 수사팀이 어디에 중점을 둘지 리스트를 보내줬어요. 식기세척기에 설거지를 하지 않은 유리컵과 날붙이류는 리스트의 한참 아래에 있었고요."

"뭐가 나왔는데?"

"유리잔 가장자리의 말라붙은 타액에서 알 수 없는 인물의 DNA가 나왔어요."

"남성?"

"네. 유리잔에 지문도 있댔어요."

"지문? 그럼 그림이 나오겠네." 해리가 침대에서 다리를 휙 내렸다. "알렉산드라, 당신은 좋은 친구야, 고마워!"

"친구." 그녀가 콧방귀를 뀌었다. "누가 **친구**나 되고 싶대요?"

"다른 게 또 나오면 전화 줄 거지?"

"물건 큰 남자를 내 침대로 들이면 전화할게요. 꼭 그렇게 할 거예요." 그녀는 전화를 끊었다.

해리는 옷을 입고 커피 잔과 코트와 부츠를 들고 아래층 거실로 내려가 카야의 노트북을 열고 오슬로지방경찰청 홈페이지의 수사팀 사이트에 로그인했다. 식기세척기에 있던 증거품 사진들 사이에서 최종 보고서에 올라간 유리컵 사진을 발견했다. 접시 두 개와 유리컵 네 개. 살인이 일어나기 얼마 전에 사용된 컵일 수 있었다. 라켈은 식기세척기에 이틀 이상 설거짓거리를 넣어둔 적이 없고, 식기세척기가 반도 차지 않으면 그릇을 다시 꺼내서 직접 설거지를 했다.

지문이 찍힌 유리컵은 라켈이 노르웨이에 난민으로 들어온 시리아계 가족이 니테달에서 운영하는 작은 유리공방에서 산 물건이었다. 라켈은 그 파란색 컵이 마음에 들기도 하고 그 가족을 도와주고 싶어서 젤러시 바에서 대량으로 사자고 제안했다. 그 컵이 바에 독특한 분위기를 더해줄 거라면서. 하지만 해리는 컵에 관해 결정하기도 전에 홀멘콜렌의 집과 바의 주인 자리에서 쫓겨났다. 라켈은 그 컵들을 거실의 넓은 공간의 장식장에 보관했다. 범인이 살인을 저지른 후 술을 마시고 싶어서 컵을 찾으러 먼저 들여다볼 만한 자리는 아니었다. 보고서에도 라켈의 지문이 나왔다고 적혀 있었다. 그러니 라켈이 그 사람에게 마실 것을 그 컵에 따라준 것이다. 아마 물이었을 것이다. 보고서에 다른 물질의 흔적이 없다고 적혀 있었다. 그리고 라켈은 아무것도 마시지 않았다. 식기세척기에는 파란색 유리컵이 한 개만 들어 있었다.

해리는 얼굴을 문질렀다.

상대는 집 안에 들일 만큼 아는 사이면서도 물을 달라고 청했을 때 주방 선반에서 이케아 컵을 꺼내줄 만큼 허물없는 사이는 아니었다. 라켈이 좀 더 신경을 쓴 것이다. 연인? 그렇다면 새로 만나는 사람이었다. 그 유리컵이 보관된 장식장으로는 약간 돌아서 가야 했으므로. 사실 해리는 그 집에 살면서도 그 장식장 앞에 가본 적이 없었다. 야생동물 카메라에 녹화된 나머지 영상을 살펴보니 라켈이 오가는 모습만 잡히고 손님이 온 적은 없었다. 분명 그자다.

해리는 라켈이 문을 열어주고 놀랐을 테지만 그래도 곧 집 안에 들였을 사람을 떠올려보았다. 보고서에는 경찰 데이터베이스상에서 일치하는 지문이 나오지 않았다고 적혀 있었다. 따라서 현직 경찰은 아니고 (적어도 범행 현장에 있던 경찰은 아니고) 유명한 흉악범도 아니다. 컵에 찍힌 지문 한 점이 유일한 걸 보면 그 집에 자주 드나들지 않은 사람이다.

컵에서 지문을 뜬 사람은 옛날 방식으로 했다. 색이 있는 분말을 붓으로든 자석으로든 표면에 고르게 퍼트렸다. 지문 다섯 개가 보였다. 유리컵 중간에 지문 네 개가 찍힌 패턴으로 보아 손가락 네 개가 있고 맨 아래에 새끼손가락이 위치해서 왼쪽을 향하는 걸 알 수 있었다. 그리고 컵 아래쪽에 엄지 지문이 하나 찍혀 있었다. 라켈의 지문, 오른손으로 컵을 건네면서 찍힌 것이다. 해리는 보고서를 아래까지 죽 훑어보면서 이미 알아챈 내용을 다시 확인했다. 지문은 라켈의 오른손과 어떤 남자의 왼손에서 찍힌 게 맞았다. 해리의 뇌가 전날 밤처럼 마룻바닥이 삐걱거리는 소리를 감지하자 경보를 울렸다.

"나 때문에 놀랐군요!" 카야는 몸보다 한참 큰 파란색 낡은 가운을 걸치고 웃으면서 맨발로 거실에 들어섰다. 아버지의 가운. 오빠의 것이거나. "아침식사로 한 사람 먹을 거밖에 없어요. 같이 나가서—."

"괜찮아." 해리가 노트북을 덮으며 말했다. "난 집에 가서 옷이나 좀 갈아입어야겠어." 그는 일어서서 카야의 이마에 키스했다. "그나저나 문신 멋지네."

"그래요? 문신은 안 좋아하는 줄 알았는데?"

"그래?"

그녀가 미소를 지었다. "당신이 그랬어요. 인간은 본질적으로 바보라서 돌에든 피부에든 아무것도 새기지 말고 수용성 물감만 써야 한다고. 그래야 과거를 지우고 과거의 자기를 잊을 수 있다고."

"저런. 내가 그런 말을 했어?"

"빈 페이지라고 했어요. 새로운 사람이 되고, 더 나은 존재가 되기 위한 자유. 문신은 우리를 정의하고 낡은 가치관과 의견에 매달리게 한다면서. 당신이 가슴에 예수 문신을 새긴 걸 자주 예로 들었잖아요. 무신론자에게 예수 문신이 있는 게 터무니없어 보이니까 낡은 미신들에 매달리는 데 자극제가 되어준다면서."

"나쁘지 않은데? 당신 기억에 남을 만한 인상을 심어줬으니."

"당신은 생각이 깊은 사람이고, 유별난 생각을 많이 하잖아요, 해리."

"원래는 더 괜찮았지. 그런 생각들을 문신으로 새겼어야 했나봐." 해리는 목덜미를 주물렀다. 뇌에서 경보가 멈추지 않았다. 구형 자동차의 경보가 침실 창문 앞에서 연신 울어대며 누가 와서 꺼주기를 기다리는 것처럼. 경보를 울린 게 삐걱거리는 마룻바닥이 아니라 다른 거였나?

카야는 그를 배웅하러 현관으로 나왔고, 그는 부츠를 신었다.

"그거 알아요?" 그가 현관문을 열려고 할 때 카야가 말했다. "당신 이제 살기로 한 사람처럼 보여요."

"뭐?"

"성당에서 봤을 때는 꼭 죽을 핑계를 기다리는 사람처럼 보였거든요."

카트리네는 누구한테서 온 전화인지 확인하려고 휴대전화 화면

을 보았다. 머뭇거리면서 책상에 높이 쌓인 보고서를 보고 한숨을
내쉬었다.

"여보세요, 모나. 일요일에도 일하시나 봐요?"

"동상이죠." 모나 도가 말했다.

"네?"

"동병상련요. 문자 보낼 때 단축어예요."

"네, 저도 일하네요. 트럭이 없으면 노르웨이가 멈추니까요."

"네?"

"옛날 말이에요. 여자들이 없으면⋯⋯. 아니에요, 〈VG〉에는 뭘
도와드릴까요?"

"라켈 사건 업데이트요."

"그건 기자회견에서."

"경찰이 기자회견을 한 지도 한참 지났잖아요. 그리고 안데르스
가—."

"과학수사관하고 같이 산다고 해서 새치기를 할 수 있는 건 아
니에요, 모나."

"네, 오히려 순서가 밀리더라고요. 특별 대우를 받는 걸로 보일
까 봐 걱정하다 보니까. 아까 말하려던 건, 안데르스가 말해주진
않겠지만 어쩨 우울해 보여서요. 제가 해석하기론 지금 답보 상태
인 거 같은데."

"수사에서 답보 상태일 때는 없어요." 카트리네가 손으로 이마
를 문지르며 말했다. 젠장, 지독히 피곤했다. "우리랑 크리포스가
체계적으로 쉴 새 없이 일하고 있어요. 어떤 수사 방식이든 목표에
다가가지 않는 것 같아도 결국에는 우리를 목표에 가까이 데려다
줘요."

"멋지네요. 그런데 그건 전에도 반장님한테 들은 표현인데요, 브라트 반장님. 더 섹시한 거 없어요?"

"섹시한 표현?" 카트리네는 뭔가가 풀려나오는 느낌을 받았다. 한동안 튀어나오겠다고 협박해온 뭔가가. "좋아, 섹시한 걸 드리지. 라켈 페우케는 훌륭한 사람이었어. 이건 당신이나 당신 동료들한테는 절대 하지 못할 표현이지. 남은 하루를 성스럽게 살 수 없다면 적어도 그분을 추모하고 당신들한테 남아 있는 일말의 진실성을 성스럽게 지키려고 노력이라도 해봐, 이 나쁜 년아. 이러면 섹시해?"

몇 초가 흘렀고, 카트리네는 방금 자기가 내뱉은 말에 모나 도만큼이나 말문이 막혔다.

"방금 그 말 기사에 넣기를 원해요?" 모나가 물었다.

카트리네는 의자에 기대 소리 없이 욕했다. "몰라요, 어떻게 생각해요?"

"향후 협력관계를 생각해서 오늘 대화는 없던 걸로 할게요."

"고마워요."

두 사람은 전화를 끊었다. 카트리네는 차가운 책상에 머리를 댔다. 버거웠다. 책임감. 헤드라인. 최고위층 사람들의 조급함. 아기. 비에른. 불확실한 것들. 확실한 것들. 많은 것에 대한 확신, 집에 있고 싶지 않아서, **그들**과 같이 있고 싶지 않아서 일하러 나온 걸 알았다. 그리고 너무 적었다. 직접 작성한 것이든, 빈테르와 크리포스에서 작성한 것이든, 원하는 만큼 읽을 수 있지만 도움이 될 만한 건 없었다. 모나 도가 옳았다. 그들은 답보 상태였다.

해리는 스텐스 공원 한가운데에 우뚝 멈췄다. 생각을 정리하려고 약간 돌아가는 길을 택했는데 일요일인 걸 깜빡했다. 개들이 분노에 차서 짖어대는 소리가 신바람 난 아이들이 내지르는 비명과 경쟁했고, 아이들 소리는 다시 개와 아이들을 데리고 나온 어른들이 내지르는 명령과 다투었다. 하지만 이 모든 소리도 머릿속에서 끊임없이 울려대는 경보음을 덮지는 못했다. 그러다 불현듯 떠올랐다. 실제로 기억이 났다. 물컵을 든 왼손을 어디서 봤는지 기억났다.

"어린아이 모양으로 만든 섹스돌을 주문한 걸로 감방에 들어갈 수 있는 거 어떻게 생각해요?" 외위스테인 에이켈란이 젤러시 바의 카운터에서 신문을 넘기며 물었다. "뭐, 역겨운 짓이긴 해도, 생각은 자유로워야 하지 않나요?"

"역겨운 짓에도 한계가 있어야지." 링달은 이렇게 말하고는 손가락에 침을 묻히고 계산대에서 꺼낸 지폐를 세었다. "어젯밤은 괜찮네, 에이켈란."

"여기 보니까 아동 섹스돌을 가지고 놀면 아동을 성폭행할 가능성이 높아지는지에 대해서는 전문가들 사이에 의견이 분분하네요."

"그런데 우리 가게엔 귀여운 아가씨들이 많이 안 온단 말이야. 서른다섯 미만인 여자들한테는 술값을 깎아준다고 광고를 해야 할까 봐."

"그럼 애들한테 장난감 총 사주고 학원 대학살을 가르치는 부모들은 왜 안 잡아가요?"

링달은 수도꼭지 아래에 유리잔을 댔다. "자네 소아성애자야, 에이켈란?"

외위스테인 에이켈란은 허공을 보았다. "생각이야 해봤죠, 당연히. 그냥 호기심에서? 그런데 아니, 전혀 아니에요. 사장님은?"

링달은 유리잔을 채웠다. "난 극단적으로 정상인 남자라고 장담할 수 있어."

"그게 무슨 말이에요?"

"무슨 말이냐고?"

"**극단적으로** 정상이라니. 그러니까 어째 섬뜩하잖아요."

"극단적으로 정상이란 건 합법적인 연령 이상의 여자들을 좋아한다는 거야. 여기 오는 남자 손님들처럼." 링달은 유리잔을 들었다. "그래서 새 바텐더를 고용한 거기도 하고."

외위스테인의 입이 벌어졌다.

"우리 둘에 더해서 추가 인력으로 들어오는 거야." 링달이 말했다. "그러니 우린 시간을 좀 더 낼 수 있어. 돌아가면서 일하는 거지. 모리뉴 스타일로." 링달이 물을 마셨다.

"첫째, 로테이션 시스템을 도입한 사람은 알렉스 퍼거슨 경이에요. 둘째, 조제 모리뉴는 세계에서 제일 비싼 선수들을 데려다가 우승컵 몇 개 들고는 남들처럼 전문가라는 작자들한테 속아서 자기가 무슨 유능한 감독이라 우승한 줄 착각하는, 거만한 얼간이예요. 축구팀 감독이 팀의 성적과 상관이 있다는 건 잘못된 믿음이라고 입증하는 연구가 수두룩해요. 그냥 최고 연봉 받는 선수가 많이 모인 팀이 이기는 거지. 아주 단순하다니까요. 그러니 사장님이 젤러시 바를 그뤼네르뢰카의 바 리그에서 우승으로 이끌고 싶다면 그냥 내 임금이나 올려주면 돼요. 간단하다니까요."

"재밌네. 재밌는 건 인정해, 에이켈란. 그래서 여기 손님들이 자넬 좋아하는 것 같단 말이야. 그래도 좀 섞어봐서 손해날 건 없지."

외위스테인이 갈색 치아의 뿌리가 반짝이도록 씩 웃었다. "썩은 이빨이랑 큰 가슴을 섞어요? 그 여자 가슴 크죠?"

"글쎄……."

"사장님은 바보예요."

"말조심해, 에이켈란. 여기가 자네한테 그렇게 철 밥통은 아니야."

"여길 어떤 바로 만들지는 사장님이 결정해야 해요. 진정성과 자존감이 있는 곳인지, 그냥 가슴 빵빵한 여자들이 나오는 후터스* 같은 덴지."

"그런 선택이라면 난—"

"잠깐, 대답하기 전에 전략적으로 고려할 게 하나 있어요, 모리뉴 감독님. 폰허브라는 포르노 웹사이트 통계에 따르면, 미래의 고객들, 그러니까 열여덟 살에서 스물네 살 사이의 고객들은 다른 연령 집단보다 가슴을 거의 20퍼센트 적게 검색한대요. 반면에 죽을 날이 가까운 사람들, 그러니까 쉰다섯에서 예순네 살 사이의 사람들은 사장님의 그 가슴 큰 여자들을 가장 많이 검색하고요. 가슴은 유행이 지나고 있어요, 링달."

"썩은 이빨은 어떤데?" 해리가 물었다.

그들은 방금 들어온 그를 돌아보았다.

"음료 한 잔 줄 수 있습니까, 링달?"

링달이 고개를 저었다. "아직 시간이 안 됐습니다."

"독한 걸 달라는 게 아니라 그냥—"

"일요일엔 12시 전에는 맥주도 포도주도 안 팔아요, 홀레. 허가

---

* 미녀들이 서빙하는, 레스토랑과 스포츠 바를 접목한 레스토랑.

증은 지키고 싶어요."

"……물 한 잔만." 해리가 하던 말을 마쳤다.

"아." 링달은 새 유리잔을 수도꼭지 아래에 대고 물을 틀었다.

"라켈한테 젤러시에서 계속 일해달라고 부탁했다고 했잖아요." 해리가 말했다. "그런데 당신은 라켈의 이메일 보관함에도 없고 지난 몇 달간 라켈 전화로 걸려온 통화 목록에도 없더군요."

"그래요?" 링달이 해리에게 컵을 내밀었다.

"그래서 언제, 어디서, 어떻게 라켈하고 연락했는지 궁금해서요."

"당신이 궁금한 겁니까? 경찰이 궁금한 겁니까?"

"그거에 따라 대답이 달라집니까?"

링달은 아랫입술을 내밀고 고개를 모로 기울였다. "아뇨. 사실 기억나지 않아요."

"라켈을 직접 만났는지, 이메일을 보냈는지 기억이 안 난다고요?"

"예, 정말로."

"그럼 최근인지 오래전인지는?"

"깜빡깜빡하는 건 이해해줘야 해요."

"술은 마시지 않잖아요." 해리가 물컵을 입에 댔다.

"바쁠 때는 사람들을 많이 만나고 온갖 일들이 생겨요, 해리. 말이 나와 말인데……"

"시간이 없다는 겁니까, **지금**?" 해리는 텅 빈 바를 둘러보았다.

"장사 시작하기 전에요, 이때가 바빠요. 준비가 다거든요. 그래야 닥쳐서 우왕좌왕하지 않을 수 있고. 좋은 계획은 좋은 결실만 가져다주니까. 당신도 있나요?"

"뭐가요? 계획이 있냐고요?"

"생각해봐요, 해리. 결실이 나온다니까요. 자, 그럼 우리는 이
만······."

그들은 해리가 밖으로 나가고 문이 닫히는 걸 보았다. 외위스테
인은 자동으로 해리의 빈 잔을 찾았다(그런데 없었다).

"절박할 거야." 링달이 외위스테인 앞에 놓인 신문을 향해 고개
를 까딱했다. "신문에서 경찰이 새로운 걸 알아내지 못했다고 하더
군. 이젠 하던 대로 해야지."

"하던 대로 하다니요?" 외위스테인이 물으면서 컵을 계속 찾다
가 그만두었다.

"지난 수사 방향으로 돌아가는 거지. 이미 치워뒀던 거."

외위스테인은 한참 지나서야 링달이 하는 말을 알아들었다. 해
리는 경찰이 아무것도 알아내지 못해서 절박한 게 아니었다. 경찰
이 이전 수사 방향을 더 면밀히 들여다볼 거라서 절박한 거였다.
해리의 알리바이 같은 것.

브륀의 과학수사과 실험실은 거의 텅 비어 있었다. 지문 실험실
의 두 남자만 모니터 앞에서 구부정하게 앉아 있었다.

"일치해요." 비에른 홀름이 결론을 내리듯 말하고는 몸을 폈다.
"라켈의 집에 있던 파란색 유리컵에 찍힌 거랑 같은 지문이에요."

"링달이 거기 갔었어." 해리는 이렇게 말하면서 젤러시 바에서
몰래 숨겨 온 유리컵의 지문을 들여다보았다.

"그런 거 같네요."

"살인이 일어난 밤에 드나든 사람들 말고는, 지난 몇 주간 라켈
이외에 그 집에 드나든 사람이 없어. 아무도."

"맞아요. 그러니 링달이라는 자가 영상 속 첫 번째 인물일 수 있어요. 그날 저녁 일찍 그 집에 들어갔다가 나온 사람."

해리는 고개를 끄덕였다. "맞아. 약속도 없이 불쑥 찾아가 물 한 잔 얻어 마시면서 라켈한테 젤러시 바에서 계속 일해줄 수 있냐고 물었을 수도 있어. 라켈은 싫다고 했고, 그 사람은 그냥 떠났어. 그러면 녹화 영상과 맞아떨어져. 이상한 건 링달이 기억나지 않는다고 한 거야. 어딘가로 여자를 만나러 갔다가 이틀 후 신문에서 자기가 다녀간 지 몇 시간 만에 그곳이 살인사건 현장이 된 걸 알면 기억이 안 날 수가 없지."

"그냥 용의자가 되는 게 싫어서 거짓말한 걸 수도 있잖아요. 살인이 일어난 밤에 라켈과 단둘이 있었던 게 알려지면 해명해야 할 게 많으니까요. 자기가 결백해도 입증하지 못할 수도 있고, 그러다 구치소에 들어가면 원치 않는 언론의 관심이 쏟아질 수도 있고요. 증거를 들이밀어서 그 사람의 기억을 건드리는 식으로 접근해야 할 거예요."

"음. 아니면 우리 쪽에 패가 더 들어올 때까지 카드를 가슴에 꼭 붙이고 있어야 할 수도."

"**우리**가 아니죠, 해리. 이건 선배 일이에요. 저도 링달처럼 엮여 들지 않을 전략을 짜는 중이에요."

"어째 자네는 그자가 결백하다고 생각하는 거 같은데."

"판단은 선배한테 맡길게요. 전 지금 육아휴직이라 일에는 나중에 돌아가고 싶어요."

해리는 고개를 끄덕였다. "자네 말이 맞아. 내가 참 이기적이야. 나한테 빚진 것도 없는 사람이 다 걸고 날 도와주길 바라다니."

유모차에서 조용히 칭얼대는 소리가 들렸다. 비에른이 마침 그쪽을 보고는 스웨터를 걷어서 아기 젖병을 꺼냈다. 전에 비에른이 달라붙는 스웨터 속 지방 덩어리 사이에 젖병을 끼워서 체온 정도로 온도를 유지하는 방법을 얘기해준 적이 있다.

"아, 링달을 보면 생각나는 뮤지션이 있어." 해리는 이렇게 말하며 금발의 고수머리가 코믹하게 크게 세 갈래로 갈라진 조그만 남자 아기가 젖꼭지를 물고 빠는 걸 보았다. "폴 사이먼."

"폴 프레더릭 사이먼?" 비에른이 소리쳤다. "그걸 이제야 알았어요?"

"자네 아들 때문에. 아기가 아트 가펑클을 닮았어."

해리는 비에른이 고개를 들고 그런 모욕적인 말이 어디 있냐고 한마디 받아칠 줄 알았다. 그런데 비에른은 가만히 앉아 고개를 숙인 채 아기에게 우유 먹이는 데만 집중했다. 아트 가펑클이 그의 음악 취향의 스펙트럼에서 어디쯤 위치하는지 생각하는 중일 수도 있었다.

"정말 고마워, 비에른." 해리는 코트를 집었다. "난 이만 가보는 게 좋겠네."

"제가 선배한테 빚진 게 없다고 한 말이요," 비에른이 고개를 들지도 않은 채 말했다. "사실이 아니에요."

"난 그런 게 있는지 모르겠는데."

"선배가 아니었으면 전 카트리네를 만나지 못했을 거예요."

"설마 그럴 리가."

"카트리네를 제 품으로 인도한 사람이 선배예요. 카트리네는 선배가 맺는 관계가 어떻게 되는지 알았고, 선배는 카트리네가 남자한테 **원하지 않는** 걸 모두 보여줬어요. 전 선배하고는 가장 거리가 먼 사람이라 카트리네가 안심하고 만날 수 있었어요. 그러니 어떤 의미로 선배가 제 중매쟁이인 셈이죠." 비에른은 활짝 웃으면서 눈가가 젖은 채로 고개를 들었다.

"아, 이런." 해리가 말했다. "이런 게 그 유명한 아버지 감성이란 건가?"

"아마도." 비에른은 웃음을 터트리며 손등으로 눈물을 닦았다. "그럼 이제 어쩌실 거예요? 링달요."

"자네는 엮이고 싶지 않다며."

"예. 알고 싶지 않아요."

"그럼 난 이만 가보는 게 낫겠어. 이제 둘 다 울기 전에." 해리는 손목시계를 보았다. "자네와 아기 말이야, 물론."

해리는 차로 가면서 카야에게 전화했다.

"페테르 링달. 이 사람에 관해서 알아봐줘."

그날 저녁 7시, 날은 이미 어두웠다. 카야의 집 쪽으로 조그만 돌조각이 깔린 길을 따라 올라가는 동안 보이지도 않고 소리도 없이 내리는 황혼 녘의 비가 차가운 거미줄처럼 해리의 얼굴에 닿았다.

"우리가 단서를 잡았어." 그가 전화기에 대고 말했다. "이렇게 말해도 될지는 아직 잘 모르겠지만."

"'우리'가 누군데요?" 올레그가 물었다.

"내가 말하지 않았나?"

올레그는 대답하지 않았다.

"카야 솔네스." 해리가 말했다. "옛 동료."

"둘이 혹시─."

"아니. 그런 거 아니야. 그게 아니라……."

"전 알 거 없다는 뜻인가요?" 올레그가 말줄임표를 채웠다.

"아니, 그런 게 아니야."

"알았어요."

침묵.

"범인을 찾을 거 같아요?"

"모르겠다, 올레그."

"그래도 제가 어떤 말을 들어야 하는지는 아시잖아요."

"음. 우린 그자를 잡을 거야."

"좋아요." 올레그가 길게 한숨을 쉬었다. "또 통화해요."

해리는 거실 소파에 앉은 카야를 보았다. 카야 무릎에는 노트북이 있었고 휴대전화는 테이블에 놓여 있었다. 카야는 몇 가지 정보를 찾아냈다. 페테르 링달은 마흔여섯 살이고 두 번 이혼했으며 자녀는 없고 혼인 상태는 확실치 않지만 셸소스의 주택에서 혼자 살았다. 여러 가지 일을 거쳤다. 노르웨이 경영대학에서 경제학을 전공했고, 한때 새로운 교통 개념을 출시하기도 했다.

"그 사람을 인터뷰한 기사를 두 개 찾았어요. 둘 다 〈피난사비센〉*에서요." 카야가 말했다. "우선 2004년 인터뷰에서는 개인 교통 관념에 혁명을 일으킬 새로운 교통 개념에 투자할 사람들을 찾고 있었네요. 기사 제목이 '개인 차량의 살인자'예요." 카야는 노트북을 톡톡 두드렸다. "여기요. 링달이 한 말이에요. '오늘날 우리는 도로에 1톤의 하중을 가하고 거대한 공간을 요하고 막대한 유지 보수 비용이 투입되는 차량으로 고작 한두 사람을 실어 나릅니다. 이런 기계들이 넓은 타이어로 거친 아스팔트에서 굴러가는 데 필요한 에너지는 우리에게 가능한 대안을 생각하면 터무니없는 수

---

* Finansavisen, 노르웨이 경제신문.

준입니다. 그뿐 아니라 이런 대형 차량을 생산하는 데 들어가는 자원도 만만치 않습니다. 하지만 현재의 개인 교통이 인류에 부과하는 가장 큰 비용은 다른 데 있습니다. 바로 **시간**입니다. 사회에 공헌할 인력이 매일 네 시간씩 개인 차량의 운전대를 잡고 정신을 집중해 로스앤젤레스의 차량들을 뚫고 가는 데 들어가는 시간 손실 말입니다. 그건 한 개인이 깨어 있는 시간을 무의미하게 허비하는 것뿐 아니라 GDP에도 손실입니다. 우리 도시 한 곳에서만 달까지 한 번 더 다녀올 경비가 나올 정도니까요. 1년에요!'"

"음." 해리는 안락의자 팔걸이의 니스 칠이 닳은 자리를 검지로 쓸었다. "그래서 대안이 뭐래?"

"링달 말로는, 한두 명 태울 크기의 소형 객차를 기둥에 매다는 방식이에요. 케이블카랑 다르지 않죠. 객차는 길목마다 승강장에 서 있어요. 자전거처럼. 승객이 객차에 올라타고 개인 코드와 행선지를 입력해요. 현금카드에서 킬로미터당 소액이 결제되고, 컴퓨터 시스템이 객차를 출발시켜서 서서히 속도를 끌어 올려 시속 200킬로미터까지 올려요. 로스앤젤레스 한복판에서도요. 승객은 이동하는 동안 객차 안에서 일하고 책 읽고 텔레비전도 보면서 길목들을 거의 인지하지 못해요. 아니, 길목이 하나거든요. 대개는 승차하는 동안 승강장을 하나밖에 지나지 않아요. 신호등도 없고 정체현상도 없고, 객차들이 컴퓨터 시스템 속 전자처럼 부유하면서 절대 충돌하지 않아요. 객차 아래로는 모든 도로에서 보행자와 자전거와 스케이트보드가 자유롭게 다닐 수 있고요."

"그럼 무거운 화물 수송은?"

"기둥이 지탱하기에 과도하게 무거운 화물은 그냥 트럭에 실어서 시내에서 달팽이 속도로 달리게 하고, 이동 시간을 밤이나 새벽 시간으로 제한해요."

"돈이 많이 들 거 같은데, 기둥을 설치하고 도로를 새로 깔아야 할 테니."

"링달 말로는 기둥과 선로를 새로 설치하는 비용이 도로를 새로 놓는 비용의 5에서 10퍼센트 정도일 거래요. 유지 보수 비용도 마찬가지고. 사실 기둥과 선로로 전환하는 비용은 향후 10년 안에 도로 유지 보수 부문에서 감소할 비용으로 충당될 거고요. 게다가 교통사고가 감소해서 인명 피해도 줄고 재정 부담도 줄어들 테고요. 목표는 교통사고가 전혀 나지 않게 하는 거래요, 단 한 건도 나지 않게."

"음. 도시야 그렇다 쳐도, 도시에서 멀리 떨어진 두메산골에서는……."

"오두막에 기둥을 설치하는 비용이 일반 도로를 건설하는 비용의 5분의 1이래요."

해리가 쓴웃음을 지었다. "당신은 어째 그 아이디어가 마음에 드나 보네."

카야가 웃음을 터트렸다. "2004년에 돈이 있었으면 여기다 투자했을걸요."

"그리고?"

"그 돈을 날렸겠죠. 링달의 두 번째 인터뷰는 2009년에 한 건데, 제목이 '검은 벨트 파산'이에요. 투자자들이 돈을 몽땅 날리고 링달한테 분통을 터트려요. 링달은 오히려 자기가 피해자고 미래에 대한 비전이 없는 사람들이 돈줄을 끊는 바람에 일을 망친 거라고 주장해요. 링달이 노르웨이 유도 챔피언이었던 거 알아요?"

"음."

"그 사람이 재밌는 말을 하는데, 실은……." 카야는 스크롤을 내리고 웃으면서 읽었다. "'소위 금융 엘리트 집단은 50년 내내 연속적으로 성장한 국가에서 부자가 되려면 정보가 있어야 한다고 믿는 기생충 같은 집단입니다. 사실은 열등감과 남의 돈으로 위험을 감수하려는 의지와 1960년 이후 출생자라는 조건만 갖추면 됩니다. 금융 엘리트라는 작자들은 옥수수 저장실의 시끌시끌한 눈먼 암탉 무리고, 노르웨이는 평범한 인간들의 낙원이에요.'"

"말이 세군."

"이게 끝이 아니에요. 음모론도 나와요."

해리는 카야 앞에 놓인 컵에서 김이 올라오는 걸 보았다. 주방에 새 커피가 있다는 뜻이다. "어디 들어보지."

"'이런 쪽으로 발전하는 건 불가피해요. 이걸로 가장 큰 손해를 볼 사람이 누굴까요?'"

"나한테 묻는 거야?"

"인터뷰 기사를 읽는 거예요!"

"그럼 재미난 목소리로 읽든가."

카야가 경고하듯 노려보았다.

"자동차 회사?" 해리가 한숨을 쉬었다. "도로 건설사? 석유 회사?"

카야는 목청을 가다듬고 다시 노트북 화면을 보았다. "'대규모 무기 제조업체들처럼 자동차 회사들은 막강한 힘을 가지고 있고 개인 차량 운행에 이들의 생사가 걸려 있습니다. 그러니 그들은 개척자인 양하면서도 사활을 걸고 발전을 방해할 겁니다. 자동차 회사들이 대중에게 무인 자동차가 해결책이라고 설득한다면, 사실은 당연하게도 그들이 더 나은 교통수단을 원해서가 아니라 발전을 최대한 오래 지연시키고 1톤짜리 괴물들이 세상에 아무런 이득이 되지 않는 줄 알면서도 계속 생산하면서 지구의 한정된 자원을 소진하기 위해서일 겁니다. 그들은 모든 수단을 총동원해서 다른 모든 구상을 질식시켜 죽이려 합니다. 첫날부터 절 깎아내리려 했으니까요. 절 막지는 못했지만 제 투자자들을 겁먹게 한 거죠.'" 카야가 고개를 들었다.

"그 뒤로는?" 해리가 물었다.

"많진 않아요. 2016년에 〈피난사비센〉에 노르웨이의 일론 머스크를 꿈꾸는 페테르 링달에 관한 단신이 실렸어요. 현재 헬레루드에서 작은 담배 가게를 운영하는 그는 한때 교통경제연구소의 전문가들이 미래의 개인 교통, 특히 도시에서의 교통에 대한 가장 합리적인 제안이라고 칭찬했지만 오래 못 가고 무너진 공중누각을 지배했던 사람이라고 나오네요."

"전과는?"

"학창 시절에 잠깐 바에서 기도로 일하다가 사람을 폭행한 기록이 하나 있고, 또 하나는 역시 학생일 때 운전 부주의로 사고를 낸 적이 있어요. 두 번 다 유죄판결이 나지는 않았고요. 그런데 다른 게 또 나왔어요. 유기된 실종자 사건."

"뭐?"

"작년에 링달의 두 번째 부인 안드레아 클리치코바의 실종 신고가 접수된 적이 있어요. 사건 자체가 취하돼서 해당 파일은 삭제됐지만 안드레아가 실종됐다고 신고한 노르웨이인 친구의 이메일 사본은 남아 있어요. 그 친구가 받은 이메일에는 안드레아가 링달과 헤어지기 전에 파산 문제로 비난하자 링달이 몇 차례 칼로 위협했다는 내용이 적혀 있었어요. 제가 그 친구라는 사람의 전화번호를 찾아 통화했는데요. 당시 경찰이 링달을 조사하기는 했지만 러시아에서 안드레아가 그 친구한테 이메일을 보냈대요. 그렇게 급하게 말도 없이 떠나서 미안하다는 내용으로. 안드레아가 러시아 국민이라 그 사건은 러시아 경찰로 넘어갔고요."

"그리고?"

"안드레아를 찾은 거 같아요. 경찰 사건 파일에 그 사건에 관한 기록이 그 뒤로는 나오지 않아요."

해리는 일어서서 주방으로 갔다. "경찰 파일에는 어떻게 들어갔어?" 해리가 물었다. "IT팀이 당신 접근 권한을 차단하는 걸 잊은 건가?"

"아뇨, 그래도 아직 액세스 칩을 가지고 있고, 당신이 친구의 사용자 아이디랑 비밀번호를 알려줬잖아요."

"내가?"

"BH100하고 HW1953요. 잊었어요?"

기억이 없다. 해리는 주방 식기장에서 컵을 꺼내 프렌치 프레스에 담긴 커피를 조금 따랐다. 스톨레 에우네가 베르니케-코르사코프 증후군을 경고한 적이 있다. 알코올의존자가 술을 마시면서 서서히, 하지만 확실하게 기억하는 능력을 잃어가는 상태를 말한다. 뭐, 그래도 베르니케와 코르사코프라는 이름은 기억났다. 게다가 술 취하지 않은 동안의 일은 잊은 적이 없다. 살인이 일어난 그날 밤처럼 그렇게 오랫동안 완벽하게 기억에 공백이 생긴 적도 드물다.

그는 식기장과 조리대 사이의 벽에 걸린 사진들을 보았다.

소년과 소녀가 자동차 뒷좌석에 타고 있는 빛바랜 사진이었다. 카야가 사진 찍는 사람을 향해 뾰족한 이를 드러내며 웃고 있고,

카야에게 어깨동무를 한 소년은 오빠 에벤 같았다. 또 다른 사진에는 카야가 자기보다 머리 하나는 작은 검은 머리의 여자와 같이 있었다. 카야는 티셔츠와 카키색 바지를 입었고, 다른 여자는 서양식 원피스를 입고 히잡을 둘렀고, 그들 뒤로 사막이 펼쳐졌다. 카메라 삼각대의 그림자가 그들 앞 땅바닥에 새겨졌지만 사진 찍는 사람은 없었다. 타이머로 찍은 것이다. 사진일 뿐이지만 두 사람이 서 있는 모습, 서로 가까이 붙어 있는 모습이 심상치 않아서 해리는 차 안의 소녀와 소년의 사진에서와 비슷한 인상을 받았다. 친밀감.

이어서 리넨재킷 차림의 피부가 희고 금발인 키 큰 남자가 레스토랑 테이블 앞에 앉아 있는 사진으로 넘어갔다. 그 남자 앞에는 위스키 잔이 있고 한 손에는 담배가 매달려 있었다. 남자는 장난스럽고 자신감 넘치는 눈빛으로 카메라가 아니라 약간 위를 쳐다보았다. 적십자의 하드코어 버전 같은 조직에서 일한다던 그 스위스 남자가 떠올랐다.

네 번째 사진은 그와 라켈과 올레그의 사진이었다. 해리의 아파트에 있는 사진과 같은 사진이었다. 카야가 어떻게 그 사진을 가지고 있는지 몰랐다. 여기 붙어 있는 사진은 그의 아파트에 있는 사진만큼 선명하지 않고 어두운 부분이 더 어둡고 한쪽에는 그림자가 졌다. 사진에 대고 다시 찍은 것처럼. 카야가 둘이 함께 지낸 짧은 시간 동안 그의 집에서 사진을 찍어 온 것일 수 있었다. 그런 걸 '함께' 지냈다고 할 수 있을지는 모르겠지만. 겨울밤 폭풍우를 피할 곳을 찾아와 잠시 온기를 찾아 서로를 부둥켜안았다. 폭풍우가 잠잠해지자 그는 일어나 따뜻한 곳으로 떠났다.

왜 사람들은 주방 벽에 인생의 사진을 붙여놓을까? 잊고 싶지 않아서? 아니면 술이나 세월이 우리 기억에서 색과 선명도를 옅게 해서? 사진은 더 나은 기록, 더 정확한 기록이다. 그래서 그는 이 사진 한 장 말고는 사진을 전혀 남기지 않은 걸까? 차라리 잊고 싶어서?

해리는 커피를 한 모금 마셨다.

아니다, 사진이 더 정확한 건 아니다. 벽에 붙이려고 고른 사진은 우리가 우리 인생에서 바라는 모습만 찢어서 붙인 파편에 불과하다. 사진은 거기에 담긴 이미지보다 그 사진을 붙인 사람에 관해 더 많은 것을 보여준다. 사진을 제대로만 읽어낸다면 어떤 인터뷰보다도 많은 이야기를 들을 수 있다. 로아르의 오두막 벽에 붙은 신문 스크랩. 총. 보르그 가의 사건 현장에서 딸의 침실 벽에 붙어 있던 리켄배커 기타를 든 남자의 사진. 운동화. 그 집 아버지의 한 칸짜리 옷장.

페테르 링달의 집에 들어가야 한다. 그의 벽을 읽어야 한다. 투자자들이 더 버텨주지 않았다고 격분한 남자에 관해. 아내가 자기를 비난한다고 칼을 들고 아내를 위협한 남자.

"3번 유형이야." 해리는 라켈과 올레그와 그 자신을 들여다보며 큰 소리로 말했다. 그들 셋은 행복했다. 그건 사실이다. 아닌가?

"3번 유형?" 카야가 큰 소리로 되물었다.

"살인자 유형 말이야."

"3번이 뭐였죠?"

해리는 커피 잔을 문간으로 들고나와 문틀에 기댔다. "분노하는 부류. 비판을 견디지 못하고 불만의 대상을 향해 직접 분노를 터트리는 부류."

카야는 소파 위에 다리를 깔고 앉아 한 손으로 컵을 들고 다른 손으로 얼굴로 흘러내린 머리카락을 쓸어 넘겼다. 그걸 보고 해리는 그녀가 얼마나 아름다운지 새삼 깨달았다.

"무슨 생각 해요?" 그녀가 물었다.

라켈, 그는 속으로 말했다.

"무단침입." 그가 말했다.

외위스테인 에이켈란은 단순하게 살았다. 자고 일어났다. 아니면 일어나지 않았다. 일어나면 퇴옌의 아파트에서 나와 알리 스티안의 키오스크로 내려갔다. 키오스크 문이 닫혔으면 일요일이라는 뜻이다. 그러면 그는 자동으로 장기기억의 맨 위에 새겨진 기억을 더듬었다. 볼레렝가 축구클럽의 경기 일정. 매주 일요일 볼레렝가가 홈경기를 치를 때마다 젤러시 바를 하루 제치고 경기를 보러 가야 했다. 볼레렝가가 발레호빈의 새 경기장에서 시합을 하지 않는 날이면 다시 집으로 돌아가 젤러시 바가 문을 열기 전까지 30분 더 누워 있었다. 평일에는 알리 스티안의 키오스크에서 커피를 샀다. 알리는 파키스탄인 아버지와 노르웨이인 어머니를 두었고 (이름이 말해주듯이) 두 문화에 한 발씩 단단히 딛고 선 사람이었다. 어느 해인가 노르웨이의 국경일인 5월 17일이 금요일로 떨어지던 날 알리는 민속의상을 제대로 갖춰 입고 동네 모스크로 가서 기도 매트 위에 무릎을 꿇기도 했다.

외위스테인은 알리 스티안의 키오스크에 있는 신문을 뒤적이고 알리와 최근의 주요 시사에 관해 이야기하고 신문을 다시 신문 스탠드에 꽂고는 걸어서 카페로 가서 엘리라는 여자를 만났다. 그에게 아침을 사주고 그와 함께 얘기하면서 더없이 행복해하는 연상의 비만인 여자였다. 아니면 그가 얘기를 해주거나. 그 여자는 할 얘기가 많지 않아서 그가 무슨 말을 하든 빙긋이 웃으면서 고개를 끄덕여주었으므로. 외위스테인은 거기에 일말의 죄책감도 없었다. 그 여자는 그와 함께 있는 시간에 높은 가치를 두었고, 그 시간은 롤빵과 우유 한 잔의 값어치를 했다.

그리고 외위스테인은 퇴옌에서 그뤼네르뢰카의 젤러시 바까지 걸어갔고, 이게 그의 하루치 운동이었다. 고작 20여 분 거리지만 맥주 한 잔 마실 자격이 생긴다고 믿었다. 큰 잔까지는 아니어도 충분히 만족했다. 이래도 괜찮은 건 늘 이러는 건 아니었기 때문이다. 그나마 안정된 직장이 있어서 도움이 되었다. 젤러시 바의 새 사장 링달이란 작자가 썩 마음에 드는 건 아니지만 그 바에서 일하는 게 좋고 계속하고 싶었다. 삶을 단순하게 유지하고 싶었다. 그래서 아까 해리와의 통화가 영 탐탁지 않았다.

"안 돼, 해리." 외위스테인은 젤러시 바의 안쪽 방에서 휴대전화를 한쪽 귀에 바짝 붙이고 한 손가락으로 다른 귀를 막아서 바깥 바에서 'The Carpet Crawlers'를 열창하는 피터 가브리엘의 목소리를 차단했다. 바에서는 링달과 새로 들어온 여자가 초저녁 손님들을 상대하느라 바빴다. "링달의 열쇠를 훔치지 **않을 거야.**"

"훔치는 게 아니야." 해리가 말했다. "잠깐 **빌리는** 거지."

"그래, 빌린다고 치자. 그거 우리 열일곱 살에 옵살에서 차 훔칠 때 네가 한 말이야."

"그 말을 한 건 **너**지, 외위스테인. 그리고 그건 트레스코네 아버지 차였잖아. 그건 다 괜찮았어, 기억날지 모르겠지만."

"괜찮아? 우린 어찌어찌 빠져나갔어도 트레스코는 두 달 동안 외출 금지였어."

"괜찮다니까."

"머저리."

"링달이 열쇠를 재킷 주머니에 넣어놔서 재킷을 걸 때 쨍그랑 소리가 나."

외위스테인은 눈앞의 고리에 걸린 낡은 카탈리나 재킷을 보았다. 1980년대에는 그 고가의 짧은 면 재킷이 오슬로의 젊은 사회민주주의자들의 유니폼이었다. 세계 어디에선가는 그라피티 화가들이 입는 옷이었다. 하지만 외위스테인은 그 재킷을 보면 폴 뉴먼이 떠올랐다. 어떻게 누군가는 세상 재미없는 옷을 입고도 당장 따라 사 입고 싶을 만큼 근사해 보일까. 어차피 그걸 입고 거울로 자기를 보면 실망감이 들 걸 알면서도. "열쇠는 뭐 하려고?"

"그냥 그 집을 보고 싶어." 해리가 말했다.

"그 사람이 라켈을 죽인 거 같아?"

"거기까진 생각하지 마."

"아니, 솔직히 그 생각이 들기 쉽지." 외위스테인이 툴툴거렸다. "그래, 내가 멍청하게도 알겠다고 하면 나한테는 뭐가 떨어지냐?"

"네가 유일한 친구의 부탁을 최선을 다해서 들어줬다는 데서 오는 만족감."

"그리고 젤러시 바 주인이 잡혀 들어가면 실업수당이 떨어지겠지."

"그래, 좋아. 그럼 쓰레기를 가지고 나올 때 뒷마당에서 9시에 만나. 그러니까…… 6분 뒤에."

"이거 엄청 나쁜 생각인 거 너도 알긴 하지, 해리?"

"생각해볼게. 응, 생각해봤어. 네 말이 맞아. 정말 나쁜 생각이야."

외위스테인은 전화를 끊고 링달에게 담배 피우고 오겠다고 말하고, 뒷문으로 나가서 주차된 차들과 쓰레기통 사이에 서서 담배에 불을 붙이고 예의 그 두 가지 영원한 미스터리를 생각했다. 어째서 볼레렝가는 비싼 선수를 많이 영입할수록 메달을 따려고 경쟁하기보다는 강등을 면하려고 싸우는 것 같지? 해리가 머리가 쭈뼛해지는 일을 시킬수록 알았다고 답할 가능성이 커지는 건 또 왜지? 외위스테인은 카탈리나 재킷에서 꺼낸 열쇠고리를 찰랑거리며 해리의 마지막 주장을 떠올렸다. '정말 나쁜 생각이야. 그래도 내가 가진 유일한 생각이야.'

33

해리가 차를 몰고 그뤼네르뢰카에서 스토로를 건너 셸소스로 가는 데는 채 10분도 걸리지 않았다. 그레프센베이엔의 옆길로 들어가서 어느 행성 이름을 딴 골목에 포드 에스코트를 세워놓고, 걸어서 다른 행성 이름을 딴 골목으로 들어갔다. 부슬부슬 내리던 비가 폭우로 쏟아지기 시작했고, 어두운 골목에는 사람이 없었다. 해리가 페테르 링달의 집으로 다가갈 때 어느 집 발코니에서 개 짖는 소리가 들렸다. 링달의 주소는 카야가 주민등록부에서 찾아냈다. 해리는 코트의 옷깃을 세우고 대문으로 들어가 아스팔트 깔린 진입로를 따라 파란색 페인트칠이 된 집으로 올라갔다. 그 집은 전통적인 직사각형 구역과 이글루 모양의 구역으로 구성되었다. 이 동네의 주제에 맞는 공간을 꼭 마련해야 하는 건지는 몰라도 정원에 위성 모양의 조각상이 있었다. 해리는 그 조각상이 이 집의 파란색 돔 모양의 구역, 곧 지구 주위를 도는 위성처럼 보이게 만든 거라고 짐작했다. 집을 중심으로 도는 위성. 해리의 짐작은 현관문의 반달 모양 창문으로 더 굳어졌다. 집에 경보장치가 설치되어 있다고 경고하는 스티커는 붙어 있지 않았다. 해리는 초인종을 눌렀다. 누가 나오면 그냥 길을 잃었다면서 그의 차가 주차된 거리가 어디냐고 물어볼 생각이었다. 아무런 대답이 없었다. 그는 잠금장치에 열쇠를 꽂고 돌렸다. 문을 열고 어두운 현관에 들어섰다.

처음 느낀 감각은 냄새였다. 집 안에 아무도 없다고 말해주는 냄새였다. 어느 집에든 냄새가 있다. 옷, 땀, 페인트, 음식, 비누, 그런 냄새. 하지만 외부 냄새의 파도에서 그 집으로 들어간 순간의 느낌은 마치 여느 집을 **나설** 때의 느낌과 같았다. 냄새가 멈췄다는 느낌.

자동으로 잠기는 문이 아니어서 안에서 손잡이를 돌려야 잠글 수 있었다. 해리는 휴대전화 손전등을 켜고 집의 한가운데를 축처럼 뚫고 이어진 복도의 벽을 살폈다. 예술적인 사진과 그림이 줄줄이 붙어 있었다. 섬세한 취향으로 사들인 작품 같았다. 음식과 같았다. 해리는 요리를 못하고, 다양한 메뉴를 갖춘 레스토랑에서 세 단계 코스 요리조차 제대로 조합하지 못했다. 그나마 라켈이 미소 지으며 웨이터에게 조용히 원하는 요리를 주문하는 것을 보고 좋은 주문인지 알아보는 감각은 있어서 당황하지 않고 똑같이 주문했다.

현관문 바로 안쪽에 서랍장이 있었다. 서랍장 맨 위 칸을 열었다. 장갑과 스카프. 다음 칸도 열었다. 열쇠. 배터리. 손전등. 유도 잡지. 탄약 한 상자. 해리는 그 상자를 집었다. 9밀리미터 구경. 링달이 집 안 어딘가에 권총을 보관하고 있는 것이다. 해리는 탄약상자를 다시 넣고 서랍을 닫으려다가 뭔가를 보았다. 이제 냄새가 전혀 없지 않았다. 거의 감지하기 힘든 냄새가 서랍 안에서 올라왔다.

햇빛에 달궈진 숲 냄새.

그는 유도 잡지를 치웠다.

그 밑에 빨간색 실크 스카프가 있었다. 해리는 잠시 그 자리에 얼어붙은 듯 서 있었다. 스카프를 집어 얼굴까지 들어서 냄새를 맡았다. 의심의 여지가 없었다. 그녀의 것이다. 라켈의 것.

해리는 몇 초 동안 그대로 서 있다가 정신을 차렸다. 잠시 생각에 빠졌다가 스카프를 다시 잡지 밑에 넣고 서랍을 닫고 복도를 따라 이동했다.

거실로 보이는 곳으로 들어가지 않고 곧장 위층으로 올라갔다. 다시 복도가 나왔다. 문을 열었다. 욕실. 밖으로 난 창문이 없어서 불을 켰다. 그러다 문득 링달이 새로 나온 전기 사용량 모니터 시스템을 설치했다면, 하프슬룬 전기회사에서 나온 사람 말이 맞는다면, 그리고 미터기를 확인하고 전기 사용량이 저녁 9시 반 직전에 조금이라도 올라갔는지 확인한다면, 집에 누가 다녀간 걸 알아낼 수도 있겠다는 생각이 스쳤다. 해리는 거울 아래 선반과 욕실장을 살폈다. 남자에게 필요한 평범한 세면도구만 있었다. 눈에 띄는 알약과 물약도 없었다.

침실도 마찬가지였다. 깨끗하고 정갈하게 정돈된 침대. 벽장 속에 해골 같은 건 없었다. 휴대전화 손전등이 전력을 많이 소모했는지, 배터리 잔량이 순식간에 확 줄었다. 그는 속도를 냈다. 서재. 자주 쓰지 않아 거의 방치된 듯 보였다.

그는 거실로 내려갔다. 주방. 그 집은 말이 없었다. 그에게 아무 말도 해주지 않았다.

그는 지하실로 내려가는 문을 발견했다. 좁은 계단을 내려가려 할 때 휴대전화가 꺼졌다. 아까 도로에서 봤을 때는 지하실 창문이 보이지 않았다. 그는 전등을 켜고 내려갔다.

지하실도 아무 말도 해주지 않았다. 냉장고, 스키 두 벌, 페인트

통, 흰색과 파란색 밧줄, 낡은 등산화, 직사각형의 지하실 창문 아래 공구 선반. 창문은 라켈의 집에 있는 것과 같은 종류고 집 뒤편으로 나 있었다. 지하실은 네 칸으로 나뉘어 있었다. 그 집은 원래 두 채 연립이었을 것이고, 이글루와 일반 주택을 두 세대가 나누어 살았을 것이다. 한 사람만 살았다면 칸마다 문에 자물쇠가 채워져 있을 리가 없지 않을까? 해리는 철망을 통해 방 네 칸 중 한 곳의 위쪽을 보았다. 비어 있었다. 나머지 두 곳도 마찬가지였다. 하지만 마지막 한 칸에는 합판으로 틈을 막아놓았다.

저기에 그게 있다고 생각했다.

처음 방 세 칸은 잠겨 있고 비어 있는 듯 보여서 침입자가 네 번째 방도 비어 있을 거라고 속을 수 있었다.

해리는 생각했다. 주저하지 않고 잠시 시간을 두고 결과를 가늠했다. 그 안에서 뭔가를 발견할 때 주어지는 혜택과 무단침입한 사실이 발각되어 그 안에서 무엇을 발견하든 증거로 채택되지 못할 상황 사이의 경중을 따져보았다. 합판에 쇠 지렛대가 걸려 있었다. 그는 결론을 내리고 공구 선반이 있던 곳으로 돌아가 스크루드라이버를 가지고 다시 그 방으로 돌아왔다. 문의 경첩에서 나사를 빼는 데 3분이 걸렸다. 그는 문을 들어서 옆으로 치워놓았다. 안이 환한 걸 보니 그 안의 전등이 계단 위 스위치에 연결된 듯했다. 서재. 해리는 책상과 컴퓨터를 보고, 파일과 책이 꽂혀 있는 선반을 훑었다. 그러다 그의 시선이 책상 위 회색 벽에 빨간색 테이프로 붙여놓은 사진 앞에서 멈췄다. 흑백사진. 플래시를 터트리고 찍었는지, 하얗게 빛나는 피부와 피와 그림자의 어둠이 확연히 대비되었다. 펜화처럼. 하지만 그 그림에는 그녀의 타원형 얼굴과 그녀의 검은 머리와 그녀의 생명 없는 눈과 그녀의 훼손된 죽은 몸이 있었다.

해리는 눈을 감았다. 거기에, 그의 눈꺼풀 안쪽 붉은 피부에 그 모습이 다시 떠올랐다. 타버린. 라켈의 얼굴, 마룻바닥의 피. 그가 뒤로 주춤할 정도로 칼이 가슴을 세게 찌르는 것 같았다.

"뭐라고 했어요?" 외위스테인 에이켈란이 데이비드 보위의 노래 너머로 큰 소리로 물으며 사장을 보았다.

"둘이 알아서 해보라고 했어!" 링달이 큰 소리로 답하며 안쪽 방의 문 뒤에 손을 넣어 재킷을 꺼냈다.

"그, 그래도……." 외위스테인이 말을 더듬었다. "저 여자는 이제 막 시작했잖아요!"

"그래도 저 친구가 바에서 일한 경험이 있다는 걸 보여줬잖아." 링달이 그 여자를 향해 고개를 까딱했다. 여자는 때마침 맥주 두 잔을 따르면서 손님과 대화를 나누고 있었다.

"어디 가세요?" 외위스테인이 물었다.

"집에." 링달이 말했다. "왜?"

"이렇게 일찍요?" 외위스테인이 절망적으로 중얼거렸다.

링달이 웃었다. "이러려고 사람 쓰는 거지, 에이켈란." 그는 재킷 지퍼를 올리고 바지 주머니에서 차 키를 꺼냈다. "내일 보자고."

"잠깐!"

링달이 한쪽 눈썹을 올렸다. "왜?"

외위스테인은 그냥 그 자리에 서서 손등을 거칠게 긁으면서 재빨리 머리를 굴렸다. 그가 잘하는 분야는 아니지만. "저기요……. 저 오늘 저녁엔 좀 일찍 퇴근할 수 있을지 여쭤보려고요. 이번 한 번만."

"뭐 하러?"

"그게…… 모임에서 오늘 밤 새 노래를 연습해서요."

"볼레렝가 서포터스클럽?"

"어, 예."

"자네 없이 해도 되잖아."

"해도 되다뇨? 우리가 **강등**될 판이라고요!"

"시즌 시작하고 두 경기 만에? 설마. 10월에 다시 얘기해." 링달은 피식 웃으며 안쪽 방을 지나 문으로 향했다. 그리고 떠났다.

외위스테인은 휴대전화를 꺼내서 카운터 안쪽에 등을 기대고 해리에게 전화를 걸었다.

벨이 두 번 울리고 여자 음성이 나왔다.

"지금 전화기가 꺼져 있어서……."

"안 돼!" 외위스테인은 이렇게 소리치면서 통화를 종료하고 다시 걸었다. 이번에는 벨 소리가 세 번 갔다. 하지만 같은 여자의 음성이 같은 메시지를 전했다. 외위스테인은 세 번째로 전화를 걸면서 이제 여자가 짜증스럽게 답할 수도 있겠다고 생각했다.

문자 메시지를 입력했다.

"외위빈!" 여자 목소리. 확실히 짜증이 묻어났다. 새로 들어온 여자가 칵테일을 만들면서 외위스테인 뒤로 갈증으로 초조한 얼굴을 하고 늘어선 술꾼들을 향해 고개를 까딱했다.

"외위스테인이라니까." 그가 중얼거리며 돌아서서 맥주를 주문하는 여자를 노려보았다. 그녀는 체념하고 못마땅한 듯 한숨을 쉬었다. 외위스테인은 손을 떨다가 술을 쏟아서 술잔을 닦고 카운터에 놓는 동시에 시계를 보았다. 셸소스? 10분 후면 지옥문이 열린다. 해리는 교도소에 들어가고 그는 직장을 잃는다. 빌어먹을 해리, 미친 머저리! 젊은 여자가 그에게 뭐라고 더 말한 것 같았다. 이젠 몸을 앞으로 내밀어 그의 귀에 대고 소리를 질렀다. "작은 잔이라고 했잖아, 멍청아, 반 리터가 아니라!"

'Suffragette City'가 스피커에서 쩌렁쩌렁 울렸다.

해리는 사진 앞에 서 있었다. 세세한 부분까지 뜯어보았다. 여자가 차 트렁크에 누워 있었다. 가까이 다가가보니 두 가지가 보였다. 라켈이 아니라, 피부색과 이목구비가 라켈과 비슷한 어린 여자였다. 그리고 언뜻 사진이 아니라 그림인 줄 알았던 그 이미지의 몸에는 몇 가지 이상한 부분이 있었다. 해부학을 모르는 화가의 그림처럼 들어가지 말아야 할 데가 들어가고 나오지 말아야 할 데가 나와 있었다. 그냥 죽은 게 아니라 산 위에서 분노와 폭력으로 내던져진 것처럼 너덜너덜했다. 사진만으로는 그곳이 어디고 누가 찍은 건지 전혀 알 길이 없었다. 해리는 테이프를 떼지도 않고 사진을 뒤집었다. 광택 나는 인화지였다. 뒷면에는 아무것도 없었다.

그는 책상 앞에 앉았다. 책상에는 2인승 소형 객차가 선로에 매달려 기둥들 사이로 이동하는 그림이 흩어져 있었다. 그중 한 그림에서는 승객이 노트북을 사용하고 있고, 다른 그림에서는 승객이 의자를 뒤로 젖혀 자고 있고, 세 번째 그림에서는 노년의 부부가 입을 맞추고 있었다. 길을 따라 100여 미터마다 약간 경사진 승강장이 있고, 옆에는 빈 객차가 기다리고 있었다. 다른 그림에는 십자형 조망도, 꼭짓점이 네 개인 별 모양의 선로가 있었다. 큰 종이에 선로망인 듯한 격자가 그려진 오슬로 지도가 있었다.

해리는 책상 서랍을 열었다. 케이블이나 선로에 매달린 공기역학적 형태의 객차를 그린 초현대적인 스케치를 꺼냈다. 밝은 색채, 과장된 선들, 미소 띤 사람들, 1960년대 광고가 연상되는 스케치였다. 일부 그림 아래에는 영어와 일본어가 적혀 있었다. 링달 자신의 아이디어가 아니라 그와 관련된 제안인 것 같았다. 하지만 시신 사진은 더 없었고, 바로 앞 벽에 붙은 사진뿐이었다. 무슨 뜻일까? 벽면이 이번에는 그에게 무슨 말을 해주는 걸까?

해리가 키보드를 누르자 화면이 켜졌다. 비밀번호를 넣지 않아도 되었다. 이메일 아이콘을 눌렀다. 검색창에 라켈의 주소를 넣어봐도 결과가 나오지 않았다. 폴더가 전부 비어 있었다. 놀랍지는 않았다. 이메일을 사용하지 않았거나 매번 비우면서 사용해서 누가 컴퓨터에 접근할까 봐 걱정하지 않아도 되었으리라. 경찰의 IT 전문가들이 링달의 이메일을 복원할 수 있을지도 모르지만, 해리도 지난 몇 년 사이 기술이 쉬워지기는커녕 더 까다로워진 걸 알았다.

문서 리스트를 훑어보고 그중 두 개를 열었다. 교통에 관한 간단한 메모였다. 젤러시 바의 영업시간을 늘리기 위한 신청서. 젤러시 바의 수익이 탄탄한 걸 보여주는 6개월간 거래 장부. 딱히 눈길을 끄는 내용이 없었다.

파일이 꽂혀 있는 선반도 볼 게 없었다. 교통 이론, 도시개발 연구, 교통사고, 게임 이론, 아무것도 없었다. 그런데 낡은 하드커버 책이 한 권 있었다. 프리드리히 니체의《자라투스트라는 이렇게 말했다》. 해리는 젊었을 때 호기심에서 잠깐 그 신화가 된 책을 뒤적거려봤지만 초인이나 나치 이념으로 알려진 내용은 전혀 발견하지 못했고, (신은 죽었다고 말한 부분 외에는) 이해하지 못할 소리만 늘어놓는 숲속 노인의 이야기만 발견했다.

그는 시계를 보았다. 반 시간은 머물렀다. 죽은 여자의 신원을 확인하기 위해 사진을 찍어둬야 하는데 배터리가 없어서 찍지 못했다. 정식으로 수색영장을 받아서 다시 오면 그 사진과 라켈의 스카프가 사라질 거라고 보지 않을 이유가 없었다.

해리는 일어서서 서재에서 나와 문의 경첩을 제자리에 맞춰놓고 드라이버를 판자에 다시 걸고 계단을 뛰어 올라가 전등을 끄고 복도로 나왔다. 밖에서 옆집 개 짖는 소리가 들렸다. 현관으로 나오다가 아직 열어보지 않은 방문을 열었다. 화장실과 다용도실이 결합된 공간이었다. 문을 닫으려다가 얼핏 세탁기 앞 타일 바닥에서 속옷과 티셔츠가 쌓여 있는 자리에 흰색 스웨터가 있는 것을 보았다. 스웨터의 가슴 부분에 파란색 십자가가 있었다. 피처럼 보이는 방울들도 있었다. 정확히 말하면 피가 뿌려진 것처럼 보였다. 그는 눈을 감았다. 십자가를 보자 기억 속 뭔가가 건드려졌다. 그가 젤러시 바로 들어갔고, 링달은 카운터 안쪽에 있었다. 그날 밤, 라켈이 죽던 날 밤에 링달이 입고 있던 스웨터였다.

해리가 링달에게 주먹을 날렸다. 둘 다 피를 흘렸다. 그런데 저만큼?

수색하기 전에 링달이 스웨터를 빨았다면 저 스웨터에 관해서는 몰랐을 것이다.

해리는 잠시 망설였다. 개 짖는 소리가 끊겼다. 그는 허리를 숙이고 스웨터를 조심스럽게 말아서 코트 주머니에 쑤셔 넣었다. 다시 복도로 나왔다.

그러다 우뚝 멈춰 섰다.

돌 조각이 깔린 진입로에서 발소리가 들렸다.

해리는 뒤로, 복도의 더 어두운 곳으로 물러섰다.

반달 모양의 유리창에 현관 불빛에 비친 형체가 어른거렸다.

젠장.

유리창이 낮아서 남자 얼굴은 보이지 않지만 그가 손으로 파란색 카탈리나 재킷의 주머니를 뒤지는 것이 보이고 조용히 욕하는 소리가 들렸다. 문손잡이가 아래로 내려갔다. 해리는 기억을 더듬었다. 아까 자물쇠를 돌려놨나?

문밖의 남자가 문을 거칠게 잡아당겼다. 이번에는 더 크게 욕을 했다.

해리는 소리 없이 폐에서 공기를 빼냈다. 확실히 잠갔다. 다시 어떤 기억이 건드려졌다. 라켈의 자물쇠. 라켈의 집에서 자물쇠를 확인하고 확실히 잠겼는지 보던 기억.

문밖에 뭔가가 환해졌다. 휴대전화. 허연 얼굴이 반달 모양 창문에 닿아 코와 뺨이 유리창에 눌린 채 귀에 댄 전화기 불빛에 비쳤다. 나일론 스타킹을 머리에 뒤집어쓴 은행 강도 같은, 악마 같은 얼굴이 링달인지는 거의 알아보기 힘들지만 그의 눈이 복도의 어둠을 뚫어져라 노려보았다.

해리는 숨을 참으며 꼼짝 않고 서 있었다. 기껏해야 5미터 거리다. 링달에게는 정말로 그가 보이지 않을까? 이 질문에 답하기라도 하듯이 링달 목소리가 반달 모양 창문을 통해 기괴하게 착 가라앉아 낮고 차분하게 울렸다.

"듣고 있나."

젠장, 젠장.

"집 열쇠를 못 찾겠어." 링달이 말했다. 그의 입에서 나온 열기로 유리창에 회색 김이 서렸다.

"에이켈란입니다." 외위스테인이 다소 딱딱하게 대꾸하고는, 잠시 안절부절못하다가 링달의 전화를 받으러 안쪽 방으로 들어간 터였다.

"듣고 있나." 링달이 이어서 말했다. "집 열쇠를 못 찾겠어."

외위스테인은 문을 닫아 더 잘 들렸다.

"네?" 외위스테인은 최대한 침착한 척 말했다. 해리 자식은 어디 있는 거야, 전화기는 왜 꺼놓고?

"내가 재킷 걸어놨던 고리 아래에 떨어져 있나 봐줄래?"

"네, 잠깐만요." 외위스테인은 이렇게 답하고 전화기를 입에서 뗐다. 숨을 참았던 것처럼 거칠게 숨을 몰아쉬었다. 정말로 참고 있었을지도 몰랐다. 생각해, 생각하라고!

"에이켈란? 듣고 있나, 에이켈란?" 외위스테인이 휴대전화를 멀찍이 떨어뜨려 들어서 링달 목소리가 희미하고 덜 위협적으로 들렸다. 하지만 별수 없이 다시 전화기를 귀에 댔다.

"네. 아뇨, 열쇠는 안 보이는데요. 어디예요?"

"집 앞에 서 있어."

해리가 안에 있겠군, 외위스테인은 생각했다. 링달이 오는 소리를 들었다면 도망칠 시간이 필요하다. 뒤쪽 창문, 뒷문으로.

"열쇠가 카운터에 있을지도 모르겠어요." 외위스테인이 말했다. "아니면 화장실이나. 5분만 주세요. 가서 찾아볼게요."

"난 열쇠를 어디다 꺼내놓지 않아, 에이켈란." 확신에 찬 말투라서 외위스테인은 그에게 의심을 심으려 해봐야 소용이 없는 걸 알았다. "그냥 창문을 깰까 봐."

"그래도……."

"창문은 내일 수리하면 돼. 별거 아냐."

해리는 창문 안에서 링달의 눈을 똑바로 바라보았다. 저쪽에서는 왜 그를 보지 못하는지 이해가 가지 않았다. 지하실 문 앞까지 물러나서 지하실 창문을 통해 빠져나갈까도 생각했다. 하지만 조금만 움직여도 들통이 날 터였다. 링달 얼굴이 창문 밖에서 움직였다. 해리는 링달이 손을 재킷 속으로 넣고 짙은 색 스웨터 속으로도 집어넣는 걸 보았다. 그러고는 시커먼 뭔가를 꺼냈다. 비에른이 "들창코"라고 부르던, 총열이 유독 짧은 시그 사우어 P320 모델 같았다. 발포하기 쉽고, 다루기도 쉽고, 방아쇠가 빠르고, 짧은 거리에서 효과적인 모델이었다.

해리는 침을 꿀꺽 삼켰다.

링달의 변호사의 변론이 들리는 것 같았다. '피고인은 어두운 복도에서 강도가 나오는 줄 알고 정당방위로 발사했습니다.' 변호인이 증인석의 카트리네 브라트에게 묻겠지. '홀레 씨는 누구 명령으로 그 집에 들어간 겁니까?'

해리는 총이 올라가고 손이 뒤로 빠지는 걸 보았다.

"찾았어요!" 외위스테인이 전화기에 대고 소리쳤다.

전화기 너머의 침묵.

"아슬아슬했어." 한참 후 링달 목소리가 들렸다. "어디서—"

"바닥요. 사장님이 말한 그 고리 아래. 빗자루 뒤에 있어요."

"빗자루? 빗자루는 없었는데⋯⋯."

"제가 아까 거기다 놨거든요. 카운터 뒤에 있으니까 자꾸 걸리적 거려서요." 외위스테인은 이렇게 말하며 문으로 몸을 내밀어 바를 내다보았다. 목마른 손님들이 기다리고 있었다. 그는 빗자루를 집어 문 뒤의 고리 아래에 놓았다.

"알았어, 잘 가지고 있어. 지금 갈게."

전화가 끊겼다.

외위스테인은 해리의 번호로 전화를 걸었다. 여전히 같은 여자가 전화기가 꺼졌다는 말만 되풀이했다. 외위스테인은 이마의 땀을 닦았다. 강등. 시즌이 본격적으로 시작하지도 않았지만 이미 결판이 났다. 중력의 법칙처럼 피하지 못하고 기껏해야 반대 힘으로 균형을 잡을 수 있을 뿐이다.

"외위빈! 어딨어요, 외위빈?"

"외위-스.테.인!" 외위스테인이 문밖의 사람들에게 소리쳤다. "'외위'는 물론 맞고, '-스테인'이고 싶다고요, 네?"

해리는 창문에서 형체가 물러나는 걸 보았다. 계단을 빠르게 내려가는 발소리도 들렸다. 개가 다시 짖어댔다.

'잘 가지고 있어. 지금 갈게.'

외위스테인이 링달에게 열쇠를 가지고 있다고 말한 것이다.

차에 시동 거는 소리가 들리다가 사라졌다.

해리의 차는 다른 행성에 서 있었다. 링달보다 먼저 젤러시 바에 도착할 방법이 없었다. 휴대전화도 꺼져서 외위스테인한테 연락할수도 없었다. 어떻게든 생각을 짜냈다. 뇌에서 핸들이 빠진 듯 계속 그 죽은 여자 사진만 떠올랐다. 그리고 과학수사과에 아직 암실이 있던 시절 비에른이 범죄 현장 사진을 현상하는 작업에 관해 한 말이 맴돌았다. 신입 직원은 항상 대비를 너무 많이 넣어서 검은색과 흰색의 디테일이 떨어지게 만든다고 했다. 지하실에 있던 사진이 과장된 건 플래시 때문이 아니라 아마추어가 현상한 탓이다. 해리는 갑자기 확신이 들었다. 링달이 직접 찍은 사진이다. 그가 살해한 여자의 사진.

34

외위스테인은 문이 홱 열리는 걸 곁눈질로 보았다. 그였다. 링달. 그가 바 안으로 들어왔지만 키가 작아서 곧 손님들 속으로 사라졌다. 그래도 손님들의 움직임으로 링달이 점점 다가오는 걸 알 수 있었다. 〈쥬라기 공원〉에서 티라노사우루스 렉스 위로 밀림이 흔들리던 것처럼. 외위스테인은 따르던 맥주를 계속 따랐다. 그는 갈색 술이 잔에 가득 차고 거품이 덮이는 것을 보았다. 맥주 꼭지에서 칙칙 소리가 났다. 공기 거품이 생겼거나 맥주 통을 진작에 교체했어야 한다는 뜻이다. 확실히 알 수 없었다. 그리고 여기가 끝인지, 그냥 도로 위의 융기 부분인지도 몰랐다. 일단 기다리면서 지켜보는 수밖에 없었다. 모든 것이 지옥으로 떨어지기를 기다리며 지켜보는 수밖에. 사실 '지옥으로 떨어질 거라는' 데는 의문의 여지가 없었다. 지옥문은 이미 열렸고, 이제는 시간문제였다. 제일 친한 친구가 해리 홀레라면야.

"통을 바꿔야 해요." 외위스테인이 새로 들어온 여자 바텐더한테 말했다. "내가 가서 바꿀 테니, 링달한테 금방 올 거라고 말해줘요."

외위스테인은 안쪽 방으로 들어가 컵과 냅킨, 커피와 필터까지 온갖 물품을 보관하는 공간이기도 한 직원 화장실에 들어가 문을 걸어 잠갔다. 휴대전화를 꺼내서 마지막으로 해리한테 전화를 걸어보았다. 역시나 실망스러운 멘트만 나왔다.

"에이켈란?"

링달이 안쪽 방으로 들어왔다. "에이켈란!"

"여기요." 외위스테인이 웅얼거렸다.

"맥주 통 바꾸러 갔다면서?"

"아직 빈 게 아니었어요. 저 화장실이에요."

"기다릴게."

"화장실에서, 똥 싸는데요." 외위스테인은 이 말을 강조하면서 복근에 힘을 주고 요란하게 신음 소리를 내면서 폐에서 공기를 빼냈다. "바에 가서 일 좀 거들어주세요, 금방 나갈게요."

"열쇠를 문 밑으로 밀어. 어서, 에이켈란. 얼른 집에 가고 싶다고!"

"저 지금 한창 구렁이 한 마리 뽑는 중이에요, 사장님, 이거 진짜 세계신기록감이어서 도중에 끊고 싶지 않아요."

"화장실 유머는 그딴 거 통하는 친구들한테나 하고, 어서."

"알았어요, 알았어, 잠깐만요."

침묵.

외위스테인은 얼마나 더 시간을 끌 수 있을지 생각했다. 시간을 끄는 수밖에 달리 방법이 없었다. 어차피 산다는 게 결국 그거 아닌가?

천천히 20까지 세고도 이미 고민한 열 가지 통하지 않을 핑곗거리 이상의 좋은 안이 떠오르지 않자 그는 변기 물을 내리고 문을 열고 바로 나왔다.

링달이 손님한테 와인 잔을 건네고 직불카드를 받고는 외위스테인을 돌아보았다. 외위스테인은 두 손을 주머니에 넣고 놀라움과 경악을 담으려고 애쓰면서 표정을 쥐어짰다. 사실 그가 느끼는 감정과 그리 거리가 멀지도 않았다.

"어, 여기다 넣어놨는데!" 외위스테인이 음악 소리와 웅성거리는 말소리 너머로 외쳤다. "어디선가 흘렸나 봐요."

"무슨 일이야, 에이켈란?" 궁금하다기보다는 화제를 돌리는 말투였다.

"무슨 일이냐고요?"

링달이 눈을 가늘게 떴다. "뭔데?" 그가 천천히 거의 속삭이듯이, 그러면서도 소음을 뚫고 칼날로 찌르듯 말했다.

외위스테인은 침을 꿀꺽 삼켰다. 그리고 단념하기로 했다. 사실 그는 온갖 고문을 당하고 나서야 진실을 털어놓는 사람들을 전혀 이해하지 못했다. 어차피 모두가 지는 게임이라고 생각했다.

"저기요, 사장님, 그게—."

"외위스테인!"

새로운 여자 바텐더가 마침내 그의 이름을 제대로 불러준 게 아니었다. 문 쪽에서 들리는 소리였고, 그 소리의 주인공이 손님들 아래가 아니라 위로, 머리 하나 위로 올라와 그들 사이로 헤엄치듯 다가왔다. "외위스테인, 내 친구 외위스테인!" 해리가 환하게 웃으면서 다시 불렀다. 외위스테인은 해리가 그렇게 환하게 웃는 걸 본 적이 없어서 어리둥절했다. "생일 축하해, 친구야!"

손님들이 해리 쪽을 돌아보았고 그중 몇몇은 외위스테인을 보았다. 해리는 카운터로 다가와 두 팔로 외위스테인을 안으면서 한 손은 그의 어깨뼈 사이에 대고 다른 손은 등허리에 대고는 그를 꼭 끌어안았다. 사실 한쪽 손이 더 아래로 내려가 엉덩이에 닿을 듯 말 듯했다.

해리는 그를 풀어주고 몸을 폈다. 누군가가 노래를 부르기 시작했다. 그리고 누군가가 (새로 온 여자였으리라) 음악을 껐다. 더 많은 사람이 동참했다.

"생일 축하합니다……."

아니, 이건 아니지, 외위스테인은 생각했다. 차라리 고문대에서 손톱이 뽑히는 게 나아.

하지만 이미 늦었다. 어느새 링달까지 합세했다. 자기가 얼마나 괜찮은 사람인지 모두에게 보여주려고 마지못해 동참했으리라. 외위스테인이 갈색 이를 드러내며 어색하게 웃으면서 볼과 귀가 빨개졌다. 그러자 사람들이 웃음을 터트리며 더 크게 노래를 불렀다.

모두가 외위스테인을 향해 술잔을 드는 것으로 노래는 끝났고, 해리는 그의 엉덩이를 철썩 때렸다. 외위스테인은 엉덩이에 뾰족한 뭔가가 눌리는 것을 알아채고서야 해리가 왜 끌어안았는지 알았다.

다시 음악이 나왔고, 링달은 외위스테인을 돌아보고 손을 내밀었다. "생일 축하해, 에이켈란. 저녁 시간 빼달랄 때 생일이라고 말하지 그랬나?"

"어, 그러고 싶지가……." 외위스테인은 어깨를 으쓱했다. "그냥 떠벌리는 거 안 좋아해서요."

"그래?" 링달은 진심으로 놀란 얼굴로 말했다.

"아, 참." 외위스테인이 말했다. "열쇠를 어디에다 뒀는지 생각났어요." 지나치게 과장된 몸짓이 아니기를 바라며 손을 바지 뒷주머니에 넣었다.

"여기요."

그는 열쇠고리를 들었다. 링달은 그걸 보고는 해리를 흘끔 보았다. 그러고는 외위스테인에게서 열쇠를 낚아챘다.

"잘들 있게, 친구들."

링달은 성큼성큼 문으로 걸어갔다.

"야, 이 자식아, 해리." 외위스테인이 링달이 나가는 걸 보면서 씩씩거렸다. "젠장!"

"미안. 잠깐 물어볼 게 있어. 살인이 일어난 밤에 비에른이 여기서 날 데려간 뒤로 링달은 뭘 했어?"

"뭘 해?" 외위스테인은 생각에 잠겼다. 손가락 하나를 귀에 꽂았다. 그 안에 답이 들어 있기라도 한 것처럼. "맞다, 사장은 곧장 집으로 갔어. 코피가 멎지 않을 거 같다면서."

외위스테인은 축축한 게 볼에 닿는 느낌을 받았다. 돌아보니 여자 바텐더가 아직 입술을 비죽 내밀고 서 있었다. "생일 축하해요. 양자리일 줄은 상상도 못 했어요, 외위빈."

"너 그런 말 들어봤냐?" 해리가 미소를 지으며 한 손을 외위스테인의 어깨에 얹었다. "사자처럼 올라가고, 양처럼 내려가라."

"저분, 무슨 뜻이에요?" 아까 링달처럼 문을 향해 성큼성큼 걸어가는 해리를 보면서 여자 바텐더가 물었다.

"나야 모르죠. 워낙 종잡을 수 없는 인간이라." 외위스테인은 이렇게 중얼거리며 링달이 다음번 급여 명세서에서 그의 생년월일을 자세히 보지 않기를 바랐다. "롤링스톤스나 틀어놓고 장사나 합시다, 네?"

차에서 잠깐 충전하자 휴대전화가 다시 살아났다. 해리는 이름 하나를 찾아 통화를 누르고 상대의 대답을 들으며 산네르 가의 적색 신호등 앞에서 브레이크를 밟았다.

"아뇨, 해리, 난 당신하고 섹스하고 싶지 않아요!"

배경 소리로 보아 알렉산드라는 법의학연구소의 그녀 사무실에 있었다.

"잘됐네." 해리가 말했다. "저기, 피 묻은 스웨터가 하나 있는데—."

"아뇨!"

해리는 숨을 깊이 들이쉬었다. "그 피에서 라켈의 DNA가 나온다면 스웨터 주인이 라켈이 죽은 날 밤 범행 현장에 있던 셈이 돼. 부탁해, 알렉산드라."

전화기 너머로 침묵이 흘렀다. 술 취해서 떠들썩한 사람이 교차로에서 비틀거리며 음침하고 흐리멍덩한 눈으로 해리를 노려보다가 주먹으로 차 앞 후드를 내리치고는 어슬렁거리며 어둠 속으로 걸어갔다.

"그거 알아요?" 그녀가 말했다. "난 당신처럼 이 여자 저 여자랑 자고 다니는 남자는 딱 질색이에요."

"잘됐네, 그런데 살인사건 해결하는 건 **사랑하잖아**."

다시 침묵.

"가끔은 당신이 날 좋아하기는 하는 건가 싶어요, 해리."

"물론 좋아해. 내가 가망 없는 남자일 수는 있지만 같이 자는 사람한테는 안 그래."

"같이 자는 사람? 그게 다예요?"

"아니, 바보같이는 굴지 말자. 우린 우리 사회를 혼란과 무정부

상태로 몰아넣을 범죄자들을 잡는 프로잖아."

"하하." 그녀가 건조하게 탄성을 내뱉었다.

"물론 당신한테 거짓말로 둘러대고 이런 일을 하게 하고도 싶어. 하지만 난 당신을 좋아해, 응?"

"나랑 섹스하고 싶어요?"

"음. 아니. 실은 그렇긴 한데 안 돼. 무슨 뜻인지 알 거야."

그녀의 사무실에 라디오 소리가 조용히 흐르는 것 같았다. 그녀는 혼자 있었다.

그녀가 한숨을 길게 내쉬었다. "내가 이걸 해주면요, 해리, 이게 그냥 당신만을 위한 일이 아닌 걸 확실히 해줘야 해요. 아직은 DNA를 완벽하게 분석할 수 없어요. 대기 줄이 길고, 크리포스와 카트리네 브라트 팀이 계속 재촉하거든요."

"알아. 그래도 부분 프로파일을 뽑아서 다른 프로파일과 일치하는지 대조하는 건 시간이 덜 걸리잖아?"

알렉산드라가 머뭇거리는 소리가 들렸다. "누구 걸 뽑고 싶은데요?"

"스웨터 주인의 DNA. 내 거. 그리고 라켈 거."

"당신 거?"

"스웨터 주인이랑 내가 잠깐 주먹다짐을 했거든. 그 사람이 코피를 흘렸고, 내 주먹에서 피가 나서 스웨터의 피가 그때 묻은 피일 가능성이 전혀 없지 않아."

"알았어요. 당신하고 라켈 건 DNA 데이터베이스에 있으니 당신 건 됐고. 하지만 스웨터 주인 걸 대조하려면 그 사람 DNA 프로파일을 뽑아내기 위한 물건이 있어야 해요."

"나도 그 생각을 해봤는데. 우리 집 세탁 바구니에 피 묻은 청바지가 있는데, 내 손에서만 묻은 거라기엔 피가 너무 많아. 그러니 그중 일부는 그 사람 코피일 거야. 아직 일하는 거 맞지?"

"그래요."

"20분 내로 갈게."

해리가 국립병원 입구에 차를 세우는 동안 알렉산드라는 추위에 떨면서 팔로 자기 몸을 감쌌다. 하이힐에 스키니 바지에 짙은 화장을 하고 있었다. 연구소에는 혼자 있었지만 꼭 파티에 가는 사람처럼 보였다. 해리는 그녀의 다른 모습을 본 적이 없었다. 알렉산드라 스투르드자는 인생은 짧으니 늘 최선의 모습을 유지하지 않을 수 없다고 말했다.

해리는 차창을 내렸다. 그녀가 몸을 숙였다.

"안녕, 아저씨." 그녀가 싱긋 웃었다. "손으로 해주는 데 오백, 칠백은—."

해리는 고개를 절레절레 저으며 비닐봉지 두 개를 내밀었다. 하나는 링달의 스웨터고, 다른 하나는 해리의 청바지였다. "노르웨이에는 이렇게 밤늦게까지 일하는 사람이 없는 거 알아?"

"아, 어쩐지 그래서 여기 나 혼자군요? 당신네 노르웨이인들은 세상 사람들에게 가르쳐줄 게 많아요."

"적게 일하라?"

"기준을 낮춰라. 숲에 오두막이 있는데 뭐 하러 달에 가나?"

"음. 진짜 고맙게 생각해, 알렉산드라."

"그럼 가격표에서 뭐라도 하나 고르셔야 해요." 그녀가 웃지 않고 말했다. "당신을 꾀어낸 그 카야라는 여자 때문에? 그 여자를 죽일 거야."

"카야를?" 해리가 몸을 기울여 알렉산드라를 더 가까이서 보았다. "당신이 싫어하는 건 나 같은 인간인 줄 알았는데?"

"싫어하죠. 그래도 죽이고 싶은 건 그 여자예요. 이해해요?"

해리는 천천히 고개를 끄덕였다. 죽인다. 그는 그 말이 루마니아어에서 노르웨이어로 번역될 때 더 세게 들리는 건지 물으려다가 말았다.

알렉산드라는 차에서 한 걸음 물러나 차창이 조용히 닫히는 동안 그를 바라보았다.

해리는 차를 빼면서 룸미러를 보았다. 아직 거기서 두 팔을 옆으로 내리고 가로등 불빛 아래 서 있는 알렉산드라가 점점 작아졌다.

해리는 링 3 고속도로 아래를 지나며 카야에게 전화해서 스웨터에 관해 말했다. 서랍에 든 스카프에 관해서도. 링달이 들이닥친 일과 그의 총에 관해서도. 그리고 링달에게 총기 면허가 있는지 최대한 빨리 알아봐달라고 부탁했다.

"하나 더―." 해리가 말했다.

"그럼 지금 이쪽으로 오는 길이 아니란 거예요?" 카야가 말을 자르고 물었다.

"뭐?"

"여기서 5분 거리라면서 '하나 더'라는 건 우리가 곧 만나지 않을 거란 뜻이잖아요."

"생각을 해야 해. 혼자 있는 게 좋을 거 같아."

"하긴. 귀찮게 하려던 건 아니에요."

"귀찮지 않아."

"아뇨, 난……." 그녀가 한숨을 쉬었다. "마지막 게 뭔데요?"

"링달이 컴퓨터 위쪽 벽에 심하게 훼손된 여자의 시신 사진을 붙여놨어. 그 여자를 계속 볼 수 있는 자리에. 증명서 같은 것처럼."

"젠장. 무슨 뜻이에요?"

"나도 모르겠어. 그자의 전 부인, 그 사라진 러시아 여자의 사진을 찾아봐줄 수 있을까?"

"어렵진 않을 거예요. 구글에 없으면 그 여자의 친구한테 다시 전화해보죠. 문자로 보내줄게요."

"고마워." 해리는 송스베이엔을 따라 한적한 영국식 정원이 있는 벽돌집들 사이로 천천히 차를 몰았다. 그에게 다가오는 전조등 불빛이 보였다. "카야?"

"네?"

버스였다. 버스가 옆을 지나갈 때 불 켜진 버스 안에서 유령처럼 허연 얼굴들이 그를 내다보았다. 그들 사이에 라켈의 얼굴이 있었다. 그들이 이제는 더 자주 기억의 섬광처럼 나타났다. 산사태가 일어나기 전 돌덩이가 굴러떨어지듯이.

"아무것도 아니야." 해리가 말했다. "잘 자."

해리는 소파에 앉아 라몬즈를 들었다. 라몬즈가 그에게 특별한 앨범이어서가 아니라 비에른에게 받은 뒤로 레코드플레이어에 얹혀 있어서였다. 문득 장례식 이후로 음악을 가까이하지 않았고, 집에서든 차에서든 라디오조차 켜지 않은 걸 깨달았다. 정적을 원한 것 같았다. 생각하기 위한 정적. 정적 속에서 무슨 말이 들리는지 들어보려 했다. 저 바깥의, 어둠 저편의, 반달 모양 창문 너머의, 유령 버스 창문 안의 목소리가 들려주는 말들이 거의 들릴 것만 같았다. 거의. 하지만 이제는 거기서 빠져나와야 했다. 목소리들이 너무 커져서 견딜 수가 없었다.

그는 볼륨을 키우고 눈을 감고 머리를 소파 뒤 레코드 선반에 댔다. 라몬즈. 〈Road to Ruin〉. 간결하고 정곡을 찌르는 조이의 가사. 그런데도 펑크보다는 팝처럼 들렸다. 흔한 현상이었다. 성공, 풍족한 생활, 나이, 이 모든 것이 분노로 가득 찬 인간조차 타협하게 한 것이다. 해리 역시 온화하고 친절해졌다. 거의 사교적인 인간이 되었다. 사랑하는 여인과 원만한 결혼 생활을 이어가며 행복하게 길들여졌다. 완벽하진 않았지만. 그래도, 젠장, 누구든 감당할 수 있는 수준에서 완벽했다. 어느 날, 마른하늘에 날벼락처럼, 그녀가 아픈 부위를 찌르기 전까지는. 그녀가 그에 대한 의심을 내비친 것이다. 그리고 그는 고백했다. 아니, 고백한 게 아니다. 그는 늘 라켈이 알고 싶어하는 것을 말해주었고, 그것을 물을지는 그녀에게 달려 있었다. 언제나 그녀는 반드시 알아야 하는 것 이상은 묻지 않을 만큼 현명했다. 그러니 꼭 알아야 한다고 판단한 것이다. 카트리네와의 하룻밤. 그가 술에 취해 몸을 가누지 못하던 밤에 카트리네가 그를 돌봐주었다. 섹스를 했던가? 해리는 기억나지 않았다. 술이 떡이 되도록 취한 상태였다. 심하게 취해서 시도를 했더라도 제대로 하지는 못했을 것이다. 그런데도 그는 라켈에게 진실을, 그러니까 그럴 가능성을 완전히 배제할 수 없다고 털어놓았다. 그러자 라켈은 그래도 달라지는 건 없고 어쨌든 그가 그녀를 배신한 거라면서 다시는 보고 싶지 않으니 짐을 싸서 나가라고 했다.

지금은 그 생각만으로도 숨이 가빠질 만큼 가슴이 아팠다.

그는 옷과 세면도구와 레코드를 넣어 짐을 챙겼다. CD는 남겨두었다. 카트리네가 데리러 온 그날 밤 이후 술은 한 방울도 입에 대지 않았는데, 라켈에게 쫓겨난 날 곧바로 주류 판매점으로 달려갔

447

다. 그가 매장을 나서기도 전에 술병을 따려고 하자 직원이 제지했다.

알렉산드라는 지금쯤 스웨터를 검사하고 있을 것이다.

해리는 머릿속으로 퍼즐을 맞추었다.

라켈의 피라면 사건이 해결될 것이다. 살인이 일어난 밤에 페테르 링달은 22:30에 젤러시 바에서 나가 미리 약속도 하지 않고 라켈을 찾아갔다. 바의 이사장으로 남아달라고 설득하러 왔다는 구실로. 라켈은 그를 집에 들이고 물을 건넸다. 라켈은 그의 제안을 거절했다. 어쩌면 수락했을지도. 그래서 상의할 게 있어서 그가 더 오래 머무른 걸 수도 있다. 그리고 대화가 사적으로 흘렀을 수도 있다. 링달이 라켈에게 그날 바에서 겪은 해리의 과격한 행동에 관해 말하고 라켈은 해리와의 문제를 털어놓고, (이때 처음 든 생각이지만) 해리는 라켈이 전혀 모르는 줄 알았지만 사실 그가 야생동물 카메라를 설치해놓은 걸 알고 링달에게 말했을 수도 있다. 심지어 링달에게 카메라의 위치까지 말해줬을 수도 있다. 둘은 서로 고민을 나누고 어쩌면 기쁨까지 나누다가 어느 지점에 이르러 링달이 육체적으로 더 나가도 된다고 판단했을 것이다. 하지만 그것만큼은 거절당했을 것이다. 그래서 링달이 수모를 당하고 격분한 나머지 주방 조리대의 칼꽂이에서 칼을 집어 들고 찔렀다. 몇 차례 찔렀다. 분노가 멈추지 않아서였는지, 아니면 이미 늦었고 상대가 심각하게 다친 걸 알고는 그냥 죽여서 증거를 인멸해야 한다고 생각했는지는 모르지만. 그리고 그는 냉정을 잃지 않았다. 해야 할 일을 했다. 그리고 현장을 떠나면서 트로피를 챙겼다. 전에 죽인 다른 여자의 사진을 찍을 때와 같은 증명서였다. 모자걸이 아래 라켈의 코트 옆에 걸려 있던 빨간 스카프. 차에 탔다가 라켈이 말한 카메라가 퍼뜩 생각나서 다시 차에서 내려 카메라를 없앴다. 주유소에서 메모리카드를 버렸다. 라켈의 피가 묻은 스웨터는 다른 빨랫감과 함께 바닥에 던져놓았다. 어쩌면 피를 보지 못했을 수도 있다. 봤다면 당장 빨았을 테니까. **그렇게** 된 일이다.

어쩌면. 어쩌면 아닐 수도 있고.

해리는 살인사건 수사관으로 25년간 일하면서 사건의 경위는 거의 언제나 처음 언뜻 보이는 것보다 훨씬 복잡하고 난해하다는 걸 배웠다.

하지만 동기는 거의 언제나 처음 보이는 그대로 단순하고 자명했다.

페테르 링달이 라켈을 사랑했다. 링달이 처음 젤러시 바를 보러 왔을 때 그의 눈빛에서 욕망이 보이지 않았던가? 어쩌면 그자가 라켈도 보러 온 것일 수도 있다. 사랑과 살인. 고전적인 조합. 라켈이 집에서 링달을 거절하면서 해리에게 다시 집에 들어오라고 할 거라고 말했을 수도 있다. 누구나 자기만의 방식으로 고착된다. 이 여자 저 여자 자고 다니는 남자, 도둑놈, 술꾼, 살인자. 우리는 같은 죄를 되풀이해 저지르면서 하느님에게든 다른 누군가에게든 자기 자신에게든 용서를 구한다. 그래서 페테르 링달은 전 부인 안드레아 클리치코바를 살해한 방식대로 라켈 페우케를 죽였다.

원래는 다른 식으로 추론했다. 그날 저녁 시간에 누군가가 라켈의 집에 찾아왔을 때 살인을 저지르고는 나중에 그 범인(라켈이 혼자 있을 걸 아는 인물)이 다시 와서 현장을 깨끗이 치운 거라고 생각했다. 야생동물 카메라에 찍힌 영상에서 처음에는 현관에서 라켈이 문을 열어주는 모습이 보였지만 두 번째 방문에서는 라켈이 보이지 않았다. 이미 사망해서일까. 범인이 라켈의 열쇠를 가져가서 직접 문을 따고 들어가 현장을 정리한 후 열쇠를 안에 남겨두고 나온 걸까? 아니면 다른 누군가를 보내 대신 정리하게 했을까? 해리는 두 방문자의 실루엣이 같은 사람의 것일 수 없다고 어렴풋이 직감했다. 어느 쪽이든 해리는 이 가설을 기각했다. 법의학연구소의 보고서에서 사망 시각을 명확히 제시하면서 시신과 실내 온도를 기준으로 살인은 첫 번째 방문 **이후에** 발생했다고 밝혔다. 다시 말해 두 번째 방문자가 그곳에 머문 동안이라는 뜻이다.

해리는 레코드플레이어의 바늘이 음반 위에서 가볍게 튀는 소리를 들었다. 판을 뒤집어야 한다고 조용히 알리는 소리 같았다. 그의 뇌는 귀가 먹먹할 정도로 시끄러운 하드록을 듣고 싶었지만 그는 거부했다. 그의 나쁜 뇌에서 술을 한 잔, 한 모금만, 몇 방울만 마시라고 말하는 걸 거부하는 것처럼. 잠자리에 들어야 할 때였다. 조금이라도 눈을 붙일 수 있다면 그건 보너스였다. 그는 레코드판에 지문을 남기지 않으면서 데크에서 판을 들었다. 링달은 식기세척기에 들어 있던 유리잔을 닦는 걸 깜빡했다. 정말 이상했다. 해리는 판을 이너 슬리브에 넣고 다시 앨범 커버에 넣었다. 레코드의 등을 손가락으로 쓸었다. 그는 앨범을 아티스트 이름의 알파벳순으로 정리하고 구입한 날짜순으로 꽂았다. 그는 밴드의 이름과 같은 제목의 앨범인 〈더 레인메이커스〉와 〈라몬즈〉 사이에 손을 넣어 새로운 앨범을 넣을 공간을 만들었다. 그러다 앨범 사이에 뭔가가 끼워져 있는 것을 보았다. 그게 뭔지 보려고 앨범을 조금 더 세게 옆으로 밀었다. 눈을 감았다. 심장이 빠르게 뛰었다. 뇌에서는 아직 인식하지 못하는 무언가를 심장은 이미 아는 것처럼.

휴대전화가 울렸다.

해리는 전화를 받았다.

"알렉산드라예요. 1차 검사를 했는데 벌써 DNA 프로파일에 차이가 나요. 링달이란 사람의 스웨터에 묻은 피는 라켈의 피일 수가 없다는 뜻이에요."

"음."

"당신 거하고도 일치하지 않아요. 당신 청바지의 피도 당신 것이 아닌데요."

침묵.

"해리?"

"응."

"뭐가 잘못됐어요?"

"모르겠어. 그 사람의 스웨터와 내 바지에 묻은 게 그 사람 코피인 줄 알았거든. 그래도 아직 지문이 있으니 그 사람이 사건 현장과 연결되지. 그 사람 집에 있던 라켈의 스카프도. 거기서 라켈 냄새가 났어. 그러니까 분명히 라켈의 DNA가 나올 거야. 머리카락, 땀, 피부."

"좋아요. 그런데 그 스웨터에 묻은 피와 당신 바지에 묻은 피도 DNA 프로파일이 달라요."

"그럼 스웨터의 피가 라켈 것도 내 것도 링달 것도 **아니라는** 거야?"

"그럴 수 있어요."

해리는 알렉산드라가 그에게 스스로 다른 가능성을 찾아낼 시간을 주는 걸 깨달았다. 다른 가능성. 논리 문제였다.

"내 바지의 피는 링달의 피가 아니다. 당신은 그게 내 피가 아니라는 말부터 했어. 그럼 누구 거지?"

"모르겠어요." 알렉산드라가 말했다. "다만……."

"다만?" 해리는 레코드판들 사이를 들여다보았다. 알렉산드라가 무슨 말을 할지 알았다. 이제 산사태를 경고하는 돌덩이가 굴러떨어지지 않았다. 산사태가 이미 시작되었다. 산 전체가 무너졌다.

"아직은 당신 바지의 피가 라켈의 DNA와 다른 걸로 나타나지 않아요." 알렉산드라가 말했다. "물론 99.999퍼센트의 확률로 완벽히 일치한다고 확인할 수 있기까지는 아직 남은 작업이 많지만 이미 82퍼센트는 일치해요."

80퍼센트. 다섯 중 넷.

"물론." 해리가 말했다. "라켈이 발견되고 현장에 갔을 때 그 바지를 입고 있었어. 시신 옆에 무릎을 꿇었고. 그 자리에 피가 흥건했어."

"그럼 설명이 되네요. 당신 바지에 묻은 게 정말 라켈의 피라면. 더 분석해서 스웨터의 피가 라켈의 피일 가능성을 완전히 배제해주길 원해요?"

"아니, 그럴 필요 없어." 해리가 말했다. "고마워, 알렉산드라. 당신한테 하나 빚졌네."

"그래요. 그런데 지금 괜찮은 거 맞아요? 목소리가 좀—."

"응." 해리가 말을 잘랐다. "고마워, 잘 자." 그는 전화를 끊었다.

거기에 피 웅덩이가 **있었다**. 그는 무릎을 **꿇었다**. 그런데 이건 지금 그의 머릿속에서 비명을 지르는 이유가 아니고, 이미 그를 파묻기 시작한 산사태가 아니었다. 그가 범죄 현장의 수사관들과 라켈의 집에 갔을 때는 그 바지를 입지 않았고, 그 바지는 라켈이 살해당한 다음 날 아침 세탁 바구니에 그가 직접 넣은 것이다. 거기까지의 기억은 원래부터 있었다. 이제까지 그의 기억은 그날 밤에 관해서라면, 그가 저녁 7시에 젤러시 바에 들어간 때부터 다음 날 자선기금을 모금하러 온 여자가 초인종을 눌러 그를 깨울 때까지 수정 구슬처럼 텅 비어 있었다. 그런데 이제 이미지들이 서서히 떠오르고 연결되고 장면을 구성하기 시작했다. 그가 주인공인 영화. 그의 머릿속에서 떨면서 더듬더듬 내지르는 비명은 그 자신의 소리, 라켈의 거실에서 나오는 사운드트랙이었다. 그는 살인이 일어난 밤 거기에 있었다.

　더 레인메이커스와 라몬즈 사이에, 라켈이 아끼던 칼이 끼워져 있었다. 떡갈나무 손잡이와 물소 뿔 코등이가 달린 토지로 칼. 칼날에 피라고밖에 볼 수 없는 뭔가가 엉겨 붙어 있었다.

35

스톨레 에우네는 꿈을 꾸었다. 적어도 꿈인 줄은 알았다. 공기를 가르던 사이렌이 뚝 끊기고 멀리서 포탄 터지는 소리가 났다. 방공호까지 텅 빈 거리를 달렸다. 그는 늦었다. 다들 한참 전에 방공호에 들어갔고, 지금은 그 길 끝에서 군복 입은 남자가 철문을 닫고 있었다. 스톨레는 헐떡이는 자신의 숨소리를 들었다. 살을 빼려고 노력했어야 했다. 그런데 이건 그냥 꿈이었다. 노르웨이가 전쟁 중이 아닌 건 누구나 알았다. 그런데 왜 갑자기 공격을 받는 거지? 스톨레는 철문 앞으로 가서 입구가 생각보다 작은 걸 알았다. "어서요!" 군복 입은 남자가 소리쳤다. 스톨레는 안으로 들어가려 했지만 불가능했다. 어깨와 한쪽 발만 간신히 집어넣었다. "들어가지 않으면 길을 잃어요. 문을 닫아야 해요!" 스톨레는 안으로 비집고 들어가려 했다. 그러다 몸이 끼어서 들어가지도 나가지도 못하게 되었다. 공습 사이렌이 다시 요란하게 울려댔다. 젠장. 하지만 모든 증거가 이건 다 꿈이라고, 그 이상 아무것도 아니라고 말해주기에 안심할 수 있었다.

"스톨레……."

눈을 떠보니 아내 잉그리드가 어깨를 흔들고 있었다. 거봐, 꿈이네, 그의 생각이 맞았다.

방이 어두웠다. 옆으로 돌아눕자 침대 옆 협탁의 알람 시계가 정면으로 보였다. 야광 숫자가 3:13으로 표시되었다.

"누가 왔어요, 스톨레."

그 소리가 다시 났다. 사이렌 소리.

그의 육중한 몸이 침대에서 내려와 실크 가운을 걸치고 커플 슬리퍼를 꿰신었다.

아래층으로 내려가 현관으로 가는 사이 현관 앞에 서 있는 사람이 누구든 절대 달갑지 않은 인물일 거라고 생각했다. 심리치료사를 죽이라고 명령하는 내면의 목소리를 듣고 찾아온 편집증적 조현병 환자라든가. 그런데 어쩌면 방공호는 꿈속의 꿈이고, 지금 이것도 꿈은 아닐까. 그래서 문을 열었다.

이번에도 그의 생각이 옳았다. 앞에 선 사람은 역시나 달갑지 않은 인물이었다. 해리 홀레. 좀 더 정확히 말해서 누구라도 마주하고 싶지 않을 그 해리 홀레. 평소보다 더 핏발이 선 눈과 무슨 문제가 있다고 해석할 수밖에 없는, 뭔가에 쫓기듯 절박한 표정을 짓는 사람.

"최면요." 해리가 말했다. 숨을 헐떡이고 얼굴은 땀에 젖어 있었다.

"자네도 안녕하신가, 해리. 들어오겠나? 문이 너무 작은 게 아니면, 물론."

"너무 작다니요?"

"공습 방공호 문으로 못 들어가는 꿈을 꿨어." 스톨레는 이렇게

455

말하고는 배를 내밀고 복도를 지나 주방으로 들어갔다. 에우로라가 어릴 때 아빠는 어디서나 오르막길을 오르는 것 같다고 말하곤 했다.

"그 꿈에 대한 프로이트식 해석은요?" 해리가 물었다.

"살을 빼야 한다는 거." 스톨레는 냉장고를 열었다. "트러플 살라미랑 구석기시대의 그뤼예르 치즈?"

"최면이요."

"그래, 얘기했잖아."

"퇴옌의 그 남편, 아내를 죽인 범인인 줄 알았던 그 사람이요. 그 사람이 실제로 벌어진 상황에 대한 기억을 억압했다고 하셨잖아요. 최면으로 그 기억을 불러낼 수 있다고도 하셨고요."

"최면에 잘 걸리는 사람이라면, 그래."

"제가 그런 사람인지 볼까요?"

"자네?" 스톨레가 해리를 돌아보았다.

"라켈이 죽은 날 밤의 일들이 떠오르기 시작해서요."

"일들?" 스톨레가 냉장고 문을 닫았다.

"이미지. 두서없이 떠오르는 사진들."

"기억의 파편이군."

"파편들을 연결하거나 더 깊이 파고들면 **뭔가**가 나올 거 같아요. 제가 모르는 뭔가, 무슨 뜻인지 아시죠?"

"하나의 시퀀스로 연결한다? 해볼 수는 있지만 보장은 못 해. 솔직히 성공하기보다 실패한 적이 많아. 내 잘못이라기보다는 최면이란 게 원래 그런 거고, 물론."

"그렇겠죠."

"**뭔가**가 나올 거 같다니, 그게 어떤 건데?"

"모르겠어요."

"그래도 시급한 거로군."

"네."

"알았네. 그 기억의 파편 중에서 확실하게 기억나는 게 있나?"

"라켈의 거실에 매달린 크리스털 샹들리에요." 해리가 말했다. "제가 그 아래에 누워서 쳐다봤거든요. 유리 조각들이 S자를 이루고 있었어요."

"좋아. 그러면 위치와 상황이 나오니 연상 기억을 탐색해볼 수 있지. 우선 주머니 시계부터 가져오지."

"그걸 제 앞에서 흔들려고요?"

스톨레 에우네는 한쪽 눈썹을 올렸다. "왜 안 되나?"

"아뇨, 그건 아니지만, 그래도 좀…… 고리타분해서요."

"현대적으로 최면에 걸리고 싶다면야, 유명해도 실력은 떨어지는 심리학자들을 추천해줄 수—"

"시계나 가져오세요." 해리가 말했다.

"시계에 시선을 고정하게." 스톨레가 말했다. 그는 해리를 거실의 등받이가 높은 안락의자에 앉히고 자기는 그 옆의 풋 스툴에 앉았다. 체인에 매달린 낡은 시계가 해리의 허옇게 뜨고 고뇌에 찬 얼굴에서 20센티미터 앞에서 흔들렸다. 스톨레는 해리의 그런 모습을 본 기억이 없었다. 장례식 이후 해리를 만나러 가지 않아서 미안한 마음이 들던 터였다. 해리는 남에게 쉽게 도움을 청하는 사람이 아니었다. 그런 그가 도움을 구할 때는 정말로 심각하다는 뜻이었다.

"자네는 안전하고 편안하네." 스톨레가 천천히 읊조렸다. "안전하고 편안해."

해리가 평생 그런 적이 있던가? 그래, 있었다. 라켈과 함께 살 때는 그 자신과도, 주변과도 평화로워 보이는 사람이 되었다. (비록 진부한 말처럼 들려도) 천생연분을 만난 것이다. 해리가 가끔 경찰대학에 초빙 강사로 불러서 가보면 해리가 그 일과 학생들에게 진심으로 만족하는 것 같다는 인상을 받았다.

그래서 어떻게 됐나? 라켈이 단지 해리가 다시 술을 입에 댄다는 이유로 그를 내친 걸까? 오랫동안 알코올의존자였고 수없이 다시 술을 입에 댄 남자와 결혼하기로 했을 때는 그가 다시 술을 마실 가능성이 상당히 높다는 건 이미 알았을 텐데. 라켈 페우케처럼 지적이고 현실적인 여자가 정말로 차가 살짝 찌그러졌다고, 도로변 배수로에 처박힌 적이 있다고, 아직은 그럭저럭 잘 굴러가는 차를 폐차시키려 했을까? 아니면 라켈이 새로 누군가를 만나서 해리의 알코올 남용을 핑계로 갈라서려 했을 수도 있다는 생각이 들었다. 어쩌면 먼지가 가라앉을 때까지, 해리가 이별을 받아들일 때까지 기다렸다가 새 남자를 데리고 모두의 앞에 나타날 생각이었는지도 몰랐다.

"열부터 하나까지 세는 동안 점점 더 깊이 최면으로 빠져들 거야."

두 사람이 헤어진 후 잉그리드가 라켈과 점심을 먹은 적이 있는데, 라켈이 다른 남자 얘기는 하지 않았다고 했다. 오히려 그날 집에 돌아와 라켈이 우울하고 쓸쓸해 보였다고 했다. 잉그리드가 쉽게 물어볼 만큼 둘이 가까운 사이는 아니라서 잘은 몰라도, 혹시나 다른 남자가 있었더라도 라켈이 차버린 후고 지금은 다시 해리에게 돌아갈 방법을 찾는 듯 보였다고 했다. 라켈이 한 말에서 그렇게 짐작할 구체적인 근거는 없지만 스톨레는 타인을 읽는 능력에서는 잉그리드가 심리학 교수인 그보다 한참 위라고 생각했고 그것은 착각이 아니었다.

"일곱, 여섯, 다섯, 넷……."

해리의 눈꺼풀이 반쯤 감겼고, 담청색의 홍채가 반달 모양이 되었다. 최면에 걸리는 정도는 사람마다 천차만별이다. 10퍼센트 정도만 극단적으로 최면에 걸리지 않고, 일부는 이런 식의 심리적 개입에 전혀 반응하지 않는다. 스톨레는 경험상 상상력이 풍부한 사람들, 새로운 경험에 열려 있고 창의적인 일을 하는 사람들이 최면에 잘 걸린다고 추정했다. 반면에 공학과 관련된 직업군은 최면에 잘 걸리지 않았다. 따라서 차를 마시면서 백일몽에 잘 빠지는 부류가 아닌 살인사건 수사관 해리 홀레가 최면에 걸리기는 어려울 거라고 쉽게 짐작할 수 있었다. 하지만 스톨레는 해리가 유명한 성격검사를 하지 않아도 한 가지 측면에서 유난히 높은 점수를 받을 거라고 짐작했다. 바로 상상력이다.

해리의 숨결이 골랐다. 잠든 사람처럼.

스톨레 에우네는 다시 한번 열을 세어 내려갔다.

해리가 의심의 여지없이 깊은 최면에 빠진 듯 보였다.

"자넨 지금 바닥에 누워 있네." 스톨레가 천천히 침착하게 말했다. "라켈과 자네 집의 거실 바닥이야. 위로 크리스털 조각이 S자 모양을 이루는 샹들리에가 보여. 또 뭐가 보이지?"

해리의 입술이 달싹였다. 눈꺼풀이 떨렸다. 오른손의 엄지와 검지가 불수의적으로 경련을 일으키듯 구부러졌다. 입술이 다시 달싹였지만 아무 말도 나오지 않았다. 아직은. 머리를 앞뒤로 흔들면서 등받이에 몸을 세게 밀쳤고 고통스러운 표정을 지었다. 그러다 기다란 몸이 발작하듯 두 차례 거칠게 요동쳤다. 그러고는 눈을 번쩍 뜨고 정면을 노려보았다.

"해리?"

"저 여기 있어요." 해리가 갈라지고 거친 목소리로 말했다. "안 되네요."

"기분이 어떤가?"

"피곤해요." 해리는 일어섰다. 몸이 휘청했다. 눈을 세게 껌뻑이고 허공을 응시했다. "집에 가봐야겠어요."

"그냥 잠깐 앉아 있어야 할 것 같은데." 스톨레가 말했다. "최면을 시도하다가 잘 마무리하지 않으면 어지럽고 혼란스러울 수 있어."

"고마워요, 박사님, 그래도 가야 해요. 주무세요."

"심하면 불안과 우울과 온갖 불쾌감을 동반할 수 있어. 잠깐만 더 앉았다가 일어서면 어떨까."

해리는 이미 문 쪽으로 향하고 있었다. 스톨레가 일어서서 복도로 나갔을 땐 현관문이 닫히고 있었다.

해리는 겨우 차까지 걸어가 차 뒤에서 몸을 숙이고 토했다. 그러고는 다시 게워냈다. 소화되다 만 아침식사, 그날 먹은 유일한 음식을 위장에서 완전히 게워내고서야 다시 일어나 손등으로 입을 닦고 눈을 껌뻑여 눈물을 짜내고 차 문을 열었다. 그는 차에 타고 앞 유리 너머를 응시했다.

그는 전화기를 꺼냈다. 비에른이 준 번호로 전화를 걸었다.

몇 초 후 남자의 나른한 목소리가 전화통신의 석기시대 습관처럼 자신의 성을 경련처럼 웅얼거렸다.

"깨워서 미안해요, 프레운. 또 해리 홀레 수사관입니다. 급하게 확인할 게 있어서요, 혹시 야생동물 카메라에서 1차로 발견한 결과를 받아볼 수 있을까요?"

늘어지게 하품하는 소리. "다 안 끝났는데요."

"그래서 1차라고 말한 겁니다, 프레운. 뭐든 도움이 될 겁니다."

2D 이미지를 3D로 분석하는 전문가인 프레운이 누군가에게 속삭이는 소리가 나더니 다시 전화로 돌아왔다.

"문으로 들어가는 남자의 키와 몸통의 너비를 판단하기란 어려워요. 남자가 몸을 웅크리고 있어서요. 그래도 같은 사람이 다시 나온 걸 수 있어요. 나온 사람이 현관 앞에 똑바로 서 있고 힐 같은 걸 신은 게 아니라면 키가 190에서 195 사이일 겁니다. 어디까지나 그럴 가능성이 있다는 거예요. 그리고 이건 그 차처럼 보여요. 디자인과 브레이크와 후미등 사이의 간격으로 보면 포드 에스코트일 수 있어요."

해리는 숨을 깊이 들이쉬었다. "고마워요, 프레운, 그거면 충분해요. 나머지는 천천히 해도 됩니다. 서두를 거 없어요. 실은 여기서 중단해도 돼요. 봉투에 있는 회신 주소로 메모리카드와 송장을 보내주세요."

"수사관님한테 직접 보내라고요?"

"그게 더 간단하죠. 설명이 더 필요하면 다시 연락할게요."

"그러세요, 홀레."

해리는 전화를 끊었다.

3D 전문가의 결론은 해리가 알아낸 내용을 확인해주었을 뿐이다. 스톨레 에우네의 안락의자에 앉아 있을 때 이미 다 보았다. 이제 전부 기억났다.

36

흰색 포드 에스코트가 베르그에 서 있었다. 하늘에서 구름이 뭔가에 쫓기듯 추격전을 벌이고 있지만 밤은 아직 물러날 기미가 없었다.

해리 홀레는 얼음처럼 차고 축축한 차 앞 유리에 이마를 댔다. 라디오를, 하드록 채널인 스톤 하드 FM을 켜고 볼륨을 최대로 올려서 잠시 머리를 터트리며 비우고 싶었다. 하지만 그럴 수 없었다. 생각해야 했다.

납득이 가지 않았다. 갑자기 기억이 되살아난 것이 문제가 아니었다. 애초에 기억을 억누르고 차단해버린 게 이해가 가지 않았다. 스톨레가 최면 중에 거실과 S자 모양에 관해 한 말과 라켈의 이름을 듣자 강제로 눈이 떠졌다. 순간 되살아났다. 모든 기억이.

밤이었고, 그는 잠에서 깼다. 크리스털 샹들리에가 정면에 보였다. 돌아온 걸, 홀멘콜베이엔의 집 거실로 돌아온 걸 알았다. 그런데 거기까지 어떻게 들어갔는지는 몰랐다. 조도가 낮았다. 라켈과 단둘이 있을 때 좋아하던 밝기였다. 축축하고 끈적거리는 뭔가의

462

위에 손이 놓여 있었다. 손을 들어보았다. 피? 옆으로 돌아누웠다. 돌다가 그녀의 얼굴과 정면으로 마주했다. 잠든 얼굴로는 보이지 않았다. 그렇다고 멍하니 그를 쳐다보는 것 같지도 않았다. 의식을 잃은 것 같지도 않았다. 죽은 것 같았다.

그는 피 웅덩이 속에 누워 있었다.

해리는 사람들이 으레 하는 대로 했다. 자기 팔을 꼬집어보았다. 손톱으로 세게 살갗을 찌르며 그 통증으로 망상이 사라지기를, 꿈에서 깨어나기를, 그것이 악몽인 걸 깨닫고 안도감에 하품을 하고 믿지도 않는 신에게 감사하기를 바랐다.

그는 라켈을 소생시키려고 시도하지 않았다. 죽은 사람을 많이 봐서 이미 늦은 걸 알았다. 라켈은 칼에 찔린 것 같았다. 카디건이 피로 젖었고 복부의 칼에 찔린 부위 주변은 더 짙은 색이었다. 하지만 라켈이 죽은 건 목덜미의 상처 때문이었다. 효율적이고 치명적인 상처, 그 부위를 찌르면 어떻게 되는지 잘 아는 자에게 공격당한 것이다. 해리 같은 사람.

그가 라켈을 죽인 걸까?

그는 그렇지 않다는 증거를 찾으려고 거실을 둘러보았다.

아무도 없었다. 그와 그녀뿐. 그리고 피. 정말로 그런 걸까?

그는 몸을 일으키고 비틀거리며 현관으로 갔다.

문이 잠겨 있었다. 다른 누군가가 같이 있다가 떠난 거라면 열쇠로 밖에서 잠갔다는 뜻이다. 그는 피 묻은 손을 바지에 닦고 목제 서랍장의 서랍을 열었다. 열쇠 두 벌이 모두 들어 있었다. 그녀의 것과 그의 것. 어느 오후에 슈뢰데르에서 그녀에게 돌려준 열쇠였다. 다시는 그러지 않기로 다짐해놓고도 또 라켈을 만나서 자기를 데려가달라고 졸라대던 날.

그 두 개 말고는 북극에서 약간 남쪽에 위치한 락셀브에 사는 올레그가 가진 게 전부였다.

해리는 주위를 둘러보았다. 살펴볼 것도 많고 이해할 것도 많고, 모든 게 너무 많아서 어떤 식의 설명도 찾아내지 못했다. 그가 정말로 사랑하는 여자를 죽인 걸까? 그가 세상 무엇보다 소중히 여기는 것을 파괴한 걸까? 앞의 질문에는, 그러니까 라켈의 이름을 말할 때는 그런 게 불가능해 보였다. 그런데 다른 식으로 말해보니, 그러니까 그가 가진 전부를 파괴했을지 물어보니 전혀 불가능해 보이진 않았다. 게다가 그가 아는 바로는, 살면서 배운 바로는, 사실이 직감을 능가했다. 직감은 온갖 생각의 모음일 뿐이라 단 하나의 결정적 사실로 무너질 수 있다. 여기서의 사실은 이랬다. 그는 쫓겨난 남편이고, 살해당한 그의 배우자와 한 공간에 있고, 그 공간은 안에서 잠겨 있었다.

그는 스스로 뭘 하는지 알았다. 수사관 모드가 되어 아직은 느껴지지 않아도 멈추지 않는 기차처럼 달려올, 감당하지 못할 고통에 대비해 자신을 보호하려고 했다. 라켈이 살인사건 현장에서 죽은 채 쓰러져 있다는 사실을 축소해서 그가 감당할 수 있는 수준으로 만들려고 했다. 그러니까 (혼자 술을 마시기 시작하기 전에) 삶의 고통이 그의 타고난 음주의 재능과 싸워야 한다고, 한때는 그가 대가로 활약하던 무대에서 공연하는 것과 싸워야 한다고 느낀 순간 근처 술집으로 달려간 것처럼. 그런데 그러면 왜 안 되지? 본능이 지배하는 뇌 영역이 눈앞에서 삶의 유일한 이유가 죽은 걸 본 순간 단 하나의 논리적이고 필요한 선택을 내린 거라고 볼 수 없나? 도망치기로 선택하는 것. 술로. 수사관 모드로.

아직 구해줄 수 있는, 구해야 할 누군가가 있으므로.

해리 자신은 어떤 처벌도 두렵지 않은 걸 알았다. 처벌은, 특히 죽음은 오히려 해방처럼 느껴졌다. 화염에 휩싸인 고층 건물 100층에서 불길에 둘러싸였을 때 창문을 발견한 것처럼. 그가 범행을 저지른 순간에 이성을 잃었거나 광기에 휩싸였거나 그저 불행했다고 하더라도 마땅히 처벌을 받아야 하는 것도 알았다.

하지만 올레그는 그럴 이유가 없었다.

올레그가 엄마를 잃은 동시에 아버지를, 친아버지는 아니어도 진정한 아버지를 잃을 이유는 없었다. 올레그 인생에서 한 편의 아름다운 이야기이자, 서로 깊이 사랑하는 두 사람 사이에서 자라난 이야기이자, 사랑이 실제로 존재하고 존재할 수 있다는 증거가 되는 삶의 이야기를 잃을 이유가 없었다. 올레그, 이제 막 누군가와 정착해서, 어쩌면 자신의 가족을 꾸릴 아이. 올레그는 라켈과 해리가 몇 번 헤어지는 걸 봐야 했지만, 두 사람이 서로 깊이 사랑하고 언제나 서로에게 좋은 일만 일어나길 바라는 모습을 가까이에서 지켜보았다. 그래서 두 사람이 항상 서로에게 다시 돌아갈 길을 찾는 것도 보았다. 그 생각을, 아니, 그 진실을 빼앗는다면 올레그는 무너질 것이다. 그가 라켈을 살해한 것은 **진실**이 아니므로. 라켈이 바닥에 쓰러져 있고 그가 라켈의 죽음을 야기한 데는 의문의 여지가 없지만 이 모든 정황에서 일어나는 연상, 쫓겨난 남편이 아내를 살해한 정황이 드러나는 순간 자동으로 이어지는 결론은 거짓이었다. 그것은 동기가 아니었다.

연쇄적으로 이어지는 사건은 항상 처음 생각한 것보다 복잡하지만 동기는 단순하고 명료했다. 그에겐 라켈을 죽일 동기도, 욕구도 없었다, 절대로! 그러니 올레그를 이런 거짓에서 보호해야 했다.

해리는 현장을 깨끗이 치우면서 라켈의 시신을 애써 보지 않았다. 보면 결심만 흔들릴 뿐이고 필요한 건 다 봤다고 자신에게 말했다. 라켈은 이제 여기에 없고 남은 건 생명이 빠져나간 시신뿐이라고. 이렇게 치우는 이유가 무엇인지 구체적으로 설명할 순 없지만, 머리가 어지러운 채로 결정적인 순간을 기억해내려 했다. 그래서 젤러시 바에서 취한 순간부터 여기서 다시 정신이 들 때까지의 완전한 암흑을 밀쳐내려 했지만 소용이 없었다. 사람들은 자신을 얼마나 잘 알까? 해리는 라켈을 만나러 여기로 온 걸까? 라켈은 술에 취해 발광하는 그와 주방에 서서 올레그에게 어쩐지 해볼 수 있을 것 같다고 넌지시 말한 그 일을 할 수 없다는 것을 깨달았을까? 해리를 다시 불러들이는 일을? 그녀가 그에게 그렇게 말했을까? 그래서 그는 벼랑 끝으로 내몰렸을까? 그녀에게 거절당하자, 다시는 그녀에게 돌아가지 못할 거라는 생각에 사랑이 통제 불능의 증오로 돌변한 걸까?

모르겠다. 기억나지 않는다.

기억나는 거라고는 거기서 정신을 차리고 현장을 정리하는 동안 생각의 가닥이 잡히기 시작했다는 것뿐이다. 그는 경찰이 찾는 가장 유력한 용의자고, 그것만큼은 명백했다. 따라서 경찰을 교란하기 위해, 전형적인 살인사건에 관한 거짓에서 올레그를 구하기 위해, 사랑에 대한 어리고 순수한 믿음을 지켜주기 위해, 올레그가 그동안 살인자를 우상으로 삼아온 걸 깨닫지 못하게 해주기 위해 누군가가 필요했다. 비난을 전가할 상대. 그리스도가 아니라 그 자신보다 더 고약한 죄인.

해리는 앞 유리를 내다보았다. 창유리에 입김이 서려 저 아래 도시의 불빛이 흐릿하게 소멸하는 듯 보였다.

진실로 그렇게 생각한 걸까? 아니면 그의 뇌가 조작에 능한 마술사처럼 올레그를 평계로 진실하고 단순한 동기를 받아들이는 대신 다른 이유를 움켜잡으려 한 걸까. 도망치려고. 처벌을 면하려고. 어딘가로 숨어서 모든 것을 억압하려고. 그것이 머릿속에 담고는 살아갈 수 없는 기억이자 확신이라서. 어차피 생존만이 몸과 뇌의 유일한 실질적 기능이므로.

어쨌든 그는 그렇게 했다. 억압했다. 그 집을 나서며 문을 잠그지 않아서 범인이 그 집 열쇠를 가지고 있었을 거라는 결론에 이르지 못하게 한 사실을 억압했다. 차에 탔고, 그다음에 야생동물 카메라 때문에 경찰에게 정체가 탄로 날 수 있겠다는 생각이 들었다. 그는 카메라를 망가트렸다. 메모리카드를 빼서 레디 스포츠클럽 바깥의 쓰레기통에 버렸다. 나중에 억압된 기억의 침전물에서 파편 하나가 떠올라 그가 진지하게 몰두한 순간에 범인의 퇴로와 메모리카드를 버렸을 장소를 재구성한 것이다. 무수한 가능성이 존재하는데 어떻게 카야와 그 자신을 그리로 데려간 걸 우연의 일치라고 생각할 수 있었을까? 카야도 그의 확신에 놀랐다.

그러다 억압된 기억이 그에게 등을 돌리고 그를 끌어 내리겠다고 위협했다. 그는 한 치의 망설임도 없이 메모리카드를 비에른에게 건넸고, 결과적으로 해리의 꼼꼼한 수사가, 그러니까 다른 범인(핀네 같은 폭력적인 강간범, 보르 같은 살인자, 링달 같은 원수)을 찾겠다는 의도가 오히려 해리를 궁지로 몰아넣기 시작했다.

전화벨이 울려서 생각이 끊겼다.

알렉산드라였다.

스톨레의 집으로 가던 길에 알렉산드라에게 들러 피 묻은 면봉을 준 터였다. 알렉산드라한테는 그 피가 그의 레코드판 사이에서 발견한, 살인 흉기로 추정되는 칼에 묻어 있던 피라고는 말하지 않

467

왔다. 차를 몰고 오면서 그 칼을 왜 더레인메이커스와 라몬즈 사이에 숨겨놓았는지 깨달았다. 단순했다. 라켈.

"뭐 나온 거 있나?" 해리가 물었다.

"라켈과 같은 혈액형이에요. A형."

가장 흔한 혈액형이지, 해리가 속으로 답했다. 노르웨이 인구의 48퍼센트가 A형이다. 동전 던지기 확률 정도일 뿐, 아무 의미도 없다. 그런데 지금은 의미가 있었다. 그가 이미 (핀네의 주사위처럼) 동전 던지기로 판단하기로 마음먹었으므로.

"DNA 분석은 중단해도 돼." 해리가 말했다. "고마워. 좋은 하루."

딱 한 가지 느슨한 실마리, 단 하나의 다른 가능성, 해리를 구제할 수 있는 한 가지만 남았다. 공고해 보이는 알리바이 깨기.

오전 10시, 페테르 링달은 침대에서 눈을 떴다.

알람 소리에 눈을 뜬 건 아니었다. 알람은 11시로 맞춰 있었다. 이웃집 개도 아니고, 옆집 차가 출근하는 소리도 아니고, 동네 아이들이 학교에 가는 소리나 청소차 소리도 아니었다. 그의 잠든 뇌는 이런 종류의 소음은 무시하도록 학습되었다. 다른 소리. 비명 같은 소음으로, 아래층에서 올라오는 듯했다.

링달은 침대에서 일어나 바지와 셔츠를 입고 침대 옆 협탁에 매일 밤 놓아두는 권총을 집었다. 맨발에 냉기를 느끼며 살금살금 계단을 내려갔고, 아래층 복도로 나와서야 원인을 알았다. 바닥에 깨진 유리 파편이 흩어져 있었다. 누군가가 현관문의 반달 모양 창문을 박살 냈다. 지하실 문이 반쯤 열려 있었지만 불은 꺼져 있었다. 그들이 왔다. 때가 되었다.

비명인지 뭔지는 몰라도 거실에서 들리는 것 같았다. 그는 총을 앞에 들고 거실로 들어갔다.

순간 그를 깨운 소리는 사람의 비명이 아니라 쪽모이세공 바닥에 의자 다리가 끌리는 소리였다는 걸 깨달았다. 묵직한 안락의자가 옮겨지고 돌려져 그를 등진 채 전망 창과 인공위성 조각상이 있는 정원 풍경을 향해 있었다. 안락의자 등받이 위로 모자가 삐죽 나와 있었다. 링달은 의자에 앉은 남자가 그가 오는 소리는 듣지 못해도 의자를 그쪽으로 돌려놔서 거실로 들어서는 사람이 창문에 비친 모습을 보면서도 그 자신은 상대에게 보이지 않게 한 거라고 짐작했다. 링달은 의자 등받이를 향해 총을 겨냥했다. 허리 부위에 두 발, 조금 위에 두 발. 동네에 총성이 울릴 것이다. 시신을 감쪽같이 없애기란 어려울 것이다. 그가 왜 그랬는지 해명하는 건 더 어려울 것이다. 경찰에는 정당방위였다고, 유리 파편을 보고 생명에 위협을 느껴서 그랬다고 말할 수 있었다.

링달은 방아쇠를 더 꽉 잡았다.

그런데 왜 이렇게 어렵지? 링달은 의자에 앉은 사람의 얼굴조차 볼 수 없었다. 아무도 없고 모자만 얹혀 있는 건지도 몰랐다.

"저건 그냥 모자야." 굵직한 목소리가 그의 귓가에 속삭였다. "당신 뒤통수에 닿은 건 진짜 총이고. 그러니 총 내려놓고 꼼짝 마. 안 그러면 당신 머리에 진짜 총알을 박아줄 테니. 그러니 이 머리로 잘 생각해야 할 거야."

링달은 돌아보지 않고 총을 떨구었다. 총이 쿵 소리를 내며 바닥에 떨어졌다.

"원하는 게 뭔가, 홀레?"

"당신 지문이 왜 라켈의 식기세척기 속 유리컵에 찍혔는지 알아야겠어. 라켈의 스카프가 왜 당신 집 현관 앞 서랍장에 들어 있었는지도. 그리고 이 여자는 누군지도."

링달은 뒤에 있는 남자가 그의 얼굴 앞에 내민 흑백사진을 보았다. 지하실 서재에 있던 사진이었다. 그, 페테르 링달이 죽인 여자의 사진. 죽여서 차가운 차 트렁크에 넣고 쓰러진 그대로를 찍은 사진.

37

페테르 링달은 차 안에서 앞 유리 너머로 바람에 흩날려 쌓인 눈을 씁쓸하게 내다보았다. 앞이 잘 보이지는 않지만 일단 차에서 내렸다. 여긴 오가는 차가 별로 없었다. 토요일 밤이고 산속인 데다 애초에 이런 날씨에는 차가 다니지 않았다.

링달은 두 시간 전에 트론헤임에서 출발했다. 라디오에서 나오는 일기예보를 듣고서야 기상 악화로 도로가 폐쇄되기 직전에 그의 차가 도브레피엘을 가로지르는 E6 도로에 진입한 걸 알았다. 그는 트론헤임에 호텔방을 잡았지만 연회 생각을 참을 수 없었다. 왜 못 가? 그가 한심한 패자고 노르웨이 유도 선수권대회의 페더급 결승전에서 패해서? 그렇게 무의미하게 스스로 경기를 망친 게 아니라 그보다 뛰어난 선수한테 진 거였으면 좀 나았을 텐데. 사실 경기가 시작되고 몇 초 만에 유효 두 개와 효과 하나를 따내며 앞서갔고, 그 기세로 밀고 나가면 되었다. 그에게는 통제력이 있었다. 정말 그랬다! 그러다 문득 우승 인터뷰가 떠오르고 인터뷰에서 할 재미난 말이 생각났고, 아주 잠깐 집중력이 흐트러진 순간에 별

안간 몸이 붕 떴다. 그나마 등판으로 떨어지는 것까지는 면했지만 상대 선수가 절반을 따내고 몇 초 후 경기가 끝나면서 우승을 가져갔다.

링달은 운전대를 거칠게 내리쳤다.

그는 로커 룸에 들어가 미리 준비해둔 샴페인을 땄다. 그걸 보고 누가 한 소리 했고, 그는 일요일 오전이 아니라 토요일 오후에 시니어부 결승전이 잡혔다는 건 파티를 해도 된다는 뜻이라면서 뭐가 문제냐고 받아쳤다. 샴페인을 절반 이상 마셨을 때 코치가 들어와 술병을 빼앗으면서 이기든 지든 경기가 있을 때마다 취하는 꼴을 보는 것도 이제 지겹다고 말했다. 그러자 링달은 누가 봐도 그보다 실력이 떨어지는 상대를 제압하도록 도와주지 못하는 코치랑 같이 운동하는 것도 지겹다고 대꾸했다. 코치는 유도에서는 '부드러운 힘'이 핵심이라면서 유도에 관한 개똥철학을 늘어놓으며 링달에게 승복하고 상대의 자리를 인정하고 겸손을 보여주고 어쨌든 그도 2년 전만 해도 주니어부였으니 자신이 최고라고 자만하지 말고 자만하면 추락한다는 사실을 배워야 한다고 말했다. 그러자 링달은 유도에서는 겸손한 척하는 게 핵심이라고 맞섰다. 약한 척하고 굽히고 들어가는 척하면서 상대를 속여서 덫으로 끌어들이고는 아가리를 쩍 벌린 벌레잡이식물처럼, 드러누운 창녀처럼 인정사정 없이 공격해야 한다고 말했다. 한마디로 멍청하고 거짓된 스포츠라고 퍼부었다. 그러고는 로커 룸을 뛰쳐나가면서 이제 진절머리가 난다고 소리를 질러댔다. 그런 일이 얼마나 많았던가?

링달은 급격하게 감아 도는 도로를 돌았다. 3월 말인데도 도로 양옆으로 1.5미터 높이로 쌓인 눈 더미를 헤드라이트로 비추며 지나갔다. 눈이 도로변까지 쌓여서 마치 좁은 터널을 통과하는 느낌이었다.

다시 직선 구간이 나오자 마음이 급해서가 아니라 화가 치밀어 액셀러레이터를 밟았다. 사실 연회장에서 티나한테 접근할 생각 이었다. 티나도 그에게 눈길을 준 걸 알았다. 하지만 금발의 티나 는 라이트급에서 금메달을 땄다. 노르웨이 여자 챔피언은 패자와 자지 않는다. 더욱이 그녀보다 머리 절반은 작은 데다 이제는 유도 매트에 쓰러트릴 수도 있을 것 같은 남자와는. 이게 진화가 굴러가 는 방식이다.

마법처럼 눈이 그치고 하얀 종이 위에 검은색 연필로 선을 길게 그어놓은 것처럼 눈의 둑 사이로 길게 뻗은 도로가 달빛을 받았다. 태풍의 눈인가? 아니다, 이건 빌어먹을 열대의 폭풍우가 아니라 그 저 노르웨이의 폭풍우라 눈은 없고 이빨만 있다.

링달은 계기판의 속도계를 보았다. 피로가 몰려왔다. 어제 경영 대학원에서 강의하고 트론헤임까지 장거리 운전으로 달려왔고, 오 늘은 시합을 치르고 샴페인까지 마신 탓이었다. 젠장, 승리 인터뷰 로 끝내주게 재미난 말을 몇 개 생각해두었는데. 그가 하려던 말 은—.

그리고 그녀가 있었다. 티나. 바로 앞에서 헤드라이트 불빛을 받 으며 금발을 길게 늘어트리고 머리에 반짝거리는 붉은 별을 달고 그를 환영하듯 두 팔을 흔들었다. 그녀가 마침내 그를 원한다! 링 달은 미소 지었다. 곧 상상 속 장면인 걸 깨닫고 씁쓸히 웃었고, 뇌 에서 브레이크를 밟으라는 명령이 떨어졌다. 티나가 아니야, 티나 일 리 없어, 티나는 연회장에서 승자 중 하나와, 웰터급일 녀석과 춤을 추고 있어. 그가 브레이크를 밟은 건 젊은 여자가 도브레피엘 산속의 도로 한복판에서 머리에 붉은 별을 달고 서 있는 게 상상이 아니었기 때문이다. 금발의 살아 있는 여자였다.

그의 차가 그 여자를 쳤다.

빠르게 두 번 쿵 소리가 났다. 그중 한 번은 지붕에서 났고, 여자가 사라졌다.

링달은 브레이크에서 발을 떼고 안전벨트를 풀고 서서히 차를 몰았다. 룸미러를 보지 않았다. 보고 싶지 않았다. 그냥 상상한 장면일 수도 있지 않을까? 앞 유리에, 티나를 친 자리에 커다란 하얀 장미가 피었다. 티나였든, 다른 여자였든.

그는 커브 길에 이르렀다. 도로 뒤편으로 누가 쓰러져 있든 보이지 않을 만한 곳이었다. 눈을 정면에 고정한 채 브레이크를 꾹 밟았다. 미끄러진 건지 돌풍에 휩싸인 건지 모르겠지만 앞쪽이 눈 더미에 박힌 차 한 대가 저 앞에 옆으로 길게 서서 도로를 막고 있었다.

그는 가만히 앉아 숨을 고르고 나서야 후진 기어를 넣었다. 액셀러레이터를 밟고 엔진이 털털거리는 소리를 들었지만 다시 돌아갈 생각은 없었다. 그대로 오슬로까지 달리고 싶었다. 하지만 도로에 뭔가가 보였다. 후미등 불빛에 뭔가가 번쩍거려서 그는 차를 세웠다. 차에서 내렸다. 붉은 별이었다. 아니면 안전 삼각대거나. 번쩍거리는 그것 바로 위로 여자가 강풍이 몰아치는 포장도로에 쓰러져 있었다. 움직임도 형태도 없는 꾸러미, 누군가가 통나무를 담은 자루에 금발의 머리통을 꽂아놓은 것처럼 보였다. 여자의 바지와 재킷도 군데군데 찢겼다. 그는 무릎을 꿇고 앉았다. 휘파람 같은 바람 소리가 달빛을 받은 눈의 둑 너머에서 불길한 선율로 커졌다 작아졌다.

소녀는 죽었다. 너덜너덜해진 채로. 산산조각 난 채로.

페테르 링달은 그제야 정신을 차렸다. 22년을 살면서 그때만큼 정신이 말짱한 적도 없었다. 이제 그의 인생은 끝났다. 그는 제한 속도에서 60을 더 넘긴 140으로 달리다가 브레이크를 밟기 시작했고, 여자의 상태는 차가 어떤 속도로 달리고 있었는지 말해주었다. 핏자국의 길이, 즉 여자 몸이 처음 땅에 닿은 지점부터 마지막에 놓인 자리까지의 거리라든가. 링달의 뇌가 저절로 그런 식의 계산에서 변수를 파악하기 시작했다. 그러면 어떻게든 절박한 현실에서 빠져나갈 수 있다는 듯이. 속도는 최악의 변수가 아니었다. 그가 곧바로 대처하지 않은 것도 마찬가지였다. 날씨를 탓할 수도 있고 시야가 흐렸다고 둘러댈 수도 있었다. 하지만 빠져나가지 못할 한 가지, 측정 가능한 변수가 있었다. 혈중알코올농도. 그가 음주 운전을 했다는 사실. 그가 그런 선택을 했고, 그 선택이 누군가를 죽였다는 사실. 아니지, **그**가 죽였다. 페테르 링달은 속으로 이 말을 되풀이하면서도 왜 그러는지는 몰랐다. **내**가 사람을 죽였어. 그는 알코올 측정검사를 받을 것이다. 사상자가 생긴 자동차 사고에서는 반드시 검사를 받아야 한다. 그는 머릿속으로 다시 계산을 시작했다. 어쩔 수 없었다.

계산을 마치고 일어서면서 저 멀리 바람이 휘몰아치는 황량한 풍경을 보았다. 그 풍경이 어찌나 낯선지, 불과 하루 전에 반대편에서 달려올 때와 얼마나 다르게 보이는지 깨닫고 충격을 받았다. 마치 이국의 사막처럼 보였다. 겉으로는 사람 하나 없어 보이지만, 움푹 들어간 어딘가에서 적들이 지켜보고 있을지 몰랐다.

그는 후진해서 쓰러진 여자 옆에 차를 대고 가방에서 흰색 유도복을 꺼내 뒷좌석에 펼쳤다. 그러고는 여자를 들려고 했다. 전 노르웨이 유도 챔피언이어도 힘에 부쳐서 여자가 미끄러졌다. 결국 여자를 등짐처럼 짊어지고 뒷좌석에 밀어 넣었다. 차 히터를 최고로 올리고 여자의 차로 달려갔다. 마쓰다. 열쇠는 시동장치에 꽂혀 있었다. 그는 견인 밧줄을 꺼내서 마쓰다를 눈밭에서 끌어내고 직선 구간의 눈의 둑 옆에 세웠다. 다른 차들이 발견하고 늦지 않게 브레이크를 밟을 수 있을 위치에 놓았다. 다시 그의 차로 돌아가 차를 돌려서 트론헤임으로 달렸다. 2킬로미터쯤 가자 갈림길이 하나 나왔고, 그 길은 날씨 좋은 날 편평한 언덕 위에 보이는 오두막으로 이어지는 것 같았다. 그 길을 따라 10미터쯤 들어가 차를 세웠다. 차가 진창에 박힐까 봐 더 들어가고 싶지 않았다. 그는 재킷과 스웨터를 벗었다. 더운 히터 바람에 땀이 줄줄 흘렀다. 그는 시각을 확인했다. 알코올 함량이 12퍼센트인 샴페인 한 병을 거의 다 비운 후 세 시간이 지났다. 지난 몇 년간 무수히 연습한 계산을 재빨리 마쳤다. 그램 단위로 측정한 알코올을 그의 체중으로 나누고 0.7을 곱한다. 거기서 시간의 0.15배를 뺀다. 앞으로 세 시간이 더 지나야 안전하다는 결과가 나왔다.

눈이 또 내리기 시작했다. 폭설이 쏟아져 차 주위에 벽이 쌓였다.

다시 한 시간이 흘렀다. 큰길에서 차 한 대가 달팽이처럼 기어갔다. 라디오에서 E6 도로가 폐쇄되었다고 말한 걸로 봐서는 그 차가 어디서 오는지 짐작하기 어려웠다.

링달은 비상 전화번호를 찾았다. 적절한 때에, 그러니까 몸속의 알코올이 다 타버리면 전화할 번호였다. 그는 룸미러를 흘끔 보았다. 시체에서 진물 같은 게 흐르지는 않나? 냄새는 나지 않았다. 여자가 도브레피엘로 출발하기 직전 화장실에 다녀온 것 같았다. 다행이다, 그에게도 다행이고. 그는 하품을 했다. 잠이 왔다.

눈을 뜨자 날씨는 여전했고 바깥도 아직 어두웠다.

그는 시계를 보았다. 한 시간 반쯤 잠든 모양이었다. 아까 찾아놓은 번호로 전화를 걸었다.

"제 이름은 페테르 링달인데요, 도브레피엘에서 자동차 사고가 나서 신고하려고요."

그들이 최대한 빨리 오겠다고 했다.

링달은 조금 더 기다렸다. 그 사람들이 돔보스 쪽에서 온다고 해도 적어도 한 시간은 걸릴 터였다.

링달은 시신을 트렁크로 옮겨 싣고 도로로 나갔다. 차를 세우고 기다렸다. 한 시간이 지났다. 그는 가방을 열어 일본 토너먼트에서 우승하고 받은 니콘 카메라를 꺼내고 차에서 내려서 폭풍 속으로 나가 트렁크를 열었다. 바람이 잠잠해지고 눈발이 뜸해질 때마다 사진을 찍었다. 그는 여자의 손목시계를 찍어두었다. 기적처럼 시계는 멀쩡했다. 트렁크를 다시 닫았다.

사진은 왜 찍었지?

여자가 차 안보다 트렁크에 더 오래 있었다는 걸 증명하려고? 아니면 다른 이유, 그가 아직 해독하지 못한 뭔가가 있다는 생각이 들어서? 그가 미처 깨닫지 못한 뭔가가 있다는 직감이 든 걸까?

그는 제설차 위에서 등대처럼 깜빡거리는 불빛을 보고 히터를 모두 껐다. 그의 계산이 맞았기를, 여자와 그를 위한 계산이 다 맞아떨어졌기를 바랐다.

경찰차와 구급차가 제설차를 뒤따라왔다. 긴급 의료원들은 트렁크 속 여자를 보자마자 죽었다고 판단했다.

"만져보세요." 링달이 여자의 이마에 손을 짚으며 말했다. "아직 따뜻한데요."

여자 경찰의 시선이 느껴졌다.

긴급 의료원들이 구급차 안에서 그의 혈액 샘플을 채취한 후, 그는 경찰차 뒷좌석으로 불려 갔다.

그는 여자가 난데없이 눈 더미에서 뛰어나와 그의 차로 뛰어들었다고 설명했다.

"당신이 여자한테 뛰어든 걸로 보이는데요." 여자 경찰이 수첩을 보면서 메모를 남겼다.

링달은 안전 삼각대에 대해서도 설명하고 차가 급커브에서 도로를 막고 있어서 다른 차가 들이받지 않도록 그 차를 옮겨놓았다고도 설명했다.

나이 든 경찰이 인정하는 듯이 고개를 끄덕였다. "이런 상황에서 남들까지 생각할 정신이 있었다니 다행이네요, 선생."

링달은 목구멍에 뭔가가 걸린 느낌이었다. 목청을 가다듬으려다가 울음이 나오려는 걸 알아챘다. 그래서 꾹 삼켰다.

"E6 도로는 여섯 시간 전에 폐쇄됐어요." 여자 경찰이 말했다. "여자를 치자마자 곧바로 연락하신 거라면 차량통제 지점에서 여기까지 오는 데 시간이 엄청 오래 걸린 셈이네요."

"시야가 좋지 않아서 오다가 몇 번 섰거든요."

"봄철 폭풍우가 제대로 왔죠." 나이 든 경찰이 걸걸하게 말했다.

링달은 차창 밖을 내다보았다. 바람이 잠잠하고 도로 위로 눈발이 날리고 있었다. 그들은 여자가 정확히 도로 어디에 떨어졌는지 찾아내지 못할 것이다. 도로의 핏줄기 위를 지나는 타이어 자국도. 그래서 문제의 시각에 도브레피엘을 지나간 차량을 수색할 생각도 하지 못할 것이다. 경찰은 누구에게도 '맞다, 직선 구간에 길게 주차된 차를 보았다, 맞다, 여자의 차와 같은 모델이었다'는 목격자 진술을 받아내지 못할 것이다. 페테르 링달이 여자를 쳤다고 주장한 시각보다 몇 시간 전이라는 것도.

"당신은 결국 빠져나갔군요." 해리가 말했다.

그는 페테르 링달을 소파에 앉히고 자기는 등받이가 높은 안락의자에 다리를 쩍 벌리고 앉아 있었다. 오른손은 무릎에 얹고, 권총은 아직 쥐고 있었다.

링달이 고개를 끄덕였다. "내 혈액에 알코올 흔적이 남아 있긴 했지만 충분하진 않았어요. 그 여자의 부모가 날 고소했지만 무혐의로 풀려났고."

해리는 고개를 끄덕였다. 카야가 링달의 전과에 관해 해준 말이 생각났다. 학생일 때 운전 부주의로 고소당한 적이 있다고 했다.

"운이 좋았군." 해리가 건조하게 말했다.

링달이 고개를 저었다. "나도 그런 줄 알았는데 아니더군."

"뭐?"

"3년간 잠을 못 잤어요. 단 한 시간도, 단 일 분도 못 잤어요. 그날 산에서 잠든 한 시간 반이 마지막으로 잔 시간이에요. 아무것도 도움이 되지 않았어요. 약을 먹으면 미칠 것 같고 불안하고, 술을 마시면 우울하고 화가 났어요. 처음에는 경찰에 잡힐까 봐, 그때 도브레피엘을 지나간 목격자가 나타날까 봐 두려워서 그런 줄 알았어요. 그렇게 아무것도 못 하고 지내다가 문제는 그게 아닌 걸 깨달았어요. 자살 충동 때문에 심리치료사를 찾아갔어요. 치료사한테는 다른 얘기를 지어내 들려줬어요. 내용은 같지만 내가 다른 누군가의 죽음을 야기한 이야기로. 치료사는 내가 보상하지 않은 게 문제라고 하더군요. 보상해야 한다면서. 그래서 보상을 했어요.

그 뒤로 약을 끊고 술도 끊고. 잠을 자기 시작했어요. 나아졌죠."

"어떻게 보상했는데요?"

"해리, 당신과 같은 방식으로. 나 때문에 목숨을 잃은 분에게 보상하기 위해 무고한 사람들을 구하려고 노력했어요."

해리는 소파에 앉아 있는 짧게 깎은 검은 머리의 남자를 보았다.

"난 평생 한 가지 프로젝트에 매달렸어요." 링달이 정원의 인공위성 조각상을 내다보며 말했다. 조각상이 햇빛을 받아 거실에 뾰족한 그림자를 드리웠다. "무의미하고 불필요한 교통사고로 삶이 무너지지 않는 미래. 그 여자의 삶만이 아니라 나 자신의 삶도."

"자율주행차."

"객차요." 링달이 고쳐 말했다. "자율주행이 아니라 중앙제어 방식이고, 컴퓨터 안의 전기 자극처럼요. 그러면 객차끼리 충돌하지 않고 출발할 때부터 최고 속도를 내고 다른 객차들의 위치로부터의 경로 선택을 최대로 늘릴 수 있어요. 행렬과 물리학의 논리를 따라서 인간 운전자의 치명적 실수를 제거해줘요."

"그럼 죽은 여자 사진은 뭐죠?"

"······그 사진은 처음부터 잘 보이게 붙여놨어요. 내가 이 일을 왜 하려고 하는지 잊지 않으려고. 내가 왜 언론의 조롱거리가 되고 투자자들에게 고함을 듣고 파산하고 자동차 회사들로부터 괴롭힘을 당하는지. 왜 아직도 바에서 일하지 않을 때는 여기서 밤늦게까지 일하는지. 그 바는 사업 자금을 마련하고 엔지니어와 설계자를 고용해서 모든 일을 원래 계획대로 진행하려고 시작한 겁니다."

"어떻게 괴롭힘을 당했는데요?"

링달은 어깨를 으쓱했다. "숨은 뜻이 담긴 편지. 우리 집 문 앞에 몇 번 나타난 사람들. 그들에게 쓸 일은 없겠지만 **그걸** 집어 들게 만드는 일들요." 그는 아직 바닥에 놓인 총을 향해 고개를 까딱했다.

"음. 복잡한 얘기군, 링달. 내가 왜 당신 말을 믿어야 합니까?"

"진실이니까."

"언제 그런 게 이유가 됐습니까?"

링달이 피식 웃었다. "못 믿을 수도 있지만, 사실 아까 뒤에서 팔을 내밀고 내 머리에 총을 댔을 때 완벽한 업어치기 자세였어요. 원했다면 눈 깜빡할 새 당신을 바닥에 눕히고 총을 빼앗고 숨통을 조였을 겁니다."

"그런데 왜 안 했습니까?"

링달은 다시 어깨를 올렸다. "당신이 그 사진을 보여줘서."

"그리고?"

"때가 됐어요."

"어느 때?"

"말할 때. 진실을 말할 때. 모든 진실을."

"좋아. 그럼 계속하고 싶은 겁니까?"

"뭘?"

"이미 한 가지 살인을 자백했잖아요. 다른 살인도 자백하지 그래요?"

"무슨 뜻이에요?"

"라켈을 죽인 거."

링달이 고개를 뒤로 홱 젖혀 타조처럼 보였다. "내가 라켈을 죽였다고 생각합니까?"

"대답이나 해요. 뜸 들이지 말고. 왜 라켈의 식기세척기 속 파란색 유리컵에 당신 지문이 찍혔습니까? 그 식기세척기에는 설거짓

481

거리가 하루 이상 들어 있지 않아요. 경찰에는 왜 당신이 거기까지 간 얘기를 하지 않았죠? 그리고 현관 서랍장에는 왜 이런 게 들어 있습니까?" 해리가 재킷 주머니에서 라켈의 빨간색 스카프를 꺼내 내밀었다.

"그건 간단해요." 링달이 말했다. "둘 다 같은 이유예요."

"어떤?"

"라켈이 살해당하기 전날 아침 우리 집에 왔었어요."

"여길? 무슨 일로?"

"내가 와달라고 했어요. 젤러시 바의 이사장을 계속 맡아달라고 설득하려고. 기억나요?"

"당신이 그런 말을 한 건 기억납니다. 그런데 라켈은 그 일에 관심이 없고 그냥 나 때문에 도와줬던 것도 기억나요."

"그래요, 라켈이 여기 와서도 그렇게 말하더군요."

"그런데 라켈이 여길 왜 왔을까요?"

"라켈에게도 용건이 있었어요. 나한테 그 유리컵을 사라고 권하러 왔던 겁니다. 오슬로 외곽에서 소규모로 유리공방을 운영하는 시리아계 가족이 만든 거라더군요. 라켈이 일단 한 개를 사서 나한테 그게 술잔으로 완벽하다고 설득하려고 했어요. 내 생각엔 컵이 조금 묵직했고."

해리는 페테르 링달이 유리컵을 들고 손으로 무게를 가늠하는 모습을 떠올렸다. 다시 라켈한테 돌려주는 모습. 라켈이 컵을 다시 집으로 가져가서 식기세척기에 넣는 모습. 쓰지는 않았지만 깨끗하지도 않은 컵을.

"그럼 스카프는?" 해리는 물으면서 이미 답을 알 것 같았다.

"라켈이 떠날 때 코트 걸이에 두고 간 거예요."

"그걸 왜 서랍에 넣었습니까?"

"스카프에서 라켈의 향수 냄새가 났고 내 애인은 냄새에 아주 민감하고 질투심이 강해서요. 그날 밤 애인이 집으로 오기로 했고, 애인이 내가 다른 여자들을 만나고 다닌다고 의심하지 않으면 우리 둘 다 좋은 시간을 보낼 테니까요."

해리는 왼손 손가락으로 의자 팔걸이를 두드렸다. "라켈이 여기 왔던 걸 증명할 수 있습니까?"

"흠." 링달은 관자놀이를 긁적였다. "당신이 벌써 다 지워버린 게 아니라면 지금 앉아 있는 그 의자 팔걸이에 라켈의 지문이 남아 있을 겁니다. 주방 식탁에나. 아니다, 잠깐! 라켈이 마신 커피 잔. 그게 식기세척기에 있어요. 난 설거짓거리가 가득 차기 전에는 돌리지 않거든."

"좋아요." 해리가 말했다.

"니테달로 그 유리 제품을 보러 갔어요. 좋은 유리더군요. 그 사람들이 조금 가벼운 컵을 제작하자고 했어요. 젤러시 로고가 박힌 걸로. 이백 개 주문했어요."

"마지막 질문." 해리는 이 질문의 답도 알았지만 그냥 물었다. "경찰에는 왜 라켈이 살해당하기 하루 반 전에 이 집에 왔었다고 밝히지 않았습니까?"

"살인사건 수사에 엮여서 얻는 결과와 내가 경찰에 알려준 정보로 얻을 이득의 경중을 따져봤어요. 전에도 경찰의 의심을 받은 적이 있어요. 전처가 갑자기 아무한테도 알리지 않고 러시아로 돌아가서 여기 오슬로에서 실종 신고가 들어갔어요. 아내가 다시 나타나긴 했지만 경찰의 주목을 받는 건 썩 유쾌한 경험이 아니었어요. 정말이에요. 그래서 라켈이 살해당하기 하루 반 전에 뭘 했는지가 중요한 정보라면 라켈의 휴대전화의 이동 경로를 추적해서 간단히 알아냈을 거라고 판단했어요. 그래서 이기적으로 행동하기로 선택한 겁니다. 그래도 경찰에 말했어야 했다는 생각은 들어요."

해리는 고개를 끄덕였다. 침묵이 흐르는 동안 어디선가 째깍거리는 시계 소리가 들렸다. 지난번에 여기 몰래 들어왔을 때는 어떻게 저 소리를 듣지 못했는지 의아했다. 카운트다운 같았다. 그러다 그게 무슨 소린지 깨달았다. 머릿속에서 그의 마지막 시간과 분과 초를 세는 소리였다.

몸을 일으키려면 안간힘을 써야 할 것 같았다. 그는 지갑을 꺼냈다. 지갑을 열고 안을 보았다. 딱 한 장 있는 지폐, 500크로네짜리를 꺼내 테이블에 놓았다.

"그건 왜?"

"현관문 유리창 깬 값." 해리가 말했다.

"고맙군요."

해리는 돌아서서 나가려 했다. 그러다 멈추고 다시 돌아서서 생각에 잠긴 듯 500크로네 지폐에 그려진 시그리드 운세트*를 보았다. "음. 잔돈 있습니까?"

링달이 웃었다. "못해도 오백은 들 텐데―."

"그건 맞는데." 해리는 이렇게 말하고 지폐를 다시 집었다. "그럼 빚을 져야겠군. 젤러시 바가 잘되길 빌어요. 잘 있어요."

개가 낑낑거리는 소리가 멀리 사라졌지만 째깍거리는 소리가 점점 커지는 사이 해리는 길을 따라 내려갔다.

* Sigrid Undset, 노벨문학상을 받은 노르웨이의 작가.

38

해리는 차에 앉아 가만히 들어보았다.

째깍거리는 소리는 그의 심장이 뛰는 소리였다. 절반은 라켈의
것인 심장.

마구 뛰었다.

해리가 앨범 선반에서 피 묻은 칼을 발견한 순간부터 그랬다.

열 시간째였다. 그의 뇌는 그동안 내내 미친 듯이 대답을, 빠져
나갈 구멍을, 단 하나의 설명을 부정하기 위한 대안을 찾아 이리저
리 뛰어다녔다. 쥐가 침몰하는 배의 갑판 아래서 이리저리 뛰어다
니지만 결국 물이 천장까지 차오르고 닫힌 문과 막다른 길만 나오
는 것처럼. 심장의 절반은 무엇이 다가오는지 아는 것처럼 점점 더
거칠게 요동쳤다. 한 사람의 평균 심장박동 20억 번을 마저 다 써
버리려면 속도를 내야 한다는 듯이. 이제 깨어났으므로. 깨어났고,
죽을 것이므로.

그날 아침 (최면을 받은 이후 페테르 링달을 찾아가기 전) 해리는 그
의 집 바로 아래층인 2층의 집 벨을 눌렀다. (야간에 트램을 운전하

는) 굴레가 사각팬티 차림으로 문을 열었다. 너무 이르다고 생각했을지 몰라도 그런 말을 하지는 않았다. 굴레는 해리가 예전에 이 건물 4층에 살 때는 여기 살지 않던 사람이라 해리는 그를 잘 몰랐다. 코에 걸친 둥근 철제 테 안경은 1970년대와 1980년대와 1990년대를 거치며 살아남은 물건처럼 보여서 레트로의 지위를 얻었다. 몇 가닥 남은 머리카락은 무슨 기능을 할 것 같지는 않지만 그냥 대머리로 불리기 싫어서 널려 있는 것 같았다. 내비게이터 음성처럼 그는 딱딱하고 단조롭게 말했다. 그는 경찰에 다 말해서 이미 보고서에 들어가 있는 내용을 확인해주었다. 굴레는 밤 10시 45분에 퇴근하고 집에 돌아오면서 해리를 데려다주고 내려오던 비에른 홀름과 마주쳤다. 새벽 3시에 잠자리에 들 때까지 해리의 집에서 아무 소리도 들리지 않았다.

"그날 밤 뭘 하고 있었습니까?" 해리가 물었다.

"〈브로드처치〉를 보고 있었어요." 굴레가 말했다. 해리가 아무런 반응을 보이지 않자 다시 덧붙였다. "영국 드라마예요. 범죄물."

"음. 밤에 텔레비전을 많이 보십니까?"

"네, 그런 것 같아요. 제 생활이 남들하고는 조금 달라서요. 늦게까지 일하고 집에 오면 긴장 푸는 데 시간이 좀 걸려요."

"트램을 운전하고 나서 긴장을 푸는 데는 시간이 걸린다는 건가요?"

"네. 그래도 새벽 3시에는 자요. 11시에 일어나고요. 정상적인 사회에서 완전히 이탈하고 싶진 않거든요."

"당신이 말했듯이 이 건물은 방음이 좋지 않고 또 한밤중에 텔레비전을 많이 본다면, 내가 당신 집 바로 위층에 살고 가끔 밤늦게 계단을 오르내리면서 어떻게 당신 집에서 나는 소리를 전혀 들지 못했을까요?"

"제가 남들을 배려해서 헤드폰을 쓰거든요." 곧이어 굴레가 물었다. "그게 무슨 문제라도 됩니까?"

"그런데 말입니다, 내가 다시 나갔다면 헤드폰을 쓰고도 그 소리를 들었을 거라고 어떻게 그렇게 확신하십니까?"

"〈브로드처치〉였어요." 굴레가 말했다. 그러고는 해리가 그 드라마를 모른다는 걸 기억하고는 다시 말을 이었다. "딱히 시끄러운 드라마는 아니에요. 말하자면."

해리는 굴레에게 헤드폰을 쓰고 NRK 웹사이트에서 찾을 수 있다는 〈브로드처치〉를 보면서 해리의 아파트나 계단에서 무슨 소리가 들리는지 다시 한번 확인해달라고 부탁했다. 해리가 다시 초인종을 누르자 굴레가 나와서 이제 테스트를 시작할 거냐고 물었다.

"문제가 생겨서 다음에 해야겠네요." 해리는 이렇게만 답했다. 방금 침대에서 나와서 계단으로 현관까지 내려갔다가 다시 올라온 건 말하지 않기로 했다.

해리는 공황발작에 관해 잘 몰랐다. 다만 공황발작에 관해 들은 내용이 지금 그가 느끼는 상태와 상당히 일치하는 건 알았다. 심장이 벌렁거리고 식은땀이 나고 안절부절못하는 기분이 들고 생각이 진정되지 않은 채 빠르게 요동치는 심장박동에 맞춰 머릿속을 휘젓는 채로 벽을 향해 돌진하는 기분이었다. 하루하루 삶을 이어가고픈 소망, 영원히도 아니고 그저 하루를 더 살아서 영원으로 이어지고픈 소망은 햄스터가 바퀴에 추월당하지 않으려고 끊임없이 더 빨리 달리다가 심장마비로 죽는 것과 같다. 그게 다고 바퀴일 뿐이고 시간에 저항하는 무의미한 경주일 뿐이며 시간은 이미 결승선에서 기다리고 있고 기다리면서 똑딱똑딱 카운트다운을 하는 줄도 깨닫지 못한 채.

해리는 운전대에 머리를 박았다.

그는 잠에서 깨어났고, 이제 그것은 진실이었다.

그는 유죄였다.

그날 밤의 어둠 속에서, 알코올과 아무도 모를 무언가(물론 아직은 완전한 공백이므로)의 폭풍우가 몰아치던 그 언덕에서 그 일이 벌어졌다. 그는 침대에 눕혀졌다. 비에른이 떠나자마자 일어났다. 차를 몰고 라켈의 집으로 가서, 그곳에 설치해놓은 야생동물 카메라에 따르면 23:21에 도착했다. 아직 술에 취해 구부정한 자세로 현관까지 올라가 잠기지 않은 문으로 들어갔다. 그는 라켈 앞에 무릎을 꿇고 빌었고, 라켈은 생각은 해보겠지만 이미 결심이 섰다고 말했다. 그를 다시 받아줄 생각이 없다고 했다. 아니면 그가 술에 취해 머리가 완전히 돌아서 집 안으로 들어가기 전에 이미 라켈을 죽이고 그도 자살할 생각이었을까? 라켈 없이는 살고 싶지 않아서? 라켈이 그가 몰랐던 사실, 그러니까 올레그랑 상의하고 그에게 기회를 한 번 더 주기로 했다는 사실을 그에게 말할 틈도 없이 칼로 찌른 걸까? 그런 생각은 견딜 수 없었다. 그는 다시 머리를 운전대에 박았고, 이마의 살갗이 찢어진 것 같았다.

자살. 그때도 자살을 생각했을까?

라켈의 집 바닥에서 깨어나기 전까지 여전히 몇 시간의 공백이 있었지만 그는 자기가 범인인 걸 알았다(그리고 그 사실을 억압했다). 그리고 당장 희생양을 찾아다녔다. 그를 위해서가 아니라 올레그를 위해. 그러다 희생양을 찾는 게, 적어도 오심의 피해자가 될 사람을 찾는 게 불가능해지자 그의 역할도 끝났다. 무대를 내려올 수 있었다. 모든 것에서.

자살. 자살 생각은 이번이 처음은 아니었다.

그는 살인사건을 수사하며 무수한 시신을 보면서 스스로 목숨을 끊은 사람인지, 남에게 목숨이 끊긴 사람인지 판단해야 했다. 불확실한 경우는 거의 없었다. 아무리 잔혹한 수단을 선택해서 죽었든, 현장이 어지럽고 선혈이 낭자하든, 자살에는 대개 단순하고 외로운 구석이 있었다. 결심, 행위, 소통의 부재. 그리고 복잡한 법의학적 문제를 거의 남기지 않는다. 자살 현장은 고요한 편이다. 그렇다고 자살 현장이 그에게 아무 말도 들려주지 않는 건 아니었다. 사실은 말을 해주었다. 다만 여러 목소리와 충돌의 불협화음이 들리지 않았다. 그가 (특히 좋은 날이나 특히 나쁜 날에) 들을 수 있는 내면의 독백만 들렸다. 그때마다 그는 자살을 하나의 선택지로 여겼다. 무대에서 퇴장하는 방법. 쥐가 침몰하는 배에서 탈출하는 경로.

스톨레 에우네가 해리와 몇 건의 수사를 함께 맡으면서 가장 일반적인 자살 동기에 관해 설명해주었다. 유아적 동기(세상에 대한 복수, '이제 나한테 미안할 거야')부터 자기혐오, 수치심, 고통, 죄책감, 상실감, 온갖 '자잘한' 동기, 자살을 위안이나 위로로 여기는 경우까지. 탈출 경로를 찾던 건 아니지만 단지 퇴로가 있는 걸 알고 싶은 사람들. 사람들이 대도시에 사는 이유가 대도시에는 오페라부터 스트립클럽까지 평생 이용하지 않을 모든 것이 있기 때문인 것처럼. 살아 있다는 것, 산다는 것의 폐소공포를 막기 위한 장치들. 그러다 술이든 약이든 실연의 아픔이든 금전적 문제로든 삶의 중심을 잃어버린 순간 결정을 내리고 술을 한 잔 더 마시거나 바텐더를 때리는 행위의 결과를 생각하지 않는다. 이제 위안을 찾아간다는 생각밖에 없으므로.

그렇다, 해리는 그 생각을 해보았다. 하지만 (이제까지) 그 생각만 하고 산 건 아니다. 고뇌에 사로잡혔을 수는 있지만 정신은 깨어 있었다. 그리고 고통을 끝내야 한다는 생각 이상의 고민이 있었다. 다른 사람들, 계속 살아가야 할 사람들을 생각했다. 그는 충분히 고민했다. 살인사건 수사는 몇 가지 목적을 달성해야 한다. 남겨진 사람들과 사회 전체에 확신과 평화를 준다는 목적은 그중 하나일 뿐이다. 다른 목적들은, 위험한 사람을 거리에서 몰아내거나 잠재적 범죄자들에게 범죄자가 처벌받는 모습을 보여주거나 복수에 대한 사회의 무언의 요구를 충족시키는 것 같은 목적은 범인이 죽고 나면 실현되지 않는다. 다시 말해서 사회는 기껏해야 범인의 시체를 가져다주는 수사에는 자원을 덜 쓰고, 범인이 붙잡히지 않는 사건에 자원을 더 많이 투입한다. 따라서 해리가 지금 사라진다면 굴레가 살인이 일어난 시각에 알리바이를 대준 죽은 남자를 제외한 다른 모든 것에 수사가 집중될 가능성이 컸다. 그나마 유일하게 밝혀질 거라고는, 그러니까 모호하게나마 해리를 지목할 만한 단서라고는 범인의 키가 190센티미터가 넘을 **수 있고** 차는 포드 에스코트일 **수 있다**고 주장하는 3D 전문가밖에 없다. 하지만 그 정보는 비에른 홀름을 넘지 못할 것이다. 사실 비에른은 이미 해리에게 변함없는 충성심을 보여주느라 직업윤리의 선을 두 번 이상 넘은 인물이다. 해리가 지금 죽으면 아무런 흔적이 남지 않을 것이고, 올레그는 당분간 매스컴의 관심을 받겠지만 평생 낙인찍힌 채 살지는 않을 것이고, 여동생 쇠스나 카야나 카트리네나 비에른이나 스톨레나 외위스테인이나 그의 휴대전화에 한 글자 이니셜로 입력된 사람들도 오명을 뒤집어쓰지 않을 것이다. 그가 한 시간에 걸쳐 세 문장으로 유서를 작성한 이유는 모두 그들을 위해서였다.

유서에 적은 문장 자체가 어느 쪽에든 중요한 의미를 담고 있어서가 아니었다. 다만 그가 자살하면 그가 범인이라는 의심이 생길 것이므로 그는 그들에게 (경찰에) 사건을 종결하는 데 필요한 답을 주고 싶었다.

여러분이 받을 고통은 유감이지만 저로서는 라켈을 잃은 상실감과 라켈이 없는 인생을 감당할 수 없습니다. 모든 것에 감사드립니다. 여러분을 알아서 좋았습니다. 해리.

그는 유서를 세 번 읽었다. 담배와 라이터를 꺼내 담배에 불을 붙이고 유서에도 불을 붙여서 변기에 버리고 물을 내렸다. 더 나은 해결책이 있었다. 사고로 죽는 것. 그래서 페테르 링달의 집으로 가서 마지막 실마리를 마저 잡아당기고 마지막 희망을 꺼버리려한 것이다.

이제 그것이 꺼졌다. 어떤 면에서는 안도감이 들었다.

해리는 다시 생각했다. 깊이 고민하면서 정말로 모든 것이 기억났는지 거듭 확인했다. 지난번 밤에는 지금처럼 차에 앉아 저 아래 도시를, 어둠 속에서 점점이 연결될 만큼 밝게 빛나던 도시의 불빛을 보았다. 하지만 지금은 전체 그림이 보였다. 높은 파란 하늘 아래 새로운 봄날의 쨍한 햇빛을 받는 도시가 보였다.

심장이 더는 빠르게 뛰지 않았다. 카운트다운이 느려지다가 0에 이른 것처럼.

그는 클러치를 밟고 시동장치의 열쇠를 돌리고 기어를 넣었다.

39

287번 고속도로.

해리는 차를 몰고 북쪽으로 달렸다.

눈 덮인 산비탈에 눈이 부셔서 조수석 사물함에서 선글라스를 꺼냈다. 오슬로를 벗어난 후 심장박동이 다시 정상으로 돌아왔다. 도시에서 멀어질수록 도로에 차량이 점점 줄었다. 이렇게 차분해진 건 결정이 내려졌고 어찌 보면 그는 이미 사망 상태고 비교적 단순한 하나의 행위만 남았기 때문이리라. 어쩌면 짐빔 덕일 수도 있었다. 오슬로를 빠져나오면서 차를 한 번 세우고 테레세스 가의 주류 전문점에 들렀다. 거기서 시그리드 운세트가 그려진 500크로네짜리 지폐를 주고 반병짜리 짐빔과 거스름돈을 받았다. 그리고 마리엔뤼스트에 있는 쉘 주유소에 들러 남은 돈을 다 주고 거의 빈 연료통에 기름을 채웠다. 기름이 그만큼 필요해서가 아니었다. 잔돈이 필요하지 않아서였다. 지금은 4분의 3이 빈 짐빔 병이 조수석에 눕혀 있고 그 옆에 권총과 휴대전화가 있었다. 카야에게 다시 전화했지만 받지 않았다. 오히려 다행일 수 있다는 생각이 들었다.

원래는 짐빔 반병은 마셔야 술기운이 돌지만 지금은 현실과 동떨어진 느낌이라 얼마 마시지 않았는데도 무고한 사람을 죽일 수도 있을 것만 같았다.

그런 마일.

이틀 전 사고 현장에 있던 경찰은 287번 고속도로의 정확히 어느 지점에서 추돌사고가 발생했는지 말해주지 않았지만 그게 중요한 건 아니었다. 길게 뻗은 직선 구간에서 어디여도 달라질 건 없었다.

앞에 트럭이 한 대 있었다.

다음번 급커브를 돈 뒤 액셀러레이터를 밟아 옆으로 빠져서 추월하면서 보니 트레일러트럭이었다. 그는 트럭 앞으로 들어섰다. 룸미러를 보았다. 높은 운전석.

속도를 조금 더 내서 제한속도 80 구간에서 120 이상으로 달렸다. 그대로 2킬로미터쯤 더 달리자 다시 긴 직선 구간이 나왔다. 그 구간 끝에 왼편으로 고속도로 대피 구역이 있었다. 그는 그곳을 보고 도로를 가로질러 빈 대피 구역에 들어가 화장실과 쓰레기통 몇 개를 지나치고 다시 차를 돌려 남쪽으로 향하게 세웠다. 도로 옆에 차를 대고 기어를 중립으로 놓고 뒤편의 도로를 보았다. 노면에 아지랑이가 피어서 오른편 가드레일 너머로 얼음 덮인 강이 있는 3월의 노르웨이의 계곡이 아니라 사막 한가운데에 있는 것만 같았다. 알코올의 농간일지도 모르지만. 짐빔 병을 보았다. 햇빛에 황금빛 술이 일렁였다.

어디선가 스스로 목숨을 끊는 건 비겁하다고 말하는 목소리가 들렸다.

그럴지도. 하지만 이러는 데도 용기가 필요했다.

용기가 없다면 209.90크로네짜리 술 한 병으로 용기를 살 수도 있었다.

해리는 병뚜껑을 돌려서 남은 버번을 마시고 뚜껑을 닫았다.

됐다. 현실과 충분히 동떨어졌다. 용기가 생겼다.

하지만 그보다 중요한 건, 부검에서 유명한 알코올의존자의 차가 충돌할 때 혈중알코올농도가 이렇게 높았던 것으로 밝혀지면 그가 단순히 차를 잘못 몰아서 사고가 난 거라는 설명을 배제할 수 없게 된다. 게다가 해리 홀레가 자살을 계획했다고 입증할 유서도, 다른 무엇도 없다. 자살이 아니다. 의심할 구석이 없다. 아내 살인범의 그림자가 죄 없는 누군가에게 떨어지지 않는다.

남쪽으로 저 멀리 그것이 보였다. 트레일러트럭. 1킬로미터 정도 떨어져 있었다.

해리는 왼쪽 사이드미러를 보았다. 도로에는 그들밖에 없었다. 기어를 1단에 놓고 클러치를 풀고 도로로 진입했다. 속도계를 확인했다. 너무 빠르지 않았다. 속도가 높으면 자살에 대한 의심을 키울 수 있었다. 어차피 그럴 필요가 없었다. 지난번 사고 현장에서 경찰이 말한 것처럼, 차가 트럭 앞으로 80이나 90으로 돌진하면 안전벨트와 에어백도 소용이 없다. 순식간에 운전대가 뒷좌석에 가 있을 것이다.

속도계가 90을 찍었다.

4초에 100미터, 40초에 1킬로미터. 트럭도 같은 속도로 달려온다면 20초도 안 돼서 충돌할 터였다.

500미터. 10……. 9…….

해리는 그의 목적, 그러니까 트럭의 냉각장치 정중앙을 들이받는다는 목적 외에는 아무것도 생각하지 않았다. 그는 차로 자기 죽음과 타인의 죽음으로 뛰어들 수 있는 시대에 살아서 감사했지만, 이번 장례식은 그 혼자만의 것이 될 것이다. 그는 트럭에 흠집을 내고 운전자에게는 평생 안고 살아갈 상처를 주고 밤마다 악몽을 꾸게 할 테지만, 세월이 흐르면 악몽이 서서히 줄어들기를 바랐다. 유령들이 정말로 사라졌으므로.

400미터. 그는 포드 에스코트를 반대편 도로 쪽으로 돌렸다. 방향을 트는 것처럼 보여서 나중에 트럭 운전사가 경찰에 상대 차량의 운전자가 단순히 차에 대한 통제력을 잃었거나 졸음운전을 한 것 같다고 진술할 수 있는 상황을 만들었다. 해리는 트럭이 경적을 울리고 경적이 점점 크고 거칠어지는 소리를 들었다. 도플러 효과. 불협화음의 칼날처럼, 죽음에 다가가는 소리가 귀청을 찢었다. 그 소리를 잠재우려고, 그런 음악에 맞춰 죽는 걸 멈추려고, 해리는 오른손을 내밀어 라디오 볼륨을 최대로 틀었다. 200미터. 스피커에서 지지직거리는 소리가 들렸다.

'앞으로 우리는 더 많이 알게 되겠지…….'

해리는 이 찬송가의 느린 버전을 들은 적이 있다.

'앞으로 우리는 이유를 알게 되겠지.'

트럭의 정면이 점점 커졌다. 3……. 2…….

'기운을 내요, 형제여, 햇빛 속에 살아요.'

완벽히 옳았다. 완벽히…… 틀렸다. 해리는 핸들을 오른쪽으로 힘껏 꺾었다.

포드 에스코트는 원래 도로로 방향을 홱 틀어 트럭 전면의 왼쪽 모서리를 아슬아슬하게 비켜 갔다. 해리는 곧장 가드레일로 향하다가 브레이크를 밟고 핸들을 급히 왼쪽으로 꺾었다. 타이어가 바닥에서 살짝 들뜨고 차의 뒷부분이 오른쪽으로 미끄러지고 차체가 빙 돌면서 원심력에 의해 몸이 좌석 등받이로 훅 밀렸고, 이건 잘 끝날 수 없겠다는 자각이 들었다. 언뜻 트럭이 앞에서 이미 멀리 가버린 게 보이고 난 후 차체의 뒤쪽이 가드레일에 부딪치고 그는 무중력 상태가 되었다. 파란 하늘, 가벼운. 순간 그는 죽은 줄 알았고, 사람들이 말하던 것처럼 되었다. 그러니까 육신을 떠나 천국을 향해 떠오른 것 같았다. 그런데 그가 향하던 천국이 빙빙 돌았고, 숲으로 덮인 산비탈과 도로와 강도 같이 돌았고, 그사이 해가 계절에 관한 저속 영상처럼 떠오르고 지고 있었고, 갑작스럽고 기괴한 정적 속에서 마침내 목소리가 들렸다. '앞으로 우리는 알게 되겠지…….' 그 목소리가 또 한 번의 충돌 소리에 끊겼다.

해리는 운전석에 앉은 그대로 뒤로 떠밀린 채 하늘을 보았다. 빙빙 돌던 장면은 멈추었지만, 이제 모든 장면이 해체되어 초록빛으로 흐릿해지고 하늘에 옅은 빛의 투명한 커튼이 드리운 것 같았다. 점점 어두워지면서 아래로, 땅속으로 가라앉았다. 그는 별로 놀라지도 않으며 이제는 지옥으로 떨어지나 보다 생각했다. 그러더니 쿵 하고 둔탁한 소리가 났다. 공습 대피소의 문이 닫히는 소리처럼. 차가 세로로 섰다가 서서히 돌았고, 그는 어떻게 된 상황인지 알아챘다. 차가 강으로 추락한 것이다. 차가 뒤쪽으로 떨어져 얼음을 뚫고 들어가 이제는 얼음 아래에 있었다. 마치 태양 광선이 얼음과 물을 투과해서 비추는 괴이한 초록빛 풍경의 외계 행성에 착륙한 느낌이었다. 그 행성에서는 암석을 제외한 모든 사물이나 썩어가는 나무가 음악에 맞춰 춤추듯이 몽환적으로 흔들렸다.

차가 물살에 휩쓸려 공기부양선처럼 서서히 떠다니다가 가만히 수면으로 올라왔다. 차 지붕이 얼음에 닿자 긁히는 소리가 났다. 문 밑에서 물이 새어 들었고, 물이 얼음처럼 차가워서 해리는 발에 감각을 잃었다. 일단 안전벨트를 풀고 문을 열어보았다. 하지만 수면에서 1미터 아래의 수압에서 문을 여는 게 불가능했다. 창문으로 나가야 했다. 라디오와 헤드라이트가 켜져 있는 걸로 보아 물에서 아직 전기 합선이 일어나지 않았다. 그는 버튼을 눌러 창문을 열려고 했지만 꿈쩍도 하지 않았다. 합선 때문이든 수압 때문이든. 이제 물이 무릎까지 찼다. 지붕이 더는 얼음에 긁히지 않았고, 차도 떠오르기를 멈추어 강바닥과 수면 사이에 떠 있었다. 앞 유리를 발로 차서 뚫어야 했다. 그는 좌석에 등을 기댔지만 공간이 부족하고 다리는 너무 길고 술 때문에 동작이 둔하고 생각이 느려지고 신체 조정력도 어색했다. 좌석 밑을 더듬어 레버를 찾아서 좌석을 뒤로 밀었다. 그 위에 다른 레버가 있었다. 그는 좌석 등받이를 낮추어서 거의 눕다시피 했다. 단편적인 기억. 마지막으로 좌석을 조정한 때의 기억. 이제 겨우 다리를 밑에서 뺄 수 있었다. 물이 거의 가슴께로 올라오고 냉기가 짐승의 발톱처럼 폐와 심장을 움켜잡았다. 발로 앞 유리를 차려는 순간 차가 어딘가에 부딪쳐 그는 중심을 잃고 조수석으로 넘어가서 발이 앞 유리가 아닌 운전대를 찼다. 젠장, 젠장! 해리는 차가 부딪힌 바위가 서서히 멀어지는 걸 보았다. 차는 다시 느린 왈츠를 추듯이 빙글빙글 돌다가 계속 뒤쪽으로 떠내려가면서 다른 바위에 부딪치고는 다시 오른쪽으로 돌았다. 다시 '우리는 모두 알게 되겠지……'라는 가사가 나오다가 노래가 끊겼다. 해리는 지붕 쪽으로 얼굴을 내밀어 숨을 크게 들이마시고는 다시 머리를 물속으로 집어넣어 발길질할 자세를 취했다. 이번에는 앞 유리를 차긴 했지만 물속에 잠긴 채여서 우주비행사의 부츠가 달 표면을 밟듯이 발이 가볍고 힘없이 유리판을 건드리는 느낌이었다.

그는 좌석에 기댄 채로 올라가 머리를 지붕에 대고 공기를 마셨다. 숨을 두 번 크게 들이마셨다. 차가 멈추었다. 그는 다시 물속으로 들어가 앞 유리를 통해 그의 포드 에스코트가 썩은 나무의 나뭇가지에 걸린 걸 보았다. 흰색 점들이 박힌 파란색 드레스가 그에게 손짓했다. 공포가 엄습했다. 그는 손으로 차창을 쳐서 열려고 했다. 소용이 없었다. 갑자기 나뭇가지 두 개가 부러지고 차가 옆으로 미끄러지면서 나무에서 풀려났다. 헤드라이트가 아직 꺼지지 않은 게 이상했지만, 그 불빛이 강바닥을 훑고 강기슭까지 비추었고, 거기서 그는 맥주병인지 뭔지 모를 유리 재질의 뭔가가 반짝거리는 것을 보았고, 곧이어 차가 이번에는 더 빠르게 떠올랐다. 공기가 더 필요했다. 이제 차에 물이 다 차서 그는 입 닫고 코를 차 지붕에 대고 코로만 숨을 들이마셔야 했다. 이제 헤드라이트도 꺼졌다. 뭔가가 그의 시야에 들어왔다가 수면으로 떠올랐다. 짐빔, 빈 술병, 뚜껑이 닫힌. 예전에 아주 오래전에 그의 목숨을 구한 방법을 상기시켜주려는 듯이. 하지만 이번에는 소용이 없었다. 술병 속의 공기는 체념으로 작은 평화를 얻은 그에게 몇 초간의 고통스러운 희망을 줄 뿐이었다.

해리는 눈을 감았다. 그리고 (흔한 이야기처럼) 그의 일생이 주마등처럼 지나갔다.

어릴 때 롬스달렌에 있는 할아버지의 농장에서 엎드리면 코 닿을 거리의 숲속에서 길을 잃고 겁에 질려 뛰어다니던 기억. 첫 여자친구와 아무도 없는 집에서 부모님 방 침대에 함께 누운 기억, 발코니 문이 열려 있고 커튼이 흔들리며 햇살이 새어 들 때 여자친구가 그에게 자기를 보살펴줘야 한다고 속삭이고 그가 '그래'라고 속삭여준 기억, 6개월 후 그녀의 유서를 읽은 기억. 시드니에서의 살인사건, 해가 북쪽으로 넘어가서 거기서도 길을 잃을 거라고 말해주던 기억. 방콕의 수영장에서 외팔이 소녀가 물속으로 다이빙하던 기억, 그녀의 몸이 칼날처럼 수면을 가르고 특이한 비대칭과 파괴의 아름다움을 만들어낸 기억. 노르마르카로 올레그와 라켈과 함께 셋이서만 긴 하이킹을 떠난 기억. 가을 햇빛이 라켈 얼굴에, 카메라의 타이머를 기다리며 미소 짓던 얼굴에 떨어지고, 라켈이 그녀를 바라보는 그의 시선을 느끼고는 그를 돌아보며 더 환하게, 미소가 눈가까지 닿을 정도로 웃고 마침내 빛이 고르게 퍼져서 그녀가 태양처럼 빛나고 그들이 서로에게서 눈을 떼지 못해서 사진을 다시 찍어야 했던 기억.

고르게 퍼지다.

해리는 다시 눈을 떴다.

물이 더는 올라오지 않았다.

수압이 마침내 고르게 퍼졌다. 기초적이고 복잡한 물리법칙에 따라 공기층이 차의 지붕 밑과 수면 위에 잠시 머무를 수 있었다.

그리고 (문자 그대로) 터널 끝에 빛이 있었다.

뒷 유리를 통해 그가 지나온 뒤편이 점점 진초록으로 짙어지고 앞쪽은 점점 옅어지는 게 보였다. 그렇다면 앞쪽의 강은 얼지 않았거나 적어도 얕아졌거나 아니면 둘 다일 수도 있다는 뜻이다. 수압이 고르게 퍼졌으니 이제 차 문을 열 수 있었다. 해리는 물속으로 머리를 집어넣으려다가 아직 얼음 밑인 걸 알았다. 차가 얕은 쪽으로, 얼음이 없는 쪽으로 이동할 때까지 연명할 공기가 남아 있으므로 그냥 이대로 익사하는 것이 황당한 일인 것도 알았다. 거기까진 멀지 않고 차가 빠르게 떠가는 듯하고 빛이 점점 밝아졌다.

교수형당할 놈은 물에 빠져 죽지 않는다.

왜 갑자기 이 속담이 떠올랐는지 몰랐다.

아니, 왜 그 파란색 드레스를 생각하는지 몰랐다.

아니, 로아르 보르가 왜 생각나는지 몰랐다.

소음이 점점 가까워졌다.

로아르 보르. 파란색 드레스. 여동생. 노라포센 폭포. 20미터. 바위로 떨어진.

해리가 빛 속으로 떠오를 때 물이 앞에서 하얀 거품의 벽을 이루고 소음이 점점 커지면서 우르릉거렸다. 그는 밑에서 좌석 등받이가 잡아채는 걸 느끼며 숨을 깊이 들이마시고 차의 전면이 앞으로 기우는 사이 물속으로 들어갔다. 물속에서 앞 유리 너머로 시커먼 무언가를 정면으로 마주 보았고, 하얀 물이 폭포처럼 쏟아지며 새하얀 무無가 되었다.

PART 3

JO NESBØ

40

당뉘 옌센은 학교 운동장을 내다보았다. 그날 아침에는 햇빛이 경비실 앞으로 길쭉하게 네모난 모양으로 비추었지만 (학교가 파할 시간이 되어가는) 지금은 빛의 사각형이 교무실 바로 앞으로 옮겨왔다. 할미새 한 마리가 총총거리며 길을 건너고 있었다. 큰 떡갈나무 가지에 움이 텄다. 왜 갑자기 온 세상 싹들이 보이는 거지? 당뉘는 교실을 둘러보았다. 아이들이 머리를 숙여 영어 교재를 들여다보고 있고, 들리는 소리라고는 연필과 펜이 리드미컬하게 사각거리는 소리뿐이었다. 원래는 숙제로 내주려 했던 것이다. 하지만 배가 심하게 아파서 오늘 하려던 샬럿 브론테의《제인 에어》수업은 진행하지 못할 것 같았다. 샬럿, 가정교사로 일하면서 독립적으로 살고 싶어한 여자, 사회적으로 인정받기 위해 지적으로 존경하지 않는 남자와의 결혼을 거부한 여자, 빅토리아 시대 영국에서 튀는 사고방식을 가진 여자. 가정교사로 들어간 저택의 무뚝뚝하고 사람을 싫어하는 듯 보이는 로체스터와 사랑에 빠진 고아 제인 에어. 그들은 서로에게 사랑을 말하지만 (결혼식을 올리기 직전에) 제

503

인 에어는 그에게 아직 아내가 있다는 사실을 알아낸다. 제인은 그 집에서 나와서 그녀를 사랑하는 다른 남자를 만나지만, 사실 그 남자는 로체스터를 대신하는 평범한 남자일 뿐이다. 결국에는 로체스터 부인이 죽고 제인과 로체스터가 맺어지는 비극적인 해피 엔딩이다. 두 주인공이 나누는 유명한 대화가 있다. 저택을 집어삼킨 화마에 장애를 입은 로체스터가 묻는다. "내가 흉측해요, 제인?" 제인이 대답한다. "무척. 당신은 항상 그랬잖아요."

그리고 독자의 눈물을 자아내는 마지막 장^후에서 제인은 아기를 낳는다.

당뉘는 배가 찢어지는 듯한 지독한 통증으로 식은땀을 흘렸다. 이틀간 통증이 반복됐고, 소화제를 먹어봐도 소용이 없었다. 병원에 진료 예약을 했지만 다음 주까지 기다려야 했고 이렇게 통증이 심한 채로 일주일을 견뎌야 한다고 생각하니 몹시 괴로웠다.

"얘들아, 선생님 잠깐 나갔다 올게." 그녀는 이렇게 말하고 일어섰다.

몇몇 학생이 눈을 들어 고개를 끄덕이고 다시 과제에 집중했다. 착하고 열심히 공부하는 아이들이었다. 그중 둘은 정말로 재능이 있었다. 당뉘는 가끔 그런 꿈을 꾸었다. 언젠가 제자 하나가 (한 명이면 족하다) 전화해서 고맙다고 말해주는 꿈. 어휘와 문법 그리고 언어 세계의 기초적인 영양분 이상의 세계를 알려줘서 고맙다고 말해주는 꿈. 당뉘의 영어 수업에서 뭔가를 발견하고 영감을 얻은 어떤 제자가 전화해주는 꿈. 그 뭔가로 인해 스스로 뭔가를 창조할 수 있었다고 말해주는 꿈.

당뉘가 복도로 나오자 교실 앞에 앉아 있던 경찰이 그녀를 따라왔다. 그의 이름은 랄프고, 카리 베알과 교대했다.

"화장실 가요." 당뇌가 말했다.

카트리네 브라트는 당뇌에게 스베인 핀네가 위협이 되지 않을 때까지 보디가드를 붙여주겠다고 했다. 하지만 카트리네도 당뇌도 현실적인 제약을 거론하지 않았다. 현실적으로는 핀네가 얼마나 오래 자유롭게 돌아다니고 얼마나 오래 살아 있는지가 중요한 게 아니라, 카트리네가 쓸 수 있는 예산이나 당뇌의 인내심이 어디까지 버텨줄지가 관건이었다.

수업 중의 학교 복도는 유독 고요했다. 쉬는 시간마다 학생들이 광적으로 폭발하듯 뛰어다니는 북새통을 피해 잠시 휴식을 취하기라도 하듯이. 쉬는 시간의 복도는 마치 정확히 17년을 주기로 매미 떼가 미시간 호로 날아들 때와 같았다. 삼촌은 당뇌에게 그런 장관을 직접 봐야 한다고 했다. 수십억 마리의 벌레가 만들어내는 강렬한 음악과 그 경험을 직접 느껴봐야 한다면서 다음번에 매미 떼가 몰려들 때 놀러 오라고 한 적이 있다. 매미는 새우 같은 갑각류와 친척뻘인 것 같았고, 삼촌은 노르웨이에 놀러 와서 새우 요리를 먹다가 매미도 새우처럼 요리해서 먹을 수 있다고 알려주었다. 딱딱한 껍데기를 붙잡고 발과 머리를 떼어내고 연한 단백질 덩어리를 꺼낸다는 것이다. 하지만 그 설명에 딱히 구미가 동하지는 않았다. 게다가 워낙에 미국인들의 초대를 가볍게 여기던 당뇌는 다음번에 매미 떼가 몰려오는 (그녀가 정확히 계산한 거라면) 2024년에 와보라는 삼촌의 초대도 그냥 흘려들었다.

"전 여기서 기다릴게요." 경찰이 여자 화장실 앞에 멈췄다.

당뇌는 화장실로 들어갔다. 아무도 없었다. 여덟 칸 중 마지막 칸으로 들어갔다.

바지와 속옷을 내리고 변기에 앉아 몸을 앞으로 기울여 문을 밀어서 잠그려 했다. 그런데 문이 꽉 물리지 않았다. 눈을 들었다.

문과 문틀 사이에 손이 있었다. 굵은 손가락 네 개가 보이고 그 중 하나에는 뱀 모양의 반지가 끼워져 있었다. 그리고 손바닥에 뚫린 구멍의 한쪽 가장자리가 보였다.

당뉘는 가까스로 숨을 깊이 들이마시고는 문을 홱 열어젖혔다. 순식간에 핀네의 손이 앞으로 튀어나와 그녀의 목을 움켜잡았다. 그는 뱀 모양의 칼을 그녀의 얼굴 앞에 들이대고 귀에 바짝 다가와 속삭였다.

"그래, 당뉘? 입덧을 하나? 배가 아파? 방광에 문제가 있어? 젖통은 부드러워졌나?"

당뉘는 눈을 질끈 감았다.

"곧 알게 되겠지." 핀네는 그녀의 목을 놓지 않은 채 그녀 앞에서 스르륵 미끄러져 내려가 무릎을 꿇고 재킷 안 칼집에 칼을 꽂고는 주머니에서 펜처럼 생긴 걸 꺼내 그녀의 허벅지 사이에 넣었다. 당뉘는 그것이 몸에 닿아 찌르는 줄 알았지만 그런 일은 일어나지 않았다.

"착하지, 아빠를 위해 오줌을 싸주겠니?"

당뉘는 침을 삼켰다.

"왜 그래? 오줌 싸려고 온 거 아냐?"

당뉘는 그의 말대로 하고 싶었지만 모든 신체 기능이 얼어붙었다. 그가 손아귀의 힘을 풀어도 비명을 지를 수 있을지조차 알 수 없었다.

"셋 세기 전에 안 싸면 이 칼로 널 찌른 다음 복도에 있는 저 멍청이도 찌를 거야." 핀네가 속삭이며 내뱉는 모든 단어와 모든 음절이 외설적으로 들렸다. 그녀는 해보았다. 진정으로 해보았다.

"하나." 핀네가 속삭였다. "둘, 셋……. 옳지, 바로 그거야! 똑똑한 아가씨야……."

변기에 똑똑 떨어지는 소리가 나다가 물이 쏟아지는 소리가 들렸다.

핀네는 펜 잡은 손을 빼서 바닥에 펜을 놓았다. 그러고는 벽에 걸린 화장지로 손을 쓱쓱 닦았다.

"2분만 지나면 임신 여부를 알 수 있어. 굉장하지 않아, 자기야? 이런 펜 말이야, 옛날엔 이런 게 없었어. 지난번 내가 자유의 몸이었을 때는 이런 건 꿈도 꾸지 못했지. 미래가 가져다줄 그 모든 기막힌 것들을 상상해봐. 이런 세상에 아이를 내놓고 싶어하는 거 멋지지 않아?"

당뉘는 눈을 감았다. 2분. 그리곤 뭐지?

밖에서 말소리가 들렸다. 짧은 대화가 오가고 문이 열렸고, 급히 뛰어 들어오는 발소리가 나고, 어느 교실에서 교사에게 허락을 받고 온 여학생이 복도와 가까운 칸에 들어가 용변을 보고 손을 씻고 다시 뛰어나갔다.

핀네는 한숨을 길게 내쉬면서 펜을 보았다. "난 여기 플러스가 뜨기를 바라거든, 당뉘, 그런데 마이너스가 뜨는 것 같네. 그게 무슨 뜻이냐면……."

그는 그녀 앞에서 일어서서 남은 손으로 바지를 끄르기 시작했다. 당뉘는 고개를 홱 젖혀 그의 다른 손에서 벗어났다.

"생리 중이에요." 당뉘가 말했다.

핀네는 그녀를 내려다보았다. 그의 얼굴은 그림자 속에 있었다. 그리고 그림자를 드리웠다. 그의 몸 전체가 태양 앞에서 맴도는 맹금처럼 그림자를 드리웠다. 그는 칼집에서 다시 칼을 뺐다. 순간 바깥문이 삐걱거리더니 경찰 목소리가 들렸다.

"괜찮아요, 당뉘?"

핀네는 칼로 그녀를 가리켰다. 원하는 게 뭐든 강제로 하도록 조종하는 마술봉처럼.

"금방 나가요." 당뉘는 핀네에게서 눈을 떼지 않고 대꾸했다.

그녀는 일어서서 팬티와 바지를 추켜올렸다. 그와 가까이 붙어 있어서 땀 냄새와 함께 욕지기가 나는 고약한 어떤 냄새를 맡았다. 질병. 고통.

"다시 오지." 그가 문을 잡아주었다.

당뉘는 뛰진 않았지만 재빨리 다른 칸들을 지나고 세면대를 지나 복도로 나갔다. 뒤에서 문이 닫혔다. "놈이 안에 있어요."

"뭐요?"

"스베인 핀네. 칼을 가지고 있어요."

경찰은 잠시 그녀를 쳐다보다가 허리춤의 총집을 풀고 총을 꺼냈다. 다른 손으로는 이어폰을 꽂고 가슴에 붙어 있던 무전기를 꺼냈다.

"제로-원. 지원 요청."

"놈이 도망쳐요." 당뉘가 말했다. "잡아야 해요."

경찰은 그녀를 보았다. 입을 벌리며 그의 주 업무는 그녀를 보호하는 것이지 공격 행동을 취하는 게 아니라고 말하려는 것 같았다.

"안 그러면 놈이 또 올 거예요." 당뉘가 말했다.

그녀의 목소리 때문인지 표정 때문인지 경찰은 다시 입을 닫았다. 그는 문 앞으로 한 발 다가가 머리를 문 옆 벽에 대고 잠시 귀를 기울였다. 두 손으로 총을 잡고 총구를 바닥으로 향하게 하고서. 그러고는 문을 벌컥 열었다. "경찰이다! 머리 위로 손 들어!"

그는 화장실로 사라졌다.

당뉘는 기다렸다.

화장실 칸막이 문이 벌컥벌컥 열리는 소리가 들렸다.

모두 여덟 개.

경찰이 다시 나왔다.

당뉘는 떨리는 숨을 들이마셨다. "벌써 도망쳤어요?"

"어떻게 그랬는지 모르겠네요." 경찰은 이렇게 말하고 무전기를 다시 집었다. "놈이 벽을 타고 올라가서 천장 쪽 창문으로 빠져나간 것 같다."

"날아갔어요." 당뉘가 나직이 웅얼거리는 사이 경찰은 중앙통제실인 01을 다시 눌렀다.

"네?"

"기어오른 게 아니에요. **날아간 거예요.**"

41

"20미터라고요?" 크리포스의 성민 라르센이 물었다.

성민은 물이 솟구치며 쏟아지는 노라포센 폭포 꼭대기를 쳐다보았다. 그러고는 서풍으로 강둑까지 날아오는 물보라에 젖은 얼굴을 닦았다. 요란한 폭포 소리가 멀리 경사진 강둑 위 고속도로의 차 소리마저 삼켜버렸다.

"20미터요." 경찰이 확인해주었다. 불도그 같은 얼굴의 경관은 시그달 경찰서에서 나온 안이라고 자기를 소개했다. "떨어지는 데는 몇 초밖에 안 걸려도 바닥에 닿을 때는 시속 70킬로미터예요. 가망이 없죠." 그는 약간 앞으로 돌출된 짧은 팔로 시커먼 바위에 걸쳐 있는 흰색 포드 에스코트의 짓눌린 잔해를 가리켰다. 강물이 그 바위에 부딪쳐 사방으로 튀면서 바위 면이 부드럽게 마모되었다. 설치미술 같군, 성민은 생각했다. 열네 살일 때 아버지와 둘이 차를 타고 가서 보았던, 로드, 마케즈, 미헬스가 텍사스 애머릴로 사막에 캐딜락 열 대를 반쯤 파묻은 설치미술을 모방한 작품 같았다. 아버지는 조종사였고, 스타파이터를 조종하는 훈련을 받은 아름다운 고장을 아들에게 보여주고 싶어했다. 아버지는 그 전투기가 적보다 조종사에게 더 위험하다고 우겼다. 그리로 가는 길에 연신 기침을 하면서 수없이 되풀이한 농담이었다. 아버지는 폐암이었다.

"의심할 구석이 없어요." 시그달의 얀이 경찰모를 더 뒤로 넘겨 쓰며 말했다. "운전자는 앞 유리로 팅겨나와 바위에 부딪쳐 즉사했어요. 시신은 강으로 떠내려갔고요. 수위가 높은 시기라 솔레바튼으로 떠내려갈 때까지 도중에 멈추지 않았을 거예요. 그쪽은 아직 얼어서 한동안 시신이 나오지 않을 거고요."

"트럭 운전사는 뭐랍니까?" 성민 라르센이 물었다.

"에스코트가 갑자기 차선을 넘어 역주행한 걸 보면 운전자가 사물함에서 뭘 찾으려다가 그런 것 같애요. 상황을 깨닫고 아슬아슬하게 원래 차선으로 돌아간 거고요. 트럭 운전사는 순식간에 벌어진 상황이라 제대로 못 봤지만 나중에 룸미러로 보니 차가 사라지고 없더래요. 직선 구간이라 보여야 맞는데 안 보이니까 트럭을 세우고 우리한테 신고한 거고요. 아스팔트에 고무가 묻어 있고 가드레일에 흰색 페인트가 묻었고 강 얼음판에 구멍이 있어요. 에스코트가 빠진 자리요."

"어떻게 생각하십니까?" 성민이 물었다. 바람이 다시 거칠어지자 성민은 자기도 모르게 손으로 넥타이를 눌렀다. 팬암 로고가 박힌 넥타이핀으로 이미 고정되어 있는데도. "난폭 운전일까요, 자살 시도일까요?"

"시도요? 그 차 운전자는 죽었어요. 확실해요."

"운전자가 트럭 앞으로 돌진하려다가 마지막 순간에 마음이 약해진 건 아닐까요?"

경관은 발을 굴러서 무릎 높이 부츠에서 진흙과 눈 섞인 것을 털어냈다. 그러고는 성민 라르센의 깨끗하게 닦인 구두를 보았다. 고개를 저었다. "보통은 안 그래요."

"보통은?"

"여기까지 죽으러 오는 사람들 말이에요. 이미 마음을 정하고 와요. 그 사람들은……." 경관은 숨을 깊이 들이마셨다. "의지가 강해요."

성민은 뒤에서 나뭇가지 부러지는 소리가 나서 돌아보았다. 강력반의 카트리네 브라트 반장이 나무줄기를 부둥켜안으며 비탈진 강기슭을 천천히 내려오고 있었다. 카트리네는 그들에게 다다르자 검은 청바지에 손을 닦았다. 성민이 카트리네의 얼굴을 찬찬히 들여다보는 동안 카트리네는 바지에 닦은 손을 경관에게 내밀고 자기를 소개했다.

핏기 없는 얼굴. 새로 고친 화장. 오슬로에서 여기까지 오는 동안 울어서 차에서 내리기 전에 화장을 고친 건가? 해리 홀레와 분명 가까운 사이다.

"시신은 찾았나요?" 카트리네는 경관에게 묻고 경관이 고개를 젓는 걸 보고 고개를 끄덕였다. 성민은 카트리네가 다음 질문으로 홀레가 살아 있을 가능성이 있냐고 물을 거라고 짐작했다.

"그럼 그 사람이 죽었는지 아닌지는 모르는 거네요?"

경관은 한숨을 길게 내쉬고 다시 비극적인 표정을 지었다. "차가 20미터 아래로 추락하면 시속 70킬로미터에 이르고—."

"여기선 다들 사망한 걸로 보세요." 성민이 말했다.

"그쪽이 여기 온 건 라켈 페우케 살인사건과 연관이 있다고 봐서겠군요." 카트리네가 성민은 보지도 않고 자동차의 잔해가 만든 기괴한 조각상만 바라보면서 말했다.

'반장님은 아닌가요?' 성민은 이렇게 되물으려다가 한 부서의 수장이 팀원이 사망한 현장에 오는 게 그리 이상한 건 아니겠다는 데 생각이 미쳤다. 아마도. 두 시간 가까이 운전하고 화장도 새로 고치고. 단순한 직장 동료 이상이었을까?

"제 차로 올라가실까요?" 성민이 물었다. "커피가 있어요."

카트리네는 고개를 끄덕였고, 성민은 재빨리 경관에게 그도 같이 가자는 건 아니라는 눈빛을 보냈다.

성민과 카트리네는 그의 BMW 그란 쿠페의 앞자리에 탔다. 그는 연료비를 많이 지원해주는 크리포스의 차량 대신 손해를 감수하면서 본인 차를 몰았다. 아버지가 자주 하던 말이 있었다. 인생이 짧으니 좋은 차를 몰지 않을 이유가 없다.

"안녕." 카트리네가 좌석 사이로 손을 뻗어 뒷좌석에서 앞발에 머리를 얹고 슬픈 얼굴로 그들을 쳐다보는 개를 쓰다듬었다.

"카스파로브는 은퇴한 경찰견이에요." 성민은 보온병에 든 커피를 종이컵 두 개에 따랐다. "그런데 주인보다 오래 살아서 제가 맡았어요."

"개를 좋아해요?"

"딱히, 맡아줄 사람이 없어서요." 성민은 카트리네에게 컵을 건넸다. "솔직히 말하겠습니다. 해리 홀레를 체포하려던 참이었어요."

카트리네 브라트는 첫 모금을 마시려다가 조금 쏟았다. 성민은 커피가 뜨거워서 그런 건 아닌 걸 알았다.

"그 사람을 체포하다니요?" 카트리네는 성민이 건네는 손수건을 받았다. "무슨 근거로?"

"전화를 한 통 받았어요. 프레운이란 사람한테서. 시구르 프레운. 영상과 사진의 3D 분석 전문가예요. 강력반처럼 우리도 그 사람한테 의뢰한 적이 있거든요. 해리 홀레 수사관이 자기한테 부탁한 분석이 어떤 절차로 진행되는 건지 확인하고 싶다더군요."

"그 사람이 왜 당신한테 전화했을까요? 홀레는 우리랑 일하는데."

"그래서겠죠. 홀레가 개인 주소로 청구서를 보내라고 했다는데, 그게 상당히 이례적인 요청이래요. 그래서 정당한 절차로 진행되는 사안인지 확인하고 싶었대요. 게다가 뒤늦게 해리 홀레의 키가 190과 195 사이고 문제의 영상 속 인물과 신장이 같다는 걸 확인했고요. 그래서 경찰청에 연락해서 홀레가 영상에 나오는 차종인 포드 에스코트를 운전하는지 확인했대요. 우리 쪽으로 영상을 보내줬어요. 라켈 페우케의 집 앞에 설치된 야생동물 카메라에 찍힌 영상요. 찍힌 시간이 사망 추정 시각과 일치해요. 카메라는 제거됐고, 아마 거기에 카메라가 있는 걸 아는 유일한 사람이 없었을 거고요."

"유일한 사람?"

"그런 카메라를 건물이 있는 곳에 설치할 때는 대개 누군가를 감시하는 용도예요. 배우자라든가. 그래서 우리가 오슬로에서 야생동물 카메라를 판매하는 사람들한테 홀레 사진을 보냈거든요. 시멘센 헌팅앤드피싱이라는 상점을 운영하던 노인이 해리 홀레를 알아봤어요."

"도대체 왜 해…… 홀레가 자신이 범인으로 몰릴 줄 알면서도 그 영상을 분석해달라고 맡겨요?"

"홀레가 왜 경찰에는 알리지 않고 분석을 의뢰했을까요?"

"홀레는 정직 상태예요. 아내의 살인사건을 수사하려면 비밀리에 진행해야 했겠죠."

"그렇다면 유능한 해리 홀레가 유능한 해리 홀레의 정체를 밝혀서 엄청난 쾌거를 이룬 거군요."

카트리네 브라트는 대꾸하지 않았다. 종이컵으로 입을 가린 채 컵을 돌리면서 앞 유리 너머로 서서히 줄어드는 햇빛을 보았다.

"사실은 그 반대였을 거라고 생각해요." 성민이 말했다. "홀레가 전문가에게 확인하고 싶었던 건 그가 희생자의 사망 추정 시각에 라켈 페우케의 집에 드나드는 모습이 찍힌 걸 기술적으로 밝혀낼 수 있을지였을 겁니다. 시구르 프레운이 영상 속 인물이 홀레라고 말해줄 수 없다면 홀레는 안심하고 영상을 우리한테 넘겼을 겁니다. 홀레에게 알리바이가 있는 그 시각에 다른 누군가가 라켈 페우케의 집에 있었던 게 입증되니까요. 그러면 홀레의 알리바이가 더 탄탄해졌겠죠. 영상은 라켈 페우케가 10시에서 2시 사이의 언젠가, 더 정확히 말하면 영상에 찍힌 인물이 그 집에 도착한 시각인 23:21 이후에 살해당했다는 부검의의 결론을 확인해주고요."

"홀레한테는 알리바이가 있잖아요!"

성민은 명백한 사실을, 그러니까 홀레의 알리바이는 한 명의 목격자에게만 의존하고 경험상 목격자 진술을 항상 신뢰할 순 없다는 점을 일깨워주려 했다. 목격자가 본래 믿을 만한 사람들이 아니라서가 아니라 인간의 기억이 농간을 부리고 인간의 감각이 생각만큼 믿을 만하진 않기 때문이라고 말하고 싶었다. 하지만 카트리네의 목소리에 절망이 들리고 눈에는 지독한 고통이 보였다.

"우리 수사관이 굴레를 만나러 갔습니다. 홀레의 이웃요." 성민이 말했다. "그 사람이 홀레의 알리바이를 말해준 정황을 다시 확인하고 있어요."

"비에른 말로는 해리를 집에 데려다주고 나올 때는 해리가 정신을 잃을 만큼 취해서 해리가 그랬을 리가……."

"정신을 잃을 만큼 취한 걸로 보였죠." 성민이 말했다. "알코올 의존자는 취한 척을 잘해요. 하지만 홀레는 그냥 과장해서 연기한 걸 수도 있어요."

"무슨?"

"페테르 링달 말로는, 그 가게 주인—."

"누군지 알아요."

"링달 말로는 전에도 홀레가 취한 걸 본 적이 있지만 그렇게 끌려 나갈 정도로 취한 건 못 봤다더군요. 홀레는 웬만한 사람들보다 술을 잘 조절해요. 게다가 링달은 홀레가 그렇게 많이 마시지도 않았다고 했어요. 홀레가 실제보다 더 취한 것처럼 보이고 싶어했을 수 있어요."

"이런 얘기는 들어본 적이 없네요."

"홀레에게 알리바이가 있고 누구도 면밀히 들여다보지 않아서일 겁니다. 오늘 아침에 프레운하고 통화한 후 페테르 링달의 집에 찾아갔습니다. 해리 홀레가 막 다녀갔더군요. 링달이 하는 말을 듣다가 저는 홀레가 그에게 그물망이 좁혀 드는 걸 알고 절박하게 다른 희생양을 찾는 것 같다는 인상을 받았습니다. 링달이 희생양으로 쓸모가 없다는 걸 깨닫고 선택지가 사라져서……." 성민은 그들 앞 도로를 향해 손짓하면서 카트리네가 원한다면 직접 문장을 마무리하게 놔두었다.

카트리네 브라트는 턱을 들었다. 특정 나이의 남자들이 하는, 셔츠가 꽉 끼어서 목을 풀어놓으려는 동작처럼. 하지만 성민은 그 모습을 보고 정신적으로 다시 무장해서 이미 잃은 점수는 잊고 다음 싸움을 준비하는 운동선수를 떠올렸다. "크리포스는 또 어떤 수사 방향을 보고 있나요?"

성민은 그녀를 보았다. 그가 정확히 전달하지 못한 건가? 이건 수사의 한 갈래가 아니라, 환하게 밝은 4차선 고속도로라는 걸 모르는 건가? 올레 빈테르조차 길을 잃을 수 없는 대로고, (범인의 시신을 확보하지 못한 점만 빼면) 그들이 이미 목표를 달성한 걸 모르는 건가?

"현재로서는 다른 수사 방향이 없습니다." 그가 말했다.

카트리네 브라트는 연신 고개를 끄덕이면서 눈을 감거나 정면을 쳐다보기를 반복했다. 이렇게 단순명료한 사실조차 엄청난 지력을 동원해야 처리할 수 있다는 듯이.

"해리 홀레가 사망했다면 그 사람이 크리포스의 주요 용의자라는 걸 급하게 공개할 이유가 없겠네요." 카트리네가 말했다.

성민도 고개를 끄덕였다. 그 말에 동의해서가 아니라 카트리네가 뭘 물어보는 건지 깨달아서.

"여기 관할 경찰서에서는 '차량이 287번 고속도로 옆 강으로 추락한 후 실종된 남자'라는 식으로 보도 자료를 내보냈어요." 성민은 정확한 문구가 기억나지 않는 척 말했다. 경험상 그가 기억력이 좋고 사람의 마음을 잘 읽고 추론하는 능력이 뛰어난 것을 들키면 상대가 긴장하고 대화에 소극적으로 대응하는 걸 알기 때문이었다. "저야 크리포스에서 당장 정보를 더 공개해야 할 이유는 없다고 보지만 그런 건 위에서 내리는 결정이죠."

"빈테르 말인가요?"

성민은 카트리네를 보면서 굳이 왜 그의 상관 이름을 말하는지 의아했다. 그녀의 얼굴에 숨은 의도가 드러나지 않은 데다, 올레 빈테르가 아직 그의 상관이라는 사실을 떠올릴 때마다 그가 얼마나 불편해지는지 카트리네가 안다고 의심할 이유도 없었다. 성민은 올레 빈테르가 그저 그런 수사관이고 유난히 약한 리더라고 생각한다는 말을 누구에게도 해본 적이 없다. 빈테르가 물러터졌다는 뜻이 아니라, 그 반대로 고리타분하고 권위적이고 고집스러운 자라서 약한 지도자라는 뜻이다. 빈테르는 틀린 걸 틀렸다고 인정하고 젊은 생각을 하는 젊은 수사관들에게 책임을 위임해야 하는 걸 받아들일 만큼 자존감이 굳건하지 않았다. 그냥 젊은 게 아니라 더 똑똑한 수사관들에게 말이다. 하지만 성민은 크리포스에서 이런 의견을 가진 사람이 그밖에 없는 걸 알기에 아무에게도 말하지 않았다.

"빈테르하고는 내가 얘기해볼게요." 카트리네 브라트가 말했다. "시그달 경찰서하고도. 여기 경찰서에서도 가족한테 알리기 전에 실종자 이름부터 공개하고 싶진 않을 테고, 내가 가족들한테 알리는 역할을 맡는다면 여기 경찰서에서 해리 홀레의 신원을 확인하는 시기도 내가 통제하게 되죠."

"좋은 생각이네요." 성민이 말했다. "그런데 조만간 이름이 공개될 테고, 반장님이든 저든 대중과 언론이 뭐라고 추측하는 걸 막지 못해요. 죽은 남자가ㅡ."

"실종된 남자요."

"……그 남자가 최근에 살해당한 여자의 남편이라는 게 알려진다면요."

성민은 카트리네 브라트가 몸서리를 치는 걸 보았다. 또 울려는 건가? 아니다. 그래도 차에 혼자 있을 때는 울었을 것이다.

"커피 잘 마셨어요." 그녀는 차 문을 더듬어 손잡이를 찾으면서 말했다. "계속 연락하죠."

카트리네 브라트는 솔레바튼에서 도로를 빠져나와 빈 대피 구역으로 들어갔다. 차를 세워놓고 얼음 덮인 드넓은 호수를 내다보면서 호흡에 집중했다. 맥박이 진정되자 전화기를 꺼내 당뉘 옌센의 보디가드인 카리 베알에게서 문자가 온 걸 보긴 했지만 그건 나중에 확인해도 되었다. 올레그에게 전화했다. 차와 강과 사고에 관해 알렸다.

전화기 너머에서 아무 말이 없었다. 긴 침묵. 올레그가 입을 열었을 때는 목소리가 놀랍도록 차분했다. 카트리네가 예상한 만큼 충격을 받지 않은 것처럼.

"사고가 아니에요." 올레그가 말했다. "자살하신 거예요."

카트리네는 모르겠다고 대답하려다가 올레그가 질문한 게 아닌 걸 깨달았다.

"수색하는 데 시간이 걸릴 수도 있어. 물이 아직 얼어서."

"제가 들어갈래요." 올레그가 말했다. "다이빙 면허 있어요. 물을 무서워하긴 했지만······."

다시 침묵이 흘렀고, 카트리네는 잠시 전화가 끊긴 줄 알았다. 그러다 무겁게 떨리는 숨소리가 들리고 이어서 꾸역꾸역 눈물을 삼키는 목소리가 들렸다.

"······그분이 수영을 가르쳐줬어요."

카트리네는 잠자코 기다려주었다. 올레그가 다시 말을 이을 때는 진정된 말투였다. "시그달 경찰서에 연락해서 다이빙팀에 합류할 수 있는지 물어볼게요. 쇠스 고모한테도 연락할게요."

카트리네는 자기가 도울 일이 있으면 연락을 달라면서 사무실 직통 번호를 알려주고 전화를 끊었다. 그래. 됐다. 이젠 참을 이유가 없었다. 차에 그녀 혼자였다.

그녀는 머리를 뒤로 기대고 울음을 터트렸다.

42

4시 반이었다. 마지막 내담자. 엘란 마드센은 최근에 정신과 의사와 함께 내담자와 환자를 가르는 경계선에 관해 토론한 적이 있다. 이들을 치료하는 전문가의 차이일까? 그러니까 심리학자냐 정신과 의사냐의 차이인가? 약을 처방받는 환자와 약을 처방받지 않는 내담자 사이에는 뚜렷한 경계가 있는 건가? 그는 가끔 심리학자가 약을 처방할 수 없는 게 부당하다고 생각했다. 내담자에게 정확히 무엇이 필요한지 아는데도, 이를테면 외상후스트레스장애에 관해 자기보다 모르는 정신과 의사에게 내담자를 의뢰해야 할 때는 더더욱.

마드센은 양손을 깍지 끼었다. 보통 내담자와 가벼운 대화를 나눈 후 본격적인 상담으로 들어갈 때 취하는 자세였다. 별생각 없는 동작이지만 그런 의식을 치르는 걸 자각하고는 자료를 찾아보았다. 밧줄로 묶여 깍지 낀 죄수의 손을 복종의 상징으로 여기던 시대로 그 유래가 거슬러 올라간다는 어느 종교사 학자의 주장을 발견했다. 로마제국에서는 패잔병이 깍지 낀 손을 내보이며 항복하고 자비를 구했다. 기독교도들이 전능하신 하나님께 자비를 구하는 기도는 같은 동작의 다른 의미일 것이다. 그러니 마드센이 깍지를 낄 때는 내담자에게 복종한다는 뜻일까? 그럴 리가. 그보다는 심리학자로서 자신뿐 아니라 내담자를 대신해 심리학의 미심쩍은 권위와 쉽게 변하는 신조에 복종한다는 의미에 가까웠다. 신학의 풍향계인 사제가 신도들에게 오늘의 진실을 위해 과거의 영원한 진리를 내던지라고 말하듯이. 다만 사제는 깍지 끼면서 '기도합시다'라고 말하지만 마드센은 이렇게 운을 뗐다. "지난번 상담의 마지막 부분부터 시작할까요?"

그는 로아르 보르가 고개를 끄덕일 때까지 기다렸다가 다시 말을 이었다.

"누군가를 살해했을 때 얘기를 해보죠. 그러니까 당신은 그때……." (마드센은 노트를 보았다.) "괴물이었다고 하셨네요. 왜죠?"

로아르는 목청을 가다듬었고, 마드센은 로아르도 깍지 낀 걸 보았다. 무의식적 거울 효과라는 흔한 현상이었다. "저는 꽤 일찍 제가 괴물인 걸 알았어요." 로아르가 말했다. "누군가를 정말 미치게 죽이고 싶었거든요……."

엘란 마드센은 얼굴에 감정을 드러내지 않으려고 애쓰면서 뒷이야기를 듣고 싶어 안달 난 게 아니라 열린 마음으로 다 들어줄 수 있다는 걸, 안전하고 무비판적인 태도를 보여주려 했다. 흥미 때문도 아니고 파격적인 얘기를 듣고 싶어 조바심치는 것도 아니며 재미난 이야기에 집착하는 것도 아닌 척했다. 하지만 이번 예약, 이번 치료, 이번 대화를 기다려온 건 부정할 수 없었다. 그러나 내담자의 핵심 경험과 치료사에게 재미나게 들리는 이야기가 일치해서는 안 된다고 누가 말하겠는가? 사실 마드센은 진지한 고민 끝에 내담자에게 도움이 되는 이야기라면 어떤 이야기든 내담자를 진실로 위하는 진지한 심리학자에게서 호기심을 불러일으킬 수밖에 없다는 결론에 이르렀다. 따라서 그가 호기심을 느끼는 건 그가 궁금해하는 질문이 내담자에게 중요하기 때문이다. 그는 양심적인 심리학자이므로. 이제 원인과 결과의 순서를 파악한 터라 그는 그냥 깍지만 낀 게 아니라 두 손바닥을 맞댔다.

"누굴 정말 미치도록 죽이고 싶었습니다." 로아르 보르가 말했다. "그런데 그럴 수가 없었어요. 그래서 괴물이 된 거예요."

그는 말을 끊었다. 마드센은 너무 빨리 끼어들지 않으려고 속으로 숫자를 세어야 했다. 넷, 다섯, 여섯.

"그럴 수 없었다고요?"

"네. 할 수 있을 줄 알았는데 아니더군요. 군에는 병사들에게 살인을 할 수 있도록 교육하는 심리학자가 있어요. 그런데 특수부대는 그런 인력을 쓰지 않아요. 특수부대에 지원하는 사람들은 이미 살인 동기가 높아서 군이 심리학자를 따로 둘 필요가 없는 겁니다. 시간적으로나 금전적으로 낭비죠. 저한테 그런 동기가 있는 줄 알았어요. 특수부대에서 살인을 훈련받을 때 머리로나 가슴으로나 아무런 저항을 느끼지 못했거든요. 오히려 정반대였죠."

"사람을 죽일 수 없다는 걸 깨달은 건 언제인가요?"

로아르는 숨을 깊이 들이마셨다. "이라크 바스라에서 미군 특수부대와 함께 공습 작전을 펼칠 때요. 우리는 뱀 작전을 펼치면서 정찰병이 총알이 날아온다고 알려준 건물에 폭탄을 터트리며 진입했어요. 건물 안에 열네 살이나 열다섯 살쯤 되어 보이는 소녀가 있었어요. 소녀는 파란색 드레스를 입고 있었고 폭발로 먼지를 뒤집어써서 얼굴이 잿빛이 된 채로 제 몸집만 한 칼라시니코프 총을 들고 있었어요. 총구가 절 향해 있었죠. 그 애를 쏘려고 했는데 몸이 얼어붙었어요. 어서 방아쇠를 당기라고 손가락에 명령을 내렸지만 손이 말을 듣지 않았어요. 머리가 문제가 아니라 근육이 문제였던 것 같아요. 소녀가 총을 발사했지만 다행히 아직 자욱한 먼지로 앞이 잘 보이지 않아서 총알이 제 뒤의 벽에 가서 박혔어요. 등에 벽돌 파편이 튄 느낌이 아직 생생해요. 그런데도 전 그 자리에 꼼짝 않고 서 있었어요. 미군 병사가 그 애를 쐈어요. 작은 몸이 알록달록한 담요가 덮인 소파로 넘어갔어요. 작은 탁자에 사진 두 장이 있었는데 소녀의 조부모 같았어요."

로아르는 말을 끊었다.

"그래서 기분이 어땠나요?"

"아무렇지도. 몇 년 동안은 아무 느낌이 없었어요. 같은 상황에서 또다시 일을 망칠 수도 있겠다는 생각에 공황 상태에 빠진 것 말고는. 말했듯이 동기에는 아무 문제가 없거든요. 다만 제 머릿속에서 뭔가가 작동하지 않아요. 아니면 **지나치게** 작동하든가. 그래서 그 뒤로는 현장 작전이 아니라 지도력에 집중했어요. 그쪽으로 더 잘 맞을 것 같았거든요. 실제로도 그랬고요."

"그런데 아무것도 **느껴지지** 않았다고요?"

"네. 공황발작 말고는. 공황발작이 아무것도 느껴지지 않는 대가로 생기는 거라면 그렇게 아무것도 못 느끼는 것도 괜찮았어요."

"'Comfortably Numb(편안한 무감각)'.*"

"네?"

"아닙니다. 계속하세요."

---

* 핑크플로이드의 〈The Wall〉 음반에 수록된 곡.

"제가 PTSD 증상을 겪는 중이란 걸 처음 알았을 때는, 그러니까 불면증, 과민성, 두근거림을 비롯해 온갖 증상이 나타났을 때는 사실 크게 신경 쓰이지 않았어요. 특수부대에서는 누구나 PTSD를 알아요. 공식적으로는 아주 진지하게 여긴다고 말하지만, 사실은 그런 얘기를 잘 하지도 않았어요. PTSD는 약골들이나 걸리는 거라고 말하지는 않아도 사실 특수부대 요원들은 자의식이 꽤 높고 우리가 NPY 수준 같은 게 높다는 걸 잘 알아요."

마드센은 고개를 끄덕였다. 특수부대 요원을 선발할 때는 스트레스 수준을 낮춰주는 신경전달물질인 뉴로펩티드 Y, 곧 NPY 수준이 평균 이하인 병사들을 걸러낸다는 연구가 있다. 일부 특수부대는 이런 유전자 조합과 자기네 부대의 훈련과 끈끈한 동지애가 결합하면 PTSD에 면역력이 생긴다고 믿었다.

"악몽을 꾼다고 말하는 것까지는 괜찮았어요." 로아르가 말했다. "그러면 오히려 완전히 사이코패스가 아니라는 걸 보여줄 수 있으니까요. 하지만 그 외에는, 우리가 PTSD를 생각하는 건 우리 부모 세대가 흡연을 생각하는 거랑 비슷했어요. 남들이 다 하니까 **그렇게 위험하지는** 않을 거라는 거죠. 그러다가 더 심각해지고……."

"그렇군요." 마드센은 노트를 앞으로 넘겼다. "그 얘기를 하셨군요. 그런데 어느 시점에 좋아졌다고도 하셨네요."

"네. 결국 누군가를 죽였을 때 좋아졌어요."

엘란 마드센은 고개를 들었다. 안경도 벗었지만, 딱히 극적인 몸짓은 아니었다.

"누굴 죽였는데요?" 마드센은 이 질문을 던지지 않을 수도 있었다. 심리치료사가 이런 질문을 던지나? 정말로 대답을 듣고 싶나?

"강간범. 그자가 누군지는 사실 중요한 게 아니지만 할라라는 여자를 강간하고 죽인 자예요. 할라는 아프가니스탄에서 제 통역사였고요."

잠시 침묵.

"왜 '강간범'이라고 하시죠?"

"네?"

"그자가 당신 통역사를 살해했다면서요. 그게 강간보다 더한 짓 아닌가요? 당신이 살인자를 죽였다고 말하는 게 더 자연스럽지 않을까요?"

로아르는 생각지도 못한 말을 마드센이 한 것처럼 빤히 쳐다보았다. 무슨 말을 할 것처럼 입술에 침을 발랐다. 그러고는 다시 발랐다.

"저는 찾아 헤맸어요. 비안카를 강간한 자."

"당신 여동생요?"

"그자는 자기가 한 짓에 대해 보상해야 해요. 누구든 자신이 저지른 행위에 대해 보상을 해야 해요."

"당신도 당신이 한 일에 대해 보상해야 하나요?"

"전 동생을 지켜주지 못한 죄를 갚아야 해요. 동생이 절 지켜준 것처럼 지켜주지 못했어요."

"동생은 당신을 어떻게 지켜줬는데요?"

"비밀을 지켜줬어요." 로아르는 떨리는 숨을 깊이 들이마셨다. "비안카는 시름시름 앓다가 열일곱 살에 강간을 당했다고 저한테 털어놨어요. 전 그 말이 진실인 걸 알았어요. 모든 게 들어맞았거든요. 비안카는 몇 년이 지났는데도 그때 강간당하면서 임신했다고 믿고 저한테 말했어요. 자기는 느낄 수 있다면서, 그게 아주 천천히 혹이나 돌덩이처럼 자라서 밖으로 나오려고 자기를 죽일 거라고 했어요. 그때 우리는 산장에 있었는데, 제가 그걸 꺼내게 도와줄 수 있다고 했지만 비안카는 그러면 그자가, 강간범이 다시 와서 자기를 죽일 거라고, 약속대로 할 거라고 두려워했어요. 그래서 제가 동생한테 수면제를 줬고, 이튿날 아침에 그게 사실은 임신중절 약이고 이젠 임신한 게 아니라고 말해줬어요. 동생은 히스테리 발작을 일으켰어요. 그 뒤로 동생이 다시 입원해서 제가 병원에 찾아갔어요. 정신과 의사가 동생이 그린 거라면서 수리가 제 이름을 외치는 그림을 보여주면서 동생이 낙태에 관해 말하고 동생과 제가 **저**를 죽였다고 말했다고 하더군요. 저는 우리의 비밀을 지키는 쪽을 선택했어요. 그래서 뭐가 달라졌는진 모르겠지만. 어느 쪽이든, 비안카는 제가, 오빠가 죽게 놔두느니 차라리 자기가 죽으려고 했어요."

"당신은 그걸 막지 못했군요. 그래서 보상해야 하고요?"

"네. 전 동생의 원수를 갚아주는 방법으로 보상할 수밖에 없었어요. 강간하는 자들을 막는 방법이요. 그래서 군대에도 입대하고 특수부대에 자원한 거예요. 준비를 해두고 싶었어요. 그러던 중 할라마저 강간당하고……."

"당신 동생에게 한 것과 같은 짓을 할라에게 저지른 자를 죽였나요?"

"네."

"그래서 기분이 어땠나요?"

"말씀드렸잖아요. 좋아졌다고요. 누굴 죽이니까 좋아졌어요. 더는 제가 괴물이 아닌 거 같아요."

마드센은 노트의 빈 페이지를 보았다. 적다가 말았다. 그리고 목청을 가다듬었다.

"그래서…… 이제 보상이 됐나요?"

"아뇨."

"아니에요?"

"비안카를 범한 그자를 찾지 못했어요. 다른 자들도 더 있고."

"막아야 할 강간범들, 말인가요?"

"네."

"당신은 그 사람들을 막고 싶군요?"

"네."

"그자들을 죽여서?"

"그런 것 같아요. 그러면 기분이 좋아져요."

엘란 마드센은 머뭇거렸다. 이건 치료사의 관점과 사법부의 관점, 두 가지 모두에서 다뤄야 할 사안이었다.

"살인 말인데요, 그냥 그렇게 생각만 하는 건가요? 아니면 실제로 실행할 계획이 있는 건가요?"

"저도 모르겠어요."

"누가 말려주면 좋겠어요?"

"아뇨."

"그럼 어떻게 하고 싶은데요?"

"그게 다음에도 도움이 될지 선생님이 알려주면 좋겠군요."

"그거라면 누군가를 죽이는 거요?"

"네."

마드센은 로아르 보르를 보았다. 그의 경험으로 보면 사람의 얼굴과 표정과 몸짓에서는 답을 알 수 없었다. 이런 건 주로 학습된 행동이다. 사실은 사람들의 말에 답이 있다. 지금 그는 대답하지 못할 질문을 받았다. 노골적이지 않게, 솔직하지 않게 대답하지 못할 질문. 마드센은 손목시계를 보았다.

"시간이 됐습니다. 목요일에 이어서 하죠."

"저 이제 들어갈게요." 문 앞에서 여자 목소리가 들렸다.

엘란 마드센은 내담자 기록실에서 찾아와 책상에 놓아둔 서류철에서 눈을 들었다. 토릴이었다. 이 심리치료센터의 심리학자 여섯 명이 공동으로 고용한 접수원이다. 토릴은 코트를 입은 채 마드센이 뭔가를 기억해야 한다고 대놓고 말하는 대신 넌지시 요령껏 알리는 표정으로 그를 보았다.

엘란 마드센은 시간을 확인했다. 6시. 뭔지 생각났다. 오늘 밤에는 그가 아이들을 재우기로 했다. 아내가 친정어머니의 아파트 청소를 도와주러 가기로 한 날이다.

하지만 그 전에 해결할 문제가 있었다.

두 명의 내담자. 둘 사이에는 몇 가지 접점이 있었다. 둘 다 카불에서 일했고, 기간이 일부 겹쳤다. 두 사람 모두 PTSD 증상으로 의뢰받은 내담자였다. 지금 그는 상담 기록에서 그 지점을 발견했다. 둘 다 할라라는 여자와 가까웠다. 아프가니스탄에서는 흔한 여자 이름일 수 있지만 카불의 노르웨이 주둔군에서 통역사로 일하는 할라가 두 명 이상일 것 같지는 않았다.

로아르는 여자 부하나 어린 여자들과의 관계에서 공통된 특징을 보였다. 그는 여자들에게 그의 여동생에게 느낀 것과 같은 책임감을 느꼈고, 그 책임감이 강박이 되어 편집증 형태로 발현되었다.

다른 내담자는 할라와 더 가까웠다. 두 사람은 연인이었다.

엘란 마드센은 상담 기록을 자세히 적어놓았는데, 둘이 같은 문신을 했다고 적혀 있었다. 이름은 아니었다. 탈레반이든 그 밖의 다른 엄격한 신앙을 가진 사람들에게 들키면 위험해질 수 있었기 때문이다. 대신 "친구"라는 글자를 새겼다. 남은 생에서 두 사람을 묶어줄 무언가였다.

하지만 이것이 결정적인 연결점은 아니었다.

마드센은 손가락으로 짚어가며 그가 찾으려던 내용을 그가 기억하는 대로 찾아냈다. 로아르와 또 한 명의 내담자가 둘 다 사람을 죽인 후 기분이 **좋아졌다**고 말한 기록. 마드센은 그 페이지의 맨 아래에 추후 참조용으로 메모를 남겼었다. '주의! 다음 시간에 이 부분을 더 깊이 파고들 것. '누굴 죽인 후 좋아졌다'는 건 무슨 뜻일까?'

엘란 마드센은 손목시계를 보았다. 상담 기록을 집으로 가져가서 아이들을 재운 뒤에 읽어야 했다. 그는 서류철을 덮고 빨간색 고무줄을 끼웠다. 고무줄이 서류철에 적힌 이름을 가로질렀다.

카야 솔네스.

43

석 달 전.

엘란 마드센은 손목시계를 흘끔 보았다. 상담 시간이 거의 끝나갔다. 아쉬웠다. 이제 겨우 두 번째 치료이지만 카야 솔네스라는 내담자는 흥미로운 사례였다. 적십자에서 보안 책임자로 일하던 카야는 전쟁터에 나간 병사들에게 PTSD를 유발하는 외상 경험에 직접 노출될 필요가 없었다. 그런데도 전시의 군인이나 겪을 법한, 그래서 머지않아 정신을 피폐하게 하는 전쟁의 참상과 일상의 공포를 체험한 사연을 털어놓았다. 흥미로운 (그렇다고 이상할 건 없는) 건, 카야가 결국 이런 위험에 처하게 된 것만이 아니라 스스로 위험을 찾아다닌 사실을 자각하지 못한다는 점이었다. 또 흥미로운 지점은 카야가 귀국길에 탈린에서 임무를 보고하면서 PTSD 증상을 보이지 않았는데도 자발적으로 심리치료를 받으려고 생각했다는 것이다. 군인 내담자는 주로 의뢰되어 반강제로 상담실을 찾아온 사람들이었다. 다들 좀처럼 자기 얘기를 꺼내려 하지 않고 개중에는 단도직입적으로 심리치료는 계집애 같은 자들이나 받는 거라고 말하는 사람도 있고, 수면제나 타러 왔는데 마드센이 수면제를 처방할 수 없다는 걸 알고는 버럭 화를 내는 사람도 있었다. "난 그냥 잠 좀 자고 싶다고요!" 그들은 이렇게 말하면서 스스로 얼마나 병들었는지 알지 못한다. 라이플 총구를 입에 물고 앉아 두 뺨에 눈물을 줄줄 흘리기 전에는. 심리치료를 거부하는 사람들은 약을 먹었다. 물론 항우울제와 수면제 같은 약이다. 하지만 마드센은 그가 집중적으로 연구해온 외상 인지치료가 효과가 있다는 걸 경험으로 알았다. 한창 인기를 구가하던 단기 위기 치료가 아니다. 이후 연구에서는 이런 식의 단기 치료는 전혀 효과가 없고 내담자가 장기 치료로 외상을 다루면서 서서히 신체 반응을 해결하고 증상과 함께 살아가는 법을 배워야 한다고 밝혀졌다. 빠른 해법이 존재하고 하룻밤에 상처를 치유할 수 있다는 믿음은 순진하고 위험할 수 있었다.

하지만 카야 솔네스는 그런 치유책을 찾는 것 같았다. 그녀는 그 얘기를 하고 싶어했다. 빨리, 많이. 아주 빨리, 아주 많이. 마드센이 속도를 늦추려 했을 정도로. 하지만 그녀는 시간에 쫓겨 직접적인 답을 구하는 것 같았다.

"안톤은 스위스인이었어요." 카야 솔네스가 말했다. "ICRC라고, 적십자 스위스 지부에서 일하는 의사였어요. 그 사람을 많이 사랑했어요. 그 사람도 절 사랑했고요. 어쨌든 전 그런 줄 알았어요."

"당신이 잘못 생각한 것 같아요?" 마드센은 이렇게 물으며 노트에 적었다.

"아뇨. 모르겠어요. 그 사람이 절 떠났어요. 어, '떠났다'는 건 적절한 표현이 아닐 수도 있겠네요. 전쟁 지역에서 함께 활동하니까 물리적으로 누가 누굴 떠나기는 어려우니까요. 거기선 다들 좁은 공간에서 가까이 붙어서 지내거든요. 하지만 그 사람이 다른 사람을 만났다고 했어요." 카야는 짧게 웃음을 터트렸다. "'정말로 만났다'는 게 아니에요. 소니아는 적십자 간호사였어요. 말 그대로 같이 먹고 같이 자고 같이 일한 사람이에요. 그 여자도 스위스인이었어요. 안톤은 아름다운 여자를 좋아하니, 물론 그 여자도 아름다웠죠. 지적이고. 매너도 완벽하고. 좋은 집안 출신이고. 스위스는 아직 그런 게 중요한 나라거든요. 그런데 그중에 최악은 소니아가 착하기까지 했다는 거예요. 열의와 용기와 사랑으로 일에 뛰어드는, 진실로 호감을 주는 사람이었어요. 사망자와 중상자가 많이 들어온 날이면 소니아가 자다가 우는 소리가 자주 들렸어요. 소니아는 저한테도 잘해줬어요. 자주 'Merci vilmal'이라고 했어요. 독일어인지, 프랑스어인지, 둘 다인지는 몰라도 이 말을 입에 달고 살았어요. 고마워요, 고마워요, 고마워요. 제가 알기로 소니아는 안톤과 제가 사귀는 걸 몰랐던 거 같아요. 안톤이 유부남이라 애초에 우리가 비밀로 했거든요. 그러다 이번엔 소니아가 자기네 관계를 비밀로 하게 된 거죠. 얄궂게도 소니아가 비밀을 털어놓은 단 한 명이 바로 저였어요. 소니아는 괴로워하면서 안톤이 아내와 헤어지기로 약속해놓고 자꾸 미루는 것 같다고 했어요. 저는 그런 말을 들어주고 위로하면서 소니아를 더욱더 미워했어요. 소니아가 나쁜 사람이라서가 아니라 좋은 사람이라서. 마드센, 이상하지 않아요?"

엘란 마드센은 자기 이름을 듣고 흠칫 놀랐다. 그리고 물었다. "**당신**은 이상하다고 생각하나요?"

"아뇨." 카야 솔네스는 잠시 생각한 후 대답했다. "소니아였어요. 안톤의 돈 많고 병든 아내가 아니라. 저랑 안톤 사이에 낀 여자. 말이 되지 않나요?"

"타당하게 들리네요. 계속하세요."

"바스라 외곽이었어요. 바스라에 가보셨나요?"

"아뇨."

"지구상에서 가장 뜨거운 도시라, 마시지 않으면 죽는 곳. 술탄 팰리스 호텔의 바에서 기자들이 하는 말이에요. 밤에는 육식동물인 거대한 벌꿀오소리들이 사막에서 들어와 길거리를 어슬렁거리며 닥치는 대로 잡아먹어요. 다들 그놈들을 무서워했어요. 바스라 외곽의 농부들은 벌꿀오소리들이 소들을 잡아먹는다고 했어요. 그런데도 바스라에서는 근사한 데이트를 즐길 수 있어요."

"그나마 다행이네요."

"음, 우리가 어느 농장에서 신고를 받고 출동한 적이 있어요. 소들이 지뢰밭 가장자리에 얼기설기 둘러친 울타리를 짓뭉갰다고 신고가 들어왔거든요. 농부와 그 집 아들이 소들을 쫓아 뛰어다니며 소들을 몰아냈어요. 나중에 보니 그 사람들은 거기에 대인 지뢰만 설치된 줄 알았던 것 같아요. 대인 지뢰는 못이 뾰족뾰족 튀어나온 화분처럼 생겨서 눈으로 식별해서 간단히 피할 수 있어요. 그런데 거기에는 PROM-1도 묻혀 있었어요. 그건 잘 보이지 않아요. PROM-1을 도약식 지뢰라고도 해요."

마드센은 고개를 끄덕였다. 지뢰는 주로 다리와 사타구니에 박히지만 이런 도약식 지뢰를 건드리면 가슴 높이까지 터진다.

"소는 거의 다 무사했어요. 운이 좋았던 건지 소들의 본능 덕인지는 모르지만요. 그런데 농부가 지뢰밭에서 거의 다 빠져나왔을 때 울타리 바로 안쪽의 PROM-1을 건드렸어요. 지뢰가 터지면서 농부에게 파편이 쏟아졌어요. 이 지뢰는 파편이 높이 튀어서 대개 멀리 있는 사람한테까지 날아가 박혀요. 아들이 마지막 남은 소를 구하려고 지뢰밭으로 30에서 40미터 안까지 뛰어 들어가서 파편 한 조각을 맞았어요. 우리가 아버지를 꺼내 목숨을 살리는 동안 아들이 지뢰밭에 쓰러져 비명을 질렀어요. 그 소리는 견딜 수 없을 정도였어요. 그런데 날이 저물어 금속 탐지기 없이는 PROM-1이 잔뜩 깔린 지뢰밭에 들어갈 수 없었어요. 그러다 ICRC 차량이 나타난 거예요. 차에서 소니아가 뛰어내렸어요. 비명을 듣고는 저한테 달려와 어떤 지뢰냐고 물었어요. 소니아가 평소처럼 내 팔을 잡는데, 그 손에 못 보던 반지가 있었어요. 약혼반지. 그 사람이 그렇게 한 걸, 그러니까 안톤이 결국 아내를 떠난 걸 알았어요. 우린 사람들과 조금 떨어져 있었어요. 전 소니아에게 대인 지뢰라고 말했어요. 숨을 들이마시고 PROM-1도 있다고 말하려는 순간 소니아는 이미 지뢰밭으로 뛰어 들어갔어요. 전 소니아를 불렀지만 잘 들릴 만큼 큰 소리는 아니었을 거예요. 소년의 비명에 제 목소리가 묻혔을 거예요."

카야는 마드센이 준 찻잔을 들었다. 카야는 그를 보았다. 그는 카야 얼굴에서 그가 이 이야기의 결말을 기다리는 걸 알아챈 표정을 보았다.

"소니아는 죽었어요. 농부도요. 하지만 소년은 살았어요."

마드센은 노트에 세로선 세 줄을 그었다. 그중 두 줄을 지웠다.

"죄책감이 들었나요?"

"당연하죠." 카야는 놀란 표정이었다. 그녀 목소리에 짜증이 묻어난 건가?

"그게 왜 당연한가요, 카야?"

"제가 그 여자를 죽였잖아요. 악의라고는 단 1그램도 없는 사람을 제가 죽인 거예요."

"지금 본인에게 조금 가혹한 것 같지 않아요? 좀 전에 그 여자한테 알려주려고 했다면서요."

"내담자 얘기를 잘 들어주라고 많은 돈을 받으시는 거 아닌가요, 마드센?"

마드센은 카야의 말투에서 공격성을 느꼈지만, 그녀의 온화한 표정에는 그런 기미가 전혀 없었다.

"제가 어떤 부분을 듣지 않았다는 건가요, 카야?"

"누군가가 울타리로 뛰어가고 그 망할 지뢰를 밟기 전까지, 숨을 들이마시고 'PROM-1'이라고 외칠 시간은 충분했어요. 게다가 축구장 반만큼 떨어진 곳에 쓰러져 있는 소년의 비명이 제 목소리를 덮을 만큼은 아니었고요, 마드센."

잠시 상담실에 정적이 흘렀다.

"이런 얘기를 다른 사람에게도 해본 적 있습니까?"

"아뇨. 아까도 말했듯이 소니아와 저는 비밀을 지켰어요. 전 사람들한테 제가 소니아에게 두 가지 지뢰가 다 있다고 경고했다고 말했어요. 아무도 이상하게 생각하지 않았어요. 소니아가 얼마나 이타적인 사람인지 알았으니까요. 캠프에서 치러진 장례식에서 안톤이 저한테 그러더군요. 자기는 소니아가 인정받고 사랑받고 싶은 욕구 때문에 죽었다고 생각한다고. 그 뒤로 그 말을 생각했어요. 사랑을 갈구하는 이런 마음이 얼마나 위험할 수 있는지에 대해. 사건의 진실을 아는 사람은 저밖에 없어요. 이젠 선생님도 아시네요." 카야는 미소를 지었다. 작고 뾰족한 치아가 드러났다. 십대 아이들처럼 비밀을 공유한 것 같군, 마드센은 생각했다.

"소니아의 죽음이 당신한테 어떤 결과를 낳았죠?"

"안톤을 되찾았어요."

"안톤을 되찾았다. 그게 다인가요?"

"네."

"왜 그런 식으로 당신을 배신한 사람을 다시 만난 것 같아요?"

"그 사람을 곁에 두고 괴로워하는 걸 지켜보고 싶었어요. 그 사람이 사랑하는 사람을 잃고 슬퍼하면서 제가 그랬던 것처럼 무너지는 꼴을 보고 싶었어요. 한동안 그 사람한테 매달렸다가 더는 그를 사랑하지 않는다고 말하고 떠났어요."

"복수한 건가요?"

"네. 그러다 애초에 왜 그 사람을 원한 건가 하는 생각이 들었어요."

"왜였죠?"

"결혼한 사람이라 이어질 수 없는 사람이라서. 또 키가 크고 금발이라서. 전에 사랑한 사람을 떠올리게 했거든요."

마드센은 이 말도 중요한 주제인 걸 알았지만 이건 나중에 따로 다루어야 할 문제라고 판단했다.

"외상 이야기로 돌아가볼까요, 카야. 죄책감이 든다고 했잖아요. 같은 질문처럼 들리겠지만 실은 같지 않은 질문을 해도 될까요? 그 일을 후회해요?"

카야는 손가락 하나를 턱 밑에 댔다. 그 질문에 관해 생각하는 중이라고 보여주려는 듯이.

"네. 그런데 동시에 이상한 안도감이 들어요. 기분이 좋아져요."

"소니아가 죽은 후 기분이 좋아졌나요?"

"제가 소니아를 **죽인** 후 기분이 좋아진 거죠."

엘란 마드센은 노트에 적었다. '죽인 후 기분이 좋아졌다.' "그게 무슨 뜻인지 설명해주실래요?"

"자유. 자유로운 기분이 들었어요. 누굴 죽이는 건 어떤 경계를 뛰어넘는 것과 같아요. 울타리가, 어떤 벽이 있는 줄 알았다가 그 벽을 넘으니 그냥 누군가가 지도에 그려놓은 선일 뿐이라는 걸 깨닫는 거예요. 소니아와 저, 우린 둘 다 경계를 넘었어요. 소니아는 죽었고, 전 자유로워졌어요. 하지만 그보다도 절 배신한 남자가 고통받아서 기분이 좋아졌어요."

"안톤 얘기인가요?"

"네. 그 사람이 고통받아서 전 고통받지 않아도 됐어요. 안톤은 제 예수였어요. 저만의 예수 그리스도."

"어떤 면에서요?"

"전 그 사람을 십자가에 못 박아 제 고통을 가져가게 했어요. 우리가 예수한테 그랬듯이. 예수도 스스로 십자가에 못 박힌 게 아니라 **우리**가 그분을 십자가에 매단 거죠, 그게 핵심이에요. 우린 예수를 죽이고 구원과 영생을 얻었어요. 하나님은 그렇게까지 하셨을 리가 없어요. 당신의 아드님을 희생시키지 않았어요. 하나님이 우리에게 자유의지를 주신 게 맞다면, 우리는 하나님의 뜻을 거슬러 예수를 죽였어요. 우리가 그 사실을 깨달은 날, 그러니까 우리가 하나님의 뜻을 거역한 사실을 깨달은 날, 그날이 우리 스스로 자유로워지는 날이에요, 마드센. 그리고 나면 모든 게 가능해요."

카야 솔네스는 웃음을 터트렸고, 엘란 마드센은 질문을 짜내려 해봤지만 소용이 없었다. 그냥 그대로 앉아서 그녀의 눈빛이 기이하게 번뜩이는 걸 보았다.

"제 질문은요," 카야가 말했다. "지난번에 굉장한 해방감이 들었다면 또 그렇게 해도 되느냐는 거예요. 진짜 예수를 십자가에 매달아 죽여야 할까요? 아니면 전 그냥 미친 걸까요?"

엘란 마드센은 입술을 축였다. "진짜 예수가 누군데요?"

"제 질문에 답하지 않으셨어요. 제게 줄 답이 있긴 한가요, 박사님?"

"당신이 진실로 묻고 싶은 게 뭔지에 달렸죠."

카야는 미소 지으며 한숨을 길게 내뱉었다. "그러네요." 그녀는 얇은 손목 위의 시계를 보았다. "시간이 다 된 것 같네요."

카야가 떠난 후 엘란 마드센은 그대로 앉아서 노트에 적었다. 그 페이지의 맨 아래에 이렇게 적었다. '주의! 다음 시간에 이 부분을 더 깊이 파고들 것. '누굴 죽인 후 좋아졌다'는 건 무슨 뜻일까?'

이틀 후 토릴이 접수처로 들어온 전화 메시지를 전했다. 카야 솔네스가 다음 상담 예약을 취소했고, 여기 다시 오지 않을 거라면서 문제의 해결책을 찾았다고 말했다는 것이다.

44

알렉산드라 스투르드자는 국립병원의 아무도 없는 구내식당에서 창가 자리에 앉아 있었다. 블랙커피와 연구소의 긴 하루를 앞에 두고서. 전날 자정까지 일하고 고작 다섯 시간 자고 출근한 터라 온갖 각성제가 필요했다.

해가 떠오르고 있었다. 이 도시는 빛을 제대로 받은 순간에는 아찔하게 아름다워 보이다가도 이내 한없이 평범해 보여서 눈에 띄지 않고 못생겨 보이기까지 하는 여자와 닮았다. 하지만 이 순간, 이렇게 이른 새벽 시간에 평범한 노르웨이 사람들이 출근하기 전의 오슬로는 그녀의 독차지였다. 훔친 시간을 함께 나누는 비밀 연인처럼 느껴졌다. 아직 낯설고 흥분하게 하는 사람과의 조우였다.

동쪽 언덕에 그림자를 드리우며 서쪽 언덕에 희부옇게 빛이 들고 있었다. 피오르 앞 도심의 건물들은 마치 검은 실루엣이 늘어선 것처럼 보여서 동틀 녘의 공동묘지 같았다. 유리 건물 몇 개만 빛을 받아 검은 수면 아래 은빛 물고기 같았다. 조만간 초록으로 물들 섬과 암초들 사이에서 바닷물이 번들거렸다. 봄을 얼마나 간절히 기다렸던가! 여기서는 3월을 봄의 첫 달이라고 했다. 누구나 아직 겨울인 걸 알면서도. 우중충하고 춥고 이따금 따뜻한 열정이 불쑥 터졌다. 4월은 기껏해야 능청스럽게 추파를 던질 뿐이었다. 5월이 제대로 된 봄의 첫 달이었다. 5월. 알렉산드라는 5월을 원했다. 그녀는 알았다. 5월 같은 남자와 함께일 때면, 그러니까 따스하고 온화하고 요구하는 건 다 적절한 정도로 들어주는 남자와 함께일 때면, 그녀가 제멋대로 굴면서 점점 더 요구하다가 결국 6월과 함께 배신하거나 심지어는 좀처럼 믿음이 가지 않는 7월과 함께 떠나버린다는 것을. 8월처럼 머리가 약간 세고 결혼해서 가정도 있는 괜찮은 어른 남자는 어떨까? 그래, 그런 사람이라면 기꺼이 만났을 것이다. 그런데 어쩌다가 11월을 사랑한 걸까? 음울하고 어둡고 비에 푹 젖고 더 어두워질 것만 같은 남자, 너무나도 조용해서 새소리 하나 들리지 않거나 반대로 미친 듯이 우르릉거리는 가을 폭풍으로 지붕을 날려버릴 것 같은 남자. 물론, 그 남자는 예고도 없이 따스하고 화창한 날로 결국 더 소중하게 느끼게 해주면서 건물 몇 채가 서 있는 기묘하게 아름답고 황폐한 폐허의 풍경을 드러낼 것이다. 기반암처럼 단단하고 흔들리지 않아 11월의 마지막 날까지 그대로 서 있을 걸 알기에, 알렉산드라가 (더 기댈 곳이 없을 때) 이따금 피신하는 곳. 그러나 더 나은 곳은 곧 나타나게 마련이다. 알렉산드라는 기지개를 켜고 하품을 하면서 피로를 떨쳐내려 했다. 5월이다.

"미스 스투르드자?"

그녀는 놀라서 둘러보았다. 노르웨이인을 만날 시간이 아닐 뿐만 아니라 그녀를 부르는 호칭에도 놀랐다. 아니나 다를까 거기 서 있는 남자는 딱히 노르웨이인이 아니었다. 아니, 노르웨이인처럼

생기지 않았다. 아시아인 얼굴에 복장도 (정장, 빳빳하게 다린 흰 셔츠와 넥타이핀으로 고정한 넥타이) 노르웨이의 직장인 복장이 아니었다. 무슨 "에이전트"나 "브로커"로 끝나는 직업을 가진 우쭐한 명칭이가 아니라면. 사실 그런 작자들은 바에서 만나자마자 "에이전트"니 "브로커"니 하는 명칭을 들이대며 업무량이 많아서 회사에서 겨우 빠져나온 것처럼 보이려고 안달한다. 적어도 그런 분위기를 풍기려 한다. 그 작자들은 그런 직업을 언급하는 게 심각하게 우스꽝스럽지 않은 분위기로 교묘히 대화를 몰고 간 후 짐짓 당황한 표정으로 직업을 '밝힌다'. 마치 그녀가 무슨 변장한 황태자라도 만났다는 듯이.

"성민 라르센입니다." 남자가 말했다. "크리포스의 수사관입니다. 잠깐 앉아도 될까요?"

흠. 알렉산드라는 그를 찬찬히 뜯어보았다. 키가 크다. 헬스장에 다닌다. 지나치게 많이는 아니고 모든 면에서 비율이 잘 잡혀 있다. 외모를 꾸미는 노력의 가치를 이해하면서 운동 그 자체를 즐긴다. 그녀처럼. 눈동자가 갈색이다, 당연히. 서른이 조금 넘었을까? 반지는 없다. 크리포스. 그러고 보니 여자 둘이 그 이름을 말하는 걸 들은 적이 있다. 아시아와 노르웨이가 묘하게 섞인 이름. 그를 아직 한 번도 만난 적이 없는 게 이상했다. 순간 해가 국립병원의 구내식당 창문까지 닿아서 성민 라르센의 얼굴을 비추었고, 알렉산드라의 한쪽 뺨이 스스로 놀랄 만큼 달아올랐다. '미스 스투르드자'. 올해는 봄이 일찍 오려나? 그녀는 컵을 내려놓지도 않고 발로 의자를 밀쳤다.

"얼마든지."

"고맙습니다."

그는 몸을 숙여 앉으면서 반사적으로 넥타이에 손을 댔다. 넥타이핀이 꽂혀 있는데도. 넥타이핀에 왠지 낯익은 뭔가가, 유년기를 떠올리게 하는 뭔가가 있었다. 그게 뭔지 생각났다. 루마니아 항공사 타롬의 새 모양 로고.

"조종사신가요, 라르센?"

"아버지가 조종사였습니다."

"우리 삼촌도요. 삼촌은 IAR-93 전투기를 조종하셨어요."

"그래요? 루마니아에서 생산된 기종이죠."

"그 비행기를 아세요?"

"아뇨, 그게 공산주의 비행기 중에서 1970년대에 소련에서 제작되지 않은 유일한 기종이라 기억하고 있습니다."

"공산주의 비행기요?"

성민은 쓸쓸한 미소를 지었다. "아버지가 격추해야 했던 기종이죠. 그 비행기가 가까이 다가오면요."

"냉전시대요. 그럼 당신도 조종사를 꿈꿨나요?"

그는 놀란 표정이었다. 이런 질문을 자주 받지 않는 것 같았다.

"IAR-93을 알고 타롬 넥타이핀을 다는 경우가 흔하진 않잖아요." 그녀가 말했다.

"공군에 자원했습니다." 그가 말했다.

"그런데 못 들어갔어요?"

"들어갔을 겁니다." 그가 자연스럽게 묻어나는 자신감 있는 태도로 말했다. 그건 의심의 여지가 없었다. "그런데 허리가 너무 길어서요. 전투기 조종석에 적합하지 않았어요."

"다른 걸 몰 수도 있었겠네요. 수송기나 헬리콥터."

"그랬겠죠."

아버지 때문이겠지, 그녀는 생각했다. 아버지는 전투기를 몰았어. 당신은 아버지보다 못한 사람이 되는 게, 그리 복잡하지도 않은 조종사 서열에서 낮은 지위로 들어가는 게 내키지 않았겠지. 그래서 전혀 다른 직업을 택했을 거야. 그러니 당신은 우두머리 수컷이야. 가려던 곳에 이르지 않았을 수는 있지만 그리로 가는 중인 사람. 그녀처럼.

"살인사건을 수사하고 있는데요······." 성민이 말했다. 그녀는 그가 힐긋 쳐다보는 눈빛을 보고 이렇게 자기소개를 하는 데는 경고의 의미가 담겨 있다는 걸 알아챘다. "해리 홀레에 관해 여쭤볼 게 있습니다."

바깥의 해가 구름 뒤로 들어간 것 같았다. 알렉산드라의 심장이 멈춘 것처럼.

"휴대전화 통화 기록을 보니까 두 분이 지난 몇 주간, 지난 며칠간 몇 차례 통화하셨더군요."

"홀레요?" 알렉산드라는 기억을 더듬어 그 이름을 찾아내야 한다는 듯이 되묻다가 상대의 표정에서 그러는 게 얼마나 부질없는지 알아챘다. "네, 통화했어요. 그분이 수사관이라."

"통화만 한 게 아닌 것 같은데요?"

"아니라면?" 알렉산드라는 한쪽 눈썹을 올리려고 했지만 의도한 대로 됐는지는 몰랐다. 모든 안면 근육이 통제되지 않는 느낌이었다. "왜 그렇게 생각하시는데요?"

"두 가지 이유로요." 성민이 말했다. "우선 당신이 무의식중에 그 사람 이름이 기억나지 않는 척해서요. 지난 삼 주 동안 여섯 번이나 통화했고, 그 사람 번호로 열두 번 전화를 걸었고, 그중 두 번은 라켈 페우케가 살해된 채 발견되기 전날 밤이었어요. 그리고 삼

주간 그 사람 휴대전화가 당신의 주소지와 겹치는 기지국에서 추적됐고요."

성민은 이렇게 말하면서 일말의 공격성이나 의심이나 그 밖의 심리 조작이나 게임을 하려는 느낌을 주지 않았다. 그보다는 게임이 다 끝난 것처럼, 게임에서 얻을 게 없는 딜러가 칩을 긁어모으기 전에 숫자를 읽어주는 식이었다.

"우린…… 우린 사귀는 사이**였어요**." 그녀가 말했다. 자신의 말소리를 들으며 그 말이 그들의 관계에 대한 정확한 설명이라는 점을 깨달았다. 둘은 사귀던 사이고, 그 이상도 이하도 아니다. 그리고 그 관계는 끝났다.

그러나 성민 라르센의 다음 말을 듣고서야 그녀는 두 번째 이유를 알았다. "더 말씀하시기 전에 변호사를 부르실지 생각하길 권고해야겠군요."

그녀가 겁먹은 표정이었는지 성민이 얼른 덧붙였다. "당신을 의심하는 건 아닙니다. 이건 공식 심문이 아니라 기본적으로 해리 홀레에 관한 정보를 얻는 과정입니다. 당신이 아니라."

"그런데 제가 왜 변호사를 불러야 하죠?"

"저한테 말하지 말라는 조언을 구하시라고요. 해리 홀레와 가까운 사이였다는 점에서 당신이 살인에 연루되었을 가능성도 배제할 수 없으니까요."

"제가 그 사람 아내를 죽이기라도 했다는 건가요?"

"아뇨."

"아하! 제가 질투심에 그 여자를 죽였다고 보시는군요."

"말씀드렸듯이 아닙니다."

"우린 이제 사귀는 사이가 아니라고 말씀드렸잖아요."

"당신이 누굴 죽였다고 생각하지 않아요. 그래도 주의를 드리는 이유는 당신이 하는 말로 자칫 홀레가 아내 살인범으로 기소되지 않고 빠져나가도록 당신이 도와줬다는 의심을 살 수도 있어서입니다."

알렉산드라는 자기가 온갖 드라마 퀸의 몸짓 중 가장 전형적인 몸짓을 한 걸 깨달았고, 실제로 목에 걸린 진주 목걸이를 잡았다.

"그럼." 성민 라르센이 목소리를 낮추는 순간 노르웨이인 중에서 일등으로 일찍 일어난 사람이 구내식당에 들어섰다. "계속 대화를 이어가도 될까요?"

성민은 상황이 더 복잡해질 줄 알면서도 알렉산드라에게 변호사를 불러도 된다고 일러주었다. 그는 구내식당에 그들만 있었어도 그녀를 배려해 목소리를 낮췄을 것이다. 믿어도 될 사람 같았다. 알렉산드라는 그의 온화한 갈색 눈동자를 들여다보았다. 손을 아래로 떨구었다. 등을 곧게 펴고 (아마도 무의식중에) 가슴을 앞으로 내밀고 말했다.

"전 숨길 게 없어요."

이번에도 반쯤 떠오른 그의 미소. 그녀는 벌써 나머지 반도 보고 싶었다.

성민은 시각을 확인했다. 4시. 카스파로브를 동물 병원으로 데려가야 해서 빈테르의 호출이 이중으로 거슬렸다.

하지만 그는 수사를 마쳤다. 완벽하게 알아내지는 못했지만 필요한 만큼은 얻었다.

우선 홀레의 알리바이(그의 이웃인 굴레가 대준 알리바이)가 쓸모없다는 점을 입증했다. 당시 상황을 재구성해보니 굴레는 홀레가 그 시각에 집에 있었는지, 집에 들어왔거나 나갔는지를 들을 수 없었던 것으로 드러났다. 홀레도 그 점을 생각했을 것이다. 굴레도 홀레가 찾아와 똑같은 질문을 던졌다고 증언했다.

둘째, 3D 전문가 프레운이 분석을 마쳤다. 살인이 일어난 날 밤 11시 반 가까이 됐을 때 비틀거리며 라켈의 집으로 들어간 구부정한 형체에서는 건질 게 많지 않았다. 그 형체가 해리 홀레보다 두 배는 비대해 보였지만 프레운에 따르면 홀레가 몸을 앞으로 숙이고 코트가 앞으로 내려와서 몸집이 커 보였을 수도 있다고 했다. 자세가 그래서 키를 측정하는 것도 불가능했다. 하지만 세 시간 후, 새벽 2시 반에 다시 밖으로 나올 때의 형체는 정신이 깬 듯하고 문 앞에 똑바로 서 있어서 호리호리한 진짜 체격이 보이고 해리 홀레의 키인 192센티미터로 추정되었다. 그 형체는 포드 에스코트에 올라탄 후 야생동물 카메라를 제거해야 하는 것을 기억해냈고, 그다음 차를 몰고 떠났다.

셋째, 알렉산드라 스투르드자에게서 마지막으로 결정적인 증거를 얻었다.

성민은 해리 홀레에게 불리한 증거가 나왔다고 말한 순간 알렉산드라의 딱딱하면서도 활기찬 얼굴에 실망이 스치는 것을 보았다. 서서히 체념이 번지는 것도 보았다. 이미 포기했던 남자를 그제야 놓아주는 표정. 성민은 조심스럽게 그녀가 더 충격적인 소식을 들을 마음의 준비를 할 수 있도록 도와주었다. 그런 다음 홀레의 사망 소식을 전했다. 홀레가 스스로 목숨을 끊었다고 알렸다. (모든 정황으로 미루어 보아) 그게 최선이었을 수 있다고도 말했다. 순간 알렉산드라의 검은 눈에 눈물이 차올랐고, 성민은 테이블에 미동도 없이 놓여 있는 그녀의 손에 가만히 손을 얹어줄까 고민했다. 묵묵히 위로해주는 정도로 잠깐 잡았다가 놓아줄까. 하지만 그렇게 하지 않았다. 그녀도 그의 마음을 읽었는지 커피 잔을 들 때 왼손으로 들고 오른손은 그를 부르듯 그대로 두었다.

알렉산드라는 성민에게 (그가 판단하기에) 전부 털어놓았다. 그녀 말을 듣자 성민의 의심은 더 굳어졌다. 홀레는 술에 취해 이성을 잃고 살인을 저지른 뒤 그 시간을 뭉텅이로 망각한 채 이후 며칠간 그 자신을 수사했다. 그러다 아래층의 굴레를 찾아간 것이다.

알렉산드라의 뺨에 눈물 한 방울이 흘렀고, 성민은 손수건을 건넸다. 그녀가 놀라는 눈치였다. 매일 손수건을 다림질해서 가지고 다니는 노르웨이 남자를 본 적이 없어서 놀란 것 같았다.

그들은 구내식당에 사람들이 들어오기 시작하자 법의학연구소 실험실로 자리를 옮겼다. 알렉산드라는 홀레가 준 피 묻은 바지를 그에게 보여주었다. 분석은 거의 끝났고 바지에 묻은 피가 라켈 페우케의 혈액일 가능성이 90퍼센트 이상이라고 말했다. 그리고 그 피가 거기에 묻은 경위에 관한 해리의 설명을 전했다. 라켈의 시신이 발견된 후 해리가 시신 옆에 무릎을 꿇고 앉았다가 피 웅덩이에 바지가 닿은 거라고.

"그건 맞지 않습니다." 성민이 말했다. "홀레는 사건 현장에서 그 바지를 입지 않았거든요."

"그걸 어떻게 아세요?"

"제가 거기 있었습니다. 홀레와 대화를 나눴어요."

"그런데 그 사람이 어떤 바지를 입었는지가 **기억**난다고요?"

성민은 바로 "물론입니다"라고 답하려다가 그냥 "네"라고만 답했다.

이렇게 해서 성민은 필요한 답을 모두 얻었다. 동기, 기회 그리고 용의자가 범행 시각에 사건 현장에 있었다고 입증해주는 법의학적 증거에 이르기까지. 성민은 해리 홀레의 통화 목록을 보고 여러 차례 통화한 카야 솔네스에게도 연락할까 하다가 둘의 통화는 살인이 일어난 이후에 시작되므로 우선순위에 넣지 않기로 했다. 당장 중요한 건 빠진 조각을 찾는 일이었다. **필요한** 정보를 모두 확보했다고 해도 아직 모든 정황이 드러난 건 아니었다. 무엇보다 살인 흉기가 발견되지 않았다.

구체적인 증거를 충분히 확보해서 해리 홀레의 아파트를 조사하기 위한 수색영장을 받아내기는 했지만, 그 집에서 살인 흉기나 그 밖의 흥미로운 물건은 나오지 않았다. 사실 흥미로운 물건이 발견되지 않았다는 사실 자체만 흥미로웠다. 이처럼 범죄 증거가 전혀 발견되지 않는 경우는 둘 중 하나다. 그 집에 사는 건 로봇이다. 아니면 집이 수색당할 것을 알고 범행과 관련될 만한 증거를 전부 없앴다.

"흥미롭군." 크리포스의 수사 책임자인 올레 빈테르가 책상 너머에서 의자에 등을 기댄 채 성민 라르센의 보고를 듣고 있었다.

별거 아니라는 뜻이군, 성민은 속으로 생각했다. 놀랄 것도 없고 기발하지도 않고 그저 잘한 수사 정도도 아니라는 의미.

그냥 흥미로운 정도.

"흥미롭다는 건 이런 걸 이제야 보고하다니 그게 놀랍다는 거야, 라르센. 내가 수사 책임자로서 물어보지 않았다면 지금도 이걸 다 몰랐을 테니 그것도 흥미롭고. 이 사건에 매달린 다른 팀원들한테는 언제 말할 계획이었나?"

성민은 한 손으로 넥타이를 쓸어내리면서 입술에 침을 발랐다.

지금 자기는 해리 홀레라는 대어를 낚아 정성껏 포장해서 리본까지 달아서 크리포스에 바치는 중이라고 상기시키고 싶었다. 이 전설적인 수사관의 전문 분야인 살인이라는 분야에서 그가 혼자서 노련하게 상대를 압도했다고 말하고 싶었다. 그런데 기껏 한다는 말이 조금 더 일찍 보고할 수 있지 않았느냐는 건가?

성민이 이런 말을 삼킨 데는 세 가지 이유가 있었다.

첫째, 빈테르의 사무실에 그들 둘만 있어서 제3자의 상식에 호소할 수 없어서였다.

둘째, 보통은 누가 있든 없든 상사에게 대들어봐야 좋을 게 하나 없어서였다.

세 번째로 가장 중요한 이유는 빈테르의 말이 맞아서였다.

성민은 실제로 이 사건의 수사 진행에 대한 보고를 미뤘다. 누군들 아니었겠는가? 물고기가 낚싯바늘을 물어서 물가로 끌어당기는 중이고 이제 남은 건 뜰채로 건져 올리는 일밖에 없었다. 10년에 한 번 나올까 말까 하고 영구히 해리 홀레 사건으로 알려질 사건에 내 이름, 오직 내 이름만 달릴 줄 알았다. 빈테르에게 상황을 알려준 사람은 경찰 내부의 변호사였다. 빈테르에게 해리 홀레를 잡아서 축하한다고 인사치레를 하다가 말한 것이다. 맞다, 성민은 스스로 이기적이었다고 인정해야 했다. 아니, 그는 빈 골대 앞에서 공을 패스해서 골을 넘겨줄 메시를 찾아보지 않았다. 어차피 팀에 메시가 없으므로. 있다면 그일 것이다. 지금 저 앞에서 관자놀이와 이마에 핏줄이 불거져서 뇌운이 눈을 덮은 듯 앉아 있는 빈테르는 결코 아니다.

성민은 대신 이런 대답을 택했다.

"일이 워낙 순식간에 벌어지고 한 가지 일이 다른 일로 이어져서 굳이 지연시키고 싶지 않았습니다. 실제로 숨 쉴 틈도 없었고요."

"여태?" 빈테르는 의자에 기대고 콧대로 성민을 겨냥하듯 쳐다보았다.

"이제야 사건이 해결돼서요." 성민이 답했다.

빈테르는 짧고 크게 웃었다. 덜컥 하고 고카트의 브레이크를 밟듯이. "자네만 괜찮다면 사건이 언제 해결되는지를 결정하는 건 수사 책임자에게 맡기는 게 어때, 라르센?"

"그럼요, 빈테르." 성민은 복종한다는 신호를 보내려고 했다. 하지만 빈테르는 그를 꿰뚫어 보면서 어린 부하가 자신의 성을 비꼬듯 길게 늘여서 발음한 걸 기분 나빠하기로 한 듯했다.

"자네가 이 사건이 해결됐다고 생각한다니 말인데, **라아르센**, 우리가 자네한테 그 일을 넘겨받아서 몇 가지 미진한 부분을 마무리하는 데 반대하지 않으리라 보네만."

"좋으실 대로요."

성민은 빈테르가 이렇게 오만하게 고분고분하고 부르주아적인 "좋으실 대로"라는 말을 어떻게 들을지 알기에 이 말을 하지 않을 수도 있었다.

빈테르가 미소를 지었다. "지금 다른 살인사건에 자네처럼 좋은 머리가 필요해. 뤼사케르 사건." 야비하고 얄팍한 미소였다. 입이 유연하게 움직이지 않아서 그 이상으로는 표정이 지어지지 않는 듯한.

뤼사케르 살인사건이라. 마약 관련 살인사건. 중독자들끼리 싸우다가 벌어진 사건일 것이다. 사건에 연루된 자들은 약을 구하지 못할까 봐 감형을 슬쩍 언급하기만 해도 술술 불어버릴 것이다. 살인사건에서 최하급으로, 신입이나 무능한 수사관한테나 맡길 일이었다. 빈테르가 설마 진담으로 한 말일까? 수사의 실질적인 책임자인 그에게서, 최전선에 서 있는 그에게서 사건을 빼앗고 모든 명예와 영광을 가로채겠다는 건가, 왜지? 그가 계획을 조금 오래 숨겨서?

"자세한 내용은 서면으로 제출하게, 라르센. 그동안 다른 동료들이 자네가 찾아낸 수사 방향을 이어서 수사할 테니까. 그리고 우리가 밝혀낸 진실을 대중에 언제 공개할지는 내가 알아봐야겠지."

'자네가 찾아낸 수사 방향?' 내가 사건을 **해결했단** 말이다, 빌어먹을!

나를 물 먹이겠다는 거군. 징계. 빈테르가 부하를 이런 식으로 참수하다니. 아니, 빈테르는 그럴 수 있을 뿐 아니라 그러고 싶어 하고 또 그럴 것이다. 이게 다 무슨 뜻인지 이제야 깨달았다. 빈테르는 성민이 그들 팀의 유일한 메시라는 걸 알았다. 그래서 팀의 리더인 그에게 현재나 미래에 위협이 될 인물이란 것도 알았다. 빈테르는 경쟁자의 움직임을 포착하는 우두머리 수컷이었다. 성민의 단독 행동은 그가 이미 빈테르의 권위에 도전할 준비가 됐다는 걸 보여주었다. 그러니 빈테르로서는 당장 어린 수컷을 내치는 게 상책이었을 것이다. 그 수컷이 더 커지고 강해지기 전에.

45

요한 크론과 아내 프리다는 오슬로 대학교에서 법학을 공부하면서 만났다. 그는 아내가 자신의 어떤 면에 반했는지 몰랐다. 그가 사건을 변호하듯이 자신을 아주 훌륭하게 변론해서 아내가 승복하지 않을 수 없었는지도 모른다. 당시에는 예쁘고 사랑스러운 프리다 안드레센이 어쩌다가 사회성도 떨어지고 법과 체스밖에 모르던 공붓벌레를 선택했는지 납득하는 사람이 많지 않았다. 요한 크론은 매력도 리그에서 그보다 적어도 한 등급은 높은 여자친구를 쟁취하고는, 환심을 사려고 사력을 다하고 감시하고 경쟁자가 될 만한 자들을 물리친 사실을 누구보다도 잘 알았다. 한마디로 그는 그가 가진 전부를 그녀에게 걸었다. 그런데도 다들 프리다가 더 흥미로운 사람을 찾아내는 건 시간문제라고 여겼다. 하지만 요한은 영리한 학생이고 똑똑한 변호사였다. 그는 욘 크리스티안 엘덴*이 대법원에서 일하는 권리를 따낸 이후 최연소 변호사가 되었고, 그 또

* 노르웨이의 변호사이자 보수당의 정치인.

래의 다른 변호사들은 꿈이나 겨우 꿔볼 법한 제안을 받았다. 그의 사회적 자존감은 지위와 수입과 함께 상승했다. 갑자기 새로운 문들이 열렸고, 그는 (충분히 고려한 끝에) 거의 모든 문을 통과했다. 그중 하나는 그의 청춘 시절 내내 결핍되어 있던 삶으로 활짝 열려 있었다. "여자", "술", "노래"로 요약되는 삶이었다. 정확히 말해서 그가 유명 법률회사의 파트너 변호사라고 자기를 소개할 때마다 실제로 고분고분해지는 여자들. 헤브리디스 제도와 셰틀랜드 제도처럼 강풍에 마모된 지대에서 나는 최고급 위스키와 시가와 (나날이 늘어가는) 담배. 그는 노래를 많이 모르지만 그가 변호인으로서 혐의를 벗겨준 범죄자들은 그의 변론이 프랭크 시나트라의 입에서 나오는 그 어떤 노래보다 아름답다고 주장했다.

프리다는 아이들을 키우고 애초에 그녀가 없었으면 존재하지도 않았을 집안의 사교 모임을 주관하면서 문화재단 두 군데에서 파트타임 변호사로도 일했다. 이제는 요한 크론이 매력도 리그에서 그녀를 앞질렀다고 해도 둘 사이 균형은 크게 달라지지 않았다. 둘 사이의 균형은 애초에 크게 기울어져 있어서다. 요한 크론은 자기가 과분하게 행운을 거머쥐었다고 여겼고, 프리다는 평생 구애를 받는 데 익숙한 여자였다. 이것이 두 사람 관계의 DNA가 되었고, 두 사람이 소통하는 유일한 방법이었다. 그들은 서로에게 존중과 사랑을 보여주면서 밖에서는 배를 조종하는 사람이 요한인 것처럼 보이는 상태를 편하게 받아들였다. 하지만 안에서는 둘 중 어느 한 사람도 무엇을 어디에 둘지 결정하는 사람이 누구인지 의심하지 않았다. 혹은 니코틴에 중독된 요한 크론이 담배를 어디에서 피울지 결정하는 사람이 누구인지도(사실 그는 내심 이런 걸 흐뭇해했다).

그래서 날이 어두워지고 아이들이 잠들고 텔레비전 뉴스에서 노르웨이와 미국에서 무슨 일이 벌어지는지 알려줄 때 그는 담배를 들고 2층 테라스로 나갔다. 메라달렌과 울레른이 내려다보였다.

그는 난간에 기댔다. 헤그나르 미디어 사무실 단지와 그 너머로 스메스타담멘 호수가 조금 보였다. 그는 알리세를 생각했다. 그 문제를 어떻게 풀지도 생각했다. 관계가 너무 진지해지고 오래 이어졌다. 계속 갈 수는 없고 결국 들킬 것이다. 아니, 사실은 오래전에 발각되었다. 회의실에 다 모여 있을 때 알리세가 서류나 중요한 전화 메시지를 전달하러 들어올 때 파트너 변호사들이 쓴웃음을 짓는 것을 보면 의심의 여지가 없었다. 그래도 **프리다**는 몰랐다. 발각되는 게 어떤 의미인지 그는 알리세에게 설명했다. 알리세는 짜증 섞인 투로 걱정할 거 없다고 했다.

"당신의 비밀은 나한테는 안전해요." 알리세가 말했다.

바로 이 말 때문에 걱정이 되었다.

당신의 비밀, **우리**의 비밀이 아니고(그녀는 싱글이다), **나한테는**, 은행 금고에 보관된 법률 서류처럼. 그 안에서는 **안전**하지만 엄연히 그녀가 금고를 잠가둘 때까지였다. 그녀가 협박하려고 그런 말을 했다고 의심하진 않지만 뼈가 있는 말이었다. 그녀가 그를 보호하고 있다는 듯이. 그녀도 그가 보호의 손길을 내밀어줄 것으로 기대한다는 듯이. 변호사 자격증을 딴 지 얼마 안 된 젊은 변호사들 사이에 경쟁이 치열했고, 위로 올라가면 엄청난 보상이 주어지는 만큼 바닥으로 떨어지면 무자비한 사망 선고가 내려졌다. 위에 계속 떠 있기 위해 도움을 받는다면 결정적인 효과를 볼 수 있었다.

"고민이 많나?"

요한 크론은 흠칫 놀라 담배를 떨어뜨렸다. 담배가 별똥별처럼 어둠을 뚫고 과수원으로 떨어졌다. 혼자고 주위에 보는 사람이 없는 줄 알았는데 뒤에서 불쑥 목소리가 들리면 놀랄 수밖에 없다. 그런데 그 장소에 있을 사람이 아닌 누군가의 목소리고 그 누군가가 2층 테라스에 있을 방법은 날거나 공간 이동밖에 없다면 이건 전혀 다른 차원의 문제였다. 더욱이 그 사람이 지난 30년간 오슬로의 그 누구보다 많이 폭행죄로 잡혀 들어간 흉악범이라면 놀라지 않을 수 없다.

요한은 돌아서서 테라스 문 반대편의 어둠 속에서 벽에 기대선 남자를 보았다. "여기서 뭐 하는 겁니까?"와 "여긴 어떻게 들어왔어요?" 중에서 앞의 질문을 던졌다.

"담배를 말고 있어." 스베인 핀네가 두 손을 입으로 가져가자 잿빛 혀가 두툼한 입술 새로 쓱 나와서 담배 종이에 침을 발랐다.

"뭐…… 뭘 원하는 겁니까?"

"불." 핀네는 담배를 입에 물고 기대하는 눈길로 요한을 보았다.

요한은 잠시 머뭇거리다 손을 내밀어 라이터를 켰다. 떨리는 불꽃을 보았다. 불꽃이 담배로 빨려 들어가고 불붙은 담뱃잎 몇 가닥이 말려 올라갔다.

"집이 좋구먼." 핀네가 말했다. "경치도 참 좋아. 예전에, 아주 오래전에 이 동네서 많이 어슬렁거렸지."

요한은 잠시 그의 의뢰인이 문자 그대로 어슬렁거리는 모습, 공기 중에 부유하는 모습을 상상했다.

핀네는 담배로 메라달렌을 가리켰다. "가끔 저기 저 숲에서 노숙자들하고 같이 잤어. 저기로 지나다니던 어떤 여자애가 생각나는군. 후세뷔 쪽에 살던 애. 나이가 섹스할 만큼은 됐어도 열다섯, 열여섯은 넘지 않았어. 어느 날 그 애한테 사랑 나누는 법에 관해 특별훈련을 해줬어." 핀네는 걸걸하게 웃었다. "애가 하도 겁을 먹길래 끝나고 내가 달래줬다니까, 가여운 것. 울며불며 자기 아빠가 주교고 오빠가 데리러 올 거라더군. 그래서 내가 그랬지. 주교나 오빠 같은 건 하나도 안 무섭고 이제 너도 무서워할 필요가 없다고. 이제 너한테는 너의 남자가 생겼으니까. 애도 나올 거라고 말해줬지. 그리고 그 앨 보내줬어. 난 걔들을 보내줘. 포획하고 방류하는 거지. 낚시꾼들이 이렇게 말하지 않나?"

"낚시를 안 해서." 요한이 자기도 모르게 말했다.

"난 평생 죄 없는 사람을 죽인 적이 없어. 자연의 순수성을 존중해야 해. 낙태는……." 핀네가 담배를 세게 빨아서 담배 종이가 치지직 하고 타들어가는 소리가 들렸다. "법을 잘 아시니까 묻는 건데, 자연의 법칙을 거스르는 것보다 더한 죄가 있나? 죄 없는 자식을 죽이는 거 말이야. 그보다 더 비뚤어진 짓이 있을까?"

"용건이 뭡니까, 핀네? 아내가 안에서 기다려요."

"물론 변호사님을 기다리고 계시겠지. 누구나 뭔가를 기다리잖나. 사랑. 친밀감. 인간의 접촉. 어제 당뉘 옌센을 기다렸거든. 사랑은 없는 거 같아. 이젠 그 여자랑 다시 가까워지기 어려울 거 같아. 우린 외로워, 아닌가? 누구에게나 뭔가가 필요하지……." 그는 담배를 보았다. "따스한 뭔가."

"도움이 필요하면 내일 사무실에서 말씀을 나누면 어떨까 싶은데요." 요한은 의도한 만큼 권위적으로 말이 나오지 않은 걸 알았다. "내가…… 내가 원하시는 시각에 맞춰 시간을 내겠습니다."

"시간을 내?" 핀네가 짧게 웃음을 터트렸다. "내가 당신한테 다 해줬는데, 모자에 그렇게 깃털까지 꽂아놓고는, 나한테 줄 게 고작 그거야? **당신의 시간**?"

"그럼 원하는 게 뭔데요, 핀네?"

557

핀네는 한 발 앞으로 나왔고, 창문 불빛이 얼굴 절반에 떨어졌다. 그는 오른손으로 빨간 페인트가 칠해진 난간을 쓸었다. 요한은 핀네의 손등에 난 커다란 구멍으로 빨간 페인트를 보고는 몸서리를 쳤다.

"당신 아내, 그 여자를 원해." 핀네가 말했다.

요한은 목구멍이 조여드는 느낌이 들었다.

핀네는 그를 향해 잠깐 기괴하게 웃었다. "진정해, 크론. 지난 며칠간 프리다를 많이 생각한 건 사실이지만 건드리진 않을게. 난 남의 여자는 건드리지 않아. 난 내 걸 원해. 그런데 프리다처럼 자존심 세고 경제적으로 아쉬울 게 없는 여자가 당신이 데리고 있는 그 귀여운 비서 아가씨 얘기를 들으면 당신은 마누라를 지킬 수 없을 것 같은데. 알리세라고 했나. 그 여자 이름 맞지?"

요한 크론은 그를 빤히 쳐다보았다. 알리세? *저자*가 알리세를 알아?

요한은 목청을 가다듬었다. 와이퍼가 마른 앞 유리를 닦는 소리가 났다. "무슨 말을 하는지 모르겠네요."

핀네는 손가락으로 자기 눈을 가리켰다. "수리의 눈. 당신을 봤어. 둘이 그 짓을 하는 걸 보니 한 쌍의 개코원숭이가 따로 없더군. 오래가진 않겠지만 없으면 아쉽겠지? 누구에게나 온기란 게 필요하니까."

어디였지? 요한은 속으로 물었다. 사무실? 가끔 예약하는 호텔? 10월에 바르셀로나? 그건 불가능했다. 그들이 사랑을 나눌 때는 길 건너에서 보이지 않을 만큼 높은 곳에서였다.

"하지만 누가 프리다한테 알리세에 관해 말하지 않는다면, 오래 유지될 게 있지." 핀네는 어깨 너머의 집 쪽으로 엄지를 휙 젖혔다.

"가족. 그게 제일 중요하지 않나, 크론?"

"무슨 말을 하는 건지, 원하는 게 뭔지 모르겠군요." 요한이 말했다. 그는 양쪽 팔꿈치를 뒤에 있는 난간에 기댔다. 느긋한 척하려 했지만 이미 링에 오른 권투선수처럼 보일 수도 있는 걸 알았다.

"알리세를 주면 프리다는 놔주지." 핀네는 담배를 허공에 튕겼다. 한쪽 끝에 불이 붙은 담배가 조금 전에 요한이 던진 담배처럼 둥글게 날아가 어둠 속으로 사라졌다. "경찰이 날 찾고 있으니까 마음처럼 자유롭게 나다니지 못해. 약간의……." (핀네는 다시 씩 웃었다.) "**지원**이 필요해. 온기를 얻으려면. 내가 그 어린 아가씨를 차지할 만한, 안전한 장소를 마련해주면 좋겠는데."

요한은 믿기지 않는다는 듯이 눈을 깜빡였다. "나더러 지금 알리세를 설득해서 당신과 단둘이 만나게 해달라는 겁니까? 그래서 당신이 그 여자를…… 성폭행할 수 있게?"

"그딴 소리는 집어치워. 당신은 그 여자를 **설득할 거야**, 크론. 난 그 여자를 유혹할 거고, 성폭행을 하려는 게 아니야. 난 누굴 성폭행한 적이 없어. 단단히 오해하는군. 그 여자들이 그들에게 최선이 뭔지, 자연이 그들에게 준 과업이 뭔지 항상 알고 사는 게 아니더군. 그래도 얼마 안 가서 정신을 차리지. 알리세도 그럴 거야. 그 여자도 가령 자기가 이 가족을 협박하면 그 대가로 날 갖게 되는 걸 깨닫겠지. 어이, 그렇게 침울해하지 마, 크론, 당신은 지금 하나를 내주고 두 개를 얻는 거니까. 내 침묵과 그 여자의 침묵."

요한은 핀네를 노려보았다. 아까 그 말이 머릿속에 맴돌았다. '당신의 비밀은 나한테는 안전해요.'

"요한?"

집 안에서 프리다의 목소리가 들리고 계단을 올라오는 발소리가 났다. 이어서 그의 귓가에 다른 목소리가 속삭였다. 담배 냄새와 짐승의 악취와 함께. "구세주의 묘지에 무덤이 하나 있어. 발렌틴 예르트센. 이틀 안에 연락해주길 기대할게."

프리다가 계단을 다 올라와 테라스로 다가왔지만 문 안쪽의 불빛 속에서 멈췄다.

"어머, 춥다." 그녀가 팔짱을 꼈다. "사람들 말소리가 들렸는데."

"정신과 의사들이 그거 나쁜 징조랬는데." 요한 크론이 미소를 지으며 그녀에게 다가갔지만 걸음이 빠르지는 않았다. 그녀는 이미 문밖으로 머리를 내밀어 양쪽을 모두 볼 수 있었다.

그녀는 그를 올려다보았다. "혼잣말한 거야?"

요한은 테라스를 둘러보았다. 비어 있었다. 가버렸다.

"변론 연습을 했어." 그는 숨을 내쉬고 테라스 문으로, 온기 속으로, 그들의 집으로, 아내의 품으로 들어갔다. 그녀가 그를 보려고 품에서 빠져나가려 하자 더 꼭 끌어안았다. 그녀가 그의 얼굴을 읽고 뭐가 이상하다는 걸 알아채지 못하도록. 요한 크론은 그의 변론이 결코 이기지 못할 걸 알았다. 이번에는 절대로. 그는 프리다도, 그녀가 불륜을 어떻게 생각하는지도 잘 알았다. 그녀는 평생 그를 외롭게 하고 아이들은 만나게 해줘도 그녀는 절대로 그를 만나주지 않을 것이다. 스베인 핀네도 프리다를 아주 잘 아는 것 같아서 머리가 더 복잡해졌다.

카트리네는 계단에서부터 아기 우는 소리를 들었다. 아기가 최고의 손에 보살핌을 받는 줄 알면서도 발걸음이 빨라졌다. 비에른의 손. 부드럽고 뭉툭한 손가락이 달린 허연 손, 필요한 건 뭐든 다 해줄 수 있는 손. 딱 넘치지도 모자라지도 않게. 그러니 불평하면 안 되었다. 그래서 그러지 않으려고 안간힘을 썼다. 간혹 여자들이 엄마가 되면 어떻게 되는지 보았다. 그들은 태양과 모든 행성이 엄마와 아이를 중심으로 돌아야 한다고 여기는 폭군이 되었다. 남편이 번개처럼 빠르게 반응하지 않거나 엄마와 아이의 욕구를 텔레파시로 재깍재깍 알아채지 못하면 갑자기 남편을 한심하다는 듯 조롱하는 여자들. 아니, 엄밀히 말하면 엄마의 결정이 아이의 욕구가 되었다.

안 돼, 카트리네는 결코 그런 여자가 되고 싶지는 않았다. 그런데 내면 어딘가에 그런 면이 있는 건가? 가끔 비에른이 몸을 웅크리고 굴복하고 자신을 깎아내리는 걸 보면 뺨을 후려치고 싶지 않았던가? 왜인지는 몰랐다. 어떻게 그럴 수 있는지도 이해가 가지 않았다. 비에른은 언제나 한발 앞서서 그녀가 비난할 만한 일을 해결해놓는데도 말이다. 그런데 나보다 나은 누군가가 늘 거울을 들고 있어서 내가 날 싫어하게 만드는 것보다 더 괴로운 것도 없을 것이다.

아니, 그녀는 자신을 싫어하지 않았다. 그건 과장이다. 가끔 한 번씩 비에른이 그녀에게 과분하다고 생각할 뿐이다. "넘치게 매력적"이라는 의미에서 '과분하다'는 게 아니라 '지나치게 착하다', 그러니까 '짜증이 날 정도로 착하다'는 의미였다. 비에른이 그와 비슷한 부류, 그러니까 안정적이고 순하고 세상 물정에 밝고 착하고 약간 투실투실한, 외스트레 토텐의 농부의 딸을 만났더라면 둘 다 조금 더 잘 살았을 것이다.

카트리네가 잠금장치에 열쇠를 꽂는 순간 아기 울음소리가 뚝 끊겼다. 그녀는 문을 열었다.

비에른이 게르트를 안고 현관에 서 있었다. 아들은 눈물이 그렁

그렁한 커다란 파란 눈망울로 그녀를 보았다. 우스꽝스러운 긴 금발의 곱슬머리가 용수철처럼 머리를 덮었다. 게르트는 카트리네의 아버지 이름을 따서 지은 이름으로 비에른의 제안이었다. 아이가 방긋방긋 웃어서 카트리네는 심장이 아프고 목이 메었다. 그녀는 코트를 그대로 바닥에 떨구고 그들 둘에게 다가갔다. 비에른이 그녀의 뺨에 입을 맞추고 아기를 건넸다. 그녀 아기의 조그만 몸을 가슴에 꼭 품고 우유 냄새와 토한 냄새와 따스한 살냄새 그리고 달콤하고 거부할 수 없는 무언가, 그녀의 아기만의 어떤 냄새를 들이마셨다. 눈을 감으니 집이었다. 완전히 집에 돌아온 느낌.

그녀가 틀렸다. 이보다 더 좋을 순 없었다. 그들 셋, 지금도 앞으로도 영원히, 꼭 이래야 했다.

"우는 거야?" 비에른이 말했다.

카트리네는 게르트한테 하는 말인 줄 알았다. 그러다 자기한테 하는 말이고 그 말이 맞는 것도 알았다.

"해리야." 그녀가 말했다.

비에른이 인상을 찌푸리며 쳐다보았고, 그녀는 잠시 뜸을 들였다. 잠시나마 에어백이 터져서 충격을 조금이라도 덜어주기를 바라면서. 하긴 모든 것이 지옥으로 떨어진 순간에는 그런 게 다 무슨 소용일까. 어차피 에어백은 누구의 목숨도 살리지 못한 채 너덜너덜 찢겨 있을 것이다. 저 아래 바위로 추락해 자기를 묻고 지우려는 듯 보이는 포드 에스코트의 앞 유리 밖으로 바람 빠진 풍선처럼 매달려 있을 것이다.

"아냐." 비에른은 그녀의 침묵이 전하는 말에 헛되이 저항하듯 말했다. "아냐." 그가 조용히 되풀이했다.

카트리네는 게르트를 안고 조금 더 기다렸다. 아기가 조그만 손으로 그녀의 목을 간질였다. 그녀는 비에른에게 그 차에 관해 말했다. 287번 고속도로의 트럭과 언 강에 뚫린 구멍과 폭포와 그 차에 대해. 그녀가 말하는 동안 비에른은 뭉툭한 손가락이 달린 허연 손으로 입을 틀어막았고, 그의 눈에 눈물이 차올라 숱 없는 옅은 색의 속눈썹에 매달렸다가 한 방울씩 떨어졌다. 봄볕에 고드름이 녹아 물이 뚝뚝 떨어지듯이.

카트리네는 비에른 홀름의 이런 모습을 본 적이 없었다. 토텐 출신의 덩치 크고 단단한 남자가 이렇게 울음을 참지 못하는 건 본 적이 없었다. 그는 울고 흐느끼며 내면의 뭔가가 밖으로 나오려고 싸우는 것처럼 거칠게 몸을 떨었다.

카트리네는 게르트를 안고 거실로 갔다. 아빠의 어두운 슬픔에서 아기를 보호하려는 반사적인 행동이었다. 아기는 이미 충분한 어둠을 물려받았을 테니까.

한 시간 후 그녀는 게르트를 침대에 눕혔다. 아기는 이제 침대에서 잠들었다.

비에른은 나중에 게르트의 방이 될 서재로 가서 앉았다. 그래도 그의 울음소리가 들리는 것 같았다. 방문 앞에 서서 들어갈지 말지 고민하는데 휴대전화가 울렸다.

그녀는 거실로 나가 전화를 받았다.

올레 빈테르였다.

"해리 홀레가 사망했다는 발표를 미루고 싶으신 줄은 압니다."

"실종이에요."

"다이버들이 폭포 아래 강에서 박살이 난 휴대전화와 총을 찾았습니다. 우리 팀이 방금 둘 다 해리 홀레의 물건이라는 걸 확인했고요. 마지막 퍼즐이 맞춰졌으니 이제 이건 빈틈없는 사건이고 더는 기다릴 수 없다는 뜻입니다, 브라트. 유감입니다. 그래도 이게 개인적인 바람이라는 점에서…….”

“개인적인 것이 아니에요, 빈테르. 경찰 조직을 생각해서 그러는 거예요. 발표할 때가 되면 우리도 최대한 준비를 해둬야 하니까요.”

“현재로서는 크리포스의 수사 결과는 크리포스에서 발표할 겁니다, 오슬로 경찰청이 아니라. 그래도 이러지도 저러지도 못하는 그쪽 사정은 압니다. 언론이 홀레가 소속된 조직에 온갖 질문을 퍼부을 테니까요. 그런 질문에 어떻게 답할지 고민할 시간이 필요한 건 이해합니다. 그러니 중간 지점으로 타협하는 의미에서 우리 크리포스는 원래 계획한 내일 오전이 아니라 내일 저녁 19:00로 기자회견을 연기할까 합니다.”

“고맙군요.” 카트리네가 말했다.

“시그달 경찰서에서 고인의 이름을 발표하지 못하게 막아주실 수 있을 텐데요…….”

카트리네는 숨을 깊이 들이마시고는 아무 말도 하지 않으려고 꾹 참았다.

“……우리 크리포스가 언론에 발표하기 전까지는요.”

뉴스 속보에 당신 이름을 넣고 싶은 거겠지. 시그달 경찰서에서 사망자 이름을 발표하면 대중은 시그달 경찰서가 사건을 해결했고 크리포스가 느려서, 느려터져서 홀레가 먼저 자살을 감행한 것으로 볼 테니까. 빈테르, 당신이 원하는 걸 얻으려면 크리포스의 예리한 수사가 해리 홀레라는 유능한 수사관보다 한발 앞섰기에 해리가 도주했고 결국 스스로 목숨을 끊은 것처럼 보이게 해야겠지.

그녀는 아무것도 입 밖에 내지 않았다.

그냥 짧게 '알았습니다'라고만 답했다. 그러고는 덧붙였다. "청장님께는 제가 보고할게요."

그들은 전화를 끊었다.

카트리네는 살금살금 침실로 들어갔다. 비에른의 부모가 준 낡은 파란색 아기 침대로 몸을 숙였다. 그 집안의 모든 자식과 손주가 어릴 때 자던 침대다.

얇은 벽 너머로 서재에서 아직 우는 소리가 들렸다. 아까보다 잠잠해지기는 했지만, 여전히 똑같은 절망감이 전해졌다. 카트리네는 게르트의 잠든 얼굴을 보면서 비에른이 슬퍼하니까 이상하게도 그녀의 슬픔이 견딜 만한 것 같다고 생각했다. 이제는 강해져야 했다. 반성하고 감상에 젖을 여유가 없다. 삶은 계속되므로, 그들에게는 돌봐야 할 아이가 있으므로.

아이가 갑자기 눈을 떴다.

눈을 깜빡거리며 둘러보고 집중할 대상을 찾으려 했다.

카트리네는 손으로 특이한 금발 곱슬머리를 쓰다듬었다.

"서부 출신 검은 머리 여자와 토텐 출신 빨간 머리 남자 사이에서 금발의 바이킹이 나올 줄 누가 알았겠니." 게르트를 데리고 스크레이아에 있는 양로원으로 찾아갔을 때 비에른의 할머니가 한 말이다.

아이는 엄마의 눈을 찾았고, 카트리네는 미소를 지었다. 미소 지으며 아이 머리를 쓰다듬고 아이가 다시 눈을 감을 때까지 나직이 노래를 불러주었다. 그제야 전율이 일었다. 그 눈빛이 죽음 저편에서 그녀를 쳐다보는 누군가와 닮아서.

46

　요한 크론은 욕실 문을 잠그고 들어앉았다. 휴대전화를 두드렸다. 해리 홀레와 오래전부터 연락을 했으니 분명 어딘가에 그의 번호가 있을 것이다. 찾았다! 실예 그라브셍이라는, 홀레를 강간범으로 몰아 복수하려 했던 경찰대학 학생에 관해 주고받은 오래전 이메일. 실예라는 학생이 찾아와 사건을 맡아달라고 했지만, 기소 내용을 살펴보고 겨우 말렸다. 그 뒤로 홀레와 이런저런 불화가 있었지만 실예 사건에서만큼은 홀레가 그에게 신세를 진 게 아닌가? 그랬기를 바랐다. 다른 사람들에게, 홀레보다 그에게 더 많은 빚을 진 다른 경찰들에게 연락할 수도 있지만 굳이 홀레에게 부탁하는 데는 두 가지 이유가 있었다. 첫째, 홀레는 최근에 그를 속이고 굴욕을 안긴 작자를 찾아서 체포하는 일이라면 분명 최선을 다할 것이다. 둘째, 해리 홀레는 경찰 조직에서 핀네를 체포할 수 있는 유일한 인물이다. 맞다, 홀레는 그를 도와줄 수 있는 단 한 사람이다. 위협적인 행동과 협박을 한 죄로 핀네를 얼마나 감금할 수 있을지도 알아야 했다. 남자 대 남자의 약속을 저버린 걸로 보일 수도 있지만 그건 그때 가서 생각하면 된다.

"꼭 필요하면 메시지를 남기세요." 진지한 목소리가 나오고 삐 소리가 났다.

요한은 황당해서 전화를 끊을 뻔했다. 하지만 그런 표현법에 뭔가가 있었다. '꼭 필요하면'. 꼭 필요했다, 아닌가? 그래, 꼭 필요했고, 홀레가 회신할 마음이 생길 만큼 자세히 말해야 했다. 그는 침을 삼켰다.

"요한 크론입니다. 이 메시지는 우리 둘만의 비밀로 해야 합니다. 스베인 핀네가 협박을 했어요." 그는 다시 침을 삼켰다. "나한테. 우리 가족한테도. 난……. 어, 부디, 회신 주세요. 고맙습니다."

그는 전화를 끊었다. 말이 너무 많았나? 이러는 게 맞을까? 경찰에 도움을 청하는 게 올바른 해결책일까? 아, 확실히 알 수가 없다! 음, 홀레한테 전화가 오기 전에는. 그는 생각을 바꿔 홀레에게 다시 의뢰인을 오해해 벌어진 해프닝이라고 둘러댈 수도 있었다.

그는 침실로 가서 이불 속으로 들어가 침대 옆 협탁에 놓인 노르웨이 법률 저널 〈TfR〉을 집어서 읽기 시작했다.

"당신 아까 테라스에서 뭐라고 했어?" 프리다가 옆에서 말했다. "변론 연습 했다며."

"응." 요한은 이렇게 답하고는 프리다가 이불 위에 책을 내려놓고 독서용 안경 너머로 쳐다보는 걸 보았다.

"누구 변론이야? 당신 요새 사건 맡은 거 없잖아."

요한은 베개를 바로잡았다. "곤경을 자초한 점잖은 남자를 변호해." 그는 그가 직접 쓴 이중의 위험에 관한 논문에 시선을 고정했다. 사실 속속들이 다 꿰고 있는 논문이지만 마치 한 번도 읽은 적이 없는 것처럼 읽어내려가며 복잡하지만 명료한 법적 추론을 다

567

시 즐길 수 있었다. "현재로서는 잠재적 사건이야. 그 남자가 그의 정부를 차지하고 싶어하는 작자한테 협박받고 있거든. 굴복하지 않으면 가족을 빼앗아가겠다고 협박당했고."

"흠." 프리다가 속삭였다. "실제 사건이 아니라 소설 같네."

"소설이라고 쳐봐. 당신이 그 남자라면 어떻게 할 거 같아? 변론으로는 살아나갈 구멍이 생기지 않을 걸 안다면?"

"정부를 가족 전체와 맞바꾼다? 간단한 거 아냐?"

"아니지. 악당이 정부를 강간하게 놔둔다면 그 악당한테 약점이 더 많이 잡히는 거지. 그럼 악당이 다시 나타나서 점점 더 심한 걸 요구할 테고."

"좋아." 프리다는 살짝 미소를 머금고 말했다. "그렇다면 청부업자한테 돈 주고 악당을 제거하라고 시켜야지."

"조금 현실적으로 말해줄래?"

"소설이라고 생각하라며?"

"그래, 그래도……."

"정부. 나라면 그 악당한테 정부를 넘길 거야."

"고마워." 요한은 다시 논문으로 눈을 돌렸지만, 오늘 밤에는 이중의 위험에 관한 독창적인 서술로도 스베인 핀네에 대한 생각을 떨쳐내지 못할 걸 알았다. 혹은 알리세 생각이든. 알리세를 떠올리자, 그녀가 무릎을 꿇고 애원하듯 요한 크론을 쳐다보며 너무 커서 눈물까지 그렁그렁하지만 어떻게든 입에 넣어보려고 안간힘을 쓰는 모습이 떠올랐고, 그런 선택은 불가능하다는 생각이 들었다. 그런가? 해리 홀레가 도와주지 않으면 어쩌지? 아니, 아무리 그래도, 알리세한테 그런 짓을 할 수는 없었다. 도덕적으로 역겨운 짓일 뿐 아니라 그녀를 사랑했다! 그런가? 이제 요한은 사타구니보다 심장이 더 부풀어 오르는 느낌을 받았다. 누굴 사랑하면 어떻게 했더라? 결과를 받아들였다. 대가를 치렀다. 누군가를 사랑한다면 어떤 대가든 달게 받았다. 이것이 사랑의 법칙이고 다른 해석의 여지가 없다. 이제 또렷해졌다. 아주 또렷해서 다시 의심이 들기 전에 서둘러야 했다. 어서 아내한테 다 털어놔야 했다. 알리세에 관해 하나도 남김없이. 주사위는 던져졌다. 운명은 정해졌다. 요한은 저널을 내려놓고 숨을 깊이 들이마시면서 무슨 말부터 꺼낼지 구상했다.

"참, 깜빡하고 말 안 했는데, 시몬이 오늘 나한테 딱 걸린 거 있지." 프리다가 말했다. "걔가 자기 방에서 글쎄 뭘 보고 있었냐면……. 허, 믿기지 않을 거야."

"시몬?" 요한은 그들의 첫째를 떠올렸다. "포르노 잡지?"

"비슷해." 프리다가 웃었다. "**노르웨이 법전**. 당신 거."

"저런." 요한은 가능한 한 쾌활하게 말하고 침을 삼켰다. 아내를 바라보자 알리세의 이미지가 영화에서처럼 사라졌다. 프리다 안드레센, 현재는 프리다 크론. 그녀의 얼굴은 여전히 대학 강의실에서 처음 본 그 순간처럼 순수하고 예뻤다. 몸은 살짝 통통해졌지만 살이 붙은 만큼 여성스러운 몸매가 도드라졌다.

"내일 태국 음식 만들어볼까 하는데, 애들이 좋아할 거야. 애들이 아직도 사무이 섬 얘기를 하더라고. 언젠 거기 다시 갈 날이 올까? 태양, 따뜻한 날씨 그리고……." 그녀는 미소를 지었고, 나머지 말들이 허공에 맴돌았다.

"응." 요한 크론은 이렇게 말하고 침을 삼켰다. "아마도."

그는 다시 저널을 집어 들어 읽었다. 이중의 위험에 관해.

47

"다비드였어요." 남자가 약쟁이 특유의 가늘고 불안정한 목소리로 말했다. "걔가 쇠 파이프로 비르게르 머리를 친 거예요."

"비르게르가 그 친구의 헤로인을 훔쳐서." 성민이 이렇게 말하고 하품을 참으려 했다. "그런데 쇠 파이프에 당신 지문이 나온 건 당신이 비르게르한테서 그걸 빼내서고. 그땐 이미 늦었지만."

"맞아요." 남자가 성민이 3학년 수학 문제라도 푼 것처럼 쳐다보았다. "저 이제 가도 되죠?"

"가고 싶으면 언제든지 가세요, 카스코." 성민이 한 손으로 손짓했다.

한때는 자동차보험 외판원으로 일해서 카스코라고 불리는 남자가 일어섰다. 스타게이트 바의 바닥이 심하게 요동치는 배의 갑판이라도 되는 양 휘청거리며 가까스로 문으로 향했다. 문에는 오슬로에서 가장 싼 맥주를 마실 수 있는 바라고 소개하는 신문광고 스크랩이 붙어 있었다.

"뭐 하는 거야?" 크리포스의 동료 마르쿠센이 놀라서 소리를 질

570

렀다. "사건의 전모를 캐낼 수 있었잖아. 하나하나 세세하게! 다 잡았는데, 빌어먹을! 다음에는 분명 말을 바꿀 거야. 저 자식들이 그렇지, 헤로인 중독자들."

"그러니 지금은 저자를 풀어줘야지." 성민이 녹음기를 끄면서 말했다. "어차피 당장은 뻔한 얘기밖에 건질 게 없어. 여기서 더 캐봐야 나중에 증언대에 올라가면 다 잊어버리거나 증언을 바꿀 거야. 그러면 피고 측 변호인은 나머지 증언도 신빙성이 없다는 쪽으로 몰고 갈 테고. 이제 갈까?"

"여기서 죽치고 있을 이유가 없지." 마르쿠센이 일어섰다. 성민은 고개를 끄덕이고 아까 마르쿠센과 함께 오슬로에서 제일 일찍 문 여는 시각인 7시에 이 바에 도착했을 때 앞에 늘어서 있던 단골 술꾼들을 훑어보았다.

"저기, 나는 여기 있을게." 성민이 말했다. "아직 아침도 못 먹어서."

"식사를 한다고, **여기서?**"

성민은 마르쿠센이 무슨 뜻으로 하는 말인지 알았다. 성민과 스타게이트는 그다지 어울리지 않았다. 여기 와본 적도 없었다. 또 모르지. 이제 수준을 좀 낮춰야 할지도? 기대치 낮추기. 어쨌든 여기가 좋은 출발점으로 보였다.

마르쿠센이 떠난 후 성민은 옆 테이블에 놓여 있던 신문을 집었다.

1면에 라켈 페우케 사건만 있었다.

287번 고속도로 사건에 관한 기사는 한 줄밖에 없었다.

올레 빈테르도, 카트리네 브라트도 해리 홀레가 연루된 사건을 공개하지 않기로 했다는 뜻이다. 올레 빈테르로서는 성민이 도달한 추론에 팀워크의 때깔을 입힐 시간이 필요했을 것이다. 세세한 부분까지 면밀히 점검해봐야 성민이 알아낸 사실을 재확인하는 것일 뿐이지만, 빈테르로서는 나중에 그의 현명한 지도력 아래서 그의 팀이 승리를 거두었다고 주장할 수 있었다.

성민은 마키아벨리의 《군주론》을 읽은 적이 있는데, 그때 정치 게임과 힘의 전략을 제대로 이해하지 못한 것을 깨달았다. 마키아벨리가 권력을 지키려는 통치자에게 전하는 한 가지 조언은 나라 안에서 힘이 약한 세력과 동맹을 맺고 그 세력을 지원하라는 것이다. 권력을 넘볼 지위에 있지 않고, 현상 유지에 만족할 사람들 말이다. 반면에 훗날 더 강해질 상대는 수단과 방법을 가리지 말고 힘을 빼놓아야 한다고 조언했다. 1500년대 이탈리아 도시국가에 적용되는 조언이 크리포스에도 통하는 듯했다.

그런데 카트리네 브라트가 언론 발표를 미루고 싶어하는 심리는 아리송했다. 이미 24시간이 있었고 지금쯤이면 홀레의 가족도 소식을 전해 들었을 테니, 카트리네가 강력반 수사관이 살인 혐의를 받고 있다는 뉴스를 준비할 시간은 충분했다. 설사 홀레에게 사적인 감정이 있다고 해도 이렇게 그녀 자신과 강력반을 경찰 특혜에 대한 비난에 노출하면서까지 홀레를 매스컴의 관심으로부터 보호할 이유는 없어 보였다. 다른 뭔가가, 단순히 연인의 감정을 넘어 더 깊이 흐르는 어떤 존중의 마음 같은 것이 있는 듯했다. 그런데 그게 뭘까?

성민은 이런 생각을 떨쳐냈다. 그냥 다른 의미일 수도 있었다. 기적이 일어날 수도 있다는 절박한 희망 같은 것. 해리 홀레가 아직 살아 있다는 기적. 성민은 커피를 마시고 아케르셀바 강을 내려다보았다. 아침 해가 강 건너편의 우중충한 건물들 위로 떠오르기 시작했다. 해리 홀레도 이 광경을 누리고 있다면 그건 구름 위에 앉아 머리에 후광을 두르고 천사들의 노래를 들으며 저 높은 곳에서 이 모든 것을 지켜보고 있어서일 뿐이다.

그는 저 아래 구름을 내려다보았다.

거울 파편을 들고 얼굴을 보았다. 머리에는 흰 띠가 있었다. 노랫소리가 들렸다.

다시 구름을 내려다보았다.

날이 밝자 작은 구름 무리가 계곡 아래로 내려가 언 강을 덮으며 숲을 잿빛으로 물들였다. 그러다 해가 더 높이 떠오르며 구름을 태워 없애서 시야가 트였다. 맹렬히 짖어대는 새들도 이제는 조금 잠잠해지기를 바랐다.

몸이 얼어붙을 듯 추웠다. 추운 건 괜찮았다. 그래야 더 잘 보이므로.

그는 다시 거울 파편을 들여다보았다.

오두막에서 서랍을 뒤져 찾아낸 머리 위의 후광, 아니 붕대에 피가 배어나 벌겋게 얼룩졌다. 이렇게 흉터가 하나 더 생길 것이다. 입꼬리에서 귀까지 이어진 흉터에 더해서.

그는 오두막 외벽에 기대져 있는 의자에서 일어나 안으로 들어갔다.

벽면에 붙은 신문 스크랩 앞을 지났다. 그중 한 장에 방금 거울에서 본 얼굴이 있었다.

그는 간밤에 머물던 침실로 들어갔다. 침대에서 피 묻은 시트와 이불을 벗겼다. 2주 전에 그의 아파트에서 피 묻은 이불보를 벗겼듯이. 다만 이번에는 그의 피, 그 자신만의 피였다.

그는 소파에 앉았다. 얏지 게임 옆에 하이 스탠더드 권총이 있었다. 로아르는 E14가 미등록 총기를 구했다고 말했다. 그는 총을 들고 뒤집어보았다.

총이 필요할까?

그럴지도, 아닐지도.

해리 홀레는 시간을 따져보았다. 비틀거리며 숲에서 빠져나와 이 오두막의 깨진 창문으로 들어온 뒤로 36시간이 지났다. 젖은 옷을 벗고 몸을 씻고 깨끗한 옷을 찾아보았다. 스웨터, 내복, 얼룩무늬 군복과 두툼한 털양말이 나왔다. 닥치는 대로 껴입고 이층 침대의 담요 속으로 들어가 지독한 오한이 멈출 때까지 가만히 누워 있었다. 난롯불을 피울까 하다가 그만두었다. 굴뚝에서 연기가 나면 의심을 살 수도 있었다. 벽장을 뒤져 구급상자를 찾았고, 이마의 상처를 지혈했다. 머리에 붕대를 감고 남은 붕대는 무릎에 댔다. 무릎이 타조알을 머금은 듯 부었다. 그는 숨을 들이마시고 내쉬면서 갈비뼈가 부러져서 통증이 있는 건지, 그냥 타박상이 심한 건지 알아내려 했다. 그것 말고는 무사했다. 누구는 기적이라 하겠지만 실은 간단한 물리학과 약간의 운이 따라줬을 뿐이다.

다시 숨을 들이마시자 휘파람 소리가 나고 옆구리를 찌르는 듯한 통증이 일었다.

맞다, 약간의 운 이상이었다.

어떻게 된 건지 생각하지 않으려 했다. 심각한 외상을 입은 경찰관에게 해줄 새로운 조언이기도 했다. 외상 경험에 관해 바로 말하지 말고, 적어도 여섯 시간이 지나기 전에는 그 경험을 생각지도 말라. 최신 연구에서는 (기존의 예상과는 전혀 다르게) 외상 경험을 겪은 직후에 그 경험을 "상세히 기술하면" PTSD 발병 위험이 줄지 않고 오히려 늘어나는 것으로 나타났다.

물론 완벽히 차단할 수는 없었다. 유튜브의 바이럴 영상처럼 머릿속에서 끊임없이 재생되었다. 차가 폭포 꼭대기에서 추락하는 장면, 그가 운전석에서 몸을 숙여 앞 유리로 내다본 장면, 모든 것이 동일한 속도로 추락하는 순간의 가벼움, 그 덕에 기이할 만큼 손쉽게 왼손으로 안전벨트를 잡고 오른손으로는 버클을 잡을 수 있었던 기억, 물속에서 동작이 느려진 기억. 안전벨트의 버클을 누를 때 눈앞으로 달려들던 거대한 검은 바위에서 터지던 하얀 포말. 그리고 압력. 그리고 소음.

안전벨트에 매달려 에어백에 머리를 박고도 숨이 쉬어지는 걸 알았다. 폭포수 소리가 멀리서 희미하게 들리는 게 아니라 날카롭게 쏴쏴 들리고 박살 난 뒷좌석 창문으로 폭포수가 밀려들어 그를 때렸다. 잠시 후 그는 그냥 살아 있기만 한 것이 아니라 크게 다치지도 않은 걸 알았다.

차가 세로로 서 있었고, 차의 앞부분과 운전대가 좌석 쪽으로 밀린 건지 아니면 그 반대인지는 모르지만 다리가 잘리거나 꽉 낄 만큼 심하게 밀리진 않은 듯했다. 차창이 전부 깨지고 차 안에 들어찬 물이 단숨에 싹 빠졌다. 하지만 계기판과 앞 유리가 물이 빠지는 시간을 끌어줘서 해리 몸에 완충 작용을 해주고 차체가 완전히 우그러지는 걸 막아줬다. 물의 힘이 강해서였다. 심해의 물고기가 장갑차도 깡통만 하게 우그러트릴 만큼 수압이 강한 깊은 바다에서도 납작하게 짓눌리지 않는 이유는, 물고기의 몸이 아무리 센 압력에도 타협하지 않는 물질, 곧 물로 이루어졌기 때문이다.

해리는 눈을 감고 머릿속으로 남은 영상을 돌렸다.

그가 앞좌석에 매달린 채 버클과 스풀이 망가져서 버클을 풀지도, 안전벨트에서 빠져나오지도 못하던 장면. 두리번거리다가 깨진 사이드미러를 보니 폭포수 두 줄기가 그에게 떨어지는 것 같았다. 사이드미러의 파편 한 조각을 뺐다. 모서리는 날카로웠지만 손이 심하게 떨려서 안전벨트를 끊는 데 영원의 시간이 걸릴 것만 같았다. 그는 결국 운전대와 에어백으로 떨어졌다. 나중을 위해 거울 파편을 재킷 주머니에 넣고 조심조심 앞 유리를 통해 기어 나오며 부디 차가 그에게 떨어지지 않기만을 바랐다. 검은 바위에서 강의 우안까지 멀지 않은 거리를 헤엄치고 강기슭을 헤치며 걸어 나왔고, 그제야 가슴과 왼쪽 무릎이 다친 걸 알았다. 아드레날린이 진통제가 되어주고 아직 체내에 짐빔이 남아 있긴 했지만 이제부터는 상태가 계속 나빠지기만 할 터였다. 추위로 머리가 지끈거리는 채로 서 있는데 따뜻한 뭔가가 뺨을 타고 목으로 흘러내렸다. 거울 조각을 꺼내서 보니 한쪽 이마에 큰 상처가 있었다.

눈을 들어 산비탈을 보았다. 소나무와 눈. 100여 미터를 걸어가 산비탈에 오를 만한 지점을 찾아서 기어올랐지만 진흙과 눈이 섞인 자리에서 미끄러져 다시 강으로 떨어졌다. 가슴통증이 심해서 비명을 지르고 싶었지만 몸에서 공기가 다 빠져나간 듯 기껏 나오는 소리라고는 펑크 난 것처럼 희미하게 쌕쌕거리는 소리뿐이었다. 다시 눈을 떴을 때는 얼마나 정신을 잃었는지 알 수 없었다. 10초인지, 몇 분인지. 몸이 움직이지 않았다. 추워서 근육이 말을 듣지 않는 것 같았다. 그는 고개를 들어 무고하고 무자비한 파란 하늘을 향해 울부짖었다. 산전수전 다 겪고 살아남아 고작 이런 황량한 땅에서 얼어 죽는 건가?

차라리 지옥에 떨어지는 게 낫지.

그는 휘청휘청 일어나 반은 강에 쓰러진 죽은 나무에서 가지를 꺾어 목발로 삼았다. 거친 산비탈을 10여 미터쯤 기어 올라가자 눈밭으로 길이 하나 나 있었다. 무릎이 욱신거리는 걸 겨우 참으며 바람을 거슬러 북쪽으로 걸었다. 폭포수 소리와 이가 덜덜 떨리는 소리에 차 소리가 들리지 않았지만 조금 더 올라가서 보니 강 건너편에 도로가 보였다. 287번 고속도로.

차 한 대가 지나갔다.

얼어 죽고 싶지는 않았다.

잠시 서서 가슴통증을 가라앉히려고 가만가만 숨을 골랐다.

다시 강으로 내려가 강을 건너고 도로로 올라가 차를 잡아타고 오슬로로 돌아갈 수도 있었다. 아니면 더 나은 방법으로 시그달 경찰서에 전화해서 데려가달라고 요청할 수도 있었다. 어쩌면 경찰이 이미 오고 있을지도 몰랐다. 트럭 운전사가 287번 고속도로의 상황을 봤다면 분명 경찰에 신고했을 것이다. 해리는 휴대전화를 찾아보았다. 휴대전화가 조수석에서 짐빔과 권총 옆에 놓여 있던 기억이 났다. 지금쯤 죽어서 강바닥 어딘가에 가라앉았을 것이다.

순간 그 생각이 스쳤다.

그 역시 죽어서 물속에 가라앉았을 거라는 생각.

지금 그에게 선택이 주어졌다는 생각.

그는 온 길을 되짚어 산비탈을 오른 자리로 갔다. 손과 발로 눈을 흩트려 발자국을 지웠다. 절뚝거리며 북쪽으로 걸었다. 강을 따라 이어진 길이므로 계속 그렇게 간다면 로아르 보르의 오두막이 멀지 않다는 뜻이었다. 무릎이 버텨주기만 한다면.

무릎은 온전히 버텨주지 못했다. 두 시간 반이나 걸렸다.

해리는 붕대를 단단히 감은 자리의 아래위로 부풀어 튀어나온 부위를 보았다.

하룻밤을 쉬었고 몇 시간 더 쉴 수 있었다.

그런 다음에는 무릎이 그의 체중을 지탱해주어야 했다.

그는 털모자를 찾아 쓰고 포드 에스코트의 사이드미러 조각을 다시 꺼내 붕대가 제대로 가려졌는지 살폈다. 십 크로네만으로 오슬로에서 트론헤임까지 이동해야 했던 로아르 보르가 생각났다. 지금 그에게는 한 푼도 없지만 거리는 더 짧았다.

해리는 눈을 감았다. 머릿속의 목소리가 들렸다.

앞으로 우리는 더 많이 알게 되겠지.

앞으로 우리는 이유를 알게 되겠지.

기운을 내요, 형제여, 햇빛 속에 살아요.

머지않아 우리는 모든 것을 알게 되겠지.

해리는 이 노래를 수없이 들었다. 진실은 언젠가 드러난다는 의미의 노래만은 아니었다. 기만적인 자들이 얼마나 잘 사는지, 반면에 그자들에게 속은 사람들은 얼마나 고통에 시달리는지에 관한 노래였다.

48

오슬로로 가는 새로 생긴 에게달 직행버스의 운전기사는 방금 버스에 올라탄 키 큰 남자를 보았다. 정류장이 287번 고속도로에서 인적이 드문 구간에 있는 데다 그 승객이 얼룩무늬 바지를 입고 있어서 그녀는 그 남자가 야생동물을 사냥하러 오슬로에서 여기까지 올라온 사냥꾼이려니 짐작했다. 그런데 석연치 않은 구석이 세 가지 있었다. 우선 사냥철이 아니었다. 옷이 두 사이즈는 작은 데다 검은 털모자 밑으로 흰 붕대가 삐져나와 있었다. 그리고 버스표를 살 돈이 없었다.

"강에 빠져서 다쳤어요. 휴대전화랑 지갑도 잃어버리고. 산장에서 지내는데 시내로 들어가야 해서요. 차비를 나중에 내도 될까요?"

기사는 그를 쳐다보며 그가 말한 상황을 생각했다. 붕대와 몸에 맞지 않는 옷을 보니 그럴듯하게 들렸다. 게다가 오슬로행 직행버스는 운행을 시작하자마자 성공하지 않았다. 주민들이 아직 그 지역 버스를 타고 오모트까지 가서 거기서 한 시간에 한 대씩 다니는 고속버스로 갈아타서 좌석이 남아돌았다. 어느 쪽이 더 골치 아플 거냐는 게 관건이었다. 이 남자를 버스에 태우지 않을 것인가, 태울 것인가?

남자는 기사가 망설이는 걸 알아챘는지 헛기침을 하고 덧붙였다. "휴대전화를 잠깐 빌려주시면 아내한테 전화해서 돈 가지고 정류장으로 마중 나오라고 할게요."

기사는 남자의 오른손을 보았다. 중지에 회색이 도는 푸른 금속 보철이 끼워져 있었다. 옆 손가락에는 결혼반지가 있었다. 하지만 그 손으로 그녀의 휴대전화를 만지게 하고 싶진 않았다.

"가서 앉아요." 그녀는 이렇게 말하고 버튼을 눌렀고, 그의 뒤에서 길게 쉭 소리를 내며 문이 닫혔다.

해리는 절뚝거리며 버스의 뒷좌석으로 향했다. 승객들이, 적어도 그가 기사와 나눈 대화를 들은 승객들이 시선을 피했다. 전쟁터에서 막 돌아온 것 같은 몰골의 어쩐지 불편한 이 남자가 제발 옆자리에 앉지 않게 해달라고 속으로 비는 것 같았다.

그는 아무도 앉지 않은 빈자리로 가서 앉았다.

창밖에 스치는 숲과 풍경을 내다보았다. 손목시계를 보니 광고 내용이 맞았다. 폭포수 한두 개쯤은 물론 웬만한 상황에서도 거뜬히 살아남는다던 광고. 5시 오 분 전이었다. 오슬로로 들어갈 때는 날이 저문 직후일 것이다. 그에게는 어둠이 적합했다.

갈비뼈 바로 아래의 욱신거리는 부위가 자꾸 절렸다. 재킷 안에 손을 넣어 산장에서 가져온 하이 스탠더드의 총열을 옮겼다. 엊그제 급하게 핸들을 꺾었던 긴급 대피 구역이 나오자 눈을 감았다. 버스와 심장박동이 빨라지는 것 같았다.

그러다 선명해지는 순간이 왔다. "우리는 모든 것을 알게 되겠지"라는 가사가 든 노래는 수수께끼가 아니라 어둠 속에서 그에게 빛을 비추어주는 활짝 열린 문이었다. 전체 그림이나 맥락을 보여주지는 않았지만 그 이야기는 앞뒤가 맞지 않고 뭔가가 빠져 있는 걸 알아챌 만큼은 보여주었다. 아니, 더 정확히 말하면 뭔가가 끼워져 있는 것을. 그가 마지막 순간에 생각을 바꾸고 운전대를 틀게 할 만큼은 충분히 보여주었다.

지난 24시간 동안 전체 그림을 짜 맞추었다. 이제는 합리적인 근거에 따라 실제로 어떻게 된 일인지 안다는 확신이 들었다. 범죄 현장에서 증거를 검출하는 방식을 꿰고 있는 사람이 얼마나 간단히 현장을 조작하고 증거를 인멸할 수 있는지 짐작하기란 어렵지 않았다. 라켈의 혈액이 묻은 살인 흉기가 어떻게 그의 집 레코드 선반에 꽂히게 되었는지도, 살인사건 이후 그의 집에 다녀간 사람이 단 두 명밖에 없다는 점에서 짐작하기 어렵지 않았다. 이제는 현장이 조작된 사실 혹은 증거가 심어진 사실을 입증하기만 하면 되었다.

그보다 어려운 건 동기를 알아내는 것이었다.

해리는 어떤 징후나 설명을 찾아 기억을 더듬었다. 그러다 오늘 아침 이층 침대에서 반은 깨고 반은 잠든 채 누워서 마침내 그것을 발견한 순간 (혹은 그것이 그를 발견한 순간) 처음에는 말도 안 된다고 무시하려 했다. 그럴 리가 없지 않은가? 그리고 곰곰이 생각했다. 그럴 수도 있을까? 그날 밤 그가 알렉산드라의 집 침대에 누워 있었던 것이 동기가 될 만큼 그렇게 직접적일 수 있을까?

성민 라르센은 닐스 한센스 가 25번지에 있는 크리포스의 새 건물 회의장 뒷자리로 눈에 띄지 않게 살금살금 들어갔다.

앞에는 기자와 사진기자들이 유난히 많이 모여 있었다. 기자회견이 평소 근무 시간이 아닌 때에 잡혔는데도. 성민은 올레 빈테르가 누군가를 시켜서 저 많은 사람을 이곳으로 끌어들일 미끼로 해리 홀레라는 이름을 슬그머니 흘리게 했을 거라고 짐작했다. 빈테르가 요즘 그가 총애하는 부하인 란스타와 함께 단상 위의 테이블 안쪽에 앉아서 손목시계의 초침을 보고 있었다. 텔레비전 채널의 뉴스 시간에 맞춰서 시작하고 싶은 것이다. 빈테르와 란스타 옆에는 크리포스의 다른 수사관이 앉아 있고 과학수사과의 수장 베르나 리엔도 있었다. 그들과 조금 떨어져서 오른쪽 끝에는 카트리네 브라트가 앉아 있었다. 그 자리와 어울리지 않아 보이는 그녀는 앞에 있는 서류를 들여다보고 있었다. 서류에 관련 내용이 있는지, 서류를 읽고 있기나 한 건지 의심스러웠다.

올레 빈테르가 숨을 깊이 들이마시며 말 그대로 몸을 부풀리는 게 보였다. 빈테르는 평소의 싸구려 낡은 정장이 아니라, 스웨덴 브랜드 타이거 제품으로 보이는 새 정장을 입고 있었다. 최근에 홍보팀 팀장으로 임명되었고 어느 정도 패션 감각이 있어 보이던 여자와 의논해서 새로 장만했을 것이다.

"네, 기자회견에 와주셔서 고맙습니다." 빈테르가 말문을 열었다. "저는 올레 빈테르고 이번 예비 수사를 이끈 책임자로서 라켈 페우케 살인사건에 관한 수사 결과를 말씀드리겠습니다. 그동안 우리는 여러 돌파구를 마련했고 집중적인 팀워크로 사건을 해결했다고 자부합니다."

성민은 빈테르가 여기서 잠시 말을 끊고 극적 효과를 최대로 끌어 올렸어야 한다고 생각했지만, 빈테르는 그냥 말을 이었다. 그래서 더 전문가답고 더 신뢰감을 줄지도 모를 일이었다. 살인을 쇼로 만들어선 안 되었다. 성민은 머릿속에 메모하고 후일을 위해 저장했다. 언젠가는 그가 저 위에 앉아 있을 테니까. 전에는 몰랐어도 이제는 알았다. 그가 피로에 지치고 머리가 희끗희끗한 저 원숭이를 저 자리에서 끌어내릴 거라는 것을.

"우리는 오늘 기자회견이 이 사건과 직접 관련된 분들과 주변 분들과 국민 여러분을 안심시켜드릴 것으로 희망하고 믿습니다." 빈테르가 말했다. "비극적인 일입니다만, 우리가 라켈 페우케 살인 사건의 증거를 찾아내 추적하던 사람이 스스로 목숨을 끊은 게 아닌가 의심됩니다. 자살 동기를 추측해서는 안 되지만 일단 우리는 이 사람이 크리포스의 수사망이 좁혀 들어오는 걸 감지하고 목숨을 끊은 게 아닌가 의문을 던지지 않을 수 없습니다."

성민은 빈테르가 "용의자"가 아니라 "우리가 라켈 페우케 살인 사건의 증거를 찾아내 추적하던 사람"이라고 말하고, "실종된"이 아니라 "스스로 목숨을 끊은"이라고 말하고 "체포하려는 순간에" 가 아니라 "수사망이 좁혀 들어오는"이라고 말한 데 주목했다. 빈테르는 추측해서는 안 된다고 말하면서 추측했다. 그가 좀 더 신중하고 전문가다운 냉철한 어휘를 선택했다면 더 효과적이었을 것 같았다.

"제가 '스스로 목숨을 끊은 것으로 보인다'고 말씀드리는 건," 빈테르가 말했다. "문제의 인물이 아직 공식적으로는 실종 상태기 때문입니다. 여기 계신 분 가운데 어제 오전에 287번 고속도로 옆 강으로 차량 한 대가 추락한 사건을 아는 분이 있을 겁니다. 이제 그 차가 용의자 해리 홀레의 차라는 사실을 밝힐 수 있고……."

이번에는 빈테르가 극적으로 말을 끊지 않아도 되었다. 기자들 사이에 탄성과 헉하는 소리와 탄식이 터져 나와 자연히 말이 끊겼으니.

해리는 번쩍거리는 불빛에 잠이 깼다. 버스가 뤼사케르 터널을 통과해 곧 오슬로에 도착하려는 모양이었다. 터널의 반대편으로 빠져나오자 당연하게도 날이 어두워져 있었다. 버스는 언덕으로 올라갔다가 셸뤼스트 쪽으로 다시 내려갔다. 베스툼실렌에 있는 작은 배들의 함대가 보였다. 사실 그렇게 작지는 않았다. 저런 배 한 척을 살 수 있다고 해도 관리나 유지 보수에 들어가는 비용과 하루살이 같은 노르웨이의 뱃놀이 시즌에 한 시간 정도 바다에 띄우는 데는 또 얼마나 들까? 그냥 날씨가 좋으면 배를 빌려서 놀다가 날이 저물면 묶어놓고 아무런 걱정거리 없이 떠나면 왜 안 되지? 빈자리가 대부분인 버스 안은 조용했지만, 그의 앞좌석에서는 이어폰에서 벌레 소리 같은 음악이 새어 나오고 좌석 사이의 틈새로 스크린 불빛이 보였다. 버스에 와이파이가 잡히는지 〈VG〉 웹사이트의 뉴스가 보였다.

그는 다시 창밖으로 배들을 보았다. 어쩌면 바다에서 몇 시간을 보내는 것보다는 소유권 자체가 중요할 수도 있겠다는 생각이 들었다. 하루의 어느 시간이든 저 바깥에 **내 소유**의 배가 있다는 걸 아는 것. 정성껏 관리하는 고가의 배, 지나가는 사람들이 가리키며 내 이름을 말하고 그 배가 **내 소유**라고 말할 거라는 걸 아는 배. 우리는 무엇을 하는지가 아니라 무엇을 소유하는지가 중요한 사람들이므로. 그리고 모든 것을 잃으면 우리도 더는 존재하지 않는다. 해리는 생각이 어디로 흘러갈지 알고 그 생각을 떨쳐냈다.

그는 앞좌석 틈새로 스크린을 보았다. 각도가 절묘하게 맞아

떨어져 그가 앉은 자리에서 스크린에 비친 그의 망가진 얼굴이 〈VG〉 웹사이트를 가득 채우는 것처럼 보였다. 그의 얼굴이 비친 자리 아래에 헤드라인이 있었다.

'기자회견 현장 생방송: 살인 용의자 해리 홀레 실종되다.'

해리는 눈을 꾹 감았다. 그가 깨어 있는 게 맞는지 확인하기 위해, 그리고 눈이 제대로 보이는 건지도 확인하기 위해. 그는 헤드라인을 다시 읽었다. 사진을, 스크린에 비친 얼굴이 아니라 뱀파이어 사건 후 매스컴에 찍힌 사진을 보았다.

해리는 다시 좌석에 등을 기대고 모자 앞부분을 끌어 내려 얼굴을 덮었다.

젠장, 젠장.

그 사진이 앞으로 두 시간 안에 온 세상에 퍼질 것이다. 길에서 사람들이 그를 알아볼 수도 있다. 치수가 한참 작은 위장 군복을 입고 절뚝거리면서 이 도시에서 돌아다니는 남자는 위장과는 정반대다. 그러니 계획을 수정해야 했다.

해리는 생각을 짜냈다. 그렇게 드러내놓고 돌아다닐 수 없으므로 최대한 빨리 전화기를 구해서 꼭 통화할 사람들에게 전화를 걸어야 했다. 5, 6분이면 버스가 정류장으로 들어갈 것이다. 거기서 중앙역까지 연결된 보행로가 있었다. 중앙역의 혼잡한 인파 속에서, 마약중독자와 거지와 이 도시의 온갖 별종들 틈에서는 그가 특별히 눈에 띄지 않을 것이다. 무엇보다도 텔레노르 회사가 2016년에 공중전화를 모두 폐쇄한 이후 (거의 흥미 유발을 위해) 동전을 넣는 구식 공중전화를 몇 대 설치했는데 그중 한 대가 중앙역에 있었다.

그런데 어찌어찌해서 거기까지 간다고 해도 여전히 같은 문제가 남았다.

오슬로에서 트론헤임까지 어떻게 갈 것인가.

주머니에 일 크로네도 없이.

"드릴 말씀이 없습니다." 카트리네 브라트가 말했다. "현재로서
는 그 점에 관해 드릴 말씀이 없습니다." 그리고, "그건 크리포스에
질문하셔야 할 것 같습니다."

성민은 카트리네가 단상 위에서 기자들의 질문 공세에 시달리는
모습이 안쓰럽게 느껴졌다. 그녀는 마치 자신의 장례식에 와 있는
사람처럼 보였다. 이게 적절한 표현일까? 죽음을 더 험한 곳으로
가정하는 근거는 뭘까? 해리 홀레는 그렇게 생각하지 않은 것 같
았다.

성민은 사람들이 빼곡히 들어찬 다른 줄과 달리 비어 있는 줄에
서 조용히 빠져나왔다. 들어야 할 건 다 들었다. 빈테르가 원하는
것을 얻게 되리란 것도 충분히 보았다. 성민 자신이 가까운 미래에
그 우두머리 수컷에게 도전할 수 없다는 것도 충분히 깨달았다. 이
번 사건으로 빈테르의 지위는 더 공고해질 것이고 이제 성민은 총
애를 잃어 다른 부서로 옮겨야 할지 고민해야 했다. 카트리네 브라
트 같은 감독 밑에서 일하는 건 왠지 그림이 그려졌다. 밑에서가
아니라 함께 일하는. 해리 홀레가 떠난 빈자리로 들어갈 여지가 있
었다. 그가 메시라면 홀레는 마라도나였다. 하늘이 내려준 사기꾼.
메시가 아무리 빛나도 마라도나 같은 위대한 전설은 되지 못할 것
이다. 순간 반발심이 생겼지만 그의 이야기에는 위신의 추락이나
홀레나 마라도나의 비극이 결핍될 것임을 알았다.

카스코는 오클리 선글라스를 쓰고 있었다.

마약 살 돈을 구걸할 때 쓸 종이컵을 얻으려고 들어간 커피숍 창턱에서 그 선글라스를 슬쩍했다. 선글라스 주인은 커피숍 앞 길거리에 있는 여자를 잘 보려고 선글라스를 벗어 놓은 터였다. 눈밭에 햇빛이 반사되는데 선글라스를 **벗은** 게 조금 의아하긴 했지만 자기가 쳐다보는 걸 여자가 알아채주기를 바랐는지 모른다. 흠, 멍청한 녀석이 봄의 기쁨을 만끽한 대가를 톡톡히 치른 거지.

"멍청이!" 카스코는 누구라도 들으라는 듯이 큰소리로 툴툴거렸다.

바닥에 앉아서 허벅지와 엉덩이에 감각이 없었다.

이 또한 어쩔 수 없는 대가였다. 온종일 딱딱한 돌바닥에서 고통스러운 척하면서 엉덩이로 맨바닥을 깔고 앉은 대가. 아니, 진짜로 고통스러웠다. 어느새 저녁의 한 방을 맞아야 할 때가 되었다.

"고맙습니다!" 종이컵에 동전이 떨어지자 그가 큰 소리로 외쳤다. 기운차 보여야 했다.

카스코는 선글라스를 쓰고 있었다. 그러면 덜 알아볼까 싶어서. 경찰이 겁나서는 아니었다. 경찰에는 아는 대로 다 말했다. 그보다 경찰이 아직 다비드를 잡지 못했고, 카스코가 그 중국인 수사관한테 정보를 넘긴 게 다비드의 귀에 들어갔다면 지금쯤 카스코를 찾아다닐 가능성이 컸기 때문이다. 그러니 여기 중앙역 매표소 앞 인파 속에 앉아 있는 편이 나았다. 여기선 적어도 누가 죽이겠다고 협박할 수는 없을 테니까.

게다가 봄볕도 좋고 열차가 연착되는 횟수가 적어선지 오가는 사람들도 기분이 좋아 보였다. 확실히 평소보다 종이컵에 동전이 많이 떨어졌다. 심지어 19번 플랫폼으로 내려가는 계단에서 자주 어슬렁거리는 이모 무리 중 두 녀석마저 잔돈푼을 떨궈주었다. 오늘 저녁의 한 방은 해결된 것 같아서 좋았다. 오늘 밤에는 이 선글라스를 팔지 않아도 될 것 같았다.

그러다 얼룩무늬 군복을 입은 형체가 눈에 들어왔다. 그 형체가 절뚝거려서거나 모자 밑으로 붕대가 보여서거나 전체적으로 행색이 흐트러져서가 아니라, 그가 어떤 패턴을 깨트리는 식으로 걸어와서, 그러니까 플랑크톤을 먹고 사는 물고기 떼 속으로 들어온 포식자처럼 모두를 가르며 걸어오고 있어서 눈에 들어왔다. 더 정확히 말하면 그가 곧장 카스코를 향해 다가오고 있어서였다. 카스코는 어쩐지 불길했다. 그에게 돈을 주는 사람들은 그를 **지나치는** 길이지 그에게 **다가오지** 않는다. **다가오는** 건 좋지 않다.

그 남자가 앞에 멈춰 섰다.

"동전 두 개 빌릴 수 있습니까?" 그의 목소리가 카스코만큼 갈라졌다.

"미안한데요, 친구." 카스코가 말했다. "직접 버시지 그래요, 나도 딱 나 쓸 것만 있어서."

"딱 이, 삼십 크로네면 됩니다."

카스코는 피식 웃었다. "척 보니 그쪽도 약이 필요한가 본데, 말했듯이 나도 마찬가지야."

남자가 카스코 옆에 쭈그리고 앉았다. 안쪽 주머니에서 뭔가를 꺼냈다. 경찰 신분증. 젠장, 이젠 그만. 사진 속 남자가 앞에 있는 남자와 얼추 닮아 보였다.

"난 지금 공공장소에서 불법으로 구걸하는 자들에게 불법 취득물을 압수하러 온 거야." 남자가 컵으로 손을 뻗었다.

"절대로 안 돼!" 카스코는 빽 소리를 지르며 컵을 잡아챘다. 그러고는 컵을 가슴에 꼭 안았다.

지나가는 사람 둘이 그들을 흘끔거렸다.

"나한테 넘겨." 남자가 말했다. "안 그러면 널 경찰서로 데려가서 체포할 테니까. 그럼 넌 내일까지 약을 못 해. 그런 밤이 어떨 거 같나?"

"허풍 떨지 마, 당신도 빌어먹을 약쟁이잖아! 2016년 12월 16일에 시의회 투표에서 공공장소의 기금 마련을 금지하는 예비 법안과 부칙이 전부 부결됐어."

"음." 남자가 그 말에 관해 생각하는 척했다. 그는 카스코를 지나치는 사람들을 등져서 그를 가리면서 속삭였다. "네 말이 맞아. 허풍이야. 그런데 이건 아니야."

카스코가 쳐다보았다. 남자가 얼룩무늬 군복 재킷 속에 손을 넣더니 총을 꺼내서 카스코를 겨누고 있었다. 중앙역의 혼잡한 저녁 시간대에 크고 시끄러운 총이라니! 정신 나간 미친놈이 틀림없었다. 머리에 감은 붕대와 입에서 귀까지 이어진 흉측한 흉터까지. 카스코는 마약을 향한 갈증이 평소에는 완벽히 정상인 사람을 어떻게 망쳐놓는지 누구보다 잘 알았다. 불과 얼마 전에도 쇠 파이프로 뭘 할 수 있는지 보았고, 지금은 총을 든 남자까지 나타났다. 어차피 선글라스는 팔아야 했다.

"자요." 카스코는 남자에게 종이컵을 내밀었다.

"고마워." 남자가 컵을 받아 들고 들여다보았다.

"그건 얼마지?"

"에?"

"선글라스." 남자는 컵에 든 지폐를 다 꺼내서 그에게 내밀었다. "이거면 되나?"

그는 카스코에게서 잡아챈 선글라스를 쓰고 일어나 흘러가는 사람들을 가르며 절뚝거리면서 세븐일레븐 앞의 오래된 공중전화 부스로 향했다.

해리는 먼저 자신의 휴대전화 음성 메일로 전화해서 비밀번호를 누르고 카야 솔네스가 메시지를 남기지 않은 것을 확인했다. 그의 전화에 회신하려고 하지 않았다는 뜻이다. 딱 하나 있는 메시지는 겁먹은 요한 크론이 남긴 것이었다. '이 메시지는 우리 둘만의 비밀로 해야 합니다. 스베인 핀네가 협박을 했어요. 나한테. 우리 가족한테도. 난…… 어, 부디, 회신 주세요. 고맙습니다.'

다른 사람에게 전화해야 했다. 난 죽은 사람이야, 해리는 이렇게 생각하면서 전화기에서 동전이 떨어지는 걸 보았다.

그는 전화번호 안내 센터로 전화를 걸었다. 요청한 번호를 손등에 받아 적었다.

처음 건 번호는 알렉산드라 스투르드자의 번호였다.

"해리!"

"끊지 마. 나 무죄야. 지금 연구소야?"

"네, 그런데—."

"그 사람들이 얼마나 알아?"

저쪽에서 머뭇거리는 소리가 들렸다. 이어서 결심이 선 소리도 들렸다. 알렉산드라는 성민 라르센과 나눈 대화를 간략히 요약하고는 울먹이며 말을 맺었다.

"어떻게 보이는지 알아." 해리가 말했다. "그래도 날 믿어줘야 해. 그럴 수 있겠어?"

침묵. "알렉산드라. 내가 라켈을 죽였다고 생각하면 난 이미 죽은 사람으로 돼 있는데 뭐 하러 다시 살아나려고 하겠어?"

침묵이 이어졌다. 그러다 한숨 소리가 들렸다.

"고마워." 해리가 말했다. "지난번에 내가 당신 집에서 묵던 밤 기억나?"

"그래요." 그녀가 코를 훌쩍였다. "아닌 것 같기도 하고."

"당신 침대에 누워 있었잖아. 당신이 나한테 콘돔을 쓰라고 했고. 내가 아이를 더 갖는 걸 원하지 않을 거라면서. 그때 전화한 여자가 있었어."

"아, 그래요, 카야. 기분 나쁜 이름."

"맞아." 해리가 말했다. "지금 당신이 답하고 싶지 않을 질문을 던져야겠어."

"어?"

해리는 네/아니오, 질문을 던졌다. 알렉산드라가 머뭇거리는 소리를 들었다. 답은 다 나온 셈이다. 그녀는 그렇다고 답했다. 그는 필요한 대답을 들었다.

"고마워. 하나 더. 그 바지 말이야. 피 묻은 거. 그걸 분석해줄 수 있나?"

"라켈의 피?"

"아니. 내 손에서 피가 나서 그 바지에 내 피도 묻어 있었잖아. 기억나?"

"네."

"좋아. 내 피를 분석해주면 좋겠어."

"당신 피? 왜요?"

해리는 무엇을 알아보려 하는지 설명했다.

"그러려면 시간이 좀 걸려요." 알렉산드라가 말했다. "한 시간쯤. 어디로 전화하면 돼요?"

해리는 잠깐 고민했다. "결과는 비에른 홀름한테 문자로 넣어줘."

그는 그녀에게 비에른의 번호를 알려주고 전화를 끊었다.

공중전화에 동전을 더 넣으면서 동전이 그의 말보다 더 빨리 떨어진다고 생각했다. 좀 더 효율적으로 접근해야 했다.

그는 올레그의 번호를 기억했다.

"네?" 저쪽의 목소리가 아득하게 들렸다. 멀리 떨어져 있어서거나 생각이 멀리 있어서거나. 둘 다일 수도 있었다.

"올레그, 나야."

"아빠?"

해리는 침을 삼켜야 했다.

"그래."

"이건 꿈이야." 올레그가 말했다. 항의하는 말투가 아니라 진지하게 사실을 진술하는 투였다.

"꿈이 아니야. 나도 꿈꾸는 게 아니라면."

"카트리네 브라트가 아빠가 차를 몰고 강으로 추락했다고 했어요."

"살아왔어."

"자살하려고 한 거예요."

해리는 올레그가 놀랐다가 이제 화내려 하는 걸 들을 수 있었다.

"그래. 내가 네 엄마를 죽인 줄 알았거든. 그런데 마지막 순간에 내가 그렇게 생각하도록 조종당한 걸 깨달았어."

"무슨 소리 하는 거예요?"

"지금은 설명할 게 너무 많아, 동전이 얼마 없어. 네가 뭘 좀 해줬으면 해."

잠시 침묵.

"올레그?"

"듣고 있어요."

"집은 이제 네 소유야. 그러니 온라인으로 그 집의 전기 사용량을 확인할 수 있어. 시간별 사용량이 나올 거야."

"그래서요?"

해리는 올레그에게 필요한 것을 설명하고, 결과를 비에른 홀름한테 문자로 보내라고 말했다.

그는 통화를 마치고 숨을 깊이 들이마신 후 카야 솔네스의 번호로 전화를 걸었다.

전화벨이 여섯 번 울렸다. 끊으려는 순간 카야 목소리가 들려서 흠칫 놀랐다.

"카야 솔네스입니다."

해리는 입술에 침을 발랐다. "나 해리야."

"해리? 모르는 번호라." 긴장한 목소리였다. 말이 빨랐다.

"내 휴대전화로 여러 번 전화했는데." 해리가 말했다.

"그랬어요? 확인을 못 했어요, 저기…… 저기 나 가봐야 해요. 적십자. 여기 일은 다 중단해야 해요. 대기 상태일 때는 그러거든요."

"음. 당신을 어디로 보낸대?"

"어…… 너무 갑자기 결정된 거라 어디인지 그것도 생각이 안 나네. 지진이 났어요. 태평양의 작은 섬, 아주 먼 곳이에요. 그래서 당신한테 전화하지 않았어요. 사실 지금은 수송기에 탄 거나 마찬가지라."

"음. 소리는 가까운 거 같은데."

"요새 전화기가 잘 나오잖아요. 저기요, 나 지금 뭘 좀 하던 중이라. 무슨 일로 전화했어요?"

"잘 데가 필요해서."

"당신 아파트는?"

"너무 위험해. 숨을 데가 필요해." 공중전화에 넣은 동전이 줄어
드는 게 보였다. "설명은 나중에 할게. 안 되면 빨리 다른 데를 찾
아야 해."

"잠깐만!"

"뭐?"

잠시 침묵.

"나한테 와요." 카야가 말했다. "우리 집으로. 도어매트 밑에 열
쇠가 있어요."

"비에른네서 자도 되고."

"아뇨! 정말요. 우리 집으로 오면 좋겠어요. 진짜로."

"그래. 고마워."

"좋아요. 곧 봐요. 부디."

해리는 그대로 서서 한동안 정면을 응시하다가 전화를 끊었다.
그러다 역사의 중앙 홀로 돌출된 카페의 카운터 위에 있는 텔레비
전 화면을 보았다. 그가 오슬로 법원으로 들어가는 영상이 나왔다.
뱀파이어 사건 당시 영상이었다. 그는 재빨리 공중전화 쪽으로 돌
아섰다. 그가 기억하는 또 하나의 번호인 비에른의 번호로 전화를
걸었다.

"홀름입니다."

"해리야."

"아니. 그 사람 죽었어. 당신 누구야?"

"유령을 믿지 않나?"

"누구냐니까?"

"자네가 〈Road to Ruin〉을 준 사람이야."

침묵.

"그래도 난 〈Ramones〉랑 〈Rocket to Russia〉*가 더 좋아." 해리가 말했다. "그래도 끝내주게 좋은 생각이었어."

잡음이 들렸다. 잠시 후 우는 소리인 걸 알았다. 아기 울음소리가 아니었다. 다 큰 남자의 울음소리.

"나 지금 중앙역이야." 해리가 아무 소리도 못 들은 척 말했다. "그들이 날 찾아. 무릎에 부상을 입었고 내 이름으로 단돈 일 크로네도 없는데 뤼데르 사겐스 가까지 공짜로 갈 교통편이 필요해."

해리는 무거운 숨소리를 들었다. 애써 감정을 억누르며 "젠장"이라고 혼잣말로 투덜대는 소리도 들렸다. 이어서 비에른 홀름이 한 번도 들어본 적 없는 가늘고 떨리는 목소리로 말했다.

"저 지금 애랑 둘이 있어요. 카트리네는 크리포스 기자회견장에 가 있고. 그래도……."

해리는 기다렸다.

"애를 데리고 갈게요. 우리 애도 이제 차 타는 거에 익숙해져야죠. 20분 후 쇼핑센터 입구요?"

"두 사람이 계속 날 유심히 지켜보고 있어. 그러니 15분 내로 올 수 있나?"

"가볼게요. 어디서 보냐면 거기 택스—."

비에른의 말이 끊기고 길게 삐 소리가 났다. 해리는 눈을 들었다. 마지막 동전이 떨어졌다. 그는 재킷 속에 손을 넣고 가슴과 갈비뼈를 만졌다.

* 모두 라몬즈의 앨범이다.

해리는 오슬로 중앙역 북쪽 입구 앞 그늘 속에 있었다. 비에른의 빨간 볼보 아마존이 대기 중이던 택시들의 함대를 미끄러지듯 지나쳐서 멈추었다. 거기 서서 얘기하던 택시 기사 둘이 의심스러운 눈길로 흘끔거렸다. 볼보 아마존 빈티지 차가 암시장 택시거나 그보다 고약한 우버인지 의심하는 것 같았다.

해리는 절뚝거리며 그 차로 다가가 조수석에 올라탔다.

"안녕하세요, 유령님." 비에른이 평소처럼 운전석에 반쯤 누운 자세로 속삭였다. "카야 솔네스의 집으로요?"

"응." 해리는 대답하면서 비에른이 속삭인 건 뒷좌석에 안전띠로 묶여 있는 유아용 캐리어 때문인 걸 알았다.

차가 스펙트룸 경기장 옆 로터리로 들어갔다. 지난여름 비에른이 해리에게 행크 윌리엄스 헌정 콘서트에 함께 가자던 곳이었다. 콘서트 당일 아침에 비에른이 전화해서 산부인과 병동이라면서 예상보다 조금 일찍 시작됐다고 말했다. 그러고는 꼬마 녀석이 아빠랑 첫 행크 윌리엄스 노래를 들으러 가고 싶어서 빨리 나오고 싶었나 보다고 했다.

"솔네스 씨는 선배가 거기 가는 거 알아요?" 비에른이 물었다.

"응. 도어매트 밑에 열쇠를 넣어뒀대."

"요새 누가 도어매트 밑에 열쇠를 둬요, 해리."

"두고 보자고."

그들은 비스펠로케트 로터리와 정부청사 밑을 지나갔다. 뭉크의 '절규' 벽화와 블리츠 하우스를 지나고, 비에른과 해리가 그날 밤 살인사건이 일어나기 전에 해리의 아파트로 가던 길인 스텐스베르그 가를 지나갔다. 해리가 정신을 잃어 어디서 폭탄이 터져도 모르던 때. 지금은 온 정신을 집중해 엔진 소리의 모든 변화와 좌석이 삐걱거리는 소리와 (차가 스포르베이스 가에서 파게르보르그 교회 근처 빨간불 앞에 멈췄을 때) 뒷좌석에서 아기가 거의 들리지 않게 쌔근거리는 소리까지 모두 들었다.

"때가 되면 저한테 얘기해주셔야 해요." 비에른 홀름이 나직이 말했다.

"그러지." 해리는 이렇게 대꾸하면서 자기 목소리가 얼마나 이상하게 들리는지 자각했다.

그들은 노라바켄을 지나 뤼데르 사겐스 가로 접어들었다.

"여기야." 해리가 말했다.

비에른이 차를 세웠다. 해리는 꼼짝하지 않았다.

비에른은 잠시 기다리다가 시동을 껐다. 그들은 울타리 너머 어두운 집을 보았다.

"뭐가 보여요?" 비에른이 물었다.

해리는 어깨를 으쓱했다. "1미터 칠십몇인 여자가 보여. 키 말고 나머지는 나보다 커. 집도 크고. 머리도 좋고. 도덕성도 훌륭하고."

"카야 솔네스 얘기예요? 아니면 늘 말하던 분요?"

"늘 말하던 분?"

"라켈."

해리는 대답하지 않았다. 그는 울타리를 이루는 마녀의 손가락 같은 헐벗은 나뭇가지 너머로 시커먼 창문을 올려다보았다. 그 집은 아무것도 말해주지 않았다. 그래도 잠든 것처럼 보이지는 않았다. 숨을 참는 것처럼 보였다.

세 개의 짧은 음이 울렸다. 'Your Cheatin' Heart'란 곡에서 돈 헬름스의 스틸기타 선율. 비에른은 재킷 주머니에서 휴대전화를 꺼냈다. "문자예요." 그는 이렇게 말하고 전화기를 다시 넣었다.

"열어봐." 해리가 말했다. "나한테 온 거야."

비에른은 시키는 대로 했다.

"이게 무슨 말인지, 누구한테 온 건지는 모르겠지만 벤조디아제핀하고 플루니트라제팜이라는데요."

"음. 성폭행 사건에서 많이 언급되는 물질이야."

"네. 로힙놀."

"잠든 남자한테 주사할 수 있어. 용량을 세게 넣으면 적어도 네다섯 시간 동안 정신을 잃지. 그 남자는 누군가가 자기를 둘러메고 옮겨도 모를 테고."

"성폭행을 당해도."

"그럴지도. 그런데 플루니트라제팜이 성폭행에 잘 쓰이는 약물이 된 건 물론 이 약물이 기억상실증을 유발해서야. 완전히 의식을 잃으니까. 피해자는 무슨 일을 당하든 아무것도 기억하지 못해."

"그래서 이제는 생산되지 않는 거겠죠."

"그런데 거리에서는 팔아. 경찰에서 일한 사람이라면 그걸 어디서 구할 수 있는지도 알고."

세 개의 음이 다시 울렸다.

"이런, 휴대전화에 불나네." 비에른이 말했다.

"그것도 열어봐."

뒷좌석에서 칭얼대는 소리가 났고, 비에른이 유아용 캐리어를 돌아보았다. 숨소리가 다시 고르게 들리자 비에른은 긴장을 풀었다. 그가 휴대전화를 톡 쳤다.

"전기 사용량이 20:00와 24:00 사이에 시간당 17.5킬로와트까지 올라갔다는데요. 이게 무슨 뜻이에요?"

"라켈을 살해한 자가 누구든, 20:15경에 범행을 저질렀다는 뜻이야."

"네?"

"최근에 같은 수법을 써본 사람을 만났어. 음주 운전으로 어떤
여자를 쳤는데, 죽은 여자를 차에 싣고 히터를 틀어서 체온을 올렸
어. 검시관이 사망 시각을 더 늦게 추정하게 하려고. 혈액의 알코
올 함량이 불법이 아닌 시간대로."

"무슨 말인지 모르겠어요, 해리."

"범인은 녹화 영상에 처음 등장한 자가 맞아. 걸어서 온 사람.
20:02에 라켈의 집에 들어가 주방의 칼꽂이에 꽂힌 칼로 라켈을
죽이고 1층의 라디에이터가 연결된 온도조절장치를 켜놓고는 문
을 잠그지 않고 떠나. 그리고 내게로 왔어. 난 로힙놀에 중독된 줄
도 모르고 정신을 잃고 있지. 범인은 내 집 선반의 레코드판 사이
에 살인 흉기를 꽂아놓고 포드 에스코트의 차 키를 찾아서 나를 살
인 현장까지 실어 가서 집 안으로 옮겨. 그래서 영상에서 그렇게
오래 걸린 거야. 뚱뚱한 사람이나 코트를 걸치고 구부정하게 선 사
람이 들어가는 것처럼 보인 거고. 범인이 나를 배낭처럼 둘러메고
있어서. '쓰러진 사람을 옮기듯이', 로아르 보르가 아프가니스탄하
고 이라크에서 그렇게 했다고 하더군. 그리고 라켈 옆 흥건한 피
웅덩이 속에 나를 쓰러트리고 그 뒤로는 나 혼자 알아서 하게 놔둔
거야."

"맙소사." 비에른이 붉은 수염을 긁적였다. "그런데 현장을 떠나
는 사람은 보이지 않잖아요."

"범인은 내가 잠에서 깨서 라켈을 죽인 줄 알 거라 믿었어. 그러
려면 나는 집 안에서 열쇠 두 벌을 모두 발견해야 하고, 문이 안에
서 잠겨 있어야 해. 그러면 나는 나 말고는 살인을 저질렀을 사람

이 없다는 결론에 이를 테고."

"밀실 미스터리 같은 거요?"

"그렇지."

"그래서……?"

"범인은 날 라켈 옆에 쓰러트려 놓고는 문을 안에서 걸어 잠그고 지하실 창문을 통해 밖으로 나가. 그 집에서 쇠창살이 쳐지지 않은 창문은 거기밖에 없으니까. 범인은 야생동물 카메라가 있는 줄 몰랐지만 그건 운이 좋았어. 그 카메라는 움직임이 감지되면 작동하는데 결국 아무것도 나타나지 않은 거야. 범인은 진입로에서 먼 쪽의 완전히 어두운 데서 이동하거든. 우리도 그게 고양이나 새일 거라고 보고, 별로 관심을 두지 않았어."

"그러니까 이게 다 단지…… 선배를 엿 먹이려고 벌인 짓이라고요?"

"내가 사랑하는 여자를 죽였다고 생각하도록 조작한 거야."

"맙소사, 그건 가장 잔혹한 사형보다 더한 거잖아요. 그냥 고문이죠. 왜……?"

"바로 그래서. 처벌."

"처벌요? 뭐에 대한?"

"나의 배신에 대한. 나도 죽으려고 하다가 라디오를 틀면서 깨달았어. '앞으로 우리는 더 많이 알게 되겠지…….'"

"'앞으로 우리는 이유를 알게 되겠지.'" 비에른이 천천히 고개를 끄덕였다.

"기운을 내요, 형제여, 햇빛 속에 살아요. 머지않아 우리는 모든 것을 알게 되겠지.'" 해리가 말했다.

"아름답죠. 다들 이게 행크 윌리엄스 노래인 줄 아는데 사실은 행크가 녹음한 몇 안 되는 커버곡이에요.”

해리는 총을 꺼냈다. 그는 비에른이 운전석에 앉아 불편하게 발을 움직이는 걸 보았다.

“미등록 총이야.” 해리가 총열에 소음기를 돌리면서 말했다. “E14라고, 지금은 해체된 첩보기관에서 구한 거야. 추적해도 소유자가 아무도 안 나와.”

“설마⋯⋯.” 비에른이 카야의 집을 향해 초조하게 고개를 까딱했다. “그걸 쓰시려고요?”

“아니.” 해리가 총을 비에른에게 건넸다. “난 이 총 없이 갈 거야.”

“근데 이걸 왜 저한테 줘요?”

해리는 비에른을 한참 보았다.

“네가 라켈을 죽였으니까.”

49

"살인이 일어난 날 저녁에 자네는 젤러시 바로 외위스테인한테 전화해서 내가 거기 있는 걸 확인하고 내가 한동안 거기 있을 걸 알았어." 해리가 말했다.

비에른은 총을 움켜잡고 해리를 쳐다보았다.

"그래서 자네는 차를 몰고 홀멘콜렌으로 갔어. 볼보 아마존을 조금 멀리 세워놓고. 이웃 사람들이나 다른 목격자가 그 특이한 차를 보고 기억하지 못하게 하려고. 걸어서 라켈의 집으로 갔지. 초인종을 눌렀어. 라켈이 문을 열고 자네인 걸 보고는 당연히 집 안에 들였지. 그때 자네는 야생동물 카메라에 찍히는 줄 몰랐어, 물론. 자네는 모든 게 완벽히 갖춰진 줄 알았어. 목격자도 없고 예기치 못한 상황이 벌어지지도 않았고 칼꽂이도 자네가 지난번 우리 집에 왔을 때, 내가 아직 그 집에 살고 있을 때 있던 그 자리에 있었어. 나는 젤러시 바에서 술을 마시고 있었고. 효율적이고 아무런 쾌락도 없는 살인이었어. 자네가 사디스트는 아니니까. 그래도 라켈이 고통스러워했다는 걸 나한테 알릴 만큼은 잔혹했어. 라켈이 죽자

602

자네는 온도조절장치로 실내 온도를 올리고 칼을 챙겨서 젤러시 바로 와서 내가 링달하고 싸우느라 정신이 없을 때 내 술에 로힙놀을 탔어. 로힙놀은 효과가 빨라서 자네가 우리 아파트 뒤편의 주차장에서 내 에스코트 옆에 차를 세울 즈음 난 이미 정신을 잃었어. 자네는 내 주머니에서 아파트 열쇠를 찾고 내 손에 칼을 쥐여서 지문을 찍고는 집 안으로 들어가 더 레인메이커스와 라몬즈 사이, 그러니까 라켈을 위한 자리에 그 칼을 심었어. 그러고는 집 안을 뒤져서 차 키를 찾아냈어. 계단으로 내려오다가 퇴근 후 집에 돌아오던 굴레와 마주쳤고. 계획에 없던 상황이었지만 임기응변으로 대처했어. 굴레한테는 날 침대에 눕히고 집으로 돌아가는 길이라고 말했어. 주차장으로 내려와 날 아마존에서 에스코트로 옮겨 신고 라켈의 집으로 출발했어. 그 집에서 날 등에 메고 현관 앞 계단을 오르고 잠겨 있지 않은 문으로 들어가서 라켈 옆 피 웅덩이에 내려놓았지. 자네가 다녀간 증거를 말끔히 지우고 지하실 창문을 통해 빠져나갔어. 물론 창문 걸쇠는 밖에서 걸 수 없었지. 그런데 자네는 그것도 이미 계산에 넣었어. 거기서부터 집까지 걸어서 갔을 거야. 홀멘콜베이엔을 따라서. 쇠르세달스베이엔에서 마요르스투아로, 아마도. 보안 카메라가 있는 곳을 피하고 카드로 요금을 내야하는 택시도 잡지 않고 추적이 가능한 건 모두 피하면서. 그리고그냥 기다려야 했어. 무전기를 가까이 두고 추이를 주시하면서. 그래서 자네가, 육아휴직 중에 라켈의 주소지에서 여자의 시신이 발견됐다는 신고가 들어왔을 때 제일 먼저 현장에 도착한 거야. 자네는 집 주위를 한 바퀴 돌면서 가능한 도주 경로를 수색했어. 라켈이 발견되었을 때 현관문이 열려 있어서 다른 사람들은 그 생각을 못했는데도. 자네는 지하실로 내려가 창문 걸쇠를 다시 걸어놓고 그냥 형식적으로 다락까지 올라갔다가 다시 내려와서 다 잠겨 있다고 말했어. 지금까지 반박할 부분이 있나?"

비에른 홀름은 대답하지 않았다. 운전석에 구부정하게 앉아 멀건 눈으로 해리 쪽을 보았지만 똑바로 보지는 못하는 것 같았다.

"자네는 성공한 줄 알았어. 완전범죄인 줄 알았지. 누구도 자네가 대범하지 않았다고 걸고넘어질 순 없었을 거야. 그러다 내가 라켈의 집에서 깨어난 사실 자체를 기억에서 억압한 걸 알고는 조금 골치가 아팠겠지. 문이 안에서 잠겨 있었으니 라켈을 죽인 건 나일 수밖에 없다고 확신한 사실 자체를 내가 억압해버렸으니까. 내가 현장에 있던 증거를 지우고 야생동물 카메라를 떼어내고 메모리카드를 유기한 사실도 억압했지. 난 아무것도 기억하지 못했어. 하지만 거기서 끝난 게 아니었어. 자네가 보험으로 내 아파트에 살인 흉기를 숨겨놨으니까. 내가 내 죄를 알고도 나 자신을 벌하지 않을 가능성, 그러니까 내가 도망칠 가능성에 대비해서 경찰이 수색영장을 받아와 그 칼을 발견하도록 미리 손을 써둔 거야. 그러다 결국 내가 아무것도 기억하지 못하는 걸 알고는 내가 직접 그 칼을 발견하도록 유도했어. 자네는 내가 나를 고문하길 원했거든. 그래서 나한테 새 레코드를 선물했고, 그게 내 레코드 선반에 정확히 어디에 꽂힐지 알았어. 자네는 내 시스템을 잘 아니까. 라몬즈의 〈Road to Ruin〉이 딱 그 자리였지. 장례식장에서 그것을 주면서 자네가 변태적인 쾌락을 느꼈을 거라고는 생각하지 않아. 하지만……" 해리는 어깨를 으쓱했다. "어쨌든 자네는 그렇게 했어. 난 그 칼을 찾았고, 기억이 돌아오기 시작했지."

비에른은 입을 벌렸다가 다시 다물었다.

"하지만 옥에 티가 몇 개 있었지. 내가 야생동물 카메라 영상이 담긴 메모리카드를 발견한 거지. 자네는 자네의 정체가 발각될 위험을 깨달았어. 그래서 나한테 메모리카드를 넘기라면서 영상이 복사됐는지 물은 거야. 난 드롭박스로 보내면 더 간단해서 그렇게 묻는 줄 알았고. 사실 자네는 하나밖에 없는 원본인지 확인하고 싶었던 거야. 영상을 파손하거나 몰래 수정할 수 있는지 보려고. 그런데 고맙게도 영상에 많은 정보가 담기지 않아서 그냥 메모리카드를 3D 전문가한테 보내면서 자네 이름은 넣지 않았지. 지금 와 보면 그때 왜 자네가 처음부터 메모리카드를 전문가한테 보내라고 하지 않았는지 이상하게 생각했어야 했어."

해리는 총을 보았다. 비에른은 총을 잡으며 손가락을 방아쇠에 걸지 않고 방아쇠울에 댔다. 증거품에 지문을 남기기 싫은 것처럼.

"혹시……." 비에른이 몽유병자처럼, 입에 솜이 꽉 찬 것처럼 말했다. "혹시 녹음기 같은 거 가져왔어요?"

해리는 고개를 저었다.

"그게 중요한 건 아니지." 비에른은 체념한 듯 미소 지었다. "어떻게…… 어떻게 알아냈어요?"

"늘 우리 둘을 묶어주는 거. 음악."

"음악?"

"내가 트럭으로 돌진하기 직전에 라디오를 켰는데 행크 윌리엄스랑 그 바이올린 선율이 흘러나왔어. 하드록이 나왔어야 맞거든. 나 말고 다른 누군가가 그 차를 몰았다는 뜻이지. 강에 빠지고 나서는 다른 걸 깨달았어. 운전석이 이상한 거. 뭐가 이상한지 몰랐는데, 로아르 보르의 산장에 가서 찬찬히 생각하다가 깨달았어. 라켈이 죽은 후 내가 그 차를 처음 탄 건 노르스트란에 있는 오래된 벙커에 가려고 할 때였어. 그때도 느꼈어. 뭔가 이상하다고. 심지어

605

내 가짜 손가락까지 깨물었어. 뭔가가 잘 기억나지 않을 때 버릇처럼 하는 행동이지. 이젠 그게 좌석 등받이였다는 걸 알아. 차에 탔을 때 좌석을 조정해야 했거든. 높여야 했지. 라켈이랑 그 차를 같이 타던 시절에는 가끔 조정하긴 했지만 나 말고 아무도 운전하지 않는 차의 좌석을 왜 조정해야 하지? 그리고 내가 아는 사람 중에 좌석을 그렇게 최대한 뒤로 젖혀서 거의 눕다시피 해놓는 사람이 누굴까?"

비에른은 대답하지 않았다. 아까처럼 아득한 눈빛이었다. 자기 머릿속에서 벌어지는 뭔가에 귀를 기울이듯이.

비에른 홀름은 해리를 쳐다보며 그의 입이 달싹이는 걸 보고 그의 말을 듣기는 했지만 그 말이 의도하는 대로 들리진 않았다. 술에 취해 영화를 보는 것 같기도 하고 물속에 있는 것 같기도 했다. 하지만 실제로 벌어지는 일이고 현실이고 단지 필터가 씌어 있어서 그가 관련된 상황이 아닌 것만 같았다. 더는.

사실 전화기 너머로 죽은 해리의 목소리가 들릴 때부터 알았다. 해리가 결국 알아냈다는 것을. 그리고 안도감이 들었다. 그래, 그랬다. 해리가 라켈을 죽인 줄 알고 고문받았다면, 비에른은 지옥에 있었다. 비에른은 그런 줄 안 게 아니라 실제로 자기가 라켈을 죽인 걸 알았기 때문이다. 게다가 살인의 구체적인 부분까지 거의 다 기억해서 매 순간 끊임없이 그때를 다시 사는 셈이었고, 그것은 베이스드럼을 관자놀이에 대고 단조롭게 울려대는 것과 같았다. 한 번 울릴 때마다 같은 강도로 충격을 받았다. 아니, 이건 꿈이 아니야, 내가 **했어!** 내가 꿈꾸던 일, 내가 계획한 일, 통제 불능이 된 세계에 다시 균형을 잡아줄 거라고 확신한 그 일을 내가 한 거야. 해리 홀레가 세상에서 가장 사랑한 대상을 죽이는 일, 해리가 그가 소중히 여기는 단 하나를 죽였듯이(파괴했듯이).

물론 비에른은 카트리네가 해리에게 끌린 걸 알았다. 두 사람과 가까이 일한 사람이라면 모를 수가 없었다. 카트리네도 부정하진 않았지만 해리와 사귄 적이 없고 키스도 한 적이 없다고 말했다. 비에른은 그 말을 믿었다. 순진해서? 어쩌면. 하지만 그보다는 카트리네를 믿고 싶어서였다. 오래전 일이고 어차피 이제 그녀는 그와 함께였다. 아니, 그런 줄 알았다.

처음 의심이 싹튼 건 언제였을까?

카트리네한테 아기의 대부를 해리로 하자고 말했을 때 카트리네가 단박에 거절했을 때였나? 해리가 불안정한 사람이라 게르트의 양육 책임을 안겨주고 싶지 않다고만 말했다. 대부의 역할이란 게 아기의 부모가 친구나 친척에게 보여주는 용도만이 아니라는 듯이. 카트리네는 친척이 거의 없고 그나마 해리는 그들 부부가 함께 아는 몇 안 되는 친구였다.

해리와 라켈은 아기의 세례식에 그냥 손님으로 참석했다. 해리는 평소처럼 한구석에서 그에게 다가오는 사람하고 건성으로 대화를 나누다가 시계를 흘끔거리며 여러 사람과 진지하게 대화 중인 라켈을 바라보고, 30분에 한 번씩 비에른에게 담배 피우러 나간다고 손짓했다. 비에른의 의심이 굳어진 건 라켈을 보고서였다. 라켈은 아기를 본 순간 얼굴을 씰룩이고 약간 떨리는 목소리로 그들에게 참 기적 같은 아기를 낳았다고 덕담했다. 무엇보다도 카트리네가 아기를 안아보라고 건넸을 때 라켈은 고통스러운 얼굴을 애써 감추었다. 라켈은 해리를 등지고 그녀의 얼굴도, 아기의 얼굴도 보여주지 않으려 했다.

3주 후 비에른은 답을 받았다.

면봉으로 아기의 타액을 채취했다. 샘플을 법의학연구소에 보내면서 어떤 사건과 관련이 있는지 알리지 않고, 단지 비밀 유지 서약을 지켜야 하는 친자확인용 DNA 검사라고만 밝혔다. 그는 브륀에 있는 과학수사과의 그의 사무실에 앉아서 그가 게르트의 친부일 리가 없다고 알리는 결과지를 보았다. 그런데 그가 검사를 의뢰한 여자, 새로 온 루마니아계 여자는 데이터베이스에서 다른 사람과 일치하는 결과가 나왔다고 말했다. 아버지는 해리 홀레였다.

라켈은 알았다. 카트리네도 물론 알았다. 해리도. 해리는 몰랐을 수도 있다. 해리가 썩 좋은 연기자는 아니므로. 배신자일 뿐. 거짓 친구.

그들 셋이 그를 배신했다. 그 세 사람 중 이 세상에 없으면 그가 살 수 없는 사람은 한 명밖에 없었다. 카트리네.

카트리네는 그가 없어도 살 수 있을까?

물론이다.

비에른이 그렇게 생겨먹어서? 음악과 영화를 지나치게 많이 아는 투실투실하고 허여멀겋고 무해한 과학수사관이고, 몇 년 더 지나면 음악과 영화를 더 많이 아는 뚱뚱하고 허여멀겋고 무해한 과학수사관이 될 남자. 언젠가부터 라스타파리안 모자 대신 플랫캡을 쓰고 플란넬 셔츠를 많이 산 남자. 이런 건 개인의 선택이라고 믿는 남자. 이런 것들이 한 개인의 성장에 관해, 그 사람만이 도달할 수 있는 인식에 관해 뭔가를 말해준다고, 그리고 모든 사람은 누구나 특별한 존재라고 믿는 남자. 그러다 본 이베어 콘서트에서 그와 판박이인 수천의 관객을 보고 그도 결국 하나의 집단에 속하는 사람일 뿐이라는 사실을 깨달았다. 어쨌든 (적어도 이론적으로는)

집단에 속하는 것을 죽기보다 혐오하는 사람들의 집단. 그는 힙스터였다.

그는 힙스터이면서도 힙스터를 혐오하고 특히 남자 힙스터를 질색했다. 몽환적인 이상주의로 자연과 독창성과 진정성을 탐닉하는 작자들. 통나무집에 살면서 먹거리를 기르거나 사냥하는 나무꾼처럼 보이고 싶어하지만 결국에는 현대의 삶이 자신의 남성성을 모조리 빼앗아가고 무력감만 남겨놨다고 여기는 과잉보호받는 어린 소년에 불과한 힙스터들에게는 어딘가 모르게 허황되고 남자답지 못한 구석이 있었다. 비에른은 스스로에 대한 이런 의혹을 크리스마스에 고향 토텐으로 내려가 학창시절 친구들과 파티를 하던 중에 확인했다. 교장의 시건방진 아들이고 보스턴에서 사회학을 공부한다는 엔드레가 비에른을 전형적인 "힙스터 루저"라고 불렀다. 엔드레는 숱 많은 검은 앞머리를 쓸어 넘기고 씩 웃으면서 마크 그리프가 〈뉴욕타임스〉에 기고한 기사를 인용했다. 힙스터는 사회적, 직업적 성취에 대한 결핍을 보상하려고 문화적 우월성을 내세운다고.

"네 처지도 그렇잖아, 비에른, 서른 중반 공무원으로 십 년 전하고 똑같은 일을 하면서 머리나 기르고 구세군에서 중고로 산 것 같은 농사꾼 옷을 입기만 하면, 다른 젊고 머리를 짧게 깎고 더 이성애자 느낌이 나고 조직의 사다리에서 한참 앞서 올라간 동료들에게 꿀리지 않을 거라고 믿지."

엔드레는 한 문장으로 숨 한 번 쉬지 않고 읊어댔고, 비에른은 멍하니 들으면서 생각했다. 이게 맞는 소리일까, 이게 나를 제대로 정의하는 말일까? 그가, 농사꾼의 아들인 그가 토텐의 일렁이는 들판에서 도망쳐서 고작 이런 꼴로 돌아온 건가? 여성스러워지고 전투적인 순응주의자이자 패배자가 된 건가? 실패하고 지난날이나 회상하는 경찰관 주제에 그와는 정반대 이미지를 추구하는 건가? 자신의 뿌리를 이용해 (유난스러운 올드카, 엘비스와 오래전 컨트리 음악 영웅들, 1950년대 헤어스타일, 뱀 가죽 부츠, 사투리) 진실하고 견실한 무언가를 찾으려고 하지만 사실은 오슬로 서쪽 출신 정치인이 공장에서 선거운동을 하면서 넥타이를 풀고 셔츠 소매를 걷어 올리며 연설문에 '하겠습니다'를 최대한 많이 집어넣는 정도로만 정직한 사람인가?

어쩌면. 아니면, 이것이 진실의 전부가 아니고 진실의 일부일 뿐이라면? 그래도 이것이 그를 정의할까? 아니다. 그가 빨간 머리라는 사실만큼만 그에 대해 말해줄 뿐이다. 그를 정의하는 것은 그가 빌어먹을 괜찮은 과학수사관이라는 것이다. 그리고 하나 더.

"네 말이 맞을지도 몰라." 비에른이 엔드레가 숨을 쉬려고 말을 끊은 사이 말했다. "어쩌면 내가 한심한 루저인지도 모르지. 그래도 난 사람들한테 친절해. 넌 아니고."

"뭐냐, 비에른, 너 **삐쳤냐**?" 엔드레가 웃음을 터트리면서 무슨 동지라도 되는 양 동정 어린 손길로 비에른의 어깨를 잡으며 주위 친구들에게 작당하듯 씩 웃었다. 모두가 참여하지만 비에른만 규칙을 모르는 게임이라도 하듯이. 좋다. 그날 파티에서 비용보다는 향수에 젖기 위해 나오던 밀주를 너무 많이 마신 탓일지는 몰라도, 순간 비에른은 느꼈다. 아주 잠깐 그가 무엇을 할 수 있을지 느꼈다. 사회학자 행세를 하면서 히죽거리던 엔드레의 얼굴에 주먹을 날려 코를 부러트리고 두 눈에서 공포를 볼 수 있을 것만 같았다. 비에른은 자라면서 싸움을 해본 적이 없다. 단 한 번도. 싸움이라곤 일절 모르고 살다가 경찰대학에 다닐 때 근접전투에 관해 한두 가지 배웠다. 싸움에서 이기는 가장 확실한 방법은 최대한 위협적으로 먼저 주먹을 날리는 것이다. 그러면 열에 아홉은 곧바로 싸움이 끝난다. 비에른은 그 사실을 알고 그렇게 하기를 **원했지만** 과연 그럴 수 있을까? 폭력을 쓰기 전에 어디까지 참을 수 있을까? 그로서는 알 수 없었다. 살면서 아직 폭력이 적절한 해결책일 만한 상황에 놓여본 적이 없었다. 지금도 물론 그런 상황이 아니었다. 엔드레가 신체적 위협을 가한 것도 아니고, 어떤 싸움이든 소문이 나거나 경찰에 신고당할 수도 있었다. 그런데 왜 그렇게 간절히 그러고 싶었을까? 주먹으로 남의 얼굴을 느껴보고 싶어서? 살이 뼈에 짓뭉개지는 둔탁한 소리를 듣고 싶어서? 상대의 코피가 뿜어져 나오는 걸 보고 싶어서? 엔드레의 얼굴에서 공포를 보고 싶어서?

그날 비에른은 어릴 때 자던 침대에 누워 뜬눈으로 밤을 보냈다. 왜 아무것도 안 했지? 왜 그저 "아니, 물론 아니야, 화난 거 아니야"라고만 웅얼거리고 엔드레가 어깨에서 손을 치우기만 기다리고 술 한 잔 더 해야겠다고 중얼거리고 다른 친구들한테 가서 몇 마디 나누다가 이내 파티에서 나온 걸까? 그런 모욕적인 언사는 싸워야 할 이유가 된다. 밀주가 파티장 싸움에 핑곗거리가 되어주었을 것이다. 토텐에서는 용납되었을 것이다. 게다가 주먹 한 방이면 끝났을 것이다. 어차피 엔드레는 싸움을 못했다. 설령 엔드레가 대들었어도 다들 그를, 비에른을 응원했을 것이다. 엔드레는 재수 없는 새끼고 원래부터 그런 놈이었으니까. 그에 반해 모두가 비에른을 사랑하고 원래부터 그랬다. 그렇다고 그가 성장하는 데 큰 도움이 된 건 아니지만.

9학년일 때 비에른은 드디어 용기를 내서 브리타한테 스크레이아에 있는 영화관에 같이 갈지 물었다. 영화관 사장이 웬일로 레드 제플린의 콘서트 영상 〈The Song Remains the Same〉을 상영하기로 한 것이다. 사실 영상이 나온 지는 15년이나 됐지만 비에른은 상관없었다. 그는 브리타를 찾으러 갔다가 여학생 화장실 뒤에서 만났다. 브리타는 거기서 울고 있었다. 울면서 주말에 엔드레에게 잠자리를 허락했다고 말했다. 그런데 아까 쉬는 시간에 단짝 친구한테서 엔드레와 사귀기로 했다는 말을 들었다는 것이다. 비에른은 온 마음을 다해 브리타를 위로해주고는 다짜고짜 극장에 갈 건지 물었다. 브리타는 그를 빤히 쳐다보며 방금 자기가 한 말을 듣기는 한 거냐고 되물었다. 비에른은 다 들었다면서 자기는 브리타도, 레드 제플린도 좋다고 말했다. 브리타는 코웃음을 치면서 '싫다'고 했다. 그러더니 갑자기 동정심이라도 일었는지 그냥 같이 가자고 했다. 극장에 가서 자리에 앉고서야 브리타가 단짝 여자애와 엔드레에게도 같이 가자고 한 걸 알았다. 브리타는 콘서트 영상이 상영되는 동안 비에른에게 키스했다. 처음에는 'Dazed and Confused'가 나올 때였고, 두 번째는 'Stairway to Heaven'에서 한창 지미 페이지의 기타 솔로가 나올 때였다. 하지만 정작 둘만 남아 집으로 데려다줄 때 브리타는 더는 키스하지 않고 짧게 "잘 가"라고만 말했다. 일주일 후 엔드레는 브리타의 단짝과 헤어지고 브리타에게 돌아갔다.

비에른은 모든 일을 마음에만 담았다. 어쩌겠는가. 배신당할 건 이미 알았고, 주먹도 날리지 않았다. 애초에 날아갈 리 없던 주먹은 결국 엔드레가 그에 관해 떠들어낸 말을, 그러니까 남자가 되지 못한 수치심보다 지독한 것은 남자가 되는 것이 두려운 마음이라고 한 말을 확인시켜주었다.

그때와 지금이 끈으로 연결된 건가? 우연한 연결인가? 분노가 차곡차곡 쌓여서 새로운 굴욕감이 일어나자 폭발한 건가? 엔드레에게 날아가지 않은 주먹이 마침내 살인으로 폭발한 건가?

굴욕감. 그것은 진자와 같았다. 아빠가 된 자부심이 클수록 그의 자식이 아니라는 사실을 안 순간의 굴욕감은 폭발적이었다. 부모님과 누나 둘이 산모와 아기와 아기 아빠를 보러 병원에 온 날, 가족들 얼굴에 번지는 기쁨을 보았을 때의 자부심. 이제 고모가 된 누나들, 이제 할머니, 할아버지가 된 부모님. 가족들이 고모나 조부모가 되어본 적이 없어서가 아니었다. 비에른이 막내라 가장 늦게 가정을 이룬 건데도 그런 반응을 보였다. 가족들은 비에른이 가정을 이루고 살 거라고 기대하지 않은 것이다. 어머니는 노총각 같은 그의 스타일이 불길하다고 생각한 듯했다. 가족 모두 카트리네를 사랑했다. 둘이 초반에 토텐에 내려갔을 때는 카트리네의 푸근한 베르겐 사투리가 토텐의 투박하고 무뚝뚝하고 절제된 표현과 대비될 때 약간 긴장된 기류가 흘렀다. 하지만 카트리네와 그의 부모는 중간에서 접점을 찾았고, 농장에 가서 첫 번째 크리스마스 점심을 먹던 날 카트리네가 멋지게 보이려고 최선을 다해 꾸미고 아래층으로 내려온 순간 어머니는 아들 옆구리를 쿡 찌르며 존경과 경외가 섞인 표정으로 이렇게 물어보는 것 같았다. **네가** 어떻게 저런 여자를 잡았니?

그랬다, 그는 자부심에 부풀었다. 지나치게 부풀었다. 카트리네도 알았을 것이다. 이런 종류의 자부심은 좀처럼 숨겨지지 않아서 결국 그녀마저 그녀 자신에게 같은 질문을 던지고 말았을 것이다. **저 남자**가 어떻게 날 잡았지? 그리고 그녀는 그를 떠났다. 물론 비에른은 그렇게 받아들이지 않았다. 그는 그 시간을 쉼표쯤으로 여겼다. 그녀가 그들의 관계 안에서 폐소공포를 일으켜 잠시 휴지기가 생긴 거라고. 그렇게 믿지 않으면 달리 할 수 있는 게 없었다. 그녀는 결국 돌아왔다. 몇 주가 지났는지, 두 달이 지났는지 기억나지 않는 건 그가 그 기간을 억압했기 때문이다. 하지만 뱀파이어 사건이 해결됐다고 믿은 직후였다. 카트리네는 곧 임신했다. 그녀는 섹스의 동면에서 깨어난 사람 같았고, 비에른은 잠깐 헤어진 것도 그리 나쁘지만은 않다고, 가끔은 떨어져 지내야 서로가 어떤 관계인지 새삼 깨닫는 것 같다고 생각했다. 아기는 화해의 기쁨 속에서 잉태되었다. 그런 줄 알았다. 아기를 안고 토텐을 돌면서 가족과 친구들과 먼 친척들에게까지 자랑했다. 아기를 마치 트로피처럼, 그를 못 미더워한 사람들에게 남성성의 증거로 선보였다. 어리석은 행동이지만 누구나 일생에 한두 번은 어리석게 굴 수 있었다.

그리고 굴욕감이 일었다.

견딜 수 없는 감정이었다. 비행기에서 이륙하거나 착륙하는 동안 귀와 코의 좁은 통로에 압력이 고르게 분산되지 않아 머리가 터질 것만 같고 차라리 터지면 좋겠다고 생각할 때, 고통이 정점에 이른 줄 알았는데 계속 심해지기만 해서 그 고통에서 벗어날 수만 있다면 뭐든 다 괜찮다고 생각할 때와 같은 감정. 그러다 미쳐버렸다. 비행기에서 뛰어내리거나 총으로 머리통을 쏴버리고 싶었다. 단 하나의 변수인 고통만 존재하는 방정식. 죽음만이 유일한 공통분모인 방정식. 나의 죽음, 타인의 죽음. 그는 혼돈에 빠져 그의 고통이 (압력 차이처럼) 타인의 고통으로 균등하게 분산될 수 있다고 생각했다. 해리 홀레의 고통.

그가 틀렸다.

라켈을 죽이는 건 생각보다 손쉬웠다. 그가 운동선수처럼 오랜 기간 계획을 세우고 전략을 짜두었기 때문일 수도 있다. 머릿속으로 수도 없이 계획을 재검토해서 실제로 그 집에 들어가 현실에서 그 일을 벌이려는 순간에도 마치 아직 생각 속에 있고 그냥 밖에서 구경하는 것처럼 느껴졌다. 해리 말대로 홀멘콜베이엔을 따라 걸어서 내려가긴 했지만 쇠르셰달스베이엔으로 가지는 않았다. 대신 왼쪽으로 꺾어 스타숀스베이엔을 따라 내려와서 비에른베이엔으로 접어들었다가 작은 골목들을 통해 빈데렌으로 향했다. 거기서는 보행자가 눈에 덜 띌 것이므로. 첫째 날 밤에는 잘 잤다. 카트리네 말로는 새벽 5시에 게르트가 까무러치듯이 우는데도 깨지 않았다고 했다. 기진맥진했으리라. 둘째 날 밤에는 잠을 이루지 못했다. 그리고 월요일에 범죄 현장에서 해리를 보고서야 비로소 자기가 무슨 짓을 저질렀는지 서서히 깨달았다. 해리를 보고 있자니 흡사 화염에 휩싸인 교회를 보는 것만 같았다. 1992년에 판토프트 스타베 교회가 불타는 영상이 떠올랐다. 악마 숭배자가 6월 6일 오전 6시에 교회에 불을 지른 사건이다. 대참사에는 심미적인 요소, 그러니까 눈을 떼지 못하게 하는 뭔가가 있다. 벽과 지붕이 타들어가면서 교회의 골조가, 말하자면 그 교회의 진정한 형태와 성격이 모든 장식을 벗어 던지고 고스란히 노출되었다. 비에른은 라켈이 죽은 뒤 며칠간 해리에게도 같은 현상을 목격했다. 거기서 눈을 뗄 수 없었다. 해리는 모든 것이 벗겨진 채 진정한, 초라한 자아를 드러냈다. 비에른은 해리가 파멸해가는 광경에 매료된 방화광이 되었다. 하지만 구경하면서 고통스러웠다. 그 자신에게도 불이 옮겨 붙었다. 처음부터 이렇게 될 줄 알았을까? 마지막 남은 기름을 일부러 자신의 몸에 쏟아붓고, 해리와 가까이 붙어 있으면 교회가 화염에 휩싸이는 동안 그 자신도 불길에 휩싸일 걸 알았을까? 아니면 해리와 라켈이 사라진 뒤에도 그는 계속 살아남아 가족과 함께 살면서 그의 가족으로 만들어 다시 온전해질 거라고 진실로 믿은 걸까?

온전해지다.

판토프트 교회는 재건되었다. 그럴 수 있었다. 비에른은 떨리는 숨을 길게 내쉬었다.

"그거 다 그냥 선배 상상인 거 알아요? 라디오 채널과 운전석을 조절한 거, 그뿐이잖아요. 선배한테 약을 먹인 게 다른 사람일 수도 있잖아요. 사실 약물중독 이력을 보면 선배가 혼자 약을 먹었을 가능성도 없지 않고요. 증거가 전혀 없어요."

"과연 그럴까? 어느 부부가 밤 12시 십오 분 전에 홀멘콜베이엔에서 웬 덩치 큰 남자가 걸어가는 걸 봤다고 했어, 이건 어떤데?"

비에른이 고개를 저었다. "그 사람들은 인상착의를 말하지 못했어요. 내 사진을 보여줘도 기억하지 못할걸요? 그 부부가 본 남자는 가짜 검은 수염을 달고 안경을 쓰고 보는 눈이 있을 때는 다리를 절었으니까."

"음. 좋아."

"좋아요?"

해리는 천천히 고개를 끄덕였다. "자네가 증거를 전혀 남기지 않았다고 자신한다면 좋다고."

"대체 그게 무슨 뜻이에요?"

"사실 꼭 알아야 할 사람은 그렇게 많지 않아."

비에른은 해리를 보았다. 해리 눈에 득의만면한 기색은 없었다. 사랑하는 여자를 죽인 자를 향한 증오도 없었다. 텅 빈 눈에 연약함만이 어려 있었다. 무방비 상태. 연민에 가까운 무언가.

비에른은 해리가 건넨 총을 보았다. 이제야 깨달았다.

그들이 알게 된다는 사실을. 해리. 카트리네. 그걸로 충분했다. 그걸로 충분했다. 더 가는 게 불가능한 이유. 하지만 여기서 멈춘다면, 그가 여기서 다 끝낸다면 아무도 모를 수 있었다. 동료들. 토텐의 가족과 친구들. 누구보다도 그 아이.

비에른은 침을 삼켰다. "약속해요?"

"약속해." 해리가 말했다.

비에른은 고개를 끄덕였다. 드디어 원하던 걸 얻는다는 생각에 미소까지 지어지려 했다. 머리가 폭발할 거라는 생각에.

"난 이제 갈게." 해리가 말했다.

비에른은 뒷좌석을 향해 고개를 까딱했다. "그럼…… 그럼 저 아이를 데려가줄래요? 선배 아이예요."

"저 애는 자네랑 카트리네 애야." 해리가 말했다. "하지만 그래, 내가 쟤 아빠인 거 알아. 그리고 비밀은 반드시 지켜질 거야. 영원히 지켜질 거야."

비에른은 정면을 응시했다.

토텐에 근사한 장소가 있었다. 그 산마루에서 달빛이 비치는 봄밤에 내려다보면 들판이 황금 물결이 일렁이는 바다처럼 펼쳐졌다. 운전면허를 딴 청년이 차 안에 앉아 여자와 키스할 수 있는 곳. 아니면 혼자 앉아 목메어 울면서 여자를 꿈꾸든가.

"아무도 모른다면서 선배는 어떻게 알아냈어요?" 비에른이 대답에는 딱히 관심도 없이 그저 떠날 시간을 몇 초 더 미루기 위해 물었다.

"추론." 해리 홀레가 말했다.

비에른 홀름이 지친 미소를 지었다. "아무렴."

해리는 차에서 내려서 뒷좌석에서 유아용 캐리어를 풀고 꺼냈다. 잠든 아이를 보았다. 의심의 여지가 없었다. 우리가 모르는 모든 것. 우리가 함께할 모든 것. 그날 밤 알렉산드라가 콘돔을 쓰라고 권하며 내뱉은 한 문장.

'아이를 또 원하지는 않을 거 아니에요?'

아이를 **또** 원한다? 알렉산드라는 올레그가 친자식이 아닌 걸 알았다.

아이를 **또** 원한다? 그녀는 뭔가를 알았다. 그가 모르는 뭔가를.

아이를 **또** 원한다. 말실수, 단순한 실수. 1980년대에 심리학자 대니얼 웨그너가 한 주장에 따르면 무의식은 우리가 비밀로 간직하고 싶어하는 정보를 무심결에 말하지 못하게 하려고 끊임없이 확인한다. 하지만 비밀이 무의식에서 튀어나오면 뇌의 의식 영역에 알려서 뇌가 비밀에 관해 생각하게 한다. 그때부터 실수로 진실이 새어 나오는 건 시간문제다.

아이를 **또** 원한다. 알렉산드라는 비에른이 보낸 면봉을 데이터베이스와 대조했다. 경찰 데이터베이스는 범죄 현장에 있는 모든 경찰의 DNA 프로파일을 확보해서 그들이 현장을 어지럽히며 DNA를 남길 때 혼동을 제거하려고 마련한 시스템이다. 그래서 알렉산드라는 비에른의 DNA를 확보했을 뿐 아니라 그가 아버지일 가능성을 배제할 수 있었다. 사실은 데이터베이스에서 부모 모두의 DNA를 확인했고, 아이의 DNA와 일치하는 두 사람을 찾아냈다. 카트리네 브라트와 해리 홀레. 비밀이었다. 비밀 유지 서약에 따라 분석을 요청한 당사자인 비에른 홀름을 제외한 누구에게도 발설해서는 안 되었다.

카트리네 브라트와 섹스를 했거나 적어도 어떤 형태의 성교를 한 그날 밤, 해리는 술에 취해 아무것도 기억하지 못했다. 아니, 더 정확히 말하면 뭔가를 기억하기는 했지만 꿈을 꾼 줄 알았다. 그러다 카트리네가 그를 피하는 느낌이 들고부터 의심이 생겼다. 군나르 하겐이 아기의 대부가 되어달라는 부탁을 받았을 때도. 해리가 아니라. 누가 봐도 카트리네와 비에른 두 사람과 훨씬 더 가까운 친구는 해리인데도. 맞다, 그는 줄곧 그날 밤 무슨 일이 일어났을 가능성, 그러니까 해리와 카트리네의 관계를 망쳐버린 일이 일어났을 가능성을 배제하지 못했다. 세례식이 끝나고 크리스마스 직전에 라켈이 그에게 작년에 카트리네와 잤느냐고 물어서 그의 삶을 통째로 뒤집어놓았을 때 그 일은 그와 라켈 사이도 망쳐버렸다. 그는 그런 일이 없었다고 잡아뗄 만큼의 분별력도 없었다.

해리는 라켈에게 쫓겨나고 호텔방 침대에서 옷가지와 세면도구가 든 가방을 옆에 놓고 앉아서 느끼던 혼돈을 기억했다. 그와 라켈은 어쨌든 현실적인 기대치를 가진 성인이었다. 서로의 잘못과 유별한 성격을 알면서도 서로를 깊이 사랑했고, 둘이 함께 있어서 **좋았다**. 그녀는 왜 단순한 한 번의 실수로, 그러니까 이미 엎질러진 물이지만 다 끝난 일이고 미래에 아무런 결과를 남기지 않을 실수 하나로 그들의 모든 것을 내던지려는 걸까? 그는 라켈을 잘 알기에, 그런 결정이 어쩐지 앞뒤가 맞지 않는다고 느꼈다.

그때 라켈이 알고 있지만 그에게 말하지 않은 게 무엇인지 깨달았다. 그 하룻밤은 실제로 결과를 낳았고, 카트리네의 아이는 해리의 아이지 비에른의 아이가 아니라는 사실을 깨달았다. 라켈은 언제부터 의심했을까? 세례식에서 아기를 처음 본 순간이었을 것이다. 그런데 라켈은 왜 그에게 말하지 않았을까, 왜 혼자만 알았을까? 단순했다. 진실은 누구에게도 도움이 되지 않을 것이므로. 이미 파괴한 그녀 자신을 넘어 더 많은 사람을 파멸시킬 뿐이므로. 하지만 라켈이 끌어안고 살아갈 수는 없는 문제였다. 한 침대에서 자고 함께 살아갈 (그러면서도 함께 아이는 낳지 못할) 남자에게 아이가 있다는 사실, 그 아이는 그들 속에서 살아갈 테고, 그들이 계속 봐야 한다는 사실.

씨앗을 뿌리는 사람. 성당 앞에서 녹음기에 담긴 스베인 핀네의 말이 그 전날부터 내내 해리의 머릿속에 메아리치며 지워지지 않으려 했다. '나는 씨앗을 뿌리는 사람이야.' 아니다. 씨앗을 뿌리는 사람은 그, 해리였다.

그는 비에른이 시동장치의 키를 돌리고 반사적으로 라디오를 켜는 걸 보았다. 시동이 켜지고 일정한 리듬을 찾아 중립적으로 편안하게 우르릉거렸다. 조수석 창문 위 틈새로 리키 리 존스의 목소리가 라일 로벳의 목소리 위로 떠서 'North Dakota'를 부르는 소리가 들렸다. 천천히 기어를 올리며 차가 서서히 움직였다. 해리는 차가 출발하는 것을 지켜보았다. 비에른, 컨트리 음악 없이는 운전을 못 하는 사람. 진과 토닉처럼. 약에 취해 쓰러진 해리를 조수석에 태우고 라켈의 집으로 가는 길에도. 그렇게 이상한 건 아닐 수도 있었다. 비에른은 함께할 누군가를 원했을 수도 있다. 그때만큼 외로운 적이 없었을 테니까. 지금보다도. 차가 출발하기 직전에 비에른의 눈에서 보았다. 안도감.

50

요한 크론은 눈을 떴다. 시계를 봤다. 6시 5분. 그는 잘못 들은 줄 알고 옆으로 돌아누워 다시 잠을 청하려 했지만 그 소리가 다시 들렸다. 아래층 초인종 소리.

"누구지?" 옆에서 프리다가 졸린 목소리로 웅얼거렸다.

문득 악마가 이제 때가 되었다고 직접 통보하러 온 소리라는 생각이 스쳤다. 핀네가 48시간을 주면서 묘비 옆에 답을 갖다 놓으라고 했고, 그날 저녁이 시한이다. 그것 말고는 초인종을 누를 사람이 없었다. 살인사건이 발생해서 당장 피고 측 변호인이 필요한 경우라면 전화가 울린다. 변호사 사무실에 시급한 상황이 벌어져도 전화가 온다. 이웃들도 용건이 있으면 전화를 한다.

"일 때문일 거야. 다시 자, 여보. 내가 내려가볼게."

요한은 잠시 눈을 감고 차분히 심호흡을 했다. 밤새 잠을 설치며 어둠을 응시하면서 머릿속으로 같은 질문을 곱씹었다. 도대체 스베인 핀네를 어떻게 막지?

법정 최고의 책략가인 그조차 아직 답을 찾지 못했다.

핀네에게 알리세를 넘겨준다면 그는 범죄의 공범이 된다. 알리세에게든 그에게든 그 자체로 불행한 일이다. 그가 공범이 되면 언제든 (그게 언제가 될지는 의문의 여지가 없다) 핀네가 더 많은 요구를 들고 나타날 것이고 핀네에게 더 큰 힘을 넘겨줄 것이다. 어떻게든 알리세를 설득해 핀네와 섹스를 하게 해서 자발적 성관계로 만들지 못한다면. 그게 가능하기나 할까? 아니, 아니, 불가능했다. 사실 프리다가 가상의 사례에서 해결책이라며 즉석에서 제안한 방법, 그러니까 청부 살인자를 고용해서 핀네를 제거하는 방법만큼이나 현실적으로 불가능했다.

그냥 프리다한테 그의 외도를 고백해야 할까? 자백. 진실. 속죄. 이렇게 생각하자 해방감이 들었다. 하지만 이런 건 그저 끝도 없이 절망적으로 펼쳐진 사막에서 작열하는 태양 아래 잠시 더위를 식혀주는 한 점 바람에 불과했다. 프리다는 그를 떠날 것이다. 그것만은 확실했다. 법률회사, 법정에서의 승리, 존경의 눈빛, 파티, 여자들, 제안들, 이런 건 어떻게 되든 상관없었다. 하지만 프리다와 아이들은 그가 가진 전부고, 언제나 그랬다. 게다가 프리다가 그렇게 물은 적이 있지 않았나? 그녀가 혼자라면, 더는 그의 여자가 아니라면, 그녀는 누구에게나 열려 있을 테고 그때도 그가 그녀를 차지할 수 있겠냐고. 이런 식으로 본다면 그냥 이 무거운 비밀을 혼자 간직하고 프리다의 안전을 위해서라도 프리다가 그를 떠나지 못하게 막아야 할 도덕적 책임을 져야 하지 않을까? 그러니 그냥 핀네가 알리세를 차지하게 놔둬야 하고, 그러면 핀네가…… 아, 사악한 고디안의 매듭이여! 칼이 필요했다. 하지만 칼은 없고 펜과 수다스러운 입만 있다.

그는 침대에서 다리를 내리고 슬리퍼를 신었다.

"금방 갔다 올게." 그가 말했다. 프리다만이 아니라 그 자신에게도 한 말이다.

그는 아래층으로 내려가 복도를 지나 떡갈나무 문으로 향했다.

그 문을 열면 핀네를 위한 대답을 준비해야 한다는 걸 알았다.

안 된다고 할 거야. 그러면 저자가 날 쏘겠지. 좋아.

그러다 핀네가 칼을 쓰는 자라는 게 생각나서 생각이 바뀌었다. 칼.

핀네는 피해자들을 칼로 베어서 열었다.

그들을 죽이지 않고 다치게만 했다. 지뢰처럼. 평생 불구로, 차라리 죽는 게 낫다고 여기며 살 정도로 만들었다. 그날 테라스에서 핀네는 후세뷔에서 젊은 여자를 강간한 적이 있다고 말했다. 주교의 딸. 그의 아이들을 두고 은근히 협박한 건가? 핀네는 후세뷔의 성폭행 사건을 자백하면서 아무런 위험을 감수하지 않았다. 요한이 그의 변호인이기 때문만이 아니라 공소시효가 지났을 사건이기 때문이다. 요한은 그 사건은 기억하지 못하지만 보르 주교는 기억했다. 딸이 강에 빠져 죽어서 슬퍼하다가 죽었다고 알려진 사람. 이처럼 타인의 삶을 파멸시키는 일을 일생의 업으로 삼고 사는 자 때문에 평생 공포에 떨어야 할까? 요한 크론은 항상 의뢰인을 위해 사회적으로 옹호할 수 있고 전문가답고 가끔은 감성적인 정당성을 찾아내 필사적으로 싸웠다. 하지만 지금은 포기했다. 그는 문 너머에 서 있는 남자를 혐오했다. 그는 전염병처럼 세상에 해악을 퍼트리는 스베인 핀네가 당장 고통스럽게 죽기를 온 마음으로 소망했다. 설령 그자가 그를 같이 끌고 내려간다 해도.

"안 돼." 요한은 혼잣말로 중얼거렸다. "안 된다고 말할 거야, 개자식아."

아직 욕까지 할지 말지 정하지 못한 채 문을 열었다.

앞에서 그를 위아래로 훑어보는 남자를 말문이 막힌 채 쳐다보았다. 그러다 앙상한 벗은 몸에 새벽의 싸늘한 공기가 닿자 자기가 가운도 걸치지 않고 프리다가 매년 크리스마스에 선물하는 사각팬티 차림에 아이들이 선물한 슬리퍼만 신고 있는 걸 깨달았다. 헛기침을 하고서야 겨우 말이 나왔다. "해리 홀레? 그런데 당신은……."

그 경찰은, 정말 그가 맞는지 모르겠지만, 고개를 저으며 씁쓸하게 웃었다. "죽었다고? 꼭 그렇진 않아요. 그래도 좋은 변호사가 필요합니다. 그쪽이 도와줄 수 있다면서요."

JO NESBØ

PART 4

스타톨레르고르덴 레스토랑의 점심시간이었다. 레스토랑 앞 거리에서 젊은 길거리 뮤지션이 손가락을 후후 불고 연주를 시작했다. 외로운 직업이군. 성민 라르센은 그를 보면서 생각했다. 무엇을 연주하는지, 괜찮은 연주인지는 들리지 않았다. 쓸쓸하고 보이지 않는 인간. 칼 요한스 거리를 지배하는 나이 든 길거리 뮤지션들이 저 불쌍한 젊은 친구를 이리로, 돈벌이가 안 되는 키르케 가로 내쫓았을지도.

눈을 들어보니 웨이터가 바람에 나부끼는 깃발처럼 냅킨을 펼쳤고, 흰색 다마스크 냅킨이 알렉산드라 스투르드자의 무릎 위에 놓였다.

"좀 꾸미고 올걸 그랬나 봐요." 그녀가 웃었다.

"보기 좋으신데요." 성민이 미소를 지으며 뒤로 기대앉았고, 웨이터가 그의 냅킨으로도 같은 동작을 보여주었다.

"이거요?" 그녀는 두 손으로 자신의 달라붙는 스커트를 가리켰다. "그냥 작업복이에요. 남들처럼 편하게 입지 않을 뿐이죠. 그쪽이야말로 차려입으셨네요. 결혼식에라도 가는 차림인데요."

"장례식장에서 오는 길입니다." 성민이 이렇게 대답하고 그가 때리기라도 한 것처럼 알렉산드라가 움찔하는 걸 보았다.

"그래요." 그녀가 나직이 말했다. "유감이에요. 비에른 홀름?"

"네. 아시는 분이었나요?"

"그렇기도 하고 아니기도 해요. 과학수사과 사람이라 가끔 통화는 했어요. 자살했다면서요?"

"네." 성민이 말했다. 그는 "그런 것 같아요"가 아니라 "네"라고 답했다. 자살이라는 데 의문의 여지가 없었기 때문이다. 비에른의 차는 어릴 때 살던 집에서 멀지 않은 곳, 토텐의 들판이 내려다보이는 산마루의 자갈길 옆에서 발견되었다. 차 문은 잠겨 있고 열쇠는 시동장치에 꽂혀 있었다. 몇 사람은 비에른 홀름이 뒷좌석에 앉았고, 일련번호가 추적되지 않는 총으로 관자놀이를 쏜 점 때문에 혼란스러워했다. 하지만 그의 아내 카트리네 브라트는 비에른이 우상으로 여기던 아무개 윌리엄스라는 사람이 그렇게 차 뒷좌석에서 죽었다고 설명했다. 게다가 과학수사관이 소유주가 등록되지 않은 총기를 손에 넣는 게 그렇게 이상할 것도 없었다. 교회 안에 가족과 경찰청과 크리포스의 동료들이 가득 들어찼다. 비에른 홀름이 두 조직 모두에 협력했기 때문이다. 카트리네 브라트는 차분해 보였다. 사실 지난번에 노라포센 폭포에서 만났을 때보다 더 차분해 보였다.

그녀는 조의를 표하려고 줄지어 선 사람들을 효율적으로 다 만나고 그에게 다가와서는 그가 현재의 자리에서 행복하지 않다는 소문이 돈다고 말했다. 정확히 이렇게 말했다. 특유의 베르겐 억양으로. **행복**. 그러고는 언제 얘기 좀 하자고 했다. 자기네 부서에 공석이 하나 생겼다면서. 그는 한참 지나서야 해리 홀레의 자리를 두고 하는 말인 걸 알았다. 카트리네가 남편 장례식이 끝나자마자 일 얘기를 꺼낸 것도 그렇고 아직 실종 상태인 사람의 자리를 그에게 제안하는 것이 이중으로 부적절한 게 아닌가 하는 생각이 들었다. 그러다 어쩌면 두 사람 생각을 떨쳐내기 위해 뭔가가 필요한지도 모르겠다는 생각도 들었다. 성민은 생각해보겠다고 답했다.

"크리포스 예산으로 이걸 감당할 수 있는지 모르겠네요." 웨이터가 첫 번째 코스를 내오고 가리비 회에 블랙페퍼 마요네즈, 고아크레스에 소이버터 소스를 곁들인 요리라고 설명하자 알렉산드라가 한 말이다. "법의학연구소에서는 감당이 안 되거든요."

"아, 비용은 제가 잘 해명할 수 있을 겁니다. 전화로 한 약속을 지켜주실 수 있다면요."

전날 저녁에 알렉산드라 스투르드자에게서 전화가 왔다. 그녀는 에둘러 말하지 않고 다짜고짜 라켈 페우케 사건에 관한 정보가 있다고 했다. 그에게 직접 전화한 건 사안이 민감하고 지난번에 처음 만난 뒤로 그를 신뢰하기로 해서라고 말했다. 하지만 전화로 얘기하고 싶지는 않다고 했다.

성민은 점심식사를 제안했다. 그녀가 짐작한 대로 크리포스에서 감당할 수 있는 가격대가 아닌 레스토랑에 예약했다. 그는 식사비를 사비로 내야 하지만 현명한 투자라고 판단했다. 법의학연구소의 전문가를 알아두면 나중에 부탁할 일이 생길 때 도움을 받을 수 있을 테니까. DNA 분석 결과를 먼저 받아봐야 할 때라든가. 그런 일들. 아마도. 그런데 마음속 어딘가에 그 이상의 뭔가가 있다는 생각이 있었다. 뭐지? 이 질문은 깊이 고민할 시간이 없었다. 성민은 한창 연주하는 거리의 뮤지션을 흘긋 보았다. 바삐 오가는 사람들이 그에게 눈길조차 주지 않았다. 행크. 그의 동료가 말한 적이 있는 이름. 행크 윌리엄스. 집에 가서 그 이름을 구글로 검색해야 했다.

"살인이 일어난 밤에 해리 홀레가 입었던 바지에 묻은 그 사람의 혈액을 분석했거든요." 알렉산드라가 말했다. "로힙놀 성분이 나왔어요."

성민은 거리에서 눈을 돌려 그녀에게 집중했다.

"성인 남자가 네다섯 시간은 의식을 잃을 만큼." 그녀가 말했다. "그래서 사망 추정 시각을 생각해봤어요. 우리 검시관은 물론 22:00에서 02:00 사이로 범위를 좁혔죠. 그런데 그건 체온을 기준으로 추정한 시각이에요. 그것 말고도 다른 징후들이 있거든요. 부상 부위의 변색 같은 거요. 그런데 이걸로 보니까 사건이 더 빨리 일어났을 수도 있겠더라고요." (그녀는 기다란 검지를 들었고, 손톱에 선명한 분홍색을 칠해서 더 길어 보였다.) "다시 말하지만, **그럴 수도** 있다는 거예요."

성민은 그녀가 지난번에 봤을 때는 매니큐어를 바르지 않았던 게 기억났다. 특별히 바른 건가?

"그래서 제가 라켈 페우케의 집에 전기를 공급하는 업체에 확인해봤어요. 전력 소모량이 20:00와 24:00 사이에 70킬로와트나 올라갔더라고요. 그만한 전력량이면 실내 온도가 올라간다는 뜻이고 거실이라면 5도가 올라갔다는 뜻이에요. 검시관에게 물어보니까 그런 경우라면 사망 시각을 18:00에서 20:00 사이로 추정할 거라고 하더군요."

성민은 눈을 깜빡였다. 어디선가 사람의 뇌는 1초에 60킬로비트만 처리할 수 있다는 글을 본 적이 있다. 그래서 인간의 뇌는 아주 부실한 컴퓨터라고 했다. 하지만 처리 속도는 뇌에 저장된 데이터가 얼마나 잘 정리되어 있는지에 달려 있다고 했다. 우리가 도달한 결론은 대개 새로운 생각을 떠올린 게 아니라 기억과 양상을 끌어내 활용하는 방식에 달려 있다고 했다. 그래서 그가 그렇게 오래 걸린 것 같았다. 새로운 생각을 착안해야 해서. 완전히 새로운. 알렉산드라의 목소리가 멀리서 아득하게 들렸다.

"지난번 올레 빈테르가 신문에 발표한 내용을 보면 해리 홀레는 22:30까지 바에서 목격자들과 함께 있었어요. 그게 맞죠?"

성민은 앞에 놓인 가재를 응시했다. 가재도 무심히 그를 쳐다보았다.

"그래서 제가 질문하고 싶은 건, 당신 시야에 다른 사람이 있었냐는 거예요. 라켈의 사망 시각으로 추정된 시각에는 알리바이가 있어서 누락된 사람. 하지만 18:00에서 22:00 사이에는 알리바이가 없을 수도 있는 사람."

"이만 실례할게요, 알렉산드라." 성민은 일어섰다가 무릎 위의 냅킨을 깜빡한 걸 알았다. 냅킨이 그대로 바닥에 떨어졌다. "점심마저 드시고 가세요. 전 가봐야…… 할 일이 있어서요. 다음에 다시…… 당신이랑 저랑 다시…….."

그는 그녀의 미소를 보고 다시 만날 수 있을 걸 알았다.

그는 자리를 떠나 레스토랑 지배인에게 카드를 건네고 계산서는 보내달라고 하고는 서둘러 밖으로 나왔다. 거리의 뮤지션은 성민도 들어본 곡, 자동차 사고와 구급차와 리버사이드에 관한 곡을 연주하고 있었는데, 성민은 딱히 음악에는 관심이 없었다. 곡, 가사, 이름, 어떤 연유인지 이런 건 그에게 전혀 울림을 주지 않았다. 하지만 스베인 핀네의 인터뷰에 나온 모든 단어와 모든 순간만큼은 기억했다. 핀네는 21:30에 산부인과에 도착했다. 말하자면 스베인 핀네에게는 라켈 페우케를 살해할 시간이 세 시간 반 있었다. 문제는 핀네가 어디에 있었는지 아무도 모른다는 것이다.

그런데 왜 뛰고 있지?

뛰는 게 더 빠르기 때문이다.

모두가 이미 스베인 핀네를 찾으려 한다면 그가 더 빠르다고 해서 뭐가 달라질까?

성민은 더 열심히 해보고 싶었다. 그가 더 나았다. 그리고 그에게는 동기가 충만했다.

올레 빈테르, 그 쓸모없는 청소부는 조만간 그의 뻔뻔한 팀의 승리에 질식당할 것이다.

당뉘 옌센은 지하철을 타고 보르겐의 지상 역에서 내렸다. 잠시 그 자리에 서서 서쪽의 공동묘지를 보았다. 거기에 가려는 건 아니다. 또 묘지에 갈 날이 올는지 몰랐다. 대신 쉬위엔베이엔을 따라 모놀리트베이엔 쪽으로 가서 오른쪽으로 꺾었다. 말뚝으로 된 울타리 너머의 하얀 목조주택들을 지나쳤다. 다들 빈 집으로 보였다. 평일 오후. 사람들은 직장에 나갔거나 학교에 갔거나 이런저런 볼일을 보거나 활발하게 활동한다. 그녀는 머물러 있었다. 학교에는 병가를 냈다. 그녀가 요청한 건 아니지만 심리치료사와 교장이 며칠 휴가를 내서 마음을 진정시키고 여자 화장실에서 공격당한 후 **실제로** 어떤 느낌이 드는지 찬찬히 돌아보라고 말했다. 마치 **누구나** 스스로 어떻게 느끼는지 생각하고 싶은 게 당연하다는 듯이!

음, 적어도 지금 그녀는 얼마나 끔찍한 느낌인지 안다.

가방 속에서 휴대전화가 진동하는 소리가 들렸다. 휴대전화를 꺼내서 그녀를 경호하는 경찰인 카리 베알에게 다시 걸려온 전화인 것을 확인했다. 그들은 지금 그녀를 찾고 있다. 그녀는 거절을 누르고 메시지를 입력했다. '미안해요. 저 위험하지 않아요. 그냥 혼자만의 시간이 필요해요. 다 끝나면 연락할게요.'

20분 전 시내에서 당뉘는 카리 베알에게 튤립을 몇 송이 사고 싶다고 말했다. 그러고는 밖에서 기다리라고 하고 꽃집에 들어갔다. 그 가게에 옆길로 난 쪽문이 있는 걸 알았다. 거기서부터 스토르팅에 뒤편의 지하철역으로 가서 서쪽으로 가는 열차에 올라탔다.

그녀는 시계를 보았다. 그 사람이 2시까지 오라고 했다. 어느 벤치에 앉을지도 알려줬다. 평소와 다르게 입고 눈에 잘 띄지 않게 하라고도 일러주었다. 어느 쪽을 보라고도 말했다.

미친 짓이었다.

그래도 어쩔 수 없었다. 그 사람에게서 모르는 번호로 전화가 왔다. 그녀는 전화를 받고 끊을 수 없었다. 그리고 지금 최면에 걸린 것처럼 본인의 의지를 잃은 것처럼, 그 사람이, 그녀를 이용하고 속인 적이 있는 그 남자가 시키는 대로 하고 있었다. 그녀도 미처 몰랐지만 그녀 내면에 뭔가가 있었던 것처럼. 잔혹한 동물적인 충동. 음, 어쩔 수 없었다. 그녀는 나쁜 사람이었고, 그 사람만큼이나 나빴고, 이제 그녀는 그 사람이 그녀를 함께 끌고 내려가도록 내버려두었다. 심장박동이 빨라졌다. 그녀는 이미 그리로 떨어지기를, 거기서 불길에 정화되기를 갈망했다. 그런데 정말 그가 올까? 반드시 와야 했다! 당뉘는 자기 신발이 땅에 점점 세게 닿는 소리를 들었다.

6분 후에 그녀는 그곳에 도착해서 그가 앉으라고 한 벤치에 앉았다.

2시 오 분 전이었다. 스메스타담멘 호수가 보였다. 흰 백조가 수면에서 미끄러지듯 떠다녔다. 백조의 머리와 목이 물음표 모양이었다. 왜 이렇게 해야만 했을까?

스베인 핀네는 걷고 있었다. 길고 평온하고 그 구역을 지배하는 걸음걸이. 그렇게 한 방향으로 몇 시간이고 걷는 것이야말로 교도소에 갇혀 살면서 가장 그리워하던 것이다. 뭐. 이미 엎질러진 물이지만.

쇠르셰달렌에서 발견한 오두막에서 오슬로 시내까지는 걸어서 두 시간도 안 되었지만 보통 사람 걸음으로는 세 시간쯤 걸릴 것 같았다.

오두막은 깎아지른 암벽 꼭대기에 있었다. 절벽에 볼트가 박혀 있고 오두막에 밧줄과 카라비너*가 있는 걸로 봐서는 등반가들이 머무는 산장 같았다. 하지만 아직 눈이 쌓여 있고 해가 날 때는 눈 녹은 물이 붉은색과 진회색 화강암으로 떨어지고 등반가는 보이지 않았다.

하지만 곰의 흔적을 보았다. 그 흔적이 오두막 가까이 있어서 그는 필요한 장비를 구해다가 철사와 폭발물로 덫을 놓았다. 눈이 마저 다 녹고 등반가가 하나둘씩 어슬렁거리기 시작하자 그는 숲속으로 더 깊이 들어가 직접 원뿔형 천막을 쳤다. 사냥도 하고, 호수로 물고기도 잡으러 갔다. 필요한 만큼만 잡았다. 먹지도 않을 것을 죽이는 건 살생이고, 그는 살인자가 아니었다. 이미 그것을 고대하고 있었다.

* 등산할 때 쓰는 타원 또는 D자 모양의 강철 고리.

그는 스메스타 교차로 아래의 우중충하고 지린내 나는 보행자 터널을 지나 환한 대낮으로 나와 호수로 계속 걸었다.

공원에 들어서자마자 그녀가 보였다. 그가 (아무리 눈썰미가 좋아도) 이렇게 멀리서 알아보는 건 불가능했지만 그녀의 자세로 알 수 있었다. 그녀가 앉은 자세로. 기다리는 자세. 겁이 조금 날 수는 있지만 거의 흥분한 채로.

그는 곧장 벤치로 가지 않고 빙 둘러 가면서 혹시라도 주변에 경찰이 없는지 살폈다. 발렌틴의 무덤에 갈 때도 그랬다. 그는 이내 호수 이편에 아무도 없다고 판단했다. 호수 건너편 벤치에 누가 앉아 있기는 했지만 멀어서 여기서 무슨 일이 일어나든 보이지도 들리지도 않고 끼어들 틈도 없을 것이다. 어차피 순식간에 끝날 것이다. 모든 것이 준비되었다. 장소가 준비되었고, 그는 터트릴 준비가 되었다.

"안녕하십니까." 그가 벤치로 다가가면서 말했다.

"안녕하세요." 그녀가 대답하고 미소를 지었다. 생각보다 겁을 덜 먹은 눈치였다. 하긴 그녀는 무슨 일이 일어날지 몰랐다. 그는 한 번 더 주위를 쓱 둘러보며 아무도 없는지 확인했다.

"그분은 조금 늦으실 거예요." 알리세가 말했다. "가끔 이러세요. 잘나가는 변호사니까."

스베인 핀네가 씩 웃었다. 이 여자가 느긋한 건 요한 크론이 올 거라고 생각해서다. 요한이 그녀에게 2시에 스메스타담멘 호숫가 벤치에 앉아 있어야 하는 이유를 다르게 둘러댄 것이다. 그녀와 요한이 함께 그들의 의뢰인인 스베인 핀네를 만나기로 했지만 핀네가 현재 경찰에 쫓기는 처지이므로 사무실에서는 만날 수 없다고. 이런 내용은 발렌틴의 묘지 앞에 요한 크론의 서명이 있는 편지에 적혀 칼에 꽂혀 있었다. 요한이 아주 근사한 칼을 구했고, 핀네는 그 칼을 주머니에 넣어 애장품에 추가했다. 편지를 펼쳤다. 요한이 핀네와 그가 둘 다 자유롭게 걸어나가기 위해 모든 과정을 세심하게 고민한 것 같았다. 애인을 핀네에게 넘긴 결과는 제외하고. 요한은 미처 깨닫지 못했을 테지만 다시는 전처럼 알리세를 사랑할 수 없을 것이다. 다시는 자유롭지도 못할 것이다. 어쨌든 악마와 계약을 한 셈이고, 알다시피 악마는 디테일에 있다. 핀네는 다시는 필요한 것을 얻으려고 머리를 쥐어짤 필요가 없다. 돈이든 쾌락이든.

요한 크론은 아직 헤그나르 미디어의 방문객 주차장에서 그의 차에 있었다. 일찍 도착하긴 했지만 2시 5분이 되기 전에는 도로 건너편의 공원에 있는 호수로 가서는 안 되었다. 그는 새 말보로를 꺼내고 (프리다가 차에 담배 냄새 배는 걸 싫어해서) 차에서 내려 담뱃불을 붙이려 했다. 하지만 손이 심하게 떨려 관두었다. 오히려 잘됐다. 어차피 끊기로 했으니까. 다시 손목시계를 보았다. 그자에게 2분을 주기로 했다. 그자를 직접 만나지 않았고, 그편이 가장 안전했다. 그자가 남긴 메시지에 2분이면 된다고 적혀 있었다.
요한 크론은 눈으로 초침을 좇았다. 그래. 2시다.
눈을 감았다. 당연히 끔찍한 일이고 앞으로 평생 기억에 담고 살아갈 일이지만, 결국 이것만이 유일한 해결책이었다.
알리세를 생각했다. 그녀가 이 순간 겪어야 할 일을 생각했다. 그녀는 살아남긴 하겠지만 악몽에 시달릴 것이다. 모두 그가 내린 결정 때문에. 그녀와 한마디 상의도 없이. 그는 그녀를 속였다. 알리세에게 이런 짓을 하는 건 그였다. 핀네가 아니라.
그는 다시 손목시계를 보았다. 1분 30초만 지나면 공원에 들어가 조금 늦었다고 둘러대고 그녀를 위로하면서 경찰을 부르고 깜짝 놀란 척할 수 있다. 하긴, 놀란 척할 필요도 없겠지만. 경찰에는 90퍼센트의 진실만 말할 것이다. 알리세에게는 100퍼센트의 거짓을 말할 것이다.

요한 크론은 차 유리창에 비친 그 자신을 보았다.

그 모습이 혐오스러웠다. 그보다 더 혐오스러운 건 스베인 핀네였다.

알리세는 벤치 옆자리에 앉은 스베인 핀네를 보았다.

"우리가 여기 왜 왔는지 압니까, 알리세?" 그가 물었다.

그는 흰머리가 몇 가닥만 섞인 검은 머리에 빨간 반다나를 두르고 있었다.

"대충은요." 그녀가 말했다. 요한은 라켈 페우케 사건과 관련이 있다는 말만 해주었다. 처음에는 의뢰인이 노르스트란의 벙커에서 해리 홀레에게 신체적으로 공격당하고 다쳐서 경찰에 고발하기 위해선 줄 알았다. 그런데 더 물어보자 요한은 간단히 자백과 관련된 거고 자세히 설명할 시간이 없다고만 말했다. 지난 며칠간 계속 이런 식이었다. 냉랭했다. 무시하는 것 같았다. 요한을 잘 몰랐다면 그녀에게 관심을 잃어가는 건 줄 알았을 것이다. 하지만 그녀는 잘 알았다. 전에도 이런 적이 있다. 한동안 요한이 양심의 가책을 느끼고 헤어지자면서 이제 가족과 회사 일에 집중해야 한다고 말한 적이 있다. 맞다, 그는 노력했다. 그리고 그녀가 막았다. 솔직히 그렇게 어렵지도 않았다. 남자들. 아니, 더 정확히 말하면 소년들. 가끔 그녀는 그와 그녀 사이에서 그녀가 연상인 것 같은 느낌을 받았고, 요한은 법을 다루는 뇌는 예리하지만 다른 건 아는 게 없는 덩치만 큰 보이스카우트 같았다. 요한이 그녀 위에 군림하면서 주인처럼 굴고 싶어도 사실은 둘 다 그 반대 구도인 걸 알았다. 하지만 그녀는 그가 원하는 역할을 하게 해주었다. 아이가 트롤인 척하고 싶어할 때 엄마가 겁먹은 공주 역할을 해주듯이.

요한에게 좋은 면이 없는 건 아니었다. 분명 있었다. 우선 다정했다. 배려심이 있었다. 충실했다. 정말 그랬다. 알리세는 요한 크론만큼 아내를 속이면서 양심의 가책으로 괴로워하는 남자를 본 적이 없다. 그런데도 슬슬 걱정이 드는 이유는 요한이 가정에 충실해서가 아니라 그녀에게서 서서히 빠져나가려 하는 게 느껴져서다. 아니, 처음 요한을 만날 때 철저히 계획을 세우고 접근한 건 아니었다. 그렇게 계산적인 만남은 아니었다. 그저 갓 변호사 자격증을 딴 그녀가, 수염이 제대로 나기 전부터 대법원에서 일하기 시작했고 오슬로 최고의 법률회사의 파트너 변호사인 스타 변호사에게 반한 건 사실이다. 그러다 평균 성적의 그녀가 법률회사에 무엇을 제공해야 하고 젊음과 미모로 남자에게 무엇을 줘야 하는지 간파했다. 종국에(Det er på slutten av dagen, 요한은 그녀의 영어식 표현을 고쳐주는 걸 단념하고 오히려 자기가 그 말투를 따라 하기 시작했다) 누군가와 관계를 맺기로 한 데는 이성적인 요인은 물론 비이성적인 요인이 결합된다. (요한이라면 요인은 결과를 낳지 결합을 낳는 게 아니라고 지적했겠지만) 뭐가 뭔지 파악하기는 어려웠고, 어차피 알아봐야 도움이 되지 않을 것 같았다. 문제는 이제 그 결합이 긍정적인지조차 모르겠다는 것이다. 그녀와 같은 급의 다른 직원들보다는 약간 더 넓은 사무실을 쓰고, 요한 밑에 있는 덕에 **약간** 더 흥미로운 사건을 맡은 건 사실이다. 하지만 연간 보너스는 일반 변호사들이 받는 정도의 형식적인 수준이었다. 그 이상을 기대해도 된다는 기미가 보이지 않았다. 게다가 알리세도 아내와 가정을 버리겠다는 유부남의 약속이 얼마나 가벼운지 알았지만, 심지어 요한은 그런 가벼운 약속조차 하지 않았다.

"대충이라." 스베인 핀네가 씩 웃었다.

갈색 이빨, 알리세는 그 이빨을 보았다. 얼굴에 입김이 닿을 만큼 가까이 붙어 앉은 탓에 그가 담배를 피우지 않은 것도 알았다.

"스물다섯." 핀네가 말했다. "저, 저기 말이야, 애를 갖는 데 가장 비옥한 시기가 다 지나가는 거 알지?"

알리세는 핀네를 쳐다보았다. 내가 몇 살인지 어떻게 알았지?

"최고의 나이는 시, 십 대 후반에서 스물네 살까지야." 핀네는 이렇게 말하고는 미끄덩거리는 눈빛으로 그녀를 훑었다. 그래, 미끄덩거리는. 알리세는 생각했다. 육체적인 것, 달팽이가 끈적끈적한 점액질을 남기며 기어가는 것처럼.

"그때부터는 건강상의 위험도 커지고 자연유산 확률도 높아지지." 핀네는 플란넬 셔츠의 한쪽 소매 끝을 끌어 올렸다. 디지털 손목시계의 버튼을 눌렀다. "반면에 남자의 정액은 평생 품질이 그대로 유지돼."

그렇지 않아, 알리세는 속으로 말했다. 어디선가 그녀 나이의 남자에 비해 마흔 살이 넘은 남자가 임신시킬 위험이 다섯 배 낮다는 글을 읽은 적이 있다. 자폐증 같은 병을 가진 아이를 낳을 위험은 다섯 배 높다고 했다. 구글 검색으로 안 사실이다. 얼마 전에 프랑크가 다른 두 친구와 함께 넷이서 등산하러 가자고 했다. 예전에 사귀던 시절의 프랑크는 파티에 빠져 살고 뚜렷한 목표도 없고 성적도 좋지 않았다. 그녀는 파파보이에 자기만의 목표 의식도 없는 그를 단념하기로 했다. 사실은 잘못된 판단이었다. 프랑크는 아버지의 법률회사에서 유능한 인재로 일하고 있다. 그런데도 아직 프랑크의 초대에 답하지 않았다.

"그러니 나랑 요한 크론이 당신에게 주는 선물이라고 생각해." 핀네는 이렇게 말하면서 재킷 단추를 풀었다.

알리세는 그를 골똘히 쳐다보았다. 그가 공격할지도 모른다는 생각이 스치기는 했지만 그런 생각을 떨쳐냈다. 요한이 곧 오기로 했고, 여기는 공공장소다. 근처에 아무도 없기는 해도 호수 건너편에 누군가가 있었다. 그 사람이 200여 미터쯤 떨어진 벤치에 앉아 있었다.

"지금 뭐 하는……." 알리세는 입을 열었지만 더는 말이 나오지 않았다. 스베인 핀네가 왼손으로 그녀의 목을 움켜잡고 오른손으로는 자기 재킷을 옆으로 젖혔다. 숨을 쉬려 했지만 쉬어지지 않았다. 그의 발기된 페니스가 휘어져 있었다. 백조의 목처럼.

"겁먹지 마, 난 남들하고 달라." 스베인이 말했다. "난 사람을 죽이지 않아."

알리세는 벤치에서 일어서려고, 그의 팔을 뿌리치려고 했지만 그의 손이 짐승의 발톱처럼 그녀 목을 움켜잡았다.

"시키는 대로만 하면 안 죽여. 첫째, 이걸 **봐**."

그는 아직 한 손으로 그녀를 움켜잡고 다리를 벌리고 앉아 그녀가 그것을 봐주기를, 그녀가 무엇을 갖게 될지 봐주기를 원하는 듯했다. 알리세는 보았다. 허연 백조의 목과 표면에 튀어나온 핏줄을, 그리고 그 기둥을 타고 올라오면서 춤추듯 흔들리는 빨간 점을.

저게 뭐지? 저게 뭐지?

그의 페니스 끝부분이 터지면서 둔탁한 소리가 났다. 육질을 연하게 만들려고 고기 망치로 스테이크를 세게 내리칠 때 나는 소리.

그녀의 얼굴에 따스한 비가 뿌려지고 눈에 뭐가 들어가서 얼른 눈을 감았다. 그사이 그들 위로 우르릉거리는 천둥소리가 들렸다.

알리세는 그 소리가 그녀의 비명인 줄 알았다. 다시 눈을 뜨고서야 스베인 핀네의 비명인 걸 알았다. 핀네가 두 손으로 사타구니를 움켜잡았고 손가락 새로 피가 솟구쳤다. 충격으로 부릅뜬 눈으로 비난하듯이 그녀를 노려보았다. 그에게 이런 짓을 한 사람이 그녀라는 듯이.

빨간 점이 거기에, 이번에는 그의 얼굴에 다시 나타났다. 주름이 깊게 팬 뺨을 따라 미끄러지며 올라가서 눈에 머물렀다. 알리세는 그 눈의 흰자에 머무는 빨간 점을 보았다. 핀네도 보았을 것이다. 그가 잘 들리지 않는 소리로 뭐라고 했다. 그러고는 다시 말했다.

"도와줘."

알리세는 무슨 일이 일어날지 알아채고는 눈을 감고 한 손을 올려 얼굴을 가렸다. 다시 그 소리가 들렸다. 이번에는 채찍 소리처럼 들렸다. 한참 지나서 총이 멀리서 발사된 것처럼 아까와 같은 우르릉거리는 천둥소리가 났다.

로아르 보르는 조준기를 들여다보았다.

마지막으로 머리를 겨냥해 쏜 총알에 표적이 뒤로 넘어갔다. 표적이 벤치 옆으로 고꾸라지며 이제 자갈길에 엎어졌다. 로아르는 조준기를 옮겼다. 젊은 여자가 그 길을 따라 헤그나르 미디어 쪽으로 뛰어가 그녀에게 황급히 달려오는 남자를 향해 두 팔을 벌렸다. 남자가 휴대전화를 꺼내 누르기 시작했다. 뭘 해야 하는지 정확히 아는 듯이. 물론 남자는 정확히 알았다. 로아르는 뭘 알까?

그가 알고 싶은 것 이상은 몰랐다.

해리 홀레가 24시간 전에 말해준 것 이상은 몰랐다.

로아르가 긴 세월 찾아 헤맨 자를 해리가 찾아냈다고 말했다.

해리가 믿을 만한 정보원이라고 보증한 누군가와의 대화에서 스베인 핀네가 오래전에 메라달렌에서 보르 주교의 딸을 성폭행했다고 말했다고 했다.

물론 공소시효가 한참 지난 사건이다.

하지만 해리가 "해결책"이라는 것을 제안했다.

로아르에게 그가 알아야 할 것을 모두 말해주고 그 이상은 말하지 않았다. 그가 E14에 몸담았을 때처럼. 2시에 스메스타담멘 호숫가, 일전에 해리와 피아가 앉았던 그 벤치.

로아르 보르는 조준기를 옮겨서 호수 건너편에 앉아 있던 여자가 재빨리 멀어지는 것을 보았다. 그녀가 유일한 제3의 목격자인 듯했다. 그는 지하실 창문을 닫고 라이플을 내렸다. 시계를 보았다. 해리 홀레에게 표적이 도착하고 2분 안에 임무를 완수하겠다고 약속한 터였다. 사실 스베인 핀네가 그의 몸을 노출하자 그에게 임박한 죽음을 살짝 맛보여주고 싶은 유혹에 굴복하긴 했지만 해리와의 약속은 지켰다. 그는 프랜저블 탄환이라는, 납 성분이 들어 있지 않아 표적의 체내에서 분해되어 잔류하는 탄환을 사용했다. 치명적인 총알이 필요해서가 아니라 경찰의 탄도학 전문가가 탄환과 일치하는 발사체를 알아내거나 총알이 박힌 지점을 기준으로 총이 어디서 발사되었는지 확인할 수 없게 하기 위해서였다. 요컨대 경찰은 그곳에 서서 주택들로 뒤덮인 산비탈을 바라보며 어디서부터 수색해야 할지 전혀 감을 잡지 못할 것이다.

그는 임무를 완수했다. 밍크를 쏘았다. 드디어 비안카를 위해 복수했다.

그는 황홀경에 빠졌다. 그래, 이렇게밖에 표현할 길이 없었다. 그는 라이플을 총기 장식장에 집어넣고 문을 잠그고 샤워하러 갔다. 가다가 멈추어 주머니에서 휴대전화를 꺼냈다. 번호를 눌렀다. 두 번째 벨 소리에 피아가 받았다.

"무슨 일 있어?"

"아니." 로아르 보르가 미소를 지었다. "그냥 오늘 저녁에 외식하고 싶은지 물어보려고."

"외식?"

"마지막으로 외식한 지 한참 됐잖아. 로포텐이 괜찮다던데. 슈브홀멘에 있는 그 생선 레스토랑."

피아가 망설이는 소리가 들렸다. 의혹. 피아가 무슨 생각을 하는지 따라갔다. 마침내 그가 한 생각과 똑같이 '왜 안 돼?'라는 데 이른 것 같았다.

"좋아." 그녀가 말했다. "그럼 당신이—."

"응, 자리를 예약할게. 8시 어때?"

"좋지." 피아가 말했다. "아주 좋아."

그들은 전화를 끊었고, 로아르 보르는 옷을 벗고 샤워실로 들어가 물을 틀었다. 따뜻한 물. 따뜻한 물로 샤워하고 싶었다.

당뉘 옌센은 아까 온 길을 되짚어 공원을 떠났다. 그녀는 **정말로** 어떤 느낌이 드는지 돌아보았다. 멀어서 호수 건너편 상황이 자세히 보이지는 않았지만 필요한 만큼은 보았다. 그렇다, 그녀는 해리 홀레의 최면에 걸린 양 그의 요청에 설득당했다. 그는 이번에는 그녀를 속이지 않고 약속을 지켰다. 스베인 핀네가 그녀의 인생에서 사라졌다. 전화로 어떤 상황이 벌어질 것이고 그녀가 왜 아무런

테도 말해서는 안 되는지 설명하던 홀레의 깊고 거친 목소리가 떠올랐다. 그녀는 그 말에 묘한 흥분을 느끼고 그의 제안을 거부하지 못할 걸 알았다. 그래도 이유를 물었다. 그녀가 공개 처형을 즐기는 인간으로 보이는지도 물었다.

"난 당신이 뭘 즐기는지 모릅니다." 그가 대답했다. "그저 그자가 죽은 걸 안다고 해도 악몽이 사라지지 않을 것 같다고 했잖아요. 그자가 죽는 걸 직접 봐야 한다면서. 지난번에 내가 당신한테 그런 고초를 겪게 했으니 큰 빚을 진 셈이에요. 싫으면 안 하셔도 됩니다."

당뉘는 어머니의 장례식을 떠올렸다. 젊은 여자 사제가 죽음의 경계선 너머에 무엇이 있는지는 확실히 알 수 없지만, 그 선을 넘어간 사람이 다시 돌아오지 못하는 것만은 확실하다고 말했다.

당뉘 옌센은 이제 알았다. 스베인 핀네가 죽었다는 것을. 진실로 그렇게 느껴졌다.

대단한 느낌은 아니었다.

그래도 기분은 더 좋아졌다.

카트리네 브라트는 책상 뒤에 앉아 둘러보았다.

집에 가져갈 물건들을 마지막으로 쌌다. 비에른의 부모가 게르트를 봐주고 있었다. 좋은 엄마라면 어서 집에 돌아가고 싶을 것 같았다. 하지만 카트리네는 조금 더 기다리고 싶었다. 숨을 고르기 위해. 질식할 것 같은 슬픔과 대답을 듣지 못할 질문과 신경을 건드리는 의심에서 벗어난 잠깐의 휴식을 연장하고 싶었다.

혼자 있으면 슬픔을 견디는 게 더 수월했다. 누가 보고 있다는 느낌이 들지 않을 때, 게르트의 어떤 행동에 피식 웃음이 나는 것도, 봄이 오면 좋겠다는 식의 말을 하는 것도 애써 자제할 필요가 없을 때. 비에른의 부모가 어떤 반응을 보여서가 아니었다. 지각 있는 사람들이라 그녀를 이해했다. 사실 다들 좋은 사람들이었다. 하지만 그녀는 아니었다. 슬프기는 해도 누가 옆에서 끊임없이 비에른이 죽었다고 상기시키지 않으면 슬픔을 떨쳐낼 수 있었다. 그리고 해리 홀레가 죽었다고 상기시키지 않으면.

그녀는 그들이 의심하고 있지만 그런 티를 내지 않는 걸 알았다. 그녀가 어떤 식으로든 비에른이 목숨을 끊은 이유일 거라는 의심. 하지만 그녀는 그녀 때문이 아닌 걸 알았다. 그보다는 해리가 죽었다는 소식에 비에른이 완전히 무너졌을 때 무슨 문제가 있다는 걸 짐작했어야 했을까? 그 이상의 어떤 일이 있다는 것을, 그리고 해리의 죽음이 알려지기 전까지 비에른이 혼자서 더 큰 무언가, 깊은 우울과 싸우면서 간신히 견뎌내고 숨겨온 무언가가 있다는 사실을 알아챘어야 했을까? 해리의 죽음은 비에른의 컵이 넘치게 만든 한 방울이 아니라 둑 전체를 무너뜨렸다는 것을. 우리는 한 침대에서 같이 자고 함께 일상을 나누는 사람에 관해 무엇을 알고 있을까? 우리 자신에 관해 아는 것보다도 훨씬 덜 알 수 있을 뿐이다. 카트리네는 인정하기 쉽지 않았지만 사실 우리가 주위 사람들에게 받는 인상이 딱 그렇다. 인상.

비에른이 게르트를 건네면서 그녀를 직접 만나지 않으려 한 그때 이미 경보가 울렸다.

올레 빈테르와 끔찍한 기자회견을 마치고 집에 막 들어선 참이었다. 집에 아무도 없고 비에른과 게르트가 어디에 있다는 메시지도 남아 있지 않았다. 그때 누군가 아래층 중앙 현관의 초인종을 눌렀다. 그녀는 인터폰을 들고 게르트가 우는 소리를 듣고는 비에른이 열쇠를 두고 나간 줄 알고 현관문을 열어놓고 버튼을 눌러 거리로 난 중앙 현관문도 열었다. 하지만 문 열리는 소리는 들리지 않고 인터폰으로 아기 울음소리만 들렸다. 비에른을 몇 번 불렀지만 대답이 없어서 아래층으로 내려갔다.

게르트가 들어 있는 맥시코시 유아용 캐리어가 문 앞 인도에 놓여 있었다.

카트리네는 노르달 브룬스 가를 둘러보았지만 비에른은 그림자도 보이지 않았다. 길 건너편 어두운 건물들 출입구에도 아무도 보이지 않았지만 그렇다고 아무도 없었다는 뜻은 물론 아니다. 그러다 어떤 생각이 스쳤다. 초인종을 누른 게 비에른이 아니라는 생각.

그녀는 게르트를 데리고 집으로 올라가 비에른에게 전화를 걸었다. 전화기가 꺼져 있다거나 통신망에서 벗어나 있다는 음성만 흘러나왔다. 뭔가가 잘못된 걸 직감하고 비에른의 부모에게 전화했다. 그녀가 비에른의 친구들이나 직장 동료에게 전화하지 않고, 그러니까 오슬로에 사는 지인이 아니라 반사적으로 그의 부모에게 전화한 데서 그녀 자신도 걱정하고 있는 걸 깨달았다.

비에른의 부모는 그녀를 안심시키며 비에른이 곧 그만한 사정을 대면서 연락할 거라고 말했지만 카트리네는 어머니의 목소리에서 걱정을 읽었다. 어머니도 비에른이 최근에 어쩐지 그답지 않아 보이는 걸 눈치챘을 수 있다.

살인사건 수사관이라면 결국 뭔가가, 그러니까 끝내 답을 찾지 못할 질문이 있다는 사실을 인정하고 그냥 묵묵히 앞으로 나아갈 뿐이라고 생각할 수도 있다. 하지만 어떤 사람들은 절대로 그렇게 하지 않는다. 해리처럼. 그녀처럼. 카트리네는 전문가로서 이런 성향이 장점인지 걸림돌인지 몰랐지만, 한 가지는 확실했다. 일 이외의 일상에서는 단점이기만 했다. 그녀는 벌써 그녀 앞에 펼쳐질 몇 주 혹은 몇 달의 잠 못 이루는 밤이 두려웠다. 게르트 때문이 아니다. 아이가 잠들고 깨는 시간에 그녀의 생체시계를 맞추면 되었다. 그녀의 뇌가 어둠 속에서 지칠 줄 모르고 강박적으로 돌아가서 잠들지 못할 것이다.

집으로 가져갈 사건 파일과 서류가 담긴 가방의 지퍼를 잠그고 문 앞으로 가서 불을 끄고 사무실을 나서려는데 책상에 있는 전화기가 울렸다.

그녀는 전화를 받았다.

"성민 라르센입니다."

"잘됐어요." 카트리네가 무덤덤한 어조로 말했다. 무덤덤한 건 잘되지 않아서가 아니라 그가 강력반의 자리를 수락하기로 했다고 전화한 거라면 타이밍이 좋지는 않아서였다.

"제가 전화드린 건……. 그런데 지금 시간 괜찮으세요?"

카트리네는 창밖의 보츠 공원을 내다보았다. 헐벗은 나무들, 누렇게 시든 잔디. 얼마 안 있으면 나무에서 새잎이 나고 꽃이 피고 잔디가 푸르게 물들 것이다. 그리고 여름이 올 것이다. 아니, 그렇다고들 했다.

"네." 카트리네는 대답은 이렇게 하면서도 아직 열의를 끌어내지 못한 자기 목소리를 들었다.

"방금 제가 기막힌 우연을 경험해서요." 성민이 말했다. "아까 라켈 페우케 사건을 새롭게 조명하는 정보를 받았거든요. 좀 전에 요한 크론한테도 전화를 받았고요, 그 스베—."

"크론이 누군지는 알아요."

"그 사람이 스메스타담멘에 있었다는데요, 거기서 조수와 함께 의뢰인인 스베인 핀네를 만나기로 했대요. 그리고 스베인 핀네가 총에 맞아 죽었고요."

"뭐요?"

"크론이 왜 하필 저한테 전화한 건지는 모르지만 설명은 나중에 하겠다고 했어요. 어쨌든 일차적으로 오슬로지방경찰청 사건이라 먼저 전화드리는 거예요."

"이건 제복 경찰들한테 넘길게요." 카트리네가 말했다. 사슴 한 마리가 경찰청 앞 누런 잔디밭에서 살금살금 걸어서 낡은 교도소 건물인 보츠펭셀레트로 향했다. 그녀는 기다렸다. 그러다 성민도 기다리고 있다는 걸 알았다. "우연이란 게 무슨 뜻이에요, 라르센?"

"스베인 핀네가 다시 라켈 페우케 사건의 용의선상에 오른다는 제보를 받고 한 시간 만에 그자가 총에 맞은 게 이상해서요."

카트리네는 가방을 내려놓고 책상 앞 의자에 앉았다. "그러니까 그 말은······."

"네, 해리 홀레가 무죄라는 정보를 손에 넣었다는 뜻입니다."

카트리네는 심장이 고동치기 시작하는 걸 느꼈다. 온몸으로 피가 퍼지며 피부가 따끔거렸다. 그리고 다른 무언가, 잠들어 있던 무언가가 깨어났다.

"'손에 넣었다'는 건요, 라르센······."

"네?"

"이 얘기를 아직 동료들에게 말하지 않았다는 뜻으로 들리는데, 맞습니까?"

"꼭 그렇진 않아요. 지금 반장님하고 공유했으니까요."

"나랑 공유한 건 해리가 무죄라는 당신의 결론뿐이에요."

"반장님도 같은 결론에 이르실 거예요."

"그런가요?"

"제안할 게 하나 있어요."

"그럴 줄 알았어요."

"일단 범죄 현장에서 만나죠. 거기서 다시 얘기해요."

"좋아요. 제복 경찰들을 데리고 갈게요."

카트리네는 당직 경관에게 전화하고, 시부모에게 전화해서 늦을 것 같다고 말했다. 그들의 대답을 기다리면서 보츠 공원을 다시 내다보았다. 사슴은 가버렸다. 세상을 떠난 그녀의 아버지 게르트가 그녀에게 오소리는 뭐든 다 사냥한다고 말해준 적이 있다. 언제든, 어디서든. 오소리는 무엇이든 다 먹고 무엇과도 싸운다. 아버지는 어떤 수사관에게는 오소리가 있고, 어떤 수사관에게는 그게 없다고 말했다. 지금 카트리네는 오소리가 동면에서 깨어나는 걸 느낄 수 있었다.

52

카트리네가 스메스타담멘 호수에 도착해보니 성민 라르센이 먼저 와 있었다. 그의 다리 사이에 개가 숨어든 것처럼 서서 바르르 떨고 있었다. 어딘가에서 희미하지만 끈질기게 울려대는, 알람 소리 같은 삐 소리가 들렸다.

그들은 벤치 옆 땅에 쓰러진 시신으로 다가갔다. 삐 소리는 시신에서 나오고 있었다. 시신은 스베인 핀네가 맞았다. 시신의 사타구니와 한쪽 눈에 총상이 있지만 몸 뒤쪽이나 뒤통수에는 사출구가 없었다. 특수 탄환일 것이다. 그럴 리 없는 줄 알면서도 시신의 시계에서 나오는 단조로운 전자음이 서서히 커지는 것처럼 들렸다.

"왜 아무도 이걸……." 그녀가 입을 열었다.

"지문 때문에요." 성민이 말했다. "목격자 진술을 받아놓긴 했지만 아무도 저 시계를 건드리지 못하게 하는 게 좋을 것 같아서요."

카트리네가 고개를 끄덕이고는 거기서 떠나자는 표정을 지었다.

경관들이 저지선을 치는 사이 성민은 알리세 크로그 레이네르트센과 그녀의 상관 요한 크론에게서 들은 사건의 정황을 카트리네에게 전했다. 두 사람은 호수 건너편에서 호기심에 구경하는 사람들 사이에 있었다. 성민은 카트리네에게 그 둘이 사격 선에 있지 않도록 그쪽으로 보냈다면서 혹시라도 스베인 핀네가 우연한 희생자고 범인이 아직 다른 표적을 찾고 있을 가능성을 완전히 배제할 수 없다고 말했다.

"흠." 카트리네는 눈을 가늘게 뜨고 산비탈을 보았다. "지금 우리가 사격 선에 있는 거 같은데요. 그러니 우리 둘 다 실은 그렇게 생각하지 않는다는 거겠죠?"

"네." 성민이 말했다.

"그럼 어떻게 생각해요?" 카트리네가 개를 쓰다듬으려고 쭈그리고 앉았다.

"제가 딱히 무슨 생각을 하는 건 아니고 크론이 의견을 말하더군요."

카트리네는 고개를 끄덕였다. "저 시신 때문에 개가 풀이 죽은 건가요?"

"아뇨. 아까 우리가 도착했을 때 녀석이 백조한테 공격을 당했어요."

"가여워라." 카트리네는 개의 한쪽 귀 뒤를 긁어주었다. 울컥했다. 개가 신뢰하는 눈빛으로 그녀를 쳐다보는 모습이 어딘가 낯익어서.

"크론이 왜 굳이 당신을 불렀는지 설명했나요?"

"네."

"그리고?"

"직접 만나보셔야 할 것 같아요."

"알았어요."

"브라트 반장님?"

"네?"

"전에도 말씀드렸듯이 카스파로브는 경찰견이었어요. 이 친구랑 제가 먼저 핀네가 어느 쪽에서 왔는지 수색해도 될까요?"

카트리네는 떨고 있는 개를 보았다. "30분이면 경찰견이 올 텐데요. 카스파로브가 저래서 은퇴한 건가 싶은데요."

"골반이 많이 상했어요. 길어지면 제가 안고 가도 되고요."

"그래요? 게다가 개들은 나이 들면 후각도 둔해지지 않나요?"

"조금요. 사람하고 똑같죠."

카트리네는 성민 라르센을 보았다. 올레 빈테르를 두고 한 말인가?

"가라." 카트리네가 카스파로브의 머리를 토닥이며 말했다. "사냥 잘해."

늙은 개는 그녀의 말을 알아듣기라도 한 양 축 늘어트렸던 꼬리를 흔들었다.

카트리네는 호수를 빙 둘러서 이동했다.

요한과 그의 조수는 둘 다 허옇게 질린 채 추워 보였다. 미약하지만 싸늘한 북풍이 불기 시작했다. 오슬로 사람들이 봄 생각을 잠시 접게 하는 바람이었다.

"미안하지만 모든 상황을 처음부터 다시 말씀해주셔야 할 것 같네요." 카트리네가 수첩을 꺼내며 말했다.

요한이 고개를 끄덕였다. "며칠 전에 핀네가 절 찾아오면서 모든 게 시작됐습니다. 그자가 난데없이 우리 집 테라스에 나타났습니다. 자기가 라켈 페우케를 죽였다면서 경찰이 자기한테 수사망을 좁혀오면 자기를 도와달라더군요."

"그럼 해리 홀레는요?"

"살인을 저지르고 자기가 해리 홀레를 끌고 가서 사건 현장에 놔뒀다더군요. 온도조절장치를 조작해서 홀레가 거기 온 이후에 라켈이 살해된 것처럼 꾸몄고요. 핀네의 범행 동기는 해리 홀레가 자기 아들을 체포하려다가 총으로 쏴 죽여서였고요."

"정말요?" 카트리네는 왜 이 이야기를 바로 믿지 못하는지 스스로 이해가 가지 않았다. "핀네가 라켈 페우케의 집에는 어떻게 들어갔다고 하던가요? 현관문이 안에서 잠겨 있었잖아요."

요한은 고개를 저었다. "굴뚝? 그건 잘 모르겠네요. 전 이미 핀네가 도무지 설명할 수 없는 방식으로 나타났다가 사라지는 걸 봐서요. 여기서 만나기로 한 건 경찰에 자수하라고 설득하고 싶어서였어요."

카트리네는 바닥에 발을 굴렀다. "누가 핀네를 쐈을까요? 그리고 왜일까요?"

요한은 어깨를 으쓱했다. "스베인 핀네처럼 어린애들을 성폭행하는 자는 교도소에서도 적이 많아요. 그 안에서는 용케 살아남았어도 이미 석방된 자 중에 몇이 핀네가 나오기만 기다리고 있었을지 모르죠. 안타깝게도 그런 자들은 무기를 손쉽게 구하고 개중에는 총 쏘는 법도 알고요."

"그러면 잠재적 용의자가 많고 다들 중범죄로 복역했고 그중 일부는 살인죄로 복역한 사람들이다. 그 얘긴가요?"

"그런 얘기가 맞습니다, 브라트."

요한은 말발이 좋은 사람이고, 그 점에는 의심의 여지가 없었다. 카트리네가 선뜻 믿지 못하는 건 그가 법정에서 늘어놓는 이야기를 그 전에도 많이 들어서였다. 그녀는 알리세를 보았다. "몇 가지 여쭤봐도 될까요? 괜찮으시다면요."

"아직요." 알리세는 가슴 앞에 팔짱을 끼고 있었다. "여섯 시간이 지나기 전에는 안 돼요. 새로운 심리학 연구를 보니까 여섯 시간이 되기 전에 외상 경험을 돌아보면 장기적으로 외상에 시달릴 위험이 커진대요."

"하지만 지금은 시간이 지날수록 잡기 힘들어지는 살인범이 있잖아요." 카트리네가 말했다.

"제 책임은 아니죠. 전 피고 측 변호인이에요." 알리세는 이렇게 말했다. 눈빛은 저돌적이지만 목소리가 흔들렸다.

카트리네는 그녀의 사정이 딱하면서도 지금은 신중할 때가 아니라는 생각이 들었다.

"그러면 일을 참 잘하셨네요. 의뢰인이 사망했으니. 그리고 당신은 피고 측 변호인이 아니죠. 당신은 법학 학위를 따고 위로 올라가는 데 도움이 될까 싶어서 상사랑 자는 젊은 여자예요. 그런데 그거 도움 안 돼요. 나한테 세게 나오는 것도 도움이 안 되고, 알아들어요?"

알리세 크로그 레이네르트센은 카트리네를 보았다. 눈을 깜박였다. 눈물 한 방울이 그녀 뺨 위로, 파우더 위로 굴러떨어졌다.

6분 후 카트리네는 모두 들었다. 알리세에게 눈을 감고 첫 총성을 다시 떠올리면서 총알이 표적에 맞은 순간 "지금"이라고 말하고 우르릉 소리가 들리는 순간 "지금"이라고 말하라고 요청했다. 두 사건 사이에 1초 이상 걸린 것으로 미루어보면 총알이 적어도 400미터는 떨어진 곳에서 날아왔다는 뜻이다. 카트리네는 탄착점을 생각했다. 핀네의 성기, 다음으로 한쪽 눈. 우연한 사고가 아니다. 범인은 분명 명사수거나 특수 군사훈련을 받은 사람이다. 스베인 핀네와 같은 기간에 복역한 수감자 가운데 그런 사람이 많을 리 없었다. 한 명도 없을 수도 있었다.

의심이, 희망에 가까운 생각이, 아니, 희망까지는 아니라도 막연한 소망이 뇌리를 스쳤다. 그러다 이내 사라졌다. 그래도 이면의 진실을 언뜻 본 것 같아 위안을 주는 푸근한 뒷맛이 남았다. 종교가 있는 사람이 머리로는 거부하면서도 매달리는 신앙처럼. 카트리네는 잠시 북풍을 느끼지 못한 채 앞에 펼쳐진 공원을 바라보며 여름의 그곳, 버드나무가 우거지고 꽃이 피고 풀벌레가 윙윙거리고 새들이 지저귀는 그 섬을 그려보았다. 게르트에게 보여줄 그 모든 것을. 그러다 다른 생각이 스쳤다.

게르트한테 아빠에 관해 들려줄 이야기.

아이는 자라면서 그 부분에 관해, 자기를 낳아준 남자에 관해 더 궁금해할 것이다.

아이가 자부심을 느끼거나 수치심을 느낄 만한 이야기.

그녀 안의 오소리가 깨어난 게 맞았다. 오소리가 이론상으로는 평생 땅을 파면 지구를 뚫을 수 있다는 것도 맞았다. 그런데 그녀는 얼마나 깊이 파고 싶은 걸까? 어쩌면 알고 싶은 건 다 알아냈을 수도 있다.

어떤 소리가 들렸다. 아니, 소리가 아니었다. 침묵이었다.

호수 건너편의 손목시계. 삐 소리가 멈추었다.

개는 후각이 인간보다 약 10만 배 이상 예민하다. 성민이 본 최신 연구에 따르면 개들은 단지 냄새만 맡는 게 아니다. 입천장의 야콥손 기관을 통해 냄새가 없는 페로몬과 그 밖의 냄새가 없는 정보를 감지하고 해석할 수 있다. 따라서 개는 (완벽한 상태기만 하면)

인간이 남긴 흔적을 한 달이 지나고도 추적할 수 있다.

그런데 상태가 완벽하지 않았다.

그중 최악은 그들이 추적하는 흔적이 인도를 따라 이어졌다는 것이다. 다른 사람과 동물들의 냄새가 섞여 있을 수 있다는 뜻이다. 게다가 주변에 냄새 분자가 달라붙을 식물이 많지 않았다.

반면에 쇠르셰달스베이엔과 그 옆의 인도는 (주거지를 통과해서) 시내의 도로만큼 차량이 많지 않았다. 게다가 날이 추워서 냄새가 보존되는 데도 도움이 되었다. 무엇보다도 북서쪽에서 거대한 구름층이 몰려오지만 스베인 핀네가 그곳에 온 뒤로는 아직 비가 내리지 않았다.

성민은 버스 정류장에 다가갈 때마다 긴장했다. 흔적이 다 끝나가고 핀네가 내린 정류장이라는 확신이 들어서였다. 그런데 카스파로브는 계속 앞으로만 걸어가며 개줄을 팽팽히 당겼다(골반이 아픈 것도 잊은 모양이다). 뢰아로 향하는 비탈길이 나오자 성민은 정장을 운동복으로 갈아입지 않은 것을 후회했다.

그런데 땀이 날수록 점점 흥분되었다. 반 시간 가까이 수색하고 보니 핀네는 대중교통을 이용하지 않고 불필요하게 멀리 돌아서 걸어온 것 같았다.

해리는 포르상에르 피오르 너머로 바다를, 저 멀리 북극을, 시작과 끝, 맑게 갠 날에는 수평선이 보이는 방향을 내다보았다. 오늘은 바다와 하늘과 땅이 모두 흐릿했다. 거대한 회백색의 둥근 천장 아래 앉아 있는 것 같았다. 교회 안처럼 사방이 고요하고 간간이 구슬프게 우짖는 갈매기 소리와 남자와 소년이 앉아 있는 배에 바닷물이 잔잔하게 철썩이는 소리만 들렸다. 그리고 올레그의 목소리가 들렸다.

"……학교에서 돌아와 엄마한테 수업 시간에 손 들고 올드 시코
는 세계에서 가장 오래된 나무가 아니라 가장 오래된 뿌리라고 말
했다는 얘기를 들려드렸어요. 엄마는 하도 웃어서 울 것 같았어요.
그리고 우리 셋이 그런 뿌리로 연결되어 있다고 했어요. 엄마한테
는 말하지 않았지만 사실 그 말이 맞을 리 없다고 생각했어요. 아
빠는 내 아빠가 아니니까요. 뿌리가 올드 시코의 아버지와 어머니
인 것처럼은 아니잖아요. 그런데 세월이 흘러 그때 엄마가 무슨 뜻
으로 말한 건지 알았어요. 그 뿌리는 자라는 거였어요. 우리가 그
때 거기 앉아서 얘기할 때……. 글쎄요. 우리가 무슨 얘기를 했죠?
테트리스. 스케이트. 우리 둘 다 좋아하는 밴드……."

"음. 둘 다……."

"……싫어하는." 올레그가 씩 웃었다. "그렇게 우리가 뿌리를 뻗
어 나가는 거였어요. 그렇게 아빠가 내 아버지가 되는 거였어요."

"음. 나쁜 아버지지."

"말도 안 돼."

"넌 내가 보통 아버지라고 생각하니?"

"**유별난** 아버지. 어떤 과목에선 낙제고, 어떤 과목에선 세계 최
고고. 홍콩에서 돌아와 날 살려줬잖아요. 소소한 기억이 가장 많이
남아요. 이를테면 아빠가 날 속였을 때."

"내가 속였다고?"

"내가 드디어 아빠의 테트리스 기록을 깼을 때 아빠가 책장에
있던 세계 지도책의 모든 나라를 안다고 허풍을 쳤잖아요. 그래서
어떻게 됐는지는 아시잖아요."

"음……."

"두 달 걸렸어요. 내가 지부티를 말해서 반 애들이 날 이상하게 봤다니까요. 그때 세계 모든 나라의 국가명과 깃발과 수도를 외웠어요."

"거의 다지."

"전부."

"아니. 넌 산살바도르가 나라고, 엘살바도르가—."

"됐어요."

해리는 미소를 지었다. 바로 이거라는 생각이 들었다. 미소. 몇 달의 암흑을 지나 처음 나온 해를 본 것만 같았다. 그의 앞에 다시 어둠의 시간이 놓여 있을지라도 드디어 깨어난 지금이 지나간 날들보다 나쁠 수는 없었다.

"네 엄마가 이런 걸 좋아했어." 해리가 말했다. "우리 둘이 얘기하는 걸 듣는 거."

"그랬어요?" 올레그는 눈을 들어 북쪽을 보았다.

"책이나 뜨개질거리를 가져와서 우리 옆에 앉았지. 대화를 끊지도, 대화에 끼어들려고 하지도 않았어. 사실은 우리 얘기를 듣지도 않았어. 그냥 그 소리가 좋았다더라. 네 엄마 인생의 남자들 소리라면서."

"나도 그 소리가 좋았어요." 올레그가 낚싯대를 자기 쪽으로 끌어당겨 낚싯대 끝이 수면 위로 고개를 숙이게 했다. "아빠랑 엄마요. 방으로 자러 가서 방문을 살짝 열어놓고 두 분이 얘기하는 걸 들었어요. 둘이 조용조용 얘기했고, 이미 많은 얘기를 나누어 서로를 잘 아는 느낌. 새로 덧붙일 말이라고는 여기저기 간간이 들어갈 중요한 단어뿐이었어요. 그런데도 아빠는 엄마를 웃겼어요. 더없이 안전한 소리, 잠이 잘 오는 소리였어요."

해리가 클클 웃었다. 기침이 났다. 이런 날씨에는 그 소리가 멀리까지 날아가, 어쩌면 육지까지도 닿을 수 있겠다는 생각이 들었다. 그는 의무적으로 낚싯대를 당겼다.

"헬가가 그랬어요. 아빠랑 엄마처럼 서로 깊이 사랑하는 어른들은 본 적이 없다고요. 우리도 두 분처럼 되면 좋겠대요."

"음. 그보다는 더 큰 걸 바라야지."

"뭣보다 더 큰 거요?"

해리는 어깨를 으쓱했다. "남자들이 많이 하는 말 있잖아. 네 엄마는 나한테 과분했다."

올레그는 피식 웃었다. "엄마는 뭘 얻을지 알았고, 엄마가 원한 건 아빠였어요. 그 사실을 다시 기억하려고 잠깐 헤어졌던 거고요. 두 분이 올드 시코의 뿌리를 기억하기 위해."

해리는 헛기침을 했다. "저기, 이제 너한테 말할 때가 된 것ㅡ."

"아뇨." 올레그가 말을 잘랐다. "엄마가 왜 아빠를 내쫓았는지는 듣고 싶지 않아요. 아빠도 괜찮죠? 나머지 얘기도 듣고 싶지 않아요."

"그래. 네가 얼마나 알고 싶은지는 네가 결정할 일이지." 해리가 라켈한테 자주 하던 말이다. 그녀는 꼬치꼬치 캐묻지 않고 적게 묻는 습관을 들였다.

올레그는 배의 옆면을 손으로 쓸었다. "나머지 진실은 좋지 않은 얘기니까요, 그렇죠?"

"그래."

"어젯밤에 손님방에서 뒤척이는 소리가 들리던데. 잠은 좀 주무셨어요?"

"음."

"엄마는 돌아가셨고, 그 사실은 변하지 않아요. 일단은 아빠가 아니라 다른 사람이 범인이면 됐어요. 나중에 내가 정말로 알아야 한다는 생각이 들 때, 그때 얘기해줘요."

"넌 참 현명하구나, 올레그. 꼭 네 엄마처럼."

올레그는 씁쓸하게 웃으며 시계를 보았다. "헬가가 기다려요. 대구를 사다 놨대요."

해리는 앞에 놓인 빈 양동이를 보았다. "똑똑한 아가씨네."

그들은 낚싯줄을 감았다. 해리는 손목시계를 보았다. 오후에 오슬로로 돌아가는 항공권을 끊어놨다. 그 뒤로는 어떻게 될지 몰랐다. 요한 크론과 세운 계획은 여기까지였다.

올레그는 노걸이에 노를 걸어서 젓기 시작했다.

해리는 올레그를 보았다. 어릴 때 그가 노를 젓고 할아버지가 앞에 앉아 흐뭇하게 웃으며 이런저런 조언을 해주던 생각이 났다. 상체를 어떻게 써야 하고 팔을 똑바로 펴고 팔이 아니라 복근의 힘으로 노를 저으라고 말씀해주시던 기억. 가볍게 노를 저으며 억지로 힘주지 않고 리듬을 찾아야만 배가 순탄하게 물살을 가르며 적은 힘으로도 빠르게 나갈 수 있다던 말씀. 엉덩이로 벤치 중앙에 균형을 잡고 앉아야 한다던 말씀. 균형이 전부라던 말씀. 노를 보지 말고 배가 지나온 자리에 눈을 고정해야 하고, 지나온 흔적이 앞으로 어디로 향할지 보여준다던 말씀. 하지만 할아버지는 그마저도 앞으로 벌어질 일에 관해 매우 적게 알려줄 뿐이라고 덧붙였다. 모든 건 바로 다음번 노질에 의해 결정된다면서. 할아버지는 주머니 시계를 꺼내고 우리가 물가로 돌아가면 우리의 여정을 출발점에서 도착점까지 하나의 연속선으로 보일 거라고 말했다. 목적과 방향이 있는 이야기. 우리는 그 이야기가 여기에, 다른 어디도 아닌 여기에 있는 것처럼 기억하고, 배가 물가에 닿게 하려고 의도한다. 하지만 도착점과 처음 의도한 목적지는 전혀 다르다. 한쪽이 다른 한쪽보다 더 나을 것도 없다. 현재 위치에 이르러서 여기가 우리가 가려던 곳이거나 적어도 가려는 길 위에 있다고 믿으면 그런대로 위안이 될 수 있다. 하지만 우리의 기억은 오류에 빠지기 쉬워서 우리가 얼마나 똑똑한지 말해주는 다정한 엄마처럼 우리의 노 젓는 행위가 군더더기 없이 깔끔하고 전체 이야기에 논리적이고 의도된 요소로 딱 들어맞는다고 말해준다. 경로에서 이탈했을 수도 있고 더는 어디에 있고 어디로 가는지 모르고 인생은 그저 서툴고 어설프게 노 저어 가는 혼란스럽고 어지러운 상태일 뿐이라고 생각하면 썩 기분 좋을 리가 없으므로, 누구나 자기 삶을 돌아보면서 이야기를 다시 쓰고 싶어한다. 그래서 성공한 듯 보이는 사람들에게 인생에 대해 말해달라고 하면 대개 현재의 삶이 어릴 때부터 꿈꿔온 (유일한) 꿈이고 현재 어느 분야에서 성공했든 그 분야에서 성공하는 것이 원래부터 꿈이었다고 말한다. 진심일 수도 있다. 다만 그 밖의 모든 꿈을, 길러지지 않고 시들다 사라져버린 꿈을 잊었을 뿐이다. 혹시 모르지, 만약 우리가 (자서전을 쓰는 게 아니라) 삶에 대한 기대치, 말하자면 삶이 어떻게 될 거라고 기대하는지에 관해 쓴다면 삶을 이루는 무의미하고 혼란스러운 우연들을 알아챌지도. 그러나 이런 건 다 잊어버리고 나중에 모두 솎아내서 진정으로 꿈꾸던 것만 보는 것일 수도 있다.

이즈음 할아버지는 허리에 찬 술통의 술을 한 모금 들이켜고는 어린 소년을, 해리를 보았을 것이다. 어린 해리는 할아버지의 무거운 눈을, 너무나 무거워 얼굴에서 떨어질 것만 같은, 흰자위와 홍채가 떨어져 나갈 듯 울 것만 같은 두 눈을 보았을 것이다. 그때는 몰랐지만 이제야 그런 생각이 들었다. 할아버지는 그 앞에 앉아서 손자는 자기보다 잘 살아주기를 바랐다는 생각. 자기가 저지른 실수를 되풀이하지 않기를. 언젠가 소년이 자라 이렇게 앉아서 아들이, 딸이, 손주들이 노 젓는 걸 지켜봐주기를. 그리고 그들에게 조언해주기를. 일부는 도움이 되고 일부는 잊히거나 무시당할 걸 알기를. 자부심과 연민이 묘하게 섞여 가슴이 벅차고 목이 메기를. 아이가 자기보다 더 나아서 생기는 자부심. 그 아이들이 지나온 고통보다 앞으로 다가올 고통이 더 크기에, 그 아이들이 누군가는, 그들 자신이든 적어도 할아버지는 배가 어디로 가는지 안다고 믿으며 노를 젓는 모습에서 일어나는 연민.

"여기서 사건이 하나 있었대요." 올레그가 말했다. "어릴 때부터 친구인 이웃 둘이 파티에서 사이가 틀어져요. 전에는 아무 문제도 없었고 무척 끈끈한 사이였어요. 그날은 각자 집으로 돌아갔는데 이튿날 아침에 둘 중 한 사람인 수학 선생이 친구의 집 앞에 잭을 들고 나타났어요. 나중에 그 친구가 수학 선생을 살인미수로 신고했어요. 문을 닫기 전에 수학 선생이 머리를 공격했다고요. 그 수학 선생에 관해 의문이 들었어요. 그러다 가만히 앉아 생각해봤어요. 그런 사람도 살인을 저지를 수 있다면 누구나 할 수 있는 거 아닐까? 그리고 우리는 못 한다. 맞죠?"

해리는 대답하지 않았다.

올레그는 잠시 노질을 멈추었다. "크리포스에서 아빠한테 불리한 증거를 확보했다는 소식을 들었을 때도 같은 생각이 들었어요. 그럴 리가 없다고. 아빠가 임무를 수행하다가, 아빠의 목숨이나 다른 누군가의 목숨을 구하기 위해 사람을 죽여야 했던 적이 있는 거 알아요. 하지만 계획적으로 살인을 저지르고 증거를 말끔히 제거하는 종류의 범죄라면? ……그건 불가능해요. 아닌가요?"

해리는 올레그를, 대답을 기다리는 소년을 보았다. 성인이 다 된 소년 앞에는 아직 긴 여정이 남아 있고 해리보다 더 나은 사람이 될 가능성이 열려 있다. 라켈은 늘 걱정스러운 말투로 올레그가 해리를 얼마나 우러러보고 사소한 부분 하나하나까지 따라 하려고 하는지 말했다. 해리의 걸음걸이까지, 그러니까 다리를 밖으로 살짝 벌려서 팔자걸음으로, 찰리 채플린처럼 걸으려고까지 한다고 했다. 해리의 유별난 어휘와 표정까지, 이를테면 "의심할 나위 없이"라는 고색창연한 표현까지 쓴다고 했다. 올레그는 해리가 생각에 잠길 때 뒤통수를 문지르는 행동도 따라 했다. 국가의 권한과 한계에 대한 해리의 주장마저 똑같이 되풀이했다.

"물론 난 그런 짓을 할 수 없었을 거야." 해리가 주머니에서 담배를 꺼냈다. "냉혈한처럼 살인을 계획하는 자들은 따로 있어. 너랑 나는 그런 인간이 아니야."

올레그가 미소 지었다. 안도한 것 같았다. "나도 한 개비―."

"아니, 넌 담배 안 피워. 노나 저어라."

해리는 담배에 불을 붙였다. 연기가 똑바로 올라가다가 동쪽으로 흩어졌다. 해리는 눈을 가늘게 뜨고 그쪽으로 보이지도 않는 수평선을 보았다.

그날 요한 크론이 어리둥절한 얼굴로 사각팬티만 걸치고 슬리퍼만 신고 문 앞에 서 있었다. 잠시 머뭇거리다가 들어오겠냐고 물었다. 그들은 주방에 앉았다. 요한이 검은 커피머신으로 맛없는 에스프레소를 내려서 건네는 사이 해리는 그가 하는 말이 모두 극비라고 간단히 확인한 후 모든 이야기를 들려주었다.

해리가 말을 마칠 때까지 요한은 커피 잔을 건드리지도 않았다.

"그러니까 당신이 원하는 건 여기서 당신 이름을 지우는 거군요." 요한이 말했다. "당신 동료 비에른 홀름의 신원도 밝히지 않고."

"그래요. 도와줄 수 있습니까?"

요한 크론은 턱을 긁적였다. "어렵겠는데요. 알다시피 경찰은 새로운 용의자를 확보하지 못하면 기존의 용의자를 놔주지 않아요. 더구나 우리한테는 바지에 묻은 혈액에서 당신이 로힙놀에 중독되었다는 결과와 전기 사용량을 근거로 온도조절장치가 올라갔다가 다시 내려왔다는 정도밖에 없어요. 사실 이런 건 그냥 보강증거에 불과해요. 혈액은 다른 이유로 묻었을 수 있고, 전기는 다른 방에서 사용했을 수도 있으니까요. 이걸로는 아무것도 입증되지 않아요. 우리한테 필요한 건…… 희생양이에요. 알리바이가 없는 사람. 동기가 있는 사람. 누구든 고개를 끄덕일 사람."

해리는 요한이 어느새 "우리"라고 말하는 걸 알아챘다. 이미 한 배를 탄 것처럼. 그리고 뭔가가 달라져 있었다. 얼굴에 혈색이 돌아오고 숨을 더 깊이 쉬고 동공이 커졌다. 먹잇감을 발견한 육식동물 같군, 해리는 생각했다. 내 먹잇감과 같은 대상.

"흔히 희생양은 무고할 거라고 오해해요." 요한이 말했다. "희생양의 목적은 무고한 데 있는 게 아니라 그가 한 짓이든 아니든 책임을 떠안는다는 데 있죠. 대중에게 혐오감을 불러일으키지만 아주 경미한 죄를 저지른 자가 현행 법규로도 불균형하게 중형을 받을 때가 있어요."

"그럼 본론으로 들어갈까요?" 해리가 말했다.

"본론요?"

"스베인 핀네."

요한은 해리를 보았다. 그러고는 서로 가볍게 고개를 끄덕여 이해했다는 뜻을 보여주었다.

"이런 새로운 정보로 보면," 요한이 말했다. "살인이 일어난 시각에 핀네의 알리바이는 성립되지 않고 이 시각까지는 산부인과에 오지 않은 셈이죠. 게다가 그자에게는 동기가 있어요. 당신을 싫어한다는 동기. 당신과 나는 거리를 활보하는 강간범을 철창에 가둘 수 있어요. 게다가 핀네는 무고한 희생양이 아니에요. 그자가 사람들에게 가한 그 모든 고통을 생각해봐요. 그거 알아요? 핀네가 인정한 건데……. 아니, **허풍**인지도 모르지만, 여기서 200미터밖에 떨어지지 않은 곳에 살던 보르 주교의 딸을 성폭행했다더군요."

해리는 담뱃갑을 주머니에서 꺼냈다. 그는 휘어진 담배를 톡톡 쳤다. "핀네가 당신의 약점을 잡았어요. 그게 뭔지 말해봐요."

요한이 웃었다. 잔을 입으로 올려 거짓 웃음을 감추려 했다.

"지금은 게임할 시간 없어요, 크론. 어서, 자세히 말해봐요."

요한은 침을 삼켰다. "그래야죠. 미안해요, 잠을 못 자서요. 서재로 옮겨서 커피를 마십시다."

"왜죠?"

"아내가……. 거기서는 말소리가 안 들리니까요."

바닥에서 천장까지 벽면을 가득 메운 책들 틈에서 음향이 건조하고 둔탁하게 약해졌다. 해리는 깊숙한 가죽 안락의자에 앉아 요한의 얘기를 들었다. 이번에는 그가 커피에 손도 대지 않았다.

"음." 요한이 말을 마치자 해리가 말했다. "그럼 변죽은 그만 울리고 본론으로 들어갈까요?"

"그럽시다." 요한은 레인코트를 걸쳤다. 해리는 그 모습을 보고 어릴 때 읍살에서 숲속을 어슬렁거리던 노출증 남자를 떠올렸다.

외위스테인과 해리는 그 사람한테 몰래 다가가 물총을 쏘았다. 그런데 가장 기억에 선명한 건, 그자가 도망치기 전에 본 생기 없는 젖은 눈에 어린 슬픔이었다. 해리는 나중에 왠지 모르게 그런 짓을 한 걸 후회했다.

"핀네를 그냥 철창에 가두고 싶지는 않을 텐데요." 해리가 말했다. "그러면 그자가 당신 아내한테 아는 대로 말하지 못하게 막을 수 없으니. 핀네가 사라지기를 원하잖아요. 영원히."

"그럼……."

"핀네가 살아 있으면 그의 존재 자체가 당신의 문제로 남아요. 내 경우는 우리가 그자를 잡는다 해도 그자가 18:00에서 22:00 사이에 우리가 미처 몰랐던 다른 알리바이를 댈 수도 있다는 거고요. 그자가 산부인과 병동에 나타나기 전 몇 시간 동안 산모와 같이 있었을 수도 있어요. 핀네가 살해되기 전에 그 산모가 나타날 것 같진 않지만, 물론."

"살해돼요?"

"청산되는, 끝나는, 제거되는." 해리가 담배를 한 모금 빨았다. 양해도 구하지 않고 불을 붙인 터였다. "난 '살해되는'이 마음에 드는데. 나쁜 일에는 나쁜 이름이 어울리죠."

요한은 잠시 어리벙벙하게 웃었다. "냉혈한 살인을 말하는 거군요, 해리."

해리는 어깨를 올렸다. "살인은 맞습니다. '냉혈한'은 아니고. 하지만 이번 일을 하려면 체온을 낮출 필요는 있겠죠. 무슨 말인지 알죠?"

요한이 고개를 끄덕였다.

"좋습니다." 해리가 말했다. "잠시 생각해봅시다."

"담배 하나 줄래요?"

해리는 그에게 담뱃갑을 건넸다.

둘이 말없이 앉아 담배 연기가 천장으로 올라가는 걸 보았다.

"만약—." 요한이 말했다.

"쉿."

요한이 한숨을 쉬었다.

그의 담배가 거의 필터까지 타들어갔을 때 해리가 다시 입을 열었다.

"내가 당신한테 원하는 건, 크론, 거짓말이에요."

"그래요?"

"핀네가 라켈을 살해한 사실을 자백했다고 말해줘야 합니다. 그리고 난 이번 일에 두 사람을 더 끌어들일 생각이에요. 한 사람은 법의학연구소에서 일하는 사람이에요. 다른 한 명은 저격수고. 아무도 서로의 이름을 알지 못할 겁니다. 알겠습니까?"

요한은 이미 고개를 끄덕이고 있었다.

"좋아요. 일단 우린 핀네한테 당신 조수를 언제 어디서 만날지 알리는 초대장을 써야 합니다. 당신이 가서 그걸 묘지에 꽂아놓으세요. 내가 주는 물건으로."

"그게 뭔데요?"

해리는 마지막 한 모금을 빨고 꽁초를 커피 잔에 담가서 껐다. "트로이 목마. 핀네는 칼을 수집해요. 운이 좋으면 그 물건이 다른 의심을 완벽하게 잠재워줄 겁니다."

성민은 수풀 속 어디선가 나는 까마귀 소리를 들으면서 눈앞에 깎아지른 암벽을 보았다. 30미터 높이의 회색 화강암 암벽에 눈 녹은 물이 검은 줄무늬를 그리며 흘러내렸다. 세 시간 가까이 걸었고, 카스파로브는 이제 고통스러워 보였다. 개를 움직이게 하는 힘이 충성심인지 사냥 본능인지는 알 수 없지만 산속의 진창길 끝에서 강에 허술하게 매달린 밧줄 다리와 눈이 쌓여서 길도 없는 강 건너 숲을 보았을 때 개줄이 팽팽히 당겨지는 느낌이 들었다. 강 건너 눈밭에 발자국이 보이기는 했지만 카스파로브를 데리고 다리를 건너면서 적어도 한 손으로는 다리의 밧줄을 잡아야 했다. 그러다 문득 의문이 들었다. 그다음엔 어쩌지? 한 땀 한 땀 손으로 꿰매어 제작된 그의 로크 구두는 진즉에 젖어서 엉망이 됐지만 문제는 밑창이 미끄러운 가죽 구두를 신고 강 건너 바위투성이의 눈 덮인 산길을 얼마나 더 갈 수 있느냐는 거였다.

성민은 카스파로브 앞에 쭈그리고 앉아 두 손을 맞대고 비비면서 늙은 개의 지친 눈을 보았다.

"네가 할 수 있으면 나도 할 수 있어."

카스파로브가 낑낑거리고 꿈틀대자 성민이 개를 안고 그들의 궂은 운명을 향해 꾸역꾸역 다리를 건넜다.

거기서부터 20분쯤 이리저리 미끄러지며 걸어온 끝에 이 암벽에 가로막힌 것이다. 아니, 그런가? 그는 절벽 옆으로 난 샛길을 따라 올라가다가 거의 수직으로 서 있는 암벽에서 더 위쪽으로 나무줄기에 감긴 낡고 미끄러운 밧줄을 보았다. 나무와 나무 사이에 연결되어 있고 땅을 파서 만든 계단이 몇 개 있었다. 하지만 카스파로브를 안은 채 밧줄을 잡고 올라갈 수는 없었다.

"미안한데, 친구, 이러면 아플 거야." 성민은 이렇게 말하고는 무릎을 꿇고 앉아 카스파로브의 앞다리를 그의 목에 감았다. 그러고는 카스파로브를 그의 등 쪽으로 돌려서 뒷다리를 벨트로 그의 몸에 단단히 고정했다.

"저 위에도 아무것도 없으면 그냥 돌아가자. 약속해."

성민은 밧줄을 잡고 발을 디뎠다. 카스파로브는 울부짖으며 힘 없이 주인 목에 배낭처럼 매달려 뒷발로 성민의 정장 재킷을 긁고 할퀴었다.

성민이 예상보다 빨리 올라가 어느새 그들은 절벽 꼭대기에 이르렀고, 그들 앞으로 숲이 펼쳐졌다.

20미터쯤 떨어져서 붉은 오두막이 보였다.

성민은 카스파로브를 풀어줬지만 개는 오두막으로 난 길로 가지 않고 주인의 다리 사이에 웅크리고 앉아 끙끙댔다.

"그만 됐어. 겁낼 거 없어. 핀네는 죽었어."

성민은 짐승 발자국을 발견했다. 커다란 발자국. 그래서 카스파로브가 저런 반응을 보이는 건가? 그는 오두막을 향해 한 발 내디뎠다. 다리에 철사가 닿는 느낌이 들었지만, 이미 늦었다. 덫에 걸렸다. 쉭 소리가 나고 폭발물이 가득한 물체에서 번쩍하고 빛이 나더니 그의 앞에서 튀어 올랐다. 그는 반사적으로 눈을 감았다. 다시 눈을 떴을 때는 그 물체를 보려고 머리를 뒤로 젖혀야 했다. 그 물체가 하늘로 날아오르면서 가느다란 자취를 남기고 있었다. 곧 축축하게 꽝 소리가 나더니 로켓이 폭발하고 환한 대낮인데도 소규모 빅뱅처럼 노란색과 파란색과 빨간색 물질이 소나기처럼 쏟아졌다.

누군가가 뭐든 접근하면 경고를 받고 싶어서 설치한 모양이었다. 겁을 주고 쫓아내려 한 건지도 몰랐다. 카스파로브가 그의 다리 옆에서 떨고 있었다.

"그냥 불꽃놀이야." 성민이 개를 쓰다듬었다. "그나마 경고용이라 다행이다, 친구."

성민은 오두막 앞 목조 테라스로 향했다.

카스파로브가 다시 용기를 내어 그를 지나쳐 문으로 뛰어갔다.

성민은 자물쇠 옆에 쪼개진 문틀을 보았다. 그 집에 무단침입을 하지 않아도 되었다. 누군가 이미 그를 위해 침입한 상태였다.

그는 문을 밀어 안에 들어섰다.

오두막에 전기도 수도도 들어오지 않는 건 바로 알 수 있었다. 벽면의 고리에 밧줄이 여러 개 걸려 있었다. 쥐가 갉아 먹지 못하게 하려고 걸어놓은 듯했다.

서향의 창문 앞 긴 의자에 음식이 있었다.

빵, 치즈. 그리고 칼 한 자루.

핀네의 시신을 수색하면서 발견한, 갈색 손잡이에 짧은 다용도 칼날이 붙어 있는 종류가 아니었다. 이건 15센티미터가 조금 못 되는 길이의 칼날이 달려 있었다. 성민의 심장이 더 강하게, 더 행복하게, 알렉산드라 스투르드자가 스타톨레르고르덴에 들어서는 모습을 보았을 때처럼 뛰기 시작했다.

"그거 알아, 카스파로브?" 그가 속삭이면서 칼의 떡갈나무 손잡이와 뿔로 만든 고리를 보았다. "겨울이 정말로 거의 끝난 것 같구나."

의심의 여지가 없었다. 토지로 부엌칼. 이게 그 칼이었다.

53

"뭘 드릴까요?" 하얀 옷의 바텐더가 물었다.

해리는 바텐더 뒤로 선반에 놓인 아쿠아비트*와 위스키병들을 훑어보다가 다시 볼륨을 죽인 텔레비전 화면을 보았다. 바에는 그밖에 없었고, 이상하게 조용했다. 어쨌든 가르데르모엔 공항치고는 조용했다. 수면을 부르는 안내 멘트가 멀리 떨어진 게이트를 안내하고, 딱딱한 구두 한 켤레가 또각또각 소리를 냈다. 이제 곧 야간이라 문을 닫을 공항의 소리였다. 하지만 아직 몇 가지 선택지가 남았다. 락셀브에서 출발해 트롬쇠를 경유하는 항공편으로 한 시간 전에 이곳에 도착했지만 도착장으로 나가지 않고 환승장으로 왔다. 해리는 눈을 가늘게 뜨고 바 옆에 걸린, 출발 정보가 나오는 대형 모니터를 보았다. 선택지는 베를린, 파리, 방콕, 밀라노, 바르셀로나, 리스본이었다. 시간은 충분했고, 스칸디나비아 항공의 발권 데스크는 아직 열려 있었다.

---

* 스칸디나비아산 투명한 증류주.

그는 주문을 기다리고 서 있는 바텐더를 돌아보았다.

"물어보시니 말인데, 소리 좀 키워줄래요?" 해리는 텔레비전을 가리키며 말했다. 화면 속에는 카트리네 브라트와 제보 책임자인 숱 많은 곱슬머리의 케지에르스키가 경찰청 5층의 기자회견이 자주 열리는 퍼롤홀에서 책상 앞에 앉아 있었다. 그들 아래로 헤드라인이 반복해서 지나갔다. '살인 용의자 스베인 핀네, 스메스타에서 익명의 저격수의 총에 맞다.'

"죄송합니다만," 바텐더가 말했다. "여기서는 텔레비전을 모두 무음으로 해놔야 해서요."

"지금 우리 말고 아무도 없잖아요."

"규정입니다."

"5분, 딱 저 보도만. 백 크로네 줄게요."

"그리고 전 뇌물을 받을 수 없습니다."

"음. 내가 짐빔을 시키고 특별히 좋은 서비스가 고마워서 팁을 준다면 뇌물이 아니잖아요?"

바텐더가 설핏 미소를 지었다. 그러고는 해리를 더 자세히 보았다. "혹시 그 작가님 아니세요?"

해리는 고개를 저었다.

"전 책을 잘 안 읽는데 엄마가 작가님을 좋아하세요. 셀카 하나 같이 찍어도 될까요?"

해리는 화면을 향해 고개를 까딱했다.

"좋아요." 바텐더가 휴대전화를 들고 카운터 너머로 몸을 내밀고는 둘이 함께 셀카를 찍고 나서 리모컨을 눌렀다. 텔레비전 소리가 조심스럽게 몇 데시벨 올라가고 해리는 더 잘 들어보려고 몸을 앞으로 숙였다.

카트리네 브라트의 얼굴은 플래시가 터질 때마다 빛나는 것 같았다. 그녀는 기자회견장에는 나오지만 방송 마이크에는 담기지 않는 질문을 유심히 듣고 있었다. 그리고 분명하고 단호하게 기자에게 답했다.

"자세히 말씀드릴 수 없습니다. 다만 아까 스베인 핀네 살인사건을 수사하던 중 오슬로지방경찰청이 핀네가 라켈 페우케를 살해한 사실을 입증하는 강력한 증거품을 발견했다는 것만 거듭 말씀드릴 수 있습니다. 스베인 핀네의 은신처에서 살인 흉기가 나왔습니다. 핀네의 변호인이 경찰에 밝힌 바에 따르면 핀네가 라켈 페우케를 살해한 후 해리 홀레에게 누명을 씌우려고 증거를 심었다고 자백했다고 합니다. 네?" 카트리네는 좌중에서 누군가를 지목했다.

〈VG〉의 범죄 전문기자 모나 도의 목소리가 들렸다. "빈테르가 직접 나와서 본인과 크리포스가 핀네한테 완벽히 속아 넘어간 경위를 해명해야 하는 거 아닌가요?"

카트리네는 빽빽이 올라온 마이크들을 향해 몸을 기울였다. "빈테르가 답변해야 할 겁니다. 크리포스에서 직접 기자회견을 열어서요. 우리 오슬로지방경찰청에서 핀네와 라켈 페우케 사건의 관련성에 관해 확인한 정보를 빈테르에게 보낼 겁니다. 일단 이 자리에서는 핀네 살인사건에 관해서만 답변드리겠습니다. 이 사건은 우리 단독 관할이니까요."

"빈테르가 그 사건을 처리한 절차에 관해서 또 하실 말씀 없습니까?" 모나가 물었다. "빈테르와 크리포스가, 한때 경찰청의 강력반 소속이었고 지금은 고인이 된 무고한 경찰관에 대한 살인 혐의를 발표했잖아요."

해리는 카트리네가 무슨 말을 하려다가 참는 걸 보았다. 침을 삼키는 모습을. 마음을 가라앉히는 듯한. 카트리네가 말했다. "저와 오슬로지방경찰청은 크리포스를 비난하려고 이 자리에 나온 게 아닙니다. 오히려 크리포스의 성민 라르센 수사관이 라켈 페우케를 살해한 범인을 밝혀내는 데 큰 공을 세웠습니다. 마지막 질문받겠습니다. 네?"

"〈다그블라데〉입니다. 핀네 살인사건의 용의자를 지목하지 못했다고 하셨는데요. 우리 쪽으로 핀네가 같은 시기에 교도소에 수감된 사람들한테 협박을 받았다는 제보가 들어왔습니다. 이후 그들이 석방됐고요. 그쪽으로 수사하고 계시는지요?"

"네." 카트리네는 짧게 답하고 제보 책임자를 돌아보았다.

"어, 와주셔서 대단히 고맙습니다." 케지에르스키가 말문을 열었다. "아직 다른 기자회견이 예정된 건 아니지만 우리는……."

해리는 바텐더에게 충분히 들었다고 손짓했다.

카트리네가 자리에서 일어서는 게 보였다. 이제 집으로 돌아가겠지. 게르트는 누가 대신 봐주고 있겠지. 그날 아기는 유아용 캐리어 안에서 막 잠에서 깨어나 방긋방긋 웃으며 해리를 보았고, 해리는 아기를 안고 시내의 거리를 지났다. 카트리네의 아파트 초인종을 누르고 뭔가가 검지를 잡는 느낌이 들어서 내려다보았다. 아기의 조그맣고 하얀 손가락이 야구 배트를 잡듯이 그의 손가락을 잡고 있었다. 강렬한 푸른 눈망울이 그에게 가지 말라고, 자기를 이런 식으로, 그냥 여기다 두고 떠나지 말라고 명령하는 것만 같았다. 해리에게 이제는 아버지가 되어달라고 말하는 것 같았다. 그리고 해리는 길 건너 어느 건물 출입구의 어둠 속에서 카트리네가 나오는 것을 지켜보다가 자기도 모르게 빛 속으로 나올 뻔했다. 카트리네에게 다 털어놓고 싶었다. 그녀에게 그녀를 위한, 그들 두 사람 모두를 위한 결정을 내리게 하고 싶었다. 그들 세 사람 모두를 위한 결정.

해리는 바 스툴에서 다시 몸을 똑바로 일으켰다.

바텐더가 해리 앞 카운터에 갈색 술이 담긴 유리잔을 내려놓았다. 해리는 그 잔을 빤히 쳐다보았다. '딱 한 잔만.' 결코 들으면 안 되는 목소리인 걸 알았다. '어서, 간단히 축하할 자격은 되잖아.'

아니.

'아냐? 좋아, 축하까지는 아니더라도 죽은 사람들에게 경의를 표하고 그들을 추억하며 건배 정도는 할 수 있잖아, 이 매정하고 예의도 모르는 자식아.'

해리는 그 목소리와 논쟁을 시작하면 질 걸 알았다.

그는 출발 안내 모니터를 보았다. 술잔을 보았다. 카트리네는 집으로 돌아갈 것이다. 당장 여기서 나가 택시를 잡을 수도 있었다. 그녀의 집으로 가서 다시 초인종을 누를 수도 있었다. 이번에는 빛 속에서 기다릴 수 있었다. 죽었다가 부활할 수 있었다. 왜 안 되지? 영원히 숨어 지낼 수는 없다. 게다가 이제는 용의자도 아니다. 그런데 왜지? 어떤 생각이 스쳤다. 얼어붙은 강물 아래 차 안에 있을 때 뭔가가 있었다. 그런데 그것이 그에게서 빠져나갔다. 질문이 남았다. 그가 카트리네와 게르트에게 무엇을 주어야 할까? 진실과 그의 존재가 그들에게 득이 될까, 해가 될까? 아무도 모른다. 어쩌면 그가 훌쩍 떠날 핑계를 대려고 이런 딜레마를 만든 건지도. 그의 손가락을 감싸 쥐던 조그만 손가락을 떠올렸다. 명령하듯 쳐다보던 눈빛도. 그러다 전화가 울렸다. 그는 휴대전화를 꺼내서 보았다.

"카야예요." 그녀의 목소리가 여전히 가까이 있는 것처럼 들렸다. 어쩌면 태평양이 그리 멀지는 않을지도.

"안녕. 어떻게 지내?"

"정신없었어요. 방금 일어났어요. 14시간이나 곯아떨어졌어요. 지금은 텐트에서 해변으로 나왔어요. 해가 막 떠올랐어요. 빨간 풍선이 서서히 부풀어 오르는 것 같고, 곧 수평선에서 떨어질 것 같아요."

"음." 해리는 술잔을 보았다.

"당신은요? 깨어난 시간을 어떻게 감당해요?"

"잠들어 있던 게 더 쉬웠어."

"힘들 거예요. 이제부터 시작될 애도의 시간이요. 게다가 비에른까지 잃었잖아요. 주위에 사람이 좀 있어요? 당신을⋯⋯."

"그럼, 있지."

"아뇨, 없잖아요, 해리."

그가 미소 짓는 걸 그녀가 알 수 있는지 몰랐다. "그냥 몇 가지 결정해줄 사람이 필요해." 그가 말했다.

"그래서 전화한 거예요?"

"아니. 열쇠를 다시 가져다 놨다고 말하려고 전화했어. 집에서 지내게 해줘서 고마워."

"지내게 해주다⋯⋯." 그녀가 말했다. 그러고는 한숨을 쉬었다. "여긴 지진으로 그나마 몇 개 없던 건물이 심하게 파괴됐어요. 그래도 여긴 참 아름다워요, 해리. 아름답고 망가졌어요. 아름답고 망가진, 알아요?"

"뭘?"

"난 아름답고 망가진 걸 좋아해요. 당신처럼. 나도 조금 망가졌고."

해리는 이 대화가 어디로 흘러갈지 생각했다.

"여기로 오는 항공편을 잡을 순 없어요, 해리?"

"막 지진으로 완전히 파괴된 태평양의 섬으로?"

"뉴질랜드 오클랜드로. 거기서 국제공조 노력을 조율할 거고, 난 보안 책임을 맡았어요. 오늘 오후에 수송기로 그리로 출발할 거예요."

해리는 출발 안내 모니터를 보았다. 방콕. 방콕에서 오클랜드까지는 아직 직항 항공편이 있을 것이다.

"생각해볼게, 카야."

"좋아요. 얼마나 걸릴 것 같―."

"1분. 다시 전화할게, 응?"

"**1분**요?" 그녀가 들뜬 목소리로 말했다. "좋아요, 그 정도는 기다릴 수 있어요."

그들은 전화를 끊었다.

그는 아직 앞에 놓인 술잔을 건드리지 않았다.

그는 사라질 수 있었다. 어둠 속으로 가라앉을 수 있었다. 그러다 다시 그 생각이 났다. 언 강 아래 차 안에 있을 때부터 그에게서 빠져나간 생각. 그곳은 차가웠다. 무서웠다. 그리고 외로웠다. 하지만 다른 것도 있었다. 조용했다. 무척이나 평온했다.

그는 출발 안내 모니터를 다시 보았다.

남자 하나가 사라질 수 있는 장소들.

방콕에서 홍콩으로 갈 수도 있었다. 거기는 아직 연락이 닿는 사람들이 있으니 어려움 없이 일거리를 구할 수 있을 것이다. 합법적인 일도 가능할 것이다. 아니면 정반대 방향으로 떠날 수도 있었다. 남아메리카. 멕시코시티. 그것도 아니면 카라카스. 진짜로 사라질 수 있었다.

해리는 목덜미를 주물렀다. 항공권 데스크가 6분 후면 닫는다.

카트리네와 게르트. 아니면 카야와 오클랜드. 짐빔과 오슬로. 홍콩에서 맨정신으로 살아가기. 아니면 카라카스.

해리는 주머니에 손을 넣어 청회색의 작은 금속을 꺼냈다. 각 면의 점들을 보았다. 숨을 깊이 들이마시고 손을 오므려 주사위를 흔들었다. 카운터에 주사위를 굴렸다.

칼

1판 1쇄 발행 2022년 5월 25일 **1판 2쇄 발행** 2022년 5월 26일

지은이 요 네스뵈
옮긴이 문희경
펴낸이 고세규
편집 이승희 **디자인** 윤석진
홍보 반재서 **마케팅** 이헌영
발행처 김영사
주소 경기도 파주시 문발로 197(문발동) 우편번호 10881
등록 1979년 5월 17일(제406-2003-036호)
구입 문의 전화 031)955-3100 **팩스** 031)955-3111
편집부 전화 02)3668-3292 **팩스** 02)745-4827 **전자우편** literature@gimmyoung.com
비채 카페 cafe.naver.com/vichebooks **인스타그램** @drviche **카카오톡** @비채책
트위터 @vichebook **페이스북** facebook.com/vichebook
ISBN 978-89-349-7512-0 03890 책값은 뒤표지에 있습니다.

비채는 김영사의 문학 브랜드입니다.